当代金融文学
精选

短篇小说卷（二）

主编 —— 阎雪君

湖南大学出版社

图书在版编目（CIP）数据

　　当代金融文学精选.短篇小说卷.二/阎雪君主编.—长沙：
湖南大学出版社，2019.11
　　ISBN 978-7-5667-1815-0

　　Ⅰ.①当…　Ⅱ.①阎…　Ⅲ.①中国文学－当代文学－
作品综合集　②短篇小说－小说集－中国－当代　Ⅳ.① I217.1

　　中国版本图书馆 CIP 数据核字（2019）第 264042 号

当代金融文学精选·短篇小说卷（二）
DANGDAI JINRONG WENXUE JINGXUAN · DUANPIAN XIAOSHUO JUAN（ER）

主　　编：阎雪君
责任编辑：全　健　饶红霞　郭　蔚　李　婷
责任校对：尚楠欣　周文娟
装帧设计：秦　丽
出版发行：湖南大学出版社　　　　　责任印制：陈　燕
社　　址：湖南·长沙·岳麓山　　　邮　　编：410082
电　　话：0731-88822559（发行部）88820008（编辑室）88821006（出版部）
传　　真：0731-88649312（发行部）88822264（总编室）
电子邮箱：presszb@hnu.cn
网　　址：http://www.hnupress.com
印　　装：长沙鸿发印务实业有限公司
开　　本：710mm×1000mm　16 开　　印张：301.75　　　字数：4481 千字
版　　次：2019 年 11 月第 1 版　　　印次：2019 年 11 月第 1 次印刷
书　　号：ISBN 978-7-5667-1815-0
定　　价：1980.00 元（全 12 册）

故事感动历史 文学照亮人生

——记载和讴歌壮丽的中国金融事业

中国金融文学艺术界联合会主席 梅志翔

古人云："盖文章，经国之大业，不朽之盛事。""文章千古事，得失寸心知。""江山留后世，文章著千秋。"由此可见，文章是经国济民的大事，是记录时代的大事，是讴歌时代的大事。

文脉与国脉相同，文运与国运相连。2019 年是中华人民共和国成立七十周年，七十年风雨沧桑，七十载山河巨变。七十个春秋，发生了多少震撼人心的故事，承载了多少金融人的热血情感。在过去的七十年中，中国金融事业伴随着新中国的成长不断地发展和壮大，取得了举世瞩目的成就。这些成就的取得不仅得益于新中国的好国情、好形势，更得益于数以千万计的金融职工筚路蓝缕、开拓创新，继往开来、一往无前的无私奉献。

新中国的金融事业无论在理论领域，还是实践领域，取得的成就都是翻天覆地、亘古未有的，中国金融人在专业领域创造了一个又一个奇迹，我们用几十年的时间追赶上西方人上百年甚至几百年金融发展的步伐。金融发展过程中涌现出了很多可歌可泣的故事，这些故事都是由千千万万顶天立地、敢作敢为的中国金融人用行动书写出来的锦绣篇章。中国金融已经成为支撑和推动经济发展的核心动力和促进时代繁荣的重要表征，为金融文学的创作提供了源源不绝的营养，金融文学像中国金融事业一样，是一片值得深耕的沃土，是一个内含价值极高的宝藏。

文章合为时而著。文学就应该为时代鼓与呼，金融文学就应记录和讴歌壮丽的中国金融事业。可长期以来，由于种种原因，中国金融文学创作未能与中国的金融事业取得同步的发展，金融文学作品创作落后于金融事业发展，在全国林林总总的文学橱窗和文艺殿堂里，金融文学常常缺席，在文学领域难闻金融之声，在文章海洋难觅金融浪花，在文化磁场里难以感知到金融文化的力量。2011年11月，在中国金融工会的大力支持下，中国金融作家协会正式成立；2013年5月，中国金融作家协会光荣地成为中国作家协会的团体会员。这是中国金融文学史上的一件大事和盛事，因为它不仅实现了金融作家组织的"零"的突破，而且让全体金融作家找到了心灵慰藉的"家"，它让所有金融作家找到了归属感和荣誉感。此后，金融文学创作不再是"不务正业"的闲事，而是可以为之终生奋斗的正事。过去许多金融作家在涉足文学创作上，"温温恭人，如集于木。惴惴小心，如临于谷。战战兢兢，如履薄冰"。如今在文学的康庄大道上，金融作家不用再羞羞答答地迈着碎步，而是可以昂首阔步地勇往直前。在中国金融工会、中国金融文联、中国作家协会的关怀指导下，七年间，中国金融作家协会延伸机构已经达到23家，其中先后成立省（自治区、直辖市、计划单列市）金融作家协会13家、总行（会司）作家协会10家。截至2018年底，中国金融作家协会已发展会员942人（其中，中国作家协会会员76人）。中国金融作家协会从无到有、从小到大、由弱到强，让写作变成了与金融工作一样充满阳光的事业。

执一支笔，写万千事。是啊，文学就这样不经意嵌入了金融人的生活，像春雨滋润着金融人，让金融人感恩生命的厚爱，让金融人的每一天、每一刻都充满激情、蓬勃向上；像疾风提示着金融人，生活和工作是坚守，也是搏击。文学之美让金融人心生愉悦，让日子有奔头，生活有笑声，奔跑有动力；文学之美让金融人涨满风帆，努力创造和实现自我价值、社会价值。值得肯定的是，一大批以金融人物为塑造对象的文学作品，都具有鲜明的时代特色，催人奋进。金融生活中无数可歌可泣的故事，不仅反映了金融系统广大员工投身改革、勇于奉献的精神，而且传播金融理念、倡导金融精神，展现了金融现实生活与人文关怀，成为千万金融员工启发心灵的精神力量。

在互联网金融时代，中国金融作家协会充分认识到平台对于会员发展的巨大推动和促进作用。金融作家协会是全体金融作家的"创作之家"，长期致力于为金融作家搭台子，为全体金融作家提供广阔的施展空间，为全体会员搭建了三大平台：《中国金融文学》杂志、《金融作家》公众号和中国金融作家网（内部）。《中国金融文学》杂志为季刊，设置了中篇小说、短篇小说、散文、诗歌、诗词、金融报告文学、金融作家随笔、金融作家艺术家、金融作家作品评析、金融文坛风景线、史海沉钩、学习与借鉴、金融文学剧本等18个栏目，每期发行3.2万册，年刊登作品数量近300篇（首）近100万字。目前，《中国金融文学》杂志不仅成为中国作家协会直属的行业作协重要会刊，为作家们提供施展才华的舞台，也是弘扬时代精神、传播金融文化和连接全国金融员工的重要文学桥梁，成为金融系统内外大众喜爱的读物。《金融作家》公众号，年发表300多位金融作家400多篇优秀作品。为了搭建多形式、多渠道的平台，中国金融作家协会还协同《中国金融》《金融时报》《金融博览》《中国金融文化》《银行家》《金融文坛》《金融文化》等报刊，为金融系统作家文学爱好者提供了更加广阔的文学舞台。

自中国金融作家协会成立以来，以"中国金融文学奖"为支撑点，着力创建金融文学品牌。自2011年至今已经成功举办了三届中国金融文学奖的评选，累计有200余部（首）作品获奖。中国作家协会领导及著名作家、评论家李敬泽、阎晶明、李一鸣、彭学明、梁鸿鹰、邱华栋、孙德全、何振邦、冯德华等人担任终审评委，体现了获奖质量和评奖的权威性。中国金融文学奖评奖活动范围广、层次高、影响大，评奖后正式发文通报全国金融系统，新华社、《人民日报》《光明日报》《文艺报》《金融时报》等多家媒体都进行了宣传报道，在全国引起了较大反响。

"千淘万漉虽辛苦，吹尽狂沙始到金。"这些文学成就充分证明广大金融作家具备了胸怀国家、胸怀金融的视野，金融扶贫、绿色金融的理念已经扎根于他们的作品中。如反映农村金融扶贫的《天是爹来地是娘》，带领乡亲脱贫致富的电影《毛丰美》，讴歌金融体制改革的长篇小说《新银行行长》《贷款》《高溪镇》《催收》，反映金融服务实体经济的《银圈子》《希望银行》

《海天佛国的中行人》《驼背银行》，反映促进多层次资本市场健康发展的《资本的血》《中国金融风云》，健全金融监管体系的《一眼看穿金钱骗术》，记录金融历史的《大汉钱潮》，等等。创作题材涉及金融改革发展的方方面面，创作类别也涵盖了长篇小说、中篇小说、短篇小说、散文、诗歌、评论、影视剧本、报告文学等。一部部作品记录的是金融事业的一个个生动场面，一串串诗行呈现的是金融人的一幅幅鲜活画卷。这是中国金融事业的春天，更是中国金融文学的春天。

成绩的取得主要归功于三个方面：一是经过新中国七十年的大发展，中国金融事业取得了令世界瞩目的成绩，它为文学创作积蓄了肥沃的土壤；二是中国金融作家协会励精图治、奋发有为，以快马加鞭的节奏为会员创作提供了绝佳的环境，为金融作家创作提供了一流的服务；三是中国金融战线上涌现了一批有思想、有情怀、有理想、有能力的作家，他们快乐地奋战在金融第一线，幸福地记录着身边优秀的人、精彩的事。这三个方面因素凝聚了"天时地利人和"的精华，而精华的基石还是中国金融事业的波澜壮阔和发展壮大。

如何让金融文学为中国文学大家庭发光发热，并成为指引全体金融文学人前行的光亮，这是中国金融作家协会重点研究的课题。经中国金融文联批准，中国金融作家协会与湖南大学出版社通力合作，决定由中国金融作家协会征集、选编，湖南大学出版社出版《当代金融文学精选》一套，系统地展现新中国成立七十周年以来，中国金融题材小说、散文、诗歌、报告文学、剧本、文学评论等创作成果，弥补当代中国文学丛林金融文学丛书的空白和缺憾，以推举和激励优秀金融文学艺术工作者，繁荣中国金融文学事业，为新中国成立七十周年献上一份金融人的文学厚礼。

《当代金融文学精选》堪称鸿篇巨制。本套丛书以讴歌金融人的精神为己任，根据文学自身的规律和金融文学的特征，秉承"金融人写金融事"为主要特征的文学理念，确定基本框架，精心策划，精心遴选，精心编排。为了确保作品的质量，中国金融作家协会成立了以中国金融文联领导、专家和杂志编辑为编委的作品编辑委员会。按专业特长分工，从金融机构和作家申报的作品中，经过长达数月的辛勤工作，最终组稿成12卷本的中国当代金融文学精选丛书一套：长篇小说4卷、中篇小说1卷、短篇小说2卷、散文

1卷、诗歌1卷、报告文学1卷、影视戏剧文学1卷、文学理论与评论1卷。选取了长篇小说23篇，中篇小说15篇，短篇小说45篇，散文45篇，诗歌近400首，报告文学31篇，影视戏剧文学10篇，文学理论与评论37篇。硕果累累，气势恢宏。

这些入选作品是新中国成立以来，尤其是改革开放四十年来壮丽的金融事业发展记录，更是中国金融事业取得巨大成就的见证。中国金融作家协会在中国金融文联和中国作家协会的正确领导和大力支持下，以记录和讴歌壮丽的中国金融事业为使命，带领全体作家深入学习贯彻习近平总书记有关文艺和金融工作重要讲话精神，以深化金融作家组织建设为基础，以宣传介绍金融行业先进的人物和事迹为重心，以鼓励和扶持金融作家创作优秀作品为己任，以推广金融作协和金融作家的影响力为追求，以文学的名义用精品力作为中国的金融事业鼓与呼。

从"养在深闺无人识"到"万人瞩目任端详"，《当代金融文学精选》能在这么一个值得纪念的年份出版，这是全体金融作家的幸事，更是金融文学的幸事！广大金融作家适应行业需要，兼顾写作的实用性、文体的多样性、参与的广泛性，初步形成中国金融文学的特色，那就是"写人叙事，不拘文体。信札公文，亦可荟萃。百花竞放，满园春色。开锦绣文章之先，为中国金融存史"。作为一名金融作家，最荣耀的不过是将自己最精彩的作品奉献给国家、社会和人民，让自己的作品与祖国同寿，与天地齐辉。这是一名金融作家对新时代最好的表达，也是一名金融工作者最无上的光荣。祝贺所有入选丛书的金融作家，也衷心感谢那些为金融文学默默奉献的金融作家和广大的金融工作者！

寄语金融文坛好，明年春色倍还人！

是为序。

2019年9月7日

北京金融街

目录
Contents

02

‖ **作者简介**

吕玉宝，业余从事小说、影视文学创作。其创作的六十集电视连续剧剧本《盐镇往事》，曾获江苏省淮安市优秀作品二等奖。现供职于中国工商银行江苏省淮安市城北支行。

柜员老蒋

吕玉宝

望着小陈主任那张可怜巴巴的脸，尽管她的眼泪几乎要在眼里打转，柜员老蒋还是冷冷地吐出一个字：不。

"你看这样行不行：这一百元我来掏，只要你给林莉道个歉。行不行啊？"

老蒋依旧紧绷着脸："我所有的行为都是按照程序在录像下进行的，我没有错，为什么要道歉？再说如果我道歉了，不就说明她的钱被我拿了？我在银行干了三十年了，从没出过一分钱差错，如果因为这事道了歉，叫我怎么抬得起头？"

"我的蒋大爷啊，这不是对错的问题，这是服务问题呀！你看她的投诉工单都下来了……"

"如果对错都不分，员工连起码的尊严都没有，还谈什么服务？"

小陈主任噎住了。愣愣地在老蒋柜前站了好一会儿，这才轻声说道："我是希望大事化小，小事化了。因为这个投诉，大不了我和你一起被扣钱。可是，可是你这态度……事情总得有个了结呀！"

"我这个态度怎么了？"老蒋感到自己委屈至极，声音大了起来。

"好好好，我说的你听不进去，一会儿赵行长亲自过来处理这事，我希望你对她好好说，可不能耍态度啊……"小陈主任心事重重地走开了。

还原该投诉事件的经过：上午客户林莉在老蒋的窗口存一万块钱，老蒋第一次用机器点的是九十八张。

"怎么搞的？你们的点钞机还要回扣啊？我这可是一万块啊，一张都不可能少！"林莉那双大眼来回转动着，警惕地盯着老蒋的手和点钞机。

"我再点一遍。"

这次是九十九张。

"机器也会出错？你们这可是大银行呀！"林莉揶揄道。

老蒋也觉得奇怪："我用手点。"

哗哗哗，钞票在老蒋的指缝间流淌，不到半分钟已经点完。

"九十九张，差一张。"

"差一张？为什么机器点两遍一会儿差两张，一会儿又差一张？"林莉不信。

"是这样的，"老蒋尽量平和地解释："第一次点的时候，有两张钱被口香糖粘在了一起，所以点出的数字是九十八张，第二次点的时候它们不粘了，所以点出的数字是九十九张……不信你自己再数数？"

"我不数！我告诉你：我给你的钱是一万块，一张都不少！你的手数钱那么快，我都看不清楚，我怎么知道你是如何把一张钱变没的？……"林莉越说越激动，两眼蓄着泪。

分歧就这样产生了，于是就有了投诉。刚关上网点门，投诉工单就飘到了小陈主任的工作电脑上。赵敏行长非常重视，立马在电话里向小陈主任了解情况，说一会儿亲自过来处理此事。

赵敏说到就到，她以雷厉风行著称。她是刚被上级银行委任到运河支行的，年纪不到三十五岁，从外表看只有二十五六，高挑白皙，特别是银行工装一穿，盘着头发，更显得干净利落，英姿飒爽。

刚坐下，赵敏便打开工作笔记："老蒋，说说事情的经过吧。"

于是老蒋便将事情的经过原原本本地说了一遍。

进行了快速记录后，赵敏合上了笔记："别的我不说，我只问一个问题：老蒋，在这件事上，你有责任吗？"

"我没有责任。"老蒋肯定地说。

"没有责任？那么你的解释到没到位？如果你解释到位，怎么能和客户发生争执，怎么就有了投诉？"

老蒋有点儿发懵，他知道这句问话放之四海而皆准，什么叫解释到位？什么叫没到位？很显然，客户满意就叫到位，不满意就不到位。

"我尽可能让每一位客户满意，可是也有特殊的客户……"老蒋怯怯地说。

"你指的是林莉？老蒋，我来之前仔细看了你的工作影像，你不要说我没有发言权——在钱的问题上，肯定不是你的错，但我认为你今天的工作很不在状态，在与客户交流时你一点笑容没有，态度很生硬！"

小陈主任连忙打圆场："赵行长，其实老蒋一直很平和的……"

"工作问题上不需要老好人，尤其是网点主任！"赵敏不客气地打断小陈主任的话。"银行服务的重要性我不想在这里重复，大家都知道蝴蝶效应，任何一点点的失误都可能造成不可想象的负面舆情，我希望大家都能明白这个道理。任何人，只要你是银行的职工，你就有责任有义务维护我行的形象。我不管你在我行干了多少年，有多么老的资格，说白了倚老卖老在我这里行不通！客户投诉一事该怎么处理就怎么处理！解铃还须系铃人，老蒋，接下来你要做的就是找到林莉，安抚她的情绪，做好沟通，向她道歉，让她撤诉。你还有什么话要说？"

老蒋的脸煞白，赵敏说他今天没有笑容，他今天是绝对笑不出来的，因为闵芬……他原来见着领导是讲不出多话来的，今天也许是赵敏的话太重，让他受不了。

"赵行长，既然你今天来了解情况，我就索性把我自己的想法跟你汇报一下：我绝没有倚老卖老的意思。再说现在'老的'在银行值钱吗？是的，我现在的确够老了，我在运河支行已经干了三十多年了……所以，论情感，我对运河支行有着三十多年的情感，我一直在努力维护着它的形象，我知道，我的形象就是它的形象。可我认为你们领导应该在把事情前因后果、孰是孰非搞清楚的前提下来处理投诉，才有公平，才能让我心服口服地真诚道歉，才能长久地维护银行与客户的关系。有许多行长总是会唱高调，什么客户啊，服务啊，上帝啊，可时间不长，他们就调走了！我在这里曾经伺候过二十任行长，你是第二十一任，说真的我不知道你在这里能待多长时间，你说哪个更爱运河支行？哪个更想真心维护运河支行的形象？"

"你——"赵敏涨红了脸，到了运河支行，她说的每一句话，中层干部都是拿着工作日志小心翼翼记着的，还没有哪个人敢当面顶撞她。"你这是什么态度？你考虑过影响吗？掂量过后果吗？"

既然话赶话说到这里，老蒋也收不住了："我就是大运河上一只没有色彩的公蝴蝶，我不相信我这无力的胳膊一抖动，会掀起一场太平洋风暴！"

他拿起饭盒，头也不回地走了。

小陈主任尴尬至极："老蒋别走……赵行你看——"

赵敏脸色难堪："陈主任，老蒋他一直都是这样吗？这样的员工怎么教育？怎么管理？"

茶几上放着打开盖的啤酒，电视里播放着孙涛、秦海璐的小品《提意见》。啤酒虽然打开了，可是老蒋一口没喝，观众们热烈的掌声和爆笑也和他没有关系，他木头似的坐在沙发上。

领导套路深呐！

今天他算是把赵行长得罪了。她是什么来历？接下来她会怎么收拾他？都是投诉惹的祸啊！

林莉说她的钱是一万块，说得斩钉截铁；他点了好几遍都是九十九张，千真万确。究竟错在哪里？说真的，林莉很漂亮，可以算是资深美女，从电脑信息上看林莉今年四十五岁，但从穿着打扮上看她只有三十五六光景，可是仅仅为了一百元的差错，她怎么就能不依不饶，怎么就能湿润了眼睛，怎么就说老蒋对她态度不好，怎么就能真的投诉了？仅那么一丝微风吹拂了她的裙裾，风暴便袭击了老蒋……

赵敏行长说他今天没有笑容，这句话平时倒也没有什么，可是今天特别刺痛他，今天是妻子闵芬的忌日——四年前的一场车祸，毫无征兆地带走了她。当时儿子晓风正值高考，他在儿子考试结束后才将这一噩耗告诉儿子，晓风悲痛欲绝，到妈妈坟前一场嚎哭，愣是一个假期没和他说一句话，录取通知书下来之后，便打理行囊离开了他。整整三年，父子俩除了学费生活费上的简单沟通，基本上处于无语状态。只是近期儿子考研才和他商量。说实在的，作为一名柜员，他很难给儿子找到一份稳定而丰润的工作，考研就考研吧。

现在老蒋可以说是孤身只影，形影相吊。他看着已经由立体的活生生的彩色的闵芬变成了平面的挂在墙上的黑白的闵芬，心直往下沉。闵芬曾经抱怨他不好好经营家庭，整天忙着打算盘，练数钱，有什么出息？说归说，她还是把饭菜端到了他跟前。他说三铁是银行人的基本功和基本素质，不练怎么行？他这一练还真练出了名堂，在省行比赛中获得了手工点钞和翻打会计凭条二等奖！当年支行就报他当省行先进，要他准备先进材料。谁知他说这是他的工作本分，有什么先进可言？愣是没有准备材料，支行急得不行，只好另报他人。区别是被报的人早已到市行任职，而老蒋一直在柜台上趴着。

闵芬啊，我今天被人投诉了，行长说我没有笑容，我今天真的是不在状态，我想你了啊，我怎么能笑得出来……

太阳照常升起，所以老蒋依旧提着饭盒，提前三十分钟到岗，这个习惯已经有三十多年了。可是今天不同往日，林莉和他几乎是一起到的。她提着两大包破钱，跟小陈主任讲，今天谁服务都不行，就要老蒋点，而且看看老蒋今天是不是要错上天！小陈主任不敢怠慢，连忙向赵敏行长作了汇报。这样，老蒋的工作便被停下来了。

不工作还真不习惯，老蒋找到赵敏理论。赵敏说你这个状态怎么工作？她以工作状态为由，便停了老蒋的工作。

领导套路深啊！

"我被停职了？"

"也不算吧，"赵敏看着老蒋，"你现在的状态真的不适合在柜面，这样吧，现在总行有一批坏账要核销，时间紧任务重，信贷科的人手少，忙不过来，你先去帮帮忙，等你稳定了，再回网点吧。"

老蒋将信将疑。

"我还是那句话，林莉投诉的事你要赶快处理！"赵敏追加一句。

来到信贷科，老蒋其实也帮不了什么忙。即使在银行，也是隔行如隔山，他只能帮着找档案、复印档案，于是他一头扎进了档案室。虽然霉呛味油墨呛呛得难受，但离开了林莉的纠缠，心里还是好受不少。符合总行核销条件的坏账不少，其中最大一笔是运河市丝织厂，本息合计近一个亿。老蒋看着这个数字，隐隐感到心疼。

"这一个亿收不回来了？"老蒋问孙科长。

"是啊，陈年旧账，多少年了……"孙科长一脸无奈。

"这账核销了，意味着什么？"

"意味着我行可以轻装上阵，不再受它的拖累，我们全行的绩效考核钱也能拿多了，所以这次是机会难得啊！"

"那是不是说这一个亿就没有了？"老蒋不解地追问。

"老蒋啊，这不是好事儿吗？你干吗心事重重地问个不停？"孙科长不解。

老蒋就是心疼，一个亿的贷款，要是变成存款在柜台上，要说多少好话，要花多少工夫才能揽来啊？这丝织厂怎么就能欠债不还？他想看看这个厂。

老蒋来到丝织厂厂房前，整个厂房破旧不堪，墙头上的碎玻璃片在阳光下晃眼，墙体上出现的大洞根本无人修补，可以看到里面锈迹斑斑的机器。不过这个厂房真大，老蒋估摸着有五百亩地，从前这里机器轰鸣，美女如云，纤手弄巧，现在呢，杂草丛生，一片萧条，寂静得可怕。真的什么都没有了吗？其实这里还有几排破旧的宿舍楼，还有一个小超市。走了这么远，老蒋渴了，他走进了小超市。

"给我来瓶绿茶。"

"不卖！"

哪有这样做生意的？老蒋看到柜台后的人时，才发现她是林莉。

"你还没有向我道歉，来我们厂子想打什么主意啊？"

"我没想……"

"我盯着你好久了，还说没想？我们厂还有什么值钱的东西？除了有人租过它拍警匪片之外，再没有别的了！哦，对了，你原来就是银行一个讨厌的小柜员，怎么现在像银行信贷科的讨债鬼了？"

"话说得真难听啊，呵呵。"老蒋难堪地笑道，"我是临时到信贷科帮忙，不过我还是要向你道歉，昨天我态度不好……"

"我知道，昨天是你老婆的忌日。"

老蒋很是惊诧："你怎么知道？"

"你们赵行长来过了，她向我说明了一切，并道了歉。总之，我原谅你了，可是那一百元钱真是在你那里少的！"

老蒋百感交集。这赵敏怎么知道他老婆的事，领导套路深呐……

"那很好……再次道歉，不好意思！"

"这就走了？"

"不走怎么办，你又不卖饮料给我……"

"我和你们不一样，你服务不好，我可以投诉你，我不高兴就可以拒绝跟你做生意。你说对不对？今天我就是不卖给你，但是，我可以送一瓶给你，拿着！"

一瓶绿茶飞了过来。老蒋没接住，狼狈地低头弯腰捡起："我给钱……"

"你爱喝不喝，少给我谈钱，谈起钱我生气！我那一百大洋啊……对了，我没亏，你们的小陈主任给了我100元，虽然我没亏，但我觉得特别扭……"

"说真的，我也是……我不在乎一百块钱，可真的几十年我就没错过……"

"你丢不起这人？"林莉笑了，"不说了，说说你鬼鬼祟祟地跑到我们厂前转什么？"

"你们厂欠我行贷款连本带息一个亿……"

"你们还想要？我们厂长早就带着小三跑了……"林莉说这话的时候，尤为愤然。

"你熟悉你们厂长？"

"他是我曾经的老公。"

"啊？"老蒋愣住了。

这时，外面有人喊林莉，她出去了，老蒋感到心口堵得慌，猛地灌了几口绿茶。

一会儿，林莉进来了，愣愣地盯着他："看来你是对的……"

"什么？"

"我们厂区的姐妹们想一边跳广场舞一边守候我们的厂子，在凑钱买音响的时候，从我的一万块里抽了一百，我把这事给忘了……对不起！"

老蒋心头的雾散了："好啊，事情终于弄清楚了！"

"为了表达我的歉意，我请你吃饭！"林莉真诚地说。

"不了！事情搞清楚了我很高兴……"

"那，这一百麻烦你带给小陈主任，真的不好意思啊！"

"没事没事！我一定带到！"

"那我还会去你们那里存钱，你们不会记仇吧？"

"说哪里的话呢？"

"说真的，我这个开小超市的，存的都是零钱啊！"

老蒋灵机一动："你为什么不开通我行的 APP？"

"什么？屁屁？"林莉脸红了。

"有它客户就可以直接划卡转账，也可以手机支付，你也就不需要收这些零钱了。"

"真的？我最讨厌零钱了。你什么时候给我开通？可是我这里还有十多万十元以下的纸币，还有三万多硬币……"

"我这就回行里给你申请，还有，等我有空，就来帮你整理零钱。"

从林莉的小超市出来，老蒋就隐隐约约感到有人在跟踪他。他索性停下脚步。

"你是银行的？"来人问。

"是啊？你是？"

来人并不回答，而是继续提问："这厂房和你们银行有关系吗？"

老蒋很奇怪："怎么没有关系？它欠我们银行贷款！"

"贷款？你们不是核销了吗？"

这人什么来历？老蒋警惕了。

"还没有，你是干什么的？"

"我是开发商。这是我的名片。请问您的职务？"来人递上名片。

老蒋一窘："我没有名片……"

"保密啊？能否赏光找个地方坐坐？"

"对不起，我还有事，如果你有什么事可以找我们行长谈！"老蒋逃开了。

有开发商看中了丝织厂的地？而丝织厂又在银行贷了款，而贷款偏偏在这时又要核销？老蒋搞不懂了。他敲开了赵敏办公室的门。来不及说别的话，他一口气问了好几个为什么？

赵敏给他倒了杯茶，沉思起来。过了好一会儿，才开始讲话："这可是个复杂的事情。丝织厂的贷款是多年前的事了，当时的借款是用厂房、机器和土地做抵押的，可是企业破产以后，政府一直在进行破产清算，它的厂房和机器已经没有什么价值了。"

"可是它还有土地啊。"

"土地在当时也没有什么价值，因为它远在郊区，即使现在，它也不会值多少钱。"

"有多少算多少呗，总比一分没有强啊！"

"牵扯到土地，那就麻烦了。它关系到政府，关系到厂里的职工安置，我们不仅力不从心，而且最为麻烦的是，由于年代久远，我们丢了一个重要物证——"

"什么物证？"

"借款合同、抵押合同原件。"

"是谁弄丢的？"

"责任追究那是肯定的，但事情总有缓急，能核销最好，我都被压得喘不过气了，核销时自然会有责任评议……"

老蒋怏怏地回家。刚到小区，他就看到家里的灯亮了。他不禁感到一阵温暖，以前不管加班到多久，闵芬总是开着灯等着他。一想到闵芬，他的鼻子发酸了。谁开的灯？难道是自己走时忘关了？

人的情绪低到极点，就会有意外的惊喜——儿子晓风回来了，并且准备了丰盛的一桌菜。

“回来也不打个电话？”尽管在埋怨儿子，心里还是充满喜悦。

“爸，我这次回家是路过，我的导师有人招待，我就回来和您聚聚，明儿一早就走！”

“这么急？还买这么多菜。”

“是啊，我跟导师要一路南下，考察高铁线路。来，老爸，儿子以前不懂事，现在知错了，敬您一杯！”

就这一句话，说得老蒋差点儿掉了泪：“说什么呢？爷儿俩还有过不去的事？”

“老爸，我的意思是今后我要走南闯北，可能没有时间回来陪您了……您要保重身体啊！”晓风又灌了一杯，眼里呛出泪花。

“年轻人事业重要，我不要你关心，你没看到你老子好着呢吗？”

“没事去去健身房，不要总是一个人闷在家里，再说这家里也太冷清，哎对了老爸，你可以和广场舞大妈们跳跳舞，也可以健身的。”

“我吃饱了撑的？尽说些没有边际的话……”

“好好好，我说说着边际的话好不好？老爸，我们这里要通高铁了！我这次跟着导师南下，就是要考察高铁站址的！”

“哦？”

“我们一行人已经选中了一个地方，就在丝织厂旁边，老爸，你还记得那个地方吗？”

“什么？”老蒋吃了一惊，“你是说丝织厂那边要建高铁站？”

“爸，这事你得保密，要不然，那里的地价可是要暴涨了。”

那个开发商的鼻子这么灵？老蒋连忙掏出开发商的名片：汪一鸣。

那块地有可能是银行的，可是重要物证灭失了。多可惜啊……

儿子不回来也罢，这么匆匆而来，匆匆而去，让老蒋更感到空虚得慌。晚饭后没事做，他想到了林莉。他说过要帮她整理零钱的，于是骑了共享单车，向丝织厂的方向进发。

离厂很远的地方，老蒋就听到了低音炮音响的震撼，他慢慢靠近，灯光闪烁中，他看到了一群人在跳舞。领舞的是个少妇，一袭黑色紧身衣，一头黑色的长发，动作干净柔美，前后转承娴熟，踩着节拍，仿佛那音乐就是为她量身订制的，高手在民间啊！在舞蹈和音乐上，老蒋是个门外汉，他斜跨在单车上，看呆了。

一曲终了，领舞者一转身，老蒋吃了一惊，原来是林莉！林莉看到他，笑了："你怎么来了？"

"我说过帮你整理零钱的，你要是没空，那就下次吧……"

"太好了，我们现在就走！"

两人来到小超市，林莉开了门。

"你的舞跳得真好看！"老蒋由衷地说。

"哪里！我们主要是健身。还有最重要的，我们要守候自己的家园，自己的厂房，所以我们的舞场就放在厂门口。"

"为什么？你们厂已经破产了啊？"

"正因为破产，我们厂才欠了社保处一亿多养老金，政府又没钱替我们交，现在又有开发商想打我们厂的主意，想以极低的价格买走我们的厂房，而且不顾我们的死活！对了，你们银行也是贼心不死……当然，我不是说你。"

老蒋笑道："欠债还钱天经地义，我们银行怎么叫贼心不死呢？"

"我们厂是借了你们的钱，可是我们工人见过一分钱吗？当然，我的老公见过，可是这么多年过去了，他现在连飞机高铁都坐不成，他的小三也成了别人的小三，你说这是不是报应？"

"这个问题我们不讨论，开始工作吧？"

"那就有劳你了，这是扎纸币用的橡皮筋，这是一些没用的文件，你就用它裹硬币吧！"林莉扔过一摞厂部文件。

老蒋看着文件，无意中竟然看到了与银行签定的借款合同、抵押合同原件！

林莉拖了把椅子在他对面坐下，幽幽地说："有时候吧，人真是奇怪，我竟然羡慕你的老婆，她走了那么多年，你还记着她；我这个活生生的人整天在他眼前晃，他居然当我不存在！你真难得啊……"

老蒋支支吾吾，竟然没有听懂林莉的话……

老蒋拎着一捆硬币，又一次敲开了赵敏办公室的门，正好信贷科孙主任也在汇报坏账核销的进展情况。

"证据！我找到证据了！"

赵敏和孙主任一头雾水。

老蒋拆开硬币，哗啦啦撒了一地。他把包裹硬币的纸一一摊开，两份合同原件铺展在赵敏和孙主任的眼前。

老蒋非常兴奋："这下我们可以主张我们的权利了！而且有开发商想买这块地……"

赵敏仔细阅读着合同，看着双方的签字和印章："合同没错，照这么说，我们可以打官司了，孙主任？"

孙主任皱起了眉头："赵行，这事儿不好说……"

"那你说说你的看法。"

"是这样的，这事表面上看是我行和丝织厂的官司，其实还有政府的介入，如果再有开发商介入，这事不就更加复杂了吗？可是核销就没有那么多的不确定因素，等了多少年了，总行才给我们核销政策，我们不能失去这个机会啊！"

老蒋忍不住了："孙主任，人做事要凭良心，现在要回这笔贷款不是没有机会，我们已经有了证据，难道眼睁睁地看着这一个亿的贷款被核销吗？"

"老蒋，我理解你的好心，可是再走诉讼程序，没完没了，耽误了最佳时机，我们就会一直背着这个包袱，全行职工的工资水平都会受到影响而得不到改善，我们将被全行职工骂啊，这个责任，谁承担得起？"

"我承担！毕竟这一个亿是国家的财产啊！"

你承担？充其量，你就一小小柜员，你的分量够吗？孙主任嘴角撇出一丝不屑。

赵敏沉思了一会儿："这样吧，孙主任，其他的核销材料尽快上报，丝织厂的先压一压。"

"这……"

"先压一压，压到最后一秒！如果老蒋的分量不足，把我也押上吧。

身为金融人，没有担当怎么行？你去准备材料，我们要尽一切的努力挽救这一个亿！"

不知怎么的，老蒋觉得赵敏这细小的身板，顷刻间变得高大起来。

对于丝织厂这块地，消息不灵通的开发商自然不屑一顾，而汪一鸣却志在必得。就在他几乎与政府就地价达成初步协议时，银行却突然向法院主张了自己的权利，事情变得复杂了。

老蒋觉得自己对不起林莉。那天晚上，他抑制住狂跳的心，尽量装作若无其事的样子，轻轻抠掉合同上的订书针，沉着冷静地裹完最后一卷硬币，便找了个借口，说一个朋友正好请他换硬币，掏出自己的整钱将硬币换了下来。但其实，这也让林莉看出了某些端倪，但林莉显然理解错了，她认为老蒋的不自然是因为与她单独在一起，这样一想，她的心跳也加速了。

既然对不起林莉，老蒋的心便被堵着。休息日，他约了林莉在运河湿地公园见面，想告诉她实情。他之所以有林莉的电话，是因为投诉工单上有。

林莉从深深长长的林间小路上飘然而来，老蒋看呆了：她化了淡妆，穿着浅紫色碎枣花短袖上衣，和她细润的肤色非常搭，胸部饱满，挺而不坠，下穿黑色筒裙，衬出修长的双腿，她今天怎么这么美……

林莉从包里掏出一瓶绿茶："给……这里真静，这树好高，这小路仿佛没有尽头……"

老蒋："是啊，每到初夏，这里就一片翠绿，延绵不绝……"

林莉笑了："怎么想到要到这里见面？你是不是经常和网友在这里幽会？"

"哪里……我独自一人的时候，喜欢到这里静一静。"

"你真是不怕寂静啊！"

"林莉，今天约你出来，其实……其实是想跟你说件事儿……"

"你不会……表白什么吧？"看着老蒋一本正经的样子，林莉轻轻捂着胸口，脸色微红。

"我们行要和你们厂打官司了……"

林莉有点儿失望："说这些干什么？就不能说点不扫兴的事儿吗？这是你们银行和我们厂的事，关你什么事？"

"这事和我有关系……是……是我从你这里拿到了原始合同……"

"你说什么？你从我这里拿到了原始合同？"

"事情是这样的：你们厂用机器、厂房和土地在我们行做了抵押贷款，可是我们遗失了合同原件，那天我帮你裹硬币，你递过来的文件里正好就有合同原件……"

林莉的表情由不解到惊讶，由惊讶到愤怒："好啊，你——你怎么是这样的人？我原以为你约我出来是……你这个骗子！贼！小偷！"

"正因为我不想骗你，所以才告诉你……"

林莉："我不听！卑鄙！无耻！"

老蒋："欠债还钱，天经地义。这是国家的财富，我们不能让它从我们的手心里丢失，这样，我良心上过不去……"

"你少以国家的名义来唬我！说白了还不是为了你和你们银行自己的利益，你们整天打着自己的小算盘，这下你们银行赚了，你受到奖励了，我们的利益谁来保证？还说什么欠债还钱天经地义，我真没想到你是这么自私的人！你不觉得亏心吗？"眼泪在她的眼里打转。

老蒋："我……所以我想约你出来，说明情况……"

"所以，你挑了这么个好地方？"林莉一把夺过老蒋手中的绿茶，愤愤地抛开。"喂狗也不能便宜你这种人！"

林莉几乎是跑着离开他的，差点摔个跟头……

怎么会这样？老蒋眼看着林莉跑出树林，心沉沉的，颓坐在路边的木椅上，让周围无边的绿色掩埋了自己……

为了丝织厂地块，政府领导专门召集了银行、开发商等单位在会议中心进行协调。进行了充分的准备之后，赵敏又把孙主任叫到办公室，仔细研究了相关细节，便大踏步走向会议中心，孙主任挟着包，一路小跑，跟在后面。

老蒋突然出现在赵敏面前："赵行长，能不能让我也参加会议？"

赵敏感到意外，毕竟老蒋没有职务，坐在谈判桌前，不好介绍身份。于是她说："老蒋，你放心吧。我们准备得非常充分，孙主任又是谈判专家，一定会给你和全体员工带回好消息！"

"其实吧，谈判的过程就是个妥协的过程，和解的过程，我之所以想去，一是不放心，二是看看汪一鸣能不能成为我行的客户，你知道他带过来的资金应该有几个亿吧。如果能存在我们行，那是多大一笔存款。再说他开发成功后，我们可以试着让我行独立代理他的住房按揭贷款，这又能给我行创造多少利润空间！"老蒋自信地说。

这次赵敏惊讶了："好啊老蒋，想得够远啊。"

孙主任说："这次不吵得像一锅粥就不错了，哪有这么多好事儿在等着我们？"

赵敏说："事在人为。我们一起走！"

来到会议中心，各路人马都到齐了。彼此介绍，不是处长就是科长，不是经理就是老总，不禁让老蒋感到那些人都肿了一圈，连会议室都有点儿膨胀了。

因为汪一鸣与老蒋有一面之缘，当赵敏介绍他的时候，汪总早已热切地伸出手，一听说他是柜员老蒋，眼里那道光芒瞬间消失，蜻蜓点水般地碰了碰老蒋的手，便再不关注他了。

出乎意料的是，协商是在亲切友好的氛围中进行的，政府卖了地，开发商如愿以偿，银行追回了贷款本息，赵敏在友好的气氛中顺势向汪一鸣提出老蒋构想的开户问题和按揭问题，汪一鸣很有意味地看着赵敏，朗声笑道：怎么可以拒绝美女的提议，什么事都好商量嘛！并热情地邀请大家吃顿便饭。就在大家皆大欢喜准备庆贺的时候，老蒋弱弱地问："我能说两句吗？"

"说吧说吧，这是个畅所欲言的会议！"主持人鼓励道。

老蒋清了清嗓子，显然他对这个阵势也有点儿怵："从今天的结果看，好像是个皆大欢喜的会议……"

"这本来就是一个皆大欢喜的会啊。"主持人兴奋地说。

"可是有人不高兴。"老蒋慢吞吞地说。

汪一鸣："谁不高兴？你们银行难道还有什么条件？"

老蒋立即道："丝织厂的工人们不高兴……"

孙主任赶紧打拦头板："老蒋，不要节外生枝！"

"你们到底让不让我说？"

整个会场瞬间冷了下来，个个人脸上都挂不住。

"既然大家都不说话，我认为是对我的默许。是啊，政府卖了地，赚了钱；汪总拿了地，很快会大赚一笔；我们行也收回了贷款本息，为国家挽回了损失。可是在座的诸位有没有想过工人的感受？因为破产，他们有上亿的养老金没有人替他们补缴，有厂地在，他们便有了一份欣慰，他们在以自己的方式，笨拙地守候着那块地，可是他们不知道，今天，在这个会议室里，他们的厂地已经被卖掉了！这能叫和谐吗？这能叫共赢吗？这是我们今天所倡导的社会价值吗？"

汪一鸣的脸铁青："请问你是什么职务？你代表什么人？你能代表得了吗？"

赵敏赶紧说："老蒋，别说了，你的话已经超出了我们今天讨论的范围……"

老蒋："我没有什么职务，我就是柜员老蒋！"

主持人："既然你没有职务，请你出去，不要在这里搅乱会议！"

会场还是乱了。很显然，再不出去，老蒋有可能会被轰出会场。

老蒋无奈地走出会议室，他多次拨打林莉的电话，可是林莉早已把他拉黑了。无奈，他向门口的保安借了手机，再次呼叫林莉。

手机终于通了，林莉的声音从话筒中传出："你是谁？"

老蒋的语速变得特别快："听我说，你们不要再傻守着那块地了，你们的厂地已经被卖了！要想挽回你们的损失，你就要赶快召集你们所有的广场舞大妈到会议中心来维护你们的权利！"

林莉疑疑惑惑："你是……老蒋？"

"别问这么多了，时间不多了，你们快来！"

老蒋倚在墙角，坐在石阶上，心里很乱，林莉她们会来吗？什么时候到？

一会儿，汪一鸣走了出来，意味深长地看着老蒋："一个人要知道自己什么分量，几斤几两，就凭你一个趴柜台的小柜员，能阻止这场交易？"

老蒋定定地盯着汪一鸣："愿不愿意补偿丝织厂工人是你的事。"

汪一鸣："你说对了，我一个子儿都不会出！"

老蒋："一会儿有工人聚集，你不担心事儿闹大了？"

汪一鸣："那是政府的事，我管不了！"

看着有点狂妄的汪一鸣，老蒋非常失望，这些开发商怎么就那么没一点慈悲心怀？如果不能捏住他的七寸，他怎么肯出血？

"汪总，据我所知，你即将成交的地块的对面要建高铁站对不对？"

这一句果真问到了要害，汪一鸣不淡定了："你怎么知道？"

"其实你即使给那些可怜的工人们进行了补偿，你还是会赚钱的，而且是不小的一笔，如果有其他知道真相的开发商来竞标，标的就不好控制了，我说的对吗？要不要我把这消息散布给其他开发商？"老蒋坚定地说。

汪一鸣的脸变了颜色："你！哈哈哈哈，老蒋啊，有点意思！有点意思……"

老蒋被赵敏叫到办公室。

"好你个老蒋啊，差点搞砸了我们的事。先是冷不丁地冒出来搅局，后来又突然来了那么多广场舞大妈！绝顶聪明的汪一鸣汪总居然让步妥协了……老蒋啊，你的套路够深的，啊？"

看着赵敏轻松的表情，听着她赞许的口吻，老蒋也变得轻松起来："哪里，还是领导套路深啊！"

赵敏："哦？怎么讲？"

老蒋："赵行居然知道我夫人的忌日……"

赵敏："有时候吧，我们工作做得不够细致，这也是我们值得检讨的地方……"

老蒋感动了："说真心话，那天林莉说你和小陈主任亲自上门，给我圆场，说出那天是个特殊的日子，我差点没控制住……说真的赵行，只要领导理解下属，我们苦点累点算个啥？"

赵敏点头："说得对！老蒋啊，我们已经和汪总谈妥了，他们的户就开在你们网点，以后呢，你就做客户经理吧，一定要把这个客户维护好啊！"

老蒋："我？能行？我可让汪一鸣多花了不少钱啊……"

赵敏："在商言商，你是让汪总多出了不少钱，但他欣赏你的担当。所以你一定行！"

林莉来电了。

"为了感谢你为我们争取了权利，补足了养老金，今晚我们广场舞大妈选了十个代表请你吃饭，请你注意，她们个个都是能把男人泡在酒缸里的高手！你怎么不说话？怕了？哈哈哈！"

"我……这不好吧？"

"什么好不好的？我把地址告诉你：在红翻天火锅店！这里有不辣、微辣、辣、怪辣，我喜欢怪辣！你喜欢什么口味的？"

老蒋不知所措。

林莉有些着急："你怎么一直吞吞吐吐的？给个痛快话！如果你能来，我还想请你抽空帮我整理零钱，有了你这把算盘，我放心……你在听吗？要是你不来，我明儿一大早就把所有的零钱破钱都拉到你们网点，点死你累死你！"

林莉挂了电话。

老蒋有点儿蒙，他望着从窗口照进来的夕阳，水洗般的蓝天上飘着几丝金色的彩云，他有点儿飘，心里暖暖的……

（选自庆祝改革开放四十周年"金融人的故事"短篇小说征文获奖作品）

作者简介

沈乐嘉，笔名乐安，现供职于中国建设银行信用卡中心。

梧桐信

沈乐嘉

一

1992年，一座大容量超临界火力发电厂——华能第二电厂首台60万千瓦超临界机组并网发电。也就是这一年春末，在发电厂不远处的小房新村外，新开了一家百货商场。商场门口高高竖着一块醒目的广告牌，是日本三洋公司的。广告牌上，印着最新的收录机和彩电，经过那里的穿着背心和灯芯绒裤的中年人，时不时地向那花里胡哨的洋玩意儿投去羡慕的目光。

昔日两万户的小房新村在斜阳映射下，抹去了光鲜的外表。几缕灰蒙色炊烟时不时从生了锈的铁窗户里漫不经心地钻出，萦绕在麻将牌似的联排楼外，一转眼升腾着便淹没在了远处滚滚冒出的烟雾中。自行车的铃声会时不时在炊烟与斜阳的交汇中穿梭。

一辆黑色奥迪缓缓停下，一双深黑色反着光的皮鞋噼啪作响。声音从车的前门传到后门，轻轻地后车门被向外开到了九十度。一副白手套紧紧贴着车辆的后门框，黑漆漆的车厢里，一束迎宾灯打在苏国正整齐的领带上，他点了点头，慢慢站起身子。

"苏行长回来啦。"门亭岗的大姨打着一把芭蕉叶似的大扇子，热情地招呼着。

"唉。"苏国正微微一笑，迈开脚步往巷子深处走去。

在弄堂里踢球的孩子中，立马有人认出这西装革履的男人，喊着："爷爷、爷爷……"

弄堂外发动机的震颤声尤未散尽，苏国正的儿媳妇汪未平提着一个厚重的黑色马夹袋，对门口大姨点了点头，往巷子深处走去。

天色逐渐暗了，新村口梧桐树上的知了声不停歇，马路上一盏一盏宛若长龙似的路灯，将星星点点的亮光从远处摇摇曳曳地洒进联排楼的窗户上。

二

"回来了。"都兰应了一声。她穿着一件深褐色的宽松的绸子单衣，看着整整大了一号。但作为家庭主妇，这身装扮是不失庄重与贤惠的。

"恩。"苏国正面带严肃地走过都兰身旁，"叫海明也可以上来吃饭了，闹腾的来。"

家里是四面乳白色漆刷的墙，时间久了渐渐泛起了黄。晚饭时一家人红彤彤的脸庞，在乳黄色墙面的包围下，感觉温暖又融洽。先是一阵安静，苏国正紧锁着眉头："行里，已经收到我的信了。大家，安心吃饭，安心过好日子。我们要做的，就是，认真地做好自己的事。"他似乎是累了一天了，回到家方说了一句话，豆大的汗珠子即从额头上冒出，沿着鬓角的苍苍白发落下。

汪未平规规矩矩地坐在都兰身旁，她仔细听着苏国正说的每一个字。苏老爷子在吃饭前会先说上两句，一家人早已习惯。只有等老爷子说完，众人方才一个一个拿起筷子，吃饭时间就到了。

汪未平没有动碗筷，她听到了"安心吃饭"这几个字，不由得心跳加快。

信已收到？她不敢相信，前些日子听人家说求神拜佛，自己默默地拜了拜神仙，没想这么快就显灵了。想着，她嘴角忍不住地翘了起来。

"小朋友要多吃鱼，吃鱼补脑。"说着，都兰便夹了一块鱼肉放在苏海明碗里。

"我明年五十九岁了。比我早一年参加工作的罗行长退休在家了。我们这一批也算是安全到岸，好像现在都流行这么说。"苏国正咽了口汤继续说道："这房子的事啊，不能急。我工作一辈子，不也好好地住在这里？"停顿一下后，旋即拉高语调，"但我一直很重视这个问题啊，所以你们让我写的信，我知道你们的意思。"倏忽间家里筷子声消失殆尽，众人互相瞪着眼。

听完汪未平觉得自己脑袋像是被闷棍狠狠地敲了一下，方才心中暗生的窃喜，已然成了眼前干枯的墙壁背后正要悄然酝酿着"坠崖"的漆块。

"我说啊，房子是身外的。你们年轻，要做的是把自己眼前工作做好，学技能。别的一切都是别人的，技能实实在在是自己的。没有技能的人，到头来还是要下岗。"说完，苏国正歇了口气后缓缓地举起了筷子。

直到盘空了、人散了，汪未平始终没有听到一句关于学校的词句。春天黯然离去，老人家的孙子苏海明小学毕业。为孩子择校而担忧的汪未平，顶着千辛万苦回来，原本是想听老爷子说一句关于私立的新立中学摇号的事儿。汪未平觉得话已经到了嘴边，又忽然难以启齿……

帮助都兰收拾完碗筷后，都兰挥着手让汪未平赶紧回去。汪未平应了。她扫了眼柜子上立着的一个小摆钟，时针指过 8 点。

乘着公交大约一个小时路程，汪未平呼呼喘着气，赶忙推开自己的"包厢"。这是一间不到五平方米的房间。她穿上系着小红绳的褐色塑料拖鞋，拉开房间中央的帘子。一只斑驳的马桶和一把锈蚀的水龙头赫然跳了出来。带着汗味的衣服被随意丢在帘后马桶旁一个红色塑料桶里，干净的衣服一件件与帘子同挂在房间中央一根银色伸缩杆上。不到一分钟的时间，汪未平便轻轻地阖上门，蹑手蹑脚地穿过长廊般的厨房。黑漆漆的客厅，两头原本硕大的落地窗被两层厚实的窗帘遮得密不透光，房间里除了汪未平噗通噗通的心跳声外，什么也看不见、摸不着。她轻车熟路地摸到了开关，手上的血管颤抖着心跳的频率。汪未平轻轻咳了一声，见半晌没有回音，便一鼓作气打开大灯。咔嚓，刹那间寂静的房间又变回宽敞的、金碧辉煌的宫殿，汪未平长长地舒了一口气。

三

另一头，苏国正临近退休，但忙碌的脚步却未曾停歇。行里让他半退，书记关切地把他请到办公室，劝他赶紧把剩下该解决的事儿都解决了，还细心地问苏国正有没有什么需要组织帮忙的。苏国正一口谢绝了领导关心，转头回到自己硕大的办公桌旁，摆上信纸，提起笔继续写起自己的信。

他在写一封希望在退休前继续要求干事儿的信。这个时候是苏国正最文思泉涌之际，钢笔在手上不停地舞动着。他写道，这两年国产家电兴起，市民的消费水平不断提升。未来的年轻人，他们将比我们更见过世面，消费观念也可能逐渐与西方国家靠拢。他拿自己儿子结婚举了个例，年轻人结婚都追求大三件、小三件，可刚工作的年轻人哪有工资买这些？这时，苏国正拿出美国人的经验——提前消费。他感谢行里给他珍贵的机会，赴美考察运通和美国银行等世界上最顶尖的金融机构。他感慨西方的经济发展与金融理念，他相信未来中国也会如此！我们现在所做的所有的卡，都是储蓄卡，也就是借记卡。但是未来我们将拥有自己的贷记卡，或者叫信用卡。写着写着，他便用告诫的口吻鼓励未来从事贷记卡这一行当的年轻人，务必要发扬艰苦奋斗精神，他们可能需要奋斗十年、二十年才能迎来这一事业的春天。末尾，苏国正想着还是要提一些建议。他提议建立贷记卡独立的条线或是部门，实施条线化管理。他提议要引入国外专家团队，借助成熟经验快速发展业务。他提议要趁早选拔一批优秀人才，做好后续人才梯队的长期培养计划。

此刻他志气高昂，意气风发，觉得自己似乎找到了当年刚参加工作时的那份激情。他主动请缨做一个先锋、做一个试点，开展贷记卡项目试点上线并做推广。苏国正可能自己也没有信心，大家都还在勒紧着裤腰带忙着生计，有多少人会认可提前消费这种观念？可苏国正坚信，万事总是要开头的，这事儿如果不能让年轻人来，只有自己这个即将退休的老头子才能干。要说功名，对自己已经无用了，这事儿做好了可以造福后人，做坏了也就算在自己这个退休的老头身上，难道还能不让自己退休不成？

信写完后苏国正念了一遍，却紧锁起眉头。这可能是在副行长位子上写的最后一封信，他反复琢磨觉得还是欠了些火候，于是又接连写了三遍，每一遍写完后又都无奈地摇着头，这是一种恨铁不成钢的失落。放下笔，耳边嗡嗡地传来行办开会时那些话。几位领导讨论着要压缩信封和信纸的预算，苏国正断然反对。此刻，他看着眼前这封不争气的信，深深叹了一口气。也许压缩预算才是对的，行里一大把项目都急着用钱。而信纸，现在写信的人想来也不多了……

苏国正低下身子缓缓拉开桌底下矮柜的抽屉，翻出压在最底层的黄色保密袋。他用右手食指与大拇指牢牢攥住保密袋背后的线头，一圈一圈地解开束缚。里面十多张信纸一封一封整齐有序地在办公桌上排成一行。

他如数家珍般地用四个手指轻轻从信纸上拂过。右边第一封，是1986年，大儿子苏梧要结婚时写的。当时的沧海人结婚如果没有配齐冰箱、电视、洗衣机这三大件，就搞得好像不是合法夫妻一般。信中苏国正说起为儿子准备三大件的情况。儿子结婚后依旧与老人同住小房新村，故洗衣机是免了。小夫妻想要的电视机，苏国正硬是让儿子留下一张借条，遂同意太太都兰托老领导从伊拉克搬了个电视机，现在还在回祖国的路上。最后，唯独剩下冰箱没有着落。至此，苏国正如果直接提出希望组织协调亦算是顺理成章的事儿。可他欲言又止，只是婉转地问道：组织是否有这样的程序，或是有这方面政策依据，可以提供参考……苏国正看着自己的信，不由得笑了起来。

紧挨着旁边的第二封信，是1987年苏国正写给美院的弘院长的。那时，太太都兰准备去首都给父亲都冰庆老先生办一个画展。都兰把父亲遗留的画作从姊妹那里收过来，亲戚们非常相信她，认为家里只有都兰可以把父亲的画作发扬光大。弟弟更是把那幅带着郭沫若老先生题词的画也一并送给了都兰。画备齐了，文字材料都兰足足写了一百多页，可没有介绍信仍是寸步难行。苏国正提起勇气，便留下了这封慷慨激昂的推荐信。

第三封、第四封、第五封……这些日子，苏国正不止一次把信一张张抹开，再一张张收起来。即将退休了，这些信是让它们跟着自己一起埋没，或是给它们重新找一个地方邮寄出去？

苏国正把目光定格在前些日子刚写完的这封信上。信的抬头依旧留白，如同画龙没有点睛。信中苏国正提到目前关于住房问题的担忧，转而以自家为例。家在沧海市第一批两万户的小区——小房新村，这里曾是苏国正的骄傲，只有劳动模范才能率先拥有这样的住房条件。一室一厅的房子本是给苏国正和都兰两人住的，可当人均住宅满足不了日益增长的家庭人口需求时，聪明的沧海人擅长螺蛳壳里做道场。都兰把客厅一分为二，隔出了一个七八平方的地方，再加上把外边的阳台封上，活生生多了一间卧室，而且是朝南的卧室。改造以后，一室一厅变成了两室一厅，一间住着苏国正和都兰，一间住着苏梧和汪未平。自打苏国正小儿子苏良从日本勤工俭学回来后，便又在客厅里安了家。信写到这里断了，如同苏国正断了线的思绪，随着窗外那些不知去向了的云朵，时不时又变化出没有见过的样子。

苏国正念着这封信，嘴上重复着昨天晚上对着家人说的话"行里，已经收到我的信了。大家，安心吃饭，安心过好日子。我们……"

四

退休的日子一天天临近，苏国正最后看了一眼贷记卡项目的自荐信，不能说十分满意，不过也写出了自己想说的事儿。他郑重地叫来了黄秘书，把信递给他并嘱咐他把信呈送到行办，给行长过目。黄秘书走后，苏国正把其他的信叠成一打，竖起来往桌子上敲了两下，横竖对齐，重新一圈圈绕进黄色的档案袋里。越是到了这个关头，原本觉得会一身轻松的苏国正反而开始紧张起来。他紧紧握住手中的钢笔，不敢再多写一个字。

董司机敲门进来，他带来了自己家乡土特产——皮蛋。苏国正笑着从箩筐中拿了两个，剩下的还了回去。同时，又从抽屉里找出一盒比利时巧克力，一并送给了董师傅。董师傅脸红着，说什么也不肯收，可领导的命令还是得要执行。苏国正看着董师傅热情的微笑，他可是给自己开了八年车的熟人了。八年，眼看着别的行长司机，不是调去做了保卫科长，就是升成了主任科员。只有董司机，勤勤恳恳跟了苏国正八年。苏国正想董师傅是有求于自己的，可偏偏两人总是在会意的点头与微笑中，把一些事儿给拉了下来。董司机也不愧是可以跟苏国正八年的人，最了解这位领导。当年老领导的爱人都兰因为要照顾两个孩子，硬是牺牲了自己，把大好的前程放下，跟着家里来到沧海。随后一众人都想借着董司机传话给苏国正，为都兰介绍工作。谁料老领导一个不理，全部拒绝了。就这样，董司机八年里就没敢跟领导说过一句与工作无关的话。

还没等苏国正想清楚，查小梅像是排队取了号一般，前后脚地跟着也来登门拜访。

查小梅坐在办公室一角的一个单人大沙发上，她剪短了过去乌黑柔顺的长发，穿着一件朴素白色衬衫，屁股只坐了大沙发的一半。她眼角的鱼尾纹似是新芽般娇嫩，瘦瘦的脸颊在悠悠茶味的烘托下，温婉端庄。多年不见，忽来拜访，苏国正不由得怀念起查小梅替自己执笔的那几封信。

1980 年首都秋天。中央说了，只有改革才是正确的出路。苏国正身负重任成为了金融改革小组里最年轻的处长。新官上任三把火，刚上任的苏国正准备大干一场，而组织赋予他上任后的第一个任务，却是带一个新人——查小梅。

初见这年轻的姑娘，一张傲人的瓜子脸，一头乌黑亮丽的长发，水汪汪的双眸和一身色彩鲜明的着装。苏国正一眼就看出这是一个难伺候的主儿。小小一个新来的科员，却惊动领导并吩咐让处长直接管教，这其中缘由明眼人都知道。苏国正打量一番眼前的姑娘，继而压低声音，摆出了一副架子："你先去吧，工作后续会安排，这两天先熟悉一下。"

先熟悉一下，就是没有给查小梅安排具体工作，这是领导用来打压职场新人那股刺儿头最常规的方法。如两军交战，第一招便把敌人完完全全晾在明处，自己却可以惬意地端着茶杯，默默地做暗中观察。

虽然刚来就被苏国正摆了一道难题，可小查毫不示弱，随手捧起一本《西方经济学》，泡一杯黑漆漆的咖啡，镇定自若地读了起来。读书是无害的，只是小查说起话来时不时冒出几个英文单词，引起了诸多办公室老同志的反感。苏国正调整策略，安排手下干将洪云龙科长找查小梅"喝茶"。可谁知道，茶没喝成，查小梅反倒是对洪科长的话爱理不理。洪科长耐着性子给小查讲道理，说在中国大家都是说汉语的，要注意团结大众。查小梅反驳，国家都鼓励学生出国留学了，为什么就不能说英文呢？这叫与国际接轨，叫四个现代化！洪科长没接话，转而开始安排查小梅工作。查小梅毫不示弱，一句"是苏主任的指示吗？"把洪云龙的安排搪塞了回去。

苏国正知道自己碰上了硬骨头，还是得听领导的自己亲自上阵。趁中午，苏国正漫步到小查办公桌前，递给她一封热腾腾的手稿，说道："帮我寄出去。"

查小梅捧着厚厚的书，站起来看着苏国正交给自己的纸头，疑惑地问："要我去寄信？"

苏国正毫不犹豫地回答："没错。找个信封帮我填了，然后给到收发室。"说完，他便把信按在了查小梅的工位台上，继而用全办公室都能听到的声音重申了一遍："快一些寄出去，重要的！"强硬的口吻中不带半句让步的意思。

苏国正一转身，查小梅狠狠地把自己的书本往台子上一摔，一屁股砸在椅子上。半晌，她慢慢咽下这口气，扶了扶眼镜开始低头翻找起信封，但脸上仍堆砌着不满。苏国正远远地瞥了眼小查，一切都在自己预料之中。小查抽出了一个新的信封，但是不知道是航空件还是平邮件，于是拿起手稿斜视着。苏国正至今仍记得，当小查第一眼看见信纸时那惊诧的表情，几乎连下巴都是要靠手拖住才不至于掉落下来。她瞪大自己眼睛，一目十行地扫过苏国正的文字。刹那间，小查猛然回头朝苏国正看去，而苏国正泰然自若地坐在位子上，读着洪云龙递上的报告。

这是一封写给宋书记的信。信头称呼是吾兄，问候语你好。正文寥寥两句，由于马部长和你的帮助，小梧工作的事儿已经解决了。小梧进了东方宾馆，已经到了人事处报到，这两日将可上班，他走出人生重要一步了。孩子得到了照顾，我只能对你和党组织表示感激！第二段，笔锋一转。遵兄建议，依国家发展之际，现已做好市行筹备工作，选址延东路。新单位将成为沧海经济发展的动力，成为国家金融改革的先锋单位，亦是完成了陈老、李老之夙愿。现项目已基本敲定，望吾兄拨冗来探，也可为后续工作做一些谋划与指教。颂语也很简单，此致敬礼。

五

想到此苏国正不自觉地扬起了嘴角，今天的小查是否还记得当初的信？苏国正一面劝小查多喝几口好茶，一面偷偷用手挡住桌底下的柜子上的一把锁。他暗自庆幸，那天下午自己在收发室成功地把信截了下来，现在正安安分分地躺在抽屉里，一晃已是十多年。

1980年冬，冷。查小梅被定岗到了苏国正手下，她已经是苏国正手下得力的科员。年轻的她性格突出，写方案的速度没有人能比。让她组织唱红歌，一腔热情激情四射地感染着身边所有的人。唯独让她好好服从规矩，除非苏国正亲自出马，别人的话可从来入不了她清高的耳朵。

苏国正带着查小梅做的第一件事便是一件轰轰烈烈的大事。11月里的一个清晨，和平饭店三楼礼堂，一场关于沧海市电力扩容的方案和贷款金融计划的讨论已经进行了三天三夜。一方是电力局，一方是担保的市政府，一方是苏国正率领的中央工作团沧海经济改革发展小组即市行筹备组。随着沧海快速发展，源源不断的企业纷纷落户。城市每天都在扩建与变化，这给原本就羸弱的电力供应提出了更严峻的挑战。电力局向市里要钱，刚开始几个小修小补市里都一一答应。可是随着扩容的项目连绵不绝地呈上来，紧张的财政逐渐吃紧，市里想到了借钱过日子的方法。

此时中央为了支持沧海发展与经济建设，正好派驻了工作组入驻，协助市政府筹建建海银行沧海市行，而能拿下市电力局扩容的贷款项目，这对于即将开业的新银行来说那是天赐良机。

苏国正觉得浑身充满了干劲，他率领工作组和当时沧海电力局一连开了三天的会，这会开得是不分白天和黑夜。会议开到了第四天的清早，一众人脸上已写满疲惫，唯独苏国正精神抖擞。他迫不及待地听完沧海市电力扩容修正方案，趁大家将醒未醒时，"啪"地拍着会议桌说："干，这钱我们出了！"说完苏国正环顾四周，大家都被他的话惊醒过来，众人互相瞪着眼，一时间都哑口无言。

　　会后，组里的洪云龙科长借着和苏国正吃饭时聊了起来。洪云龙委婉地说道："苏处，您可是老沧海人了，对沧海的方方面面都已熟悉到了每一个角落。"苏国正听出洪云龙的话有些不对，先是皱起了眉头，很快又平复下来，慢慢回答："是的。这沧海自打我小时候起，一到夏天就开始计划用电。居委会的大婶会提前几天在弄堂里敲锣打鼓地昭告，于是大家就明白又要停电了。没经历过便不会知道电力供应的重要性啊！"说完，苏国正笑着夹起了面前的菜，推心置腹地告诉洪科长，组织为了培养自己，已经让他在卫生、交通、农业、通信几个条线都走了一遍，自认对基层了解也算全面。他半是感叹，半是立志，说组织让自己四处历练，也是希望在这样关键的时候有人能站出来，为沧海未来做出有担当的事儿。

　　洪云龙认真地听完苏处的话，没有任何打岔，其间还频频点头反馈。他沉默半晌笑着说："苏处的经历不是我们能比的，对沧海的认识高度也确实深刻。苏处对沧海市的情感恐怕也不是我们能够达到的。"这又是"经历"又是"认识"，最后再说"情感"，还特地用了上扬的音调来突显。苏国正愣住了，他有些尴尬地回应道："恩。确实。小洪啊，你这个人做事儿细致、缜密，非常适合我们工作组的工作。跟我说话嘛，就不必拐弯抹角，有什么话你大可以直接说，有什么建议你直接提。互相猜疑，是要坏了于公的大事儿，害了于私的情感哟。"简简单单几句话被苏国正说的媚媚动听，两个人哈哈地笑了起来。

　　"是是，苏处我就是这个意思，那我说了。"洪云龙低着头微微合拢自己的嘴，随后便一口气把自己肚子里的话一股脑说了出来。他觉得苏处在会上答应之快，几乎没有给组里同志准备时间。筹备银行，有项目当然是好事儿，可是这一边银行开业的事儿八字还没一撇，一系列事项报告单还在审签过程中，甚至有些都是草案没个定数。这时候先把项目接了恐怕有些不妥。说扩容，这到底怎么扩？要投入多少资金？资金有没有风险？会不会不良？一系列问题都没个准，那接下来怎么还，银行是否能够承受，这都是问题。如果这还不算什么大事儿，那么组里的几位元老，包括岑副处长、董科长，虽然他们表面上已经同意苏处的拍板，但是这事儿办起来还是得由他们直接审签。如果事前不先征求下他们意见，就算苏处是一把手，恐怕真到办起事儿来，会举步维艰。

苏国正皱着眉头一言不发。两个人分别的时候，他凝重地拍了拍洪云龙的肩膀，对他点了点头。

六

虽然有顾虑，但是苏国正毕竟已经拍板了，事儿怎么也得推进下去。他带着洪云龙和查小梅全身心扑了上去。很快一份完整的建议书就拟好了，苏国正觉得洪云龙很能干，便派他直接拿着建议书给上级汇报，也好让他多历练历练。洪云龙也没让苏国正看走眼，凭借着三寸不烂之舌，建议书顺利通过。领导肯定了苏国正和洪云龙的成绩，让他们再接再厉，形成具体方案，尽快着手实施。

得到领导肯定后，苏国正更是觉得自己方向没有错，热情一天比一天高。到了1981年的夏天，气象台说这可能是沧海市有史以来最炎热的一个夏天，并且用上了"百年一遇"的描述。此时，苏国正、洪云龙一行人的心情就和这炎炎夏日一样热辣难耐。连续的外出上门考察、评审，让大家汗流浃背，而项目组配的车，除了苏国正不埋怨外，其他人连坐都不愿意坐上去。这辆老旧黑色吉普，不仅漆水已暗淡无光、发动机轰鸣闹腾、后门关上了却仍能看得见一道显眼的缝隙，就连熟练工黄师傅也很难保证让这辆"百病交加"的老爷车每次都能顺利到达目的地。最要命的是在炙热阳光下，这辆车的空调派不上半点儿用处，发动机的热力被原原本本地传到了座舱里，一屁股坐进去简直如同北京烤鸭一般，最后谁也不愿在这大夏天出远门了。

可是，项目已经到了最后阶段，频繁地外出考查、开会、办手续都是在所难免的。苏国正已经连续为这个项目奋战了半年多，随着时间一天一天流逝，苏国正这位出了名的业务"快枪手"每天都如坐针毡。

眼看着组员们士气低落，他心生一计，挥了挥手，便把查小梅叫到身边捣鼓几句之后，很快查一封写给市政府后勤保障科的表彰信递到了苏处的办公桌上。

苏国正看着信很是满意，便把其中的门道给查小梅说了一遍。他们所在的部门是中央派驻在沧海的经济建设领导小组，之所以没有配给好车，主要是因为自己这套班子虽说是中央的，但是人马吃的却是地方的粮饷。自己如果伸手去要，人家只要找个车辆均在出勤的理由随随便便就能搪塞回来。但是，苏国正用严肃中带着些许得意的语调说，我们也有自己的优势啊。说完，他急促地扬了两下眉头，用他少见的极富神秘色彩的微笑，看着面前一愣一愣的查小梅。一封来自中央的表扬信，经过了查小梅熟练、温婉的笔法，就这样空降到了后勤科，这几乎成了人家可以收藏起来的"字画"。

表扬信先是一番诚恳感谢。谢谢后勤科在资源紧张的前提下，仍旧抽调了自己的有生力量，给组里配备了一辆吉普和一位如此优秀的黄司机。随着清新脱俗的文字，笔锋逐渐转向了对黄司机的表扬与肯定。不管刮风下雨，不管山路泥路，只要车子一抛锚，黄司机都能顶风淋雨将车子修好。而且他有着锲而不舍的精神与毅力，在一次组里长途去郊区考察中，半路车辆抛锚，黄司机顶着烈日修了三个小时，中间没有喝过一口水！这种认真负责的精神，实在难能可贵！有一种精神叫"老黄"！表扬信随着这句话被推入了高潮，表扬与赞颂却戛然而止，信峰回路转地谈到项目组在沧海的重大意义，当然这些重大工作的背后离不开一群默默付出的人与部门，后勤科就是其中之一。末尾又说道，待项目落地之后项目组一定会在总结大会上，邀请后勤科共享建设成果。末尾这句话读起来颇具深意，查小梅写完交给苏国正他一看，顺手加上一句：相关成果情况及申报奖励，待项目完成后一并报中央。写完，苏国正点了点头说道："可以了，点到为止。"

七

表扬信寄出没两天，查小梅接到了第一通电话，说是来询问目前吉普车的情况。再过了一天，一辆全新的奥迪便开到了门口。有了一辆新车，而且听说还是一辆奥迪，这让原本沮丧低落的组员一下子来了劲。

惬意的大沙发座椅，让所有坐进去的人瞬间忘记了工作疲劳。舒服的空调，吹着徐徐的凉风，感觉要比办公室里的小空调还贴心。苏国正再一次把查小梅叫来，让她定了一个关于加强车辆管理和使用的组内通知。通知内容不长，只提了一点，说包括处长在内，除了公务外不得私自用车。这时，大伙儿早已迫不及待地想见识一下这辆车到底长啥样，坐起来啥感觉，于是争先恐后地抢着组里的各种活儿，尤其是需要外出的这些原本被看成是苦活、累活的。

车子的事儿连带着组里的活儿一并搞定，这让查小梅更是对苏国正敬畏有加。原本以为照这个速度，应该项目很快就能提前上马，说不定会比银行筹备工作进展更提前一步。

可就在这个节点上，苏国正手里的王牌——分阶段贷款计划突然出现了一系列变故。这是洪云龙草拟的稿子，苏国正是连夜带着他和诸多骨干研究了几遍，怎么看都觉得是一个收益、风险平衡，考虑长远，一举多得的好计划。既做强了银行，又惠及民生。可就是这样的一个方案，组内一些老同志接连在审签环节不肯签字，查小梅拿着文件左等右等，就是等不回董科长等人签名。这让苏国正感觉是背后被人深深地捅了两刀。他找来洪云龙想讨论对策，可没想两天后自己的干将洪云龙却也在这节骨眼上被组织一纸调令给挖走了。

苏国正接连挨了两下之后，当机立断要发起"反击"。他立马提笔拟信，同意对组织培养洪科长的事儿，说自己十二万分支持。转而说到现在沧海经济建设项目已到决战时刻，希望组织可再让洪科长多待两个月，一方面保证项目如期完成，一方面可以通过完成这项工作获得更多锻炼与成就。

屋漏偏逢连夜雨，信没来得及寄，苏国正又收到了一封举报信，被举报的是手底下工作积极、认真的查小梅。理由有两条：一条男女关系混乱，一条收受他人礼品。

那时沧海入了深秋，路上大片梧桐叶随着一缕清风四处摇曳落下。市电力局已经完成了扩容方案的审定，现在除了刚开业的市行外，还多了两家前来竞争的国有大行，他们的条件亦是相当具有竞争力的。

眼看着自己项目组的组员被举报，得力干将被调离，申报方案一次次被组里人否定、拒签，整个项目已经到了悬崖边缘。苏国正已无暇他顾，决定立马做个壮士断腕。他派人根据举报信对查小梅的事儿做详细调查，没等到正式的调查结果出炉，另一头又组织人手连夜赶工写了两份情况说明及初步处置意见。没有谈话、没有裹脚布似的长篇大论，直接一个宣判——暂时停岗审查。报告一上去，项目组就接到了上级电话，查小梅需要返回北京接受组织进一步审查。小查走的时候，苏国正亲自送她去机场，对她说："还年轻，以后有的是机会。不要放弃！"查小梅看了眼苏国正，眼眶湿润着。

很快，苏国正已经确信，是时候该放手了。小查已经不在身边，苏国正便只能自己写完了这封信，申请调回北京，结束沧海这边的工作。但他仍旧念念不忘，放不下这到手的成果，最后又为项目提了诸多安排与建议。

钢笔一放，多少年过去，那封信从此再也没有了下文。苏国正有时自己都怀疑，难道是习惯性地把信留下了？可信再也找不到了，现在除了能凭吊起几分内疚与遗憾外，早已回想不起信中一字一句。

十年了，一转眼就十年了，苏国正不敢放声叹气，除了他微微颤抖着眼皮。

十年后的查小梅真的变了。现在他很担心查小梅开口便对自己说，这些年自己过得真不好，这样苏国正即便是咬着牙也难以消退他内心的愧对。两个人互相寒暄着，好像要找回十年前共事时候的那份默契。苏国正从抽屉里拿出保密袋，面色凝重地抽出其中一封信："这封信还给你吧。"

"什么信？"查小梅呵呵地笑了，她有些惊讶地起身接过信纸。信纸随着时间的磨砺边角已没了当年的锋利，可信中的文字却依旧如同那个火热的年代一样，烫得查小梅难以接手。查小梅冷冷地扫了一遍，鼓起腮帮子吹了口气，继而把信对折了三下还给了苏国正。苏国正看着信，似是有些害怕，草草地将信纸放了回去。

"后来，虽然我很多次想关心你的情况，可是自己工作也确实繁忙。"慌忙中，苏国正为了不让两个人太尴尬，一边低头放着档案袋，一边随意地聊了起来。可他还没说完，立马就后悔自己的话语，这样显然对查小梅更不公平了。

查小梅摇摇头："没事儿，毕竟不在一个城市，联系也怪不方便。"她淡淡地回答，这语调让苏国正有种如沐春风的错觉。

"我想找个合适的时候，给你写一封信。不对，是为你写一封信。"

苏国正严肃地说，"帮你把有些事儿，说清楚……"

"不用，都过去了。"查小梅吐了吐舌，这瞬间似乎可以让他们闪回到从前。"再说，老行长这都什么年代了，您怎么还固执地使用老一套呢？"说完，查小梅忍不住呵呵地笑了一下。

苏国正也笑了，两个人的话匣子随之打开。查小梅微微斜着脑袋，温柔地看着苏国正，劝慰道："您别责怪自己。反倒是我一直内疚着，是不是因为我，把您这个用心血换来的项目给搞砸了，还导致……"

"我挺好的，是你受苦了。"

"听说苏行长后来又去了西川，也搞了电力建设，这回搞得有模有样的。我看了，呵呵，还上了《人民日报》了。"查小梅有些俏皮地打断苏国正的话，看起来苏国正是要发表长篇的、不合时宜的安慰言论了，查小梅想自己也许该说些积极的事儿。

"恩，这你都知道了。"苏国正半带着些自豪地仰了仰身子。

"我就知道，您就是打不垮的。"说完，查小梅又呵呵地笑出了声。

"我啊，那时还是年轻。做事儿，只考虑自己的成绩。"此刻，苏国正似乎也察觉到，自己的话总是与查小梅的话没有往一处去，便挥了挥手："啊，我忘记了。往事儿嘛，有什么可以再提的。"

往事！不堪回首。苏国正吸了口气平静一下，背后的落地窗把这位老前辈低着头的背影照得格外深邃。"你这次来找我……"

沉默了，办公室里的两个人刹那间找不到一句可以念的字、可以说的词来。

半晌间，只见小查抿着嘴，不停眨巴着眼，随后忽如一阵夏雨惊雷，哗啦啦一股脑儿地把自己这些年的经历一五一十地说给了苏国正。

"苏行长，我没什么奢望。"她话语如此坚定，却马上又支支吾吾地提到了自己的愿望。"变得太快了，可有些事儿还不会改变。"查小梅忽然正儿八经的语调让苏国正听起来感觉些许奇特。"是的，有些事儿变不了。我这次来，是希望您再替我写最后一封信，一封申请调职的推荐信。"说完查小梅低下头，羞涩的脸颊上缓缓地落下一颗清澈的水珠子。

八

不就是一封推荐信嘛，苏国正其实早有这样的想法。可眼看一周过去了，苏国正办公室里的废纸篓满了被清空，清空了又满了，桌子上的信纸一页页地消失。他重新坐在办公桌前，再一次提起自己钢笔，还未等墨水落下，他的老毛病又犯了。

苏国正手腕有些不听使唤，猛烈地左右打颤。前段时间看了医生说这叫帕金森氏病。打颤的不仅是苏国正捏着笔的手，熟悉的信纸、熟悉的笔，脑海中这田字形的中文字也变得陌生、疏远。他眼巴巴地望着桌上的信纸，想到一个可怕的问题，这封信该往哪儿邮寄？此时身后窗帘映射出微弱的阳光，冷冷地洒在了他桌下那老旧的柜子上。

正犹豫着，桌子上的电话发出了刺耳的响声，是都兰打来的。

儿媳妇汪未平为了苏海明能够上民办的新立中学，哭得稀里哗啦。都兰把儿媳的情况跟苏国正说了一遍，苏国正听完便匆匆挂上了电话。

要上新立中学就要摇号，只有摇到了才能成功入学。要说这摇号连同排队、填表、预审等等，起码得花去大半天时间。时间对于汪未平来说恰恰是一个奢侈品。她轻轻地弯下腰跪在油光可鉴的木地板上，系着红绳的拖鞋夸张地弯曲着，两只脚后跟从破了口的丝袜洞里探了出来，龟裂的横纹中暴着几缕血丝。一双皱巴巴的手左右换着一块白色抹布。她屏着气左右开弓，在地上来回抹动，脑子里不停地盘算着时间。她给东家擦过无数个诸如 LV 这样奢侈的名牌包，但汪未平奢求的只是给自己多一天的假期。

眼看着摇号的日子快到了，汪未平干起活儿来开始魂不守舍了。她警觉到了自己的变化，啪啪扇着自己耳光告诉自己要警醒。自打入了东家门那天，她无时无刻不在提醒自己，要小心谨慎。汪未平努力地把家里每个角落都打扫得一尘不染，东家陈总可以在金碧辉煌的餐厅里和家人一起用餐。她努力让自己每烧一道菜时都注意油、盐的比例，但当汪未平把一盘盘菜端到硕大的大理石餐桌上时，陈总和陈太太却止不住地摇起了头。"这摆盘，你在想什么呐。还有，筷子消毒了没有？跟你说了几百遍了，做事儿怎么和乡下人一样，不讲卫生！"陈太太忍不住教训起了汪未平。汪未平站在她身边，微微弯曲着膝盖，身前的红色围裙拖到了地上，低着头不停道歉。红木的落地摆钟咚咚地左右晃动，时间一分一秒地流淌，汪未平控制不住自己的泪花，一点一滴地渗出了眼角。

她还在琢磨着去摇号的方案，到底是请假，或是装作买菜延迟了时间，或者是找个别的借口。借口，能找出什么借口呢？

对于摇号现场的情形，汪未平像是完全失去了记忆。她提着空空的菜篮，沉重地抬起脚，往自己腿上磕了几下，一双破旧黑布鞋摔落下来，似做了贼一般，屏着口气偷偷潜回"包间"。陈太太在客厅里不停喊着汪未平的名字，她却只感觉双脚不停地颤抖，眼前看见的是一片空白。

汪未平不知道怎么把事儿说清楚。她竭力想找理由为自己辩解，依稀记得自己想说的那些理由听起来都如此苍白无力。最后，汪未平嘴里只有反复咕哝同样一句，我真的忘记了，对不起！说着说着，汪未平觉得自己变成了一个木偶，听着耳边的指令不知不觉地已经从客厅回到了自己的"包间"，她翻开床铺整理起了自己的行李……

九

汪未平再一次下了岗，重新住回了小房新村。苏国正回家后没有正眼看一眼她，更没有任何表态，都兰、苏良在一边劝汪未平让她不要多想，好好休息一阵子。

晚上等大家都睡了，都兰关上自己的笔记本电脑，把电扇调到最大风量，对着房门口吹着。随后，她挪了下椅子坐在老爷子对面，轻声问道："去找过南平主席了么？怎么样了？"

老爷子瞪了眼都兰"找了，找了，你让我说什么好呢？南平还有五年才退休，就算我无所谓，也不能这样把人家拉下水。"

"他可是你推荐过的干部，现在他人脉可广了。你这辈子也没求过人家帮过什么忙，就现在难得……"都兰欲说还休，吧嗒一下狠狠地把电扇关了。老爷子皱着眉头刚想发火，旋即深深地叹了一口气，心中念着罢了……

自己清清白白的一生，即使推荐干部也是本着良心的。现在自己已经是一个半退的干部，一种无奈和无法掌控的感觉蔓延在自己每一根毛发上。苏国正不敢去想自己的话语还有多少力量？他很怕听到别人断然拒绝，会像被一盆冰凉水灌顶一般，有一句老话叫作——人走茶凉。

第二天早上十点，苏国正坐在自己老板椅上像个雕刻一般，半天没有改变姿势。脑海里一片空白，那双不听使唤的手止不住地颤抖，接着慢慢地伸向了眼前的一部电话。他发现自己压根记不得电话号码，于是满心欢喜地又把听筒放回架子上。

黄秘书正巧敲了门在一旁等着，看见苏国正有意要拨电话又把电话放了回去，便好心问道："行长，需要帮您拿黄页吗？"。

苏国正耷拉下的脸皮微微地上扬，笑着说："不用了，你找我什么事儿？"黄秘书递了一份十点半开会的材料，是用打印机打的。苏国正捏在手里，总觉得没有手写的有质感，或许自己真到退休的年龄了。

"辛苦了。"黄秘书非常明白地点了点头，转身离开了苏国正的办公室，并关上了门。黄页？说到电话簿，苏国正还真有这么一本。他随手拉开了矮柜上层的抽屉，取出了一本如黄芽菜般蜷曲起来的工作簿。

簿子沉重地落在桌上，扬起了几粒桌面上的灰尘，这些灰尘只有在阳光的照射里，才分外扎眼。苏国正起身拉上了背后的窗帘，阳光慢慢在桌面上收拢，直到最后一束消失在了红黄相间的电话机上。

他搓了搓手掌，食指往嘴唇上一按便翻开了工作簿。老簿子的纸头一张推着一张搅动起来，不时发出了嘶哑的声响。簿子上最显眼的是一个个的人名，他们的笑容旋即——浮现在苏国正眼前，那是他们与自己交集过故事。

他翻到本子中间的地方停住了，自己的视线从本子上清晰的字迹中徐徐地晕开，地址、电话和那些黑乎乎的字在老花眼前糊作了一团。

苏国正犹豫地握住手上一支褐色的钢笔，笔帽紧紧地卡在笔杆上。倏忽间，他的电话听筒里已经响起了一个熟悉的声音……

上午十点半会议准时开始，苏国正的风格是要求提前五分钟到场，这样所有人都不会迟到。他身子微微向后，半躺在会议室的高背转椅上。原本还在寄信和电话的选择间反复，现在他发现自己颤抖的双手变得收敛许多，一口气也渐渐地沉了下去。如果说要有什么不对，或许是内心深处被打上了一个深深的结。

不一会儿人全到齐，大家等着苏国正主持会议并开始发话。苏国正努力把方才电话里的事儿隔离到脑海外，他需要片晌的安静，需要集中精力把眼前这个会开好。苏行长试图用高亢的语调把全会议室的人带动起来，"我们今天讨论的是从借记卡项目到贷记卡项目的经验借鉴探讨，大家可以尽兴地自由发言，说说各自的看法……"

会议开了两个小时，在场的人大多已经没有力气再说下去。对于苏国正来说，时针只是微微撬动了一下，他回过神来看了一眼表，"哦，到了吃饭时间了。"说完便笑了。两个小时里会议讨论的各种主题与内容他什么都不记得，接着苏国正颤抖着拿起黄秘书准备好的材料，清了清嗓子说道："贷记卡的实施，困难大于各位的想象。我们在座的所有人，可能，我猜你们都可能要付出自己的青春热血。对，那还不一定能看到这一天的到来。我不知道你们是不是会去做，是不是会退缩！"苏国正冷静地低下头没有和任何人有眼神交流，继续说道："但是即使是这样，贷记卡的明天仍旧是我们未来……"等到苏国正铿锵有力地总结完，大约是下午一点了。他赶紧挥了挥手，示意大伙儿散去吃饭。看着人们一个个从他面前走出去，眼角不禁泛出几缕酸楚，再多看一眼吧。

空了的会议室，马上把苏国正的感伤调动了出来。他扭着头，慢慢从高昂的情绪中平复下来。大楼是新建的，玻璃窗分外透亮，阳光火辣辣的，幸好窗子是隔热、防紫外线的。那透过玻璃射进会议室的余光，照亮了涂着厚厚油漆的紫檀木会议桌，反射到苏国正的镜片上，苏国正又一次长长地叹了口气，吃力地起身离开了空荡荡的会议室。

十

回到家，苏国正一边想着如何对家人说，一边放下一个脸盆，微微拧开水龙头。水细细流淌并在盆里浅浅积了一层，他取了一块红白相间的毛巾，沾满水用来擦自己的脸和脖子。擦完他把毛巾里的水拧回盆中，双手使劲张开平铺着浸润在这一层浅水里。接着他抹上些许黄皂，又把双手放回水中慢慢清洗干净。原本清澈的水浑成乳白色，他举起脸盆把水往马桶后方空荡荡的积水池倒去。他发现马桶旁的废纸篓里，苏海明又没有按自己说的，解手时候把厕纸一分为二地使用，顿时皱起了眉头。

晚饭时一家人自然不好过，苏国正半字没有提白天的事儿，只是把所有人都说了一通。厕纸要怎么用，洗手的水要怎么用，家里各种规矩他如数家珍般地一条一条复述过来。

一家人默默听着，慢慢地把菜都吃干净了。都兰和汪未平收拾起餐具，苏良见状很识相地开了门，独自去楼下散步。苏国正没有起身，他把都兰叫到身边说："我那双皮鞋啊，好像后跟有点松动了，你帮我去对面修一修。"都兰迟疑了一下。苏国正望了眼窗外，天灰蒙蒙但仍亮着，便说道："赶紧去一趟，晚了要关门了。"

"好。"都兰似明白了苏国正的意思，她回房间准备了一会儿，随即换了一件更为合身的绸子衣服，出门了。

等该走的都走了，老爷子起身打开了汪未平的房门，装模作样地要去找一本书，随口说道："《西方经济学》怎么不见了？"。一边手四处摸着，身子不经意间就挪到汪未平的床前。床上的苏海明背靠着墙端坐着，孩子身前放了一把黄色的板凳，凳面上的皮是用木板裹着油漆做的，时间长了木板翘了起来。苏海明用胳膊牢牢地把翘起来的木板压在身下，认真地写着作业。

苏国正一边儿找着书，一边儿时不时地往苏海明的课本上瞟去。小孩子很敏锐地发现了爷爷的动静，习惯性地合上了书，问道："爷爷，我帮您一起找吧？不过好像没有这本书。"

"不用，不用。"老爷子连忙回答，"你忙你的。"他接连说了好几遍，继而又问道，"热不热？要不要开空调？"

苏海明摇了摇头，又抬起头朝天花板看去。苏国正发觉，这间房间根本没有空调。"好，我们开个电扇也好。"

"不热。"

"好，那你自己看书，我不打扰你。"他有些失落地回到了客厅，转身替苏海明关上了房门。

接着，他把汪未平叫到自己的房间，两个人呈45度的斜角坐了下来。苏国正从上到下地打量着汪未平，片刻后说道："你，这些年，也受苦了。"

"没有。"汪未平的心扑通扑通跳着。

"我们家确实没有什么能给你的。你也知道我们家的情况。"

"嗯。"汪未平哽了一下，马上补了句，"没有，很多了。"

"你也知道，苏梧一个人在外地，他也不容易……"

十几分钟很快过去，汪未平却觉得是过去了一年有余。老爷子教育的话汪未平早已烂熟于心，但当他说出学校两个字时，汪未平一时间还不敢相信自己的耳朵。

夜深了，窗外知了在梧桐树上"热死啦，热死啦"地乱鸣，汪未平替苏海明盖上了毛巾毯，自己侧过身子面对整面泛了黄的墙壁。此刻，不管学校的事儿是不是真的有了着落，这一切都已经不重要了，这是她嫁入苏家第一次听到老爷子这么亲切温暖的话语。汪未平相信，只要一家人一起努力过了，剩下的事儿那便是天意了，于是就这么笑着入眠了。

十一

第二天，得到了天大的喜讯，汪未平如同换了个人，或是打了什么兴奋剂一样。她完全不敢在家里再白吃白喝一顿饭，她决定靠自己，开始了四处寻找工作的旅程。

女人到了四十再想换工作本身就是一次大考验，对于汪未平来说，这一下子成了一道过不去的坎。她去附近的昌都大楼面试保洁员，接着又去了保姆介绍所面试了几个东家，最后得到的都是同样一句：等通知。等通知，一等便是杳无音讯。汪未平又去面试了足浴技师，管事儿的看她一把年纪，只是给了她一番冷冰冰的数落。汪未平在这一周里算是尝尽了被拒绝和被鄙视的滋味，幸好回到家迎面而来的是一家人的关心。

晚饭时，都兰冷不丁地问汪未平最近累不累，汪未平嘴里含着半口米饭，一时搭不上话。

"累一点是好事儿。"苏国正像是替汪未平来圆场，"现在多学，不要等到失业的时候，就来不及啦！你们不要……要知道居安思危这四个字。不要以为自己到了银行工作，或是上了一个好的学校，什么都万事无忧！"

苏国正一说完，众人脸色都被刷得苍白。苏海明扭头朝母亲看去，汪未平心中亦是起了疙瘩。失业？我还有什么业可以失？她看到苏良和都兰两人正目目相对，露出奇怪的表情，稍加思索更是伤心。

自打回来以后，自己是一心扑在苏海明学校的事儿上，完全没有发现家里的变化。苏良找到新的工作了，而且工作单位不是别的，正是苏国正所在的市行。

此时，汪未平已经不知道如何形容自己的心情。七年前自己老公苏梧放下东方宾馆的外语售货员的职位，和几个同窗好友说是想干一番事业。苏老爷子非但不肯帮忙融资，更是左一个怪罪右一个脸色，说苏梧正儿八经的工作不干，去玩什么创业！

汪未平自打进了苏家，从没有指望过借着老爷子的背景，能给自己分点儿什么利益。她也知道，老爷子一直都是一个不顾私情的人。可对比如今眼前这一幕，虽然说不上什么大委屈，毕竟老爷子也是给苏海明介绍学校了，只是想起了苏梧那些事儿，总让汪未平心中有些硌硬。

都兰敏锐地察觉到了汪未平脸上的变化，连忙骂起苏良："你啊，别以为瞒着我们，自己去参加银行考试成功了，现在就不得了了。人生的路长着，别以为银行一定是铁饭碗！你进去之前，老爷子不会为你通任何关系。进去之后老爷子更不会为你做那些越过边界的事儿。反倒是你，要格外小心谨慎，别人可都瞪大眼睛看着你呢。"

"是，是。"苏良会意点头，立马解释说，"正好，市行还有沧海开发银行都招人，两个考试我都参加了，这边分数正好过线。以后还是要靠自己。"

都兰看着汪未平将信将疑的神情，决定重新提起苏梧找工作的事。苏梧没工作那会儿，老爷子不比谁都急？创业哪有这么容易？到最后老爷子还得放下脸去求自己之前的老部下，人家洪云龙才真是创业的人才。

被调离老爷子工作组后，他仕途比老爷子顺利得多，他官越做越大，但两人却始终保持相互写信的习惯。老爷子调回沧海以后，终于坐上了副行长的位子，主持行里的金融创新工作，对公、对私存贷业务已经和他渐行渐远。老爷子却乐得干创新，总比还没退休人就闲下来要好。但是苦于手底下没人，大家士气也低落，凡是调来的人好似都觉得这是一个养老的差事，于是没有人把自己手头的工作真正当一回事儿。老爷子故技重施，让手底下人写了一封信，把京官儿洪云龙请了来，说是做一次联学联建。这洪云龙响应很快，没几天就飞来沧海。两人还没来得及好好叙旧，这小子开口便提及自己准备南下去创业的事儿。他许是随意了些，但聊聊几句已经是把老爷子急坏了。苏国正像是看到自己儿子犯了错一般着急，接连写了几封信，打上了几通电话，旁敲侧击地打听洪云龙是不是犯了什么错。得知人家事业蒸蒸日上后，老爷子奋笔疾书给洪云龙写了信，希望他慎重考虑。但没过多久下了海的洪云龙就成了南方当地著名餐饮连锁集团的老板。一次老爷子公务出差去到了洪云龙所在的地方，由于日程安排得紧凑，他既不方便接受洪云龙的盛情邀请，也来不及去他的店里坐一坐。

老爷子没有时间不要紧，洪云龙主动找上了门。他的穿着和街上的行人并无二样，只身一人骑着自行车来到苏国正下榻的宾馆。见了老爷子后，两个人一番促膝长谈，临别时他将自己名片一把塞进苏国正的口袋里，拍拍老领导的手说道："您啊，五粮液、茅台什么的，您不好这口，我知道就免了。那么多年都这么过来了，往事嘛……但是此情可待成追忆啊。起码我们两人这师徒关系没得说，以后有事儿，随时找我这徒弟。"

说完都兰觉得仍不够，继续补充了几句。后来为了苏梧的工作，老爷子翻箱倒柜找出了洪云龙给他的名片。他把名片放在信封上边儿，慢慢地誊写出饭店的地址。我可是看到他写那封信时候的痛苦，真的是每落一个字都如同是在钻石上做雕刻一般艰难。

听完都兰的话，老爷子许是触到了内心深处的一个结，早早地放下了筷子，黯然回了房间。剩下的一桌人目不转睛地看着自己的碗筷，无声无息地夹着面前的菜。楼道里传来踢球孩子归来的喧闹声，正对门头的一株小灯泡忽明忽暗却始终不肯熄灭，为整个楼道深深地抹上了一层乳黄色的外衣。

十二

　　第二天一早，黄秘书穿着笔挺的西装，戴着一枚亮金色的行徽，敲开了苏行长办公室的门，给他递上昨天会议的纪要，说是需要他签字。另外还附上了从收发室收到的一封寄给他的信。

　　苏国正看到信喜出望外，他连忙把会议纪要放在一旁，接过黄秘书给他的信。"还是这东西实在。"苏国正摸着崭新的信封，似乎闻到了里头鲜浓的墨汁味。光是凭着信封上的笔迹，他就知道是洪云龙的信。正准备拆开时，电话铃响了。

　　南平来通知老行长，托办的事儿有眉目了。现在，只是需要再交上五万块钱，学籍自然可以搞定。"五万？"苏国正不紧不慢地确认。"是啊，人家是民办学校，赚的就是点小钱，有了钱不用什么层层关系，和您所说的不要利用职权啊什么的都沾不上边儿……"

　　苏国正半信半疑地又确认了是五万块钱，再得到肯定答复后，心中不禁窃喜。窃喜很快变成了被石头砸中心脏一般的疼痛，再后来成了淡淡的些许感伤。苏国正谢了南平，没有直接答应或拒绝，说要回去开个家庭会讨论讨论。南平听了笑笑说："是的是的，还是考虑清楚好。"

　　挂了电话，他翻开自己的黄色工作簿，最后一页是他这些年做的小账本。苏梧冰箱一台两千块，苏良日本留学五万块，都兰两次画展六万块，都兰一本画册四万块，等等。他拿起笔准备新起一行，可本子的最后一页已经填满了，苏国正咬了咬牙，把笔放回了桌上。

　　还是先拆开信看看吧。他紧绷着的脸重新露出了一抹微笑，兴致勃勃地拿起了信。洪云龙客套地问候老爷子，在即将退休的时光里，要注意保重自个儿的身子。苏国正还没来得及继续高兴，见他笔锋一转，如回到了当年，一罐子推心置腹的话轰隆隆地跑了出来。话里大概有这么几层意思，先是苏海明，听说老爷子的孙子苏海明正在初中择校，为什么不和我来商量下？他坦言自己和老爷子素来没有政治或者商业上的利益关系，老爷子何故要回避？自己是商人，人面自然更广。何况，海明要去的新立中学，资方正是自己在沧海的生意伙伴，只要一个电话，想来比写上几封信来得立竿见影。老爷子去深圳时候，他想请吃饭、喝茅台被婉拒了，他能理解。他想给老爷子送点土特产又被断然拒绝，他也能理解。可苏海明上学的事儿，只是一个朋友间的帮忙，他希望老爷子不要出手阻拦，毕竟在他最失落的时候，是老爷子的一封信把他从泥潭里挖了出来。接着谈到了苏良的工作，老爷子可不能在这最后的时刻，毁了自己一辈子清白。您常说安全彼岸，现在那个彼岸是否还安全？结尾，洪云龙补充解释着，自己是外人，很多事儿知道的并不详细，现在是作为老朋友提些善意的建议，如果能帮到老爷子自然是好的，毕竟是您教会了我要直言不讳的。

苏国正看完信是哭笑不得，背后硕大的落地窗射进一束炙热的阳光，刺穿了被牛皮包裹着的高椅背，直插他的心脏。他恨不得把这封满是胡言乱语的信撕烂了，狠狠地砸在地毯上。他举起笔奋笔疾书了整整一页信纸，发现还是解不了自己心头的气。于是他把方才写完的信一把撕碎，继而重新抽出了一张信纸再次挥笔泼墨。几番书写与撕碎后，这位白发老行长终于斗不过岁月，精疲力竭地往后一仰靠在了老板椅上。长长的办公桌上，那支钢笔仍在原地不停打转。

苏国正眼皮跳得厉害，他发现自己怎么写、怎么解释都不是。等了半晌，他忽然想起都兰昨天晚上提到了洪云龙，还提到"往事不堪回首"。苏国正嘴里念念有词，手不由自主地去把查小梅那封烫手的检举信挖了出来。他颤颤巍巍地把信纸抹平，让它可以安静地躺在桌上。

苏国正架了下自己的老花眼镜，按住自己的胸膛，仔仔细细地看了一遍。两封不同年代的信，用着不同的信封、不同的信笺，就连墨水的品质也不尽相同，它们左右挨着同时被放在了苏国正冰凉的办公桌上。苏国正看完信后慢慢抬起头，从高处俯视着这两封信，旋即苦苦地笑了起来。幸好这信查小梅没有收下，今天才得以让自己有这个机会把信看完。苏国正又一次长长地舒了一口气，早一些看完恐怕也不是现在的样子了。想着，他忽然哈哈哈地笑了起来，只不过没有真的笑出声来。

苏国正紧紧地抿住的嘴唇渐渐松开，他摇头，他点头，一切皆为之豁然开朗。现在自己已经知道要如何给洪云龙写这封回信了。不过在回信之前苏国正还有很多事儿要再解决一下。他重新打开工作簿，熟练地翻到了中间的地方，嘴里嘀咕着："快要二十一世纪了，该是年轻人的世界了……"

十三

五点半过后，血红色酿染着天边成片的云朵，如一层褥子般缓缓地朝联排的房顶盖来。窸窸窣窣的落水声，从房子外松松地挂着的黑色水管里渗了出来，似是在诉说它过去的辉煌。原本秋黄的梧桐叶已近冬至才开始暗淡。这恰似它们痴痴的等待，春姑娘却不如所愿还再三迟到，恨得梧叶退却了张牙舞爪，渐渐残喘佝偻，直到枯黄摇曳。自行车的铃声不见，一辆接着一辆的轿车或是 SUV，它们头接着尾，如一条无尽的长龙，在楼与楼之间狭小的山谷里迤逦展开。忽而一阵咆哮着，和着炊烟与斜阳的交汇，突突突突。忽而一束灯光闪亮，折在前车的反光镜上，这么来来回回射到了楼上某个没有打开的灰色玻璃窗上。新村外，老旧的百货商场大楼轰然被夷为了平地，原本醒目的广告牌没了，取而代之的是一座高高的脚手架。

苏海明搀扶着爷爷从轮椅上站起来，一边说着："试着走几步。"

"老了，我是走不动了。"痛苦深深地写在了苏国正的脸上，于是他重新坐回到轮椅上。轮椅是加大了轮圈、加厚了坐垫的定制款。去年，苏老爷子的司机董师傅在探望他老人家时候，发现他因常年坐轮椅，屁股的肉都磨红了，于是特地亲手打造了一把。董师傅退休后，一直对打造这种便利的工具情有独钟。自那之后，苏国正是到哪儿都要坐在这把舒适的轮椅上。

"你现在工作怎么样了？"他眼皮似开似闭，说话的声音微弱，不仔细听便被周围的声音给淹没了。

"还蛮好的，信用卡现在是朝阳产业，十年内总是好的。"苏海明点着头，弯着腰贴着老爷子的耳朵回答着。

"人啊，要有一技之长，要有危机意识，不然一旦有难你是四处求人，叫天天不应啊！"苏国正一边说，一边举起颤抖的双手指着自己的胸口。

苏海明低着头继续推老爷子避开一旁参差不齐停放的车辆，走到了38号楼下。老爷子一手撑着轮椅的把手，一手颤颤悠悠地往前伸，他使劲儿地掰开了墨绿色的信箱盖。一个雪白的信封静静地躺在里头。苏国正双眼忽然现出光芒，脸上耷拉下的皮转而微微拱起，咕哝道："多久没有收到信了。"说完，他赶紧伸手把信封掏了出来，信封上有一个塑料透明纸的小窗。透过小窗他视线凝住了快半分钟。"哎。"他叹了口气，双眼的光芒刹那间消失殆尽，"现在的银行啊，我都提了几次建议了，你们年轻人不是都有什么手机了，可以手机发账单啊。你看看，你看看。"一边说着，一边激动地用手敲打着信封，可这只不听使唤的手，几次错过了那张薄如蝉翼的纸片，打到了轮椅的扶手上，急得孙子直跳脚。"你说啊，这每个月给我这个将死的老人寄这些没用的纸张，不是浪费钱吗？"

"没有，爷爷，我们银行系统已经上线了，我想其他银行也快了吧。"

不管苏海明说了什么，老人已经听不见了。只见他激动地把信封举了起来。一片梧桐叶左摇右摆地从旁飘过，正好把阳光挡在了信封小窗户的外头。

远处门口的岗亭玻璃碎了一块，里边儿空无一人，唯独一盏红色的警示灯，不停地旋转着，照过积着蜘蛛网的一张木板凳。

（选自庆祝改革开放四十周年"金融人的故事"短篇小说征文获奖作品）

作者简介

　　相秀慧，女，山东威海人。山东省散文协会会员、中国银行山东分行作家协会会员，著有短篇小说《升迁》。现供职于中国银行山东省威海市分行。

升迁

相秀慧

一

　　卓月走出银行大门的时候没打算打车。她抬头看了看天上的月亮，上弦月，有点虚缈，挂在枝叶稀疏的法桐枝头，顿觉秋意萧瑟。

　　一辆出租车停在卓月面前，车上没有客人，司机扭头看着卓月，似乎他是因为卓月招了手才停下来的。卓月看看周围，确信出租车是为自己停下来的，迟疑了一下，拉开后座的车门，坐了进去。

　　司机说您好，去哪里。

　　卓月说了家的地址，闭上眼睛，将头靠在后座上，后座的高度并不是很舒服，她的颈椎瞬间感觉到了头的重量。

　　刚才迟疑一下，卓月本来想对司机说我没有打车，可是她忽然有点不确定了，自己抬头看月亮的时候，是否抬了手，让司机误会了？如果她说不打车，司机会不会觉得她在故意戏弄他？她要如何向这个无辜的司机解释？还是算了吧，她今天已经说了太多的话，不想再说话了。

卓月越来越不愿说话了。作为分管内部管理的银行营业部副主任，卓月每天不得不对着形形色色的客户说上一堆有用的、没用的话，有时候看着客户血口大张、唾沫横飞，她强行止住自己想要把那些污言秽语用抹布裹携着塞回那个人嘴里的冲动，脸上继续堆着银行标准化的微笑。

果子看到一个激动到口眼都歪斜着不在正位上的客户骂完柜员骂卓月，卓月却一直保持笑容，就问卓月是怎么练就的这一身好度量。

卓月一本正经地说，刚才他一进门我就觉得特熟悉，后来想起来了，他像我小时候画坏了的人物画，五官位置、比例都不对。我当时就特愧疚，你说这人是因为我才生得扭曲的，我听几句难听的，这不是该得的报应吗？

果子笑得花枝乱颤。果子是卓月的大学同学，学的都是金融，毕业后进了同一家银行，现在都是部门副主任，副科级。

卓月将后背往向下滑一点，好让颈椎舒服点，就在她的颈椎即将贴到后座的一瞬间，司机打开了音响，《Unchained Melody》的旋律瞬间充斥在狭小的空间里，没有前奏，毫无准备。

卓月僵在那里，忘记了颈椎的感受，心脏的感受在那一刻主导了卓月的身体，有一些埋了许久的东西在心底涌动，想要努力地翻起一些模糊的记忆，却不知从何翻起，只能努力着、抗争着，赌气般不肯平静。卓月的身体保持着对抗式的僵硬，被冷落的颈椎酸麻了一下，似在提醒和抗议。

卓月调整了一下姿势，身体坐直了，把头扭向窗外，时代广场楼宇外墙上苏菲·玛索、王宝强、白娘子的脸毫无过度感地在眼前依次掠过，到市中心了。这里建高楼前是一片广场，竖着一座不锈钢的抽象雕塑，旁边有一家香草冰激凌很好吃的冰屋。那时候卓月和果子喜欢一边吃着香草冰激凌一边漫无边际地聊天。

果子看着那座不锈钢雕塑问卓月觉得像什么。

卓月说像交响乐。

果子笑得乐不可支，说你不会是又想你的音乐才子了吧。

卓月嗔果子一眼，问她那你说像什么。

果子说像冰激凌啊。

并没有多好笑，两人却笑作一团，卓月笑出了泪。看卓月流泪，果子也流出了眼泪，虽然卓月没有说杜宗明的分手信就在她的包里，但果子仿佛已明了。

二

　　杜宗明在系统里签批完最后一份文件，重重地靠在椅背上伸了个懒腰，这个椅子比他在省行公司部副总办公室的椅子大很多，也软很多，他却并没有觉得更舒服，反而有一种不如硬背椅子牢靠的感觉。

　　9个月前，他被提拔到东海分行干一把手，许多人始料未及。当时公司业务部老总即将退休，他是副总又是公司条线的老人，接任一把手似乎顺理成章，可就在这个节骨眼上，他被调到了东海分行。有人说虽然也是提拔，滋味却不一样。也有消息灵通人士说，他走这一步是为了下一步的升迁储备资历，毕竟他一直在省行本部，缺乏基层行工作经验。

　　杜宗明看一眼手表，八点半了。签批文件竟用了这么长时间！自从改无纸化办公后，行长们都大呼现在公文运转效率太慢了，原来秘书跑一圈，十几分钟就能签批完的文件，现在没有几小时不行。这些年，在人工与智能孰优孰劣的不断讨论声中，银行智能化变革的脚步从未停止过。

　　杜宗明看一眼桌上本周要上会的东大集团营销方案和新海支行行长选聘方案，还是看完再回去吧，反正回到公寓也是一个人，老婆孩子都留在了省城。

　　杜宗明从卫生间回来的路上却改变了主意，他看到综管部主任室、秘书室都亮着灯，尽管他已经跟他们说过没有事了，让他们先回去。可是，行长不走，综管部主任、秘书先走了，他这个行长不在乎，却会有别人在乎。

　　杜宗明摇摇头，做了9个月地市行行长了，他还是有些不习惯。以前他干公司业务部副总时，加班到多晚也不用担心耽误别人下班。也罢，今晚就早些回去吧。

　　租的公寓离银行很近，走路只要十分钟，杜宗明上下班都是步行，从来不用司机接送，有时顺便绕到海边散个步，呼吸一下在省城难得呼吸到的新鲜空气，给身体充个氧。

一出大门，杜宗明就看到了卓月，仰着头看月亮。

和 18 年前一样，她还是喜欢看月亮。

杜宗明放慢脚步，犹豫着是否要过去跟她打个招呼。

一辆出租车停在卓月面前，似乎是她提前预订的或是熟识的，没有招手，没有询问，卓月坐上车走了。

卓月变了，以前她很在意交通费支出。她说如果不是因为赶时间或者生病，把钱花在交通工具上，就是为了让身体获得暂时的享受而浪费金钱。然后她在自行车后座上搂紧他的腰，补充说我们在公共交通工具上怎么会有如此亲密的享受呢？

他一阵心旌摇荡，嘴上却假装正经地斥责她女孩家不害羞。她咯咯笑着把他搂得更紧了，生怕他跑了一样。

那个时候的卓月很黏人，她总是抓着他的一只胳膊或是手，有时他正在弹吉他，双手都被占用了，她就坐在他脚旁，倚在他腿上，一只手还要拉着他的裤脚。

有一次他们在公园看八爪鱼表演，那个八爪鱼扒在人脸上，扯掉它一只爪子，它另一只爪子又扒上来，他笑着说看你像不像那只八爪鱼。

她本来一只手搂着他的胳膊，听了这话，索性两只手吊在他脖子上，说我就是你的八爪鱼，你一辈子别想甩开我。

那时候动不动就说一辈子，从来没有想过一辈子究竟有多长。

三

卓月到家时，快九点了，周鹏程还没回家，又出去喝酒了。现在高校的酒风竟也如此盛行，周鹏程动不动就不醉不归。

卓月一边给周鹏程养的铜钱草浇水，一边吃个桃子当晚餐。周鹏程爱往家里搬花，却从来不照顾。别的花还好，唯有这铜钱草爱闹脾气，本来乖巧地贴着花盆长，一缺水就疯狂地长高，叶片变大，把自己作践得完全脱了水灵秀气的模样。

一个桃子还没吃完，卓月就觉得饱了，肚子发胀，是心脏还在闹意见。

和每次一样，当它想要翻滚起什么的时候，卓月都会采取强制性忽略措施对它进行打压，遭到打压的它就会像铜钱草一样闹脾气，顶着她身体的某个部位生长、膨胀。

卓月并不理会心脏的情绪，因为她要时刻保持冷静的头脑，对业务、对客户、对同事、对家人……她有太多的责任要负。

这种负责是自觉自愿的，甚至是与生俱来的，卓月从来没有觉得有什么不妥，果子却看不惯。

看卓月研究家具的组装图纸，果子问她为什么不让周鹏程干这个活。

卓月说，他看图纸慢，习惯我研究完了指导他干。

果子夸张地张大嘴说，你有没有搞错？他是建筑系高材生啊，看图纸会不如你？

卓月想了想说，是啊，但是，他就是信任我。

果子一字一顿地说：大姐，这——是——依——赖。

卓月赞同地点点头，说就是啊。

果子盯着眼前这张干净得显得有些单纯的脸，无奈地摇摇头说，我终于知道我为什么嫁不出去了。

卓月摆了一个夸张的八卦表情在脸上，明知故问：为什么啊？

果子翻着白眼说，因为我最好的朋友没有做好表率，我恐嫁。

卓月特诚恳地说，别啊，你最好的朋友告诉你，这世上其实好男人还是挺多的。

果子疯狂地摇摇头说，我最好的朋友就是好男人试金石，经测试，她身边的男人无一例外，依——赖——性——强。

卓月自我反省一下，果子说得没错，她的冷静、细致、负责，让身边的人对她都很依赖，甚至依赖过度。

可是，没办法，她的头脑永远强于她的心脏，事实证明，这些年她凭头脑做事，而不是凭心意做事，几乎没出过什么差池，正因为如此，她永远是别人的依靠，以至于偶尔她想找人靠一下的时候，却发现身边没有一个可以依靠的人，她唯有把自己蜷起来，抱抱自己。

周鹏程回来，一身酒气，楼下的狗叫了半天，大概被醺醒了，很不高兴。

周鹏程开启酒后絮叨模式：老婆，告诉你个好消息，我们系主任要调走了，我要提正处了，组织部门马上就要考察了，你明天查查咱家资产明细，得上报。老婆，你知道我有多爱你吗？老婆，你别忘了明天查查咱家资产明细，得上报。老婆，我们系主任要调走了，我终于要转正了。老婆，你知道我有多爱你吗？老婆……

卓月自动过滤了一下有用信息：组织考察、资产明细。她自动地在人脑笔记本上记载下了明天要做的几件事：晨会传达省行文明优质服务检查方案、继续查证东大集团贸易结算问题、做好银监局个人业务检查进场前准备、给妈妈家交有线电视费、查询家庭资产明细、夕会组织智能柜台投产前培训。

四

杜宗明回到公寓时，迟志华已等在他公寓门口，显然已等候了一段时间，如果他没猜错的话，应该是他离开办公室时间不长，迟志华就等在这里了。

消息够准确。杜宗明在心里暗叹，只是没有算准他去海边走了40分钟。一个基层行行长如果把这些心思花在业务发展上，也不至于把好好一个网点干到面临撤并了。

迟志华拐了七八个弯，无非是想在网点撤并后谋个好差事。

杜宗明压抑住心底的厌恶，直接问迟志华自己有何打算。

迟志华迟疑着说，我听说，公司部副主任要提拔了……

杜宗明的愤怒已经到达了要爆发的极点。就在今天下班前，人力资源部刚把那个装着"新海支行行长选聘方案"的密封档案袋送到他的办公桌上，他还没打开看，只问了一句，知道人选有两个：一个是公司业务部副主任果宁，一个是营业部副主任卓月。还没有眉目的事，在迟志华这里竟然已经"听说"了，甚至已经替党委会做了抉择。

还没到东海，就有人提醒过杜宗明，东海分行人际关系复杂，上可通到总行甚至部委，务必处处留意。来了之后，他发现所言不虚，不但上可通天，还下可入地，班子成员讨论的事甚至还没讨论的事，在基层网点早就散播开来。

迟志华看杜宗明冷着脸，识趣地起身告辞。

杜宗明指着茶几上他带来的袋子说东西拿走。

迟志华脸上堆着笑说，杜行长，您别见外，就是东州老家一点土特产。

迟志华特意提到"东州老家"似在提醒杜宗明他是东大集团于总的亲戚这一事实。

杜宗明忍着厌恶说，不是见外，这是纪律，我不能带头破坏。

迟志华还欲狡辩，杜宗明不让他说话，抓起袋子塞到他手里说，就别麻烦秘书明天再去你们支行送一趟了。

话说到这份上，迟志华只好拎着东西讪讪地走了。

杜宗明把窗子大大地打开，想要散掉刚刚令人恶心的气息。

深秋的风已经有了寒意，杜宗明打了个冷战，隔海看月亮，与刚刚卓月看到的"缺月挂疏桐"又有了些不同。

卓月喜欢看月亮，她说月亮上有一个不一样的世界，那个世界与这里的世界相通。每个人都拥有两个世界，一个是月亮世界，一个是现实世界。在月亮世界人用心脏思考，在现实世界人用头脑思考。两个世界并存，不着痕迹地随时转换，所以有的人并不能意识到自己处于哪个世界。她还举例说，比如你现在和我在一起，用的是心，所以就是在月亮世界上。一会儿你回到宿舍复习准备考试，就是现实世界。你边学习边想我，就是两个世界发生了混淆，两件事都做不好。

杜宗明对于月亮的认识是星球、轨道、半径、公转、近地点、表面温度、月食这些信息，卓月的说法让他觉得不科学，却有趣。

旧时明月，哪堪重对？杜宗明心头浮上些许的无奈。

再见卓月，如何面对？杜宗明无数次想过与卓月第一次重逢的场面。18年了，不知道她的脸上是否还有粉嫩的婴儿肥？她的眼睛是否还是如星子般黑黑亮亮？她是否还习惯说话的时候撅起嘴巴？她是否不高兴的时候还嚷着我要吃甜食、我要吃多巴胺？

他到东海分行的第一天，不搞欢迎仪式、不搞见面会，只在自己办公室与班子成员见了个面，就提出去市区网点转一圈，只带了渠道、保卫、工会的负责人。第一站就是分行营业部，却没有见到卓月。营业部邓主任特意解释说卓主任去外管局沟通个业务。他多少有些失落，却又暗暗松一口气。

他见到卓月是在回行的电梯上。当电梯门打开时，他看到了卓月。虽然她变化很大，他还是一眼就认出了她，脸上粉嫩的婴儿肥不见了，取而代之的是干练和素雅；笑起来不再是满脸的星光灿烂，取而代之的是职业化的适度亲切；说话时不再撅嘴，取而代之的是嘴唇习惯性地抿着；只有眼睛，还是黑黑亮亮，直视人的时候有一种说不出的力量。

卓月先打招呼，微笑着说杜行长好，同时自动退缩到电梯角落里，她太瘦，以至于大家都进入电梯后竟没有觉得电梯里多了一个人。

杜宗明也向卓月问了声好，想微笑一下的，却没有挤出来。他进入电梯后，背对卓月而站，身后感受不到来自卓月的目光，他有些失落。

杜宗明看过花名册，卓月配偶的职业栏写着某大学建筑系副主任。

她到底还是嫁了建筑系的。

上学时，有一次因为有女生给杜宗明递小纸条，卓月醋意大发，和杜宗明吵了几句就飞快地往校外跑。杜宗明好不容易捉住她，她像头小毛驴，又踢又咬。他一边躲避着她的攻击，一边问她要干什么。

她嚷嚷着说我要去旁边的建筑学院出轨。

他又好气又好笑，说你还没结婚，出哪门子轨？

她嚷嚷说，结了婚我就不出轨了，就嫁鸡随鸡了。

他抱着她问此话当真？

她点点头，眼睛在夜色中越发黑黑亮亮的。

后来，一吵架她就嚷嚷着要去旁边的建筑学院出轨。

后来，他们再也没吵过架，她却嫁给了学建筑的人。

五

卓月嘴唇紧抿，眉头紧锁。杜宗明等她开口，他知道让她的脸变成这样的，一定不是小问题。

东大有问题。

卓月只说了这一句，杜宗明就倒吸一口冷气。

东大集团是东海市最大的企业，也是东海分行最大的客户，存款、贷款、结算量在全行都占有绝对比重，如果东大出现问题，不但东海分行要出现经营问题，甚至……后果不敢想。

查东大的事，卓月一个月前偷偷开始进行的。开始她只是怀疑其提供的资料有些问题。他们行对东大的国际贸易业务一直采取优先办理的原则，有时打个招呼，资料还不齐全的情况下就先办理了业务，虽然每次东大都能如约及时补充资料，但卓月总觉得不对劲。为了慎重起见，卓月决定对东大提供的资料进行进一步核查。

核查的结果让卓月吓了一跳。东大的大多数国际贸易业务走的是海运，查询海事系统船只的载货类型、载重能力、航行时间、路线等，发现东大集团可能存在虚假贸易。更为严重的是，东大集团以货物抵押在东海市多个银行贷款，如果贸易虚假，很可能抵押物不足，甚至存在同一批货物重复抵押给多家银行的问题。

杜宗明和卓月半天都没有开口，等待对方进一步的反应，或者是在思量这件事的分量，空气瞬间变得凝重，窗边阳光下悬浮的颗粒物瞬间也停止了移动。

你能确定吗？杜宗明把视线从窗边收回，终于先打破沉默。

卓月点点头，又补充一句，基本能确定，相关情况我和小孙正在进一步核实，目前这件事只有我和小孙知道，连邓主任我都没说，您知道咱行……

杜宗明明白卓月的意思，行里有点风吹草动，立刻满城风雨，事情一旦传开，对东大采取什么措施都晚了，目前的紧要任务是，如果情况属实，必须要对东大采取财产保全措施，要求其变更抵押物、增加保证金或提前还贷。要快！要赶在东大知情前！可是，如果掌握的情况有误，那么东海分行将失去这个最大的客户，这对东海分行的经营来说，其影响力绝不是一年两年可以消除的。

杜宗明问小孙是……

哦，这个可以放心，小孙是刚入行的新柜员，她只负责查我让她查的信息，这些信息有什么意义她完全不懂。她和别人都认为我只是为了外管检查在补充东大的资料。杜宗明的话只说了一半，卓月立刻明白他的意思。

杜宗明又陷入沉默，现在他脸上的表情和卓月是一致的，嘴唇紧抿，眉头紧锁。

卓月盯着杜宗明的脸。在他面前，她从来不躲避目光，相反，杜宗明的目光很少与她对视，他似乎一直在逃避。他来东海9个多月了，两人一直客客气气，不要说谈过去的事，即使是谈论工作，次数也有限。

卓月注意到杜宗明的鬓角多了几根白发，不太明显，但她很确定，那是他刚来东海的时候没有的。

三天……杜宗明终于开口，就在这个时候卓月的手机响了，杜宗明示意她先接电话。

是周鹏程，卓月果断挂掉，并自动反馈一条"正在开会一会儿回电"的信息。

杜宗明看到卓月挂掉手机，打算再次开口，卓月的手机再次响起来。

还是先接一下吧，可能是急事。杜宗明说。

卓月很无奈，在周鹏程那里，找不到袜子都算急事，只好背转身到门口接听了手机。

怎么回事？组织部门说我欺瞒组织，个人财产申报不实。周鹏程的声音大到让卓月怀疑三米之外的杜宗明都能听到。

我在开会。卓月小声说，怎么可能不实？咱俩的所有房产、存款、理财都报了，你问一下组织部门，到底有什么出入？

我问了，人家说不能告诉我。周鹏程半是火大，半是委屈。

直接调查的人不说，你就不能侧面打听一下吗？卓月依然小声，语气里已经有了不耐烦，这个周鹏程好像永远也长不大。

那我问谁？周鹏程的声音终于低下来。

让陈校长帮你问。卓月不耐烦地说完，不待周鹏程说话就挂断了电话，遇到问题却从来不知道自己动脑子想办法。陈校长是卓月父亲的学生和老部下，是周鹏程的分管领导，这一点周鹏程也知道。

卓月觉得自己当初嫁给周鹏程是没经过挑选的，他是父亲的学生，那个时候父亲老是差他来行里给她送水果。她对他并没有什么感觉，只是到了该结婚的时候，发现身边竟然只有这么一个人。反正既然嫁不了自己喜欢的，不如嫁父母喜欢的吧。婚姻就像买水果，买的时候不好好挑挑，吃起来口感总有些强差人意。

卓月重新在杜宗明的对面坐下，看着杜宗明，等待下文。

三天把事情确定下来，可以吗？杜宗明问。现在时间紧迫，晚一天，风险就增加一分，他无法给卓月更多的时间了。

卓月抿着嘴，点点头。现在，两人的目光是对视的，只是这个对视很短暂，杜宗明飞快地移开了目光。

谈话结束了，卓月却没有站起来要走的意思，杜宗明再次把目光移回卓月脸上，等待她想说的话。

听说您要回省行了。犹豫了一下，卓月还是决定把想问的话说出来。

杜宗明暗暗叹口气，卓月竟也是消息灵通人士，就在昨天晚上，老师向他透露，他已经进入省行副行长提拔人选，只要近期工作上不出现大问题，保持东海分行目前的经营态势，到年底向省行交一份漂亮的答卷，这件事基本就板上钉钉了。

近期只要不出大问题……卓月并不理会他的沉默，继续说。

杜宗明知道卓月的"大问题"指的就是东大的事，如果这事马上落实，大问题就会立即暴露出来，如果缓一缓，他就会顺利坐到省行副行长的交椅上。可是缓一缓，可能缓出更大的问题。

杜宗明不太确定卓月的想法，她盯着他，眼睛黑黑亮亮，看不到一点情绪。

杜宗明再次将目光移向窗外，有园林工人在修剪法桐的枝叶，毫不吝惜地去掉大片的枝叶，只留三四个主干。据说，这样做是为了明年法桐长得更加强壮、茂盛。与银行和国家的利益相比，杜宗明觉得自己的利益只能算法桐上的一片叶子。为了整棵树的生长，必须舍弃！

我们不能做银行和国家的罪人。杜宗明决定还是向卓月表明自己的态度。

杜宗明终于在那双黑黑亮亮的眼睛里看到了一些不一样的东西，是光，是带着感情的光，是他曾经熟悉的光，只有一瞬，连卓月自己都没有意识到的一瞬，杜宗明却捕捉到了。

卓月点点头说，我需要东大的货物押品清单。

看来这事卓月连果子都没说，不然，她找果子就可以直接调出押品清单。杜宗明点点头说，一会儿你过来拿。

再没有别的问题了，卓月站起来，说那我等您电话。

杜宗明没有反应，似有所思，又似已经首肯卓月的告别。

卓月转身向外走。

"卓月……"杜宗明直呼卓月的名字，9个月来，他一直在避免称呼她，非称呼不可的时候，他称她卓主任。

卓月愣一下，有两秒，转过身，站在原地，没有靠近办公桌。

押品的事，算了吧。显然杜宗明已经猜到卓月要押品清单的用意，现场核查押品，太危险！

卓月没说话，看着杜宗明，她明白，这件事目前知情的只有他俩，她不干，谁干？

不要管押品的事了。杜宗明加快语速，很坚决。

卓月还是不说话。

我来处理。杜宗明有点急促地说，你不要管押品的事，只管确认事实就行。

卓月盯着杜宗明的脸，摇了摇头，很坚决。

杜宗明站起来，向卓月走过来。

两人已经近到能听到彼此的心跳，杜宗明低头看着卓月，不再回避她的目光，卓月比他矮半个头。

听我的。杜宗明轻声说。

卓月感觉到自己的心脏又要闹腾起来，她深吸一口气，强行压制住它。

我毕竟是东海的坐地户，这里的情况我比你熟悉。卓月没有注意到，她这次没有说"您"。

杜宗明注意到了这个"你"字，他的声音轻柔却很坚定：正因为这样，我更不能让你冒险。

心脏挣扎着继续闹腾，卓月感觉到自己快压制不住它了，她的世界正在向月亮世界转换。不可以！她必须马上离开这个房间，她需要换个环境对心脏采取措施，她需要冷静下来，她需要回到现实世界，用头脑对整件事进行重新评估和思考。

"卓月。"杜宗明似乎觉察到卓月想要逃离的企图，他轻声叫着她的名字，抓住了她的上臂。他的手还是那么有力量，只是少了些温度，隔着西服，她还是能感觉到，他的手是冰凉的。

"卓月，不要……"

"不要。"卓月挣开杜宗明的手，狼狈地逃出了他的办公室，这是她第一次在他面前表现出不冷静。

六

杜宗明回想刚才的一幕，似梦似幻。

是真的，卓月的手臂留在他手掌的感觉还在，瘦削却紧致，他甚至感觉到了她上臂的肌肉，和上学时的柔软完全不同。可是她的气味却没有变，只属于她的特有香气，有点清冷，卓月说那是月亮的味道。

杜宗明觉得他的那个卓月又回来了。这9个月，她一直裹着一层盔甲，对他冰冷、客气，拒于千里之外，他一直试图透过那层盔甲寻找记忆中的她，却不得门路。今天，她第一次在他面前失态，差点丢盔弃甲。

敲门声将杜宗明拉回到现实。

这个卓月，得好好收拾一下了，胆子太大。分管营业部的副行长老宋一进门就嚷嚷。

杜宗明心里一跳，不知卓月闯了什么祸，脸上却挂着笑，让老宋坐下慢慢说。

老宋在沙发上坐下，喝了口杜宗明递上的茶，开始讲原委。原来刚刚营业部有个男客户占着一个柜台一元钱、一元钱地取，谁劝都没有用。邓主任看卓月回去了，就让她去劝。她可倒好，不但不去劝，还从楼上找来一个担保公司的小姑娘扮成客户，对着男客户拍视频，她假装上前制止小姑娘，趁机吓唬那个男客户说小姑娘要发微博对他进行"人肉"，吓得男客户不但赶紧离开，还对柜员道了歉。

杜宗明大笑，这确实是卓月的风格，上学时她的鬼主意就比谁的都多。

老宋说：你还笑？卓月都是让你们这些领导惯的，她是能力强，也聪明，可是这么不照套路出牌，出了事怎么办？那个客户要是知道小姑娘是担保公司的，还不得跟我们闹起来没完？

杜宗明拍拍老宋的肩膀说：没事，真闹起来，就让她卓月自己去解决，她不是鬼主意多吗？

老宋也笑了，说：也对啊。唉，你说咱行这些中层吧，像她这样的还真没有。也好，不用我们出面，什么事她都能自己摆平，不像有些中层，就知道跟领导请示，请领导下指示、拿办法，都这样，我们还要他中层干什么？

杜宗明听出来，老宋表面上是抱怨卓月，其实是来给卓月加分的。这次新海支行行长选聘，以老宋为首的三个班子成员支持卓月，只有分管公司业务的副行长支持果子。这两个候选人特点都很明显，卓月善管理，果子善营销。支持果子的理由是，支行的业务指标重，需要营销人才；支持卓月的理由是，她善于管理和用人，能充分调动员工积极性，更适合做一手把。杜宗明也倾向于用卓月，一个营销能力强的行长所创造的业绩大小取决于他的个人能力；而一个管理能力强的行长所创造的业绩大小取决于他下属所有人的能力总和。

送走老宋，杜宗明看了一眼手表，从卓月离开他的办公室，到老宋来汇报，40多分钟。卓月是带着情绪离开他办公室的，能在这么短的时间抛开情绪，冷静下来，快速处理了这么棘手的问题，这个卓月，还真的不是当年的卓月了。

当年的卓月也是聪明的，只是常常依赖着他，不愿意动脑子，说动脑子会变老。上课不好好听讲，不好好写作业，考试开夜车，仗着聪明，没有挂过科，还经常能拿到奖学金。每次拿到奖学金都嚷着要请客，给他买了吉他，还请他吃馆子，吃了 N 次，还说奖学金没花完。他知道，她一面要照顾他家境窘迫的自尊，一面又想把最好的以他能接受的方式给他。他那时候就下定决心，结婚后，他一定努力工作，给她最好的生活。

可是，关于最好生活的向往，在见到她父母之后，终成泡影。

因为要提前落实分配单位，毕业前，卓月领杜宗明回家见了父母。

他终于知道，卓月所说的她父母就是一般知识分子是个善意的谎言，她父亲是大学校长，母亲是银行行长。他们在卓月面前对杜宗明客客气气，却在晚上单独来到杜宗明住的招待所。

卓父单刀直入地问杜宗明可以给卓月什么。

杜宗明倔强地说我可以给她幸福。

卓父的笑声像是听到了一个非常可笑的笑话，深深刺伤了杜宗明。

你知道什么是幸福吗？笑过之后，卓父问杜宗明。

那时候的杜宗明已经知道幸福不仅仅是对女人好，可是当时的他，除了对卓月好外，还能给她什么呢？

卓父似乎并没有期待杜宗明的回答，自顾自地说：我听卓月说你很优秀，来东海这种小地方委屈你了。这样吧，你想去哪家银行？我给你在省城安排。

不用。杜宗明斩钉截铁地说。

唉！卓父叹口气说，我们只有小月一个女儿，我们一直把最好的给她，把她惯坏了，她连盖的被子都必须是真丝的，换了别的被子她就睡不着觉。

杜宗明知道卓父所言不虚，他暗中观察过卓月的吃穿用物，虽然他看不出有多贵，但他知道都不是他们这些同学所能比的。虽然每次和他一起吃小馆子，她看上去吃得很香，可是，她实际上却吃得很少，她处处在偷偷照顾他的自尊心。

放心吧，我有自知之明。杜宗明倔强地说，强忍着泪水，保持着最后的尊严，一想到以后的日子里要没有卓月，他的心抽搐着疼。

卓父最后请求杜宗明不要马上跟卓月分手，那样聪明的卓月会一下子猜到为什么，他不想女儿和自己生出嫌隙。

杜宗明是毕业后一个月写信和卓月说分手的，信写了一遍又一遍，被泪水湿了一遍又一遍，最后只写了五个字"我们分手吧"。

信发出后，他一直在等卓月的回信，可是最终也没等到。

卓月竟然没有问他为什么要分手？！

那段时间，每天晚上杜宗明看着月亮圆了又缺，顾影自怜：原来他在卓月心里并没有那么重要！可是，他不甘心，他无法相信：卓月并没有那么爱他！

他觉得卓月欠他一个解释，可是卓月却始终不给他这个解释，即使已经过去了 18 年，她还是缄口不言。

就在刚才，他终于看到了带着感情的卓月，他想趁机问出那句他一直想问而没有问出的话，她却逃掉了，而且转瞬间恢复冷静，他真的怀疑自己是否真的了解过这个他曾经深爱、至今仍无法忘怀的女人。

七

卓月疲惫地倒在办公室的椅子里，刚刚忙着处理突发状况，她没时间理会心脏的闹腾，静下来，心脏再次发起抗议，远的事情它无力翻起，却能翻起刚刚那一幕。

他眼神里的心疼、他声音里的温柔、他手掌冰凉的温度，都在她的心脏里翻腾。

18 年前，他只给她写了五个字"我们分手吧"。她在等他的解释，等来的却是他有了新女朋友、女朋友的父亲安排他进了省行的消息。

18 年后，无数次，她站在他面前，直视他的眼睛，希望能看到他的解释，他却只是一味躲闪，她对他再次失望。

就在刚才，他终于要向她开口时，她却害怕了，她不确定他要说什么，她能确定的是，他一旦说出口，有些事情就再也回不去了。

她必须保持冷静，尤其是现在，现在是他升迁的关键时期，也是东大事件的关键时期。选择权就在她手里，她可以装作什么都不知道，送他平步青云；也可以在这个关键时刻，以银行和国家利益为重，置他于不顾。

在去他办公室前，她对自己的心意是确定的，没有什么能让她置银行和国家利益于不顾。可是，当他决绝地说出以银行和国家利益为重的时候，她忽然不确定了，他选择放弃了自己的利益，如果她不顾他的利益，还有谁会顾他的利益？

她必须想一个万全之策，可是，有吗？

头有些胀，算了，不管了，先确定事实再说，东大的押品清单得拿到。在杜宗明那里应该是拿不到了，去果子那里试试。

卓月看到办公桌上放了一个小芝士蛋糕，还有张小纸条，纸条上暖暖地写着：小桌子辛苦啦！是柜员送的。她叫柜员孩儿们，他们叫她小桌子。

看着蛋糕，卓月有了主意。

果子看到卓月手里的芝士蛋糕，脸上乐开了花，迫不及待地打开。一边吃一边问：今天怎么这么好？特意来给我送。

卓月嗔她一眼说：不是特意，是顺路，主管说押品还没核对，我看她忙，就上来找小赵帮她拿押品清单。刚才看小赵好像不在，白跑一趟。不过，看你吃得欢喜，也值得了。

果子摆摆手说：不白跑，不白跑，我这里也有押品清单，你先打一份回去核对，回头找小赵去签个字就行了。

果子一边说一边找纸擦手，准备在电脑里打印。

卓月示意她起来，说：算了，你别动手了，我打吧，你告诉我存哪就行了。

在果子的指导下，卓月找到押品清单，当然这并不是她要的东大的清单，营业部每月要和公司部核对的只是存单类押品。卓月已经看到，东大押品清单就在这同一个文件夹下。

卓月看着清单，并不急于打印，而是随意地浏览着说：怎么现在押品这么多？宝泉集团的这么多？看来宝泉的这个林妹妹确实不简单啊，她掌门后，你看这业务……

哎，我跟你说……果子上来了八婆劲，在对面的椅子上坐下，八卦起了宝泉集团的林总。

卓月一边听，一边笑，一边把东大的押品清单打印了出来。

这件事不让果子知道，并不是卓月不信任她，她不希望果子陷入和自己一样的纠结。

这些年，卓月忽然大胆地想明白了一件事：果子爱杜宗明！

他们三个是同班同学，果子与卓月关系变得密切是在她和杜宗明谈恋爱之后。那时候她和杜宗明约会有时会带上果子，果子每次都欣然前往；果子特别爱听卓月在她面前讲杜宗明，从来不烦；果子这么多年不结婚，也不谈恋爱，她心里有一个人，却连卓月都不能说，那这个人只能是杜宗明。果子一直隐藏得很好，以至于很多人以为果子是同性恋，她喜欢卓月。

关心则乱。这件事已经够乱了，不能让果子再受其乱。

卓月看着"偷"来的东大押品清单，倒吸一口冷气，货物抵押竟有这么多，金额过亿！

必须抓紧时间！看来得加大班了。

卓月盘算着时间，今天是周五，杜宗明说的是三天，也就是包括周六、周日。父亲年初忽然中风，不能动、不能说话了，卓月给他请了个住家护工和母亲一起照顾他，每周六她让护工休一天假，她亲自照顾父亲，得给护工打个电话，让他这周别休假了；儿子住校每周五晚回来，一般她都会领着他去吃个西餐，改善一下生活，这个周让他爸爸陪他去吧；周日上午智能柜台投产现场会不能参加了，得给邓主任打电话让他主持；客户周姐的女儿周日结婚，婚礼去不了了，得打个电话……

卓月用 20 分钟处理完这些事，给周鹏程打电话时又多出一件事。周鹏程说陈校长打听到了，所谓资产申报不实，是卓月在建行有一个基金定投账户。

卓月说：那个基金定投账户当时是为了给同学顶任务开的，只存了一次，就赎回了，现在余额是零。

周鹏程说：组织部门不会搞错的，肯定是你记错了，不信你问陈校长。

卓月只好给陈校长打电话，陈校长告诉她，就是没有余额的基金账户也要申报，否则就算瞒报。

卓月叹口气，就这么点事，周鹏程自己搞不定，还得她出面。结婚前，听说婚姻是两个人互相依靠；结婚后，却发现，她再无人可依靠，唯有一路独立成长，变强，再强。

八

杜宗明看着东大的货物押品清单，决定约东大的于总见个面。

饭局约在了周六的晚上，杜宗明只带了果子，于总带了两个副总和财务总监。

六个人刚坐下，于总就接了个电话，说我在外面吃饭呢……刚开始……

这么不巧……唉，我正好和你们杜行长在一起，要不你也过来吧？

杜宗明已经猜到对方是谁，却笑着问：是谁？来来来，一起过来吧。

不到十分钟，迟志华就过来了。杜宗明明白，看似偶然，其实必是于总设计好的。看来，迟志华与这个亲戚的关系还是不错的。那就好。杜宗明想起老师说过的话：在职场上，没有没用的人，不管他是好是坏，都有他的作用，只看你怎么用。

于总端起酒杯说：今天也没外人，杜行长，老弟，今天老哥就先借酒说几句恭喜话。第一恭喜老弟你，我见你第一面就说过，老弟你是人中龙凤，玉树临风，才干过人。你的好消息老哥已经听说了，到时候，老哥可是要去省城讨你杯酒喝的。

杜宗明暗想消息传得好快，脸上却不动声色地点着头含混着说：随时欢迎于总。

于总接着说：第二恭喜果主任，听说也马上有好消息了，杜行长真是慧眼识英才啊，我一直想挖你们行这个美女主任，人家岿然不为所动啊，我是一直可惜这么好的人只能屈居副职，现在……提前祝贺！

杜宗明心里冷笑，但表面上仍笑着，听于总接下来要说什么。

于总继续说：第三安慰一下我们家这个老弟。志华，你不要怪自己运气不好，你看看果主任，你啊，得好好跟果主任学，你连人家一个衣角都赶不上。

迟志华连连答应。

果子忙说：哎呀！于总您真是折煞我了，迟行长年轻有为，前途无量呢。

于总说：是吗？我怎么没看出来？话说回来，前途是不是无量，还不是靠杜行长，老弟，你说，是吧？说来惭愧，我姑去世早，志华在我们家跟我们兄弟几个一起长大，我们家那时候穷啊，也没能让志华多读几年书，早早就送去当兵了。我老爹现在想起这事还后悔，没办法啊，人穷……好了好了，看我说这些干什么，今天是个高兴的日子，以后我们也会越来越高兴。来来来，我先干为敬。感谢杜行长，感谢果主任。

杜宗明干了杯，拍拍于总的手说：于总，说感谢就太客气了。要说感谢的话，也得我说，于总这些年对我们行业务这么支持，以后还需要你更多的支持呢，你可是我们的财神爷。果主任，我们把酒满上，敬于总和东大所有财神爷们一杯。志华，你也满上，一起。

于总哈哈大笑：应该的，应该的，老弟，不冲别人，就冲你，还有果主任，我们的业务以后就在你们行扎下根了！

杜宗明干了杯说：感谢！感谢！距离年底还有不到两月，我还真希望于总再帮一把。

于总说：没问题，没问题，想要什么业务只管说，我们东大全力配合。

从酒店出来，杜宗明让司机送果子回去，他想走会儿路。

今夜的月亮很大，已经接近满月了，天上没有云，墨蓝的天空衬得月亮更加清冷。

杜宗明扣上西服扣子，他没穿外套，11月的东海比省城凉。

一辆出租车悄无声息地停在杜宗明面前，司机扭头看着杜宗明，似乎他是因为杜宗明叫了服务才来的。杜宗明忽然觉得这一幕有些熟悉，是曾在梦里出现过吗？在记忆里，接下来的一幕应该是他拉开车门坐在后座上，司机问他去哪里，然后是他靠在后座上，然后是音乐，但是，是什么音乐想不起来了。

为了证实一下自己的想法，杜宗明拉开车门坐在后座上。

司机说您好，去哪里。

杜宗明想了一下，说了银行的地址，闭上眼睛，将后背靠在后座上，后座的高度对于他来说太低了，头靠不上去。

司机打开了音响，杜宗明忽然有点紧张，竖起耳朵等那个旋律，没有前奏，是《Unchained Melody》，电影《人鬼情未了》的主题曲，杜宗明觉得后颈有一阵电流闪过，每一根汗毛都站立起来。

《人鬼情未了》是卓月最喜欢的电影，看到男主人公借助女巫的身体抚摸女主人公的脸时，她哭得稀里哗啦。

看完电影，两人坐在学校小礼堂后面的草坪上看月亮，卓月还没有从电影情节里出来，声音还是哀伤的。

如果有一天，我们俩不能在一起了，你要记得，我就在月亮里，你只要打开月亮世界，就能找到我。如果我想在现实世界抚摸你，我也会找一个女巫……哦，不行，那个身体太丑了，你不会让她碰你的。我会找一个猫的身体，我会跳到你的肩膀上，在你的左耳朵上舔一下，再在你的右耳朵上舔两下。你一定要记住这个顺序，顺序错了就不是我，你就不要理它。顺序对了，你一定要抱抱我，摸摸我的脸，我最喜欢你摸我的脸……卓月絮絮叨叨地说着。

杜宗明也有一些伤感，他抱紧卓月，把脸贴在她脸上说，不会的，卓月，不会的。

杜宗明彻底决定和卓月分手，不是在写了那封分手信之后，而是他亲眼见到周鹏程之后。杜宗明一直煎熬地等卓月回信，等来的却是卓父。

那天行长叫他吃饭，在饭桌上他意外地见到了来省城出差的卓父。卓父不经意说起卓月有男朋友了，是他的学生，叫周鹏程，某局长家的二公子。

杜宗明不信，第二天他就请了假跑到东海，要找卓月当面问清楚。他在卓月的银行外面，看到一个高大帅气的小伙子，正把一袋子葡萄递给卓月，卓月笑得很开心，她最爱吃葡萄。那个小伙子就是周鹏程，一看就是那种家世很好的有为青年。

杜宗明忽然失去了见卓月的勇气和力量。他不知道自己怎么回的省城，心脏先是疼，后是麻木，他麻木着上班，麻木着相亲，麻木着调到省行，麻木着结了婚。

新婚的第二天早上，杜宗明的心脏忽然恢复了痛感，痛到他呼吸困难，他走出新房，想要透口气。

他漫无目的地走了很久，走累了，就坐在街边的长椅上。一只猫在他面前停下来，抬头看着他。他把它抱起来，这是一只大概只有两个月大小的小狸猫，很瘦，脸小小的，粉红色的耳朵，眼睛很大，亮亮的，眼神里有点哀伤。

杜宗明等着它跳上自己的肩膀，舔他的耳朵，左耳朵一下、右耳朵两下，猫却没有动，只是看着他，有点哀伤的。杜宗明摸摸它的脸，再摸摸它的粉红色的耳朵，它的脸上出现了泪水，那是杜宗明的泪水。

杜宗明抬头找月亮，太阳已经出来了，月亮却还在，没了光芒，浅浅的，有种即将逝去的凄凉。

不远处柳树下刚刚支起一个早点摊，夫妻俩忙碌着，不说话，却很有默契。

该回家了。杜宗明想。

腿上的猫冲着他哀哀地叫了一声。杜宗明再次摸摸它的脸和耳朵，把它抱起来，轻轻地放在椅子上，起身向早点摊走去。

到了。司机的声音将杜宗明拉回到现实世界，他正欲付车费，看到卓月的车从行里开出来，向南而去，那不是她家的方向。

杜宗明看一眼手表，十点半了，她要去干吗？

跟上前面那辆车。杜宗明的话音还未落，司机已经发动车子跟了上去，就像他早就看穿了杜宗明的用意，或者他也觉得卓月形迹可疑。

果然卓月的目的地是东海港货仓。她穿一身黑，黑色运动鞋、黑色紧身裤、与这个季节不太相称的黑色紧身薄羽绒服、黑色棒球帽，像一只轻灵的黑猫，与平时的优雅判若两人。

九

卓月是在 G15 号仓门口被杜宗明抓住手臂的，她刚刚用老铁教她的方法打开锁，正紧张着呢，被杜宗明一抓，吓一跳。

看到是杜宗明，卓月拍拍心脏，压低声音说，先跟我进来再说。

杜宗明抓着卓月不让她动，低声说你知不知道你在干什么。

卓月有点恼怒地看着他，说你要么跟我进来要么马上回去。

卓月说完甩掉杜宗明的手，进了仓库，杜宗明只好跟上。

卓月掩好仓库的门，似安慰似解释地对杜宗明说：仓库保安每两个小时巡逻一次，现在 23 点，这个区刚巡完，我们只要在凌晨一点前撤离，就不会有问题。

仓库里有些阴冷，杜宗明终于明白卓月为什么穿羽绒服了，他问卓月，算计得这么精细，你是不是连万一被抓的借口都找好了？

时间紧迫，不能跟他废话。卓月挑衅地说：对，我就说我是来和你偷情的。

杜宗明知道卓月在故意气他，却不知如何回应。卓月撇下他一个人在黑暗里发呆，打开手电筒敏捷地开始工作。

杜宗明叹口气，他现在除了和她一起干外，好像也没有别的选择了。

零点五十分，他们只核对了两类货物，正如卓月所料，果然货物与实际不符，数量和品种都有出入，半真半假，客户经理平时那种核查抵押物的方法根本就不会发现问题。

保安巡逻前他们撤出来了。

卓月开车，棒球帽已经摘了下来，齐肩发用皮筋束起来，露出粉红色的耳朵，杜宗明有许久没有见到过她的耳朵了，看上去有种熟悉的陌生感。

杜宗明的酒劲已经醒了大半，没有了酒力的支撑，他开始觉出冷来。卓月已经脱了羽绒服，只穿一件黑色高领衫，越发显得脖子长。卓月特别不喜欢自己的长脖子，感觉像鹿。她不喜欢鹿，看上去太聪明。她喜欢熊猫，看上去傻傻的。

卓月感觉到了杜宗明的冷，打开空调，车子里逐渐暖和起来。

"卓月""杜行长"，沉默了许久以后，两人同时开口。

杜宗明说你先说。

新海支行行长什么时候退？卓月问。

年底前。杜宗明一边回答一边揣测卓月的想法，似乎他们想到一处去了。

可以提前办理交接吧？下周就让果子上任吧。卓月单刀直入，他们在和时间赛跑，迂回的话就省了吧。

卓月的想法和杜宗明不谋而合，果子到新海支行上任，迟志华接任公司业务部副主任，作为谢礼，东大集团在新海支行新增定期存款六七千万。再给迟志华施加压力，由他出面再向东大集团要个六七千万的定期存款。这都不是大问题。剩下的就是想办法让东大集团同意将货物抵押置换为存单质押，这是最关键也是最困难的一步。关于这一步，卓月已经有了险招，只是还需要再谋划一下细节，目前还有一个不确定因素是，于总和迟志华的感情到底深到什么程度？这很关键。

卓月……杜宗明看着卓月，有点艰难地开口。

卓月看一眼坐在副驾驶的杜宗明，迅速把头扭回来，直视前方，专心开车。杜宗明眼神里的东西让她的心脏突突跳，那个眼神让她想起那天在他的办公室，他抓住她的手臂，想起他手掌的力量，可是现在她没法逃离，他俩在这个狭小的空间里，她无处可逃。

卓月，对不起。沉默了一会儿，杜宗明再次开口，我什么都给不了你，以前是，现在也是。

卓月的心脏抽搐着疼起来，她紧抿着嘴，眼睛睁得大大的，盯着前方。她明白杜宗明的意思。

新海支行行长的位置她并不在乎，她在乎的是杜宗明的态度，尤其是当她知道对手是果子的时候。果子真的从来没有向杜宗明表白过吗？以杜宗明的细致，他会没有觉察到果子喜欢他吗？她毕竟是女人，也有小女人的心思，就算她知道在这件事上他的态度与感情无关，她仍然看重杜宗明的态度，只为了他是杜宗明！可是，比起目前的危机，她的小女人心思又算得了什么呢？在关键时刻，她的大女人理智总能占据上风。

好在，杜宗明的公寓到了，对话可以结束了，卓月偷偷调整一下呼吸，再一次有逃离的感觉。

十

杜宗明没有下车，他继续坐在副驾驶上看着卓月，他的目光再次落到她粉红色的耳朵上。18年后再见卓月，他一直在试图寻找他心里的那个女孩，爱说、爱笑、粉红色的婴儿脸……统统都不见了。今天当她的耳朵再次出现在他的视线中时，他又找到了她当年的模样，她的耳朵一点都没变。

她一点都没变，还是和18年前一样，处处为他着想，处处不让他为难。而自己也和18年前一样，总想对她好，却总是无能为力。卓父是对的，他确实什么都给不了她。

卓月没有动，依然直视着前方。杜宗明觉得她在等待什么。他应该说点什么，或者做点什么，他想把卓月抱在怀里，摸摸她的脸，摸摸她粉红色的耳朵。可是他现在什么都做不了，心里满满的愧疚感，压得他无法动弹。

于公于私，这次新海支行行长的人选都应该是卓月，于公，卓月的能力比果子更强；于私，他知道她在营业部副主任的位置上干得并不开心，尤其恶心的是那个邓主任天天色迷迷地盯着她，如果不是惧怕她的厉害，恐怕早就做出过分举动了。他不是没想过把那个邓主任换掉。他曾与分管营业部的老宋探讨过这个问题，老宋的解释是老邓这个人也不能说是好色，就是多情，他就是喜欢卓月。营业部主任这个差事，好人不愿干坏人干不了，当时从全行挑这么个人，他还不愿意干，最后同意干的条件就是除非提拔否则不能把卓月给调走。

杜宗明看着卓月棱角分明的侧脸，她似乎又瘦了，长颈、锁骨在高领衫里显得格外突出。他想起新婚那天早晨晓风残月下的小狸猫，现在的卓月就像那只小猫，瘦小、无助、无人呵护。那时候，最起码他能摸摸小猫的脸和耳朵，给它一点温暖和安慰。而现在，他连摸摸她的脸和耳朵的资格都没有，他只能看着她的耳朵，控制着自己的感情，任由心疼和愧疚的情绪将他湮没。

卓月终于把脸转向他，眼睛黑黑亮亮。她的嘴唇动了一下，他等着她开口，他盼望她开口，不管说什么都行，骂他也行，他渴望她的拯救，把他从愧疚的旋涡中解救出来。

于总和迟志华的感情到底有多深？可以深到以他公司的利益来拯救迟志华吗？卓月开口了，说的竟然还是工作，她的月亮世界已经对他彻底关闭了吗？

杜宗明有点失望，不过庆幸的是，她终于把他从沉沦中拉出来，他再次回到现实世界，将他的月亮世界暂时关闭。他现在还不能确定卓月的具体计划，不过看来，她已经有了想法，这个想法与于总和迟志华的感情深浅有关系。

迟志华从小是在于总家长大的，于总的父亲觉得对迟志华有愧疚，于总想通过他的能力帮助迟志华，替他父亲来弥补他。于总是个孝子。杜宗明能告诉卓月的就只有这些。

卓月想了一下说，目前，对我们有利的消息是：第一于总是孝子；第二他重感情；第三迟志华是个善于利用一切关系为自己牟取利益的小人。如果在省行公司部检查中，东海集团的押品出现问题，作为责任人的迟志华面临重大处分，于总会为了迟志华置换押品吗？

杜宗明终于明白卓月的计划是什么了。可是，他也有着和卓月相同的疑问，于总毕竟是生意人，生意人会把感情看得比利益重要吗？

生意人恐怕把利益看得更重一些吧。卓月像是在和自己说话，如果我们让他看到更大的利益呢？比如，新增授信。

新增授信？怎么可能？以东大目前的状况，杜宗明巴不得立即结清他所有的授信。

卓月似乎能看到杜宗明的心里，她继续说：反正只是一个授信承诺，能不能审批不在我们，就算是批下来了，最后放不放我们也不能完全说了算。

"以无赖治无赖"，杜宗明想起老宋对卓月的评价，竟差点笑出来。

卓月不知道为什么杜宗明脸上忽然有了笑意，不猜他，她继续说：不过，这样，我们就彻底得罪东大了，我们的业绩……

在银行和国家利益面前，业绩算得了什么？升迁算得了什么？杜宗明下定了决心。

看着卓月的车子消失在月色中，杜宗明的心中五味杂陈。昔日那个只会赖着他的小女孩长大了，她瘦小的身体里到底藏着多少能量？这些年是什么经历让她变得如此独立和强大？她累的时候谁给她依靠？

凌晨的月色更加清冷，清辉了如雪。

接下来的一切，都按照预期计划进行。果子当上了新海支行的行长，东大以六千万定期存款作为贺礼；迟志华如愿当上了公司部副主任，交接时，清点的所有抵押物不存在问题，包括东大的货物，迟志华在交接清单上签字承担责任；新官上任三把火，第一把火增存款，迟志华成功营销东大集团七千万定期存款；省行公司业务部进行抵押物核实抽检，恰恰查的是东大这批货，专业细致的检查，立即查出押品不实，作为责任人的迟志华如果不能在规定的时间内采取补救措施置换押品，将面临记大过、劝辞和从此无法从事金融行业的处罚；于总果然不同意以存单置换货物抵押，杜宗明给他许诺新增授信1.3亿元，看到省行公司部的审批，于总这个老狐狸才让财务人员到银行办理了将货物抵押变更为存单质押的手续。可是那笔1.3亿元的授信，最终却因为省行压缩额度而暂时无法放款。于总一气之下，以终止与东海分行一切业务合作相威胁，杜宗明一面做出害怕业绩下滑影响升迁的姿态，一面却继续不作为。于总觉得这个杜宗明是不见棺材不落泪，结清了东大集团在东海分行的所有业务，包括存款、贷款和结算。

于总的底气来源于东大的影响力，就在不久前主动要求给他新增授信的金融机构排成队呢。可是，当他向其他金融机构提出借款时，才发现，东海分行已秘密向监管部门报告东大集团虚假贸易及抵押物不实的问题，各金融机构接到通知后，彻查东大业务，果然存在同一批货物抵押给多家金融机构的问题，各机构纷纷申请资产保全。于总还没来得及转移资产，东大就破产了。在这场震荡东海市所有金融机构的大地震中，东海分行不但自己成为了幸免者，还为其他金融机构申请资产保全争取了时间。

十一

作为胜利者的杜宗明和卓月的日子却并不好过。因东海分行各项业务指标急剧下滑，杜宗明的省行副行长任命文件被撤了下来。

东海分行虽然主动报告并提供东大虚假贸易的线索，但仍负有审核不严的责任，外管最后综合评定认为：东海分行做到了表面合规审核，且主动举报有功，功过相抵，罚款5万元。行内落实相关责任人时，卓月将自己报为管理责任人。在上报省行时被邓主任拦下，他承担了全部责任。

周鹏程的校长是东大于总的小舅子，说收到举报周鹏程与女学生有不正当关系，周鹏程与正处无缘，他把责任归咎到卓月身上，说卓月与杜宗明旧情复燃。卓父气得病情恶化，临终前，拉着卓月的手，泪流满面，拼尽所有力气说了"对"一个字，就撒手人寰了，眼睛怎么也合不上，直到杜宗明来吊唁，说了声叔叔对不起，卓父的眼睛终于合上了。

从民政局领了离婚证出来，卓月抬头看天，没有月亮，只有太阳懒散地发着光，还没到地面就失去了温度。卓月一时不知往哪里去，信步走进一家名为"旧时月"的咖啡馆，点了杯咖啡，刚准备喝第一口，正在播放的音乐忽然换成了《Unchained Melody》。心脏闹腾起来，这一次卓月没有压制它，任由它将自己带到月亮的世界，那是属于她和杜宗明的世界，她在那个世界里对杜宗明承诺：守候他一辈子。

咖啡的热气模糊了眼前的世界，尘封的记忆被打开，月亮世界变得清晰起来，月光下、花丛里他的声音、他的眼神、他的手指在她脸上温柔抚过的感觉……

手机响了，是杜宗明，是现实世界的杜宗明，卓月没有接，闭上眼，任由泪水滑落。

一分钟后手机铃声再次响起，卓月睁开眼睛，是《东方金融论坛》的主编杨子，卓月的发小。

卓月，你发给我的材料我看了，我们明天就派记者过去。

太好了，杨子，谢谢你。卓月的声音瞬间恢复到冷静悦耳，月亮世界关闭了。

跟我就别客气了。如果杜宗明行长如你所说，我们确实应该好好报道一下，对这样有责任、有担当、不计个人得失的好干部，必须大力宣传。

卓月走出旧时月咖啡馆，《Unchained Melody》音乐被关在了门里面，她脚步坚定地向银行方向走去，那里还有最后一役要收关。

半个月后，关于东海分行如何在金融大地震前全身而退并为其他金融机构保全资产争取时间，杜宗明行长为保全国家和银行财产不计个人得失的报道在多家金融期刊相继发表。

一个月后，关于聘任杜宗明为省行副行长的通知下发，看着电脑里鲜红的文头，卓月笑了。她对着电脑说再见，泪水充盈了双眼，她没有让它滑落下来。

十二

杜宗明在东海市的最后一晚，东海分行举办了送别会，卓月没有参加，她去省行出差了。

身后是卓月的营业厅，杜宗明站在台阶上，最后看一眼东海的月亮，耳畔响起《Unchained Melody》的旋律，他听到一个女孩说："如果有一天，我们两不能在一起了，你要记得，我就在月亮里，你只要打开月亮世界，就能找到我。"而那个女孩现在却把自己的月亮世界紧紧关闭了。

她还欠自己一个交待呢。不，不欠了，她已经给了他交待。现在，是他欠她一个交待，一个今生都无法给付的交待。

现在她在他的城市，和他看着同一个月亮。明天在高铁站，会相遇吗？如果遇到了，他一定要摸摸她的脸，告诉她，那个月亮世界，他从未曾离开过。如果遇不到，他就和她一样，从此关闭月亮世界。

他打开手机，却没有勇气查一下高铁列车时刻表，如果查过，他就会知道，从东海到省城的高铁，没有一辆会与返程的高铁在停靠时相遇，除非晚点。

（选自庆祝改革开放四十周年"金融人的故事"短篇小说征文获奖作品）

| 作者简介

韩向荣，笔名可木，中国金融作家协会会员，甘肃省作家协会会员，甘肃金融作家协会常务副秘书长。著有中篇小说《光鲜与丑陋》、长篇小说《情洒嘉陵江》等，曾获得中国金融文学奖第一届、第二届（小说类）新作奖等奖项。现供职于中国工商银行甘肃省天水市分行。

女行长的情债

韩向荣

引子

岭西市商业银行美女行长金珠失踪的消息，以迅雷不及掩耳之势传了出来，有说她携巨款潜逃，有说她行贿受贿被双规，有说她与情夫私奔，还有说她畏罪自杀身亡……众说纷纭。随着新闻媒体介入，传言不断升级发酵，很快就漫遍岭西大地，让平静的岭西市，瞬间沸腾起来……

一

1989 年，时令过了夏至，一个烈日炎炎的下午，岭西市商业银行人事科梁子科长办公室，走进一男两女三位青年人。男的叫尹阳，中等身材，温文尔雅，气宇不凡。尹阳左边的叫金珠，身材苗条，眉清目秀，清丽绝俗；尹阳右边的叫凌梅，高挑微瘦，腰秀乳丰，风姿绰约。

尹阳笑盈盈地说："梁科长您好！我们是新分来的大学生，前来向您报到。"他将三人的派遣证，连同三份档案，一并交给梁子。

梁子接过资料，与他们一一握手，寒暄过后，向他们详细介绍了岭西商业银行的基本情况。

两天后，梁子领着尹阳去市分行信贷科报到。随后，回到办公室，从文件夹里拿过一纸介绍信说："凌梅，你被分配到西城区支行，这是介绍信，我已电话通知支行领导，你去报到上班。"

凌梅从梁子手中接过介绍信，瞄了一眼身边的金珠后，回头问梁子："梁科长，金珠分配到哪个支行？"

"金珠留在市分行办公室。"梁子停顿片刻，"你，还有事吗？"

凌梅一愣，看了金珠一眼："哦，知道了，没有什么。"她顿时面红耳赤，向梁子点了点头，转身走出办公室。

凌梅走后，金珠满脸疑惑："梁科长，我大学学的是金融专业，分配我到办公室工作，这与我所学专业不对口，我想去支行做业务。"

"办公室是全行经营决策和业务服务与管理的核心部门，是行长的左膀右臂，需要你们这些金融专业人才，怎么与你专业不对口呢？"梁子拿过热水瓶，给金珠杯子里添水。

"梁科长，就因为办公室是全行最重要部门，我才心存顾虑，怕干不好。"

"金珠，银行的每个岗位都是重要岗位，都需要专业人才。"

"梁科长，我……"

"你不用多说，这是组织决定，听从组织安排，服从组织分配，是对每位员工最基本的要求，希望你能够理解。"梁子打断金珠话语。

金珠去了市分行办公室报到上班后，她与尹阳相互鼓励、相互帮助，深得领导和同事们认可，在短短三年时间里，从众多年轻员工中脱颖而出，她成为全行第一个通过竞聘上岗的支行女行长；尹阳同样不示弱，竞聘为市分行信贷科副科长。他们事业如日中天，生活中日久生情，四年后，两人喜结良缘。这让凌梅心生嫉妒，她心中燃烧着一团怨恨的火焰，久久难以熄灭。而金珠没有意识到，反觉得这些年对老同学关心不够，心生歉疚，她去西城区任行长后，第一时间就把凌梅从柜员调到支行办公室副主任岗位。

光阴似箭、日月如梭，转眼间，时光流淌到了千禧之年，岭西市分行老行长退休，梁子升任行长，金珠被提拔为常务副行长。年轻有为的新一届班子，将岭西市商业银行带入业务全面发展的快车道，经营业绩凸显。就在这年秋冬交替之际，一场商业银行机构精简、人员分流的改革浪潮，从东南沿海地区，翻山越岭，席卷广袤的大西北，岭西市商业银行被卷入这场史无前例的改革浪潮之中。梁子行长接到省分行机构改革文件，第一时间唤副行长金珠到他办公室，将那份厚重的文件交给金珠，说："金行长，这是一场比营销工作更难打的硬仗，仔细看看，说说你的想法。"

金珠一口气读完《秦岭省商业银行精简机构人员分流改革方案》后，叹了一口气："行长，省分行为什么把机构撤并、人员分流指标，像分配业务营销指标一样，下达到我们二级分行？"金珠显得很惊异，期待梁子做出解释。

梁子默不作声。

"行长，我们岭西市九县两区，十一个县级支行，撤并四个，一千三百多名员工，分流两百名，我不明白，省分行做出这样的决定，依据是什么？"金珠很明显带着不满情绪。

"请你来，不是听你埋怨，而是听你对如何落实省分行决定的想法，不要说抱怨的话，说说我们该怎么办！"梁子满含期待的眼神，直愣愣地盯着金珠。

金珠放下文件，若有所思，停顿片刻："我想，机构撤并、人员分流，是一项关系到员工职业生命，关乎社会责任的重大事项，我们应通过深入细致的调查论证，通过量本利分析，确定哪些支行该撤销，哪些网点该合并；在员工分流方面，应该……"

梁子脸上愁云慢慢消退："你的想法不错，我表示赞同。明天上午，我们召开班子会议，统一一下思想，拿出具体实施方案，就可以逐步推进实施。"

翌日上午，岭西市分行党委会上，金珠认领了机构精简、人员分流改革工作任务，成立了金珠任组长的机构改革领导小组，确定了具体实施方案。一场轰轰烈烈的机构改革、人员分流工作拉开序幕。

这场改革，从政策宣传引导，到结束总结，仅仅用了三个月时间。事后有传言说，岭西市商业银行机构改革如此迅速、如此彻底，取得如此显著成效，主要归功于副行长金珠丈夫尹阳。

的确，在那短短的 100 天里，岭西商业银行员工，经受了有生以来最为严峻的考验。是买断工龄离开，还是继续留下来？成为员工们最艰难、最纠结的难题。为了破解难题，行领导备受煎熬、员工备受煎熬、员工家属同样备受煎熬。全行上下，一时间人心惶惶，严重影响了正常经营秩序。在改革推进中，金珠承受着巨大的压力。尹阳看在眼里，急在心里，为给金珠解围和减压，他主动向金珠提出买断工龄的想法。起初金珠不同意尹阳这么做，因为她太了解尹阳了，他不适合做自由职业人。可是尹阳去意已定，金珠经过反复思想斗争，最终还是同意了尹阳的决定。有文凭、有职务，又有职称，又是常务副行长丈夫的尹阳，第一个向组织递交了买断工龄申请书，像茫茫黑夜的一盏灯塔，让许多处在风雨飘摇之中的员工，找到了方向，齐刷刷地向市分行递交了申请书。

在那个风雪交加的上午，尹阳走进设在 9 楼的机构改革办公室。整个办公室里烟雾缭绕，气氛沉闷。三三两两的女员工团在一起抹着眼泪，哭诉着难以割舍的同事之情，叙说着对商业银行的留恋之意。尹阳走过乱哄哄人群，来到签字台前，手握着沉重的签字笔，像在贷款审批表上一样，在协商解除劳动合同协议文本上，慎重地写下"尹阳"两字。而后，将一张不足十万元补偿金的银行卡放入钱夹，拿着那份被比喻为"卖身契"的协解协议书离开。他走过长长走廊，走进自己办公室，来到办公桌前，打开抽屉和文件柜，拿出所有资料，在科长协助下，交给了新到任的副科长。然后，将办公桌椅抹得干干净净，坐在陪伴自己十年的椅子上，喝了一杯茶，吸了一支烟，起身伸出颤抖的双手，与同事一一握别后，环视办公室一圈，扭头迈着沉重的步伐走了出去。

尹阳走出办公大楼的刹那间，那不争气的眼泪夺眶而出，咸咸的、涩涩的，洒落一地。钢针般扑面而来的风夹杂着雪花，吹打得他周身麻凉、麻凉，他抬不起头、直不起腰，步履蹒跚，走走停停，时不时回头，看一眼身后的大楼，泪眼朦胧，心如刀割。雪越下越大，风越吹越猛，他的身影渐渐地消失在朦胧雪雾里。

二

坐落在嘉陵江源头的岭西市，有着丰富的矿产资源，铅锌铜铁、金锑钼镁等矿产品，应有尽有，富甲一方。尹阳经过跑市场，了解到矿产品运输业不错。于是，找来凌梅丈夫李亮，谋划着把两人买断工龄补偿金凑在一起，再贷点款，购置五辆大货车，成立公司跑运输挣钱。尹阳聪明能干，管理有方，又有凌梅的鼎力帮助，两年下来，仅有五辆车辆的小公司，变成了拥有三十多辆车辆的大公司。一时间垄断了岭西矿山运输行业，三年不到，尹阳和李亮成为岭西市小有名气的运输老板。随着运输公司经营规模的扩大，随着利润的不断增加，尹阳的想法越来越多，胆子也越来越大。他不甘于仅仅只是跑运输，于是，将公司交给李亮打理。自己拿着数百万资金，投资到铅锌矿开采项目上。金融专业毕业的尹阳，对矿石开采，一窍不通。常言道——隔行如隔山，隔山不取利。由于没有经过深入的勘察和勘测，盲目开采，他们的投资很快用完，却没有挖出一粒矿石。然而，尹阳不但没有吸取教训，反而一意孤行。在去银行贷款，遭到妻子金珠拒绝后，就偷偷联系凌梅，让凌梅做通丈夫李亮的工作，处置了运输公司资产，解散运输公司，将筹来的资金全部投进铅锌矿开采项目上，换来的仍是竹篮打水一场空。尹阳公司的处境，凌梅看在眼里、急在心上，她默默关注着，也在默默帮尹阳寻找摆脱困境的办法和途径。

而待在家里的尹阳，心中只装两件事，一是琢磨公司如何东山再起，二是琢磨妻子金珠对他的冷漠。在生意方面，他相信，天无绝人之路，机会一旦出现，定会东山再起；而金珠对他的冷漠，让他很不爽，金珠习惯早出晚归，习惯回到家里，不是看金融书籍，就是看电视新闻。尹阳提出过夫妻生活，她总是以身体不适推拒，实在推不过去，就应付一下，草草了事，将富有情趣而高雅的夫妻生活，变得让尹阳觉得像奸尸一样难受。

今夜，夜已很深，金珠才回到家中，整个房间黑乎乎的，卧室里要死不活的床头灯，发出粉红色幽光。她冲完热水澡，悄无声息地溜进卧室，瞧见尹阳已睡，便轻轻地关掉床头灯，掀开被子一角钻了进去，慢慢睡去。其实，尹阳根本没有睡，而是在等金珠回家，才有了睡意。他熟睡不久，做了一个梦，梦境里满是久违的幸福——

开花的季节，他牵着凌梅的手，爬上西北财经大学校园外的山丘，五颜六色的山花，洒满山坡。山坳间，流淌着一条小溪，凌梅在小溪旁嬉水，突然，撩起一串水珠洒向他，然后，向远处奔跑，他拼命追，追着、追着，眼前出现一片黄灿灿的油菜花，那黄灿灿的油菜花，瞬间变成一张大花床，凌梅躺在上面，充满诱惑的大眼睛，直勾勾地盯着他，勾去了他的魂。就在那软绵绵的花床上，他抚摸着凌梅的肌肤，疯狂地亲吻着凌梅，让自己和凌梅一起荡漾起来，翻云覆雨，陶醉在爱的漩涡中⋯⋯

睡在尹阳身边的金珠，被尹阳的手舞足蹈弄醒，她轻轻地推了推尹阳，说："你做噩梦了？"

尹阳清醒过来，瞧着睡眼惺忪的妻子，违心地点了点头："做了，是噩梦。"

"难怪手舞足蹈，动作那么大！"

"有人在追我！"

"追你，是讨债的人吗？"

"嗯，是的。"

"你们得尽快想办法呀。"

"想办法，我能想出什么办法，你们还是给我贷点款，我想再试试。"

"你是做过信贷业务的，没有抵押物，怎么贷款？"

⋯⋯

晨光，穿透窗帘，洒入卧室，两人的谈话不欢而散。金珠去单位上班，尹阳走进卫生间，冲洗掉满小腹与大腿间的黏物，然后，躺在沙发上，满脑子是昨夜的梦境。突然，手机响了，拿过来一看是李亮，大清早他打电话会有什么事，懒得去接。铃声停了，又响起，反反复复，尹阳拿起一看，这次是凌梅，很快按下接听键，里面传来凌梅甜甜的声音："阳阳哥，还睡懒觉呀，为什么不接亮亮的手机，用我的这么快就接了，是不是对亮亮有看法，对我有想法呀！"

"亮亮的电话，我肯定不接，他打电话，不是唤我去打牌，就是邀我出去闲逛。你这么早，打电话有什么事吗？"

"有事，是好事！我在天湖茗府雅六包间等你，不见不散。"

尹阳挂断电话，想入非非：睡梦真灵，梦见凌梅就有凌梅的消息，天湖茗府雅六包间，不见不散，真好笑。

半个多小时后，尹阳走进天湖茗府雅六包间，直奔主题："你大清早，唤我来茶园，就不怕李亮知道了，吃醋呀！"

"他已经知道了，等会儿也要过来。"

"你们俩又闹矛盾了吧？现在这年龄，居家过日子，还是相互体谅着点。亮亮也怪不容易的，他一个大男人家，跟着我吃苦受累，拼命挣钱，都是为了你的幸福。目前，我们虽然遇到困难，但那是暂时的……"尹阳滔滔不绝，凌梅一言不发，她眸子亮亮的，像夜空里的星星放着光芒，让尹阳突然联想到昨晚的梦，于是，微微一笑："小梅，我昨晚梦见你了。"

"是吗？"

"是的，梦见我们俩，唉，不说了，怪不好意思的。"

"梦见我们俩怎么了？"凌梅追问。

"那是让人心旷神怡的梦，还是留在心里吧！"尹阳面颊晕红。

"美梦就应该说出来分享哎。"

"那多不好意思，暂时保密，以后告诉你。"

"不好意思？要保密！嗯，这梦——那就是你在梦里欺负我了呗！"

"你怎么知道的，你有预感呀，还是你也做过那种梦？"

"什么预感，哪种梦？你真坏！"凌梅嘿嘿笑着："我们还是言归正传吧。今天邀你来，有好消息告诉你。"

尹阳有点惊诧，迫不及待地问："梅子，快说，什么好消息？"

凌梅放下茶杯："昨天晚上，天河矿业林志邀请我们吃饭，吃饭间梁子行长打电话把你家金珠唤走。金珠走后，我和张必胜副行长沟通，最近天河矿业申请贷款，给他们提一个附加条件，就是收购你们公司的矿洞，今天约你来就是商谈此事。"

"那太好了！可是，我还想再搏一把。我们和天河矿业都在一个矿带，天河能开采出来高品位矿石，我们一定会的。就差资金，我想能不能与天河矿业签订供货合同，先给我们付一部分预付货款。我们继续开采，等矿石开采出来，低于市场价一个百分点的价格，给他们选矿厂供货。"尹阳蛮有自信。

凌梅爽快地说:"那行呀,林志也有这种想法,他说过,收购你们的矿洞,一下子拿不出那么多资金,并且要上董事会讨论。给你们预付款倒是最便捷的办法。"

"这是最佳方案……可是,金珠知道这件事吗?"尹阳问凌梅。

凌梅回答:"你傻呀!这事儿让她知道,还能办成吗?这件事是我求张必胜副行长出面谈的。"

尹阳摇了摇头:"我看,这事儿没戏,纸是包不住火的,她迟早会知道。金珠的个性你了解,她肯定不会同意我们这样做。"

"你就不要瞎操心,我们事先不告诉她,等事情办妥,公司起死回生,她只是偷着乐呢!还能埋怨我们吗?"说话间,李亮领着天河矿业的财务总监常勇走进包间。

三

天河矿业的贷款很快批下来,财务总监常勇办手续提款那天,尹阳公司的账面上多出 300 万元资金。资金到账后,尹阳立刻通知李亮组织工程队进驻矿山,立马动工开采。

周末,天气放晴,李亮去了矿山,金珠去省城开会。尹阳的心情像晴朗的天空一样灿烂。他琢磨着,如何报答凌梅?最后决定请凌梅去岭西最高档的嘉陵江饭店吃顿饭。那里依山傍水,有从铁山深处采集来的山珍和野味,有嘉陵江里打捞上来的新鲜水产品……应有尽有,确实是请朋友聚餐的好去处。尹阳拿起手机,拨通凌梅的电话:"梅子,今天是周末,晚上我想和你一起吃顿饭。"

"好呀,你想吃什么,我给你做。"电话里传来凌梅清脆的声音。

"我在嘉陵江饭店订了包厢。"

"饭店乱哄哄的,没有家里清静。再者,今天周末,嘉陵江饭店肯定人不会少,就我们俩,若遇上熟人,那多难为情呀。你不是最喜欢吃手抓羊肉吗?我这里正好有朋友从甘南带来的羊羔肉,在家里给你做,你过来吃好了。"

"那怎么行，你为我解决了燃眉之急，理应答谢你，要请你吃饭，怎么好反倒劳你大驾，给我做饭吃呢？"

"我们之间有什么答谢的，你非要答谢，那就等金珠从省城回来，李亮下了矿山，咱们两家人，在嘉陵江饭店搓一顿，好好让你破费一把，今天你就依我，来我家里好了。"

"那好，我就恭敬不如从命了。"

尹阳打完电话，心里美滋滋的，早早地买了礼品，夕阳西下之时，他兴冲冲地走进凌梅居住的景园小区，敲开凌梅家的门。凌梅沏了一杯茶，招呼尹阳喝茶，然后去了厨房。

尹阳坐在沙发上喝着茶。不一会，凌梅把四碟凉菜摆上餐桌，又端来一盆冒着热气的羊肉，香气四溢，飘满了整个房间。凌梅给尹阳递过来一双筷子，说："阳阳哥，尝尝我的厨艺怎么样？"

尹阳接过凌梅送上来的筷子说："没有吃，就能嗅到诱人的香气，肯定错不了。"说话间，他拣了一块羊肉，一边吃，一边说："嗯，厨艺不错，我从来没有吃过如此香的羊肉。"

凌梅从酒柜里拿过来一瓶五粮液和两只酒杯："酒肉是朋友，咱们俩今天喝点。"

尹阳接过酒瓶，斟满两杯酒："梅子，让我借你的酒，敬你一杯。"

凌梅嫣然一笑："我们之间不用客气，来，干杯。"两只酒杯发出清脆的声音过后，尹阳杯到唇边，头一仰，一饮而尽。

凌梅又往尹阳杯子里添满酒，说："阳阳哥，今天没有别人，咱们慢慢喝，慢慢吃。"

尹阳轻轻地握住凌梅的手，热切地望着凌梅，许久，说："梅子，我没有想到你能够在我最困难的时候，伸出援助之手，拉我一把，真是感激不尽，以后有用得着哥的地方，哥定会挺身而出。"

凌梅端起酒杯："阳阳哥，不用这么客气，为你做事，是我凌梅的福分。来，咱们干了这杯。"

俩人又一饮而尽。尹阳往凌梅餐盘里拣了一块肋条肉："梅子，你吃点……"凌梅没有吃，只是默默地注视着尹阳大快朵颐，看着尹阳开心吃羊肉的样子，她脑海里浮现出大二时邀尹阳出去吃饭的情景：记得当时，她问尹阳喜欢吃什么，尹阳不假思索地说吃羊肉，手抓羊肉。那天，她将家里寄来的生活费的三分之一，用来请尹阳吃饭。就在尹阳痛快淋漓地吃羊肉的时候，金珠突然出现在面前，一把将尹阳拽了起来，朝着她狠狠地抛下一句，不要脸，然后，拽着尹阳风一样地飘出饭店……那一幕就像针一样永远扎在了凌梅的心坎上，至今依然隐隐作痛。她清清楚楚地记得，就在第二天，收到了尹阳的一封信，信的内容很短，只有一句话，不足二十个字——"对不起，让你破费了，让你受委屈了，我向你道歉！"信封里还夹着五张十元面额的人民币。她当时想，你金珠的优势无非就是你是来自省城，家里经济情况好些，而我是小县城的，家庭条件比不了你。可是，无论长相，还是学习成绩，你金珠都不如我，我为什么不能与你争夺我想要的东西呢？为此，她没有拒绝，收下了那封信和五十元人民币，然后，在学校的后勤处买了五十元饭票，装在信封里，贴了邮票寄给尹阳。从此，她更加发奋学习，发誓尹阳走到哪里，自己就跟随到哪里。因此，毕业分配，本来能够留在省城，她却毅然决然放弃了，来到了岭西商业银行……凌梅深深地沉浸在往事的回忆里，当回到现实中，她说不清楚，自己为什么如此喜欢眼前的这个男人，多少年过去了，一直在关注着他，在他困难时，想方设法帮助他，甚至想，可以牺牲自己的一切，去满足他的任何需求……凌梅想着这些，脸颊泛红。她又一次拿起酒杯："阳阳哥，来，一边吃，一边喝，咱们再干一杯。"

尹阳和凌梅吃着手抓羊肉，喝着名酒，聊着天，直到两人都感觉到晕晕乎乎时，尹阳起身想走。

凌梅伸出双臂搂住尹阳的腰，头贴在他滚烫的脸庞上，声音颤抖："阳阳哥，前些天你说，你做了一个有我的梦，在适当时间、适当地方会告诉我的，此刻，你告诉我吧。"凌梅娇滴滴地拽着尹阳坐在松软的沙发上，将自己的脸贴在尹阳宽厚的肩膀上。

喝了不少酒的尹阳，看着凌梅楚楚动人的表情，嗅着凌梅身上散发出的清香体味，心醉神迷："今天正是时候。那我现在就告诉你，那场梦是我有生以来最值得珍惜，最值得回忆的梦——在那个花开的季节……"凌梅听着尹阳对梦境的叙述，整个身子像剔了骨的鱼，软绵绵地黏在尹阳的怀中，不时发出哼哼唧唧的呼唤声："阳阳哥，我不想只是虚幻着存在于你的梦境里，我希望今天能够在现实中与你重温美梦……"

　　清晨，窗前流进清泉般的晨光，凌梅熟睡着，尹阳慢慢地掀开被单，缓缓地走向落地窗，将窗帘抠开一条缝，依偎在玻璃窗前，看着远处的铁山，山坳里泛着鱼肚白，山坳间缥缥缈缈，笼罩着一层轻轻的薄雾，给人一种朦胧的美感。他回头瞄了一眼凌梅，感觉凌梅就是山间走出的仙女。他合拢窗帘，回到床上，躺在凌梅身边，看着身边熟睡的凌梅，不由得将她与金珠作比较，论相貌身材，两人春兰秋菊，各有所秀：金珠身姿曼妙，凸凹有致，高贵圣洁，象牙色的肌肤细腻如缎，既有杏花春雨的秀丽，又有小桥流水的清新，如一首意境优美的小诗，令人赏心悦目，心旷神怡；而凌梅肩圆臀肥，腿秀乳丰，风姿绰约，乳白色的肌肤富有弹性，浑身上下充满活力，令人神魂颠倒，欲罢不能。尹阳不明白凌梅的床上功夫，为什么与金珠有天壤之别，金珠柔弱被动，令人有例行公事之感；而凌梅则热情奔放，积极主动，富有挑逗性，令人无法抗拒。在睡过的两个女人之间，金珠属于凝固型，凌梅则属于波动型。凝固型哪有波动型美妙，凝固永远只是一种美丽，时间长了会让人厌倦，而波动则会变化万千，让人时刻保持新鲜感。也许凌梅说得对，老夫老妻之间的关系太呆板，太缺少想象和罗曼蒂克，只有情人之间，才能充分放纵，才能充满刺激，能使人充分享受性爱之美妙，活出人的滋味。

四

　　金珠从省城回到岭西，跟她一起来到岭西的，还有省分行副行长李由和人力资源部总经理柴成。他们带来了省分行对岭西市分行新一届班子任命的决定。在岭西市委组织部、市人民银行、本行副科级以上人员、各县支行负责人等近百人参加的大会上，李由宣布了任命决定："经省分行党委研究决定，任命金珠为岭西分行党委书记、行长；任命张必胜同志为岭西市分行党委委员、常务副行长；任命凌梅同志为岭西市分行行长助理兼任城区支行行长；免去梁子岭西分行党委书记、行长职务，另有任用……"

省分行对金珠的任命刺激了张必胜，同样，也刺痛了凌梅，张必胜的不满埋藏在心里，凌梅的嫉妒写在脸上……时光在流淌，凌梅对金珠的嫉妒在升级。

　　……

夏的狂妄与暴躁，已仓惶而去，秋风卷去了大地的葱茏与盎然，留下了厚重的成熟和宁静的美丽。金珠站在办公室窗前，仰望远方，铁山在秋风里没有了青绿，被雨雾弥漫，时隐时现，她脑海里掠过昨晚《焦点访谈》曝光的岭西市矿产品开采乱象的画面，骤然想到铁山背后山坳里的天河矿业和尹阳公司的矿洞。她问自己，为什么尹阳公司停产半年的矿洞，就在天河矿业贷款发放不久，又重新启动？这里面肯定有自己不为所知的秘密，这秘密与张必胜、凌梅有没有关联，金珠大脑里打着问号，过了一会儿，她抓起电话，唤凌梅来办公室。

凌梅推开金珠办公室半掩的门："金姐，有事呀？"

金珠满脸严肃，走到门口，关上门，回头问："凌梅，你告诉我，前段时间，你有没有瞒着我做过什么不该做的事？"

金珠的问题，来得太突然。凌梅心一惊，金珠莫非知道了自己与她丈夫尹阳床笫之事？凌梅的脸腾地一下子涨红着："金行长，你指的是什么该不该做的事，我听不懂你说的是什么。"

"我说的是尹阳他们公司重新开工，资金来源的事。"金珠一针见血。

凌梅紧张的心，蓦地一下子轻松许多："哦，他们的资金是向天河矿业借的。"

"借的，天河矿业凭什么借给他们？"金珠正言厉色。

"其实嘛，也不是借，是天河矿业给他们付的预付货款。这件事，因为有尹阳和我们家李亮，我没有直接插手，是分管信贷的张必胜副行长给他们协调的。尹阳、李亮他们与天河矿业签订了预付款协议，尹阳公司承诺，将开采出来的矿石以低于市场价百分之一的价格全部销售给天河矿业作为条件，是有合同的。"凌梅解释道。

金珠追问："为什么不告诉我？"

"金姐呀，告诉您，这事还能办成吗？你肯定不会答应。再者，这事情涉及我们的家属，你不便参与。你就放心吧，不会有事的。"

"梅子呀，梅子！你好糊涂呀！尹阳他们继续开采下去，再挖不出矿石来，怎么办？让我放心，我能放心吗？这事虽然是张必胜做的，没有你和我的人情，他们天河矿业能够给尹阳、李亮他们公司痛痛快快地付预付货款吗？你这是以权谋私呀，你知道么？如果预付货款用完，仍然挖不出矿石来，我们拿什么还？拿什么堵那么大的窟窿？你考虑了没有？"

"金姐，昨天李亮打来电话说，他们已经挖出矿石了，只是品位低点，再挖下去富矿肯定会有，他们矿洞与天河矿业矿洞在同山体的同段岩层，天河能够开采出富矿，尹阳他们一定也能够开采出富矿的，你就不要担心那预付款了。"

"凌梅，我是岭西市分行行长，我有知情权，希望你们要按程序办事！"

"金姐，我错了，不该瞒着你。不过请你放心，不管结果怎么样，我都会处理好这件事的。"

金珠挥了挥手："你不要说了，快去通知张必胜，我们马上去天河矿业公司选矿厂。"

金珠一行对天河矿业选矿厂的项目建设进度与贷款使用情况进行了考察后，很快回到行里，立即召开紧急会议，研究决定抽调两名信贷员，进驻天河选矿厂，加强贷后管理。

……

在岭西市治理整顿小矿山行动中，尹阳他们的矿洞是第二批被关停整顿的。凌梅得知这个消息后，如遇晴天霹雳，她知道，矿洞关闭意味着什么！不仅让尹阳公司前期投进去的资金打了水漂；而且，最近从天河矿业筹来的预付货款，必将石沉大海。凌梅坐在沙发上，点燃一支香烟，狠狠地吸了一口，吐出一串串烟圈，看着升上半空中的烟圈，她想：多年来风风雨雨，忍辱负重，仕途无法超越金珠；而今在有钱能使鬼推磨的社会，她发誓要在尹阳最需要帮助的时刻，一举拿下尹阳后，通过尹阳筹措一定资金，再利用钱权交易，给予金珠措手不及的最严厉打击，从而实现自己金色的梦想，弥补自己多年内心的亏欠！可是，眼看自己精心设计的通向辉煌的通道，即将被堵死，凌梅如困兽犹斗……她苦苦琢磨着这一系列的问题。突然间，放在茶几上的手机响了，凌梅一看是金珠，她知道金珠这时候打电话是为什么。她不愿意接这个电话，想与张必胜沟通后再面对金珠，可是电话反复响着，无奈中按下了电话接听键。电话里传来金珠急切的声音："凌梅，你在干什么？怎么这么长时间不接电话？"

"对不起金姐，我在洗澡，有什么事吗？"

"尹阳他们的矿洞被查封了，你知道吗？"

"我知道，也是刚才知道的。李亮打电话告诉我说，矿洞是昨天晚上被查封的，我准备洗完澡告诉你，正好你电话过来了，金姐，这可怎么办？"

"你不用多说，马上到我办公室来。"

凌梅听完电话，觉得此事非同小可，必须与张必胜事先沟通一下，如何应对此事。于是，拨通了张必胜的手机。张必胜此时此刻就在金珠办公室里，一看是凌梅打来的，果断挂断，手机还没放回衣兜，又响了起来，还是凌梅，他回头说："金行长，不好意思，我接个电话。"他便走出办公室。张必胜在楼道里声音压得很低，说："我在金珠办公室外，你不要着急，车到山前必有路，马上来金珠办公室就是了。"

凌梅推开金珠办公室的门，张必胜背对门而坐，凌梅没有瞧见张必胜此时此刻的面部表情，可凌梅清清楚楚地看到金珠阴沉着脸，显得很严肃、很不友好。

就在金珠、张必胜、凌梅三人会面结束后那天晚上，凌梅出现在常务副市长关升平的公寓里。

关升平五十岁出头，头发漆黑，牙齿雪白，一身藏青色的西服像长在他身上似的那么合体，白衬衣配上蓝底色白圆点的领带，浑身透出一种成熟男人特有的魅力。他注重保养，脸上基本上没有明显的皱纹，皮肤细腻白净，黑而亮的狭长眼睛炯炯有神，看起来比实际年龄至少小十岁。

凌梅忧心忡忡而来，欣喜而归，因为关升平爽快地答应了为尹阳公司想办法，并同意第二天晚上去参加她邀请的晚宴。

第二天傍晚，夕阳西下，关升平、凌梅、张必胜、尹阳、关升平爱人常丽等，分别走进嘉陵江饭店最豪华的包间，他们一起共进晚餐，晚宴气氛热烈，有说有笑，酒足饭饱，关升平有应酬离开，其他人走进嘉陵江饭店 20 楼 KTV 包厢，他们歌舞升平，非常愉快地度过了一个美好夜晚。

一个月后，天河矿业公司以整合小矿山名义，收购了尹阳公司的矿洞。这是岭西市政府打响清理整顿小矿洞的第一炮。尹阳公司不但收回了前期投资，而且偿还清了所有债务，还有三百万元的盈余，尹阳的生活轨迹像时钟一样又回到了原点。

此后，凌梅虽然通过关升平摆平了尹阳公司与天河矿业的债务纠葛，但是她依然没有逃脱因以权谋私而被免职的处罚。

凌梅被免职后，请了长假，宅在家里，心中空落落的，干什么都打不起精神来。丈夫李亮拿着尹阳分给他们的 100 多万元资金，去深圳注册了一个公司；尹阳为了偿还人情债，领着关升平爱人常丽等去了桂林旅游。宅在家里的凌梅，整天借酒消愁。周末，百般无聊的凌梅拨通了关升平的手机，尔后，再一次走进了关升平租住的公寓。从孤独中走来的凌梅，在关升平的公寓里，两人喝了不少酒，她当着关升平的面，毫无廉耻地脱去外套，像香蕉剥皮，把自己慢慢剥得精光，献给关升平。凌梅与关升平暗送幽香已久，特别是关升平伸手帮助尹阳公司解围后，彼此搂过、抱过、吻过、抚过，关升平像今天这般看凌梅推云拨雾般地展露玉体，还是第一次。他心猿意马，默默地进入凌梅的灵魂和肉体，将凌梅送入天堂，让凌梅发出母狼般的嚎叫……

凌梅在关升平公寓里，得到了心理与生理双层满足，事后，并不觉得自己被逼无奈而深受屈辱，反而庆幸自己找到了可以依靠的救命稻草。在她走出公寓时，她的血液已在为幻想中的一片新天地而沸腾。

一个月后，凌梅休假结束了，她出人意料地向岭西市商业银行提出辞职申请。金珠再三挽留，无济于事，她毅然决然地离开岭西商业银行；随后，她被任命为秦岭银行岭西分行常务副行长。

关升平之妻常丽，桂林之行结束后，回到岭西，一直处在桂林阳朔与尹阳缠绵的甜美意境里，她感觉到自己就是一架钢琴，只有尹阳这样大师级的人物才能弹出一串串和谐、美妙的旋律……她渴望那美妙旋律能一直持续下去，并为之创造条件，与尹阳联手成立了丽阳小额贷款担保公司。有关升平这个靠山，又有凌梅做资金后盾，公司业务做得风生水起。他们的财富，像蓄水池中的水一样，越聚越多，他们的欲望，越来越膨胀、越来越疯狂……

五

深秋，在一个雨雾蒙蒙、空气湿漉漉的一把能摸得出水来的日子，金珠带着公司业务部负责人，在嘉陵江畔考察水力发电项目。她的手机响了，是办公室刘主任："金行长，不好了，市财政局与市人民银行联合发文，撤销了我们商业银行财政集中支付代理资格，要求十日内完成账户清理和资金划转工作。"金珠挂断电话，惊出一身冷汗，她想，如果撤销代理资格，三十六个账户，近十亿多元的存款，将划转他行。金珠知道该发生的事情还是发生了。但她没有想到，来得这么快。她立马拨通关升平副市长的电话。电话里传来了富有磁性的男中音："你好！我是关升平，你是金珠呀，有什么事，请讲！"

"是我，您有时间吗？我有事向您汇报。"

"哈哈哈，对其他人，我的时间是宝贵的，对美女行长你，我的时间是廉价的，什么事请说，我洗耳恭听。"

"关市长，电话里说不清，您若有时间的话，我去您办公室，面谈。"

关升平停顿片刻："我还准备去参加个会议，晚上行吗？"

"行，啥地方？"

"老地方。"

关升平说的老地方，就是天河小区那套公寓，今天关升平又要在这里等金珠。关升平开完会后，在市政府餐厅吃完晚饭，早早去了公寓。时间像一条流淌的小溪，从关升平身边流走。七点钟一晃而过，八点钟也进入历史，九点钟更是熬得人心碎，可是，那扇门依然紧闭，外面始终没有传来金珠的脚步声。关升平开始有点担心，拿起电话，又放下，又拿起、又放下，反反复复，他害怕起来，金珠是不是出了车祸，是不是……应该有电话过来，为什么杳无音讯，让人心焦。坚持到十点一刻钟，门外终于传来了金珠高跟鞋的声音，随后，半掩着的门被轻轻推开，走进来的正是金珠，关升平眼前一亮，从沙发上弹起来，迎上去随手关了门："怎么这么晚才到，是路上遇事了吗？"

金珠摇了摇头："没有，别的事耽误了会儿。"她很直率，也很直接，从手提包掏出那份文件，甩在关升平面前的茶几上："关市长，这是怎么回事？"

关升平显得胸有成竹，轻轻一摇头，努力地流露出一丝微笑，慢慢地走到窗前，又关上了那扇半开的窗户，回过头走到金珠面前，拍了拍金珠的肩膀："小金呀，我给你冲杯咖啡吧。"

随后，一杯冒着热气的咖啡，放在金珠面前。关升平那非常绅士的举止，异乎寻常的沉稳，使金珠更加确定，他是在公报私仇。金珠心中咒骂：虚伪，真虚伪，伪君子！

关升平一如既往地显示出居高临下的镇定，他意味深长地盯着金珠高耸的胸脯，瞧着它剧烈地大幅度波动，他哪知道，这具胸膛里已经集满愤怒，稍有不慎，就会炸个天翻地覆呢！关升平有意无意的眼神，使金珠愤怒中又增加了几分被亵渎的怒火。但毕竟经过多年职场历练的金珠，不是市井的悍女泼妇，尽管有千万个理由让她爆发，尽管恼羞成怒，很想出尽心中恶气，但还是强压怒火，轻言道："你……你为什么撤销我们商业银行财政代理资格？你能够告诉我，究竟是什么原因？能不能给一个让人信服的理由？"金珠尽量使自己的声音轻起来，可是，依然像质问。

关升平装作若有所悟，淡淡一笑："原来你是为了这个事而动怒，我还以为什么事呢！"

金珠指着她甩在茶几上的文件："我认真读过这份文件，说我们的服务存在问题，预算单位有意见。难道预算单位喜欢在全市仅有一个网点，而且只有一两个对公窗口的秦岭银行排着长队办理业务吗？再说，代理资格一定五年，现在三年不到，说取消就取消了，有点太不严肃了吧，这里面没有猫腻谁能相信……"金珠之所以像竹筒倒豆子一样不停地质问关升平，是因为她认定，这是曾经吻过她的嘴，摸过她的乳房的关升平在打击报复她。

"金行长，这是财政局、人民银行联合工作组通过对各家银行服务打分，分别征求各个预算单位意见后，再经过市政府办公会议集体研究，才做出的决定，不是关某一个人的意见。希望你们把服务抓上去，考核合规后，恢复代理资格就是了，你何苦如此动怒，伤害你的玉体，有失我的颜面……"

金珠打断关升平："这不仅仅是伤害我的身体和你的面子的问题，而是三十多个账户，十多亿存款要划转秦岭行的问题。我们支持地方经济，发放贷款上百亿的银行服务有瑕疵，对地方经济发展贡献小，给岭西发放贷款不足区区十亿的秦岭银行，却成了为支持地方经济发展，作出贡献最大的银行。这不是欲盖弥彰，天大笑话吗？我认为这是个人行为，是打击报复！"

关升平的脸"唰"地一下变得苍白，愣愣地盯着金珠，好半天才透过气来。"我，我为什么要报复你呢？"

"你自己明白！"金珠激动得身子微微发抖，眼里闪烁着晶莹的泪花，"你别以为我说不出口，你就可以……"

"你把我看成什么人了，难道我就真的那么坏吗？"关升平知道金珠说的是什么意思，他极力压抑着自己激动的情绪，把话说得很平稳。

"你到底是什么人，我最清楚！"金珠不依不饶。

"金珠，你……"关升平终于控制不住高叫起来。

……

生活中几乎有个定律，靓女不才，才女不靓。可是像金珠这样既靓丽又有才的女子，真是凤毛麟角，无论在哪里，都显得超群出众，鹤立鸡群。然而，自古红颜多薄命，才貌双全在给她带来了无边无际赞誉的同时，也给她带来了无穷无尽的烦恼。

三前年，关升平从省委组织部下派岭西市任市委常委、常务副市长，主管财政金融。由于工作关系，与金珠频频接触，对金珠产生好感，无论公事私事，金珠一旦有求于他，都是有求必应。两年前，关升平率领几家银行行长去外地学习考察，刚刚成为岭西市商业银行一把手不久的金珠一起同行。到达目的地后，受到对方的热情接待，他们被安排在当地最豪华的饭店，晚宴在金碧辉煌的宽大包厢进行，主人热情似火，使平时不怎么喝酒的金珠，也架不住主人的轮番劝敬，喝了几杯当地产的高度接待酒，感觉晕乎乎之时，关升平出手相救，舍命陪君子，一改平时在政府上班时严肃沉稳的领导形象，甩开膀子与对方轮番碰杯，吓得主人甘拜下风。宴罢，关升平谢绝主人邀请，拒绝夜总会几位绰约明艳的公关小姐，毅然决然携金珠回到酒店。

金珠担心关升平喝了那么多酒出意外，便主动留在他房间，为他削水果醒酒，沏茶清心。关升平略有醉意，满面红光，谈笑风生，与平时比，大胆了许多。说话间，拉住金珠的手，让她贴身坐下，然后目不转睛，盯着金珠许久，从嘴里吐出一句："金珠，你真美！"

金珠缓慢地从关升平手中抽出被他握着的手，不知所措，秀脸上飞出万朵红霞，她想一个堂堂的副市长，怎么能够这样对待女下属呢？

关升平望着满面绯红的金珠，忍不住"噗嗤"笑出声来，说："真的，我说的是真心话。"

这当然是真心话，金珠对自己的相貌还是有百分之百的信心。不过作为一个副市长，即便是真心话，也不能随随便便说。

"时间不早了，你又喝了那么多酒，我该走了，你早点休息吧。"金珠起身，准备离开。

关升平一把拽住金珠胳膊，恳求着说："金珠，还早，再坐一会嘛。"

金珠难为地低下头，满脸惆怅，她知道自己的胳膊肘子轻轻地一用力，就能够从关升平的手中挣脱。但是，她没有那么做，因为她认为关升平于公于私，无数次帮助过她，何况他喝了那么多酒，她不想伤害一个喝了酒的上司，她也不敢伤害一个最不该伤害的人的自尊心。他又做错了什么呢？要怪，只能怪酒精，是酒精让关升平一反常态，才这样说出不该说的话，做出不该做的事，这可以原谅。可是，让金珠没有想到的是，关升平得寸进尺，翻身将她压在沙发上，把那宽厚的嘴唇贴在她的樱桃小嘴上，肥大的舌头塞进她的嘴里，使她喘不过气来。接下来，他一手搂着她的脖子，腾出一只手掀开她的内衣，抚摸着她的乳房，她一下子瘫软在他身下。恍惚中金珠用力地从关升平宽大丰厚的嘴唇上挣脱，发出哀求的声音，违心地说："关市长，你先起来，这件事是高雅的事，不能强求，你要给我一个适应的过程。"这招还真管用，关升平慢慢地松开双手，缓缓地抬起自己压在金珠身上的身体。当关升平抬起自己身体的刹那间，金珠弹簧似的从沙发上弹起来，一把推开眼前的关升平，夺门而出。随着"嘭"的一声关门声，关升平仿佛才惊醒过来。冲进卫生间，将自己的头塞进洗脸盆里，放开水龙头，用冰冷的凉水冲洗着自己发胀的脑袋……

清醒过来的关升平瘫在沙发上，两眼直愣愣地盯着天花板，一动不动，他懊恼至极，后悔自己如此鲁莽，如此着急，搞得鸡飞蛋打。其实关升平对金珠表白的是真心话，他确实喜欢金珠，打来岭西任职第一次见金珠，就被金珠的才气和美貌吸引。他暗下决心，一定要让金珠成为自己的红颜知己。他一直关注着金珠，为博得金珠的好感，在金珠任副行长期间，他有意无意地帮金珠吸收成千上亿的存款，给金珠介绍了不少大客户；在金珠爱人尹阳公司面临危机时，他伸出援助之手，让尹阳公司转危为安。金珠也非常感激关升平，与关升平的接触比较频繁，给关升平留下了许多想象空间。这些其实不是关升平唯一将感情投向金珠的原因。关升平之所以确定金珠成为他情感依托的目标，是另有深层次原因的。

关升平出生在省城一个工人家庭，家庭生活贫寒拮据，上中学后他脑海里涌动着只有考上好大学才能改变命运的想法。于是，他学习非常刻苦，通过努力终于考进名牌大学，学的是政治理论专业，毕业后直接被分配到省委组织部。二十出头的关升平相貌堂堂，英俊潇洒，生得风流倜傥，拥有一种可以让妙龄少女为之疯狂的男性魅力。时任副部长的常明第一次与他接触，不由自主地在内心涌起一种莫名其妙的好感。常明有一上大四的女儿叫常丽，妙龄少女，花枝招展，第一次遇见关升平，就被关升平吸引，视为她心中的白马王子，她大学一毕业，俩人就定了终身。刚结婚时，他们的家庭幸福和谐，当有了孩子后，关升平的娇妻把一切感情都给了孩子，夫妻感情慢慢淡漠。当孩子考上大学，妻子准备与关升平过小日子时，事业如日中天的关升平，已习惯了没有妻子关心的生活，把一切精力投入到事业上。妻子只好把大部分业余时间用在棋牌上，以弥补她内心的空虚。也就在那时，有一个男人闯进了她的心里，占据了关升平的位置。关升平知道后，很恼火，多次想主动退出，要与妻子离婚。可是，像他这样的一级官员，家庭问题是敏感问题，因此，关升平忍气吞声，息事宁人。他们的家庭，在别人看来是幸福美满的，其实，已是名存实亡。更可悲的是他妻子认识金珠相貌堂堂的丈夫尹阳后，两人不清不白地纠缠在一起，关升平哑巴吃黄连有苦难言……关升平也是人，尽管事业飞黄腾达，内心却非常空虚，需要有人关心，在这个感情饥渴的时候，金珠进入他的视野，闯入他的内心，点燃了他的情感之火，随着与金珠频繁的接触，他坠入单相思的漩涡，不能自拔。

所有这些，金珠不是不知道，但是，由于工作关系，金珠对关升平始终不温不火，若即若离，因此，导致今天这个结果……金珠面对关升平刚才的怒吼，再没有丝毫还击，她慢慢地平静下来，准备与关升平心平气和地谈一次，以尽快了断感情恩怨，让关升平不要再抱有如何幻想。

今天金珠与关升平的矛盾升级，是因公事而起，金珠需要关升平对撤销代理资格做出合理解释，而关升平恰恰不愿意为这事做过多的说明。于是，会面不欢而散。

……

此后，金珠为了挽留财政代理资格，找了李市长，找了人民银行、财政局主要领导，据理力争，但无济于事，代理资格依然被取消，导致岭西市商业银行十多亿元存款流入秦岭银行。岭西市商业银行存款份额一下子从四大国有商业银行第一位降到第四位。省分行分管对公业务的副行长约见金珠谈话。金珠表态，争取在一年时间之内，夺回市场占比第一的位次。

金珠的表态不是信口开河，而是在没有取消财政代理资格之前，她就预判到，岭西市商业银行的存款结构存在着严重的不合理性，百分之二十的大客户存款占全部存款的百分之八十以上，而百分之八十的客户存款仅占全部存款的百分之二十以下，这个"2：8"结构极不合理，一旦出现政策等不确定因素变故，那必将对银行业务发展造成致命打击。因此，她担任岭西商业银行一把手后，在对公存款营销方面，提出了"维稳大户，提升中小户贡献度，挖掘边缘客户，寻找新的增长点"的经营思路。在实际营销过程中，金珠把新的增长点瞄准政府大项目和民生工程领域客户上，在安排营销工作时，有意将营销重点目标进行转移。这一思路，效果立马显现，首先，抓住省财政拨款的洮河引水项目不放手，日前，该项目基本敲定，落户岭西市商业银行几乎没有悬念；另外，她还将医疗卫生、文化旅游、社会养老等三大行业作为重点突破口，成立三个营销团队。这些团队已经在紧锣密鼓地跟进营销。因此说，金珠表态一年之内夺回第一位次，不是信口开河，而是胸有成竹。

金珠返回岭西后，按照她向省分行汇报的思路，快速行动，效果一点一点显现出来，这些显著成绩备受同业，特别是秦岭银行的关注，也必将招来不必要的麻烦。

六

三季度末，最后一个礼拜的周一下午，张必胜敲开金珠办公室的门，说："金行长，关升平副市长秘书小黄打来电话说，今天晚上，关副市长邀请我们在嘉陵江饭店聚餐，说有重要客户介绍给我们。"

金珠满脸疑惑："关升平请我们，给我们介绍重要客户？关升平要有客户，早就介绍给凌梅了，还能想起我们，真是太阳打西边出来了。张行长，你说我们有必要参加吗？"

张必胜若有所思："金行长，我想，我们还是去参加，一方面关升平我们是得罪不起的；另一方面我们可以看看，他葫芦里究竟卖的是什么药，因此，我觉得有必要去参加。"

当西天的最后一抹残霞将被瓦蓝色的暮霭淹没之时，金珠、张必胜两人踏着夕辉薄暮，身披万道霞光，面迎阵阵凉风，走过嘉陵江大桥，走进嘉陵江饭店最豪华的包间秦岭厅。

关升平、凌梅、还有一位英俊青年，三人已在秦岭厅喝茶、聊天。金珠想，平常都是我们等候关升平，今天倒是他等我们，且有凌梅作陪，顿觉不爽，回头低声问张必胜："咋回事，怎么有凌梅？"

张必胜摇了摇头，轻言道："我事先不知道有凌梅，关市长秘书小黄给我打电话时，没说凌梅要参加的话。"说话间那位青年起身迎上来："是金行长、张行长吧？关市长、凌行长他们已在这里等候你们多时。”

金珠淡淡一笑："不好意思，我们迟到了。"

关升平背对门而坐，听见金珠的声音，起身回头，很风趣地说："美女行长，好久不见，真是越来越年轻、越来越漂亮。"

凌梅插话调侃道："金姐是大行一把手，财大气粗，心情好，自然显得年轻了呗。"

金珠没有正眼瞧凌梅，走到衣架旁，将风衣挂上去，径直来到关升平面前，接住关升平伸过来的手，说："关市长百忙中，邀我们共进晚餐，深感荣幸。"

关升平握着金珠软绵绵的手不肯松开："我以为你会拒绝。"

金珠从关升平汗津津的手中抽出自己的手，微笑着说："市长大人有请，哪敢拒绝哦，除非不想在岭西混了。"

关升平笑呵呵地说："金行长，言过，言过了，我哪有你说的那么可怕、那么霸道呀，来来来，我给你们介绍一下。"关升平拍着那青年人的肩膀，"这位是我孩子的舅舅、秦岭银行岭西市分行行长助理常亮。"

常亮微笑着，一边向金珠、张必胜点头："二位行长好！"一边从上衣兜里拽出两张名片，分别递给金珠、张必胜，"请多多关照！"

关升平走向主宾位置，坐定后说："来、来、来，大家都来坐下，今天请两家银行的领导来，不谈公事，主要是小舅子初来乍到，我把他介绍给你们，大家都是搞金融的，交个朋友，以后在业务合作方面给予支持和帮助哦。"

金珠一听，常亮是秦岭银行的人，心中明白，这是在摆鸿门宴，肯定是凌梅他们又盯上了洮河引水项目，她很想找一个理由离开，可是，一时半会儿，没有找出妥当理由来，只好坐在关升平旁边。

关升平读懂了金珠不高兴的眼神，但他毫不避讳，很直率地说："金珠呀，我知道你和凌梅以往在一起工作时，或多或少产生过小摩擦，这不要紧，那是公事，你们是同学，是好姐妹，常言道：冤冤相报何时了，你们两家银行相互不往来，不配合，这样对大家都不利。今晚我做东，请你们一起吃饭，两层意思，一来将小舅子常亮介绍给你们，二来帮助你们两姐妹，既往不咎，和好如初，继续成为好姐妹，继续……"关升平一点一点，撕开蒙在金珠与凌梅之间的那层薄纸。凌梅随声附和，积极主动与金珠求和解；而金珠一言不发。张必胜、常亮你一言、我一语地打着圆场，打破了场面的尴尬，一桌人这才进入吃饭、喝酒程序。

在吃饭喝酒的过程中，关升平接了一通电话后，说是李市长唤他回去有重要事情要商量，他抽身离席而去。

关升平走后，金珠托词也要离席，被常亮、凌梅劝说，勉为其难地又坐下来。喝了不少酒的凌梅，左一声姐姐，右一声姐姐，左一声老同学、右一声老同学，话里话外，没有一点怪怨金珠解聘她职务的意思，显得很有诚意；她借着酒劲，滔滔不绝地向金珠诉说着自己的酸甜苦辣、五味杂陈。金珠听着、听着心一软，摒弃前嫌，两人把杯对饮。张必胜、常亮两人一边听着她们两人诉说衷肠，一边对饮，晚宴结束得很晚。

晚宴结束后，凌梅、张必胜消失在酒店门口，常亮搀扶着不省人事的金珠，走进事先要好的房间，将金珠放在松软的席梦思上，一点一点拨开金珠的衣服，露出洁白如玉的肌肤，在室内柔光一照，恰似绸缎一样细滑，两只乳房，像一剖两半的鲜柠檬，挺拔健美，随着均匀的呼吸，在缕花乳罩下，有节奏地上下抖动，散发着幽香，常亮心猿意马，几乎把持不住，好几次想扑上去，可是，最终他还是把持住了，只是拿出手机，拍了多张自己与金珠同床共枕的图片后，侧身睡去……

金珠手机上设置的闹钟，在 6 点 30 分准时响起，将她唤醒。她睁开枯涩的眼睛，天旋地转，眼前好像漂浮着许多蚊子，嗡嗡作响；嘴唇干裂，咽喉刺痛，几乎咽不下自己的口水；舌头僵硬，以至于不能自由摆动。房间窗帘紧闭着，镶嵌在墙壁上的壁灯，放射着浑浑噩噩的黄光，整个房间弥漫着阴沉。金珠寻思着，这里是什么地方——是家里？是单位？现在是什么时间——是白天？是黑夜？口渴难忍，喉咙里冒着火星，她努力地调整肢体，想离开床，但手脚不听大脑的指挥。绝望中发现一瓶放在床头柜上的营养快线，她努力地拿到它，像饥饿多日的猛兽拣到一块烂肉一样，迫不及待地往嘴里塞。那黏糊糊的液体流进喉咙，像母亲香甜的乳汁，流入全身各个器官，浇灭了烈火，唤醒了神志。金珠这才发现，自己是躺在酒店客房大床上。金珠在问自己：她从来没有赤身裸体睡觉的习惯，为什么一丝不挂地睡在这里？金珠中断的记忆慢慢地恢复过来。她想起昨天晚上的事，隐隐约约记得，是常亮扶她进入房间的，想到这里，她睁大眼睛，侧身一看，才发现常亮酣睡在身边，她惊出一身冷汗，酒全醒了，急忙下床，穿好衣裳，然后唤醒常亮。

常亮并没有金珠那么紧张，他不慌不忙地拿来衣服，慢慢穿上，下床去了卫生间洗刷后，若无其事地对金珠说："金行长，你酒醒了，咱们该去上班了。"

金珠不知所措："你，这……你，这……"她咬牙切齿，一时间说不出话来，不争气的眼泪像两条小溪，从面颊流淌下来，洒落一地。

"金行长，你不用怕，昨晚和你在一起，我没有做任何非礼的事，以后也不会向你提出非分要求。现在社会，谁还没有一个红颜知己呢？我虽然比你小十多岁，但我喜欢你，如果你同意，那我们就做一个异性朋友；如果你不同意，那就当昨晚的事情没有发生过。"常亮很坦然地说完这段话，默默地注视着一脸茫然的金珠。

金珠抹去眼泪，冷冷一笑，抓起枕头砸向常亮："你，你们是有阴谋的，谁跟你做朋友，你……你给我滚出去，我会让你们付出沉重代价的！"

常亮沉沉一笑，拿起手包晃了晃："看来你不喜欢我哦，我们也做不了朋友，那就随你的便吧！"然后，甩门离开房间。

金珠去卫生间洗漱完毕，拖着疲惫不堪的身躯，找到酒店总经理，调取了昨晚监控录像，并拷贝好一份。然后，走进岭西市第一人民医院妇产科……

七

时光，像嘉陵江的水，永无止境地流淌着。日子，一晃五年过去，在这 1825 个日子里，金珠心无旁骛，率领岭西商业银行千百号员工，在银行同业竞争白热化的境遇里，披荆斩棘、忍辱负重，破难题、闯难关，用真情，换真诚，用依法合规经营，创造丰硕利润，经营业绩翻倍增长，综合评价闯入全省第一，将岭西商业银行带入"社会满意、政府满意、客户满意、员工满意"的当代最受人尊敬的商业银行行列。她个人被评为秦岭省四年一届的"十大杰出金融人物"。

金珠站在授牌仪式舞台上，从秦岭省银监局梁子局长手中接过奖牌，与梁子握手的刹那间，她凝在眼眸多时的泪水，倏地就漾了出来，那泪水洒落在梁子手背上，让梁子觉得周身暖暖的……

金珠参加完"十大杰出金融人物"授牌仪式，在返回岭西市途中，突然接到岭西市检察院"512金融诈骗案"专案组的电话，说尹阳在接受案件审理过程中，突发脑溢血，被送进岭西市第一人民医院，正在紧急抢救……

随后，岭西市商业银行美女行长金珠失踪的消息，以迅雷不及掩耳之势传了出来，有说她携巨款潜逃，有说她行贿受贿被双规，有说她与情夫私奔，还有说她畏罪自杀身亡……众说纷纭。随着新闻媒体介入，传言不断升级发酵，很快传遍岭西大地，让平静的岭西市瞬间沸腾起来。

半年后，新闻媒体公开报道：秦岭银行岭西分行常务副行长凌梅，因涉嫌滥用职权、以权谋私、行贿受贿等，判有期徒刑5年，送入岭西市女子监狱服刑；岭西市丽阳小额贷款担保公司董事长兼总经理尹阳、财务总监常丽因涉嫌非法集资、金融诈骗等，分别判有期徒刑5年、3年；岭西市商业银行行长金珠，辞去岭西市商业银行行长职务，办理完丈夫尹阳保外就医手续后，离开岭西市，陪尹阳去了农村老家……岭西市一时间传得沸沸扬扬的美女行长失踪事件，终于告一段落，让岭西市金融界慢慢地回复了往日的平静。

（选自庆祝改革开放四十周年"金融人的故事"短篇小说征文获奖作品）

‖ **作者简介**

张霞,女,中国金融作家协会会员,广东省深圳市作家协会会员。作品发表于《人民文学》《金融文坛》等杂志上,曾获全国"长城杯"文学大赛一等奖等奖项。现供职于中国农业银行广东省深圳市分行。

面朝南海

张霞

一

从潮汕平原的腹地 A 市出发,小车穿过繁华市区,转入高速公路,高速行驶一段路程后,出高速时转了两圈 U 形后拐入车辆稀少的盘山公路,再穿越一座座崇山峻岭,又接连转了好几个 S 形险要急弯,然后进入一段依山傍海的道路。透过车窗,只见蔚蓝色辽阔的大海波浪起伏,蓝天白云晴空万里,远方海天相接。

此刻,丁立强心神不宁,无心观赏窗外的美景,身旁的徐敏行长、副驾座位的王飞鹏也是沉默寡言。上午他还在分行国际部审核客户进口信用证的资料,下午便到宁海县支行宣布任职通知,角色的切换太突然了,令人措手不及。

11 点半时,分行行长徐敏来电,"马上来我办公室。"

丁立强急忙放下手头工作,三步并作两步赶到行长室。敲门进入后,见徐敏行长没有坐在办公桌前,而是坐在沙发上等他。见丁立强进来,指了下沙发示意他坐下，丁立强突然预感到什么，心跳倏地加快起来。

丁立强很清楚，近期全行已进入金融体制改革深化阶段，适逢四大国有商业银行A市B行中层正职大多任期届满，包括自己。按干部管理制度，近期应有一批中层正职调整岗位。他听说上午分行开了党委会，稍有政治敏感性的人都懂，每次党委会后全行都有重大决策，而此时党委会的决策，都与人事变动有关。

果然，丁立强坐下后，徐敏开门见山："时间紧，长话短说。上午分行党委会决定，调你到宁海县支行任党委书记、行长，文件正在打印中。下午我和王飞鹏送你到宁海县支行宣布，宣布后再回来移交工作，下周过去正式上任。午餐后我们就出发。"

太突然也太意外了！此前丁立强猜测过这次岗位调整自己有可能去的分行几个部门，其他支行也曾猜想过，唯独没想到要去离A市路途最远、经营效益最差、连年亏损、全省10个贫困县之一、中层干部谁都不愿去的宁海县支行任职。他怔了一下，短暂的沉默后，很快便反应过来。

"好的，我服从组织决定。"不管心里怎么想，脸上绝不能露出一丝抵触情绪。从穿上军装入伍那天起，到离开部队退役到金融机构任职，"个人服从组织"早已镶入他的意识、骨髓里，分行党委会的决定，必须坚决执行。

徐敏赞赏地说："好，先预祝你工作顺利！"

小车沿着海滨大道一路往西南，终于驶入一片平坦的开阔地，一座小城映入眼帘，这就是位于潮汕平原南部、南濒南海的宁海县县城。

小车徐徐驶进宁海县支行大门。

徐敏一行进入支行会议室，见宁海县县委组织部副部长、县人民银行行长、A市银监局驻宁海县办事处主任、支行班子成员和中层干部几十人已全部到位。按议程，分行人力资源部总经理王飞鹏宣布了分行党委对丁立强的任职通知，接着分行行长徐敏肯定了宁海县支行班子的工作，离任支行行长胡振瑜、新任支行行长丁立强也分别作了简短的发言。

会议很快便结束，因要赶回A市，徐敏一行匆匆走出会议室，丁立强随后，刚步出会议室门口，迎面碰到一伙彪形大汉。这些人猛然闯进会议室，冲向胡振瑜，以迅雷不及掩耳之势，同时伸手抓住胡振瑜双手和肩膀，把他脑袋按倒在桌面上，胡振瑜使劲挣扎着，叫喊着，无奈势单力薄，寡不敌众，脑袋和双手被紧紧按倒在桌面上无法动弹。丁立强扫了一眼共八人。

"娃闷个事么理直，鲁想走。"这伙人来势凶猛，叫嚷着，毫不顾忌在场的众人。这八人皮肤黝黑，约摸四十岁，这些是什么人？为的什么事？

宁海县地理位置属潮汕地区，地方语言是潮汕话，却与传统的潮汕文化不同，宁海县地处沿海，民风彪悍，沿海潮汕方言比潮汕平原语音重，A市话与宁海潮汕方言很多互相听不懂，语言沟通时常还要搭配普通话。

丁立强吃了一惊，逐个观察在场的班子成员和中层干部，竟没有一人过去帮他们的行长解围，多数人神色尴尬，不知如何是好。

听到会议室的吵闹声，徐敏、王飞鹏又返回来。听见有人叫"徐行"，这伙人才住了手。胡振瑜狼狈不堪，头发凌乱，满脸通红，衣衫不整，他难堪地用双手使劲整理被弄得凌乱了的头发和衣衫。

徐敏见状眉头紧皱，丢下两个字："败笔。"头也没回走了。

胡振瑜早已吓破了胆，一刻也不敢停留，紧紧地跟随徐敏一行走了。

二

回到 A 市，天已大晚。

章艳已做好晚餐，正张罗着把饭菜、碗筷摆上饭桌。娜娜在客厅边写作业边看电视剧。见丁立强回来，高兴得叫了起来："爸比回来啦，吃饭啦。"一家子围上饭桌。

丁立强很快吃完饭，部队养成的习惯，做事雷厉风行，讲速度与效率，吃饭也一样。

丁立强与章艳不仅是夫妻，还是同事，他把下午去宁海县支行宣布任职的经过和章艳说了。

处于分行办公室的中心位置，精明睿智的章艳对职场中人有极敏锐的洞察力，在分行有职场女强人之称。

"我估摸那八人是去年改革时内退的中层干部。你要吸取胡振瑜的教训，做人要正气，处事要公道，下层要关心，不确定的事不要随便说。沿海地区的人性直率、简单，这支队伍带好了，人家会死心塌地跟你走，带不好人家就要造反，结局跟胡振瑜一样，甚至更糟糕。"

"这个懂的。"丁立强也算见识了彪悍的沿海人。

章艳又像纪委书记似的提醒他："支行行长官虽不大，但位置重要，一举一动受人关注，要坚守不该收的钱一分都不收，还有各种诱惑。总之，凡事注意自律。"

"你放心，你老公思想觉悟高，糖衣炮弹诱惑不了我。"说着咧开嘴巴笑了。

章艳淡然一笑："这个我相信，别嫌我啰嗦哈，你上任前我要给你多打预防针，你才不犯错误。我最担心的事，你去宁海后，不用多久，老大又会从老家带一伙人过去宁海。你一定要守住底线，他带人吃住拿的费用一分钱也不能用宁海支行的，你自己的也不行，更不能让客户知道后买单，只有让他自掏腰包，才能刹住他这坏习惯。"

丁立强摇摇头："不会，不会的，老家北山县到宁海县自驾也要近4小时，他跑那么远去宁海干吗？"

话虽这么说，丁立强还是忧虑起来，章艳对人对事的预见判断还从来没有偏差过。他也知道老大的为人，张扬好脸，以前每次带人来市里，酒足饭饱后都叫弟弟过去买单，次数多了，丁立强被缠得苦不堪言。老大不顾弟弟的感受，只知道在朋友面前出风头，炫耀弟弟、弟媳多牛多有本事，令章艳相当反感。

"这是你最大的弱点，做人要有原则，你如刹不住他这坏习惯，迟早会栽倒在他手里，我这不是吓你。你想职业生涯走稳走远一些，就要记住我的话。"

章艳这话听着逆耳，但得承认说得对。

周一早上，丁立强拎着内装衣物用品的提包走到小区门口，见司机小谢开着小车已在门口等候。听说丁立强要到宁海支行上任，分行同事介绍自己侄子给丁立强当司机。

小伙子第一次给领导开车，既激动又紧张，车子开得小心翼翼，车速不敢快。一路上，丁立强已看出来，小谢车术上路没问题，但不熟练。临下高速时，他叫小谢把车开进服务区停下，让小谢下车坐到副驾座位上，自己驾驶。他知道前方的路程，小谢的车技和胆量都不行，关键时刻还要自己上。

丁立强熟练地转动方向盘，从出高速转 U 形拐入盘山公路，到穿过那几个 S 形险要急弯，小谢看得目瞪口呆，随后露出羞愧的神色。丁立强安慰他："等到年底宁海的高速开通后，A 市到宁海就有全程高速，这条路就不用走了。"

车子开进宁海支行后，丁立强先到行长办公室，支行综合部早已把他的办公室收拾好。见新行长到任，三位副行长先后到来，除丁立强外，三位副行长都是宁海本地人。与他隔壁的副行长、第二把手方忠祥最先到来。5 分钟后，王御林、杨冬升也过来了。

丁立强对方忠祥还是了解的，金融专业学士，科班出身，熟悉信贷、公司业务流程，副行长的岗位多年，老实人。

方忠祥此前去分行开会培训或办事时，见过丁立强多次，尽管没有过多交流，碰到时打打招呼还是有过多次接触。对于丁立强的印象是为人正直、待人真诚，实干有魄力，有军人的阳刚气质，觉得这是能给宁海支行带来希望的带头人。

见到丁立强，方忠祥露出喜悦的神色。"丁行长，我全力配合你，工作该怎么做，全听你的。"王御林、杨冬升两位副行长也表示全力配合丁立强，然后他们各自谈了手头的工作，就离开了。

宣布任职通知时，胡振瑜遭到支行八名内退人员的袭击后，吓得再也不敢回宁海支行，工作迟迟没有移交。丁立强电话催了几次，他让丁立强叫人撬开他的抽屉，材料自己取，他要移交的东西全在抽屉里面。

"你这个鸟人，亏你想得出来。"丁立强忍不住骂了一句，"我不会干撬人抽屉这等下流的事情。"

胡振瑜心有余悸："我要是回去就死定了。"丁立强明白了，造成宁海支行经营困难，根源在一把手。

丁立强想起赴宁海支行上任前，到徐敏行长办公室，徐行叮嘱他："说实话，我找不到比你更合适去主持宁海支行工作的干部。宁海支行因为连年亏损，包袱太重，省行已把其列入撤并规划中，这几年全市已撤并低效网点 10 多个，如果宁海这个一级支行再撤掉，整个支行人员的分流、业务的划转乃至对我们全市 B 行的声誉都会造成不可估量的负面影响。我们要保住宁海支行，今年必须扭亏为盈。分行党委把全部希望寄托在你身上。"徐行拍了拍丁立强的肩膀，语重心长地说："你的担子很重啊！"

临危受命！丁立强想到领导的嘱托，压力山大。

手头没有胡振瑜移交的资料，丁立强吩咐人把支行党委会、行务会记录簿、年度工作意见、财务分析报告、资金分析报告、资产负债表、各项存贷款情况表、员工花名册等一摞资料送给他。他看得很仔细，其间支行班子成员、部门经理、网点行长也接踵而至向他汇报工作，他边听边问，渐渐了解了支行经营状况和员工情况。

三

丁立强看到党委会议记录簿，胡振瑜主持宁海县支行最后一次党委会，列出 18 名裁员名单，便把综合部经理林一迪叫来。

林一迪汇报说："分行根据'三定'方案以及宁海县支行的经营规模和效益，考虑到我们是亏损行、效益差，下达我行今年减员指标 18 人。上次党委会后，胡行叫我先把年龄较大、年满 45 岁的人名列出来，我摸底后列出一大半人，有六成多。后来又再筛选，把 50 岁以上、综合素质较低的列了 18 人。"

"现在人员老化严重，分行 10 多年没有给我们分配大学生，这两年虽然分配几名大学生，但干不到一两年又走了，留不住人。现在互联网发达，信息灵通，都知道宁海县是全省 10 个贫困县之一，地方偏僻路途远、经营效益差、员工收入低，外地大学生不愿意来，本地人也不愿回来，有的大学生听说分配到宁海县支行，宁可不要这工作。"

丁立强皱起眉头，盯着名单问："这 18 人谈话过吗？"

林一迪答："没有，怕出乱子还没公开。这几年搞改革闹得人心惶惶，因裁员、内退员工，前几任行长都被人辱骂攻击过，还有行长被打的。饭碗被端掉，人家不顾面子不面子。"

"胡行在的时候，召开过党委会，调整一批岗位任职已到期的员工换岗，仍有3人拒不执行，三个多月没去报到。"林一迪接着又说。

"有这事？"丁立强眉头紧锁："这3人因什么原因没去报到？"

"两个柜员嫌路远，一人安排去青潭镇，地处山区，一人去海港镇，地处沿海，这一南一北两个地方方向不同，却都是最偏远的网点，离县城40公里，每次调人去这两个网点，都没人愿意去。还有一人在支行个贷部，调城关支行，不愿下基层。"

"你发个通知，说明一下，通知发出后仍没去报到的，按总行员工违规处罚办法处理，两天内来支行办理辞退手续，没来办理的，用分行减员指标先裁掉。"

这样的队伍，是班子管理问题还是员工素质问题？

丁立强决定召开党委会，班子成员先分工，还有他的工作思路要先在班子成员中通下气，必须形成共识。

各级行的一把手由党委书记兼行长，行内决策通过党委会决定。参加党委会的除了党委书记、行长丁立强，党委委员方忠祥、王御林、杨冬升三位副行长外，还有列席会议的兼党委会记录员的综合部经理林一迪。

见参会人员到齐，林一迪准备关门，这时门被推开，进来一伙人，又见上次袭击胡振瑜那八名彪形大汉闯了进来。林一迪想拦住他们："在开会呢。"哪知人家根本不理他，径直朝几位行长走来。

此前丁立强已了解到，去年改革时，全市B行70多人内退，其中包括宁海县支行这八名中层干部。带头的孙勇，原是海港支行行长，有三人是各网点副行长，另四人是支行部门正副经理。胡振瑜当时劝退，八名中层干部坚决不退。

胡振瑜曾对他们说，你们年龄较大、学历职称低，改革是要让年轻的上来老的退下，加上你们又没参加总行岗位资格考试，以后要持证上岗的，承诺内退后交通通讯费并与在职同等待遇。无奈下他们办了内退手续，但内退后一直没领到交通通讯费，也没给个合理的解释，认为被欺骗了。多次找胡振瑜追讨，都被敷衍了事。现在胡振瑜走了，新行长必须负责。

八人你一言我一句，越说越激动，会议室一阵乱哄哄。

丁立强猛地一拍桌子，大喝一声："给我停！"

这气势镇住了所有人，大家都住了口，怯怯地望了眼剑眉倒竖、双眼直瞪、黑着脸的丁立强。

丁立强严厉地瞪着大眼说："有没有规矩？没见我们在开会吗？有事可以派代表来，成群结队来干什么，又不是要打架。"

八人面面相觑，有点发怵。少顷，孙勇口气弱了下来："我们不是无理取闹的人，我们也是爱党爱国爱行的党员，为B行作出过贡献，一直以来都是党叫干啥就干啥。当年参加对越自卫反击战，部队叫冲锋我冲在最前面，从没退缩过，部队叫转业也是服从命令听指挥。没想到改革一句话就把我们打发了。"

丁立强表情严肃地说："对越自卫反击战，我作为新兵也参战了，住了一个多月猫耳洞，这段军旅生涯让我们无愧于青春年华。角色转换了就要适时转型，金融体制改革是大势所趋，谁也阻挡不了。去年宁海C行撤并的事情你们比我更清楚，整个支行从行长到员工集体下岗，人家和我们一样也是四大行，我们如不改变现状也会出现像C行一样的结局。"

"去年全市分支行有70多人内退，你们去年已内退，我现在也不好说什么，只能正视现实。今年没有内退直接裁员了，分行通知我们今年减员指标18人。接下来全行要股改，股改完成后要上市。总行必然对队伍素质要求更高，将会推行员工持证上岗，总行每年都组织员工岗位资格考试，为什么不去考试？无证怎么上岗？我也同样通过了总行法人信贷和国家外管局上岗资格双重考试，不然我没有资格在分行国际业务部总经理的岗位上任职六年。"

孙勇嘴巴张了下想说什么又打住。

丁立强看了下表："你们的要求我知道了，我必须实话告诉你们：去年分支行内退的那批中层干部根本就没有交通费和通讯费，今年分行新规定，连在职的都取消了。你们可以向在职的同事，也可以向兄弟行打听下情况。"他顿了下，提高了嗓音："我们现在有重要工作要研究，准备开党委会。听我的口令：立正！向右——转，齐步——走！"

八名彪形大汉像被施了魔法，听着命令齐刷刷地步出会议室。

丁立强浑身散发着气势如虹的军人气质，制伏这八名彪形大汉，让班子成员见识了他们正义凛然、极为强势的行长。这也让他们意识到，宁海县支行有救了！沿海一带民风彪悍，支行一把手仅凭高学历、业务精是远远不够的，更需要正气、霸气、镇得住人的一把手，胡振瑜和前几任行长，正气魄力都欠缺，在下属中没有树起威信，支行党委的决策，下层员工拒不执行、不了了之是常态。

四

党委会上，丁立强先对班子成员作了具体分工：

丁立强负责全面工作，主管人事；方忠祥分管对公、信贷业务（包括大中型、小微企业），兼营销团队负责人；王御林分管个人业务（包括个贷、住房按揭、小额农户贷款、银行卡等）；杨冬升分管中后台管理，主管财会、内控合规、纪检监察、综合行政、安全保卫、工会。

三位党委成员一致同意班子成员分工。

丁立强见意见统一，接着给班子成员每人落实任务："现在离年底不到四个月时间，时间紧任务重，今年的目标要摘掉戴了多年的亏损帽子，扭亏为盈，这是分行党委对我们下达的任务，只有盈利了才能保住支行的招牌和大家的饭碗。"

丁立强对方忠祥说："方行长熟悉本地情况，要多方收集信息，关注近期在宁海县落户的中委大南海石化炼油项目，这是我国改革开放后，国家引进、落户潮汕地区宁海县的最大项目，是国家和省重点建设项目。委内瑞拉石油资源量在美洲地区位居第一，党和国家领导人多次赴委内瑞拉洽谈该项目，市委市政府多方争取的项目，来之不易。这个项目一落地，金融服务要跟上，我们要组织营销队伍，拓展该项目到支行开结算账户。"

方忠祥忙点头："好的，我会关注这个大项目的动态，再充实营销团队人员，随时准备出动做好营销。"

丁立强又对王御林说："王行长与方行长互相配合营销，争取新农合、新农保项目在我行落户，发放农户惠农卡、城镇职工医保卡，争取多拉些存款，发放小额农户贷款。"

王御林忙说："好的，我会配合好。"

丁立强又转过头对杨冬升说："杨行长内部管理要多费心，去年宁海支行内控综合评价等级考核不到90分，是全市唯一的二类行。杨行长牵头与林经理从各部门抽调人力先自查，对照内控评价考核要求查漏补缺，10月底前完成自查，今年要达到一类行，不能拖了市分行的后腿。"

杨冬升说："好的，会后我和林经理商量下抽调人力，找出内控评价考核制度的文件，按一类行的标准，逐条对照，缺什么补什么。"

丁立强最后说："有个问题要研究下，就是青潭、海港两个最远的网点，员工不愿去，去了也不安心。我考虑对这两个网点的员工，在'四项制度'前提下灵活些，定下各岗相对较短的任职期限：柜员半年，会计主管一年，客户经理、网点行长两年。这样员工相对容易接受，各岗位的员工心中有数，到期后给予调整，可以减少各层级的矛盾。"

方忠祥赞同地说："这确实是切合实际的做法，我同意。"

王御林、杨冬升也表示赞同："这办法好，同意。"

"这个可以向员工公开。另外宁海外部环境复杂，民间赌博、六合彩很猖獗，上个月警方在海港镇海边捣毁一起印制假钞窝点。要提醒员工远离黄赌毒黑，注意自律。"丁立强逐个望了下班子成员："各位班子成员的任务都很艰巨，我们这个班子团结有战斗力，我对大家有信心！"

会后，班子成员的分工以文件形式下发到辖属单位。

五

支行党委会结束后，丁立强决定召开全行员工会议。

周五晚，从支行班子成员到网点一线员工，近200人集中在六楼会议室，会议室座无虚席，全行员工会议很久没开了。

会议由方忠祥主持，丁立强讲话。望着台下黑压压的人群，丁立强真诚地说："同事们，今天大家上了一天班又接着赶来开会很辛苦，尤其是最远的青潭、海港两个网点的员工，你们辛苦了！"

"我来到宁海支行这些天，一直在思考，究竟是什么原因，使我们宁海支行在全市得了多个倒数第一：是连续多年综合经营指标考核倒数第一，是全市唯一的亏损行；是内控评价等级二类行，全市唯一没有达到一类行的一级支行。亏损说明市场拓展无成绩，业务发展不起来；二类行反映内部管理有漏洞，风险控制不到位。"

"去年宁海县发生的一件事相信大家一定记忆犹新。我们的同业、四大国有商业银行宁海县 C 行因为经营不善，连年亏损，被上级行撤掉了，支行几十人就地下岗，C 行原来的客户关系和业务划转我行代理。这对我们是何等的震撼啊！如果我们不作为，C 行的昨天就是我们的明天。如果我们今天不努力工作，明天就要努力找工作。"

"我要求你们做到的，我自己先以身作则，我个人的能力有限，但我能使每位员工尽其所能，把你们的潜能都挖掘出来，我相信大家的力量。俗话说：人心齐，泰山移。"

"相信大家已从有关媒体获悉了信息，最近在我们宁海县落户的中委大南海石化炼油项目，是我国中石油集团与委内瑞拉国家石油公司合资建设的项目。这个大项目能落户宁海，得益于我们得天独厚的地理环境，南濒南海，有国家一类口岸，距离国际航线不到 5 海里，拥有黄金海岸线 10 多公里，离岸 1 公里的天然深水港可建 30 万吨级以上码头，航线可达世界各地。正在筹建中的潮汕国际机场，机场高速到大南海石化园仅 70 公里。深汕高速、国道、省道分别从石化园区周边经过，形成四通八达的公路网络。"

"大南海的定位为建设南粤重要石化能源基地、粤东航空物流基地，延伸发展产业链，与粤东、粤西、粤北、珠三角天然气能源接收和储运基地，形成沿海经济带，将成为我省四大石化产业基地之一。我们要抓住这一机遇，营销大南海石化炼油项目，挖掘到我行开立结算账户。"

这时会场下面隐隐约约有交头接耳低沉的说话声。"我知道大家现在最关心的是这次金融体制改革，这关系到每位员工的切身利益。"会场顿时鸦雀无声，"大家应该听到信息了，市分行下达宁海支行今年减员 18 人，这是很残酷的。宁海县地方小，就业空间受到限制，无论哪位员工离开，都将造成身心创伤。我已与分行人力资源部王总联系了，请求他关照宁海支行，要充分考虑国家大项目落户宁海，我县经济与金融生态环境将发生变化，减员18人的指标先不下，他已答应考虑。我现在无法给大家承诺什么，但我一定竭尽全力去争取，留住每位员工，一个都不能少。支行党委也要求你们，要爱岗敬业，遵纪守法，做优秀的员工。"

丁立强的讲话没有书面材料，全是发自内心的肺腑之言。这让宁海支行的员工看到新行长与前几任不同的一面，新行长在仪表威严的外表下，呈现更多的是对员工的温情和坦诚、正气和正派的一面。

会议室中间座位不知谁先带头鼓掌，接着会场四周爆发出雷鸣般的掌声，这是员工自发的掌声，热烈、长久地在会议室回响着，这在宁海县支行许多年来都没出现过。

主席台上四位班子成员相视一笑。

六

第二天，林一迪到丁立强办公室汇报工作："丁行，那三名一直没报到的员工，这次通知发出后立即去报到了。"

"下不为例。"丁立强点点头，接着询问了八名中层内退干部的家庭生活情况。林一迪说他们中大部分人生活艰难，宁海地方小，再就业工作不好找。"听说孙勇去当三轮车夫，在城里和周边载客养家糊口。他老婆早年已下岗，孩子还在读书，他是家里唯一的经济来源。"

丁立强陷入了沉思。他叫林一迪把八名内退人员的人事档案送他办公室，想再查看孙勇等人的历史档案。

逐个翻阅八人的人事档案，他们中六人是退役军人，四人是参战老兵，两人是抗洪英雄，两人是知青，都曾立过三等功和获得过各种奖励或表彰。孙勇1979年参加对越自卫反击战后被授予三等功，部队转业时是正营级干部，安置海港支行副行长，两年后提拔为行长。三位网点副行长1984年参加麻栗坡老山前线越战，两位支行部门经理参加过1998年长江抗洪抢险。

另有两人，原支行清收办副主任黑歌、综合部副经理王有福是场友，最后一批下乡知青，两人共同参加过1980年知青林场特大山林火灾扑救，受到县政府表彰。这些都是有功之臣啊！

退役军人早年入伍，知青学生阶段处于"文革"时期，文化程度普遍不高，大多高中学历，高中毕业后大学已停止招生，于是走上参军、下乡之路。到银行工作后没有继续参加在职学历教育，加上地方偏僻信息不对称，缺乏危机意识，最终成为低学历、低职称、电脑盲一族，在金融体制改革中沦为弱势群体。

丁立强心底最柔软的地方被触动了，心情难于平静。他也经历过枪林弹雨的战场，从军营转为金融阵营，由军人转型为支行行长，军人情结始终深厚。他想起自己生死与共的战友，决定用自己的办法帮助他们。

丁立强拨通林一迪的电话："林经理，你通知孙勇他们，支行领导班子要请他们吃饭，明晚6点到支行餐厅。你安排一下，叫食堂多加几个菜，班子成员还有你参加。"

支行食堂餐厅的包房，气氛热烈。支行班子成员、林一迪、去年内退的八名中层干部，一桌子人围着餐桌，桌面摆上了本地的各种海鲜，一桌丰盛的晚餐。

丁立强饱含深情地说："今天请大家过来吃顿饭，主要是有些心里话想说说，班子很重视，全都来了。知道大家心里委屈，对于经历过战场面对流血牺牲，经受过洪灾、火灾生死考验的军人、知青，知道你们本意不是为了那个交通通讯费，而是要得到应有的尊重。部队退役时有首长和战友们欢送，内退就领导一句话，承诺过的没有兑现，心里不是滋味。你们曾经是功臣，又为金融事业发展作出过贡献，为全行改革在个人利益上作出了牺牲，你们都不是心甘情愿内退，我们感到十分抱歉。"

几句话说得孙勇泪水溢满眼眶，其他人也是眼眶红了。

"你们正处于壮年，是真正成熟干事业的时候。人生的路还很长，应该继续往前走。我已和深圳的战友联系过，把你们的情况和他沟通了。你们要是愿意，可以到他公司应聘，如被聘用，他会根据你们的个人特长安排合适的工作。这位与我一起出生入死的战友，是深圳一家上市公司的董事长，一位知名度很高的民营企业家。他有多个公司，近期一个新公司将要开业，正好需要招人。"

丁立强征求各人的意见，除黑歌、王有福外，孙勇六人决定去深圳的公司应聘，开始新的征程。

黑歌的妻舅在港口开了一个海鲜包装加工厂，收购渔民出海捕获的海鲜，每当渔船靠岸后，他们把船上的海产品搬到加工场冷藏包装，再销往各地。客户订单不少，黑歌正与妻舅一起干。

王有福从单位内退后，他姐夫便叫他帮忙管理大南山东南亚八国归侨林场。我国改革开放的春风吹到东南亚八国华人华侨中，这些身在异域的华人华侨时刻关注家乡的信息，从互联网和家乡亲人们的信息中获悉，家乡宁海县新建了大南山东南亚八国归侨林场，这是政府专门接收东南亚归侨工作生活的安置点。于是很多在海外漂泊半辈子的祖孙三代"少小离家老大回"，出现回归潮，先后有几万华人华侨回归祖国回到家乡，先后被安置在东南亚八国归侨林场。王有福的姐夫由政府公务员转为归侨林场一把手，带领归侨准备把林场里大片荒山再开发利用，建成林园、茶园、果园、花海，把发展经济作物、美化景观与旅游业一起上，他需要王有福助他一臂之力。

丁立强听到两位在本地的都有好安排，也感到欣慰："宁海依山傍海，海鲜包装深加工业、林场开发带动经济旅游业，这些行业发展前景不错，也是本地特色产业。特别是东南亚八国归侨林场，这有益于回归的华侨，王经理帮你姐夫好好干，这工作不仅是发展经济问题，政治意义更重要，我支持你。你们如需资金帮助，可以来支行申请三农贷款，这个你们比我专业，有优惠政策的。三农贷款不仅是国家扶持的政策性产业贷款，也是支行必须支持的项目。"

王有福很是感动："还真的需要贷款，现在大片荒山正在规划。"

孙勇等人激动得热泪盈眶，不停地道谢："感谢丁行长，十分感谢，我做梦都没想到还能有机会去深圳工作。我们一定好好干，珍惜这份工作，不能给丁行长丢脸。"

说着又羞愧地说："以前有冒犯的地方，对不起。"

"不怪你们，支行领导也要检讨，这个过去了就不说了。"丁立强又对准备去深圳的孙勇几人说："深圳是改革开放的前沿，地方大机会多，你们走出去还能开阔视野，学多些东西。'塞翁失马，焉知非福'，现在觉得失意，也许不久后，你们会有意外的收获。"

包房里温暖祥和，此时大家早已满眼泪花。临别时，八名内退干部紧紧地握着丁立强的手，充满感激之情，依依不舍……

七

央视新闻联播节目中，大南海国际石化工业园里，国家石油部副部长与委内瑞拉石油公司总裁正在启动开工奠基仪式，中委合资建设石化炼油项目正式启动，中石油集团、省市县和大南海管委各级主要领导人及各商家出席开工奠基仪式，现场一片热火朝天的景象。

丁立强目不转睛地盯着电视荧屏……

办公室里，丁立强正在查看支行资金头寸表。章艳的电话打进来："立强，你那边情况怎么样？"

"新官上任，忙啊。"丁立强笑了。

"跟你说，省行召开全省县域支行行长会议，部署第四季度经营管理工作和改革的事。会议通知我同时发 NOTES 给你、林一迪和文书了，你打开邮箱看看，后天报到。省行不允许每人一车，每个分行限开一辆车，全市支行行长明天到分行集中，后天开一辆面包车到广州，你明天回来吧。我忙不多说了。"章艳说完挂了电话。

刚放下话筒，林一迪拿着一份打印好的会议通知进来："丁行，章主任刚发来的省行会议通知。"

"这不，电话刚刚打过来。"丁立强接过通知，"你把班子成员叫过来，我交代一下。"

不一会儿，三位副行长过来，丁立强对他们说："分行办公室刚来通知，我后天到省行开会，分行安排集中去省行。我明天去分行办几件事，准备厚着脸皮去磨磨嘴皮。那18个减员的事还要去人力资源部找王总、找徐行谈，还要去财务部找黄总申请增加费用，我们前期费用超支，现在营销费用都是个人先垫付，费用额度都透支了。"

丁立强又问了三位副行长手头的工作情况。

方忠祥一直在跟踪大南海中石油、中广核、中海油、中电投几个大项目，营销团队对中电投项目的公关有了突破，已取得中电投的投标资格，方忠祥正带领公司部在制作标书，准备参加银团贷款投标。

王御林的个人业务近期发展不错，股市下挫低迷，有相当部分资金从股市流入楼市和银行，住房按揭贷款有增加，理财产品的购买额度上升较快，个人存款也有较大增幅，但借记卡、惠农卡发行量不大。

杨冬升组织一班人马在做内控综合评价的查漏补缺工作，正在加快进度，赶在10月底前完成，11月份分行要下来考核。

丁立强对几位副行长的工作感到满意，全行经营管理已打开局面，他指着办公桌面的资金头寸表说："我看了资金头寸表，最近对公和个人存款增幅较大，头寸充裕，我看可以再增加上存资金的比例，这样不仅能减少资金占用，还能增加利息收入，这部分收入不用缴纳营业税，无风险。杨行和财务部再沟通下。"

杨冬升望着桌面的资金头寸表说："好的，这段时间主要精力放在内控综合评价自查上，其他忽略了，我和财务部沟通下再提高上存资金的比例。"

临了，丁立强又叮咛："我去省行开会这几天，由方行长代理主持支行工作。"

广州的秋天开始凉爽，炎热的夏季渐渐退去，阵阵秋风吹过，金黄色的落叶轻飘于地面，勒杜鹃、玫瑰花、茉莉花尽情绽放，南国独特的秋韵，美不胜收。

省行会议室，第四季度经营管理工作会议正在召开。A市分行的位置排在前右侧，徐敏行长坐在前排，丁立强紧挨他后面。此前，省行的经营管理工作会议，与会人员是各市二级分行、省行部门一把手，会后再层层传达贯彻落实。

今年起，金融体制改革深化以后，省行的经营管理直接抓到县域支行，全省经营工作会议，与会人员除原班人马外，扩大到县域支行一把手，会场规模变大了。

上午会议结束后，丁立强收拾会议资料准备跟与会人员到餐厅用餐，随手查看了调成静音的手机，竟有6个未接电话，点开一看，全是老大打的，他随即不安起来。

正要拨过去，老大又打过来，气呼呼地叫嚷起来："怎么不接电话？听说你调去宁海B行当行长，我和几个朋友过来宁海，准备到海边玩玩，已在酒店办理了入住手续了，正在吃饭，你快过来呀。"

丁立强一听头大了，真的印证了章艳说的话，这次他态度坚决："你不要给我惹麻烦，我现在在省行开会。"

老大不高兴了："怎么这样说话？我老远从家里过来宁海，怎么说你也要接待一下，这么多朋友一起过来，你让我的脸往哪搁。"

丁立强急了："我真的在省行开会，你在宁海怎么玩我管不着，别扯上我，不准打着我的名义做有损我名声的事。"

"至于这样吗？就算你在省行开会，可以叫你下属过来下嘛。你是行长人家听你的，我玩两天就走，和几个朋友买点海鲜、吃宿费你叫同事给我们买单就可以了。"

丁立强气得满脸通红："不可能，你做梦吧。"就算没在省行，也不能像以前那样，不然真的会像章艳说的会栽倒在老大手里。

说也奇怪，这次老大没像以前那样纠缠不休。丁立强想，自己态度坚决，老大应该是知难而退了。

八

丁立强哪里知道，就在老大打电话给他时，这家海城酒店老板郑云标正在旁边招呼客人。郑云标是地处半潮半客的青潭镇人，青潭镇是宁海县唯一通用潮客两种语言的山区镇，其他地方全是潮汕方言。老大的北山客家话一字不漏地钻进了他的耳朵，他从兄弟两人的通话中听明白了，当哥的带来一帮人，想要在弟当行长的地盘捞些好处，当弟的不买账。

郑云标正是宁海 B 行的贷户，经营多家酒店和 KTV 休闲娱乐中心。宁海流动人口本来就不多，加上娱乐行业不景气，酒店和 KTV 的经营已经亏损，日常运营资金靠拆东墙补西墙支撑，在多家银行都贷款。方忠祥掌握其经营状况后，与丁立强商量后果断压缩其贷款规模。郑云标本想申请增加贷款规模，结果事与愿违反被压缩贷款规模。他多次找丁立强，哪知这个新行长刀枪不入，也曾打算到 A 市丁立强家中联络感情拉上关系，后来打听到这位丁行长家里有个极其强势的"纪委书记"，比丁行长还要有过之而无不及，这才打消了念头。

现在这个当哥的来得正是时候……

正当丁立强以为老大不再骚扰，松口气时，哪知到了晚上接到一个似曾见过的电话，来电人自称郑云标，丁立强立即想起了海城酒店的老板，多次找过自己的郑云标。

"丁行长打扰了，不好意思呵呵。听说你在省行开会，不在宁海，我帮你接待了你的兄弟，出门靠朋友嘛。怕你牵挂你兄弟，和你说一声，你安心开会好了，你兄弟我会好好招待。"

丁立强突然觉得一股血液往头上冲："你说什么？"

丁立强随即拨打老大的电话，怒火中烧地问："你怎么回事？和郑云标在一起？"

老大兴冲冲地说："想不到这个郑老板真够朋友，我们刚好住在他酒店里，中午在酒店吃饭时听说你是我弟后，不仅帮我们买了单，我们住的酒店也只是签名登记就可以了，还送 4 条中华烟给我们。下午还叫人带我们去海边玩，请我们吃饭。我们明天就回家，郑老板说再送海鲜给我们带回去。人家郑老板出手真大方，我知道人家是看你的面，我和人家素不相识，他不会无缘无故对我这么好。"

丁立强火冒三丈："你听好：郑老板送的什么你退还什么，郑老板给你买单的钱你一分不少退还人家，吃宿费、海鲜的钱你们自掏腰包，我再重复：不准打着我的名义做损我名声的事！"

老大不高兴了："这年头哪有你这样的傻瓜，有权不用过期作废。我和朋友在喝酒，不多说了。"说着挂了电话。

丁立强再拨过去，老大竟不接电话了，真是烦恼透了。

整夜没睡好，第二天醒来，丁立强精神不振，提不起劲头。想了想还是再拨老大的电话问他："你退还人家了吗？"

老大从来没考虑过弟弟的感受，认为在朋友面前长脸了，见弟来电说："退什么退？傻瓜呀。我和朋友准备回家了，刚才郑老板送了刚上岸的新鲜海鲜，有机会你要好好关照郑老板。"

太不像话了，丁立强顿时怒气冲天。

上午的会议，丁立强状态很差，注意力无法集中，老在想着怎么应对，家丑可不能让领导和同事知道。中间休息时，下意识地打了电话给章艳，问她在忙什么，并没提老大的事。只是说会期还有两天才结束。

章艳正在分行办公室批文，秘书小陈进来，递给她一份文件说："章主任，有份文件要你审核。"

分行公文系统刚上线，系统公文与纸质文件两套同时并轨运行。章艳进入公文系统，在系统流程流转到自己审核的环节上点击了几下，再在纸质文件核稿栏签名。

文件审核完签名后，章艳对小陈说："我刚收到省行发的 NOTES，省行要我们上报营销重点项目的调研报告，我先转发给你，回头再与有关部门和支行商量调研活动。"

小陈问她："章主任看有哪些重点项目可作选题呢？"

"我们要把视角放在社会高度关注、我行已启动营销的大项目，像中委两国大南海中石油、潮汕国际机场这些国计民生的大项目。这几天省行召开县域支行行长会议应该会有新动态，有可能这两大项目省行要直管，如直管的话，省行会下来和我们联动营销。可以把营销大南海中石油、潮汕国际机场项目作为调研报告的选题。你再与宁海、东阳两个支行联系，跟踪这两大项目的营销动态。"章艳对小陈说。

小陈应了一声："好的。"走了。

小陈走后，章艳回想刚才丁立强的来电，总觉得哪里不对？尽管他没说什么事，但章艳还是觉察出来：他心里有事。

章艳又拨打回去，过了好一会，应该是丁立强走出会议室，再走到一个方便讲话的地方才接听电话："我出来了。"

章艳直截了当地问他："出什么事了？"

章艳太敏锐了，即使她不在眼前，丁立强仍脸上发烧、丢了脸，就算是夫妻，有些事还真不好照实说，忙说："没，没事。"

"是不是老大去宁海，惹麻烦事了？"

真是知夫莫若妻啊！极其聪明的章艳，仅凭他电话几句话，从语气中就能分析判断出他碰到什么烦恼事。

见被章艳识破，丁立强只得把情况一五一十地告诉她："现在麻烦的是，老大不听劝告，回家了。"

电话那边，章艳握着话筒没吱声，好一会，才说："这事我去搞掂，你别管了，开你的会。"然后挂了电话。

丁立强急忙问："你怎么搞？"电话传来嘟嘟的声响。一切都在章艳的意料之中，去宁海县支行上任前，她是怎么提醒自己的。

九

章艳提着手袋从办公室出来后，入电梯往车库走去。深蓝色的职业行服配着苗条的身材，显得端庄干练而大气。她走到车库一辆银灰色别克车前，遥控开锁后，打开后备箱，里面一只旅行袋，内有日常换洗衣服和日用品，她的工作性质是经常性的说走就走，出差如常，后备箱备有随时出门可用的衣物用品。

章艳从后备箱抱出一个穿着男人风衣的布娃娃，抓起一顶帽子戴在布娃娃头上，压低头部放在副驾座位，再系紧安全带。这样从对面和侧面看，副驾座位坐着个男人。从 A 市回北山老家 80 多公里车程，大多是人烟稀少的山路，一个女人独自驾车，就算胆子再大，也需要一个假男人壮胆。

章艳把车开出车库，看天色不早，进入马路后开始提速，接连超车。路上行走的老司机，判断前行车辆的车主是男还是女，只要跟在后面看一眼，尤其是拐弯时，便能判断。章艳驾车往往颠覆人们的推断，正当老手们以为前车是男司机时，结果看见掌控方向盘的是个美女司机。

北山县与宁海县都是全省 10 个贫困县之一，也是潮汕地区仅有的两个贫困县，一南一北，其他县区位于潮汕平原。两个贫困县的相似之处，就是通往 A 市沿途山路多。北山沿途与公路并排平行的省道高速正在建设中，规划两年后开通，届时 A 市高速就可以通到山城，回家的路不再遥远。

章艳一路开得飞快，穿过一座座荒无人烟的山坳，转入一片片无人旷野。夜幕笼罩山城时，终于赶到山城一小区。

当章艳出现在老大家门口时，夫妇俩很是意外，老大显然大吃一惊，大嫂正把箱子里的海鲜放进冰箱。见章艳黑着脸进来，径自坐在沙发上，一句话不说。

大嫂看情况不对，忙打招呼倒茶水问这问那，想缓和下气氛，章艳没有搭理她。

过了许久，章艳才说："本来我不想管你们兄弟之间的事，这事跟我没丝毫关系。但现在立强在省行开会，假如不是这事十万火急，就算他最亲的人，打死他他都不会告诉我。他昨晚一夜没睡，今天开会提不起精神，这个会议有多重要，他的任务有多重，压力有多大，你们不懂。只知道打着他的名义，做损害他名声的事情。我们不指望你们支持他，但也绝不允许陷害他！"

老大没好口气："怎么就陷害他了？有那么严重吗？人家不过送点海鲜几条烟，又不是什么贵重的东西，人家郑老板懂世情会交友，无非想多贷点款，为什么就不能帮帮人家？贷给别人不也是一样。"

章艳愠怒了："你知道什么？这个郑老板的贷款下来还要再被压缩，不可能再增加给他，难道贷款给人家就可以心安理得地接受人家的好处？我知道三观不同的人，无法沟通，我现在也没时间说那么多，就想问：你打算怎么办？"

"什么怎么办？现在哪个当头的不为自己捞点好处。要是以后没当了，想捞都没有。立强是我弟，我就沾我弟一点点光，怎么不行了？"

"别人的事我管不着，我家里的事我管定了。立强是你弟，他更是我老公，我孩子的父亲，他的前途和命运，他的未来，关系和影响最大的人是我而不是你。我再问一次：你确定不打算还给人家？你真的吃得下睡得香？"

老大扭头哼了一声，不再搭理她。

章艳站起身，准备放一枚炸弹，语气铿锵有力："我和立强奈何不了你是吧？那我只能向县监察局报告，监察局的人会来找你。有必要告诉你，受贿五千元检察机关就可以立案侦查，假如你还想在体制内混饭吃，就应该权衡下轻重！"说完头也不回地走了。

物以类聚，人以群分。老大的朋友，都是和他类似的人，这事如不及时处理，一旦经老大及其朋友传播扩散，在社会上引起负面影响，麻烦就大了。章艳处理此类亲属关系时，果断干脆，快刀斩乱麻。

从老大家出来后，章艳把车掉头开往城郊父母家方向。北山客家山区是她出生长大的地方，也是职场生涯的第一站。离开山城十几年了，家乡变化真大，山城规模已比章艳离开时扩大了好几倍。

晚10点多时，章艳接到了大嫂的来电："阿艳呐，你大哥和几个朋友商量好了，也和郑老板通了电话，明天就把在宁海吃住、买海鲜和烟的钱退还人家，去银行转账给他。起初郑老板怎么也不同意，后来你大哥说，如不提供转账信息，就只好再次去宁海，当面退还他现金，郑老板这才提供了账号、收款人和开户行信息。"

"大嫂，我也是迫于无奈。国有国法，行有行规，我和立强都是金融业干部，行规国法都必须带头遵守，希望你理解。"

章艳情不自禁地长舒了一口气，给丁立强发了信息："搞掂啦。"

十

省行会议结束后，丁立强回到宁海县支行，随即部署召开中层干部会议，传达省行会议精神和支行贯彻意见。

丁立强带回三个振奋人心的好消息：一是经多次请求，分行多方考虑，同意取消宁海县支行减员18人的指标，这意味着18名员工保住了饭碗；二是分行财务部同意增加宁海县支行的营销费用，用于拓展项目所需；三是国家重点项目，由国家引进落户潮汕宁海县的中石油集团与委内瑞拉石油公司石化炼油项目，引起省行高度重视，省行列其为直管重点项目，省行汪志勇副行长将带队到宁海县支行，亲自挂帅营销此项目。

三天后，省行汪志勇副行长带队到宁海县支行，徐敏行长也从分行赶来，这个集省市县三级行领导联动营销的项目——大南海中委石化炼油项目，成功到宁海县支行开立结算账户。这是我国改革开放后，国家引进、落户潮汕地区最大的项目。据官方公布的信息，中委两国大南海石油合资建设项目，总规划建设年炼油能力5000万吨的世界级炼油厂，年产2000万吨炼油规模，规划总投资550亿，首期投入30亿。真是大手笔，前景乐观。

拿下大南海石化炼油项目，一班子人着实兴奋了好几天，方忠祥在丁立强办公室里走来走去，谈起几个月来的项目营销，感慨地叹了一声："脸皮增厚了一层，总算值得。"

丁立强笑着说："做营销就要胆大心细脸皮厚，这经验要总结推广。"

"分行办公室与公司部要下来做调研活动，他们要做营销大南海项目的调研报告。我最关心的是章主任要是能来就好了。"方忠祥说着哈哈大笑。

丁立强笑道："让你失望了，她本来要来的，刚好接到市委会议通知，要参加市委那个会，时间冲突，来不了啦。"

这是一个阳光明媚、微风柔和的上午，丁立强、方忠祥一行前往参加中电投银团贷款投标。因方忠祥牵头的营销团队在前期做足了功课，在竞标时中标了，成功把中电投火力发电项目拉进宁海支行开立结算账户。该项目规划投资分多期投放，首期启动资金投放8000万元。

一口气拿下两大项目，丁立强心花怒放。这天，正在批阅文件，电话响了起来，是章艳打来："立强，有个好消息，市人事局和社会保障局两局合并了，丁云辉任市人力资源和社会保障局局长，没想到吧？"

"什么？丁云辉任市人社局局长，太好了！他是市人事局局长，两局合并他任局长也是顺理成章的事。"丁立强抑制不住内心的兴奋。

丁云辉是谁？丁立强的同学朋友加老乡，这种关系对拓展宁海县社保局的业务，还有悬念吗？真是天助我也。

丁立强随即拨通了丁云辉的电话："局长老兄呐，刚听到你的好消息，祝贺祝贺！找个时间好好庆祝一下！"

电话那头，传来丁云辉的声音："你这家伙跑去宁海当行长也没知会我，我在市委开会碰到章艳，听她说才知道。她和你们市分行的徐行长一起来开会。"

"嗨，她那个办公室主任就是会多。我这次调动突然，来到宁海后忙得一塌糊涂，还没来得及向你报告，找个时间好好聚下。先和你挂个号，我们宁海 B 行想和县人社局合作新农合、新农保项目，发放农户惠农卡、城镇职工医保卡，你要支持喔。"

"这是好事，人社局下来要逐步完善城乡居民养老和医疗保险，也需要和你们银行合作。这样，我先电下宁海县人社局局长，他们局长也是原来人事局的，我和他先沟通下，你们再与他详细谈，怎么样？"

"老兄太给力了！"丁立强心里那个高兴，像是喝了蜜。

宽敞明亮的会议室，布置一新的签约现场，宁海 B 行与县人社局双方的高层出席了隆重的签约现场，共同见证并进行了签约仪式，双方签订了《新农合、新农保合作协议》，签约仪式在和谐融洽的氛围中圆满结束。

签约成功后，宁海 B 行全面代理县内新农合、新农保项目，成为全省成功签订协议的五个县域一级支行。人社局结算账户在支行开立后，陆陆续续存入资金 1.5 多亿元，这项目来得太顺利了！

几大项目拓展成功，丁立强把重心放在各项经营指标进度的跟踪上。王御林进来汇报近期的工作："最近行情不错，原来一直不景气的惠农卡因人社局的签约，这两周发行量猛增，已有 50 多万张，小额农户贷款跟着发放了将近亿元，最近大家都在加班加点。"

看到近期支行业务有突破性进展，丁立强心情大好："为了今年扭亏增盈的目标，全行上下都在拼搏，大家辛苦点，现在是关键时刻，进入冲刺阶段。"

"大家虽然辛苦，忙到很晚才回家，但精神状态不错。不用裁员了这好消息大大鼓舞了士气，都明白只有多做、辛苦点才能保住饭碗，绩效工资才能提高。"王御林说。

丁立强点了点头，抓起电话筒，给林一迪拨了电话："林经理，发个通知，12 月全行取消年休假，元旦后再轮休。"

这时杨冬升手持一份文件，笑容满面地进来："丁行，刚收到分行的文件，今年全市内控综合评价考核结果出来了，我们支行考核总分91.5分，晋升为一类行，我们也加入一类行行列了，真是太高兴了！"

"真的，太好了！"丁立强欣喜万分，接过文件，迫不及待地看了起来，边看边咧开嘴巴笑了。

时间过得很快，不觉间到了年终结算日。

在食堂晚餐后，几位班子成员都不回家，聚在丁立强办公室喝着潮汕功夫茶，等待年终结算报表出来。大家围坐在沙发上边喝茶边拉家常，气氛融洽。丁立强对搭档的三位班子成员的表现很满意，各分管条线都做得很出彩。他觉得带头人责任重大，只有树起正气，班子才有战斗力和凝聚力。

直到深夜，财务部送来年终结算报表，四双目光投向了各项经营指标数据。丁立强紧盯着那行最重要的指标：拨备前利润379万元，因上年度亏损225万元，实际扭亏增盈604万元，这个多年来的负数终于转为正数了，总算给分行党委交了令人满意的答卷。

看着数据，丁立强不由自主地笑了，几位班子成员看着数据也是眉开眼笑……

门泉港口，面临南海。一望无边的大海，湛蓝色的海水波光粼粼，阳光一照，像是撒下了碎金。银色的海滩，形状各异的贝壳和石头静静地躺在沙面上，海风吹过，海面飘来阵阵鱼腥味。

一家三口来到海边，沿着松软的沙滩边走边看。娜娜高兴得像只出笼的小鸟，跑到海滩一会儿抓起一把把沙子，看着沙子从小手指缝里漏了出去，一会儿跑去捡贝壳和石头，往衣袋里塞。

一直说要看大海的娜娜终于实现了梦想，元旦日，章艳和娜娜母女俩从A市过来，宁海县城刚开通高速，A市到宁海已全程高速，在途时间缩短许多，一家子在宁海欢度元旦。

娜娜指着海天相接的远方问丁立强："爸比，那边是不是南海呀？"

"是呀，南海出去就是公海太平洋啦。"

港口入口处，面貌一新的孙勇带着两位个头高大的男子正迈着矫健的步伐向他们走来，渐渐地越来越近。丁立强一眼望见中间那位身材伟岸挺拔、脸部轮廓线条分明、眉宇间透着刚毅和英气、深邃的目光带着强大气场的高个子，两双同样刚毅的目光相遇，顿时激动得眼眶湿润……

（选自庆祝改革开放四十周年"金融人的故事"短篇小说征文获奖作品）

▍作者简介

　　鄢琨，现供职于中国保险监督管理委员会辽宁监管局。

老王失联记

鄢琨

一

　　老王失踪了！

　　第一个发现的人，是莲花乡信用社的大堂经理刘连柱。他今天一大早上班的时候，发现老王停在门前往西数第二棵树下的自行车倒了，车上沾满了雨后的泥巴，像一副写满沧桑的动物骨架，又像一个喝大了东倒西歪地躺着的醉汉。这可不像老王的风格：要在以往，别说倒了，就是车座子上掉了片树叶，老王都像如临大敌一样，来来回回擦拭，直到把树叶可能印在车梁上的"指纹"都消除干净。这车子可都"躺"了快两天了。

　　刘连柱推测，老王这几天肯定不在社里，因为他的办公室就在信用社二楼靠窗的位置，一眼就能看见他的自行车，不可能放任不管。可老王应该也没下户，他患了十几年的老寒腿，这辆骑了不知道多少年的自行车，就是他的"腿"。他平时节俭，更不可能通过其他的交通工具下户。一般情况下，老王去哪儿，就把车骑到哪儿。

　　有一次，冬天夜里，水家村一个贷款户家养的牛集体闹病，老王听说后大半夜的就骑着车往那儿赶，冰天雪地里艰苦骑行了五十里路。别人都说他傻："又不是你家养的牛，你急啥，至少也等第二天坐客车去啊。"他上了倔劲儿："不行，牛就是水家村几十口养殖户的命，贷款户的钱是我的命，人命关天的事，哪能等啊！"回来的时候，车都快散架了，轮胎都瘪了，大家见到他都开玩笑："老王，命是没事了，你的'腿'是不是得上医院治治啊！"

　　不过信用社里的同事们也都习以为常，老王做了 33 年的信贷员，经手的贷款总共 9 亿多元，支持 400 多农户致了富，这些钱到期的都按时收了回来，没有一块钱损失。别人都说农村贷款难，收回更难，可这样的奇迹确确实实发生了，这可都是他骑着车一笔一笔这么跑下来的。

　　车在，人不在，奇了怪了！

　　刘连柱正思忖着，小侯风风火火地跑了过来，这小伙子是老王去年收的徒弟，不到 25 岁，跟他学信贷业务，性子急但脑子机灵。

　　"刘哥，你知道我师父在哪儿吗，师娘打电话来，说师父一晚上都没回去。"小侯语速很快。

　　"我上哪儿知道啊，我这不也正纳闷儿呢……"刘连柱感觉更奇怪了，也不在家里，这人还能凭空消失了咋的？"那你打电话了没？"刘连柱觉得仿佛抓到了一条关键线索。

　　"我打了啊，关机！"小侯明显着急了。

　　这一上午，大堂问柜员，柜员问柜员，柜员问会计，甚至还问了来办业务的两个老客户。问了一圈之后的结果就是整个信用社的人都一头雾水。

　　"要不咱报警吧？"不知谁说了一句。

　　"报警？傻了吧，失踪 24 小时才立案呢！"群众的力量总是无穷的，这一会儿普法的都来了。

　　"别瞎扯了，一个个的，都先好好干活，悄儿声的，中午休息的时候轮班找找去。"信用社大潘主任张罗道。信用社的工作不比其他，脑袋里始终得悬着一根绳，绳下拽着个千斤坠。不过，表面的冷静压不住他心里的焦躁。作为主任，他有更深的想法，老王是几十年的老信贷，他可千万得找回来，要不他那些贷款咋办？贷款暂且还可以放到一边，万一老百姓知道这么一个人丢了，十里八村里以讹传讹……这事情就大了！

二

下雨之后的空气更闷了，就像喘气本来喘得好好的突然被人踢进笼子里，又扣上一层不锈钢的罩，又好像是一条搁浅很久的鱼被解救之后又突然被扔进一口开水锅，连气都喘不过来，惹得人直心慌。

"昨晚上的雨算是白下了，咋还越来越热了呢，这才七月份啊。难道真是全球变暖了？"小侯呼哧带喘地边走边说。

"我不关心变不变暖，我就关心老王在哪儿。找着他了，赶紧回去吹风扇，吃西瓜。小猴（侯）子你慢点，慢点！"刘连柱有点不耐烦。胖人本来就怕热，再加上年近五十，体力不好，走一会儿路就满身大汗了。

这一老一少是被大潘主任派出来去老王家的。他们也心焦得不行，想跟老王嫂子碰个头了解了解情况。

老王的媳妇孙玉芬平时可厉害着呢，在家里一手遮天，老王负责放贷，她负责放老王，管理老王的考勤情况比老王的上司可严格多了。老王也一直宠她，从来没有离经叛道过。这不，突然来这么一下，孙玉芬担心了一晚上没合眼。夜不归宿，这可是三十多年头一遭。信用社工作忙，老王更是活得跟多大领导似的，就没有闲着的时候。跑业务、下户、办手续……孙玉芬耳濡目染的，小学文化的她都成了半个信贷专家了，跟左邻右舍说起政策来，也能差一不二。

老王这个人极讲原则，很多人找他碰了钉子之后就想着"曲线救国"，找孙玉芬通融通融。经常有人拿两条中华烟或者拿点高档农副产品来看孙玉芬，让她和老王说几句帮忙办贷款，老王不在，是她硬是讲道理给劝回去的。"国家不允许，老王也不让"，这句话对付那些走偏门的，可越来越好使了。

老王再忙，多晚也都会赶回来。老王虽然资格老，但可不是个老油条，应酬的事他能看破但不参与。别人都说老王老实，外面多热闹都跟他没关系。孙玉芬知道，他老实是次要的，抠才是主要的，衣服四季穿的都是社里发的那两套工装，皮鞋穿掉底儿了还得钉上接着穿，更别提那辆结婚时买的二八自行车了。那可是老古董了。

"该问的都问了，能找的地方也都找了，我也没主意了，这人能上哪儿去啊……"孙玉芬面对风尘仆仆赶来的刘连柱和小侯，压在心里的焦急一股脑儿涌了上来。精明媳妇也慌了神。

"打电话了吗？"刘连柱问道。

"我打了一上午都是关机，短信也不回，师娘你打了吗？你肯定也没打通吧？那咱赶紧出去找啊！"小侯插嘴喋喋道。

话都让他说去了，孙玉芬只能捣蒜似的点点头。

"你先别急，现在咱说不准，还得让潘主任定。"刘连柱沉吟道。他毕竟有经验，信贷员不见了，这事儿或大或小，得好好处理。

三人赶回信用社，把情况跟大潘主任说了。孙玉芬还补充了一个情况，老王昨天早上从家出门的时候，随口嘀咕了一句，说是酒厂销路不好，运转有了困难。

酒厂？曹家村酒厂？

这几年国家对农业农村的支持力度越来越大，政策一个接一个落地，莲花乡也紧跟时代步入了发展快车道，先是水家村成立了养牛专业合作社，带着一帮村民发了家。邻村曹家村的一位能人凭借祖辈传承，成立了酒厂，折腾到现在已经远近闻名。当然，合作社和酒厂都没少得到莲花乡信用社的贷款支持。

说到这，还有一段佳话。酒厂成立之初，飘香十里，很快就打开了市场，但制酒产生的酒糟没办法处理，在厂子空地上越堆越高，储存成本、处理成本都不是小数目。老王知道之后，帮忙想了一个妙招：酒厂把酒糟处理给水家村养牛合作社，合作社拿酒糟跟草料掺着喂牛，既营养又省钱；养牛产生的粪便反过来运到酒厂自家的粮食田里当肥料，还能提高产量。两村在共同的信贷员老王的反复撮合下，结成了合作伙伴，树起了农村产业融合的典范。老王也因此得了全市"五一劳动奖章"。

"老王会不会去了酒厂？也快到了贷后调查的时间了吧？"刘连柱眼前一亮。

"有可能！这样，老刘、小侯，你俩辛苦一趟，去曹家村看看，说不定能有线索。嫂子你先在这歇着，喝口水，别太着急了。"大潘主任当机立断。现在的情况不适合拖着，眼看着快一天一夜了，老王必须得快点找到。他家里也得稳住，别让家属沉不住气，报了警，情况可就复杂了。

会计赵红霞刚才提醒他，现在老王失踪，大家都着急，可谁敢说老王是不是"故意"失踪的，信用社的账是不是得查查……下一句话不用说，谁也都明白。

账必须查，这是必要的风险控制措施。但老王的为人，赵红霞是新来的不了解，大潘可比谁都了解。俩人共事了二十年，他知道，老王可从来没占过社里一分钱便宜，他把信用社的钱看得比自己的命还重要。老王这人是抠门，但他也是个义气的主，宁可对自己狠，也绝对不打旁门左道的主意。

"希望酒厂那边有消息吧！"大潘看着外面天边泛起的一层又一层火烧云，暗暗攥了攥拳头。

三

晚上七点，了解完情况的刘连柱和小侯打电话回来，说昨天上午老王确实去过，在厂子里转了好几圈，问了很多情况，小本子上记了好几页，午饭之前就走了。

"走了？没说去哪儿？"大潘着急了。

"没说。但是厂长问他为啥没骑专车——也就是他的自行车，他说是中午要从酒厂坐客车去趟县里。结果看完厂子都快十一点了，差点误了车，慌忙中还把自己随身的包落在了酒厂。"刘连柱一五一十地汇报着。

"县里？"大潘很不解，昨天联社又没会议，又没培训，一趟要花两个小时，老王去那干啥？

"行了，老刘，辛苦你们了，赶紧回来吧！"电话这头深深叹了口气。

"好……"

"哎？等会儿等会儿！"小侯一把抢过电话，倒豆子似的喊道："潘主任，我知道师父去哪儿了！他去了全鑫饭店！我翻师父落下的包，看他本子里最后一页写了这个名，还重重地画了个圈儿！"

"太好了，终于又有线索了。"大潘很兴奋。县里面好说，可以托人直接去饭店问问看。这家全鑫饭店是县里半个月前新开的饭店，据说规模很大，生意也不错，老板是出了名的女强人，姓罗。这罗老板虽说是女强人，但也就四十岁左右，肤白貌美，也是远近闻名的一枝花，年轻时多少小伙子追求，她还都瞧不上，一晃也就成单身贵族了。老王去那儿干啥，吃饭？他舍得吗？

又过了半小时，饭店那边回了信儿。服务员回忆，昨天下午老王确实去店里了，指名要找罗总，但她不在。服务员说罗总不接电话，也不确定啥时候能回来，老王就一直等到晚上打烊才走。第二天饭店刚开门，老王又来了。

"啥？老王一趟一趟去找人家女老板，还去了两次？"信用社里值守的众人哄笑一团，赵红霞扯着嗓子喊完，发现不对，赶紧捂住了嘴。这边的老王媳妇孙玉芬已经气得话都说不出来了，低着头出了门，转眼就走远了。孙玉芬想，要是老王这厮敢有不轨的企图，她就离婚！转念想，又太便宜他了，不行，得闹，闹到老王一辈子不消停，顺便让那只妖精也翻不了身。

"都别吵吵！电话都听不见了！"大潘赶忙控制住局面。

电话那头继续说。老王两次去找罗总，不为别的，是为了酒厂。他听厂长说有一批订单出了问题，别的订单又暂时补不进来，酒厂的酒产量过剩，已经在库房放了一个月了。存货积压，库房短时间又没办法扩建，厂子眼瞅着就要暂时停产清仓了。

老王看在眼里，急在心里。他听人说县里新开了一家大型饭店，想着如果能帮着把订单谈过来，肯定能救救急。所以他赶紧坐着客车去了县里，原以为当天就能完事，可谁想正主这么难见。没办法，饭店打烊的时候已经十点多，老王就找了个地方对付了一宿，等第二天再去饭店，终于见到了罗总，也把酒推销了出去。

"案子"破了，大家你看我，我看你，都不做声。

"他们知道老王后来又去哪儿了吗？"大潘松了口气，追问道。

"服务员说他被一个中年人急急忙忙拽走了，说是去了佟家堡子。"

四

佟家堡子是莲花乡最后一个贫困村，地处偏远，而且交通不便，路特别不好走。大潘匆忙带着刘连柱和小侯赶过去，到的时候已经晚上九点多了。

村里的夜空浩瀚缥缈，如果有人可以把村里的天和地倒过来的话，那绝对是另一番景象：浩渺的夜空就像是神秘莫测而又浪漫的海洋，星星散而不乱地点缀着，月亮不凑热闹却孤芳自赏，总是"淡妆浓抹总相宜"。然而，夜空下的这一行人，别说观赏美景，忙活了一天，饭都没正经吃上一顿，再加上紧张、焦灼，连抬头的力气都没有了。

"刘哥，你说我师父来这穷山沟干啥，还是被人拽来的，是不是遇到绑匪了？这可咋整，要不报警吧？咱就在这待着，等警察来肯定能找到人。"小侯折腾怕了。

"你个怂猴子，你师父身上有没有超过 500 块钱的时候，啊？还绑匪，谁绑他干啥？"刘连柱没客气，把小侯训了一顿。

小侯一想也是，都说是兜比脸还干净，用在他师父这，应该说兜比初恋还纯粹。

"行了，你俩别说了，赶紧挨户问问吧！"大潘说话也冲。脑袋里那根绳绷了一天了。

幸好这个堡子户数不多，从西头到东头只有一条街，也才二十几户人家。三人捡亮着灯的人家先问，打听了几户，还真有了收获。有老乡说傍晚的时候村东头的于明锁带一个外村人回来了，体貌特征很像老王。

这于明锁是贫困村里有名的贫困户，媳妇生产完就跟人跑了，他守着一亩三分地，又当爹又当妈把儿子拉扯大，砸锅卖铁地供孩子上学，特别辛苦。可是福祸相依，儿子很争气，今年还考上了大学。于明锁性格也比较内向，加上岁数一大把，也没什么财力，一直就没有再娶。可找他老王干啥呢？

事儿终于有了眉目，老王应该就在于明锁家了。短短几小时，他总不至于又溜了吧。三人大喜。农村没有路灯，可他们步子迈得极大，都急不可耐了。就听见一脚深一脚浅地踩在石头上、泥坑里的声音，指路的老乡边喊边跑，差点跟不上。

终于到了。于明锁家是一个破瓦房，能看出来他家原本还是不差的。大潘在木栅栏院门前，想敲，却一下子把门推开了。

众人进了院子，房里有灯光。人还没睡，但没有声音。

"于明锁，你家来人了，出来迎一迎啊！"指路老乡喊了一嗓子，屋子没回音。

过了一会，出来一个人，正是于明锁。

"你们找谁？"于明锁低声问道。

"你好，请问老王在你家不？我们是信用社的，来找他了。"大潘好不容易才压住急切的心情。

那边小侯可没这耐性，两步并作一步地窜进了开灯的那间屋。屋子里摆设很简单，中间一张饭桌，上面还有简单的饭菜。里面是一铺通炕，边儿上坐着个小伙子紧紧盯着这个不速之客。炕上还躺着一个人。

小侯仔细一看，炕上的人略瘦，但骨架很大，躺在那像极了一辆放倒了的自行车。穿的是信用社工装，裤脚全是泥，脚上的袜子磨破了洞，脸上胡子拉碴，不是他师父老王，又能是谁？

"你把我师父怎么了？师父，师父，你醒醒，我是小侯，我来救你了！"小侯推开小伙子，一个劲儿地晃着炕上的老王。

"咳咳咳，猴子你别晃了，再晃把你师傅晃散了！"老王终于醒了，他坐起来看看气势汹汹的小侯，再看看从外面进来的大潘等人，满脸诧异。

"老王，你这是咋地了，怎么还跑人家炕上了呢？"刘连柱率先发了问。

"我困得实在不行，也不知道啥时候就睡着了，你们这是？"老王依然不明所以。

"老王，你问我们，我们还想问你呢。你失踪了两天，大家找你都找疯了。快说说，咋回事啊？"大潘看见老王，心里的石头终于放下了，可也想赶紧知道，这到底是咋回事。

跋山涉水找到的人终于开始讲起了原委。原来，老王跟于明锁是早就约好了在全鑫饭店会合的。可巧老王随身又不带充电器，手机早就没电了。

他跟罗总谈完事，就被于明锁拽到了家里，不为别的，是为了他要上大学的儿子。儿子被大学录取，本来是很高兴的事，但一年六七千的学费却难倒了他。有一次听说国家有扶贫助学贷款，赶忙把信用社老王请到家里仔细商量商量。老王讲完了政策和流程，跑了两天的老胳膊老腿实在受不了，就在炕上躺了一会，谁知道这一躺，就沉沉地睡了过去，呼噜打得震天动地。于家父子把饭菜准备好，却没忍心叫醒他。这才让小侯产生了误会。

事情解释清楚了，大家终于明白了，老王这两天一茬接一茬，可都是在跑业务、干实事。大潘既欣慰又心疼，老王也年过五十了，还为了信用社这么拼命，大家平常虽然嘴上不怎么说，但谁不佩服他啊！

"行了，老王，赶紧回去吧，嫂子都急死了。"

"各……各位领导，这么晚了，咱们吃了饭再走吧！"于明锁那边赶忙留人。

"谢谢你，明锁，但我得回去了，你的事儿我记着，放心吧。"老王婉言谢绝，被众人簇拥着就要往外走。

"哎呀，坏了坏了，这下子完了！"小侯忽然停下，一惊一乍地叫道。

"咋了？"众人不解。

"师娘还不知道师父去全鑫饭店是为了谈酒厂的事情，她会不会带着半瓶子醋去找罗总要人啊！"

"啥？"

看来，这一晚上，注定不眠了……

（选自庆祝改革开放四十周年"金融人的故事"短篇小说征文获奖作品）

‖ **作者简介**

　　孟小虎，河南省作家协会会员，与人合著《巩义风物传说》。曾参加对越自卫反击战，1988年转业到银行，曾任县支行副行长、行长，现供职于中国建设银行郑州金库。

我的郑漂生活

孟小虎

　　我一个山里娃，大学毕业后参加了银行的应聘，本来只是想试一试，自觉没啥希望，却荣幸地留在了省城郑州的这家银行，被分配在三全路支行做了一名临柜储蓄员。刘超英却没能进这家银行，她也参加了应聘，也过了笔试，第一次面试就被刷了下来。听说她爹还是这家银行的一个县支行行长，并且干了二十年。刘超英是我大学同学，同系同级不同班，我俩是在学校组织的英语演讲比赛中认识的，她得第一，我得第二，后来又共同代表学校参加省市组织的大学生比赛，在一起共同奋斗了两月有余，惺惺相惜，还真他妈擦出了点火花。她那时很清纯，虽算不上校花，却很出众，身材凹凸有致，该凸的凸，该凹的凹，让人过目不忘，免不了成了男生们追捧的对象。我其实早已怦然心动，只是考虑到自身的条件，怕高攀不上，所以羞于开口没有表白。众男生中有一个叫张军要的，追的最紧，他老爹是开特种钢厂的，身价早已过亿。我见有这么好条件的男生追求她，就更是退避三舍，远远地祝福她，把心底那点心思埋藏得更深。但刘超英却没有接受张军要的追求，直到大学毕业时还是单身。后来听说她也留在了省城，考上了税务局公务员。

那天，我们这批新来的大学生在市分行人力资源部等候分配，腼腆得就像一群温顺的羔羊一样，规规矩矩地坐在会议室等着，然后一个一个就像老羊叼小羊一样，被各自的行长领走。最后，领我走的行长来了。我偷偷抬眼打量一下，是一个三十五六岁模样的男人，看上去精明干练，眉眼间有一种灵气似隐似现。也许这人还不错，我在心里嘀咕了一句。

李明锐。他自我介绍，并伸出右手。

李行长好。我赶忙伸过右手，紧紧握住，厚实而有力。

李明锐有一辆黑颜色的私家车，大众朗逸，有八九成新。他让我坐在副驾驶位置，我们往支行里赶。

金水路上车多，速度并不快，每过一个红绿灯都要等很长时间。这时，李明锐就闭目养神。

哪个学校毕业？他两手紧握方向盘，头也不抬地问。

河南财经政法大学。我赶忙回答。

不错。会开车么？

刚学会。我说。

那就好。谈女朋友了么？

我脸一红，有些不好意思，轻声说，还没有。

有住的地方没有？他扭过头来看了我一眼。

我家在外地，准备租房。我回答说。

房子联系好没有？他说得很认真。

正在联系。我说。

干脆，现在就到庙李村找房子，先住下来再说。他说着往左一打方向盘，就拐上了文化路。一直往北刚过北三环，就到了庙李村。这是一个城中村，村子很大，数不清有多少户人家，家家户户都盖了五六层，甚至十多层的楼房，用于对外出租。

李明锐似乎对这里很熟，径直来到临街一家，刚一进大门，就大声吆喝：老板在家吗？有人租房！

来了！一个女人的声音从楼上传来。一阵下楼梯的脚步声停止后，一个五十岁上下的胖女人从楼梯间闪了出来，满头尽是卷发用的各种颜色的塑料棒。

咦，这不是李行长吗？好长时间没来了，咋，又有新员工来了？胖女人满脸堆着笑，寒暄着。

是，又来了一个，有房间吧？李明锐微笑着对胖女人说。

有，你来了能没有？！胖女人爽快地回答着。

那好，今天他就搬过来。李明锐指着我如释重负地说。后来，李明锐告诉我，他到三全路支行当行长后，第一个新来的员工，就到这个胖女人家租房，以后所有新来的员工需要租房，都到她家来，一来二去也就熟识了。我不知道李明锐为啥要告诉我这些，他与胖女人熟不熟与我没有一毛钱关系，在哪租房都是租，都得付人民币，少一分钱都不行。

就这样，我就在庙李村这个胖女人家住了下来，开始了我的郑漂生活。

到三全路支行上班后，李明锐安排我在储蓄窗口临柜，就是给客户存钱取钱，卖点基金保险什么的，业务不复杂，依我的悟性，不到两个月，就能独立办业务了。本来日子就会这样平静地过下去，哪知半年后有一件事发生了，用李明锐的话说，是对我刮目相看，认为我是可塑之材的事。

平心而论，我确实有了受宠若惊的感觉。不过再仔细想想，可塑之材又能咋样？能塑到哪里？老爹老娘全是豫南山区里的地地道道的山民，我知道我的家庭背景，我没有忘记自己是谁。所以对于李明锐对我的夸赞，我一笑了之。

事情就发生在那天上午。天还是一样的干燥，霾还是一样的浓，街上车还是一样的多，人还是一样的拥挤，没有什么两样。

这时，柜台外面的营业大厅里急急忙忙进来一个人，谁？老黑！老黑是我对非洲黑人兄弟的昵称。他先是对大堂经理用英语说着什么，样子非常着急，可大堂经理听不懂，只好把老黑引领到其他几个柜员前，但他们仍然听不懂。老黑真急了，说话的声音越来越大，惊动了在办公室里正与一个常来的大客户谈业务的李明锐，他从办公室里出来，问明情况后，眼里似乎现出了无奈的神情，他把目光最后投向了我这里，好像在问，你行吗？大堂经理把老黑领到了我的柜台前，我用纯正流利的英语问老黑需要办什么业务，老黑先是一怔，紧接着两眼放出惊喜的光芒，急忙用英语说话，我俩就旁若无人地对起话来。事情很简单，老黑急用钱，远在南非的家里给他寄来了钱，都在卡上，当然是美元，取钱需兑换成人民币，就这么简单。我按着他的要求，快捷准确地给他办理了取现业务，当老黑把几沓钱拿到手里时，咧开嘴笑了，看得出来他挺开心。当他张着大嘴巴发出愉快的笑声时，满嘴的牙齿暴露无遗，像珍珠一样洁白，我从来没有见过，说心里话，我真的被惊呆了。

老黑非常高兴，把他的手机号码写在一张空白凭证的背面，郑重其事地递过来，说要和我交朋友，以后还会来找我，有时间请我喝咖啡或哪天到酒吧喝酒。我不置可否地笑笑，算是作了回答。

这以后，老黑真的给我打了几次电话，请我喝咖啡，我都借故推托了。有一次，老黑直接来到行里，坐在营业大厅里等我下班，实在没有办法再推了，就只好随他一起找了一间咖啡店喝咖啡。我俩用英语流利愉快地交谈，话就不知不觉地多了。原来老黑是在一个大学当外教教英语，远在南非的父亲是一个大珠宝商，老黑对中国文化有浓厚的兴趣，来中国一边当外教，一边研究中国文化，但来中国时间短，汉语太差。他来到中国后，发现这里经济发展异常迅猛，人们对珠宝超乎想象地感兴趣，于是，打算在中国兼做珠宝生意。他竭力想让我入伙，我对他说，我没有钱作资本投资。他又说，那就雇你做经理，你英语好，和外商沟通没有问题，做起来应该很便利，当然，按利润提成。我还是婉言谢绝了老黑的盛情邀请。最后，老黑说他随时欢迎我的入伙。当然，这些都是后话。

那天，老黑高兴地离开大厅时，李明锐看着老黑的背影渐渐远去，若有所思，一动不动地站了好一会儿。以后不久，他就让我当了大堂经理。

我其实无所谓，临柜和站大堂都是一份工作，钱挣得都差不多，不过站大堂接触客户的机会多了一点，而这一点几乎是我人生的重要转折点，我是以后才意识到站大堂的重大意义。

一天上班，李明锐拿了一张表格让我填，表格的标题是"金融理财师(AFP)资格考试培训报名表"。这是啥？我怎么没听说过。我有些疑惑。

你当然没有听说过，国家刚开始有这样的资格考试。李明锐板着面孔，一本正经地说。

　　我仔细看着表格的说明，学费六千元，每周六周日到北京集中培训两天，时间半年，然后到北京考试，考试合格发国家承认的金融理财师证书。我对李明锐说，我不报名。

　　为啥？李明锐拿眼瞪着我。

　　没有时间，更没有钱。我平静地说。我想到六千元山里的老爹老娘不知能办多少事，几乎是一年的劳动所得。

　　这些我都考虑过了，时间我想办法给你调班安排，钱我先给你垫着，不过说好了，半年后考试合格，拿到了证书，免利息，否则，利息一分不少。李明锐说这番话时有着少见的严肃，他两眼直视着我，不容我有丝毫的犹豫。

　　说实话，我还真有点怕李明锐。长这么大，还没有畏惧过什么，但自从见到李明锐，我承认的确遇到了克星。不仅仅他是行长，而且是他身上有一种特殊的东西，让我敬畏，让我佩服，让我信赖，让我亲近，但又说不清楚是什么。此刻，我只好服从，认真把表格填好。

　　这下，我就惨了。我的生活彻底改变了，我几乎没有喘息的机会，就是一架吃人饭的机器。上班时，李明锐不断给我的工作加码，在他对我的词汇里，只有两句话：快点，再快点！多点，再多点！我就像一只疯牛一样，撅着尾巴，瞪着一双血红的眼睛，喘着粗气，被李明锐驱赶着，不顾一切地向前冲。伴随着的是我的业绩不断创造新纪录，我想，李明锐此刻肯定在一边躲着偷着乐呢。下班后，我在租房的庙李村街上随便一家地摊胡乱买些简单的食品，塞满饥肠辘辘的肚子，然后，就一头钻进那间属于我的出租屋，挑灯夜读。说是出租屋，其实就是房东楼顶层一个小阁楼。放一张床，一张书桌，也就满了，我就是在这样的环境里，度过漫漫长夜。好不容易盼到了周末，下午下班后，赶快到火车站赶车，往北京跑。在火车上，有时有座位，有时别说座位，连他妈站的地方都难找，人，还是人，都不知是从哪里钻出来的。有时我精神恍惚，对时空发生错觉，似乎又回到了黑色高中三年级的年代，与那时不同的是，除了熬夜苦读外，现在还得挤火车。

　　这种日子终于熬到了头，到了考试的时候。在整个市分行，与我共同参加考试的还有两个人，一个是市分行主管个人业务的副行长张天瑞，一个是滨河路支行行长吴斌。考试还算顺利，我们三个人都过了分数线，我比他们俩还超出了二十多分。我们如愿以偿地拿到了金融理财师证书 (AFP)。通过这次考试我的确大开了眼界，发现个人理财领域是一个有待开发的极大的金矿，有着良好的发展空间。我知道还有一个更高一级的国际金融理财师资格证书 (CFP)，我英语好，我决定继续考下去，他们两个因职务在身，工作担子更重，决定不再参加考试。

我把想法告诉了李明锐，像预料之中的那样，他大力支持。而我知道又要苦熬半年了。

这天上班，李明锐把我叫到他的办公室。一进门，我发现屋里的摆设变了，办公桌、沙发、电脑全换成了新的，又增加了几盆大的绿色植物，整个屋子焕然一新，看上去高贵里透着温馨，体贴入微里弥漫着醉人的感觉。我有些疑惑，平时李明锐在这方面是不怎么讲究的，今天这是咋了。

李明锐站在屋子中间，左手插在裤兜里，环视着周围的一切，脸上掩饰不住得意的神情，右手指着办公桌后面墙上挂着的一幅字画，扭头对我说，咋样？还可以吧？刚请人写的，名人呢！

好。我连连说着这个字，此时此刻，我还能说别的吗？

李明锐一把拽住我，来到办公桌后面的椅子前，双手用力把我按坐在了椅子上。他说，从现在开始，这间办公室就归你了，现在先这么用着，以后如果不够用，到时候再想办法。

我像弹簧弹射似的从椅子上弹起，赶忙逃离办公桌。诚惶诚恐地说，这哪是我坐的地方，还不够用？

看你这点出息，你坐在这里最合适，我说过，将来肯定不够用，怎么，你不信？那就往后看。李明锐说着，又用眼瞪着我，我知道此时我能做的，只有服从。

从此，我每天就在这里上班，这里成了我的工作室。而李明锐却搬到了原来放杂物的紧邻厕所的一间很小的房子里，那里整天散发着一种怪味。我的确有些过意不去，但我什么都没有对他说，只在自己的心里暗暗定下了目标，我要用出色的业绩回报他对我的期望。

我的工作室推开门就是营业大厅，所以客户进来非常方便。自从有了这个工作室，我原来的那些客户来得就更勤了，因为有了说话的地方，在一起聊得更多，时间也更长了，我就借机给他们讲一些理财知识，灌输我的理财理念。渐渐地知道我的人多了起来，有时有些应接不暇的样子。还有老黑，尽管我没有成为他的合伙人，他还是经常来找我聊天，问问理财的事，有时还带来几个他的外教同事，日子久了，我这里成了几个老外的小沙龙，什么都谈，当然也谈理财。

李明锐看到这些，干脆组织起了VIP客户理财讲座，由我主讲，几期下来，大家反映还不错，纷纷要求多举办些这样的活动。这样一来，参加的人就更多了，影响也就更大了。

有一天，进来一个中年妇女，衣着打扮像是很有实力的样子。进来就说，她要理财，问我有什么好的理财产品。我给她推荐了几种我们行里的最新产品，并介绍每种产品的特点、收益情况。她似乎还不满意，问这问那，没完没了，我就耐心地给她讲，讲理财知识，讲我的理财理念，讲我曾经帮助客户理财成功的例子。她渐渐不再说话，睁大眼睛只听我讲，我感觉她像是听进去了。果然，最后她说，那就先买五十万元试试吧，不过，需要到对面的银行取钱。说着就起身到对面的银行去了。

我看着她远去的背影，心里明白，我们与对面的那家银行的激烈竞争已彻底拉开了序幕。

没过多长时间，我给那位中年妇女推荐的理财产品，有了收益。她又来买了更多的理财产品，都是从对面的那家银行取的钱。此后，又领来了几位中年妇女，都买了一些理财产品，而且都是去对面那家银行取的钱。

我的工作室越做越顺，局面大开，客户越来越多，业绩自然就越来越好。

正当我的事业蒸蒸日上的时候，我的生活却弄得一团糟，我不得不向李明锐提出要求，我要换地方住。问题出在那位房东胖女人身上。

事情是这样的。胖女人有个女儿，二十多岁年纪，大学刚毕业，在一个小学当老师，人长得挺漂亮，品行也不错。胖女人见我是单身，就有心给她女儿介绍。当她向我提出这问题时，我敷衍说，我已经有女朋友了。谁知，这下却惹恼胖女人。她说，她已经问过了李行长，知道我是单身才给女儿介绍的，愿意就愿意，不愿意就不愿意，拿谎话骗人这不是明摆着瞧不起人吗！我极力解释，越解释却越说不清，胖女人就越恼，由恼生怒，最后变成恨了。本来，胖女人对我挺热情，也很照顾，我晚上看书睡得晚，用电多，却从来没有要求增加电费。但现在不行了，经常指桑骂槐，处处刁难，我白天拼命地工作，晚上还要熬夜，准备应考，怎么能受得了这些？脑袋几乎崩溃。

李明锐听着，忍不住只管嘿嘿笑，说，你不是没有女朋友吗？再说，那女孩也确实不错嘛！

我能说什么呢？我能说我心里隐隐约约有一个人，有一个刘超英吗？八字还没有一撇呢！叫我怎么说。

不过，李明锐还是帮我在小李庄找了一个出租房。生活又安定了下来，日子又恢复到以前的平静。

那天，行里在企业网站上通知说，在郑东新区团购房子，每平方米3300元。许多员工都去看了，说位置不错，打算出手买。李明锐对我说，这可是个机会，错过了这个村，可能就没有下个店了，买不买？

不买，我没有钱。我无奈地说。房子对我太有吸引力了，想一想在出租屋的滋味，经常搬家的折腾，昂贵的房租，还有房东的脸色，我多么需要有自己的房子啊！但我也清楚，至少在现阶段，我连想都不敢想，更不要说拿出巨额真金白银去买了，我的确做不到。

我能做到的，就是埋头工作，搞好我的理财工作室，只有这里才是我生活的指靠，是我生命的希望所在。

没过多久，李明锐又对我说，要与我合伙买房子。他说，郑东新区新开盘一个写字楼，有一个300平方米的房间，每平方米5000元。他的一个同学在一家股份制银行房贷部门工作，可以做信用贷款，就是不用任何抵押物，互相担保，每人最高可以贷三十万元。他的同学和我们俩，三人互相担保，每人贷款三十万元，交个首付，每人买一百平米，剩余的房款，房子买下后，再用房子抵押办按揭贷款，最长可贷三十年，每月还款可以承担得了。

我听不明白，有些犹豫；但李明锐说不能再犹豫了，这一次听他的，错不了，就这么定了！

第二天，我跟着李明锐先跑银行，再跑楼盘，每到一处，就是在贷款协议和购房协议上签字，稀里糊涂就这样跑了三天，办妥了一切手续。

我新买了100平方米的房子，见都没见过，一点感觉都没有，似乎压根就没有这回事，过了一段时间，我就要把这一切给忘了，只是每月工资卡扣掉的二千多元的房贷，还时不时地提醒我有这么回事。

我埋头工作，竭尽全力服务好我的客户，备考也到了攻坚阶段，我心无旁骛。

但就在这时候，我不得不再次搬家。我租房的地方还是一个城中村，每家盖有五六层的楼房，自成一个小院，我住在这家的三楼。我的隔壁是一对三四十岁的夫妻，他们经常在夜间弄出点动静来，房子隔音又差，我这边不想听都不行。有时正看书看得起劲，隔壁声音传来，直听得我血脉贲张，浮想联翩，哪还有心思读书。一段时间下来，书没看好，休息也成了问题，上班时常常无精打采，精神恍惚，让李明锐看到批评了我几次。所以下决心再次搬家。

这次吸取教训，租了一个小区的小户型套房，三十多平米，我自己足够住了，只是房租有些高，但环境比较安静，有利于我读书，也就认了。

经过半年苦读，我再次到北京参加了考试，在上一次考试的基础上，这次考试更加顺利，过了分数线，终于拿到了国际金融理财师(CFP)资格证书。

这个证书拿得正是时候，没过多久，就迎来了大显身手的机会。中国股市进入新一轮的牛市，带来基金市场从未有过的疯狂，几乎呈现出全民购买基金的史无前例的盛况。

我自然成为最忙的人，每天身边围着数不清的新老客户，忙着给大伙选股票，选基金，有求必应，有问必答，尽可能满足客户的一切需求。真让李明锐给说准了，我的工作室人满为患，不得不在营业大厅里摆上十几把椅子，让客户坐着等候。大量的客户涌来，大量的资金涌来，这一年，仅基金一项，我们支行就销售三个多亿。而这样的情况，持续了两年多，我也在这两年多里，经受了实践的检验和磨练，理财经验和能力有了跨越式的提高。

这天，我的工作室来了一位不速之客，是一位三四十岁的男人，穿一身深蓝色西装，白衬衣，打着红领带。一进门，他就把名片递给我，我一看竟然是对面那家银行的行长。他对我说，我真把他害苦了，他的很多客户都被我给挖过来了，他的业绩受到很大冲击，日子相当不好过。我纠正他说，客户我没有挖，是他们自己要过来的。他说，这和挖有区别吗？我不是来吵架的，是来给你谈一件正经事。给我？我有些疑惑。对，就是你。他两眼直盯着我说。接着，他又说，来我们行干吧，我们是股份制银行，政策相当灵活，像你这样的人才，在我们那里收入肯定要比你现在的多得多。等等，你说什么？人才？是说我么？我睁大双眼看着他，接连发问，我还是第一次听人这么说我。当然啦，你在我们眼里是个大人才。如果你愿意到我们行，我都想好啦，立即成立个理财中心，由你负责，肯定会很红火。他滔滔不绝地说着，胸有成竹，踌躇满志的样子。

　　说实在话，我还真有些动心，不为别的，只因为他说我是人才，看得出来，他是从内心里真正地看重我。我从来没有认为自己是什么人才，我就是他妈一个山里娃，一个打工仔，一个屌丝而已，经他这么一说，真有种想哭的感觉。

　　但是，我想到了李明锐。此刻，他的容貌身影，是那样的熟悉，在我眼前晃来晃去，我想到这几年一步一步走来，蹒跚而行，哪一步都离不开他的鞭策和引导。开什么玩笑，我怎能离开他呢！

　　我谢绝了这位行长的好意。他临走时，还不死心，撂下一句话，说我什么时间想通了，随时给他打电话。

　　我没敢把这件事告诉李明锐，他要是知道对面那家银行竟敢明目张胆过来挖人，依他的脾气非打上门去不可。

　　日子过得飞快，又过了两年。李明锐突然告诉我了一件事，他说，我们的房子准备出手。房子？什么房子？我有些不解。你过昏头了，我们一起买的房子！我这才想起我们曾经一起买过房子，便问，咋现在想起卖了？每平方米涨到二万元了，他平静地说。什么？比吹气儿还快呢！我睁大了双眼，惊讶地叫起来。他说，他也没有想到会涨得这么快，可能是因为郑州高铁东站盖到了咱们买的房子附近，促使房价涨起来了。本来没有打算卖房子，还真舍不得出手呢，但咱们是贷款买房，时间不能太久，正好有几家公司都想买咱们的房子，我觉着是个机会，该出手了。

没过几天，房子卖了，是按每平方米二万元卖的，因为几家公司争着买，其中有一家公司多加了六万元。

当李明锐把存有一百五十八万元的银行卡放到我手上时，我几乎是傻眼了，我大睁着双眼，微微张着嘴，忘了呼吸。我不敢相信这是真的，我觉着这是在做梦。我想到了《儒林外史》，想到了范进中举时的那一瞬间，是不是也是这种感觉？还好，我没有像范进那样疯了。看看天，太阳高照，霾还是往常一样地飘浮在半空，街上依旧是车来人往川流不息，成群的乌鸦从高高的法国梧桐树枝权上"呱呱"叫着扑扇着翅膀飞起，有几只在飞离树枝的一瞬间，拉了几泡稀屎，接着在有几片薄云的空中盘旋。我相信了，这是真的。

那天晚上，我无法入睡。在我租住的那间房子里，盘算着怎样才能把那张银行卡放得更安全，我试图找了几个我认为安全的地方，但最后又都被我否定。我手里攥着那张银行卡，手心里已有些出汗，但我舍不得放下，我一时一刻都不愿意让它离开我的手掌心，仿佛只有这样我才心里踏实，放心。

我有了房子了，是两室一厅，不，是三室两厅。周围绿树成林，青草铺地，小溪绕房而过，树林中鸟鸣莺啼，蓝天白云，阳光明媚，空气清新。我结婚了，新娘身披洁白的婚纱，姗姗走来，近前一看，竟然是刘超英。我别提有多高兴，多兴奋，伸出双手想去拥抱她……

突然觉得双手一阵疼痛，猛地睁开了眼睛，原来是一场美梦，双手不知什么时候碰到了床头的白墙上。我有些懊恼，好梦正到关键处，却突然中断，没有能继续做下去。

好梦虽然没能继续做下去，但并不影响我的高涨情绪，我真正地开始憧憬着未来，规划着美好人生。但这一切，让李明锐给彻底摧毁了。

他晚上把我约到小酒馆，很平静地告诉我说，他要走了。

上哪儿去？这于我好似晴天霹雳，我急切地问，睁着双眼看着他。

一家股份制银行。他扭头看着其他地方，躲避着我的目光。

为什么？

他们开出的条件相当优惠，挣得要比在这里多得多。他语气低沉，头慢慢低下来，双眼盲目地看着桌面。

你可以在这里继续发展，往上晋升啊！我急切地说。

我们还是不想这些吧，趁年轻，还有点能力，还有人愿出更高的价要我，多挣点钱吧。他说。

决定了？

决定了。

那就把我也带去。我看着他的双眼恳求说。

现在还不行，他们只要我。他无奈地轻摇着头，回答说。

我让李明锐先走了，我对他说我想单独再坐一会儿。李明锐临走时反复叮嘱千万别多喝酒，我摆摆手，说没事儿。

我向酒馆老板又要了一瓶杜康，加了两个菜，我觉得脑袋一片空白，心里堵得慌，拿起酒瓶仰脖就往嘴里灌。

周围的一切都在旋转，一切的物体都在变化，酒馆老板的脸一会儿拉得很长，一会儿又变得很宽，窗外的小汽车全都变成了怪物，它们龇牙咧嘴，瞪着血红的双眼，怪叫着，屁股冒着蓝烟，张着血盆大口在大街上横冲直撞。

你不能再喝了，你已有些醉啦。酒馆老板劝阻我说。

我没醉……

第二天醒来，头疼得厉害。只觉得头重脚轻，两腿发沉，浑身难受。但班还是要上的。

李明锐很快交接了手续，当他走出营业大厅的玻璃门，开门上车时，我瞧见他扭头看了一眼我们支行的门头，悄悄擦去了眼角的泪珠。

接替李明锐的是位三十三四岁的女行长，是从另外一个支行调过来的。她还从原来的支行带来了一位大堂经理，也是位女员工，约有二十四五岁的样子，姓李。我自然很快就被调回到了窗口临柜，重操旧业。

我觉着没什么，在哪儿都是干工作，我已无所谓了。但我的客户觉着不方便了，他们每次来找我问理财的事，隔着一层防弹玻璃，说话极不方便。刚开始有几个客户找过我们行长反映过此事，想让我再回到营业大厅，他们再来找我方便些，但我们行长没有同意，客户一看没希望，渐渐地来的就少了。我却也无能为力，只能听之任之了。但我和客户们始终保持着联系。

这一时期我极度苦闷，也很孤独，李明锐走了以后，我整天像丢了魂似的。每天上完班，就回到我租住的房子里，要么整晚看着电视，或哪天有了兴致，就到小区门口的那家烩面馆喝一顿闷酒，想借此消愁，打发时光。就这样，我在惶惶中度过了半年。

后来，我们支行的副行长任期已满轮岗调走了，我们行缺一个副行长职位，市分行在企业网上发通知要在全行范围内公开招聘。这下，我又提起了精神，决定一试身手。晚上下班后不再守着电视，那家烩面馆也很少去了，专心致志看书，准备参加考试。

考试开始了。先是笔试，我考得还算顺利，过了分数线。接着是面试，我很顺利地通过了第一次面试。最后，剩下三个人竞聘我们支行副行长这一职位。一位是另外一个支行的会计主管，还有一位就是我们支行新来的姓李的大堂经理，再一个就是我。接着是第二次面试，我是最后一个进面试考场。

我推门进去，看到对面一字排开坐着六位主考，中间坐着的是市分行人力资源部经理，是位少妇，衣着时尚，皮肤白皙，看上去保养得很好，刚来行时给我们讲过课，我知道。少妇给我出了三道题，有两道是有关业务方面的内容，这个好回答，按教材背一下就行了，有标准答案。第三题是让回答，如果要当了我们支行的副行长，有什么打算。我平时也没有想过要当副行长，但对我们行的发展，我是经常在琢磨，也有自己的想法，只是没人问，也没地方说，现在让说这些，我就滔滔不绝地大谈特谈起来，忘记了时间。

停。少妇红唇微启，从牙缝里挤出一个字，优雅而动听。

我正讲得起劲，没有理会。

停！红唇张开，皓齿半露，语气里已有些威严愠怒。

我继续讲着。

时间到，听见没有？随着语气严厉的话语，只见一只纤纤细手，"砰"的一声拍在了桌子上，震得桌子晃了几晃，茶杯盖掉在了桌子上，转了几转，又摔在了地上，碎片呈喷射状四散开去。

我戛然而止。自觉尴尬，两眼茫然地看着众主考。

我们支行的姓李的大堂经理，不知从哪里钻出来，小跑着来到主考们面前，蹲下去，用双手轻轻地把碎片拢到一堆，然后捧着碎片蹑手蹑脚地走出去了。

出去吧！从少妇还算平静的话语里，我感受到了她的些许不满。

我不知道是怎么走出面试考场的，脑子一片空白，只觉得心绪茫然，五味俱全。我十分遗憾，我对我们行未来的发展设想，只讲出了五条半，还有四条半没有讲出来，更重要的还在后面。

我似乎已经知道了这次竞聘的结果，我肯定是不行了。剩下的两位谁当这个副行长，与我已经不重要了，我想把这件事尽快忘了。我安心上班，热情接待每一个客户，好在那些客户还一如既往地没有忘记我，无论是曾经让他们多赚过钱，还是少赚过钱，他们或电话、短信问候，或见面一笑，都给我报以真诚的关心关注。在这个时侯，我突然觉得自己活得有价值，我在为这些朴实无华的人们服务着，在我的帮助下让他们增加财富，这是多么荣幸的一件事。我忘记了烦恼，心里有了快乐。

果然不出所料，我们支行的副行长人选在企业网上公示了，是我们支行的姓李的大堂经理。很久以后才知道，她爹原来就是我们刚入行时，曾经给我们讲过课的省分行人力资源部的经理，那个秃顶老头。

这天，李明锐打来电话，说有一家总部在北京的私募基金公司已落地郑州，正在招人，我可以去试一下，这与我的专业对口。

我本来不想去，但抱着好奇的心态想去看一看。

应聘不是很复杂，这家公司的招聘人员看了看我的一些证书和简历，又问了一些工作情况，还出了一些理财方面的题目让我回答，我都顺利地一一作答。最后对我说，你还是最早一批拿到 AFP、CFP 的呢，又经过这几年的磨练，等通知吧。

这家公司很快通知我，我被录用了。当然，我挣得要比现在的多得多。我立即辞掉了银行的工作，到这家公司报到。但他们想让我先到上海或深圳，说那边急需要人。我没有答应，我必须留在郑州，至少在三年内。

我盯住了北区离黄河不远的一套别墅，300平方，我要在近期内，办好有关手续，拿下它。

更重要的是，国庆节前刘超英给我的微信说：国庆节有安排吗？我立即回复：没有安排，正发愁咋度假呢！要不晚上一块吃饭商量商量？刘超英回复：好的。

我其实早有安排，准备回老家看望爹娘，东西都买好了。但刘超英给我的机会稍纵即逝，必须抓住，我想，老爹老娘若是知道了，也会理解的，他们整天吵着要抱孙子呢！

我和刘超英商定，用她的车，我承包一切费用，沿信阳、南阳、桐柏、淅川、栾川、三门峡、洛阳走一圈，这些地方人文景观众多，山水风景如画，是谈恋爱的好去处。刘超英给我提了一个条件，说她的车是新买的，舍不得让别人开，路上只能由她来开车。

我心里窃喜，差点儿笑出声来。有这个专职司机服务，我想，将来家庭生活该是多么惬意！

整个假期下来，我和刘超英之间有了迅速进展，势头良好，充满着希望。我想，三年之内，我得把她迎娶进门。

这时候，我能走吗？

（选自庆祝改革开放四十周年"金融人的故事"短篇小说征文获奖作品）

‖作者简介

全富波，现供职于中国银行保险监督管理委员会舟山监管分局。

我伏在地上

全富波

冷君，我的好友，四十多岁，是位银行经理。近五六年来明显胖了，肚圆、脸圆、五官圆，微秃的脑门更圆，得个绰号"土肥圆"。肥是肥了点，圆是圆了点，可一点不显得土。平日不爱讲话，却也有聊得兴起的时候。讲着讲着，忽然顿一顿，眉心微微一皱，嘴里抿下茶或酒，慢悠悠地飘出几句玄话，让人感觉仙气扑面而来，倒更像一尊弥勒佛了。

某日，冷君在街上被车撞了，经历了短暂的昏迷。送医院观察一日，确认无碍，回家。周五傍晚，我登门看望，未见其迎接，只见其斜坐沙发之上发呆，似乎仙气更重了。两人沽酒而谈，谈其被撞后的幻觉，并一一进行事后解析。次日，本人凭记忆，拼凑冷君所谈，以待日后玩味。

不急啊，重温一下以前谈过的普特南"钵中之脑"吧。假设你的大脑被掏出来，养在营养钵里，接受电流刺激，便会产生幻觉，你会相信这种幻觉内容吗？你说过，这种幻觉如同发疯，毫无价值。很多人也这么认为，连普特南也是这个意思。

不过，我认为你们都错了。那天我的状态极似"钵中之脑"，只是改成了接受声音刺激。经历后觉得，真实世界的现象洪流，大多是表象的、虚无的。而脑中的幻觉，来自于最真实的经历，潜藏于内心最柔软的角落，是最刻骨铭心的记忆。区区几个幻象，如果读懂了，你会理解太多深层的东西。

好吧，开始吧。你问我被车撞晕后感觉到什么？是不是漆黑一片？

不是，什么都不知道了，连漆黑一片也感受不到。没有光，没有我，没有撞我的车，没有我所躺的街，没有旁观的人……一切皆虚无。直到有了幻觉。

我感觉到了黑暗，是一片混沌的黑暗。一道白光如流星划开黑夜，照出高山，照出海洋，照出田野，照出林立的高楼。轰的一声，白光撞开大地，一切化为潮水般的纸片，在空中打转乱飞，扑面而来。每纸片上都有活动的影像，像小电影。我想看清这些纸片，但太过纷杂。

这种情况似梦么？不像。梦是压力的释放，是愿望的达成，又是被本能深度包装过的。似发疯时的幻象么？不像。发疯是随心所欲的，是无实质意义的，是完全不受控制的。

而此时，我似半梦半醒。我睁不开眼，没法理性思考，不明白自己的处境，猜想应是大脑皮层受了抑制。我的感觉却很真实，能感觉心脏在扑扑顶着胸口，能听到嗡嗡声嘈杂声。我听到有人一直在问话，便被动地回答着问题。同时，如同小学生翻书答题一样，从幻觉中的纸片里，寻找着问题的答案……

这几天回想发现，幻象的每个细节，都对应着真实的回忆。

一

我听到有声音在问我："你怎么啦？"

我答道："我好像被人打了。"

院子里有位老人在说话，还伸出大拇指夸我父亲。我在看书，发现有一页是大学录取通知书，有一页是五十元钱，还有一页中有影像在动。影像中，"猢狲"带着一群人，穿着鬼子装、扛着棍子往前冲，棍子上挂着扑着翅膀的鹅。突然，"猢狲"狼一样地看我，把竹棍从书中捅出来，重重地砸在我头上。我倒在地上，就是现在这个样子。

这是关于我高考前几周的经历。"猢狲"是邻村的孩子，小我三岁，猴一样顽皮，狼一样好斗。成绩当然不好，每逢大考后，必被父母棍棒侍候。中考完几天，便被父母打出门去放鹅，鹅没看住，分成几群走散了。有两只跑到了我家菜地，吃了刚打过农药的菜叶，扑棱了半天翅膀，死了。他父母把死鹅扔到我家院子，要求按市价全额赔偿，我父母不答应，不欢而散。之后几天都没人过来，我们以为事情过去了。

那是周日，我父母在外务农，我在专心复习功课，忽然院门被敲得震天响。我一开门，"猢狲"父母带着一群人冲进来了，个个拿着器械。接着，一根手腕粗的竹光棍扎了过来，戳住我的胸口，一直把我顶到院角。光棍的另一头是"猢狲"，手里抓着棍子，一张带伤疤的脸，两颗发黄的眼珠一动不动地盯着我，活像电影里的鬼子兵。屋内响起了乒乒乓乓的打砸声。我刚挣脱想去看个究竟，"猢狲"就目露凶光，光棍带着一股劲风，重重地砸在我脑门上，我顿时趴倒在地上。

父亲到镇政府那边告了状，经调解，得到了五十元的赔偿。父亲以为占到理即可，不再追究了，两家人就此井水不犯河水了。可我心里不服，五十元，还不够修补被砸坏的家当。远远看见"猢狲"家人，暗想：你们狂吧，哪天我出人头地了，看我怎么收拾你们！

我带着伤口参加完高考。填志愿时，带着怨气，想填法律院校。可父亲说，你没穷怕么？有钱过好日子才重要，到处说银行收入很高，填金融吧。于是一折中，第一志愿填了某财经院校的法律系。

我被如愿录取了。邻居老大爷来送行，对我说："你家祖坟修得真好啊，个个聪明。你读书好不用说了。你爸爸也聪明，种地、泥瓦匠、铺电线，干什么都手艺一流。要是能赶上你这个年代，你爸也该是大学生啊。"

二

有声音问："你是谁啊？"

我答道："我是银行员工。"

城墙上，插着印有铜板和天平的旗帜。城里有条清水河往外流，出了城墙分成两股，渐变成浑水河。我顺着一条浑水河，走进一道充满烟雾的走廊，布满了灯泡和蛛网，飞着乱撞的蚊蛾。走廊尽头有扇门，门上贴着灶神画。推门进了一个房间，就是我现在银行办公室的房间。我于是伏在办公室的地上，就是现在这样子。

大学四年很快结束了。毕业前，经学校推荐，六成的同学要去银行，三成要去司法系统。家乡的一家律师事务所、一家银行市级分行都要我。出于慎重，我回了趟家，跟父亲去商量一下。

春夏之交，雨后的夜晚有点潮热。屋檐下挂了个偌大的蛛网，蚊蛾没死没活地撞着灯泡。父亲一支接一支地抽着烟。

我先打破了沉默："我还是偏向于去律师事务所。柏拉图的流溢说流传千古，我认为自然法是至善崇高的。流溢而下的形成法典、法条、规章，则掺杂了越来越多恶的杂质。社会上有很多人不懂自然法，只会僵化机械地套用法条，致使正义无法可依，恶行逍遥法外。我有大展身手的余地。"

父亲微微地从鼻孔喷出一股气，把烟头扔地上。"你读书读傻了吧，别以为自己聪明。天下人猴精得很呢。"点上另一支烟，幽幽地说道。"要我说，当律师就算了。一天到晚与人斗，劳心劳力。你去当好人，得罪了坏人，他们的报复你能应付？最怕你这傻气，一开始就被带坏了，帮坏人讲话，连良知都没了，伤阴德啊。"

"还是去银行合适些。记住哦，知道你穷怕了，到银行不要贪心，千万别胡来。"又狠狠地吸了口烟，补充道："头上有神明，别胡来，会有一天算总账的！"

我嘴上的倔劲还没完。父亲说还是听听天意，抓个阄，看看灶王菩萨的指点吧。便在灶台上点了三炷香，做了两个纸团，我选了一个——是去银行的。

第一天到银行报到，就体会到什么是"鲤鱼跃龙门"了。气派的大门，高档的办公桌，实木的地板，体面的制服，长时间地享受空调。那天中午，因为还没安排宿舍，我就在办公室午休，见四下没人，干脆躺在地板上睡。

办公室很安静，空调冷风的声音沙沙作响，空气很清凉，我静静地听着自己的心跳，感觉一切都很玄妙。

三

有声音问："你感觉怎样？"

我答道："感觉不好，压力很大。"

颁奖台上，小丽的脸上长出了头发，在和行长一起吹肥皂泡。泡泡上映着笑脸和宝马车，把整个大厅都填满了。小丽变成了铁像，被一个大泡泡裹住，飞起来了。众人伸手想碰大泡泡，可就是碰不到。大泡泡突然压了下来，把我压趴下了。我身下有一堆土豆，硌得我胸口好疼。我就这样伏在地上。

银行是冲着学校名声要我的，没管我学了什么专业，我就一直从事信贷工作了。

小丽当时二十出头，是另一部门的客户经理。开始知道她这个人，也就是在工作两三年后的一次庆功会上。颁奖现场很热闹，主持人面带微笑，声音高亢，照相机闪光灯让人睁不开眼。

小丽作为先进代表，抹着口红，挺着胸，胸前挂着绶带，走上台发言。然后低下头，用油光发亮的头发对着台下，念起稿子来，声嘶力竭又略显结巴。读着她如何全情投入，凭着本事，搞定一个又一个客户，带来了多少业绩。最后向台下生硬地一挥手，喊出一句"雄关漫道真如铁，而今迈步从头越"。全场掌声稀稀拉拉，伴着嗡嗡的议论声。

最后，行长讲话了："先进工作者是我们的榜样，榜样的力量是无穷的；以后的工作目标会更远大，我们要向榜样看齐，化压力为动力，努力创造佳绩。"全场掌声雷鸣。

那一年，我尽管很努力，但业绩不怎样，正感觉失落。听完讲话却振奋起来，不由自主地鼓掌。

旁边的同事大哥，笑眯眯地凑过来问："你相信她说的吗？""信啊，讲得这么卖力，如果没做过，会好意思这么讲？"大哥"切"的一声："你傻瓜啊。人失败了归因于环境，成功了觉得自己厉害，特别是这样的小年轻，当然会自信心爆棚了。这小姑娘是靠关系进来的，实际上也就高中毕业，你看看她讲话的水平，啧啧。人家老爸有钱有人脉，有很多战友、远亲是开企业的，她爸又能从中穿针引线帮忙。她的业绩，全凭这些关系拉来的。"我的兴奋劲顿时蔫了下来。

那天我走路下班。远远地看见小丽坐着一辆宝马车，轻快地驶远了，只剩几片扬起的落叶还在飘零，便怔了一会儿。快拐进通往宿舍的小巷子时，站在拐角处的父亲叫住了我，他正推着自行车在卖土豆。"啊，你下班了，等你很长时间了。你看，这土豆都没人要，天快黑了，拉回去太费劲。要不放你宿舍，拿去送朋友吧。"

我心想，要是父亲像小丽的父亲就好了。便没好气地回答道："有力气拉来，就应该有力气拉回去。晚上我还要加班呢，没时间处理这个。"

父亲叹了口气，无精打采地走了。

四

有声音问："还好吧？"

我答道："好像问过我唉。"

酒店墙壁上贴着"年"字。王老板右手举着酒杯，左手拿着喇叭在吹，吹出的是骂人话。我每喝一杯，王老板就拿出一张钞票，面额都是一百万元，又甩出手掌大的金币。桌上烤鹅突然动起来，伸着脖子要啄人。我逃到酒店门口，被地上的酒瓶绊倒了。有声音问我：还好吧？我伏在那里，就是现在这个样子。

王老板在当地拥有一家蛮上规模的企业。当客户经理很怕过年关，为了完成某年放贷考核任务，我求王老板贷点款，晚上在某个酒店请他吃饭。

酒过三巡，我开始劝说了："王哥，老哥，说句真心话啊。用你原始积累慢慢发展，是做不大的，本地人叫'老不大'。你应该眼光更远一点，用别人的钱挣钱，才能干大事。你贷点款，才能快速做大，抢先机啊。"

王老板斜着眼瞥着我，得意地骂了起来。"娘希匹，老不大？我快成这里的行业龙头了。娘希匹，你们这帮机关老爷，就爱吹冲锋号吹喇叭，玩着花样制造需求。""你不理财、财不理你。娘希匹，不就为拉存款么？""借鸡生蛋，快速发展。娘希匹，不就为了放贷么？""园区开发，易地转型。娘希匹，不就为了卖几块地么""以瘦为美，健身减肥。娘希匹，不就为了卖器材和减肥药么（醉得离题了？）……"每骂一句，带金戒指的手便在桌上拍一下，脖子上的金链子跟着晃一下。

王老板一连骂了十几个"娘希匹"，终于骂得渴了。倒了一杯啤酒，一口闷了，把酒瓶丢在地上，又接上话了："人在江湖，身不由己。如果真当兄弟，不说这些娘希匹的话了。我知道你有考核任务，娘希匹，今天就帮你一把。你得表示一下，一切尽在酒中，喝一杯，我贷款一百万，看你怎么喝了。"

那晚我不知道喝了几杯，只知道最后任务完成了。从酒店出来，陪着笑把王老板扶上汽车。看着汽车移动，发现街道、灯柱也在慢慢移动，街灯慢慢暗了下来。我想去扶行道树，却咚地倒下了。等恢复意识，发现脸贴在人行道地砖上，围着一圈装着脚的皮鞋，鞋尖一动不动地指着我。

我有点得意，这次年关算过了。想到以前，过年也是个关，家里要卖掉好多东西，猪啊，鸡啊，鹅啊。现在有我给家里带年货，过年不用卖东西了，父母高兴地说有单位真好，可知道我打拼的苦？

父母伤过我的心啊。比如，我九岁的时候，要卖我辛苦放大的、心爱的鹅。那是只漂亮的领头鹅，当其他鹅群过来时，总是它冲出去赶走侵略者，是我最得力的放鹅助手。我拼命劝父亲留下它，可父亲说，过年的钱都已算好了，不得不卖啊。我心里暗骂父亲。那只鹅像知道什么似的，忽然冲过来啄人。父亲反应不及，一个趔趄摔倒在地，鹅趁机上去啄他的脸。想起父亲当时惨状，我突然有种快意，想笑。

"年轻人，还好吧？"紧随着一句询问，上方垂下一张老者的脸。我却想着鹅啄父亲的样子，浑身舒坦地笑出声来。围观的人都诧异了。

五

有声音问："你急匆匆的，有什么要紧事情啊？"

我答道："出大事了，好痛苦。"

暴风雨来了，大水从银行楼顶冲下来。最先冲到满脸是泪的小丽，把她冲出窗外，冲得无影无踪。我和很多客户经理，都被往下冲。警车呜啦啦地叫着来了，我看见王老板正在抱头鼠窜，看见警察把"猢狲"铐走了。大水过去了，我被装在灵柩里了，没有一丝亮光和出路，我父亲也在里面。我伏在那里，就像现在一样。

我工作第十三个年头，父亲说过的算总账的日子，说来就来了。不到半年时间里，大事件一起又一起。

八月份，听说村里的"猢狲"被警察铐走了，可能要判重罪。我对此一点也不惊讶。他母亲哭得很惨，常在半夜里突然哀嚎起来，整个村落都能听到，让人毛骨悚然，又让人于心不忍。

九月份，小丽的客户中有一家出问题了，接着更多客户因担保链受影响了，各路讨债人马络绎不绝。银行责令小丽尽快把贷款收回来，小丽催着爸爸帮忙讨钱。可哪有那么容易啊，本来互帮互助、一团和气的亲友们，很多与她爸断绝来往，甚至反目成仇。压力之下，小丽常偷偷地流泪，昔日的风光早已不见了。众人议论纷纷，不知是快意还是同情。一年后，小丽终于离职，离开了银行系统，还给我们送来喜糖，说她要嫁到外地去了。

刚过国庆节，有更多企业资金链断裂的消息传来，王老板的贷款到期了也没来还。我联系王老板时，他称兄道弟得更亲热了，跟我解释了各种理由，做了很多承诺，可就是没有一句"娘希匹"。我想想觉得不对劲，半天后再打手机，打不通了，上门一看，王老板已经跑路了。

内部问责会议接踵而至。行领导神情严峻，劈头盖脸训起人来："冷君，你怎么搞的？有你这么干银行的么？"所有人的眼光，齐刷刷地向我刺过来。领导历数了我的罪状：贷前调查不尽职，为冲业绩盲目放贷；对企业情况了解不深入，未发现异常；补救措施不到位，造成较大风险……似乎每一环节我都做错了。

内部处罚决定下来了。即日起，我没有任何考核奖励，只领接近社会最低标准的工资，直到处置完王老板的贷款为止。我知道，我的工作前途，将会是长时间的灰暗。

庆幸的是，父母让我养成了俭朴的生活习惯，多年前已买了房还了贷，又没乱用钱，有了一定积蓄。那段时间过得拮据了点，但不至于太窘迫。

父亲却很看得开："做人总是有磕磕碰碰的。放宽心一点，天塌不下来，饿不死人的。"可就在那个月，父亲却被查出得了癌症晚期，过了三个月就走了。直到去世，没有对我说过一句怨言，也没问我要过一分钱。

出殡那天，天寒地冻，我在父亲灵前痛哭。为父亲哭，其实也为自己哭，后悔这么迟才领悟他的话："头上有神明，别胡来，会有一天算总账的！"

六

有声音问："你忍得住么？"

我答道："忍得住，会坚持。"

我伏在地上，就像现在一样。不远处的陡坡顶上，行长们在站着说话。马师父在推大圆石，快推到坡顶了，马上又滚下来，反复多次。马师父朝我喊：别趴着，要爬起来啊。太阳火热，地上是滚烫黏稠的开水，水面飘着稻飞虱和草木灰。满身伤口的父亲来了，湿淋淋的，把我背起来了，在开水中挪步前行。

我感觉在银行的事业垮了，一度产生了转行做律师的想法。找大学同学聊天，他们劝我，人到中年，转型太难，阻碍也很大，算了吧。就在这段时间，带我入门信贷工作的马师父，也退休了。

很多人认为马师父很有两把刷子，不但懂信贷业务，也喜欢谈哲学，能很快摸清别人会怎么想，能准确预测到领导要找他。

他工作第十年，眼看有些比他年轻的都升了，领导没找他。

第十五年，赵行长找他说："没给你职位，是因为现在竞争激烈啊。你虽有业务能力，但也要看到别人的其他能力啊。要用辩证法看人啊……"

第二十年，钱行长找他说："有个职位没能给你。有群众说你做事欠考虑，让有些人感觉不舒服，认为你不合适管理。要学会处世哲学啊……"

第二十五年，孙行长找他说："近期新提拔了一批人，没有你。其实你已经很出色，但一直没有发挥你才能的管理岗位。等待是一种修炼，这是人生哲学啊……"

第三十年，李行长找他说："你再过几年也要退休了，贡献也蛮大，本想安排个虚位让你享受待遇。但内部改革要加快，职位要压缩，退下来的人没地方放，没办法给你职位了。要考虑客观因素啊……"

直到退休，马师父也没等到职位。他跟我说，这辈子得到的真不多，但没有太多遗憾，因为从没放弃过。又说希腊神话中的西西弗斯——一位被罚一生推巨石，却永远不成功的人物，是位了不起的悲剧英雄。又劝我，即使遇到这样的处境，也要坚持不懈。接受命运，但也要塑造命运。人生不过是个舞台，去演一个内心强大的硬汉角色。

退休那天，我送马师父到银行门口。望着他消瘦的身影，突然觉得他的人生经历，有与我父亲类似的地方。

我十五岁时那年，七八月份稻飞虱病爆发，可连绵阴雨天不能打农药。眼看着本该金黄色的稻田，变成了连绵的土灰色，远看如同一张张铺开的卫生纸。八月份双抢季节，突然有了几天好天气，父亲决定抢时间把稻割好晒干。

田水排不干，一家人只能在烂泥水中弯着腰收割，提脚和挪步都相当费力。中午不休息了，太阳毒辣，人被晒得通红。每摇晃一下稻穗，便会轰出一群稻飞虱，扑在脸上、粘在身上。汗水连珠似的在后背爬落，痒痒的，分不清是虫子还是汗滴。

渐渐的，我喘不过气来了，感觉目光迷离，停下来倒在泥水中。然后，父亲尖瘦的肩胛骨硌痛了我的胸口，才发现父亲正背着我，艰难地往树荫处挪步。父亲满是泥巴的湿衬衫紧粘着身体，后背和头颈皮肤已经破了，渗着粘液，不时有苍蝇来叮一下。

父亲把我往树荫下一扔，又急忽忽地干活去了，头也不回。

那一年水稻的收成极差，亩产只有两三百斤秕谷子。脱粒后，是一地黑乎乎的粗糠，像一大堆草木灰；还有一小筐菜籽大小的米渣子，像一撮盐。

父亲说，总有那样的年景，明知道收获会很少，但辛劳还是必须的。

我终于决定，不要再动摇了，在原岗位上坚持下去。

七

有声音问："你想站起来么？"

我答道："想站起来。"

我伏在地上，就像现在一样，发现自己睡在大学宿舍里。小刚光着膀子，在餐馆擦桌子，在工地搬砖头。他过来把我扶起，拿着刀切开西瓜。刀锋一转，又切开一张十元纸币。纸币变成彩色的丝带，扎在水果篮上，很漂亮。父亲在叹气，而小刚的父亲手拿着玉米芯烟斗，笑呵呵地看着。

正是我事业低谷期。某天小刚突然来看我，拎着扎着丝带的水果篮，说是来向我道谢的。

小刚曾向我申请过助学贷款。我去个人贷款部当客户经理那年，来了一份申请助学贷款的学生名单，有五六个在毛村。我搭着农用车去调查，人说"夏天日头，晚娘拳头"，一点也不过。到毛村站没走几步，中暑加晕车，我就倒在地上，唯一感觉是烫。

等我清醒，发现自己躺在卖瓜摊的草堆里。卖瓜的年轻人，光着膀子，只穿一条看不清底色的半短裤，裤腿残线拖出来，像草裙一样。他用湿毛巾给我擦脸和脖子，然后切开一个西瓜说："你吃热了，吃块我家的西瓜，挺解渴消暑的。"

等完全恢复要走了，我要付钱。年轻人再三推脱不成，说只要五块钱。我给他十块，说："别找了，其余当小费了。"没想到他发火了："小费？谁要你的臭钱！你当我是你们城里的小姐啊。"下意识地把西瓜刀攥在手里，拍着凳子叫："我是有骨气的，今天你要么拿走钱，要么休想走！"我心里发毛，接了五块钱就走，心里恨恨地想："没见过这么野的人！"

小刚家是一间破败的瓦房，小刚的父亲得了慢性肝炎，易累，干不了重活。他父亲坐在屋檐下剥玉米粒，散了一地的玉米芯，还不时停下来，抽根"大前门"香烟。小刚被叫回来了，原来就是那个卖瓜的小伙子。他怔了一下，然后一声不吭地坐在边上。

一开始我还对小刚愤愤不平，想让他吃点苦头长点记性。到他家后却心平气和了，想起他的热心帮助及他父亲可怜又诚恳的样子，贷款还是批了。

小刚在大学真是争气。除了留出时间学习拿奖学金外，还参加学校的勤工俭学，晚上还到校外餐馆打零工，整个学期生活费都能自理。暑假只回家几天，就到城里工地上打工去了，把后一学年的学费也赚到了。毕业后在杭州找了份不错的工作，一年就把助学贷款还清了，事业蒸蒸日上。

这一次，小刚回来看父母，顺便感谢我当初的贷款。贷款本来就是我的本职，但他却认为是恩，要回报。我们聊得很开心，小刚说两人不吵不相识，话又说得来，很投缘。

小刚走后，我又想起小刚父亲，只能干点轻活，无力撑起这个家，要小刚自力更生，甚至过早地要小刚反哺。小刚一直在走正道，其父的获得感应该是充足的。我的父亲，明显付出多得多，也没给我太多压力，甚至在病重时，也只是默默地在家等死，没向我求助。而我却在大学里逃课睡懒觉，大把地挥霍时光，工作后走弯路，现在还是浑浑噩噩的，对父亲的回报太少了。

愧疚感刺激着我，逼着我思考，我到底缺了什么啊？

突然领悟到，我所缺的是血性，是志气。那种血性和志气，让小刚从容应对千辛万苦，挺着胸膛做人，成为了一位真正的男子汉。师父要我做硬汉，可没有说清楚怎么做，如今我悟到了。

不能再趴在低谷了，站起来吧。即日起，忘掉包袱，向前看，突围出去。

八

有大喊的声音："有没有专业点的人？来帮一下。"

我跟着回答："有专业的人。"

我伏在地上，就像现在一样，在伏地膜拜老牛的榆木雕像。张总经理头发着火了，引燃了一堆篝火，又把木雕扔进火里。火中雕像的浮灰剥落，露出底色，成了金像，各色各样的人都来围观膜拜。宋行长眉开眼笑，抢走了金像。父亲来了，围着篝火堆砌起了炼金炉，还在炉墙上插秧苗。我扶着墙，试图站起来。

行里搞信贷，最专业的要数老牛了。

老牛曾跟我同一部门，晚我几年进银行。初看这个人真是块榆木疙瘩，不喜欢打牌喝酒，不喜欢套近乎。接待客户时兴奋不起来，几句客套话讲完，就板着脸直奔主题谈业务，却喜欢看书，惯于加班。老是一动不动地看着报表，好像泥塑，只有突然动手拨算盘子时，才发现他的手是活的。

有一次，张总经理派他去营销一家企业。老牛回来后报告，讲了一堆资料收集分析、实地调查、多方验证内容。最后结论是：企业无真实贷款需求，不建议贷款。张总经理耐着性子听完，立刻火了，说派他去营销，却什么都没干成，简直是废物。这事很快传开了，成了饭后谈资。没多久，老牛被调去了小微企业部。

可几年过去了，老牛的业务做得越来越大，对他肯定的声音越来越多。有一天，老牛突然成了全省系统内的指导老师，介绍起自创的"牛氏工作法"。陆续有其他地区团队来考察，宋行长总拉着老牛共进晚餐。老牛还是木头木脑的，别人说高人总是默不作声、胸有城府的。后来，宋行长因为推广"牛氏工作法"有成绩，被提拔到省分行；老牛也升为省分行某部门副总，相当于这里的副行长了。

我去听了老牛讲的"牛氏工作法"：系统化地介绍如何从客户作风细节中，快速地发现、了解客户需求和风险等。突然恍然大悟，做了这么多年信贷，有这么多看似简单却非常实用的方法，怎么会没想到呢？

如果早学几年"牛氏工作法"，在王老板不骂人时，我可以立即判断出有问题，可以在电话里追问出很多情况，可以立刻采取避免损失的措施，可以不被追责得那么惨……

之后，我对"牛氏工作法"领悟应用是深入的。之前的挫折，是最鲜活的解释案例。其中的核心思想、奥妙之处，又极似父亲干活时的思考方式。我领会到，村里老人说的"你父亲厉害，干什么都一流"，这话的分量有多重！心里已对父亲崇拜有加了。

父亲即使当农民，也在钻研思考。在我初学插秧很慢时，父亲说："当农民也要动脑筋的，把握好每个细节。你的脚要站在两列秧中间，眼一直盯水田；右手插下秧苗，同时左手大拇指要拨出下一束秧苗。整个身体合理应用，才能种好。"

父亲去做泥瓦工，我暑假跟着去搬砖。父亲说："不要以为砌墙就是叠砖，这可是一个很系统的活儿。要做好每个细节，砖的角度、铲刀的力度、灰泥的厚度和湿度，都要严格到位，需要去琢磨把握。一个细节没做好，整面墙都可能倒。"

然后，父亲又喃喃地说道："算了，你别学泥瓦匠了。夏天晒日头，冬天喝西风，比种地苦多了。"

九

有声音问："你家里人现在在哪儿啊？"

我答道："坟墓里。"

别人问我时，我只想到了父亲，就这样答了。

我伏在地上，就像现在一样，前面是父亲的墓碑。黑夜里的雪岭，下起了大雪，阴气弥漫，能听到鬼魂的哭声。墓里的父亲在跟我说话，但听不到说话声。忽然，我们都站在岭边的公路上了。父亲背着沉重的铁板，骑上自行车，在纷飞的大雪中，越骑越远，越骑越远……

父亲被安葬在雪岭边。雪岭不高，有一条公路穿过，公路两边星点般散布着坟墓，后来又开辟了一大片公墓。雪岭特别阴冷，本地一旦有雪情，那里最先积雪、积得最厚，故得名雪岭。父亲下葬后，那里的雪下得更频繁了。

我后来的工作还算顺利，从挫折中走出来了。可惜，父亲看不到了。

春节或清明，我会在父亲墓前点上三炷清香，伏在地上磕三下头，对着墓碑说话。我后悔呐，在他生前误解过他，没说过几句让他开心的话，甚至在他弥留之际还让他伤心。于是说着我现在的故事，说着他对我的影响。不知道，父亲在天之灵，能否听到？

然后，我会望着公路发呆。

那条公路，父亲不知走过多少回了。特别是过年前，父亲常在凌晨，用自行车拉两筐白菜，翻过雪岭，到很远的沈市去卖给小贩。父亲尽量多拉，有时需要人帮忙才能推过雪岭。冬日的凌晨，西北风很大，有时会下起大雪，白茫茫一片。我帮着父亲把车推到了岭上，后背的汗马上变得冰冷，内衣像铁板一样贴在身上。借着手电筒的微光，看着父亲骑着车，消失在雪幕中。

如今，父亲骑过的车、用过的手电筒都已丢弃，多年前的印象慢慢变得依稀。可每当下雪的夜晚，我就会想起雪岭，想起在那些年的深夜，在漫天乱雪中，父亲远去的背影……

十

我是被儿子叫醒的。他在叫："爸爸，醒醒！"

啊，儿子，他还未成年，不能过没有父爱的生活。我还要照看他，把父亲的精神传承下去。我不能再伏着了，我要起来，我要起来，得起来啊。

这时，如同天空中掉下一滴甘露，啪一声打在太阳穴上，渗入干枯的大脑里，就像醍醐灌顶，我醒过来了。

醒来，发现自己泪流满面，发现老婆儿子在破涕为笑，发现两个警察在抱怨救护车没来，还发现旁边围着一群人。有人问："你哭了，撞得很疼么？"我仍有点昏沉，却略感不悦：你们真不懂我的内心痛苦，只会臆测肉体疼痛，问得层次太低了，是需要自省的。随口喊出苏格拉底的名句：

"未经审视的人生，是不值得过的！"

人群居然爆出一声哄笑！

唉，人的经历不同、想法不一，人心之间，自然相隔万水千山。别人不能理解我，我也没一下子理解别人的那些问话。就连父亲，我也用了半辈子的经历，才读懂了一点点。你虽是我的好友，但不可能完全懂我的。既然都不能懂，说多了也没用。大男人不好做，再辛苦也不说。今天是醉了，散了吧。

人啊，你可以历经坎坷，你可以奋起拼搏，你可以胸怀大海，可你不能奢望被真正理解。

从冷君家出来，已是晚上九点多。天刚下过雨，马路上还是车水马龙。汽车压过路面的嚓嚓声，电瓶车的滴嘟声，人群的说话声，直往我耳里灌。广告灯倒映在湿的路面上，反射在我脸上，晃得人有点发晕。

我真醉了，到了自己小区门口，一头撞到了行道树上，眼冒金星。我很想倒下伏到地上，忽然看见老婆带着女儿在等我。女儿兴高采烈地跑过来，欢快地喊着："爸爸！"

　　（选自庆祝改革开放四十周年"金融人的故事"短篇小说征文获奖作品）

▍**作者简介**

　　张银平，湖北武汉人，毕业于华中师范大学中文系，曾在多种报刊上发表散文、随笔、小说等作品，多有获奖。现供职于中国建设银行湖北省武汉经济技术开发区支行。

唇齿相依

张银平

一

　　中午，国行金凯支行营业厅内，大堂经理亲和的"欢迎光临"声、叫号机声、点钞机涮涮声，响成一片。

　　厅堂背后员工休息间，墙上挂着本周服务明星徐清阳的照片，下面贴着支行集体照。大家聚着吃盒饭。有着金凯支行王祖贤之称的小娜叫道："唉，都是荤的，这多油、多味精，又咸又辣。"

　　徐清阳低头津津有味地吃着，小声说有吃的就不错了，别挑剔。

　　"好吃，你多吃点。"小娜把盒里的荤菜都扒给徐清阳。

　　"娜姐，偏心眼！"覃明皓意味深长地笑着说。

　　"我怕增肥，花了上万元，才减二斤。"

　　"啊，你的肉比猪肉还贵！"覃明皓惊叫道。全场一片欢笑声。

　　"我撕烂你的嘴。"娇美的小娜瞪了覃明皓一眼。从旁边纸箱里拿出一瓶果汁饮料，放在徐清阳的面前。

"哪来的？"徐清阳随口问道。

"怎么这么多话。每人都有，昨天你不在，给你留的。"小娜嗔怪道。

行长程静说："杨妈回家照顾媳妇坐月子，不回来了。工钱少，一时请不到人做饭，大家将就一下。我们人不多，午餐补贴就这些，花多钱请人专门做饭不划算，大家也吃不好。清阳，你抽时间到隔壁'一家人'餐馆去，找老板娘琴姐说我们中午想到她家搭伙。"

"程行长，你不是和她更熟吗？你说比我说更有分量。"徐清阳疑惑地说。

"琴姐来办业务，不是一直都由你负责接待吗？我要你这么做自有我的道理。如果你没办成，我来谈。"程行长轻声说。

徐清阳在 VIP 室负责对公结算业务和个人高端客户业务，见程行长这么说，只能说好。

"傻子，还没有看出来，这是用的美男计！那老妖婆有事没事，在你窗口前坐半天。那些用得着她亲自跑来办吗？该不是想要你做她女婿吧？"小娜善于察言观色，看见琴姐来行，眼睛就没有离开过他，私下向她打听他的婚恋状况。

"怎么说话的，娜娜！"程行长生气地说。

"娜娜。"保安引来一个小男孩，捧着一大束红玫瑰。

"不是百合，就是玫瑰，谁这样天天送？"小娟艳羡地说。

"他家是种花的！"小娜喜滋滋签收，对男孩说："谢谢，你告诉他再送我就不签。"花童说："我只是个做事的，也没有办法。我对他说过，他对我老板说，你们有钱不想赚？老板对我说，你不想干了？你总不能害我把饭碗丢了吧？"

小娜当场把花分给女同事，连男同事都给一枝，她偷偷看了看徐清阳，他面无表情。

"昨天还开车送来一大箱饮料，说大热天，给大家喝。娜娜，蛮体贴的。"小娟说。

"这是彰显他男友身份，走群众路线。"覃明皓一本正经地说。

金凯公司桥梁设计师、李兴旺硕士，看上了小娜，天天选择到她窗口前办存取款业务，展示他雄厚的资金实力，小娜装糊涂。知道她有存款任务，他拉许多同事到她这里存款，同事当她是兴旺的女友，都说是他介绍来的，历数他的优点，她也不恼。这反而激起李兴旺的兴趣，要像攻桥头堡一样攻下她。

"请你们以后不要提他。我和他不可能，我已与他讲过多次。"小娜眼睛看着徐清阳，"他长期驻在项目工地，今年孟加拉，后年巴基斯坦。我妈当了一辈子军嫂，有大事我爸总不在身边。我可不想找个半年见不到面的人。再说他地包天、不足1米75的半残废，入不了我的眼。"

"抗议，我什么时候成了半残废。"覃明皓不满地嚷道。

"别损人，我觉得那男生蛮帅，长得有点像李亚鹏。"小娟说。

"我要找就找这样的小帅哥，"她拍拍徐清阳的肩，"他是我的菜，你们别跟我抢。现在流行姐弟恋。"她半真半假地说。她在工作忙忙碌碌中，情事挑挑拣拣中不知不觉进入剩女行列。

"你没这个意思，就不要让别人抱有希望。徐清阳也要注意。"程行长提醒道。

"我吃我的饭，招惹谁了。娜姐你说是不是？"徐清阳嘟哝道。

"就是你惹我了！"小娜撒娇道。

"我就直说，琴姐说她表妹给你手机号，你咋不理？"程行长看着徐清阳。

"老实交代。快说，快说！"小娜来劲起哄道。

"上次我同学聚会，晚上一群人到同学开的舞厅，琴姐主动邀请我跳舞，边跳边问我女友来了没，我说还没出生，她告诉我坐那边的女孩喜欢我，让我与那女孩共舞一曲。女孩主动将写有姓名手机号码的纸条给我。我没有联系她。"

"这样还不叫招惹？"身材高挑的小娜夸张地模仿徐清阳的英挺身段、潇洒舞姿。

"她要是再问，就说我在行里已有媳妇了。"徐清阳对程行长说。

"是我么？"小娜自告奋勇地对号入座。

"我媳妇儿，明皓。"全场笑声响成一片。

小娜笑着说，"我一想到你们俩睡在一张床上，就觉得恶心。"

"你自己去和她讲吧。你们要谨慎处理，别因这事，得罪客户。顺便通知，今晚下班后进行服务礼仪培训。我们徐帅哥被选调省行拍过教学视频，我们有条件，由他亲自给大家示范，我们必须做得比其他网点更好。哦，晚上餐馆生意好，不送外卖，大家吃什么？"

"让徐帅哥做腊肉炒豆丝！上次他放了青蒜，真香，我现在流口水了。你以后天天做我吃啊。"小娜看着徐清阳说，他无奈地笑了。

二

覃明皓的女友何馨突然来到寝室，徐清阳坐着不敢动。他穿着小内裤，大腿间不争气地搭起帐篷。

清阳与明皓同来国行工作，一起找房合租，看中支行附近商住楼上小户型单间，东临长江、龟山，北靠汉江，西滨月湖，南依诞生知音传奇的古琴台，风景优美，但只有一张大床。每月租金 1800 元，一个人租嫌贵，两人租不方便。清阳犹豫，明皓说他不久要结婚，先租住下来再说，不想购置床，今后添麻烦，两人睡在一块。为省电费，夏天开窗通风对流，能不开空调就不开。

"我妈说我找外地乡里人，想都别想。以后过日子麻烦事多得很，够我哭的。整天逼着我去相亲。"何馨哭诉着。

覃明皓不知所措地用纸巾帮她拭泪，安慰道："别急坏身体，我单独找你爸谈一谈，求他们成全，我们有八九年的感情，怎能说散就散呢？"

徐清阳穿上白色圆领薄 T 恤衫、齐膝的黑色短裤、白底黑跑鞋，配上黑色短发、白皙皮肤、红润嘴唇，显得干净清爽又俊俏，惹得何馨多看他几眼。徐清阳对覃明皓说，我到同学那里去，晚上不回来。走出合租屋，拨打高中同学龙千里电话，半天才有人接，里面传出粗重的喘息声、女孩欢乐的笑声。徐清阳说，"大白天的，干吗？我们好久没联系，什么时候聚一下。"龙千里说："我正快活呢！现在不行，另找时间吧。哎，那天追你的小妞很撩人，你约没？先处着再说，你太认真，一根筋，这么好的机会放弃了！"

"不是园里都是菜。"徐清阳在江城的同学本来不多，现在下班后约个同学出来真难，不是要陪老婆，就是陪女友。好在明天休息，他准备泡网吧一宿。见天色还早，他到江边散步。

长江从西部崇山峻岭奔流而出，经过江汉平原变得宽阔，在江城与汉江交汇，清浊分明，逐渐交融，一起滚滚向东流。两江交汇处形成金三角南岸嘴，各色广场舞、健身操队盘踞江边观景台。几条壮汉挥鞭抽打巨大旋转的陀螺。人群拥挤在成行的健身器材旁。网球场上，几组男女奔跑。一个壮汉在汉江边来来回回夜跑。徐清阳坐在椅子上吹江风，以前随父母到汉口参加省楚剧节目汇演来过，记忆中的江景已不复存在，两江四岸新楼拔地而起、栉比鳞次，越来越美。他从法国留学回来工作，更知父母赚钱不易，现在房价涨势凶猛，他感叹自己什么时候在江城这里也拥有一个安身之处。

夕阳沉没在龟山后，天色暗下来，徐清阳突然听见呼喊"有人落水了"，他冲过去。微光中，十几米外水面，一个黑影起起伏伏。他来不及细想，顾不了脱衣服，跳入江水中，迅速向漂浮的黑影游去。"别乱动，我来救你！"他大声喊，可黑影毫无反应，就要被冲到江中漩涡里。他一只手抓住溺水者的胳膊，另一只手奋力划水，游向岸边，他双手把溺水者拖到岸边，众人围上来帮忙，打开手机电筒照着。溺水男子还算年轻，身体僵硬，两眼紧闭，从口里不停流出水，已没有呼吸和脉搏。徐清阳立即脱光男子的外衣，清理口腔，控水，将他的身体摆正，跪下来紧急对他进行口对口人工呼吸，按压胸腔，做心肺复苏抢救。他反复操作四五轮，还是无反应。旁边有人轻声叹息说，每年长江在这里都要收走几个人，天要收你，命就是没法躲过。徐清阳不放弃，继续做抢救操作。终于那男子动了一下，吐出一些污水，稍后咳起来。人们惊喜地说："多亏了这个小伙子，救得早，不肯放你走。"

徐清阳看了看地上被脱得近乎全裸的男子，他大腹鼓实，脸、大腿上堆着肉，白白胖胖的。松了一口气，心里暗骂道，活得挺滋润的，怎么就寻短见呢。

120救护人员拎着担架赶过来，将那男子抬上救护车。徐清阳悄悄离开围观人群，拉开裤袋拉链，看了看泡水的手机，叹了口气，回住处。

覃明皓见徐清阳这副模样，嬉笑说："哎呀，你湿身了！怎么想不开，舍不得我，又从水里爬起来。"

"是别人想不开，刚才活蹦乱跳的，转眼要撒手蹬腿。现在年轻人寻死寻活真多，差点拉我垫背。就你一个人？我这个人很自觉，腾位置让你们共同度良宵。你怎么就辜负我的好心呢？"徐清阳调侃说，脱去湿衣服，一丝不挂，匀称的身条肌肉隆起。

覃明皓随手捏了捏清阳鼓实的臀部，"真圆！我还得与你继续同居。"

"得了，你早结婚搬走好。现在你女友来了，我穿个小裤衩晃来晃去，没教养不礼貌不说，还以为我是暴露狂。我穿得严严实实的，自己难受，又显得不随和。"

"就你那东西金贵？谁稀罕！"覃明皓伸手去抓，被清阳打开。他靠在浴室门口边说，"在大学我可是校草哦，她大一追我，她妈一开始就反对。他父亲找我说，不是我这个人不好，只是他家从来没想过找山里乡下人做女婿，你弟妹还需要你帮衬，以后不知能不能留在江城。我去他们家，她妈把门关着不让进。我一直不被认可，可越这样，我们的心靠得越近。原想我研究生毕业，二人就结婚，现在何馨妈把她盯得很紧，一下班就打电话查岗，刚才问她在哪，她急忙赶回家。我们俩谈这么多年，现在难结婚，何馨不小了，我总得给她个交代。"

"这关键得看何馨，舍不舍得你？"清阳关沐浴花洒，用毛巾擦着身子。

覃明皓忧心忡忡地叹了口气。

三

徐清阳窗口前，一位老妈妈一边要求转账 50 万元，一边在接听电话。

他问："你认识转账的人吗？"

那女人神情慌张，焦急说："认识，急用，快点转。"

"这么多钱，干什么用？家里人知道吗？"

那大妈不耐烦地说，"快转，哪来那么多废话。"

徐清阳耐心说："主管授权！请稍候。"同时按动了与警方联网的报警系统按钮。见程静来后，用眼示意，程静仔细看了屏幕一会儿，说，"系统出现故障，请稍等。"

这女人还在接听电话，说"把卡还给我，我不在这里办。"

"系统得重新启动，银行卡才能按流程安全退出来，得等一会儿"。徐清阳平静地说。

这时，门外开来警车，跳下二名警察，强行接过老妈妈的电话，那边已无声音。

程静讲明情况，警察问："为什么转账汇款？你很可能受诈骗了。"见那女人什么都不肯说，然后翻开她手机通讯录，见标明儿子，就拨打过去，说，"我是警察，你妈可能被人诈骗，她现在在国行金凯支行里，请快过来一下。她人还好。"然后看着那阿姨说，"你儿子马上来。以后不要在手机里存家人手机号标称谓。如果犯罪分子侵入手机获取信息就会知道你们的关系。"

一辆豪车急驶而来，一个三十多岁的年轻人走进，一身很讲究的名牌衣服，被肥胖身躯撑得走形了，没有原有的品味。见他走近，一直沉默不语的老妈妈扑了过去，差点摔倒，那男人连忙扶住，她抱住他低声哭泣起来，"吓死我了，黄鑫，他们在电话里说绑架了你，你被吊着打，阵阵惨叫，哭着喊妈来救你。那声音真像你的。他要我汇50万元赎你。不让我与别人讲，否则要撕票。我写纸条，让几个人打你的电话就是打不通。"

"犯罪分子刚才屏蔽了你儿子手机信号。多亏了银行这位小伙子，警惕性高，及时报警，避免损失。"警察说。

那女人连声谢谢徐清阳，为先前她的恶言恶语致歉。然后随警察到公安局做笔录。

中午阳光刺目，知了烦躁地鸣叫。徐清阳门前犹豫了一下，还是走进一家人餐馆。对收银台问了声琴姐在不在，点了东西。餐厅坐满了人，他想找一个僻静座位。

"过来坐。"他看见那位被诈骗阿姨的儿子喊他，走也不是，留也不是，索性就坐了下来。

"你好，我叫黄鑫，你能陪我吃饭吗？"服务员小女孩给他上菜，剁椒鱼头、豆泡烧肉、鱼香肉丝、清炒苕尖、酸汤肥牛。

徐清阳微笑，发出温润磁性的声音，"不好意思，我已点好了。"

"我不喜欢一个人吃饭，帮个忙吧。"黄鑫轻声说，眼睛里一直发光，坐在对面暗暗打量徐清阳。"多谢你帮我妈。钱损失是小事，她上了年纪受不住大惊吓。"

"没什么，这是我的本职工作，应该做的。"

这时一个嫂子端碗三鲜米粉走过来，放在他面前，徐清阳忙说："琴姐，怎么好意思你亲自送过来。"

琴姐顺势在空位上坐下来，"你怎么好久不来？我找程行长叫你才来。你们行在我这里订午餐，没问题。我店里招牌腰子粉，怎么没见你点过？"琴姐没话找话说。

"你看我需要补吗？"

琴姐咯咯地笑了，快言快语，"你边吃边聊吧。我的表妹看上了你，是你的福。独生女，家里有好几套房子，楼下还有两个门面，一个开麻将室，一个开便利店。她和我大姨照看。她挺能干，只雇个人烧开水，做做饭，搞卫生。这么多年，我从没看见她像这样主动对男孩示好。我觉得你们在一起很般配。我的表妹有什么不好，你看不上我们做生意的？没你们光鲜体面？"

"没有的事。有时我也想像你这样开个餐馆，或开咖啡馆、书吧，多自由自在，但我父亲劝阻说，那样你初中毕业就可以了，花那么多钱出国留学干什么？你以为生意那么好做，要那样大家都发财了。"徐清阳边吃米粉边聊。"我现在一无所有，有什么资格去谈恋爱？我一个男的，不能靠女人。再说我入选总行海外人才储备库，要随时听从调遣，以后我在哪，江城能待多久，我自己都不知道。"徐清阳不想多谈此事，站起身说，"我还要去换同事吃饭。这样吧，以后我联系她面谈。"

这时，一个女孩从他身后款款而来。一张浓妆艳抹、精致漂亮的脸，手上亮晶晶的美甲，红彤彤的脚趾，一袭流行时尚的低领淡玫瑰色纱裙，恣意绽放着青春。"我都听见了，不用再谈。你有什么了不起，不就比我生得好。"她骄傲扭头而去。

徐清阳欣赏她的风景，心里感叹自己养不起，也罩不住。

黄鑫一直默默地边吃边看，他朝服务员招了招手。徐清阳目瞪口呆地看他吞咽完一大桌子的菜。

"叔，"小女孩拿移动 POS 机让他签单，黄鑫白了她一眼。

琴姐忙训斥"什么眼色。乱喊人！"

黄鑫从餐馆出来，大街上已没徐清阳人影。

四

覃明皓从外归来，散发浓浓的酒气，垂头坐在床上，闷闷不乐。

"什么状况？给我说说。"徐清阳关切地问。

"何馨趁他们父母不在带我去她家，被她妈撞见。我说我真心喜欢何馨，她妈说喜欢她的人多着呢，你有什么资格喜欢她？你要钱没钱，要房子没房子，拿什么结婚。生活很现实，不是仅喜欢就行的。我说租，现在比买划算。她妈说我不会让我的女儿在出租屋结婚的。我说，有那么多人租房结婚，怎么到我们这就不行？她呵斥何馨，早与你说，不要找乡里人，你不听。那么多条件比他好的小伙子，你不见。成心地要气死我。长得帅能当饭吃？他要是有房子，我也就算了，你们到旁边去过，眼不见心不烦，我就算没你这个女儿的。又对我说，我家不欢迎你，没有请你来。非常不客气地把我轰出来。"

"这就是说，只要你有房子，她妈就不反对你们在一起。"

"你知道的，我研究生毕业到银行才一年多，一个月到手就四五千元，何馨工作虽然比我早，当中学老师也没攒下多少钱。我上学花了家里不少钱，为了我，我妹早早辍学到广州打工，家里还等我赚钱养家呢！没房结什么婚，结黄昏！"覃明皓作呕起来，踉跄起身，徐清阳连忙扶他去卫生间。刚掀开马桶盖，覃明皓的呕吐物喷薄而出，差点吐到他的手上。

徐清阳拍他的后背说，"整天在我面前秀恩爱，你终于尝到痛。"给他清水漱口。

覃明皓走出卫生间，跳起来一掌击落墙上挂着的红色中国结。"打何馨手机也不接，这从来没有过。我们吹了，没人要我了，我心里苦哇。"他号啕大哭，急匆匆地往敞得大开的窗口奔去。

徐清阳笑着急忙抱住他。"没人要你，我要你，给我当媳妇！"

"你要我，真的？"覃明皓嘟哝着抱着他使劲亲。

"哎，哎，装什么疯啊。"徐清阳躲避着，把他推到床上，"我和你一样，居无定所。"递上温开水。

"不一样，你家能送你到法国留学五六年，能说没有钱？"

"我父母以前是郊区楚剧团演员，后来演出不景气，就改唱流行歌，四处走穴，一天要演出五六场，夜晚睡在舞台后面。有点积蓄后，开KTV、餐馆赚点辛苦钱。我高中学习压力大，叛逆，顶撞教师，多次请家长，父母训斥我，收效不大，成绩一落千丈。我整天抑郁不安，烦躁时用拳头击墙。为了我学有所成，父母送我到法国留学。我表哥在法国为我担保，父母拼命赚钱供我。其实我在国外并不快乐，有时孤独得快顶不住了，一两年后才适应西方大学的教育方式，后坚持打工助学，直到研究生毕业。留学把家底都掏空了，把父母骨头的油都榨干了。

"父母不求我飞黄腾达，大富大贵，只希望我工作稳定有保障，我回国竞聘国行海外机构储备人才，随时会被派往法语国家。我和你一样，每月工资只够江城基本生活费，稍有不慎就捉襟见肘。父母还以为银行工作像以前那样体面收入高，听我讲后，妈妈后悔坚持要我到银行。"

"投入与产出不对等，是不是？你何时才能把学费赚回来啊？"覃明皓笑着说。

"上周回家和父母聊天，我说想用自己公积金贷款购房，父母说好。可能他们做生意手头紧，要是以前会主动提出帮我付些首付。我内心很想他们能支持一下，可我实在开不了口。现在该我来照顾他们了。"

"你还需要买房？娜姐想死你了，她家房子早准备好了，只要你从了她，现在可以去蹭晚饭。"覃明皓戏谑道。

"别想天上下金雨。吃软饭求包养，一辈子莫想抬头做人。人无远虑，必有近忧。"徐清阳自顾自地说，马上语塞。覃明皓鼾声如雷。

徐清阳来到镜子前，看着高回头率的那张俊脸，他曾很享受这种感觉，但此时感到它招灾惹祸，他恨自己的长相，用手划镜中脸，想象着用刀划破，汩汩流出鲜血，伤痕累累，彻底毁容的样子。

徐清阳用自己的手机给何馨拨过去，无人接听，就想办法让覃明皓散心，带他去龙千里 KTV 房唱歌。两人二重唱《年轻的白杨》，配合非常默契。覃明皓兴奋地说："你唱得这么好，怎么不去参加好声音比赛。以后单位表演节目我们俩就唱这个。"

二人骑共享单车去南岸嘴游玩，覃明皓从后面追徐清阳，上来拍打他的屁股。徐清阳搂着他的肩，覃明皓扶着他的背，双双快速骑着跑。骑累了，二人歇息。

"我天天打她手机，始终处于关机状态。她真狠心，这么多年的感情说没就没了。我真的失恋了，你要多陪陪我。"覃明皓撒娇道，"背着我跑，看你能背着跑多远。"徐清阳为了他开心，背着他拼命疾跑，旁边小男孩大叫猪八戒背媳妇，覃明皓笑出声来。突然迎面碰到江边夜跑的黄鑫，徐清阳把覃明皓放了下来。

两人继续骑行，到达南岸嘴。对对情侣偎依在幽暗的树下长椅上、防波石坡上、草地上。几处聚集的中老年夫妇吹拉弹奏，纵情放声高歌，引人驻足欣赏。迎面遇上何馨。

"没有我的日子，你过得挺快活的！为什么见我妈面要争吵个赢，赢了又能怎样？你真不懂事。我说分手，你只会哭泣；我不理你，只会自怜自叹，酗酒自残，你就不能像徐清阳一样到学校找我？你什么时候能长大？你知道这几天我是怎么过的？"何馨委屈流泪。

"明皓，我多管闲事了，你们处这么长时间，彼此有真感情，就这样分了挺可惜的。好好谈谈。"

"要不是看你的面子，我才不会见他。"何馨还在生气中。

五

覃明皓上班沉默无语，同事得知他因房子婚事搁浅，唏嘘不已。小娜调任个人住房贷款客户经理，她说正在驻点签约的丽江嘉园楼盘热销，地理位置好，房型结构佳，要他去看房子。覃明皓怏怏地说，我哪有钱买。小娜生气地说，就看一下，又不要你的钱，你迟早要买房，长长见识。徐清阳陪他去看房，倒自己看中了一个三十多平方米的小房子，想用公积金贷款，做了登记，签了意向合同，希望能缓交首付金，被售楼部女孩小孔婉拒。正要走掉，碰上黄鑫进来。小孔迎上去，"黄总。"

黄鑫笑着问："你选婚房？"

清阳讪讪地说："我女友还不知在哪。"

黄鑫笑着说："到这年龄也该考虑。购婚房最好一步到位，以后生二胎，保姆、老人来住，至少需要130多平方米以上。你看这套三房二厅二卫，户型不错，南北通透，功能齐全。"黄鑫自顾自地推荐，对旁边的小孔说，"让小孔帮徐经理把这套算一下。"

徐清阳眼睛一亮，笑着说："好眼光！这房子首付不少，还得靠父母帮忙，自己还房贷，四十岁才还清。对我压力不小。"

黄鑫说："有努力目标，生活才有动力。你看好这房子，就给你留着，首付不急着交，我与公司合伙人商量，给你最低价，你放心，能帮，我全会帮的。"

徐清阳笑着说："谢谢你，我考虑考虑。"转身和覃明皓离去。

他给家里打几次电话，想商量购房的事，父母手机始终处于关机的状态。他打给舅舅，舅舅说他们外出旅游了。

小娜说："小孔好奇徐清阳怎么认识他们黄总，他是负责这楼盘的营销管理公司的总经理，省内小有名气的青年企业家。他父亲是这家房地产开发公司的董事长，他妈是物业管理公司的总经理。"

清阳说："他是上次被骗阿姨的儿子。"

小娜说："小孔要我告诉你，你先去把合同签了，其他以后再说。黄经理推荐给你的房子，楼层很好，对外标注已售，就没有拿出来过。他给你的价，比别人低很多，只相当于成本价。他家财丰厚，有钱得很，还不是我行私人银行客户，谁要是把他们拉过来开户，绩效立即会大幅提升。"

他犹豫说："不想占别人便宜，欠下大人情。"

小娜劝说："商人不会做亏本的买卖。他只是少赚些，你不要有思想负担。过了这个村没有这个店。首付能给多少就先给多少，我这些年还存下一些钱，你先拿去用，以后有钱再还我。"

徐清阳笑着说："如果有需要，我会不客气的。"他不会用小娜的钱，只是说说而已。他积蓄不到十万元，首付差得远，他不愿向外人借钱。

但此事还是让他烦躁不安，就四处闲逛，来到龙千里夜总会。龙千里见到他大喜，急着拖他往演艺吧走，说："有个歌手急病上不了，你快帮忙救场。"

徐清阳疑惑说："我没商演过，行吗？"

龙千里："我是听你的歌长大的，有过人的天赋，你只需要放开些，当在KTV房唱。"他让化妆师给他稍稍敷粉，套上蓝紫色假发，排上每次同学聚会大家必点他唱的曲目。

台上，他像换了一个人，边舞动肢体边声情并茂地演唱情歌，磁性的嗓音，如天籁般，给人听觉享受，赢得阵阵掌声。

演出结束，龙千里给了他一个厚厚的红包。艺术总监，龙千里小舅，徐清阳父母昔日同事，盛情邀请他晚上来驻唱，并推介到他负责的几个娱乐城唱歌。他白天骑行上班的电动车派上了用场，每夜赶几个场子轮流唱。从此歌手蓝精灵，在江城夜总会里名气飙升，许多女孩慕名从四面八方来看他。

一个靓妹经常来捧他的场，双眼专注地看着蓝精灵，有时听歌时旁若无人地默默流泪，引得身边酷酷的小伙子嫉恨不满。她就是琴姐的表妹。

散场，小伙子猜疑地问女孩，"他欺负过你，伤了你的心？让我来帮你教训教训他！看他那个得瑟的样。"那女孩忙说，"不是你想的那样，莫乱来。"黄鑫在人流中走在一旁，瞥了他们一眼。

徐清阳演出完，外边下起小雨。偏僻暗处，他正在路边戴防风头盔，一辆跑车鸣喇叭快速朝他驶过来，他快闪到路边，小车将他的电动车撞倒辗过。徐清阳惊见一张陌生的小伙子充满怒气的脸。

他惊魂未定，背着双肩包，垂头丧气地看着地上一摊变了形的电动车残骸，沮丧地踢了踢。

六

深夜街头，徐清阳边走边等出租车。一辆车轻轻地停在他身旁，车窗打开，黄鑫笑容灿烂地说："上来吧，我顺便送你回家。"

徐清阳刚想开口谢绝他的好意，黄鑫说："我有重要的事找你。"那目光不容他拒绝。

徐清阳坐在副驾驶位置，将双肩包抱在胸前，打量着豪车，随口真心夸道："你这车开起来拉风。"

"要不你来开，玩一下。"

"别，拿驾照后，我就没摸过车。"

"你为购房首付，就这样玩命，太不爱惜自己身体了。"

"你在跟踪我？"

"哦，我一直在找你。那房我将一直为你留着。"

"你那房我买不起，我没去签合同。我只是不想无赚钱能力，永远囊中羞涩。"

"你累了一晚上，我们找地方宵夜，边吃边聊。"黄鑫边开车，边扫视徐清阳温润如玉的脸。

"谢谢，我准备有。"徐清阳拿出包内锅盔烧饼、番茄、黄瓜，津津有味地吃，喝着纯净水。

"这样对付，也太节省！"

窗外，街市如昼，车流如梭。黄鑫目光灼灼，对看着街景的徐清阳说："我查你登记的手机号，你加我微信，我给你发个小视频。这是我公司的一位员工前天从他朋友圈中看到的，他认出了狼狈的我。那天我开车去夜跑，跑完步，浑身冒汗，沿着大堤陡峭石坡走，想到江水中洗洗脚，凉快凉快，没想踩在青苔上，脚底一滑，就落进江水里。我是旱鸭子，越挣扎，离江岸越远，我大声呼救，激流将我卷到江中，终因体力不支，意识模糊。"

徐清阳专心看围观者拍摄的他救黄鑫全过程的视频，笑着说，"我当时想，长江又没有盖子，每年收了多少轻生者。心里还在骂，你身子挺沉的，活得多滋润，还想不开，寻短见。有勇气去死，为什么没有勇气活？"

"我的命你给的，我们生死兄弟，我这辈子舍命对你好！"黄鑫动情地说。

"可别这样说，我担当不起。我救你也是为了我自己心安，如果不救，我会愧疚一辈子。"徐清阳平静地淡淡地说。他继续观看窗外灯火，困意袭来，竟发出轻微的鼾声。

黄鑫将车静静地停在路旁，看见他睁着眼睛睡，可能眼睛大，合不拢，就用手在眼前晃了晃，可他仍无感觉。久浸商海的黄鑫，望着徐清阳英气逼人又淡定恬静的脸，如临山中清泉，神清气爽，心生宁静。从他身上看到了刚出校门为青春梦想奋斗的过去的自己，因他唤醒了久远的记忆，怜惜之情油然而生。

徐清阳醒来，望见眼前这个五官轮廓分明、浓眉大眼、隆鼻、结实下巴的胖子呆呆地看着自己，微微受惊吓。

黄鑫欣喜地说："周末，我们一起出去玩？"

"我要去社区宣传营销高速公路 ETC、汽车信用卡。"

"那你什么时候休息？"

"什么时候完成，什么时候休息。"

"你在哪个社区，到时我去捧场。"

"好的，谢谢你。"

周六营业前，金凯支行营业厅内开晨会。员工站成两列，行长程静立在中央，激动地说："这次我行高速 ETC、汽车信用卡完成指标在市分行靠后，没有发挥出金凯支行特别能战斗的精神，是我没有抓好，我要负全责，对不起大家，下面我给大家三鞠躬。徐清阳小组这次在支行暂时落后，大家给他们鼓劲。下面，请清阳到前面来，交流下步工作思路。请大家鼓掌，掌声响得再热烈些。"

徐清阳硬着头皮走上前表态发言。"面对大家，我很惭愧。小娜找同学、亲戚帮忙，覃明皓让女友帮忙营销同事、家长，都完成了各自任务。是我自己没有做好，连累了同事，对不起大家。"随即也给大家鞠躬，"我要向先进学习，今天开始到高端社区营销，努力服务好目标客户，尽快追赶上来。"

"清阳很有想法，我相信他能做到，不辜负大家的期望。请大家再一次为他们鼓掌。我等会带人到高速公路休息区营销。"

散会后，小娜心里不快，小声嘟哝道："女魔头，不完成周末不让休息。害得我不能参加闺蜜聚会。"

"都是我的错，晚上我请客谢罪。"徐清阳心虚气短地说。

蓝江嘉园院里，徐清阳在宣传摊前耐心细致地给前来咨询的居民解答，小娜、覃明皓热情地散发宣传折页。"办理ETC，免费送设备，上高速自动交费，快捷通行，又享优惠！""办汽车信用卡，每周洗车享受优惠。"他们忙忙碌碌，但问的多，签约的少。一位大爷、国行退休员工认出小娜，笑着说，"你们现在怎么这么遭孽，摆起摊子，以前都是客户上门找着我们银行办业务。"小娜尴尬地笑了笑，目送他离去。

突然几辆豪车开来，一个长得很精神、衣着时尚的小伙子，带着几个人走过来，笑悠悠地打量漂亮的小娜："黄总介绍我们来的。"

他们有序分工忙开了，覃明皓指导填开户签约表，小娜在移动终端上核查信息、开ETC储值卡或记账卡、汽车信用卡，徐清阳在车上安装电子标签OBU设备并激活。名车接二连三地开来，徐清阳从没看过这么多车，像举办豪车展，吸引社区居民驻足围观，欣赏评论。车主们站在一边耐心等候，有的向小娜指指点点，嘀嘀咕咕。小娜旁边七嘴八舌的议论，他什么时候有女朋友？是鑫鑫在追！鑫鑫的眼光蛮独到！以后和我们一起玩。面对开玩笑的话，小娜办理时始终保持微笑，也不气恼，只是和徐清阳工作配合时说话很亲热。

名车一波一波地从外驶来，小区居民办理也越来越多，徐清阳、覃明皓、小娜三人快忙了一天，给二百多台车办理高速ETC。渐渐来人稀少，覃明皓得闲，对小娜打趣道，"星星是谁？新的追求者？现在太阳、月亮、星星都照着你，多幸福啊！"小娜喜滋滋地说，"我的追求者多着呢，只是有人近视，看不见。管他黄猩猩，蓝猩猩，我们超额完成，说不定会获第一，可以休息了！"徐清阳听着微笑不语。

一辆玛莎拉蒂停下，黄鑫走下车来，小娜惊异，谄媚地笑着快步迎上，娇滴滴地叫"黄总！"

黄鑫随口轻声应道"小娜"，径直走向徐清阳。"我的朋友、公司员工来办了，完成任务够不够？要不要我再叫人？"

"够了够了，不麻烦了，已经非常感谢"。徐清阳真诚地说。

"你跟我就别客气。把这辆车也办了。"

徐清阳在车内前顶玻璃上安装电子标签 OBU 设备，黄鑫坐在后排有兴趣地看着，好奇地问："车主预存不了多少钱，你们银行还免费送设备安装，这能赚几个钱？别只赚吆喝。"

"主要是为了公司存款。现在客户到银行来存钱的越来越少，苍蝇腿也是肉，聚少成多。"

"这车以后你开，我放在家里闲着也是闲着。"黄鑫把车钥匙递给清阳。

"你心意我领了，我不会要的。"

"你如果不接受，以后我就每天来接你下班。你夜晚路上不安全，我不放心。"

"我个大男的，有什么不安全。"徐清阳突然看见小娜呆站在车旁，愣愣地拿着开好的卡，小娜见他注意，忙回避走开。

七

几天后，徐清阳到市分行办事，几次见人们指指点点，悄悄耳语，见他走近就分开，感到诧异。覃明皓对他说，行内传说徐清阳被一个男老板看上，送了一辆豪车给他。风声四起，愈传愈烈，竟衍生出几个版本，给枯燥的银行工作增添活色生香。

他知道送车的事是小娜说出去的。徐清阳感到有口难辩，他总不能见到谁，就主动与人说这事，再说别人会相信吗？他碰到小娜，私下说："有些事情没有弄清之前，你不要随便说，不是你想的那样的。"

"我无中生有乱说了什么？你敢做还怕别人说，恶心！"小娜生气地转身走开。她坚信她没看走眼，他长得那么帅，保养很好，细皮嫩肉的，穿衣很有品味，这么长时间就没听说过他找女朋友。

徐清阳气恼得说不出话来，眼怔怔地看着小娜匆匆离去的背影，没去追她。他给覃明皓说起那天救人湿身回家的事，他很理解，他找小娜说，还没到正题就碰壁，小娜刺耳的话让他羞愧烦躁。他感到将彻底失去她这个好朋友，心里发痛。

他手机震动了，见黄鑫来电，按拒听键。他觉得那天车内他已说清楚了。

"我真的不能接受你的车。你不要总把我救你的事放在心中，我是自愿的，你不欠我的，你已经在业务上帮了我很大的忙，应该感谢的是我。再说你给我这样一辆豪车，对我这样收入的人是一场灾乱，我没有合适的地方放，长期也加不起油。养车对我是负担，是包袱。"徐清阳语言诚恳，心里有些泛酸，为缓和沉闷的气氛，他开玩笑说，"该不会是你叫人毁了我的电动车，好让我接受。"黄鑫被逗笑了说，"你想象力真丰富，那是你放的情债。那天我看见琴姐表妹和他男友，本想去制止，只不过在地下车库里被堵住，出来晚了一步。他们无意中帮我创造一个感谢你的机会。你放心，我托琴姐做她的工作，不会再出现此类事。"

徐清阳在柜台前，突然看见黄鑫那张笑盈盈的脸，慌乱地问："你怎么找到这里来。"

"我来办业务，开三个结算户。"黄鑫觉得自己好心办错事，可能伤了他自尊心，就主动找他。

"别开玩笑！我上班呢。"徐清阳想拒绝他靠近。

"开玩笑？我们吴会计把开户需要的所有证照资料、印鉴带来。你不想办？"

行长程静在旁边给柜员授权，看见黄鑫来了，主动从柜台内走出，热情地迎过来，"黄总！"听说他要开户，非常高兴，"清阳，动作迅速些。"招呼黄鑫在旁边坐下，倒菊花茶，然后陪坐随意聊天，"黄总公司业务规模现在越做越大了。"

"我们民营公司哪能与你们国行金字招牌相比，像清阳这样的海归硕士，都坐柜二年，豪华配置。他要是到我们公司，薪水不说是现在的十倍，五倍还是可能的，但他会来吗？"

"我们这里哪能与黄总比，你想奖给谁一套房、一辆车，说了就算数。我们这里是买单制，做出业绩才有可能提高收入。"程静看着黄鑫的眼睛说，看来她对员工行为排查到位。

"所以我来，想帮他提高业绩。"

"你这样尽力帮他，你们关系不一般啊。"

"他和我，就像你们常说和人民群众，和客户，唇齿相依，要休戚与共。"

黄鑫笑着说。

"你对他这样好，别把他吓着。莫看清阳长得高高大大的，其实他还是挺单纯的孩子。"

黄鑫顺着说，"他为人处事简单，不仅憨直，而且倔犟，认定的事别人很难劝动。也正是这点，让我更喜欢他。像他这样一个人在城里打拼，要过好日子，很不容易。我帮他，就是不想他那么辛苦，那么累。以后，还得请程行长多多关照清阳。"黄鑫眼里发光。

"这说哪里话，清阳是我行员工，关心爱护他是我的职责。我倒要请黄总以后对我行业务大力支持，有什么要求尽管对我们说。"

"哦，你行能不能把丽江嘉园个贷客户经理换个人。"

"怎么？"程行长吃惊地问。

"感觉小娜最近心思全用在谈恋爱上。有个小伙子在我们这里买完房子后，还常来找她，陪她聊天，请她吃饭，看演出。有时客户看房后要签约，却找不到她的人，小娜随小伙子提前走了。"

"好的，我没有管好员工，给你添麻烦了。"程行长深表歉意。

吴会计走过来轻声对黄鑫说："三个公司结算户都开了，八千万元转款已到账"。

"事办完，程行长打搅了。"黄鑫起身欲出门离去。

"清阳，退屏，送送黄总。"程行长说。

吴会计快速朝小车走去，落在后面的黄鑫笑着低声对清阳说："你们程行长挺关注我帮你，我说我们唇齿相依，要共患难。"

"好好的话，从你嘴里出来，听着怎么有点肉麻味？"清阳嘟哝。

"你救人乘机夺走我的初吻。"黄鑫讪讪地打趣。

"我满嘴鱼腥味。"徐清阳一脸嫌弃。

"这叫相濡以沫，好不好。"

"我知道你是担心我，我已辞掉夜场演出，你就放心好了。"他说的是实情，不仅因为黄鑫要接送倒逼，也因为他不习惯那种夜生活氛围，那里小青年容易冲动起纷争，琴姐表妹男友故意点他唱《滚滚长江东逝水》，与他中低音唱风迥异。加上银行禁止员工外出兼职，他只与覃明皓一人讲过，可有次小娟女同学来约她下班一起去看帅哥蓝精灵演出，在行内碰见清阳她同学惊叫蓝精灵，清阳说你认错人，她说真的好像，他走过了，她还别过头看他，一脸花痴样。虽搪塞过去，他担心时间长了，难保人不知。

"这样好了，以后只唱给我一个人听。你明天抽点时间，我们一起吃晚饭。"黄鑫说。

"到时候再说。"徐清阳婉拒。

八

金凯支行营业厅内，客户来来往往，业务一片繁忙。突然急冲冲进来几个人，说找徐清阳，请他还钱。这些人中有他父亲的朋友、远房亲戚，徐清阳是认识的。程静行长忙领他们到会议室。他们声称徐清阳父亲与朋友合伙开发房地产，找他们借了300万元，承诺年利率8%的回报。他们拿出打的白条。

徐清阳："我不知道这事。"

程行长："你们应该去找他父亲。"

一个中年汉子说，他父母的经营早已停止。家里能变现的都已变现还钱，现在不知躲藏到哪里。听说他们早给儿子在江城买了豪宅，就找到他工作的银行。

徐清阳说："我打过父母手机，联系不上。"

"欠债还钱，父债子还，天经地义。如果不还出来，我们今天就不走。"一个女老板说。

程行长说："这里是国家营业场所，容不得你们在这里闹。"劝离不听，于是报警。

胖警察来了，问清来龙去脉后，明确说你们不能影响银行正常经营，否则要依法追究。这群人气焰才低下来，快快离去。

徐清阳想象债权人天天到他家逼债的情景，整天心事重重。他此时才明白父母为什么强烈反对他做生意，商海变化多端，险恶无情。父母这辈子为了他，含辛茹苦赚钱，节衣缩食攒钱。他是家里唯一的孩子，该是他报答养育之恩的时候。为了父母，他卖自己的心都有了，他仿佛长大了几岁。

下班前，程行长说："明天你就别来了，休公休假，给你五天时间去处理这事。你在这里，他们会上门逼债，闹得无法营业。"

他疲惫地骑着共享单车，准备回出租屋。突然，一伙人驾车堵住他的去路，扑上来，他转身跑，他们从背后猛踹他的腿，挥拳击打他的面部。一个女人惊叫别打破相，一个汉子说不让他受皮肉之苦，他父母不会心疼现身。他们逮住他就往面包车内塞。这时，黄鑫和司机从车里冲了下来，对那伙人一阵拳打脚踢，击倒了两三人，将清阳抢了过来。那群人懵了，黄鑫厉声说："我已报警，你们有王法吗？大白天绑架人。"这时传来急促的警车汽笛声，这伙人仓惶乘车逃离。黄鑫给警察报车号，指出他们的逃向。

徐清阳惊魂未定，身体发抖，眼成熊猫眼。上午来行处理的胖警察，找他作完笔录，然后说有什么事打他的电话。

胖警察走后，黄鑫关切地说："说好晚上请你吃饭，打你电话不接，发微信你也不回，就过来沿路找你，没想被我碰上。走吧，喝一杯酒压压惊。"不由分说，拉他上车。

面对丰盛的佳肴，徐清阳毫无食欲，很少动筷匀。黄鑫关切地劝慰说："再大的事，饭还是要吃的。"用筷子将菜肴夹到清阳碗里，"现在关键是要与你父母联系上，这样我才能帮得上忙。你发微信、短信给他们，把今天的情况实说，也打电话给你最信赖的亲戚请他们帮忙。不要一个人坐在这里瞎想。我不知道你爸借了多少人的钱，我们在明处，他们在暗处，你这样回去不安全，你今晚住我那里，有我在你身边，有什么事可以及时处理。"

"我换洗的衣服都没拿一件。"他不想麻烦黄鑫。

"别婆婆妈妈的，我那里什么都有，不会让你光着屁股的。你给小覃打个电话，说一声不回去，告诉他小心些。"

徐清阳眼里闪着泪光，说不出一句感激的话。黄鑫抚摸着他的肩说："相信我，这事会很快解决的。"

黄鑫领他乘电梯进入独居的高端小房，自豪地说："我大学读书可没你用心，我经常兼职打工。这是那时与毕业后一两年攒下的钱买下的，现在已升值很多。"清阳打量着这样梦寐以求的小户型，配备有电磁炉、抽油烟机、洗衣机、干衣机、冰箱、电视、笔记本电脑，见床不远处摆着大浴缸，笑问你是不是常带女人回来。黄鑫笑答，"就带你这个女人回来。一个人住自在，累了就好好泡个澡，可少听父母催婚唠叨，我也和他们吃不到一块去，他们晚上喝点小米粥就行。人不吃好，活着有什么意思呢。"一会儿抓出可乐、薯片、巧克力、龟苓饼、港饼、烘糕、麻糖放在茶几上。"你刚才没吃什么。我这里书不好找，就吃的多。"清阳知道他身上的肉是从哪里来的。

　　黄鑫拿出新毛巾、内衣，请徐清阳洗澡，徐清阳扭捏。"你害什么羞。冰肌玉肤，好个穿衣显瘦、脱衣有肉的身材，谁嫁你，艳福不浅。要不要我伺候沐浴？"黄鑫贴过来，徐清阳把他推坐到沙发上。

　　深夜，徐清阳辗转反侧，处于迷糊状态。床头柜上手机发出响声，他睁开眼，欠起身拿起手机，徐父发来短信。他轻轻挪开呼呼大睡的黄鑫搭在他身上的腿、胳膊，起身到旁边拨打父亲手机，小声嘀咕。天蒙蒙亮，徐清阳、黄鑫按发来的微信定位，驾车悄悄来到一个小区。他父母躲藏在剧团徒弟新购的未通水电的毛坯房内。见到与黄鑫穿着同款不同色彩T恤的儿子被打的样子，他父母追悔莫及。原来，由于公款消费剧减，他家餐饮、娱乐城经营陷入困境。朋友开发房地产，邀他父亲入伙。他把住房、商铺抵押，贷了一笔款参股。他们与镇里签协议，花钱弄一块地搞开发，楼盘竣工，土地证办不下来，销售许可证就办不了，一直梗阻，无法销售，投资收不回。消息传出，原来老板叫他父母引资周转、想坐顺风车得利的债权人，害怕投入的钱打水漂了，就一伙伙天天上门逼债还钱，他父母生意无法做，只能关门，最后被逼得有家不能回，东躲西藏，不得不藏在这里。

　　黄鑫了解情况后，让徐清阳留下来陪母亲，戏言清阳这个样子不宜到处显摆，由清阳父亲带他找合伙做房地产生意的老板。下午覃明皓给清阳打来三次电话说，又有几个人打着"还我们血汗钱"的横幅，来行找你还钱。程行长担心路人、客户围观，引发银行声誉风险，请他们进入会议室。程行长耐心地说你休假了不在这，他们不相信，说昨夜还看见你进入豪华酒店式公寓。他们要守在这里不走，说你没钱就把房子抵给他们。

　　徐清阳告诉父亲这些情况，经过漫长煎熬的等待，终于很晚的时候看到黄鑫带着父亲回来。后来听父亲说，黄鑫与老板交谈，反复分析现状，找出问题的症结。然后他打电话托朋友帮忙，人托人，等消息，此路不通，就另找其他门道，他打了不少电话，也接了不少电话，最后疏通上级政府管理部门关节，解决的办法是他父亲的老板补交一笔费用后，办土地证。清阳父亲的老板大喜，想办法弄来一笔款，先连本带息兑付他父亲介绍来的人。清阳父亲一一通知到人，他们下午前来支取，按实际存期基准利率算息。那一伙到支行找徐清阳逼债的人也接到电话，全部离行回来领取。

九

晨会上，程静行长严厉批评徐清阳。不久前省分行例行检查，抽查监控录像发现，黄鑫那次突然来行办开户业务时，徐清阳没有对他行举手礼，根据支行原定规则，罚款 200 元。她今天作为后进支行代表参加市分行服务质量管理提升督导大会。程行长说，清阳抽到省分行参与制作示范录像推广，回来转培训，自己却没有入脑入心，不能坚持做规定的服务动作。市分行管理部门责成他后天晚上在夜校培训会上，上台对抽查为服务不规范的人员反复示范。她强调说，在任何时候，都要保持平稳心态，坚持完整地做好服务规定动作，不能因为客户太熟悉而不好意思做。

接着程行长又批评小娜驻点签约不遵守劳动时间，耽误客户销售，造成不良的影响，要好好反省自己。要求全行员工从他们身上吸取教训，自觉端正态度，认真对待工作。提醒现在支行高学历青年员工多，不能简单的事不愿做，复杂的难事做不了。

小娜驻点被小娟接替了，她回行上班，感到很没面子，觉得黄鑫找她的茬，自然迁怒于徐清阳。金凯公司李兴旺又追小娜到支行，中午送来出差带回的一箱新疆马奶子葡萄，小娜见到他满脸笑容，送走他以后，把葡萄分给大家吃。她对小娟说："好男人难找，现在男人都与我们抢男人，我遇到真心对我很好的男人就不能放过。我不小了，还讲什么自己要有感觉？前不久，我一位亲戚给我介绍装修公司老板，二手老男人，有个上小学的女儿，说他怎么有钱，以后不指望我挣钱，婚后我做得开心就做，不想做就从银行辞职。我什么时候想过做填房，做孩子后妈？我为什么不能与年纪相仿的男孩一同成熟，慢慢变老？"清阳装着没听见她幸福的畅想，继续低头吃自己的饭，他俩现在形如陌路。

下午，营业厅内聚集很多人，今天是社保中心发养老金的日子，支行配备双大堂经理服务。一个歹徒进入大厅，突然掏出长长的水果刀，挟持正在低头为老奶奶服务的小娜，大喊抢劫。有的客户吓得六神无主，懵在那里，有的客户以为是银行防抢演练，继续谈笑风生。清阳神情严肃地指挥客户，迅速从大门、自助银行门有序撤离，并悄悄用手机拨打110报警。保安老崔疏散在场其他客户，将卷帘门低垂大半，防止又有客户进入以及歹徒狗急跳墙时有过激行为。歹徒将刀架在小娜的脖子上，并把她拖到窗口前的座位上，向柜台里的覃明皓索要三万元现金。覃明皓按动了与警方联网的报警系统按钮，与歹徒交谈，另一女柜员迅速收藏现金、印章等重要物品，蹲在防弹柜台下。小娜面无血色，身子不由得瑟瑟发抖，徐清阳和保安老崔过来，围到歹徒身旁，徐清阳劝说："不要冲动，这女孩都吓成这样了，作为大男人，怎么欺负一个女人？要不，我来代替她做人质？千万不要伤害这女孩。"歹徒瞥了一眼与之交涉的徐清阳一眼，吼道"蹲下来！"，见徐清阳蹲到椅子旁，就放开小娜，将刀架在徐清阳的脖子上。见被挟持的小娜安全脱险后，为稳住歹徒情绪，徐清阳继续与他交谈，"你这样抢钱，是犯法的，你要有什么事，你父母、儿子他们怎么活？"听到这，歹徒拿刀的手抖动一下，清阳脖子流出血来，染红雪白的衬衫，歹徒望见，烦躁地嚷道："少说废话！不是儿子在医院急等钱救命，我才不会到这里来。他活不了，我也不活了。快把钱拿出来。"

为拖延时间，覃明皓故意东拼西凑三万元，并将现金一一清点完毕，徐清阳趁机对覃明皓使了个眼色，覃明皓对歹徒说："这是三万块，你拿走"，并佯装要把钱递给歹徒。歹徒左手按着徐清阳的脖子，拿着刀的右手慢慢移开试图去拿钱，在那一刹那，徐清阳赶紧扭身用双手死死按住歹徒拿刀的手，保安老崔趁机冲上前，用警棍勒住歹徒的脖子，与徐清阳一起将歹徒摔倒并使劲按住，覃明皓也立即冲出柜台协助制服歹徒。

公安干警赶到网点将歹徒抓获并取证拍照。徐清阳他们按照应急预案处置突发事件，没有造成银行和客户人员伤害和财产损失，网点正常对外营业。

黄鑫在手机上看到新闻才知道。他反复看了几遍图片，因关心清阳缠着白绷带的脖子上的伤势，放下手中事，奔了过去。在约好的街头小公园内，见到清阳，心疼得有些责怪道："你好勇敢啊！别人躲都来不及，你主动往刀下伸头。你怕处置不当银行会开除你？万一被割喉，怎么办？让爸妈怎么活？我对他们保证过要好好照顾你。"黄鑫眼睛微微发红，说完紧紧抱住清阳。自从见到清阳父母，黄鑫就这么称呼。

清阳拍了拍黄鑫的背，推开他，淡淡地笑着说："我可没想那么多。不管遇到谁，我都会救，再次碰上也会施救。否则我会心不安。我的命没你想的那么金贵。"

"麻烦你以后做事，请多动动脑筋。少做些让人担心后怕的事。你都做了，还要警察干什么？"

事后，省电视台到金凯支行现场采访报道。面对镜头，徐清阳平静地说："保护客户、同事和资金安全，是我的责任。我只是做好我的本职工作。"

总行发文通报表扬徐清阳在危急时刻，挺身而出，用自己换下了人质，机智地和柜员、保安配合，制服了歹徒的勇敢行为，认为他谱写了一曲正气之歌，对徐清阳记一等功，覃明皓、老崔记三等功。省行举办金凯支行成功处置抢劫案事迹的报告会，并全行通报嘉奖。市分行提拔徐清阳为支行副行长。

总行通知也来了，徐清阳被派遣到南非约翰内斯堡分行，担任某一业务部门负责人助理，为撒哈拉以南非洲地区 47 个国家本地客户和走进非洲的中资企业提供金融服务与信贷支持，以促进中非经贸合作发展。徐清阳服从组织安排，不放弃这次海外分行的工作机会，想走出去看看世界。徐清阳在支行与程静进行离职交接，程行长真诚地说，你就这么走了，还真舍不得。徐清阳开始做出国前各种准备，他还没准备好与亲人离别，离开的日子这么快就到来了。

晚上，小娜约徐清阳，二人变生分客气了，见面后静静地走着，小娜说："以前我太任性，给你添堵了，你待我太好，让我想放下你也放不下。明天我与李兴旺订婚，你祝福我吧！你能抱我一下吗？"徐清阳轻轻拥抱她，她紧紧抱住他，久久不放，低声哽咽说："不知什么时候再相见，以后别忘了我。"放开他，头也不回地快步走开。徐清阳久久地望着她离去的背影。

在出租屋，徐清阳碰到覃明皓女友何馨，两个多月不见，她的小腹微微隆起，她说知道他要出国，特地来看他。徐清阳笑着对覃明皓说："小子，你本事蛮大。搞了半天，原来我走是为给你们俩腾出房子。"覃明皓得意地讲："最疼何馨的姑妈反复去耐心劝说她妈妈，她妈妈还是执意反对，不承认我这个女婿，说她女儿不听话就算她作死了。何馨坚决与我裸婚，现在有家难回，住在学校里。她父亲来看我们，偷偷把户口本拿来，我俩已领证。我们准备放长假后，回山里老家简单地补办婚礼。"徐清阳高兴地说："婚礼我是赶不上，份子钱还是要随的。"

徐清阳与黄鑫漫步在两江交汇的南岸嘴，这是二人初遇的地方。黄鑫说："明天我先接爸妈，一起送你去机场，我已安排好。你放心去，我会经常去看爸妈，代你照顾好他们，你要他们有什么事尽管吩咐。非洲风光独特，我会到约翰内斯堡旅游来看你，你要当好导游。"

徐清阳心里酸楚，强作欢颜，什么话也说不出来，只会点点头。

黄鑫笑着说："昨晚梦见你娶了几个黑人老婆，生了一大群黑孩子，吓醒了，冷汗都出来了。"徐清阳噗嗤笑出声。

一个奋力暴走的大叔从身边经过，手机里放出李谷一的《知音》歌声：人生难得一知己，千古知音最难觅……

黄鑫说："走，我们去古琴台逛逛。"

"好，总往门前过，就没进去。"徐清阳说。春秋时期，伯牙与钟子期在这里留下高山流水遇知音的千古传诵的传奇故事，他想他和黄鑫这一代人，该留下什么样的新传奇呢？

（选自庆祝改革开放四十周年"金融人的故事"短篇小说征文获奖作品）

作者简介

　　凌晨，女，中国金融作家协会会员，浙江省作家协会会员，浙江金融作家协会副秘书长。作品散见于《西湖》《散文》《厦门文学》《福建文学》《浙江日报》《文学视野》等报刊，其中散文《旗袍》入选《新世纪中国散文佳作评选》一书。著有文集《穿旗袍的女人》、长篇报告文学《大漠高歌》（合著）。现供职于交通银行浙江省湖州分行。

初心依旧

凌晨

一

　　……4、5、6、7，到了。慕容思薇一脚跨出电梯，就与直奔过来的姚美婧撞了个满怀。

　　哎哟，思薇，你终于出现了，快把我急死了。姚美婧猛拽一下她的胳膊，埋怨道，怎么不接电话？

　　慕容思薇不疾不徐地抬腕示意一下手表：不是说好两点到行长室吗？还有十分钟呢。

　　是孟行长让我来找你，走吧走吧。姚美婧拉了她就走。

　　行长孟伟锋见两人进来，便把在座的中法合资雷诺奥集团有限公司的副总裁刘毅军先生介绍给她们，再将两位下属一一作了介绍。

　　身材高大、穿着休闲的刘毅军从沙发上站起身来，伸手笑道：慕容小姐，之前我们见过，没想到你原来是公司业务部的总经理。这么快就又见面了，真是有缘。

啊？是的，刘总，我们见过。慕容思薇略一迟疑，马上想起来了。

孟行长颇感意外：你们见过？我怎么不知道？

刘毅军笑道：几天前在一条小路上，慕容小姐的车差点撞上我。

慕容思薇不好意思地说：那天赶时间去市政府金融办开会，拐弯时转得有点急，幸亏刘总车技高超，躲闪及时，不然肯定撞上了。

姚美婧颇为夸张地睁大杏眼，将整齐的短发习惯性地一甩：哇，思薇，你和刘总还有这么惊险的桥段？

慕容思薇望着刘毅军：没想到刘总刹车停车十几秒，就记住了我。

就这两天的事，所以印象深刻。当然，慕容小姐的美丽，同样印象深刻。男人嘛，对漂亮女孩总是过目不忘。刘毅军语调轻松地开着玩笑。

孟行长也哈哈一笑：到底喝过洋墨水，连赞美女孩子的方式都与众不同。

说完，四个人一起笑了起来。

孟行长摆了摆手：好了，都请坐吧，我们言归正传。

雷诺奥公司是当地招商引资的重点企业，准备在太湖南岸投资建造一座法国式的风情小镇。也就是上个星期，市长把各银行行长召来开办公会议，希望各大银行给予雷诺奥公司最大幅度的金融支持。今天孟行长把慕容思薇和姚美婧叫来，介绍她们与刘毅军认识，就是想把这个项目的融资任务交给她们去办，聊一聊具体怎么操作比较合适。

姚美婧抢先说，那当然是走我们个金条线最便捷喽，新公司新项目，若从公司条线走，手续繁复，会影响开工时间和进度，对吧？思薇。

慕容思薇矜持地一笑。

姚美婧又补上一句，以前类似的项目不也都是这么安排的，我们部有这方面的操作经验。说罢，目光从行长扫向刘毅军。

先不用急着表态。孟行长说，这个项目市领导十分重视，资金需求量也大，建议你们两个部门共同合作。

他让慕容思薇和姚美婧安排好手头工作，抽时间去一趟雷诺奥公司，作一下实地考察，然后各自拿出方案提交贷审会讨论，看看如何整合成一个组合贷款。

两人欣然受命。

至于后续具体事宜嘛，刘总可直接与慕容、小姚联系。怎么样？孟行长转头看着刘毅军。

刘毅军笑答道：好啊！能与两大美女合作，真可谓十分愉悦。相信也肯定会合作顺利。

慕容思薇笑容温婉，表示当尽力而为。

姚美婧眼波流连，冲刘毅军妩媚一笑。

二

咖啡馆里的下午茶时光。

刘毅军没有邀请姚美婧。他对慕容思薇说，今天不谈工作，只喝咖啡。

端坐在布艺沙发里的慕容思薇，将微卷的黑发在脑后绾了个妩媚的法国髻，一对淡绿色的水晶耳坠，一件绚烂花色的无袖上衣，灰紫色的宽腿长裤，中式的旗袍立领衬托着一张线条柔美的白皙脸庞，粉嫩的双唇在灯光下显得格外丰润。

刘毅军眼睛一亮。

在他的印象中，慕容思薇是职业的、时尚的。然而此刻，她的举止打扮却如同民国时期老上海的淑女名媛，闲适、慵懒，略带些许的末世情怀。他发觉，在这间弥漫着浓重殖民气息的咖啡馆里，这个女人终究还是别致的，别致得异常舒服和高雅。

不得不承认，坐在慕容思薇面前的这个男人同样极具魅力。竖着领子的浅草黄色衬衣，军绿色的休闲长裤，剃净胡须后隐隐泛青的脸颊轮廓分明，还有架在鼻梁上的那副雷朋墨镜，活脱脱一派标准的硬汉军人形象。

慕容思薇的心里轻轻漾起一丝涟漪。

低回的音乐声中，她小口、小口地喝着红茶，优雅而从容。午后的阳光透过窗外的浓荫，从木质百叶长窗的缝隙里照射进来，将斑驳的影子投在了深色的柚木地板上，她的视线，也久久地停留在这流动的光影里。

慕容小姐在想些什么？

她收回目光，温和地望着他：我在想……法兰西的温暖阳光是不是也是这样的明媚。

想问我怎么会去往法国，对不对？刘毅军告诉她，自己先是在国内当兵、上大学，尔后又去法国深造。就读新闻专业的前女友，在跟随联合国环境规划署到非洲拍摄一部抢救濒危野生动物的专题片后，突然感觉自己在与大自然的亲密接触中，能够实现自我与生息环境的完美共生，找到了一种全新的升华。待硕士毕业，即加入到世界自然保护联盟组织。

当时，她竭力说服我一起去。但我学的是建筑，别说去非洲，就是留在法国也没有回国发展的空间大，说白了就是国内赚钱容易。她就认为我太过现实，没有精神追求，缺乏人文主义的博爱精神。价值取向的不同、人生与世界观的相左，使得我们渐行渐远，最后只能分道扬镳。不过至今，我仍认为她是一个有理想有情怀的优秀女人。轻啜一口红茶，他的脸色有些凝重。

慕容思薇觉得有点窘迫：真不好意思，我没想到无意之中竟涉及一个不该触碰的话题……

没关系，都已经过去好些年，往事如烟了。他掏出烟盒，以征询的目光看着她：不介意我抽根烟吧？

她无声地点点头，将桌上的烟灰缸轻移了过去。

刘毅军点燃烟，深吸一口，看着她的脸，说：你是不是也觉得我很物质很现实？

没有啊，其实我也是个比较喜欢高品质生活的人。她的回答巧妙而善解人意。

这个下午茶喝得比较轻松愉快。

一两个小时过去了，刘毅军侃侃而谈：从房地产的前景趋势到央行的宏观调控，从合资公司的管理到人民币汇率的调整。

呵呵，我自以为是地说了那么多，也该轮到慕容小姐你说说了。

哦，我说说？刘总想听我说什么？

什么都行！只要是你说的，我都爱听。

不太明亮的光线里，刘毅军捕捉到她的脸上泛起一阵浅淡的红晕。

迎着刘毅军的眼神，她渐渐启开了心扉，温暖柔润的童年时光，多姿浪漫的校园生活，中规中矩的职业生涯。从小到大，她是父母宠爱的独生女儿，长辈眼中的乖巧宝贝，同学群里的骄傲公主……就这样，一直岁月静好地生活在这座烟雨迷蒙的江南小城里。

与您的精彩人生相比，我的生活真可谓波澜不惊。她有些羞涩地笑了笑。

我觉得挺好，女孩儿就应该过得单纯、快乐而平静。刘毅军极为欣赏地回答她，继而开玩笑地问，倘若自己在她的豆蔻年华与之相识，两个人的生活轨迹是否会呈现另一种模样？

人世间哪有这么多的倘若。她有些慌乱，低头看了看腕表，说，时间不早了，谢谢刘总，让我度过了一个美妙的下午。

他不动声色地发出邀请：假如慕容小姐晚上无约并也乐意，我们还可共进一次美妙的晚餐。

非常感谢刘总的盛情，可今晚不行。七点钟行里有个视频会议，我得回家去换身衣服，以后有机会再聚。说罢，她站起身来。

的确，穿得这般风情万种去参加行务会议是绝对不合适的。

刘毅军不再挽留，起身为她拉开座椅，将她送至门外。

望着那袅娜远去的背影，他暗自思忖，这是个什么样的女人，得体而理性，刚刚还是那么纯真、温柔，一转眼，就不显山不露水地将两个人正在慢慢靠拢的距离又悄然拉开？正因为她不像姚美婧那么性格外向接地气，稍许恭维赞美一下就会把自己的底牌和盘托出。所以才决定今天不与她直截了当谈合作，而且凭直觉，这不是个物质欲很强的女人，倘若初次相约即贸然送上礼物，说不定还会引起她的反感，只有云淡风轻地喝喝咖啡聊聊天，才是相互间增进了解的最佳形式。他很满意自己的这个决定。但无可否认，她确实十分吸引人。听姚美婧说，她是单身贵族，果真是单身么？

两小时后，慕容思薇已身着合体的藏青色裙服，端庄地坐在了会议室里。

手机在会议开始前不失时机地闪烁起来，是一条短信：

远在小河对岸有点点火花，天空褪去了最后的晚霞。一队青年骑兵，一起跨上战马，越过田野到前面去侦察……今晚播出乌克兰与中国合拍的《钢铁是怎样炼成的》，拍得不错，值得一看。刘毅军。

正想回复，对面的姚美婧目光灼灼地扫视过来，打趣道：有约会？到底是美女老总，炙手可热呵！

哪里，是天气预报。说罢，她神色自若地关闭了手机屏幕。

下意识间，她转头望一眼窗外，晚霞已从天边渐渐隐没，瞬间，一缕莫名的伤感缓缓漫过心田。

三

清晨，太阳刚探出笑脸，太湖岸边罗曼小镇上的马场已被晕染成一片胭脂色，通往山林深处的跑马道上，一匹灰白色骏马正疾驰而来。

思薇小心！站在路旁观赏的姚美婧，看着马儿"嗖"地一下从她眼前蹿过，忍不住挥舞着蓝色纱巾高喊一声。

慕容思薇娴熟地一收缰绳，马儿即刻慢下步子，摇晃着脑袋，喘着粗气停将下来。她偏腿下马，站立风中，黑色头盔配着黑色马靴，束进牛仔裤里的橘色细条纹衬衫袖子高挽，坚挺的胸脯随着呼吸的节律波涛起伏，微微敞开的领口里隐约可见一颗浓绿色的水晶挂坠，汗沁沁的卷发贴在耳后，英气极了。

慕容这个姓氏应该来自古老的鲜卑族，而思薇小姐也无愧于这个剽悍的民族，你的骑姿十分优美。刘毅军边夸奖边问姚美婧：姚小姐，你也跑一圈试试？

姚美婧习惯性地一甩头发，娇嗔道：我可没那个胆儿，除非刘总带着我跑几圈，如何？

行！恭敬不如从命，来吧，姚小姐。刘毅军爽快地答应着，将姚美婧先扶上马背，随后敏捷地在她身后翻身上马，扬鞭而去。空气中，留下姚美婧一串串银铃般的笑声……

罗曼小镇里的这个早晨，线条柔美的胸臀曲线，细条纹领子里的那枚碧绿挂坠，湿漉漉的细软卷发，慕容思薇无意之中流露出来的那种轻施粉黛、饱含生命自然本色的性感，令刘毅军心动不已。

晨练完毕，慕容思薇和姚美婧换上干练的职业装，按部就班地进入工作模式：听取常务副总对公司概况、历史沿革的介绍，调阅财务总监提供的全套财务报表，收集办公室主任提供的各种证照及可行性报告等相关资料。

中午，刘毅军请慕容思薇和姚美婧在食堂吃便饭。

姚美婧娇笑说：这么丰盛的菜肴都算便饭，听刘总的意思，好像还欠我们一顿正餐呢，思薇你说是不？

慕容思薇不太喜欢她在客户面前太过随便的这种作派，没有接腔。

哦，正餐没问题，只要二位美女肯赏光，我保证随叫随到。刘毅军为姚美婧解围。

隔壁的雅间正在接待市政府领导。

当分管城建的高副市长在雷诺奥公司董事长的陪同下走过来敬酒时，大家发现孟行长也在陪同行列。

没等孟行长开口，高副市长爽朗地对大家说：这位慕容小姐不用介绍，我可以说是看着她长大的，她的父亲是我的大学导师。来，我先敬你爸爸一杯，请代问他老人家好！

慕容思薇未及回答，姚美婧便迅速站起，挽着她的胳膊莺声道：高市长，我是慕容的同事加闺蜜姚美婧，我们一起代表慕容叔叔谢谢领导关心，这杯酒，我先干了！说罢一仰脖，将满满一杯葡萄酒一口喝下。

简直莫名其妙！慕容思薇心中甚为不悦，你姚美婧又不认识我父亲，凭什么代我答谢？老是做出这种匪夷所思的举动，真令人无语。

但这种场合，只能顾全大局。于是她微笑道：谢谢高市长，我一定转达您的问候。随即也喝下满满一杯酒。

高副市长赞许地点点头，拍了拍孟行长的肩膀说：伟锋行长，你可真是强将手下无弱兵呐，两员女将不仅颜值高，而且酒风好，可以想象，她们的业务能力也肯定不会差，罗曼小镇是市里的重点项目，你们银行可得全力支持哟。

肯定全力支持。孟行长吩咐：慕容、小姚，一起回敬高市长。

姚美婧再一次抢镜，神速地与高副市长举杯相碰，一干而尽。

回程路上，姚美婧兴奋得两眼放光，微醺的脸蛋红艳艳的，叽叽喳喳地发布着刚获知的"内参"消息：思薇，你知道高市长为啥这么重视雷诺奥公司？有朋友告诉我，说刘总是高市长的小舅子哎，因为高夫人是省城人，刘总又不太张扬，所以知道这层关系的人不多……

看着姚美婧嘟着红唇不停饶舌，慕容思薇一声不吭地把眼光转向了车窗外，看着笔直的水杉一排排地从眼前飞快掠过。

四

每周一次的贷审会如期进行。

这样的例会，通常都由首席信贷执行官即分管副行长主持召集，审议的项目既有老客户原有贷款新增、压缩、展期的，也有新上项目。没有重大项目或决策变动，孟伟锋行长一般不参加。可是今天，他准时出现在了会议室。

甫一坐定，孟行长即开口讲话：大家应该已经从省行下发的相关文件中看到了要求压缩房地产贷款的计划，这次压缩幅度比较大，我们的工作难度也相应增加，但与其他行相比，房贷这一块在我们行的资金总量中占比还不是很大，这是我们的优势。

孟行长告诉大家，压缩存量贷款的任务必须完成。但更要从政策层面去积极争取新增贷款规模，向省行提出追加计划，只要把控好风险，就不能错过任何机会。行里今年的贷款重点还是要放在大宗房地产的项目上，因为一个房贷项目就可以带动一系列的银行中间业务，这块收益应该是很安全、很可观的。

他环视了一圈与会人员，笃悠悠地说：比如刚进驻我市的雷诺奥集团公司，在太湖南岸拿下了1200亩土地，准备建造一座罗曼小镇，我们公司、个金两个部门正在有序跟进、接触中，如果进展顺利，很快就要报备立项、授信、风控、计财、会计等部门要通力协作，积极配合两大部门，做好各项技术支撑。

有孟行长的这番铺垫，慕容思薇和姚美婧就各自开始汇报对这个项目拟定的初步方案。

慕容思薇言简意赅，认为项目虽好，但仍要严格按照银行的规章制度一步步走程序，必须考虑现今的房贷政策，充分评估资金注入的风险系数。

而姚美婧，则洋洋洒洒地描绘了一番美好愿景，将各项个金指标均以最大值收益通盘计算，且植入得满满当当。

明知姚美婧争强好胜，风险控制部总经理还是谨言慎语地提问：个金指标过早过多介入是否合适？是否会受制于企业进而使对公贷款陷于被动？

姚美婧杏眼一拎，噼里啪啦一顿抢白，把风控部老总噎得张口结舌。最后，她像受了天大委屈，眼眶一红，冲着孟行长盈盈欲泪：这样下去个金部的任务怎么完成？年底大家不都要喝西北风了？这份苦差我可不想再干了，谁爱干谁来竞聘！

好，我俩轮岗！我正寻思着想换个可以东溜西达的岗位，经常出去透透气呢。授信业务部总经理陈勇一脸坏笑。

碍你什么事啊？要轮我也要和公司部轮！姚美婧没好气地白了他一眼。

慕容思薇不动声色地看着她，没有吭声。

其实大家都心知肚明，为了她娘家兄弟的那块保险业务，姚美婧才不会轻易让出个金部这个肥缺，何况还手握着辖下县区一级支行的个贷审批大权呢。只不过每每逮着机会，她就要大叹一番苦经，仿佛整个行里的所有业务指标都压在了她的肩上，她是行里无人能替代的大功臣。

这时，慕容的手机闪烁一下，一条信息划了进来：

这个妖精，每次会议都要搅和出点浪花做个焦点，领导也真是，为了安定团结，竟然任她撒泼发飙。可气！

她抬眼望去，是陈勇轻蔑的眼神。

会议一结束，未等慕容思薇回到自己的办公室，刘毅军的电话便接踵而至，邀她去湖影湿地的泊月餐厅吃饭，说约了台商协会的会长和秘书长，还有银行相关部门的几位老总，是姚美婧想认识庄会长等一些台商大客户。

一听又是姚美婧动用客户资源拉关系，她顿生不爽，联想到刚才会议上的情景，便婉言谢绝：晚餐恕我不参加了吧，已答应父母今晚陪他们去吃西餐呢。

电话那头停顿了几秒，刘毅军的声音再度响起：思薇，能和你父母通融一下吗？庄会长他们很想认识你，我也很希望能见到你。

思薇——他居然这样称呼我？还希望见到我？她的心，怦然一动，走路的步子竟也有些凌乱了。

进了办公室，她将门轻轻带上，尽量保持平常语气回答他：谢谢刘总，真的很抱歉，我确定不参加了。姚总很会制造气氛，有她在场面会很热烈的，我……不是一个爱热闹的人。

话一出口她就有些后悔，这般语气，是否给人感觉带着一股情绪？

那行，待你有空我们再聚，请代向你父母问好。晚上开车注意安全。刘毅军体贴周到地关照她。

哦，谢谢！

挂了电话，慕容思薇的心久久不得平静，这种久违了的异性关怀，除了自己父亲外，谁给予过？在众人眼里，她理智、独立、不矫情，什么都不依赖别人，可又会有谁能透过她坚强的外壳，体察到那颗易感柔软的女儿心？

窗外暮色苍茫，晚风掠过树梢，片片梧桐叶纷纷坠落，她斜靠在转椅里，怔怔地望着翻飞的落叶，在暮色渐浓的暗影里呆坐了许久。

五

第二天一上班，慕容思薇就收到刘毅军的电子邮件———一张精美的问候卡：欧美风光、玫瑰百合、奥黛丽·赫本的清纯笑脸，轻柔的背景音乐是《月亮河》。顿时，整个人都觉得清新明快了起来。

她回复了一封短函，语气客套而温婉。马上，一篇美文传了过来。旋即，她又将一首抒情乐曲发送过去，两个人在各自的办公桌前用键盘聊天，体验着同一个时空里的情感流动，共享着一份小小的快乐。

聊兴正浓，电脑左上角弹出一格飘窗，提示 OA 办公系统中有一批文件亟待处理，她猛然惊觉，天呐，一上午还没好好办公呢，赶忙收心下线，开始专心审阅文件。

下午的上班铃声刚过，慕容思薇捧着一叠材料向行长室走去。

刚到门口，便听见里面传出姚美婧尖刻的话语声：

孟行长，你必须给我做主，明明是我最先与刘总挂上钩的，她凭什么把雷诺奥的业务一揽子全包了？除了按揭外，我居然连一笔中间业务都没轮着，更别说贷款保险了！难怪市面上都在传说，我们行的美女高管魅力真足哎，把钻石级的海归王老五轻松搞定。

"她"显然是指自己。慕容思薇的脑袋"嗡"地一下，停住脚步，不知如何是好。这时，传出陈勇略带嘲讽的声音：姚美婧，你这状告得有点离谱吧，明明是你那宝贝兄弟狮子大开口，价码抬得过高把人给吓跑的，怎么能赖在别人头上？再说，人家大公司的财务部门又不是吃素的，不会货比三家？

我敢肯定，百分百是她从中作梗。姚美婧的声音尖锐刺耳。

陈勇是省行下派的后备干部，并不怵她，继续回敬：哟，今天可是涨知识了，还真没见过这么理直气壮的胡编乱造。

行了，这事我来协调。慕容的人品大家知道，她不是小肚鸡肠的人，小姚别没根没据地信口开河。这是孟行长的声音。

压抑住心头腾升的怒火，慕容思薇轻叩了三下虚掩着的门。

随着孟行长一声"请进"，姚美婧转过头去，但见慕容思薇目不斜视地走了进来，不禁一愣。

思薇……姚美婧的声音明显低了下来。

慕容思薇未加理睬，径直将资料放到行长办公桌上，随即转身，愠意微露地盯视着她：姚美婧，你可否把刚才的话再重复一遍？今天我可是真正领教到了什么才叫无中生有！

你，你这话什么意思……姚美婧又不甘示弱地拔高了声线。

就这意思，我可从不会背地里捏造事实告刁状！她冷冷地回应道。

姚美婧跳起来发飙，被孟行长大声喝住：姚美婧，你还有完没完？没事了都给我回自己办公室去！慕容，你留一下。

陈勇和姚美婧赶紧离开。

行长室瞬间安静下来。

孟行长示意她坐下，不紧不慢地将送来的文件一份份审批、签字。一应完毕，端起茶杯喝一口水，抬头对她说：慕容啊，我前天在市外经贸洽谈会上遇见刘毅军刘总了……

孟行长，你别听姚美婧瞎胡编！我和刘总只是工作关系，而且见面次数还不如她多，她凭啥信口雌黄胡说八道！慕容思薇气愤得涨红了脸。

嗬，有这么严重吗？可为啥我一提刘毅军三个字，你就急眼呢？我不会听信小姚的夸大其词，不过若真遇到合适的人选，还是得像发展优质客户一样抓住机会，对不对？当然，你的个人生活我无权干涉，也不会干涉的嘛。

孟行长放下茶杯，语重心长地说：慕容呐，于我而言，你们各部门、各支行的负责人就像手心手背，尽管个性不同，行事方式各异，但我深信你们都是为了我们银行，也可以说是为我孟伟锋在尽心尽力地拼搏，所以我希望大家彼此之间能像兄弟姐妹一样团结和谐，凡事以集体利益为重，不要太过计较。比如像雷诺奥公司的那块中间业务，你其实完全可以和个金部携手合作。

她在外造谣生事，我还要和她携手合作？哪有这种道理？行长大人，你的和谐也太不讲原则太有失公允了吧！慕容思薇越说越生气。

孟行长并没有不快，仍然气定神闲：我就是和事佬，和气才能生财嘛，当然，原则是要讲的。但在我看来，你和小姚之间并不存在原则问题，只是个性问题，我这么说你不否认吧。对了，下周你要去省里培训，这段时间的贷款审批工作我看就让个金部帮助处理，你们两部门不正巧是 AB 角分工的吗。

慕容思薇一口回绝：不用，我自行解决，可以利用晚上在省行的系统上操作。我从不插手个金部的工作，也希望她别染指我公司部的业务！说罢，转身离去。

这丫头，个性还挺强的。孟行长笑着摇了摇头。

六

下班高峰时段，路上车流如织。

慕容思薇站在省行培训中心大门前，刚抬手准备招呼出租车，一辆黑色悍马哧溜一声稳稳停在她面前。

车窗摇落，是一张架着墨镜的熟悉脸庞：上车！

她愣了一下，条件反射般跃上副驾驶座。

刘总，你怎么会来这儿？缓过神来的她惊讶不已。

刘毅军笑笑：我家就在这里。已候你好一会儿了，邀你共进晚餐。

可是，我这就要去省行加班呐！

不管加班与否，饭总得要吃吧。

吃顿饭要很久哦，总不能让省行的同事等我吧。

刘毅军当机立断调转车头，不容争辩地决定，让她先去省行加班，结束后接她一起吃晚饭。

她无言以对。心想，这人可真霸道。内心却不知为什么，竟有些喜欢这种不由分说的霸道。

两个小时后，当她走出省行大楼，那辆黑色悍马已静候于此。

汽车沿着江边的景观大道疾驶，慕容思薇感到心旷神怡。渐渐地，闹市区璀璨的灯海被远远甩在了身后。车拐了几个斜坡弯道，穿过一片茂密的树林，在一个幽静的高档住宅区门口戛然而止，"左岸风情"四个大字赫然醒目。

高档小区内允许开餐馆？她有点疑惑。

对！法国私房菜，绝对正宗。刘毅军牵动一下嘴角，熟门熟路地开进了小区。

在一栋欧式别墅前停下车后，刘毅军掏出钥匙开启大门。这一刻，她方才醒悟：原来这是他的家——他把她带进了自己的家！

浓浓夜色下，别墅的外表未显特别之处，而进得门里，那一整派法国田园风格的陈设还是把慕容思薇给镇住了：全套法式柚木家具，一排排精致的书柜、酒柜，做工考究的藤椅、沙发，无一不彰显着主人不俗的品味。看得出来这里平时没怎么住人，但却让人第一眼就倍感温馨。

刘毅军打开灯光、音响，变魔术似的从厨房里将巴黎洋葱汤、香煎银鳕鱼、红酒焗蜗牛和法式黑椒牛排一一摆上餐桌，然后打开了一瓶拉菲·罗斯柴尔德城堡的红葡萄酒，看着有些拘谨的慕容思薇，他潇洒地举起了酒杯：因时间关系，本人只能用简单的法式菜肴来欢迎我们的美女老总光临寒舍。来，Cheers！法语念 CinCin！

　　她嫣然一笑，举杯轻碰：Cheers！心想，法国人可真浪漫，竟然把"干杯"念成"亲亲！"。

　　他似乎看穿了她的心思：是不是觉得法语的发音有点特殊？

　　我不懂法语，不妄加评说。她机灵地抿嘴一乐，马上转移话题：这曲子是不是俄国作曲家鲍罗廷的《夜曲》？

　　对！看来慕容小姐不仅懂经济，对音乐也颇有研究。他由衷赞许道。

　　她有点小得意：这是否颠覆了你一贯以来对理工科女生的普遍认知？要知道，我可是有一个文科教授的父亲噢，所以我可以很金融，也可以很文艺。

　　知道知道，从我们第一次茶叙，我就感受到你的文艺气息了。刘毅军切了一块牛排放入她的盘中。

　　谢谢！这首《夜曲》我从小就很熟悉，当它从《野鹅敢死队》这部战争影片中深情响起时，我就被感动得泪流满面！你想，那么血腥残酷的场面，却由这么宁静优美的音乐来烘托，情景是不是特震撼人？特具艺术冲击力？

　　她表情生动地叙说着，清波微漾的眼眸顾盼生辉，与平日里的矜持冷艳判若两人，连久经沙场的刘毅军都看呆了。

　　说得真好，年轻真好！他感慨地说着，举杯与她轻碰一下后一饮而尽。

　　你又大不了我多少岁，干吗发出像我爸一样的感叹？她俏皮的神态妩媚可人。

　　你我应该是两个年代的人吧，说句玩笑话，我参军时说不定你见了我还得叫叔叔呢。

　　我明白，你一直想知道我的实际年龄。好吧，那我现在告诉你。她放下酒杯，用纤纤十指在空中比划出两个数字，问：看清楚了吗？

　　嗯，还好，相差不到两位数，这真让我松了口气。他用探询的目光看着她：你这么优秀完美，应该从小到大不乏追求者吧？

　　她坦诚地望着他，说：知道你有疑问，就是我为什么至今单身？其实答案很简单，就是没有遇到一份刻骨铭心的纯粹爱情，没有找到能让我一见倾心进而心甘情愿跟随他浪迹天涯的那个人。

　　她将酒杯举在眼前轻轻晃动，出神地看着杯中的液体在灯光下变幻得五彩斑斓：从小到大，我都不太能得到男生们的照顾，或许他们认为我比较独立，不小鸟依人，不需要呵护关爱吧。

他深深地凝视着她的双眸，竟觉得有些心疼，便缓缓放下酒杯，爱怜地说：再坚强的女孩子也该得到应有的呵护。

她心头一热，这可是她渴望已久却从未得到过的体贴和温情，不由得有些害羞地垂下眼帘，回避着他的灼灼眼光。

朦胧的光晕里，有丝丝暧昧在空气中流淌。

她把话题又转回音乐上：这是猫王的《Are you lone some tonight》？

是的，中文译名为《今晚你是否寂寞》。他的目光越来越炽热。

为了掩饰尴尬，她站起身来，想为他斟添红酒，还未够着酒瓶，就猛地被他捉住了双手。她试图抽回，却反倒激发了他的斗志，他果敢地将她搂进怀里，哑着嗓子说：今夜，你真迷人！

一阵混合着香水味道的奇妙体香迎面袭来，他抑制不住地低下头去，嘴唇慢慢地靠近、靠近。

她扭动着身子想挣脱他的怀抱，但耳根处那团温热的荷尔蒙气息却越来越浓地冲击着她，她渐渐抵挡不住，瘫软下来，被狂热的激情淹没……

许久，两人才从忘情中清醒过来。一看时钟，已近午夜。

我该回去了。她轻抚着自己发烫的双颊，整了整凌乱的鬓发。

他没有执意挽留，站起身来：我送你。

复又抑制不住上前拥紧她，低下头去使劲亲了亲那粉嫩的双唇。

夜风清凉。坐在车里的慕容思薇悄悄看了一眼身旁的刘毅军，觉得这张轮廓分明的侧脸有着说不出的性感，竟情不自禁地挽住他的胳膊，把脸轻轻靠过去，使劲嗅了一下那令人沉迷的男人体味，他也迅速转过头来，轻吻了一下她的额头。一股清香的烟草味淡淡飘来，让她忆起了一种遥远而又亲切的味道，那是幼时从父亲身上常常闻到的味道。

<h1 style="text-align:center">七</h1>

慕容思薇走出办公大楼，觉得阳光有些晃眼，便取出墨镜带上。

姚美婧一溜小跑跟在后面，连声追问：思薇你当真把雷诺奥公司认购的这笔施罗德基金划给我们部啦？

嗯。她头也不回地走向自己的吉普车。

那可真要谢谢你啦，帮我完成了这个月的任务。姚美婧一脸的感激。

不用，要谢就谢孟行长。她打开车门跨进驾驶座。

姚美婧刚拉开后门，冷不防陈勇从背后窜出，先她一步钻进车去。

吓了一跳的姚美婧大声嚷嚷：哎呀，陈帅你也去啊？

陈勇似笑非笑：怎么，嫌弃我？要不是慕容总力邀，我还真没雅兴跟着你去东跑西颠看风景呢。

陈帅，你这什么话？能和你一起出行我荣幸都来不及，哪儿还敢嫌弃哟。姚美婧说着捶了几下陈勇，嗔笑道：哼，跟慕容出门是正经跑业务，换了我就变成东跑西颠看风景了？

陈勇连连躲闪：打住打住，再出手撩脚我可要报妖妖灵来收你这个千年老妖了！

狗嘴里吐不出象牙！千年老妖？我有这么老吗？姚美婧再一次握紧粉拳佯装要打他。

待他俩停止嘴仗，慕容思薇才转头与陈勇商量：陈总，今天请你出场，是想让你对罗曼小镇整个项目的可行性方案进展情况进行一次更直观和深入的调查，待这笔贷款流转到省行授信部审核环节，还有劳你与相关部门多多沟通，以期能顺利通过并及早放款。

OK！一定尽力而为。

姚美婧憋不住插嘴：瞧，思薇美女就是有魅力，连陈帅这么难伺候的主都心甘情愿唯你马首是瞻。

陈勇反唇相讥：我们谈正事，你瞎搅和什么，这项目成了还不是你那一亩三分地的收益最大，还不知好歹打横炮。

哎哎，我说陈勇，我又没踩着你的尾巴，干吗老跟我过不去？

你那条狐仙尾巴在我面前扫来扫去的，我晕！

行了，都闹腾一路了，能不能消停点？慕容思薇猛一加油门，猝不及防的姚美婧被颠得东倒西歪，趁势靠在了陈勇身上。

太湖边的罗曼小镇现场办，刘毅军及相关人员已经在等候了。

稍作寒暄，陈勇递上早已准备好的资料，打开手提电脑，围绕小镇规划可行性方案，即刻进入工作程序。

突然，门外嘈杂声起，一个身穿制服的女人不顾阻拦地闯了进来，她拨开身边的保安大声咋呼：笑话！我要见刘总你们都敢阻拦？

没等大家反应过来，她已绕到刘毅军背后，双臂极其自然地往他肩上一搭，一张艳俗的大红唇凑近他耳边，语气亲热而随便：亲爱的，近来怎么老不见人影？是否有了新相好就把老情人给忘了？

刘毅军十分自然地将她的手臂轻松挪开：净瞎胡扯！你没看我正忙得不可开交？再说，怠慢谁也不敢怠慢你财神奶奶呀。

哼！骗鬼去吧，当我无知少女啊，你们这帮公子哥，肚子里有几根花花肠子我一清二楚。说着，随手从烟盒里抽出一根烟叼在嘴上，朝刘毅军凑过脸去。他迅速掏出打火机为她点上火。

孙芳，你好啊。姚美婧迎上前去打招呼。

制服女别过头，夸张地大叫：哎呀美婧，是你啊。随即上前来了个拥抱。

慕容思薇站起身来：刘总，你若有事，我们今天就到这儿。改日再来。

没事没事，看，光顾着说话都忘了介绍。这位是财税部门的孙芳主任，这是金融系统的慕容总和陈总。我说孙芳同志，要不你先去隔壁坐一下，喝杯茶，待我这边忙完了过来。刘毅军站起身来。

孙芳喷着烟圈边走边说，我没事儿，不用你陪。只不过来替人传个话，琼楼会所的阿娟老板娘都快想死你了，让我拽你去她那儿喝个小酒，她说好久没听你唱歌了，今天她做东，我们一醉方休。哦，对了，美婧，你和几个同事也一起过去玩玩。

姚美婧一脸欢欣响应：OK！

刘毅军说，好啊，有人请客我肯定捧场，更何况是阿娟老板。转过身，却发现慕容思薇脸上飘浮起一抹耐人寻味的表情，心里不由得咯噔一下。

慕容思薇脸上带着职业微笑：刘总，我长话短说。我们很愿意与贵公司就这个项目进行互惠互利的合作，贷前调查与资料收集目前做得差不多了，待你们获得土地使用证后我们马上立项，所以双方必须在每个环节都衔接好，争取早日放贷。

刘毅军答道：没问题，我肯定按你们的要求积极配合。

直至送到车前，刘毅军还在挽留：大家晚上都去吧。今天若不是半路杀出个孙芳，原本我亦作好了安排。

慕容思薇的回答客套而恬淡：不了，今晚我原本就没打算在外应酬。再见！话毕，一踩油门绝尘而去。

望着仍待在原地的刘毅军，随车返回的陈勇和她开起了玩笑：我感觉刘总特希望和你共进晚餐，而你却决然离去。你这一决绝呀，不仅让他倍感失落，也害我错过了观摩一场群艳会。

慕容思薇一个急刹，偏过头问：什么叫决然离去？你这么想参加群艳会，那就立即下车！现在跑步过去还赶得及。

别别，我只不过说笑而已，干吗当真呢。陈勇慌忙缴械投降。

她一声不吭继续开车，陈勇又忍不住没话找话：思薇姐，我很欣赏你的为人处世，从不低三下四和客户吃喝拉扯，却将公司业务做得那么出色，令人刮目相看。但作为兄弟，我从一个男人的角度推心置腹地告诉你，太高处不胜寒的女人是女神，可敬不可爱，这会让男人倍感压力，两个字：心累。

既然跟我在一起心累，那干吗不去参加那个轻松愉快的群艳会，却在这儿油嘴滑舌？她狠狠地白了他一眼。

什么群艳会，说不定是群魔会哦，你瞧，除了我们行那妖精外，又杀进个孙二娘，谁知道还会有什么妖魔鬼怪登场呐。哈哈，我看刘总今晚够呛。

你这么担心他怎不去救驾？她的语气明显不屑：我真想不通，你们男人难道只有和这种层面的人打交道才会觉得轻松？自尊心才会得到满足？哼！也不嫌掉价。

陈勇偷瞄了她一眼，但见那张被墨镜遮挡住一大半的精致侧脸看不出任何表情，就知趣地噤了声。

夜风轻柔，落地窗纱帘在无声地飘荡。

慕容思薇有些烦躁地扔开手中的书本，裹上披肩站到了窗前。"今晚你是否寂寞？"猫王的歌词一直回旋在她心里。

望着窗外婆娑的树影，和刘毅军交往以来的一幕幕场景在脑海中不停回闪。

她反复琢磨，这到底是个什么样的男人？突然间，觉得自己不算低的智商在应对男女情感方面根本派不上用场。

不可否认，刘毅军是个出色的男人，对异性有着难以抗拒的吸引力，却又让人参悟不透。难道因为自己从小接受的教育太过正统，生长环境过分单一，所以无法理解这复杂隐晦的社会江湖？比如拒绝参加聚会，除了内心那份清高外，更主要还是融不进那个氛围。那种场面，别人如鱼得水，她却如坐针毡，既不会八面玲珑，又听不惯打情骂俏，参与其中有什么意思？令她不太愉快的是，这个当过兵、留过洋、情趣可谓高雅的优质男人，怎么也会耽于逸乐，于声色场所中流连忘返？是不得已为之的周旋、应付，还是男人骨子里本就有着不甘寂寞的猎艳天性？抑或是自己期望值过高，把眼前这个男人想象得太过完美太过理想化了？

正思绪纷乱之时，手机闪烁，刘毅军的微信划了进来：亲爱的，休息了吗？

迟疑片刻，她回复：嗯，正准备入寝。

方便通话吗？很想听听你的声音。跟进一个 [期待] 表情。

太晚了，有事明天再说吧。她婉拒得礼貌而客气。

哦，我想告知一下，我们已经结束了。又是一个 [微笑] 表情。

一阵长长的沉默……她不想回复。

刘毅军的信息再次发来：我的公主，你今天有些不对劲，是工作太累还是哪儿不舒服了？

没有。明早还要上班，我想休息了。她不想再聊。

那好，宝贝儿，晚安，好梦！ [亲吻][亲吻]

晚安！她喃喃地自语一句，看着手机愣怔了许久。

躺回床上，她辗转反侧：难道真的是自己想得太多了？

八

转眼到了秋天。罗曼小镇已初具雏形，首期楼盘竣工之际，慕容思薇、姚美婧、陈勇受邀出席了盛大的开盘典礼。

面对凭湖临风的一幢幢单体、联排别墅，姚美婧兴奋不已。她在样板房之间穿梭不停，连声赞叹：哎呀，真是太美了！刘总，这些漂亮的房子都是你亲自设计的？

基本格调是我定的，具体设计由我们总部专业团队负责。怎么样？姚小姐是否有兴趣拿下一套？刘毅军问她。

姚美婧的眼睛笑成两道弯月，如走猫步一般将腰肢扭动得风摆杨柳，转过身对慕容思薇说：我们一人订一套吧？独栋的拿不下，就来套排屋。让刘总给我们优惠一下。

好啊，慕容和陈总你们看呢？刘毅军笑着问道。

慕容思薇微微一笑，说暂不考虑。

陈勇跟着接腔：我也不考虑。来这儿都快两年了，古道热肠的姚总却根本没好好操心过我的相亲大事，若在太湖边置个业，我独守空房啊？

做我邻居呗，空虚寂寞了推窗一喊，我保准跑过来陪你聊天。姚美婧一甩头发抛了个媚眼。

陈勇即举手做投降状：拜托了姚总，若真被你闯入闺房，那我的一世英名可就毁于一旦了。

姚美婧抬手狠拍他一记：哼！估计我俩前世有过节，不然你怎么老是追赶着和我抬杠？

谈笑之间，大家也就没把购房之事放在心上。

可没过多少天，陈勇却一脸严肃地走进慕容思薇办公室，把一叠表格扔在她桌上：看，太湖支行上报的个贷按揭清单，罗曼小镇的排屋姚美婧居然以自己和其姐、其弟的名义一下子入手三套！胆子可真大。再看看每套房优惠的价格，这不明显的权利寻租嘛。

慕容思薇看了他一眼，冷静地说：这不奇怪，她一直在耍小聪明打擦边球。还记得去年她生日时高调晒出的那辆奔驰跑车吗？想想我们行是何时开始和4S店合作启动高端汽车消费贷款的？她以为七兜八转拐几道弯旁人就不知道了？不过这不在我们的权限范围之内，我们只要做到独善其身就够了。

她不懂规避？也不怕违纪？陈勇有些讶异。

该不该规避、算不算违纪那是监察室和行长们操心的事，与你我何干？慕容思薇反问道。

那倒也是。不过得了这么大幅度的优惠，我敢肯定她和雷诺奥公司存在幕后交易。陈勇拍了拍桌上的那叠表格。

话不能这么说。据我所知，每家房产公司的各级经理都有一定的权限，可以给客户优惠。刘总是公司的副总裁，全权负责该项目，你想，这权限该有多大？慕容思薇将表格码齐，递还给陈勇。

反正她总会不时地想方设法整出点幺蛾子来。哼，我看早晚得出事！陈勇接过表格，转身离去。

慕容思薇若有所思地看着他的背影，没有作声。

待陈勇离开，她立即给刘毅军拨了个电话，直截了当地询问，作为业务关联单位，他给姚美婧三套房的优惠幅度是否有点偏大了？这样是否合适？

刘毅军让她放心，说这个优惠幅度在政策范围以内，与行政事业单位的公务员享受同等的待遇。经得起纪检委监察部门的检查。

思薇你想想，我们雷诺奥公司有没有让你或者你们行进行过任何违规的操作？他在电话里问道。

那倒没有。她心存疑虑地挂了电话，总觉得有些隐隐的不对。

果然，几天后的一次业务例会上，姚美婧突然向公司部提出：鉴于雷诺奥公司这次帮我行完成了 80% 的交通债券认购任务，公司部在接下来发放第二期贷款时可否考虑下调一下利率？

慕容思薇虽觉意外，却干脆利落一口否定：这个不予考虑。因为罗曼小镇的组合贷款中含有国家调控性行业的房地产项目，省行能批下来已属不易，若再下浮利率，那华东审计部的现场检查和国务院审计署的外部审计如何通得过？

姚美婧的声音立马陡升分贝：他们公司帮了我们这么大的忙，我们一点表示都没有，这不是太没合作诚意了么？再说这笔债券是五年期的，人家公司也是要担点风险的。

慕容思薇立即反诘道：银企关系本就是互惠互利，怎么说是帮了我们的大忙？究竟帮了谁的忙？既然存在着风险因素，那你为啥还要让他们认购？再说企业又为何不自己评估一下可能会有的潜在风险？

我真想不通，这么优质的客户，其他银行抢都来不及，可你偏就这么固执不肯通融，几次三番和我过不去？姚美婧恼怒地拍了下桌子，责问她。

优质客户也必须照章办事。我对事不对人，本着对我行也对企业负责的态度，没有故意为难谁，更不会刻意和谁过不去。她沉着理智地回敬道。

那我们一起去向孟行长汇报，由领导来做决定。姚美婧开始气势嚣张起来。

慕容思薇亦毫不退让：谁决定谁签字谁负责，下调利率在我这里肯定没有商量余地。

这次的会议没有结果。

但第二天一上班，她即被通知去开协调会议。

九

都会广场上的星巴克一到中午就热闹非凡，来来往往的大都是金融行业和外资公司的白领精英。

慕容思薇坐在二楼角落里一张临窗的卡座上。从这里看出去，能眺望到古老教堂高高耸立的钟楼，还有古色古香临河老街上熙来攘往的人群。一杯摩卡在手，外加一块芝士蛋糕，一份哈根达斯，她常常喜欢在中午时分来这里享受一下餐后甜品，这能让人精神放松。

可是今天，她却无法放松，上午协调会的情景历历在目。

想不到，孟行长居然赞同姚美婧提出的方案，为雷诺奥公司的第二期贷款适度下调利率。还说，字，必须由公司部老总签，对应上级审计部门的检查，由行长负责沟通、解释。

慕容思薇坚持自己的原则，仍然是那句话——不予考虑。

因总行明文规定，限制类产业的贷款利率绝对不能低于央行规定的基准利率，再重点的项目都不能突破这个底线。

僵持到最后，她有些沉不住气了，对孟行长大声说：凭什么明显违背总行规定、会受到审计部门质疑的这个担子要我来挑？

这是公司业务，你不签字谁签？孟行长的表情严肃了起来。

她却依旧毫不让步：字我绝对不签！我们的岗位不都有 AB 角吗？那谁同意谁签字！大不了我总经理不当，年薪不要了，总可以吧？反正我无私者无畏，与客户的交往干净磊落，绝无半点猫腻！

孟行长也大光其火：慕容思薇，不要以为离了你，我们行的对公业务就没法开展了，你这么不顾全大局，马上给我轮岗到二线去！

慕容思薇也十分难得地冲动起来：随便，轮到临柜或传达室都行！实在不成我辞职走人！

你想走就能拍屁股走人？把革命工作当儿戏啊？简直是开玩笑！在孟行长的训斥声中，她气呼呼地跑出了小会议室。

喝着温热的咖啡，她慢慢冷静下来，觉得孟行长这样处理或许也不无道理，作为央属企业的国有银行，虽由条线垂直管理，但毕竟落地生根在这里，与当地政府搞好关系也确实应该，有时就会不得不勉为其难。可是要让自己违背初心，突破道德底线，去迎合领导们一些不太合理的意图，慕容思薇还是不能够接受。她就这样呆望着窗外的熟悉景色，闷闷地想着心事。

不经意间，突然发现两个熟悉的身影——刘毅军和姚美婧，俨然恋人一般正有说有笑地从广场那头的商场中走出来。她以为自己看走眼了，揉揉眼睛再定睛细望，没错，确是他俩。到了大门口的 TAXI 站台，刘毅军很绅士地为姚美婧拦了一辆车，将手里提着的两个大购物袋递给她，挥手作别后即大步流星地往星巴克方向走来。

这算什么情况？是不是在梦境里？她一个走神，手背竟让晃出来的热咖啡烫着了，这才惊觉不是梦。

窗外阳光明艳，咖啡温暖香浓，她却感到透心冰凉。再也无心待下去了，招手服务生过来买单，起身从边门悄悄离开。

刘毅军刚在吧台前站定，服务生即笑盈盈地端上一杯咖啡：先生，这是您的不加糖清咖，有位小姐已为您付好费了，请慢用。

他当即一愣，随之明白过来，举目四望，只见门外闪过一道熟悉的倩影。

便一个箭步追了出去：思薇！

倩影回一下头，露出明晰却不道破的一笑，遂跃上的士翩然离去。

午休时分，楼道里静静悄悄。

慕容思薇反锁上办公室门，拿过桌上的椭圆形梳妆镜，仔细端详自己：一张妆容精致、光泽滋润的脸，轮廓优美，线条柔和，只是大而黑的眼眸里满是忧伤。她想不明白，自己出身优渥的高知家庭，自幼在父母的悉心栽培下，琴棋书画样样超群出众，各科成绩永远名列前茅，一直以为这所有的素养都会让自己更加优秀、更趋完美。可为什么就偏偏输给了平民出身、口无遮拦、随心所欲且虚荣张狂的姚美婧？她凭什么打败了自己？凭什么？难道自己最无法容忍的轻浮浅薄，竟会是男人眼里的娇媚可爱？

手机铃声一遍遍响起，执拗不停。不用看都知道是刘毅军，她心意纷繁，干脆关了机。

桌上的座机骤然响起，是办公室文秘的电话：慕容经理，下午两点的业务运行情况分析会改在3号会议室了，请准时参加。谢谢！

十分钟后，已调整好情绪的她仪容端庄地走进了会议室。

滂沱的夜雨中，慕容思薇将车停靠在环湖大堤旁的小树林里，望着倾泻进湖面的如注暴雨，心烦意乱。

透过重重雨雾，罗曼小镇依稀可辨，蜿蜒在一幢幢法式别墅间的林荫小道凄清、萧索，蚀骨的寒意弥漫在心头。

她打开手机，反复听着微信里的一段段语音，那是刘毅军焦急的声音：

思薇，你在哪儿？

能不能见我一面，给我一个解释的机会？

事情不是你想象的那样……

不是我想象的那样？难道看见的一切都是幻觉？她在心里无声地回答：我需要的是一份简单、纯粹、脱俗的爱情，掺杂进太多的人与事就会破坏这种纯粹，与其不停产生误会不停解释消弭，还不如暂时先分开冷静一下的好。

她泪流满面地坐在车里，漫无目的地浏览着手机信息，突然，总行内部网上的一则消息撞入了眼帘，似一道霹雳闪电划破天空。

擦干眼泪，她立即拨通一个电话：陈勇，请把省分行人力资源部总经理的电话告诉我，谢谢！

次日，一张慕容思薇的年休审批表出现在孟伟锋行长的桌上。

十

整整半个月，刘毅军得不到慕容思薇的任何消息，只知道她休假旅游去了。至于去了哪里？何时回来？她的领导、同事都一无所知。

离别的时间显得特别漫长，刘毅军常常一个人在午后来到湖边，来到他们第一次约会的那家咖啡馆坐上半天，反复回想着两人近一年来的交往，想着她时而温婉、时而阳光的灿烂笑容，想着她时而端庄、时而妩媚的举手投足，更想念她线条柔美的胸臀和令人痴迷的体香……所有的情节都被细细回味，所有的场景都被反复回放，越想越觉着她的美好，越想越觉着她的可贵，他感到她已深深融入了自己的生命之中，无人能替！

同时，刘毅军开始审视自己：也算成功人士，也算出类拔萃，他自信各方面的条件决不会输给任何人，可为什么独独抓不住两任优秀女友的芳心？问题究竟出在哪儿？应该再作怎样的努力，才能让慕容思薇前嫌尽释回到自己的身边？

从来都自由不羁的他决定为心爱的人改变自己。

这时，手机铃声突然响起，正是朝思暮想的那个号码！

刘毅军欣喜若狂，抓过手机连声叫着：思薇！思薇！你在哪里？

我就在这里。话音刚落，一身休闲打扮的慕容思薇浅笑吟吟地出现在他眼前。

他奔上前去，有些失态地紧握住她的双手：这段时间你去哪儿了？失联了这么久。

她说她去新疆了。

去新疆？你怎么会想到一个人跑去这么远的地方？知不知道那里多不安全？知不知道你让人多么牵挂？刘毅军忍不住一连串地埋怨道。

你不是说过，慕容这个姓氏来自古老的鲜卑族吗？我去看看祖先曾经游牧过的地方了啊。你不知道，我一踏上那片土地就有一种奇妙的感觉，这种熟悉和亲切感应该一直在我的血脉之中隐秘地流淌着的。我还在乌孙古国所在地的军马场骑马了，可惜汗血宝马没看到，但那里的白骏马要比这儿的马匹剽悍健壮得多，过瘾极了！你说，这种似曾相识是不是属于我的前世记忆？她眉飞色舞，脸上呈现出一种别样的光彩。并且告诉他，这次也算是实地考察，因为在这次休假前她已经向省分行提交了援疆申请报告。

援疆？你要去援疆？这不是开玩笑吧。刘毅军才刚沉浸在重逢的喜悦中，却又被这个突如其来的消息给震惊了。

她认真地望着他，眼神清澈澄亮：不开玩笑，我是休假前看到了总行的这则消息，就在半个小时内做出了决定。

刘毅军生怕她逃走似的握住她的手不放，急切地问：是不是因为那天生我的气了才去冲动报名的？

才不是呢。不提那天的事了好吗？倘若一直耿耿于怀，我今天还会来见你，第一时间告诉你这个消息？她从他宽大的掌中抽回手，温婉地笑笑说：给我来杯咖啡吧，我渴了。

他忙不迭地招呼服务生快上咖啡。

慕容思薇深深地看着他的双眸，告诉他，自己只是厌倦了职场上的拼杀、倾轧和虚情假意，渴望简单、纯真和坦诚相见。报名援疆，不是赌气，更不是冲动，只和情怀有关。只是想打破一下波澜不惊的平庸生活，让自己的人生划出一道美丽的弧光。

记得有首歌里曾经唱道："人生并不只是眼前的苟且，还有诗和远方。"所以人，不能太注重物质，还是要有一定的精神追求，这样才能摆脱空虚、寂寞和一些无谓的烦恼。到了新疆，我终于明白，于阳光下守望生活，在天地间凝视生命，这种幸福和安然，其实正是我一直憧憬并向往着的。她的脸上闪现着一种圣洁的光。

一阵风吹过，岸边的树枝轻摆摇晃，枯黄的叶片纷纷飘落。

她把眼光投向窗外，浩渺的太湖微波轻漾。

他顺着她的目光看过去，缓缓地说：思薇，总行批准了吗？是不是必须得去？

她摇了摇头：没有，只是报上了名，需要通过一系列的审核。批不批准还不知道呢。我刚回来还没去上过班，所以都没跟孟行长汇报过这事，说不定又要挨他批评了。

他若有所失地望着清澈的湖水：怎么有理想讲情怀的优秀女子都让我给遇上了？

这说明你本身就是个优秀男人啊。她莞尔一笑。

起风了，湖水在落日的余晖里泛着鱼鳞般的金光，两个人在杨柳轻曳的堤岸上握手告别。

当刘毅军问是否需要为她准备什么行装，慕容思薇俏皮地回答：那里应该不会有太多机会穿时装的，你若一定要送我礼物，还不如买件冲锋衣或羽绒服来得实用，或者是防紫外线的太阳镜，酷酷的那种。说罢一转身，敏捷地跨进了自己的车里。

摇下车窗，她向他挥了挥手，一脚油门疾驰而去……

刚开上环湖大堤，就接到孟行长的电话：慕容你休假结束了没有？谁让你自说自话报名援疆的？还有没有组织观念？搞得我措手不及，真是乱弹琴！马上给我过来开紧急会议，省行纪检组到了。

纪检组？出什么事了？她心里划过一丝隐隐的不安。

过来再说。啪！电话挂了。

她赶紧把车停靠在路边，拨通了陈勇的电话。

陈勇告诉她，姚美婧出事了，在做承兑汇票贴现业务时，为增加个人储蓄存款日均余额，多次违规让一些企业的大笔资金经过自己的个人借记卡进行转账，被华东审计部查实通报了。

啊？这么严重？她难以置信。

确实严重，省分行已将其作为典型案例严厉处置，至于是开除还是令其自动离职尚未最后决定。不过你放心，雷诺奥公司并未涉及其中。赶快过来吧。陈勇匆匆挂了电话。

望着最后一抹金黄色斜阳，慢慢消失在天水连接处，慕容思薇想，我的援疆梦，是否还能如期实现？

（选自庆祝改革开放四十周年"金融人的故事"短篇小说征文获奖作品）

作者简介

孙拥君，笔名半岛，江苏省泰州人，中国金融作家协会会员，江苏报告文学学会理事。作品散见于《中国作家》《人民文学》《文学报》《钟山》等报刊，著有长篇小说等 18 部，曾获中国诗歌学会与光明日报社"屈原诗歌奖"等奖项。现供职于中国建设银行江苏省南京市江宁支行。

银河在上

孙拥君

一

天上不会掉下馅饼，这是众人皆知的被奉为宝典的、鼓励那些奋斗人士或落后分子的名言。但是，任何名言都是有局限的，其实生活中有时掉下来的不是什么馅饼，或许是一座金山银山，或许是一堆难啃的骨头，只是它们像一座飞来峰，突如其来，让你一时难以置信。

正在隐龙山区旅行的南方蓝绝没有想到，此前，他这个长期辗转在基层的、已经没有什么优势可言的银行人，他的姓名竟出现在了四海银行省分行行长面前，并且由一把手亲自让人事部门总经理了解这个叫"南方蓝"的员工的情况。

当然，这还不是主要的，从行政管理运转的过程来看，这意外至少还有一定的合理性。毕竟，几天前，行长跟随省委书记下乡调研金融精准扶贫工作，返回省城郊区已是夜雨滂沱，这时一个电话改变了省委书记的行程，一行人为了看望一个危重病人，匆匆来到省人民医院。省委书记听完医院院长对病人情况的简要介绍，一把握住他的手："我相信你们，相信你们的医术，要不惜一切代价救治他！"这些沿海发达地区的省委领导，保持极其短暂的宁静后，又与医务人员握手抱拳："同志们，我拜托你们了！书记、省长，可以选出来，可是一人写出百万字文学巨著《天下无财》并获得共和国文学奖的东方，只有一个，我们只有一个东方……"

省委书记的仁义之言蕴藏一丝精粹的哲理，更流露出对当代文坛的一面旗帜、一代著名作家的厚爱，对精神家园创造者、守望者的敬重与期待。省行行长目睹书记大人说出"我们只有一个东方"，内心不由得受到强烈的震撼。应当说，历经这么多年的社会生活和职场生涯，一直与货币打交道，又逐步成为掌管一个国家大银行省级一方的领导人，即使每天工作业务千头万绪，市场竞争风起云涌，但长期的历练造就了身处波澜壮阔之中波澜不惊的内在品格，也可以说是基本素质。但此刻，他内心掀起了一股风浪。

病中的东方躺在单人间的病床上，很难想象，当年这位出生农家、考上大学、放弃化学专业转向文场，并在中央人民广播电台连播其长篇小说的著名作家，此时正徘徊在生命的边沿。他头脑清楚，知道省委书记来了，吃力地表示了谢意。听说四海银行行长也来了，他似有所思，断断续续地说："我这笔名，就是……你们银行的……南方蓝……代我起的……"

南方蓝？这名字虽然听起来、说起来顺畅，但对于一个有着几万人的大银行的最高管理者而言是陌生的。由于出现在这种特殊的场合，省行行长不由得对这个名字产生了探究的兴趣。是不是我们银行队伍里真的藏龙卧虎？民间出高手、高手在民间，是不是有一定的合理性和真实性？

南方蓝，以"四海一家"为服务理念的省行行长一下子记住了这个名字。

在山里旅行的南方蓝不可能知道，自个儿一个普通银行职员，在全省四海银行行长那儿一夜成名，更不可能神机妙算到，一个比一夜成名还要玄乎的情况，或者说千载难逢的机会正向他悄然靠近、靠拢……

二

隐龙山区位于长江下游，这里从地质概论上应属于典型的江南丘陵区域，它与大江南北的诸多山岭坡地彼此独立又彼此呼应，由表及里，构成省会龙都城的大小不一的天然绿色屏障，一年四季，为其输送天然的氧气。近代和现代史上的太平天国运动、日军破城之战，都与此地有关。桃红镇在宋代建镇，成为周围数百个村镇的中心，那些飞马的驿站、庞大石乌龟的雕刻、引来古代名流的栖隐寺、出现神奇鼓声的响井，早已荡然无存，悬浮着数百个铜铃的规模宏大的飞鸾阁，在清代末期、中华民国时期和中华人民共和国初期，仍在借助大自然的风力向远方传扬叮叮当当的铃声，但在政治运动的风暴中连同佛寺、道观、天主教堂等一并消失。

南方蓝在这里出生，度过了贫穷而不乏快乐的童年、少年时代。高考落榜后他选择了到龙山县城打工谋生，这是龙都市南边的一个卫星城，一条大河在城外绕过，直奔几十里外的长江。在这里，他发现了自己的几个天赋，一是喝烈性白酒不醉，二是读书看报写作不累，三是吉他弹唱貌似当红明星，四是组织社会活动能力不学自会。为了掩饰虚度青春的内心疑惧，他在各单位、各集镇一批中具有最原始最朴素文化情结的青年中间物色同道，结社交流，一个叫作半山文艺社的小团体应运而生了。

此时，作为造币厂的青年职工，他的影响力超越了工厂，传到了社会。龙山县人民政府的县长开始注意这个年轻人，居然发现他是自己早年在教育条线合作共事几年的朋友的儿子。龙都市文联的领导也因为其自学成才、年轻有为、在音乐文学方面锋芒初现而拉他入伙，他成为最年轻的文联会员和农村文化奋斗者的代表。当他的吉他弹唱《我的梦中不能没有你》现身华丽夺目的龙都市大舞台，在激烈的竞争中击败高手，拿下全省通俗歌唱大赛唯一的金奖时，滨江大都市的夜晚沸腾了，无数青少年向他发出了雷鸣般的掌声、欢呼。

他的弹，他的唱，尽管美中有瑕，但疯狂的人们认为无懈可击。此后他的写，把他又向词作家的位置推进了一步，《山里的父老乡亲》《爱河永在》《我从故乡看到了祖国》等发表在全国音乐名刊上，被上海、北京的作曲家谱曲推向舞台和社会……

造币厂领导正在考虑是否启用他，调到造币报编副刊。当地文化馆、报社、广播电视台、教育局等单位也在暗中考察。半山文艺社的一个女社友特崇拜他，这个女社友的爸爸恰恰是分管全县宣传文化的县委副书记，拗不过女儿的执着推荐，任人唯贤嘛，他思考是否动用组织部关系委托干部科不拘一格用人才。

世上没有一帆风顺的事。一个人太顺了，必有隐患。青年南方蓝的群众文艺成果与民间结社活动，应当说是健康的，在结社方面打了擦边球，也是顺应了改革开放春风吹拂的大趋势。然而，人怕出名猪怕壮，出头的椽子先烂。半山文艺社原本根基不牢，人员混杂，有的名为以文会友充实生活互相学习共同提高，实为挂羊头卖狗肉，各自打着小九九。在这个松散的民间联合体内部，迅速扩大膨胀的队伍使之偏离了方位，失去了重心，也引起了地方管理阶层的不安。终于，为了争夺虚无的话语权、领导权，为了追求所谓的男女的爱情，团队出现了分裂，队伍一盘散沙。人民写信寄到市县有关部门，一下子弄黑了这个虚弱不堪的团体，也丑化了其年轻的领袖。文联调查结果推翻了这些不实之词，但树倒猢狲散的局面已无法扭转。

更糟糕的，是南方蓝推荐到省刊《蔷薇》杂志的一篇小说，本身并无明显问题，但碰到该刊面临全面整顿，上面调查组从编辑部翻到了这篇稿子，派人找到他了解情况。南方蓝尽管觉得情况有点异常，但不知道上面究竟出现了什么情况，他说：这篇小说主题积极，写法巧妙，如不采用可以退稿，让作者另处。调查人员面带微笑，让人很难判断是什么想法，不过还是把话题转向了作者：这篇稿子署名东方，东方是何方神圣呀？南方蓝回应说：他是大学生，学化学的，不想当居里夫人，却想当高尔基。他为自己起了笔名东夫，我帮他投稿时改名叫东方。

这个小插曲像肥皂泡冒了一下便消失了。但在好事不出门、坏事传千里、见风就是雨的群体潜意识下，至少不是完全以好事的面目窃窃私语的。

这个叫东方的青年大学生从江北的校园一路转车来到了江南的县城，摸到了造币厂大门口，与下班的南方蓝接了头。两人搭乘客车去了隐龙山地区的桃镇，在旧宅外一间简陋的卧室兼书房里摆了三碗菜，一瓶洋河大曲，边吃边聊。南方蓝二两酒下肚，说了一句：多事之秋。东方用他的伶牙俐齿消灭了一块红烧肉，接了一句：希望之春。

窗外的院落铺着清代的砖石，竖着七十年代的小楼，贴着八十年代的标语，此时是九十年代的黄昏，秋风中夹杂着晶莹的雨丝。这是农村信用社的办公处，主任的女儿还是小姑娘，她站在院子里一棵上了年纪的银杏树下，没羞没臊地对南方蓝喊道："我喜欢你的吉他，你的歌。"

东方闻言举杯说：大哥，人家崇拜你呢，不妨弹唱一曲助助兴罢。

南方蓝从床头操起一把吉他，没有唱，却演奏出一首古典的音乐《小村之恋》。

这是一个不安静的雨夜，南方蓝、东方这两个文艺青年分头睡在一张木床上，谈天说地，在酣睡之前，一个说：我虽然萌生退意要放弃文艺活动，但我仍然感觉到这是一个美好的时代。另一个说：文途漫漫，退稿不断，但我还是要继续写，不到长城非好汉，撞了南墙不回头！

三

四海银行省分行办公大楼共二十一层，象征着以昂扬的姿态拼搏奋进，迎接灿烂辉煌的二十一世纪。此时进入新世纪十余载，它依然雄姿不减。这是四海银行全省的中枢神经，牵一发而动全身，从专业银行、商业银行到股份制银行，改革拱型之路循序推进，从负债业务、资产业务、中间收入业务到电子银行、战略性零售业务，一路向前，业绩一路飙升。

省行行长公务繁忙，批阅甚多，有时感觉到时间不够用。但他没忘记南方蓝，分管工会的副行长和人事部门总经理前来谈工作，他和颜悦色地问道：找到他了吗？

总经理心领神会：我们查遍了档案目录，采取了电脑寻查功能，手法是比较先进快捷的，可是没找到他。

副行长补充说：应当说还不能确认，根据搜寻，同时出现了几个人与其名字相似相近的，一个是江北支行的女大堂经理，听说工作勤奋，是当地的服务明星；一个是江南支行的分理处主任，也是一把好手，总结出基层网点五步营销法；还有一个是龙都分行本部的公司部客户经理团队长，更有两把刷子，带领的团队主动出击，拿下了国际机场二期工程的多项业务……

哦。行长呷了一口碧螺春，点点头说：我们的队伍人才济济啊，很优秀嘛。不过，人无远虑必有近忧，随着金融改革的深化，我觉得我们的人才不是嫌多，而是嫌少。一心一意干银行，需要集聚各方人才，精通银行业务的人才要大胆引进培养，综合文化素质强的人才也不能忽略。想到人才，我还是有一种莫名的紧迫感。

总经理略作思忖，建议说：这南方蓝，可能不是真名，联系省作家协会也查不到这个人。我们的思路可否再放开些，也许他不是写小说散文的，是个画家、书法家、音乐家什么的？

行长点头认可：说的对，视野再放大些。

副行长说：我推荐一个人，他可能不是南方蓝，却可能知道南方蓝的下落。

总经理接过话茬：你是说，龙都分行副行长毛庆凡？

是的。副行长说，他以前当办公室主任，竭力推荐过一个出版小说集的储蓄员连跨三级，到市分行办公室工作，还对他说八小时以内你好好写公文，八小时以外你写你的小说，剩下的工作我来干。当时，这事还在分行、支行引起了不小的争论。

嗯，这庆凡还是有些文化情结的。行长眉头渐渐舒展，沉吟道：或许，这是一个入口，可以试试。

总经理请示道：行长，要不要打电话叫毛行长来谈谈？

好吧。行长拿起一份文件，可是他又放下了文件，改口说：这样吧，找个机会当面说说。

四

南方蓝，这个名字其实属于过去，属于过去那幽灵般闪现在最亲近的小圈子里的青葱岁月。那时没有微信，没有庞大的互联网，没有智能手机。那是一个人们开始较多使用电话、短信，告别笨重的大哥大、算盘不久，还部分保留着见字如面的书信通讯方式的年代。当时，他的人事档案、居民身份证上的姓名叫范星寒。

范星寒，熟悉他的人皆知；南方蓝，绝大多数熟悉他的人不知。

虽然名字可能只是一个符号、标签，但其中多有一些含义，背后可能有一些故事或者隐秘。

如今的范星寒，没几人知道他曾在民间社团活动时一度在小范围内用过南方蓝这个笔名，人们直呼其真名，或小范、星寒、范老师、范师傅地叫，直到中年来临成为老范。

此时的老范正利用假日游走在隐龙山区，桃镇及其周围复建了几座宗教建筑，兴起了美丽乡村建设，池塘、水库、河道的水资源均得到治理开发。这天正赶上在许多地方被取缔的物资交流会，俗称庙会。这是古代留下来的民间商品集会，由于市场经济日新月异，物流、资金流、人流通畅发达，这一传统的集会失去了实用价值，你想，在电子商务、网店快速崛起的今天，谁还愁花钱买不到东西？谁还在囊中羞涩的时候去物物交换？

老范徜徉在人流中，体味着集镇商品文化的风土人情，目光平和，内心安宁，脚步踏实，他自言自语：地方父母官懂历史，懂文化，保留了民俗，保留了江南市镇的非物质文化遗产。

前方响起了一片锣鼓声，舞狮子、舞麒麟的队伍过来了，后头紧跟着看热闹的群众。路边的摊子上，各种小商品琳琅满目，竟然看到了平时很难看到的铁打的农具、菜刀，木制的工艺品，农民的版画、红线、纸灯、原生的山货、水鲜、獐子、刺猬、药材、桑麻，久违的被称为小人书的连环画……

这都是他年少时代看到的东西。

这时，他不知不觉走到了一条老街与新街交叉的路口，看到了自助银行。这是四海银行的一个自助网点，不时有客户进进出出。他不由地走进去，掏出银联卡取钱。当他走出自助银行的有机玻璃大门时，居然遇见了一个似曾相识的人，应当说是久未联系的曾经的熟人。几年未见，但彼此很快就能认出来。他对那人不卑不亢地说道：毛行长，什么风把你吹来了？

那人一半困惑、一半欣喜地说：在我回答你问题前，我要求范老师别喊我什么行长，太生分了。

你毕竟是一行之长，比支行行长还高一级呢。范寒星不失诙谐地说。

可……可我今儿碰到的是南方蓝先生啊！毛行长不无敬意地说。

范寒星停顿片刻，终于喃喃道：不就是一个守金库实物金属的地下工作者嘛！

两双手热烈地握到了一起，好久没有这样握手了。

此刻街上传来一阵鞭炮声和唢呐声，迎娶新娘的队列簇拥着花轿缓缓前行，正走过美食街穆斯林牛肉面、盱眙龙虾的店铺前，有人唱起了叫作《天仙配》的黄梅戏，一位拉二胡的残疾人边拉边唱《良宵》，身旁的黄狗机灵地摇晃着尾巴，叼着零钱欢快地跑来跑去……

五

省分行安保工作会议在省城召开。龙都市分行毛庆凡副行长参加了会议，他有些近水楼台先得月，无须像外地出席会议的人员那样车马劳顿，一路风尘仆仆，提前赶到省城。他就是省城人，生活于斯，工作于斯。按照时间节点完成了会议流程，他本该回家或者找几个外地的比较谈得来的同行朋友小聚，却被省分行一把手点名留了下来。这可是稀罕的事，有人开玩笑说这家伙要高升了。

毛庆凡被引进一间小会议室，除了省分行行长外，还有工会主席、人事部老总、秘书。工会主席是位女性，她约摸听说过毛副行长与文化圈有关，且自个儿也喜欢写一点诗文，便不无诙谐地说：庆凡，最近写作有什么成果呀？听说你加入了中国金融作家协会，这可是件喜事，要请客哟。

毛庆凡嘿嘿一笑，巧妙支开了话题："最近一段时间，重点做企业文化与银行业务相结合的事，通过与其他单位联合办诗词征文、朗读沙龙、文艺表演等，联络了感情，增进了理解，找到了业务合作的切入点……"

省分行一把手不仅独具慧眼，而且慧眼穿透，他对毛庆凡不急不慢地说：庆凡呐，一个人总得有自己的爱好。我知道作为职场人尤其是当了领导，处理好个人业余爱好不容易。因为这很容易被人定为不务正业。

室内几个人似乎面露一丝笑意，却比较谨慎，谁也不说话。

还是一把手接着自己的思路往下说：一个人劳动是为了什么？还不是过上好日子或更好的生活。其中精神文化生活也是衡量人生质量的重要标尺，而且是非常重要的标尺。一个人从个人爱好里获得了精神娱乐的满足，生活质量无疑提高了，如果取得对社会有益的成果，则是锦上添花。

为人仁义而精明的毛庆凡，意识到省行行长弦外之音，话中有话。果然，人事部总经理简要介绍了省行行长随省委书记看望大作家东方的情况，是的，他提示说：东方病重时说出了他认识四海银行的南方蓝，我们没有查到这个人。

毛庆凡内心深处不由得一震。他猜出了此次座谈的意图。

南方蓝——范星寒，这两个符号指向同一客体对象。南方蓝，属于遥远的过去，属于造币厂职业生涯期间的社团活动，及其发生的一些事，与吉他弹唱、词作家、民间青年文艺活动家、投稿调查案、社团风波、爱情梦断、工业文明等有关。范星寒，则让人想到白银时代的金融时光，从造币厂调到保险公司，再调到银行，似乎一条青春的河，在向前流淌中，补充了什么，又流失了什么，那失去的永不复返，那得到的也化为记忆，且隐藏在深不可测的现实之中。这段时间不仅逐渐脱离了青年时代，而且在迎接并体验中年时代的过程中，各方面都在发生变化，因为追求稳定比追求大好河山、远大前程更重要。这段时间，范星寒私下完成了复旦大学主考的公共关系大学专科学习，提升了学历；数十万字论文《平衡与因果——试论社会法则的自然性》，被评为优秀论文并由省新闻出版局内部刊印交流；与大学校长、省委秘书长的通信引起记者的注意；婚姻生活终成正果……

两个名字所代表的时代，或许是相通的，然而其表现形态却有差异，青年时代创办社团活动是民间的私人行为，却闹出了动静，成为社会各方关注的新闻，而中年时代的自学吉他弹唱并夺魁的那种张扬、轻狂，更多注入了一个中年人的自觉、反思、理性、谨慎。当一度在极其隐秘的小圈子里出现的那个南方蓝，昙花一现几乎成为无人知晓的往事，那么，在档案、身份证上、工作生活场所出现的范星寒，虽然不改名姓，却也在工作单位的转换中改头换面、洗尽铅华，完成了与过去的南方蓝的切割，并隐藏了自己生命中银光闪耀的那部分特色，沦为一个基本属于善良和信义的两面人、隐身人。

现在，也就是眼下，我们省行的最高管理者通过人事部老总的口，把南方蓝究竟是谁、今在何方抛到了自己面前，他们有备而来，应当说完全选对了人，但是，自己能不能突破曾与范星寒私立的守口如瓶的密约，能不能坚守讲信用的道德底线，这拷问同样是严峻的。

小会议室的几个人都在观察毛庆帆，从他的神情中猜测分析，他与神秘的南方蓝是否有染。工会女主席干脆微笑着问：你是南方蓝吗？我想你该有个笔名或别称。

我不是南方蓝。毛庆帆斩钉截铁，迅速作出了回应。

但是，毛行长，你应当知道南方蓝。智商颇高的人事部老总本想说你可能知道南方蓝，话到嘴边把可能改成了应当，言下之意我们找你了解情况不是盲目的，至少有些可信的背景原因。

毛庆帆这回陷入了沉默。一边是藏而不露、与己有约的昔日青年文艺偶像，一边是大权在握的顶头上司，自己无论说什么，都会违背其中的一边。

省行行长终于发话了：沉默意味着默许，庆凡同志，你的沉默让我看到了希望，如果你不是南方蓝，那么你一定知道南方蓝的下落。

人事部老总应声附和：庆凡，别再卖关子啦！我们有权知道管辖下的人力资源状况，这是我们的工作，特别是对重点员工、重要人才要多关注，为建立全省人才库做准备。

毛庆凡一连几口龙井茶入肚，终于动摇了。他提出了道出南方蓝真相的先决条件：最好不要惊动他，不要影响他现在的工作和生活。毛庆凡感叹说：你们要找的人，其实离你们很近，近在咫尺，他就在省行办公大楼的地下金库里……

小会议室内几个人面面相觑，他们不知道有范星寒这个人。这反而引发了他们进一步探究他人生轨迹的兴趣，毕竟，循规蹈矩的人事档案里是看不到人生的另一面的。何况，范星寒，也就是那个南方蓝，这个名字是从省委书记的好友大文豪东方口中披露出来的，他虽然"默默无闻"，却应当有故事、有传奇。

六

毛庆凡今天成为主角，在记忆里搜索着过去的情节和片断，试图重新拼集南方蓝（范星寒）的人生之路和形象。

"上个世纪九十年代初，我在扬州读大学，知道江南那边有青年文艺社，编印了《银河》报。当时我不是他们的成员，也没有正面接触。我是学财经的，对文学艺术不是很有兴趣，但比较敬重文化人，对独立潮头创办群众团体的人暗暗佩服。有时还很羡慕他们的做法。我第一次知道南方蓝，是在《银河》报上，与大多数民间社团一样，自称总编辑。

"第一次见到南方蓝，是在造币厂的值班室，当时校友学生会副主席带我转车过江行了二百里路，在那有武警把守的地方见到了他。他个子不高，身体结实，穿着有点儿油污的工装，完全是个工人阶级。可是，晚间滨河小饭店几个小时的吃谈，使我们领教了他丰富的学识、内心的豪情、青春的梦想、组织的能力。他说话语气非常平稳，为了不让听者疲劳也不让自己疲劳，也会不时说上几句兴奋、偏激、夸张、搞笑之语，伴着卓别林式的令人发笑的手势。

"有两个人的地方就有矛盾，有三个人的地方就有斗争，何况一个几百人的文艺社？还好，他驾驭的这个团体没出大事，但小事不断。当时显然缺乏个人前途的设计和职业规划，错失了改变岗位、升官发财的机会。在个人感情生活上也不尽如人意，在物质兴起的年头，当对精神生活领头雁的推崇走到极致时便是断崖的绝地，崇拜会转化为漠视。社团散伙了，女友也分手了。他不久调到了一家规模不小的保险公司，一度干到副主任。此时，他强烈意识到提升文凭、物色稳定工作的重要性，这是养家糊口必须要做的。潜在的危机感和紧迫感，使他加大了大学自考学习的力度，几年苦战，拿到复旦大学颁发的公共关系的毕业证书。据他解释，这是一个新兴的、综合性的专业学科，有中文、行政、法律、财会、心理、逻辑、商贸、礼仪等，万一面临择业，选择性多一些。

"在这一过渡期，他的十万字论文《平衡与因果》内部出版，虽未公开发行，但在业内高端有一定影响，这就出现了他和大学校长、省委秘书长的内部通信。记者要采访，被他婉言谢绝了。他这时很怕出名，与造币厂的那个青年名流完全不同。低调处事，不等于不学习不做事。这时，他的妻子患病，手术后留下了后遗症，他的一部分精力放到了家里。

"我读过《天下无财》，但没见过东方。据说范星寒与东方是同一战壕里的战友，他的父辈后面可能有些背景，虽然这背景没能利用起来改变职业问题，却在一定程度上助他认识了不少社会名流。他自己以青春的激情发起创办的文艺组织里，大多数人过布衣生活，但也有几个所谓的成功人士，包括亿万富翁、厅长、副市长、学院院长和将军……

"在四海银行需要发展扩大网点的形势下，经人推荐并考试，他进了下面支行边干边训，原本作为基层负责人备胎，后来不了了之。这时我进入银行不久，从会计员干到信贷员。当我干邻县支行行长的时候，范星寒与我基本不联系了。他可能就是这样的人，不卑不亢。但是，平心而论，每当关键时刻，只要能帮上忙的、用得着、够得上的，他会暗中相助使劲发力，争取办成比较大的业务。如金能汽车新生产线产值数十亿，他找东方牵线搭桥，终于落户龙山县乡镇，同时又把大部分银行业务推荐到我们四海银行的县级支行。还有万家个体商户、几十个大市场、个贷金融的拓展，他都暗中发力，真正是低调做人、无声做事，幕后无名英雄一个……"

毛庆凡觉得，今天的叙述真正反映了言论自由，大领导或要害岗位领导没人打断他，更没有主流引领、指示教导。在结束回忆之后，他用几句解释了范星寒（南方蓝）的现状成因：

"曾有业务领导要调他过来当助理，或推荐到支行负责。他说太烦神，一推了之。人家问他究竟想干什么？他说金库职员蛮好，有责任心，有定力，安静，有规律，很符合他的现实状况和家庭生活照应病伤妻子的需要。说者有心，听者有意，一年多后，他居然调到省分行地下金库保管金银器品，成了所谓的金融地下工作者。"

七

就在四海银行基本弄清南方蓝即范星寒的真实情况后，蒙在鼓里的这位地下金库管理员又遇到了新的情况。一名女律师出现在省分行办公室，要求见他有要事告之。经过电话联系商定，下班后在大河公园咖啡馆聚谈。

黄昏的都市依然有天光折射，秋云在高大的建筑物上空飘浮、燃烧，华灯初上的街道人流如织，车流如织。范星寒骑摩托车来到了预定地点，在咖啡馆很快见到了名叫姚蕾丝的知名女律师。两人似曾相识，这法律界女名流不就是当年那个信用社主任的女儿，只不过那小姑娘的模样变成了现在的少妇，她当时崇拜自己的吉他弹唱，好在没有为此疯掉。

他俩在一小间包厢里以长条形茶桌为界，开始了面对面的交流。

范星寒已非青年社团时代的活动家，但还是以客套的口吻表示了对姚律师办了几件全国大案、名案的认知和肯定，对能够与社会知名人士幸会感到高兴。倒是姚蕾丝没有多少客套，她仿佛是一个备足了课的教师，有备而来。她首先提出的一个问题是令人诧异的："范先生，如果有人要送你一栋房产，你会接受吗？"

哦，我认为这不可能！范先生断然否决说：世上哪有凭空送物送钱的事？我又不是掌握实权大权的官，能给人家办事。

姚律师不露声色，表现出良好的素养：此话不错，很有逻辑，是这么个理。不过你看看这个纪要，还有这些资料，会有何想法呢？

范先生接过一小叠纸质玩意儿，先看到的居然是泛黄的、差不多二十年前的一份《银河》报，这已经让他的心有些震动。然后是多年前的一张收款记录单。当这个隐身于省城的昔日吉他弹唱冠军看到几封陈旧却完好的书信，应该是自己的手迹，他忍不住了：我好像一下子穿越到从前，刹那间回到过往的时光，姚律师，你怎么弄到这些东西的？目的又是什么？这些古董只属于过去，现在是没用的，收藏没任何价值。

姚律师依然很有涵养地莞尔一笑：我不是收藏家，不搞收藏，我受托前来跟你商议一处不动产的支配方案。

范星寒以为自己听错了，一拍脑门，摇摇头说：不动产？哪来的不动产？我只有自住的一中套，还有一套郊区期房，办了个人商业贷款的。听说现在有人搞社会调查、心理测试、文艺素材搜集、寻求细节灵感等，就是采用这套方法。好在你拿出了这些令我惊讶的资料，这是一种凭据和证据，也是最好的介绍信。

姚蕾丝说：嗯，换位思考，我处在你的位置也会感到莫名其妙，无所适从。请听我慢慢梳理一遍，或许你渐渐地会明白……

范星寒开始喝茶抽烟，注视着迎面那张还算标致的少妇的脸，听她像个说书艺人那样夹叙夹议：

"据我所知，多年前，你的父亲还是乡镇教师，一度穿过十里乡村土道去教书。有一年夏天，路过一座桑椹树林前的池塘，忽然发现一对农家小兄弟在池塘里挣扎，快要没命了。你的父亲立刻扔下帆布包，纵身跳进池塘，先把最危险的孩子托上岸来，然后把呛了几口水的孩子救上来。当时，那两个农家小兄弟出于求生的本能，恨不得死死抱住你父亲，差点让你父亲如秤砣般沉底。你父亲虽然年轻力壮，但在这个炎热的夏季又被两个玩水差点丧命的顽童拖累，已经精疲力竭。这时候，村民们陆陆续续赶来了，送瓜递茶，连连说着赞美你父亲的话。两个小兄弟的农民父母也赶来了，但你的父亲已经赶路走远了，这对纯朴的夫妻跪对你父亲远去的背影，热泪盈眶，老是说一人救两命，这救命之恩如何报答？

"事隔多年，这对小兄弟怎么样了？我觉得这是事情的关键。我可以明确，他们当中一个当了军事学院教授，一个没上大学，高中肄业，从做小本生意开始，现在公司也上了规模，有一座十层大楼，出租的门面房几百间。这就是说，他们在这个社会里通常被定为事业有成者，具备了相当的经济实力。

"大学教授提议遂了父母的感恩心愿，找到当年救命恩人补上感谢。企业家表示赞同，还豪爽地说，我们兄弟俩的命是范大人给的，今日我们干成了事、赚了钱，不是我们水平多高，而是机会好、命运好。说真的，在我们俩兄弟成功的背后，倒下了多少失败者呀？我们帮不了那么多人，但我们一定要识数，知道滴水之恩当以涌泉相报，这个大道理，我们可以做到。

"这对兄弟谈来议去，终于决定先找当年救命恩人，然后赠送一幢乡间二层小楼，供范大人养老。

"这个决定在亲友间引起极大争议，等于一颗原子弹爆炸。嫉妒的，谩骂的，阻挠的，也大有人在。当有平时道貌岸然的亲戚指责企业家白送人、败家子、胳膊朝外时，企业家没愤怒，那个大学教授愤怒了，他说我们兄弟俩今天取得的一切，不是范老师给的，但如果没有范老师当年跳水救人，就没有我后来的一切。范老师是我们的救护神。

"在酝酿报恩赠予这事前后，他俩发现自己的远房表妹与范老师的儿子范星寒是同学，那张过时的《银河》报就是从她那儿得到的。更要命的是，她成为范星寒与一城里姑娘情书传递的知情者，还成为陪看的角色。后来出现了一些变故，导致这一恋爱与婚姻擦肩而过。这是你以前情书的一小部分，还有一大部分，也在我那里。这里有点小曲折，那个逃离范星寒的姑娘为了证明对新男友一个富二代是真爱，欲烧掉你写给她的这些情书，倒是被远房表妹阻止，她接纳保管了这些早被人遗忘的你的手迹……"

范星寒已经听清了主要情节的来龙去脉，可谓凡事皆有因、凡事皆有果。这些都是发生在过去的、乡土里的事。有一些空白点，留下更多的是联想的空间。老父静居明代皇城根下最后一片民国格调的老街区，不知他是否想到将会有一座飞来的楼房划到他的名下？他做梦都想不到，压根儿也不会相信。

父亲，当年见义勇为救下两个小孩，人道主义的本性使然，没有惊动新闻界。以致社会上无人知道这个英雄的存在。天知否？不是说人在做、天在看吗？

这时，咖啡馆的音响设备刚刚结束一首妙曼的钢琴曲，开始一首小提琴曲《梁山伯与祝英台》，姚蕾丝好像从干练的司法工作者的身份中破茧而出，成为一个跌入温柔乡的女人，她双目有神，声音却轻如薄翼：范老师，现在还弹吉他吗？好久好久没有你的声音了，真的希望还能听你弹唱。

没等老范想好回答的措辞，两只粉嫩的纤纤玉手便握住了自己的一只留下老茧的粗手。

"范老师，我曾经梦见过你，你在为千万人弹唱，人山人海，突然都不见了。空地上，只落下你一个人，我不舍离去，要你为我弹唱一曲心爱的歌曲。你答应了我。我享受着你为我一个人奉献音乐艺术的美妙意境，可是好景不长，我从梦中醒了过来，你不见了，吉他不见了，那梦中的天籁之音似乎还萦绕在耳、牵连在心……"

范星寒看到姚蕾丝的眼里似乎闪烁着点滴的晶莹，这个比自己小十几岁的女人还保留着世间的自我感动，这很珍贵，却与理性思维的大律师的职业名声不太相称。

然而，老范没有想到的是，这个故乡信用社院落当年的那个小姑娘，目下风韵犹存的都市白领美妇，在自己起身告别时，突然走过来，展开模特儿似的双臂，一把抱住了自己。

"你疯了？你想干什么？有意义吗？"范星寒有点不知所措，只好用问话掩饰自己的窘迫。

"请相信我的理智。"身经诉讼百战的姚蕾丝，果然恢复了律师的口气，"我今天只想圆一个梦，了结一桩多年不散的心事——"

"啪"的一个香吻，重重地落在老范的嘴唇间，他发现，姚律师经过这短促的折腾，似乎耗尽了力气。一会儿，她恢复了新常态，松开了绕在这个男人脖子上的藕一般的膀子，面颊挂满了泪痕。

"对不起，范老师，让你受惊了。"

"应当谢谢你，姚律师……"

八

忙完了一天的主要工作，毛庆凡准备找范星寒私下沟通一次。

这年头，贪财的多，贪才的少。虽然省分行一把手等人应允尊重地下金库守金人的现状，不影响他的现实工作环境，但是，让其长期处于地下与金子一道发光，不返回地面，不在金融企业文化工作中更上一层楼，贪才的领导是心有不安的。

省分行行长已经视察了金库，他不带秘书，只邀请了安保处处长一块深入负一楼，不动声色地与工作人员们一一握手。他之前从监控录像里看到了这个名叫范星寒的南方蓝，因此一眼认出了他。他一边握手一边说道：辛苦了，你们辛苦了。

乘电梯返升大楼十八层办公室，这位全省四海银行的最高管理经营家，眺望远方，若有所思。这时，他忽然想到一个问题：大作家东方为何病危时不说范星寒而提到南方蓝呢？是不是人在身体不好、救治困难之时，会更多怀想过去并产生浓厚的怀旧情绪？鉴于此，东方情急之中提到南方蓝，而忽略了范星寒。

他收到了龙都分行毛庆凡副行长转发的微信，引用的是养病的大作家东方的回忆录中的一个片段：

在我还是一个从村庄走进大学的楞头青的时候，偶然认识了比我大两岁的南方蓝，他正在编民报《银河》，中央委员、著名诗人臧克家题写了刊名。他没考进高等学府，在社会这所没有围墙的大学里，他是我人生走向的启蒙者之一，是可以视为良师益友的人。他曾手写便条予我，其文字也优美而深邃："夜幕再次降临，在远方的静僻的郊野，银河在上，闪烁着万千璀璨的星波。然而，在灯海折射的不夜城，人们很难、很少注意到它。眼睛向上，不等于看得高，很多时候的向下看，或许能达到更高的效果。仰望，要看你站在什么地方，仅有仰角和眼睛还不够，还要有一颗追寻、穿越的心。"

（选自庆祝改革开放四十周年"金融人的故事"短篇小说征文获奖作品）

‖ 作者简介

　　徐效贞，女，发表小说《温暖》《山有木兮木有枝》等。现供职于中国工商银行山东省济南市分行。

山有木兮木有枝

徐效贞

一

　　清今天早早下了班，稀罕地做了一桌饭菜，等辰光回来。她以为，他会记着她的生日，今天不会再迟归。8点多了，依旧不见人影子，电话也没有半个。

　　清实在沉不住气，拨了他的手机，那边迟迟疑疑，说："一会就回。"周围人声嘈杂，听起来似乎还在楼盘忙活。

　　清觉得辰光就像一个外星来客，硬硬的，带着棱角，闪着冷光，靠近时会被他咯疼。开始还以为婚姻能够改造他，很快就发现这简直是痴心妄想，不仅无法触及他的内心，连外在的毫毛都不曾改变一点。给他买的衣服，他几乎都不怎么穿，上班穿行服，下班就套上老头衫，黑布鞋，留着寸头，带着过时的黑边眼镜。

　　街口边，常聚有一群老人在下棋，辰光一有空就扑过去，背着手，拱着腰，从后面看不出是个年轻人的光景。

或者，去街对面的小广场，看人遛狗，一看就是一晚上，他喜欢那条跑来跑去的拉布拉多大狗，搞的狗主人都记住了他。

他很少留在家陪清，两人之间的话语越来越少。

清喜欢那种洁净男人，胡子只余下刮痕，目光炯炯，就像唐。

唐和清是在一个微信群相识的，唐读过很多书，文风风趣、睿智。有一天，唐约清见面，两人没怎么费劲就互认出对方，是一种气息吧，彼此早已了然于心。

唐比想象的要年轻，高高瘦瘦，样子从容而宁静，声音低低，却很清晰。他在经营着一个画室，主要招收一些学画画的孩子，然后再聘请授课老师，由于授课专业且价格公道，在附近渐渐有了名气。

除了周末靠在画室外，平常有大把时间都属于自己，可以做些想做的事，日子过得平静而踏实。

清想，现在外头这种男人越来越少了，不浮华张扬，也不像自己家那位一样愚钝不化。

辰光按响门铃的时候，清正在这样出着神。看到辰光捧着大束玫瑰，她也只是淡淡地道了一句，"咋回来这样晚。"

辰光答："被一点事耽搁了。"

"哦，吃饭吧。"

"生日快乐。"

"嗬，谢谢。"

辰光感觉自己的热情，仿佛碰到一截墙，被堵了回来，很明显，清并不开心。辰光低下头，呆望手里的花，很快，把花插进桌台的花瓶里，再也没有看上一眼。

辰光在一家国有银行做房贷主管，他很喜欢这个职业，可以广泛接触到各色人群，开发商、普通市民、炒房人……

辰光喜欢跟他们话些家常，这样也走近了一些人。

好多客户打电话时都很亲切地称呼他"辰光，辰光……"，仿佛他就是邻家兄弟，辰光尤其看中这种工作氛围，融洽的人际关系，既使再有压力，也不会觉得累心。

至于奖金多少，辰光觉得并不足挂心，钱财，本就是身外物。辰光就是这样一个超脱之人，所以内心明净，很容易就感到快乐。

清却不这样认为，她一直抱怨辰光太消沉，没有一点进取心。

你看，谁谁家的老公又升职啦，你看，哪位同学都读到了博士。

开始，她还经常这样嘀咕，后来，干脆就失了言，一句也不唠叨了。不说，往往是失望最彻底的样子。两人，有时几天讲不上一句话。

晚上，都各抱着手机看，或者辰光出门溜达，索性把空空荡荡的大房子都留给了清。

失语和倦怠，就像危及他们婚姻围墙的大洞，越来越大，越来越大。两人都看见了，但谁都没有去管它。

二

那是一个周一的上午，下着小雨，天气非常清爽，辰光喜欢这样的雨天，感觉心思和那些雨丝一样清润。他去一个新开的楼盘接洽业务。

这家楼盘，已有多家银行挤了进去，甚至有几家，前期已投入了开发贷款。要想分享这块大蛋糕，有相当大的难度。辰光喜欢这种挑战，他天生与人有一种亲和力。

当他走进售楼处时，迎面就碰到了一个面熟的女孩，对方立即就认出了他，笑吟吟的。

辰光待了一小会儿，才想起，这个女孩曾在一个大雨天慌慌张张地骑着单车把他撞倒了，腿受了一点点擦伤，他非但没有生气，还扶起摔成一身泥水的她，女孩当时不好意思地要去了电话号码，但却从未与他联系。

令辰光想不到的是女孩会在这里出现，而且她的微微笑会这样美。

女孩自告名字叫陈涛，并引他至大厅一角，那里有一组小沙发，在辰光坐定后，递上来一杯清水，她看起来沉静自若，与印象中慌乱的女孩，已大不相同。

"一直就做这行当？"辰光开口问。

"才大半年吧。"陈涛答，"有一老乡在这家地产开发公司供职，是奔他而来。"

"还好吧。"

"嗯，比较喜欢做这个，工作环境也能让我心静下来。"

陈涛声音十分轻柔，如同微风拂面，使辰光感到很舒心。

心静，现在还有像自己一样苛求心静的女孩子。辰光感到很稀奇，不由得添了些许好感。

"您这是过来买房？"陈涛这才想起来问。

"嗬，不，是过来看看能不能帮着做些贷款。"

"你在银行？"陈涛睁大了眼。

"是，做房贷。"

陈涛忽然笑了，"哥，我们还真挺有缘分的。"

辰光没想到这次出师会意外顺利，陈涛不遗余力地帮助自己，让他很过意不去，仅是一场偶然的相遇，可是，有些人就是这样，天生就有一种亲近感，既使再生分，见了面，也会像亲人一样，像足足认识了一辈子一样。

楼盘附近，有一家川菜馆，相当正宗，辰光以前经常陪朋友过来吃。

"可喜欢吃川菜？"辰光问。

"嗯，还行。"

"那么，中午一起去吃吧。"

两人都喜欢挑临窗位子，可以一边吃，一边望着街上车来人往，一边闲谈，一顿饭的工夫，不知不觉说了很多话。

重要的是，辰光获知她也喜欢读书，而且读的相当深邃。这样的女孩，没有继续学业，十足的可惜。

陈涛仿佛看穿他的心思一样，"嗯嗯，开始，我也想不通，自己怎么就生来贫寒，常常会感到对人生失望。"

陈涛继续说，"现在知道，人其实是不能选择自己出生的，但，至少可以选择怎样去活。"

"活得好，并不一定要上好多学，拿到多高的学位，是不是？"

辰光不住地点头："是。是。"

两人一齐望向窗外，各自想着心事，许久再没有搭话。

这段时间，辰光下班后，会尽量早赶回家做晚饭。他专挑清爱吃的做，小心地一眼一眼看她吃，希望能吃多些，那样就会胖一点。清最近瘦得吓人，精神也不振作，常常盯着一处发呆。

"是工作累？"辰光经常这样问。

"不，还行。"清总是含糊地应答他，多一句也不肯讲。清在一家事业单位上班，十分清闲，从不见她匆忙过。

"那还会是什么？"辰光想不通，还会有什么让她这样心力交瘁。

那个傍晚，辰光做好饭，夕阳还没有完全褪尽，透过阳台大窗，照了进来，到处是一片金黄，辰光特别喜欢一天中的这段时光。

"若是在乡下，这个时候，不知该有多么美。"他对着窗外，发了一会呆。然后，开动了洗衣机，打算清洗积了几天的脏衣服，等着清回家。

就在这个时候，手机铃声响了，是清。"有事，不回家吃了。"

放下电话，这才记起，清最近是常常告假的。

辰光很想问"是何故要留在外面吃？"

但，还是把话头狠狠地咽了回去。

他们始终都是一对不太透明的夫妻，好多话都不能言尽。辰光曾企图捅破那层纸，却发现，不知哪时，一层纸早已变成了一堵墙。

一个人，乱乱地吃完，便溜达到街上。心情不好的时候，他喜欢往人多的地方去。纷乱的步子，能够踩平他的思绪，让他安静下来。

在广场一角，找一个干燥台凳坐下，吸着烟，仰望夜空，城市里其实是能够看到漫天星斗的，只要你想去寻找。

这个时候，还有一个人和辰光一样，正在凝望星空，那人正是陈涛。

租屋有一小小庭院，陈涛把它清整好，放上很多盆花，花草都很寻常，很容易养活，却让小院生机勃勃。工余，坐在房前，看书，晒太阳，吹风，发呆，数星星。

她并不过多关注工作，但没有它又万万不行。不做工，自己就不能生活，弟弟就攒不够学费，当初只要有一线回旋，她也会将书读完，她曾是那个小城中学资质最好的学生。

不知为中断学业哭过多少次，绝望过多少次，现在却不那样想了。租屋距省图很近，不过一站路，她办了年卡，每个周末都去取回一抱书。天天痴迷地读，想，心智很快被擦亮，仿佛能了然很多的世情。上学不再那么要紧，关键还是怎样经营自己的心情，怎样快乐生活。

她想自己赚足钱，就在这个城市的边缘拥有一间带庭院的房子，可以种菜，栽花，养上一大群鸡鸭，她喜欢听母鸡咕咕叫，喜欢听公鸡打鸣，喜欢看村舍升起的袅袅炊烟，喜欢看漫天晶亮的星星。

她从没有想到过爱情。

曾暗恋过一个男孩，后来男孩读了大学，她却成了打工妹。她自知不能高攀，一点点收拾好心情，不再去爱。

同屋的女孩，正在另一房间里，和男友关紧门，听音乐，吃东西，不时传来低低的欢喜声。这些风月，仿佛都与她无关。

在这个城市，只有一个男人让她感到亲近，那人就是辰光。他身上有一种质朴气息，像树木，像泥土一样。看到他纯净温暖的目光，忽然就有很多话想跟他说。虽然，只有短促的两次会面。

这个时候，手机响了，心有灵犀一般，竟是辰光。

陈涛慢慢接通，那边，立即传来浑厚的男低音，"还好？"

"好。"

"谢谢你，开始帮我提卷，今天接受3户，已经开始签订协议。"电话那头，辰光小心致谢。

"嗯呢……都是举手之劳，没什么的。"

"改日请你吃饭。"

"好。"

然后，就是一阵沉默。还是陈涛先发问。"还有事？"

"没。"

"那么拜拜。"

"拜拜。"

陈涛发了一小会儿呆，其实派给他的，是最好的几户，额度大，信誉好。其他小额度的，她分派了别家银行，没办法，总要应付各种关系。可是，她拥有着分配权，可以自主地利用其中的规则，虽然，只是一个小小的售楼女孩。

<h1 style="text-align:center">三</h1>

早上上了班，对桌欣然一直低着头，闷闷地生气。辰光问："咋了？"

欣然答："没法子活了，这都是些什么人。"

辰光这才发现，她的一双眼睛哭得红肿，知道事态一定严重。

"咋啦？"他忍不住又问。

"我被全辖通报了，一会经理就要宣布，奶奶的。"欣然忍不住爆粗口。

"是保险中间费现金入账，用我的户名，被内审局查到，被定性为违规，公款私存。然后，我就成了替罪羊。"

"上下都这样操作，不只咱们，咋处理你？"辰光非常同情。

"可是，人家就抽查了咱行，偏偏用了我的户名。又不是我做的，我还是受害者呢。"

辰光半天不语，不知该怎样宽慰。

是制度不够细致，一些做法没有明确的流程指导，下面人有时候风险意识不足，怎么方便就怎么处理了。查处时，没有人站出来承担责任，只好拿些倒霉蛋堵枪眼。

好多时候，人都是这样，被逼迫着变精明。你不懂保护自己，说不定什么时候，就会有一个大大的坑在等着你。

欣然哭得昏天黑地，发丝都沾满脸，这个爱臭美的女人，这一会儿完全不再顾及形象。

辰光说："欣然，想开点，没什么大不了。"说完后，他立即就觉到自己的这句话等于没说。

欣然始终低着头，抽泣不止。

"欣然，我开始接一个新楼盘，你和我一起做吧，业绩一人一半。"辰光想，也许只有这个，才能安慰到她。

果然，欣然止住哭泣，缓缓抬起头来，"那咋行，那是你苦心营销来的。"

但，不管怎样，她发现，这个世界总还是有好人的，总还是有一点点暖意的嘛。

其实，辰光自己更不开心，清昨晚回来很晚，脸红红的，一身浓浓的香水气。

辰光去卧室，发现她躲在妆台前发微信聊天，衣服也没来得及换。辰光闷闷的，什么也没有问，带上门离开。他在书房睡了一宿，早上，清还没有醒，他就过来上班了。

"她一定遇到了谁。"辰光痛苦地想，"一定是。"

他此刻感到无限失败，他曾想去修补夫妻关系，也努力去做了，却收效甚微。是他不对劲，还是她不对劲？为什么，看起来好端端的一对男女，却不能好好地过日子。

傍晚，辰光独自去单位边上的小酒吧，要了一小瓶二锅头，一个人，慢慢饮，不停地吸烟，几乎不怎么吃东西。他觉得脸有些湿乎乎的，用手指去拭，却是大颗泪珠，这个厚实的男人，无声地落起了泪。

他孤独的背影，远远看去，也像一颗大大的泪珠一样。

辰光忆起结婚时，父亲说的话，"光，你成家了，这可是爸一辈子最开心的事。"

五岁丧母，是父亲艰辛地将他和妹妹拉扯大，缺失伴的老父，把家的圆满看得比什么都重要。

辰光几乎要哽咽出声，"爸，对不住您，我可能留不住这个家了。"

清一直在偷偷地跟唐约会，其实，什么也没发生，只是一起吃吃饭，一起聊聊天，有时，唐会开车载着清去郊外钓鱼，两人见面频率，越来越密。

唐是个失婚男人，前妻移民去了加拿大，并不是所有人都向往国外生活，唐就是这样，有着浓重的本土情结，也许古籍读多了，本土情绪渗透进血液里、气质里，无法再移植进另一种文化。两人只好分了手。

开始，他供职于教育部门，后来辞去公职，利用这些关系，办了这间画室，挣钱只是其一，另一因素，是他真想做些有意义的事情。

唐对那些学画的孩子十分有耐心，总是轻声跟他们交流，买小礼物送那些进步快的孩子。对天分极高的，免收全部学费，以此来激励众多画童。他藏着满腹学问，好友说他，不成一番大事真是一种才华浪费。

他反驳，"人为什么非得要有成就，低调随意就是最好的处世。"

他是真的喜欢孩子，感觉他们心里藏着小翅膀，随时能够放飞，有一种别的工作无法给予的欢喜。见到清时，他也有这样一种感觉，对方是一个心里藏着翅膀的女人，有很多的想象，飞扬在天空中，那是清独有的一种惊慌不安的气质。

他很好奇，并开始跟她约会。他不想爱上她，也不想让她爱上自己，人在不够爱的时候，似乎是可以控制感情发展的。

他实在是有很多这类朋友，谁让他是有钱，有才，又有闲的王老五呢。

可是，渐渐地，他发现了清的异样，她会偷偷注视他，在他投过眼光的瞬间，又迅速移开。而且，几乎天天给他去电话，发微信，把自己最开心和最不开心的事，和他一起分享。

他有些慌张，实不忍心伤害这样一个柔弱的女子。这个心肠软软的男人，只好装出一种冷淡，但有时，又不由自主。清说："晚上陪我吃饭吧，心情不太好。"他只好乖乖过去接她，听她倾诉一晚的心情。

有一次，送走清后，一个人在街上乱走，想安顿一下起伏的心情。前面，是一个兜唱的盲人，很瘦，微低着头。一件破旧的二胡，不慌不忙地拉着，那么的凄伤，一下子就触动了他的万般情丝。

他听到一个声音在心底窃窃私语，他无法阻止这个声音的出现，只好站住老老实实地聆听，那是前妻的声音，他知道自己一直都没法忘记她。

他走上前，抓一把碎纸币，放在了盲人脚边上的钱袋里。

四

8月间，辰光相当忙，不是跑楼盘，就是为一些出证房子办理抵押手续。一天，他正陪着评估公司在看一临街商用房，忽然收到妹妹电话，"哥，爸住院了，腿疼得无法走路。"

辰光放下所有工作，急急地往家赶，路上，没忘记给清留言。清很快回过电话，"要不要我一起回？"

"不要了，我先回去看看再定。"

"哦，那么我等你消息。"

关键时候，夫妻情分似乎还是很坚固的，好像那些裂痕都不曾有过一样，这让辰光感到一点点慰藉。

妹出嫁后，老爸就一人独住，辰光多次要他搬过来，老头就是不依，"等我老得动不动了，再说吧。"除了住不惯城市外，更怕给儿子儿媳添麻烦。好在妹家就在附近，可以经常过去照顾。但辰光一直担着心，如果说这世上最放不下的人，那么就是老爸了。

辰光读大学那会儿，老爸出过一次车祸，左髋骨粉碎性骨折，在县城医院做了手术，那是一次很不成功的手术，留下明显的后遗症，老爸一直左腿疼，阴雨天尤重。

年初，辰光拉他过来做过一次检查，医生说很可能会股骨头坏死。当时，辰光就劝老爸换个股骨头，这个手术，近年大有突破，恢复期缩短，愈后良好，只是费用略高昂。老爸怕花钱，死活不应。

"都这把年纪，哪有无病无恙的，还花那个钱做啥。"为了躲开儿子劝，偷偷跑回老家，辰光拿他没有办法。他们那代人，差不多都这样子，有病强忍，一直把小疾忍成大病。

辰光匆匆赶回家时，老爸检查结果也出了报告，必须马上做手术。医生说："老爷子，如果再不做，您以后只能躺在床上了。"

不能下地，就意味着自己将成为儿女大累赘。老头半天不出声，辰光看到他眼中深深的忧虑。

"爸，跟我回吧，这个手术不会太痛苦，恢复会很快。"

老爸点点头。

临行，老爸坚持到老屋看看，"我要带点自己的东西。"辰光只好依了他。

老爸捣捣鼓鼓，从橱底下翻出一个黑袋包，打开，递给儿子，"拿着，用我自己的钱，你们都还有自己的事。"

辰光低头，一层一层包着的是几个存折，心底不由得一阵酸楚，眼泪忽地涌了上来。

他手抖着包好，重新放回橱底，"爸，您养儿是为啥来，不就是防老嘛。"辰光边说，边泪流不止。

老头这一会儿不再坚持，默默伏在儿子背上，像一个做错事的孩子，仿佛他生病，是多么对不起人的事儿一样。

辰光托同学，提早在省立医院找好大夫，所以，没怎么费劲，就住了进去。辰光回家，从要买房的首付款里，取出5万，给爸办理入院手续。清没回家，辰光想，等见她再提这件事吧。

晚上，清匆匆奔来，从街店买了包子，其实，她蛮有时间再熬一锅汤，人到老爸的这种年岁，不喝点什么，就跟没吃饭一样。

清一直依赖辰光，已经懒于下厨，辰光只好从医院食堂买回一大碗米汤，老爸看起来，吃的喝的都蛮香甜，还一劲地"闺女，孩子……"地喊着清。

清坐小木凳，侧对着老爸床头，倒像一个过来探视的客人。但，辰光已知足，他并不奢求太多。

吃过饭，送清去坐公交，一路，两人复又默默无语。清上车后，辰光才记起，忘记跟她提住院费之事。

夜里临睡，值班医生过来说，手术定在3日后。一切都还算顺当。

次日查房，辰光仔细咨询股骨头的材质，他为老爸选了最好的。又回家取5万，补交费用。

同时，又回单位，补办了请假手续。领导安慰说："尽管忙家里的事，有困难就招呼一声。"

几个同事也一齐跟了出来，"辰光，要不要帮忙？"辰光一一婉谢，这个时候，单位就像个大家庭一样，让他心底热乎乎的。

手术那日，是个周四。一早起来，天就落着雨，不急不缓的样子，让辰光感到无限惆怅。

8点整，老爸被推进手术室。辰光等在外，仿佛有千只小虫在抓心。

清打过电话说，"今天很忙，过不去。"

辰光说："你忙吧，我在。"

手术做了近5个小时，相当顺利，老爸被推出时，还没从麻药中醒来。辰光感到一颗心落了地，一直护在床前，寸步不离。

清在傍晚才赶过来，脸色很不好看。还没来得及向刚醒来的老爸问候，就匆匆拉着辰光出了病房，"那十万是咋回事？"她劈头就问。

"给爸交了手术费。"

"咋不跟我商议。"

"你没在家，我想事后再跟你解释。"

"可是，你解释过吗，你眼中根本就没有我。"清的嗓门越来越高，脸红红的，看起来相当气愤。

"现在跟你说也不晚。"辰光感到这个女人简直就不可理喻。

"晚了。"清大声喊，甩头走开，她没有进病房，而是去了电梯间。

辰光一人，对着走廊窗子深深地吸着烟，外面已是万家灯火。这些灯光，此时不再让他感到暖心，对家，他突然有了一种疲惫和恐慌。

清没回自己家，而是径直去了娘家。她又哭又诉，并没有让娘家妈站到自己一边。

"是你不对，不陪人家照顾老人，还在使小性子，钱重要还是你家公爹重要？"一句话，说得清不再出声。

"辰光是个好孩子。"老太太边念叨，边去街上找回下棋的老头，让他一起劝说这个不懂事的小女儿。

这空儿，清偷偷离开，老妈并不给她长理，她的火气慢慢小了下去。但，依旧在哭泣。

她给唐发信息"不太开心，陪陪我好吗。"

唐很快回过来"跟朋友在一起呢，周日吧，那天我过生日。"

清知道，唐并不把她放在心上，对爱与不爱，女人一向非常敏感。可是，她仍然向往着听他说话，看着他的样子，会让她安下心来。

一夜未眠，时不时地哭泣，清感到那样孤独，那样委屈，很多泪是无名的，只是一齐迸发。其实，只要她心低一些，大一些，宽一些，她完全就是一个最幸福的女人了。

五

辰光也是一夜未眠。

老爸的创口疼痛难忍，可他始终咬紧牙关，不吭一声。辰光很心疼，就那么攥着老爸的手，陪他熬过了最艰难的一夜。

天亮后，人的神经不再那样敏锐，老爸觉得舒坦了一些。但肠子一直没有顺气，依旧不可进米水。老爸双唇干裂，辰光用温毛巾，一点一点帮他润湿。然后，又替他擦净胡子、脸、眼睛……老爸始终紧闭双目，像个需要照顾的孩童，无助、脆弱。

辰光转身去卫生间，用冷水冲净脸上的泪痕。然后，对着打开的窗，深深呼吸一口新鲜空气。

这个时候，手机响起，这么早……

辰光低下头看，竟是陈涛。

温软的声音，像窗外的鸟声一样，让人心情舒畅，"我马上就过去。"看来她早已获悉消息了。

"不要，一会儿还得上班，有时间再来吧。"

"今天调休，不需上班，一会儿就到，等我。"

辰光站在大门一角，等候着陈涛。早上空气十分清寒，他收紧上衣，眼睛盯牢一处，人看上去很憔悴，仿佛一下子清瘦了许多。

陈涛小心地提着一瓶汤，慢慢走近，差点没认出辰光。

"看你，跟小老头一样。哈哈……"

"本来就是嘛。"辰光总算有了一点点欢颜。他接过汤，"是你自己熬的？"

"嗯，是鸡汤。"

两人一前一后，走着，不再搭话。

进了病房，老爸还在熟睡，疼了一宿，缺失很多觉，这一会儿睡得尤为踏实。

陈涛走上去，披了披被角，"嫂子呢？"

"她忙，没过来。"

"哦。"

陈涛弯身拣起堆在床角的脏衣服，就要去洗。

"不要，怎能让你来洗。"辰光走向前拦住。

"看你，还客气呢，我闲不住的。"

陈涛在洗衣间，边洗边哼着歌，她的嗓音沙沙的，十分动听。满室都是皂角的清香。辰光的心，一下子安定下来，他回到病房，俯在老爸床边，也睡了过去。

查房时，爷俩才醒过来。陈涛站在一边，不知所措，辰光说："是一个小妹。"

老爸立即眉开眼笑，"闺女，坐下呀。"

一群大夫围过来，陈涛笑笑，退到一角。几个男生拿眼偷看她，漂亮女孩在哪里都很亮眼。

大夫嘱咐，"尽量少动。"

老爸立刻拉住人家的手，"孩子，我能忍，我能忍。"

见到谁，他都"孩子""闺女"地喊，这也是胶东那一带人的特性，总能把人心里叫得热乎乎的，尤其是老爸，笑眯眯的，那样可爱可亲。

过后，辰光去对面的小旅馆补睡，熬下几个通宵，困劲一下子涌来，只是跟陈涛，还稍有些过意不去。

"就在对街，有事喊我一声，难为你了。"

"看你，还这么多礼道，去吧，好好休息一下。"陈涛马上坐到老爸床边，帮他捶着两肩，远远看起来就像一对父女。

近中午，清过来，两眼又红又肿，一脸冰清。老爸正睡沉。

"你是哪位？辰光呢？"

"哦，是嫂子吧，我是陈涛，辰光哥去对面小旅馆眯一会儿去了。"

看到清质疑的样子，陈涛又解释说："我是哥的一个客户，听说伯伯住院，过来看看。"

"……"

"嫂子来了，我可以走了，哥在对街旅社的106房间。"

"再见，嫂子。"

"哦，再见。"

清没有一点儿精神，没有一点儿笑容，甚至都没看陈涛一眼。陈涛心里七上八下，这么一个小冰人儿，难怪辰光哥会那样疲惫。

其实，清身上恨不得多长出几双眼睛，把陈涛打量个够，辰光何时有这么一个漂亮妹妹，还这样亲密。

　　清一刻也坐不住，她到小旅社，敲开辰光睡觉的房间。辰光双目布满血丝，脸色灰黄。"你来了。"

　　"那个女孩是谁？"清劈头就问。

　　"哪个？"

　　"病房那位。"

　　"是楼盘的，过来看看爸。"辰光这才注意到清审视的目光，仿佛要穿透自己一样。

　　"不要乱想，我不会挑这时和你吵架。"

　　"你以为我想吵，你总是这样偷偷摸摸，什么事都想瞒过我。"

　　"偷？"辰光忽然感到很厌烦，他一下子想起来病房里的老爸，摔开清就往楼下奔。

　　果然，陈涛不见了，老爸刚醒来，正在撑开两臂想起身。"爸。"辰光说，"不是不让你动嘛。"

　　"药快尽了，我正想喊人呢。"

　　辰光这才发现，输液管已进了半截空气，急急地去喊护士。

　　清没有再上来，也许已经回家。她都不上来看看老爸，她心里只有自己那点小心思，辰光感到两人的情分，都被她耗尽。

　　他从没有过这样灰心，对这段婚姻彻底地灰心。

　　唐的家在南郊，错层结构，有大大的阳台，正对着幽幽青山。开大窗，会有扑面清风，木草的香气，还有一些展着小翅膀的飞虫。合上眼，会听到远处枝叶，在微风中发出哗啦啦的声音，会听到一两声婉转鸟鸣。

　　很大很大的客厅，布置得随意而又典雅，一如唐的气质。清喜欢那些随处可见的相片，或挂在墙上，或置在桌台，那是唐流失的岁月。

　　有一张，特别吸人目光，是风华正茂的唐，正站在草地上，手放在额头，挡住射来的阳光，身边是一个浴在阳光中的女孩，大眼睛，麦色皮肤，飞扬长发，美丽而神气。

　　客人陆陆续续到齐，他们都很熟，互相亲热地招呼，看得出，唐交友的精致和用心。有几个女人，万种风情，一直簇拥在唐身边，唐不时越过众人，用目光问候清。

清突然觉到无所适从，她在这里是异类。她长着普通样子，做着普通工作，嫁给普通人，有着普通感情。她普通，所以她是这里的异类。

就像墙上所有彩照中，混杂着的那张黑白照片，那张没有人，只有一石子小路的黑白照片，暂时成了她的避难所。

唐何时说他要去加拿大，清记不得了，场子一下子沉静，她才听到唐的声音，他说要去找前妻，他说她是他的一切。原来这是个深情的男人。

清回头寻找墙上照片中那个漂亮女孩，她好有福气。

后来场子里乱乱的，她听不清，也不想再听，她低着头，手背上洒着几颗大泪珠，那是她不知不觉落下来的。

这是她吃的终生难忘的一餐饭。

人生中，不是你想要什么，就能够得到。你得到的，只是生命赐予你的，还有一些，注定一生将要遥望。

散场时候，已经是深夜，天上有一轮美丽秋月。她落在后面，不太想引起别人注意，唐一直用目光跟她打招呼，他甚至都没有真正走过来说上一句话。

六

老爸恢复得很快，一周后，拆去石膏，他可以微微翻动一下身。辰光的心情，也随之好了起来。中间，他回过一次家，洗澡，换衣，取了一些自己用的物什。家里到处都乱乱的，清并没有整理家的习惯，几天没有见到她，也没有一个电话，辰光觉得自己就跟一个单身汉一样。

他没有像往常那样，动手去清理，他去阳台，开了窗，放进一些新鲜空气，给几株快干死的花浇了水，就走了。

关上门的瞬间，他感觉自己身体里的一部分，也被关进了背后，再也无法找回来。

一片乌云，压住他愉快的心情。

下午，经理打电话让他回单位。他被定为竞聘管理岗的人选，要他填几张表格，然后准备一下竞聘材料。

欣然悄悄给他鼓劲，"这是条金光大道啊，兄弟，你已踏上一只脚，只要你愿意，再迈进另一只脚就是了。"

从听到这个消息，辰光就一直在吸烟，一支接着一支，看起来心事重重。他现在，尚无心去问津管理岗的位子。

他觉得走专业的路挺适合自己的，一步一个脚印，扎扎实实的。更何况，他很不舍现在的状态，一份游刃有余的工作，一份不高不低的薪水，一个宽松开放的环境。这些，都有利于他慢慢成熟。

辰光小心地回绝，他说有家庭拖累，唯恐不能胜任。"以后吧，我会抓住以后的机会。"

他不想使自己显得太另类，做另类就要被孤立在人群外，很难再回得来。就是这样，他也引起了不理解。

领导找他谈话，"年轻人，应当抓住一切机会。"

辰光说："老父亲身体不好，小家庭矛盾重重，我现在心有余而力不足。"

"正是因为年轻，我才敢于放弃这次机会。"

他把自己的家庭危机都爆出来，领导也只好叹气。

清打来电话，"你为什么放弃了竞聘？"她不知从哪儿听到了消息，气急败坏。

然而，辰光并没有接她的话，就挂断了。

整个晚上，清都在整理相片，这种需要凝神的活儿，可以转移一下阴郁心情。她发现，婚后，几乎少有跟辰光的合影，她的婚姻，就是这样荒芜了。她微低着头，长长发丝落下来，遮住半边面庞，找一个皮筋，将头发束了起来，她看起来还像个干干净净的小女孩。

风吹着纱帘轻轻抖动，柔软而又凄凉。

她知道自己并不很爱这个男人，当初嫁他，是因他对自己好。

现在，他对自己不再好了，她要的东西他一样也不能给，她还跟着他做啥。

她告诉了老妈，老妈一下子就哭起来，"傻丫头，你好糊涂。"

老妈就她一个女儿，辰光一直被他们当成儿子，从小就失去母爱，辰光很愿亲近老人，总是"妈，爸。"地叫得老人心花怒放。

周末，尽力抽出一天时间陪他们时，辰光会将老太太从厨房里替出，做他们爱吃的饭菜，有时陪老头下一天棋，老人打心眼里喜欢这个女婿，如今，女儿要出幺蛾子，怎能不急。

在婚姻大事上，父母眼光总是最地道最准，可是，小辈往往不以为然。知道后悔时，也许会在很多年后吧。

半个月后，老爸已经能够扶着床边踩地，可以微微挪动一下步子。这个时候，他就吵着要回家，"那些花呀，鸡呀，鹅呀，离了我咋行。"

见辰光不应，他就偷偷借病友手机，给女儿打电话："夏夏，爸爸好啦，过来接我吧，你哥太忙。"

夏夏次日就匆匆赶到，"哥，让爸回吧，家里还有我呢，要不，他会憋坏的。"

辰光去咨询医生，医生说："手术已无大碍，可以回去慢慢恢复。"

辰光这才松了口，开车把爸和妹一起送回了老家。

已经习惯天天去医院，一下子停下来，辰光有些不知所措，不知该去哪里才好。下班后，见同事一个一个回了家，他独自坐在办公室发呆，看起来，清和他一样，不想保全这个家了。至老爸走，她再也没来看一眼，电话也没打来一个。

缘分已尽那就散吧，辰光想，没有了感情，人留下又有什么意义。

婚姻，远远没有想象中那样牢固，不一定多大的事，就能使好不容易走到一起的人，分道扬镳。

结婚前，辰光住单位宿舍，那一间房一直还在，偶尔，中午会过去休息一下，除了简陋一点外，基本生活还足以对付，被褥齐全，走廊里有一液化罐，可以煮饭。辰光暂时把自己寄在这里，静待事态变化。这样做，无疑也在提醒旁人，他婚姻的失败，辰光亦不打算守住这个秘密，随时准备着坦然面对。

欣然小心地打探，"真的这样潇洒？她那边怎样？"

"她那边和我一样。"

"啧啧……现在的年轻人。"

辰光沉默，其中的悲苦自知，不足为外人道。

一整天，他一直打起精神来应付工作。坏消息往往会传播得最快，就跟长了翅膀一样。

傍晚，陈涛也打来电话，"咋会这样，我见过嫂子，蛮清雅的一个人。"

辰光一阵心酸，一手握电话，一手遮住眼睛。

"在听？"陈涛又问。

"嗯。"

"晚上过来一起吃饭吧。"

"好。"

"我在公司等你。"

"好。"

这个时候，辰光并不想多言，可是，人人仿佛都有话要跟他唠叨。

陈涛老早就等在门口，漂亮女孩总是最打眼，像阳光一样，会照亮四周一大片。辰光远远地看到她，立定，等着她看过来。

陈涛挥挥手，然后，小跑着奔来。她穿了一件绣花白棉衬衣，搭配一条绣花水磨蓝牛仔裙，十分清秀。

"还好？"

"过得去。"辰光笑笑，"想吃啥呢？"

"你定。"

"那就再川菜吧。"

辰光喜欢光顾熟悉的店，挑常吃的菜，不知是不是人将老矣。陈涛乐陶陶地跟在后边，这个女孩的双目，褪尽哀怨，显得十分明净。

川菜馆，总是人爆满，只余墙角一小桌，两人绕个大圈方挤过去。辰光很爱看这个女孩的吃相，很香甜，很享受的样子。

以前看惯了清，东挑挑，西挑挑，以为天下好看的女子都是那个样子。

"不怕胖？"

"不怕，多吃也不会胖。"

"年轻真好，还在长身体呢。"

"切！我都23啦。是家传吧，爸妈都瘦瘦高高。"

辰光十分随意地靠在座椅里，两手臂摊得宽宽的，静静地看着陈涛。

积在心口的郁闷，顿减去了一半。

吃毕，两人一起来到外面，不知何时落起雨，十分稀落，不至于淋湿发丝。

"送你回去吧。"辰光招手叫下一辆车。

陈涛不出声，看起来很情愿辰光送她。上车后，悄悄坐到辰光身边，脸别向窗外。

街灯下，可以看见丝丝雨线，显得十分静谧。这一带已是郊区，树木多了起来，透进窗子的空气非常清新。辰光没想到她住的这样偏远。

下车的时候，陈涛跟在后面解释，租金很便宜，其实，有公交车，已经很方便了。

租屋是二居室，进去是一个小厅，刚好摆上一只小方桌，左首是卫生间，一个女孩正弯身洗着衣，一个男生蹲在边上，把一只桃子往女孩口中送。两人看到辰光，都吃惊地张大双目。女孩很快站起来，"欢迎，我是陈涛的姐妹，王玉。"男生也站起来，向辰光伸出一双大手，"我是王玉的男友小钟。"

王玉躲在辰光身后，向陈涛吐吐舌，挤挤眼。

陈涛苦笑，"是不是我第一次领回男生，你们才这样激动。"

陈涛的房间很大，除了一床外，一桌，一椅，别无他物。

靠近床头，立着一大旅行箱，大概塞满了衣服，有一边透出一点衣角。

门后面的空墙上，钉着一排木衣架，挂满平常换穿的衣饰，床头和书桌上，都整齐地码满书。

辰光看到，有村上、川端、伍尔夫、萧红……枕边还放着一套人文版的《红楼梦》，基本能断定这个女孩的阅读趣向。

"你喜欢伍尔夫？"

"是。"

"好多人看不懂她哩。"

"还好，我可以懂得那些天马行空的文字。"

辰光不语，在思量她说的话。

"女人心女人懂啦，我就理解不了昆德拉。"

"呵，的确是，本人如何也读不进女人写的书。"

陈涛笑，"其实，女人也有大气象者，你看张爱玲多么入木，多么冷静。"

"喜欢她？"

陈涛摇头，"我喜欢萧红，那样决绝感性的女人，才会被人记取。"

辰光抽出一本，握在手里慢慢翻，"你都看哪样，平常？"陈涛问。

"历史类的。"辰光不由得想起家里那个大书橱，心里一阵伤感。

是不是该回去取些东西了，他想。

七

清回娘家后，大病了一场，愈后，天天上班，下班，心如止水。她把手机号换了，有意跟过去疏断。辰光要想寻她，自会过来，目前，他们尚是夫妻，若想了断，也未尝不可，毕竟情缘已尽。

只有老妈天天叨念，"辰光那孩子，你真的就不要了？"

秋越来越深，街边大树，有的叶落尽，有的还在挣扎着绿，原来，树木也有各自不同的命运。清感到自己，就似那些光秃的枝条，不再是被关怀的样子。

一日，天吹着大北风，满街都是飞尘，清顶着风，吃力地往家赶。前面，走着一双爱人，男的一直用半边身子替对方挡风，偶尔，会折回头，将女人拥在怀中，向后退步走。清忽然发现竟是唐，唐的笑容就是被风吹碎，她也能辨清。

她赶忙低头，下巴躲进衣领里，想把自己的脸藏起来，但是，没用了，唐也认出她，收住脚步，快乐地拉着爱人跑了过来。

"可好？"唐向她伸出手。

"还好……"清轻轻回应，目光却投向唐身边微笑着的女人。

大风中，这个女人仍是那样美丽，有一种未经雕琢的灵秀和活力。

"我爱人。丹，这是清。"

丹微微笑，"唐常提起你，清。"

清却急着要逃开，相映之下，她更觉出自己的憔悴和忧伤。

唐说，"我还没来得及走，她就回啦，也许命中注定吧。清，你咋啦？"

"祝福你们，哦，我要回了。"

清低下头，为难地要躲走，看起来一点也不开心。

她不怨唐，是他让自己发现，还能这样喜欢一个人，她只是可怜自己，好容易爱一场，却爱错了方向。

风小下来，雨也就渐渐落大，这个时节的雨，会越落越凄凉。

旧历十月初一，是传统的寒衣节，在北方，仅次于清明，是一个盛大的鬼节。

每年，辰光都要回老家，给母亲上坟。老爸总是都请同祖的婶娘，用五色纸剪成棉衣棉鞋，带到母亲坟头上烧。

今年，辰光请了假，早回两日，以为老爸还没恢复，这些事由他代做。

在去火车站的路上，行至经三纬四路口北的时候，忽然就听见前面有人高喊："救命啊，抢包了。"

辰光远远望去，原来是一名壮年男子在抢夺一名老人手中的包，没有丝毫犹豫，他就冲上前去，那名男子已得手，跑开了。

辰光紧追过去，大约在三百米处，那名男子忽然站住，回头指着辰光怒吼："快闪开，敢多管闲事就要你的命！"

辰光没有退缩，他几乎没等那名男子反应就扑将过去，三下两下，就将对方打倒在地。

这时，边上有人已经拨到了110，警笛声由远及近，在夜晚尤为清晰。

辰光一向自信身强力壮，但没想到抢包人这么不经打，不禁暗露笑意。

路人越聚越多，将卧在地上的男子围住，等待警察到来，辰光拣起地上的包，回头寻找着老人。

踉踉跄跄过来的老人没有接包，却双手拉起辰光的手，"好久没见过这样的情景了，小伙子，你真棒。"

警察过来，要留下电话，辰光婉拒，但人家又说这是在执行公务，他只好留了姓名。

在他看来，这是再平常不过的事情了。

他匆匆赶去火车站，刚好开始检票。

坐上车的时候回想这幕插曲，让他颇感快意，所谓助人为乐，大概就是这种感觉吧。

到了家，夜深了，老爸没有睡，迎了出来，满脸都是笑花。他走路已与常人无异，辰光不由得赞叹医学的进步，股骨头这样精密的结构，已经做得如同天生。辰光心中放下了一块大石。

老爸早早备好一切。临去坟地前，刮净脸，穿上新衣新鞋，看起来很开心。辰光已记不清母亲的样子，却从小就记得父亲对她的想念，最开心和最不开心的时候，他总是守着她的照片，一坐就是半天。

母亲的坟头，落在一个小山坡上，被深秋的阳光照得暖洋洋的，四周的植物，急急地乱长一气，这一会，已变得枯黄。老爸坐在一角，对着坟头，不再去理辰光和妹妹。

他那样安详，平静，默默地吸着烟，就如同守着老伴一样，母亲仿佛也在隔壁说着话儿，只有老爸才能听清。那样子，看得辰光想落泪，不由地想起自己支离破碎的婚姻。

原来，这个世界是不缺真爱的，那些最美好的爱，就是那些最质朴的爱啊。无须表达，像石头一样静默，却能一世相守，就是一方不在了，一样是一世相守。就像自己的父母，天下哪还有比他们更深沉的爱情。

下山的时候，背阴处凝重的空气，让人产生了傍晚的感觉。老爸有些失落，辰光也无言。远处的田野，略施了一层薄雾，有一种难以言说的静美。

天近黑，辰光和老爸坐在小院里吃饭，却收到陈涛同屋王玉的电话。

辰光有些纳罕，那边急急地说："辰光哥，陈涛回东北了。"

"啊？"

"她被辞工，伤着心走了。'

"啊？"

"她偷偷把一些客户转给你，引发其他合作单位不满，公司只好解聘她。"

"啊……"

辰光匆匆关掉电话，放下碗筷，"爸，我有要紧事，要回了。"

辰光 10 点多赶回来，不顾夜深，先去见王玉，陈涛的房间已经空落落。王玉说："走了两天啦，电话一直关机。"

"可知她家电话？"

王玉摇头，过一会儿又说，她那位老乡也许知道，他也姓陈，好像有一点亲戚关系。

次日，辰光处理完手头事，就去见那位陈姓老乡，是陈涛不太远的堂哥，一位很精明的中年人。

"那丫头干得还不错，公司挺肯定她，可是，又不能得罪合作单位。"他低下头，边说边写下一个电话，递给辰光。

"公司只好拿她开罪，那丫头可能遭受了打击。"

辰光心情变得越发沉重，把纸片折好，匆匆告别。

一天余下的时间，辰光一直坐在办公桌前，忽然一阵嘈杂声打破了办公室的宁静。

书记领着几个人走了进来，辰光一眼认出了那晚被抢包的老人，另一个年轻人好像记者模样。

老人捧一面锦旗走过来，一面致谢，一面地叨叨着，"感谢啊，年轻人。"

记者是老人找来的，辰光赶紧迎上去，"锦旗我收下了，采访就不要了，很自然发生的事情，谁遇到都会挺身而出的。"

记者说："传递正能量，是我们应该去做的事情。"

但辰光还是婉言谢绝了，他不想很平常的事情被过分关注，也不想一些放大的夸词，发生在自己身上。

接下来他想要做的，就是怎样联系上陈涛。

电话一直拖到晚间，才打过去，那边是一个男人，声音有些苍老，却很警惕，大概是她父亲吧。

辰光解释："我是陈涛的朋友，说我叫辰光，她就晓得啦。"

男人放下电话，远远地听到他在喊陈涛。过了一会儿，耳边传来陈涛似深又似浅的呼吸音。

"睡了没？"辰光问。

"嗯，不，还没。"

"走咋不说一声。"辰光埋怨。

那边无言以对。

"不知我有多么着急，"辰光接着说，"心情从没有这样慌张过。"

"我有那样重要？"陈涛像是在喃喃自语。

"是，非常重要。"辰光坦白而自然。

陈涛一阵默然。

"何时回？"

陈涛还是默然，只能听到她在深深呼气。

"不回，我就去捉了。"辰光开始有了一点点笑意。

"哈哈……真的？"陈涛也跟着放松下来。

"嗯，我弄到了地址。"

"那你就来吧。"陈涛的笑容在黑暗里慢慢展开，清澈，甜蜜，若有似无。

放下话筒，陈涛先向四周望望，确信父母没有在偷听。接下来，她听到了妈妈带着睡腔的唠叨，"涛，这次回来就不要再走，该寻个人家了。"

陈涛不语，站在那里等了一会儿，直到听见清父母完全歇息，才轻步折回自己房间。

只有她自己知道，她满心思里都是辰光，因为辰光有家室，并不属于自己，她才羞于面对这份感情。

她不告而别，是因这种羞愧，更是因为绝望。她从不奢望辰光会爱上自己，更不想去占有他的感情。情再重，也绕不开她的自知，她的低调。

一通电话，却让她了然对方的心，那正是她所期待的。很久很久以来，她都在心里热切地等待，等待一个奇迹出现。今天，它说来就来了，来得势不可挡。

仿佛有些瑰丽的花朵，在她的心灵深处怦然绽开，她的双目，在黑暗里闪着亮光，就像一只兴奋的小兽。

到了末季，辰光工作格外繁重，楼盘，指标，会议，没完没了地加班，身为一个银行基层员工，就像一头黄牛一样被使唤，但他仍会挪出时间，想一下陈涛，他在纸上，写出一些要去探访的日子，思量又思量，最后，定在最近的一个周末。

他给陈涛打电话："还好？"

"好。"

他不语。

那边亦不语。隔了很久，他说："我要去看你啦。"

"什么时候？"

"这个周末。"

又是一小会儿沉默。那边很快传来嘤嘤的抽泣声，辰光心里一阵酸疼。

八

这个时节，东北已是隆冬。

辰光背包里，塞着一件鸭绒衣，一下车就套在身上，还是觉到冷。

5点不到，天就完全黑透，空中飘着雪粒子，小小的，白白的，孤零的。

他看到了陈涛。

她正站在出口处向他微笑，背后高墙上亮着一盏小小灯，暗暗的，将她的影子拖得长长的。

他大步走上前，"呵，终于见到你啦。"

她不语，微微笑，有些难为情地低下头。两人都有些不太自然。陈涛说："先去吃点东西吧。"

小城不大，却开了很多小吃店，走不远，就碰到一家，里面人很多，烟雾人声，装得满满的。

他们拣一个小小角落，陈涛迟迟疑疑，没有坐到对面，而是紧挨着辰光坐了下来。

店里热，她没有立即脱大衣，只褪去两只手套，额角渐渐沁出一层细汗。辰光褪下自己外套，又伸手替她脱下，这是他们第一次这样接近。

陈涛低着头，默默不语，辰光亦不作声，两人的脸，都红红的。

吃饭的时候，陈涛鼻尖沁着汗，"我早就喜欢你啦，辰光哥。"她好像鼓足了很大勇气。

辰光一怔，勺子落到桌子上。

"害怕了？"陈涛一下子又恢复了往常的随便，"现在逃还来得及哈。"

辰光笑，却不接话。

推门来到街上，陈涛心里七上八下，后悔向他陈露心迹。他好像很平静，会不会不睬自己。

偷偷看他，却迎到他的目光，正在全神注视着自己，满眼都是柔情。

陈涛呆呆的，忽然就落下泪来。

她听到辰光说"傻丫头，傻丫头……"

他轻轻揽她入怀，他们站在路边大树下拥吻，一切都离远，离远了。只有这一刻，化为恒久。

舞动的雪粒，不再孤单，变得调皮，变得活泼了。

夜慢慢深了下去，街上少有人，偶尔遇到一个，也是行色匆匆。地上积了一层白，空气更加清寒，陈涛一直把手揣进辰光外衣口袋里，被他紧紧握住。隔着厚厚手套，仍能觉出那只大手的温度，一直暖至心底。他们就这样，走走停停，从一条小街转到另一条小街。

陈涛就像幽静山谷中那些小花，在这个飘着雪子的夜晚，释放着淡淡的香气，这么美好恬静的女孩，竟会这样钟情于自己，辰光仿佛在做着一个痴梦。脚下穿着一双单鞋，刚下车，还觉到一点点冷，这一会儿，什么也觉不到了。整个人，好像是摇摇欲坠的洪堤，随时会被一股急流冲毁。

"你家父母能接受我不？"

"会的。"陈涛很快地答，"他们一直担心我会成为剩女。"

辰光站定，严肃地拉过陈涛，对着她的眼睛"我成过一次家。"

"我不在乎。"

辰光忍不住抱紧了她，也就在这个时候忽然想起了清，一点点又松开了双臂，"回去就跟她办离婚手续，她已经通知我了。"

第二天，辰光去见她的父母，开始忐忑不安，不想，却受到热情款待。

陈涛提早坦白了他们的关系，陈爸陈妈把他当成座上宾。陈爸早早热好一壶酒，一见面就拉着辰光慢慢对饮。陈妈，拿眼睛一下一下偷看辰光，喜得合不上嘴巴。

趁他们去厨房上菜，陈涛期期艾艾，"我说吧，他们就怕我嫁不出去。"

不一会儿，就有邻居王妈，或张姨，或李姨。一个接一个，过来借盐呀，针线呀，或是什么别的借口。

门被关上，又敞开，一次又一次。她们全都不紧不慢地说着话，眼睛却一律在辰光身上扫来扫去。陈涛不好意思，脸红红的，小声说："对不起。"

辰光悄悄搔一下她的手心，"没关系的，我又不怕被人看。"

陈爸却是个爽快人，十分健谈，与辰光攀谈得很投机，他是个老山东，早年闯关东，才飘到这里落叶生根。一拉出老家的话头，停都停不住，"越来越怀念呀，那地儿，水土好，人耿直。"

然后，和辰光一起数起老家的特产。什么烟台大苹果，莱阳梨，肥城桃，大泽山葡萄，青岛的大海蟹，数的人都要流口水。

辰光说："等我们安顿下来，您们也回吧。"

陈爸摇头，用手指点一下坐在边上的陈妈，"回不去啦，她是本地人，亲戚都在这边。"

陈爸端起酒杯，一饮而尽，然后，头垂得很低，不再说话，面色慢慢暗淡下去，就跟外面的天色一样。

所谓爱，就是这个样子吧，事事肯为对方着想，很少顾及自己。

那夜，辰光没有再回宾馆，被留在弟弟房间。跟陈涛隔着一壁墙，中间没有房门，只挂着半截碎花布帘。

半夜，辰光被一阵沉重呼吸声扰醒，陈涛正伏在他胸上，发丝摊了他一脸。她只穿一件薄薄睡袍，身子被冻得冰凉。

辰光把她抱进暖被，昏暗中，看不清他的表情，仅感到他眼中的光芒，该发生的事，瞬间都发生了。陈涛淌下一脸泪，全都流进发根里，发丝像蛛网一样沾在脸上。辰光用热唇，一点点吸干了它们。

两人一起回山东后，辰光把她带进自己的小房，没让她再另租屋住。陈涛处处躲着人，生怕让辰光感到难堪。辰光却很大方地把她介绍给自己的同事，朋友。

"来，过来认识一下。"

陈涛总是很害羞地走上去，微微笑，很少说话。这个时候，辰光就会环住她的双肩，给她鼓励。

私下，辰光用电话跟清联络，商议离婚之事。

清说："房子我不要，东西只带走自己的，别的你可留用。"

辰光说："我也不要，都折上钱，各自取走自己的一半。"

两人都想跟过去划清界限。最后，约好下周二去办理手续。

之前，辰光最后一次去探望清的父母，老妈抱住辰光双臂，老泪纵横。那样子，就像女儿不在了一样，其实，在她心里，女儿如同不在。

辰光沉默，在情感上，他跟这老太太就似母子。可是，维系他们之间的纽带断开了，他们也就不再有关系。

原来，婚姻里亲情是这样不牢靠，再紧密，也只是靠一根线牵连，脆弱得要命。辰光感到有一些泪在向心底奔涌，他哭不出，吐不出，十分惆怅。

周二，是个大太阳天，却很清冷。风很大，树叶哗啦哗啦落了一地，踩上去，心里十分凄然。

清又瘦了许多，松松地穿一件黑羊绒大衣，袖口宽宽。红围巾软软地散在胸前。

她的长发盘了起来，脖颈更显细长，看到辰光，凄然一笑，不再像在一起时那样淡漠。

辰光不由得一阵心酸。

清直视着辰光的眼睛，"哦，有些变了，是不是跟那女孩在一起了？"

辰光没有否认，"是，那是在我们之后。"

"别解释啦"，清说，"女人若无第六感觉，也就不是女人啦，我一开始就能猜得到。"清泪光闪闪。

拿到离婚书，两人躲闪着对望一眼，唏嘘不已。女人一旦走过一场婚姻，连背影都侧然。

辰光看到清低着头，缓缓离去，忍不住泪下。

"清，清，好好过日子。"

清没有回头，她是一个不太爱回头张望的女人。

只余辰光一个人，站在街口发着呆。

辰光不知道自己走到这一步是对是错，只知道自己是坦诚的，真挚的，是热爱着生活的。

（选自庆祝改革开放四十周年"金融人的故事"短篇小说征文获奖作品）

作者简介

高歌，中国金融作家协会会员，陕西省作家协会会员。出版长篇小说《消失的身份》，并被评为 2016 年全国网络文学重点扶持项目，2017 年获全国首届燧石文学奖终评入围奖。现供职于中国工商银行陕西省分行。

十六字令

高歌

距年末还有半个月的时候，我们行长的眼圈开始发黑了，不几日脸也发黑了，我们知道这黑是有道理的，因为我们支行距完成存款任务还差五千万。

我们也很着急，无须扬鞭自奋蹄，拉进来不少，可跑出去的也不少，这是预料之中的、司空见惯的，我拉你的，你拉我的，纷纷扬扬、乱七八糟，名曰年末拉款大战，这大战在本年度最后一秒才会戛然而止，分出胜负。

我们的仗越打越残酷，存款额像股票一样忽上忽下，倒计时第三天时还是差五百万，而我们已经弹尽粮绝了，就是说我们手里已没有了可挖金的对象了。柜台的守株待兔是没有指望的，据以往经验，我们这个行，越到年底存款跑出去的越快，如果我们这些做客户经理的没有作为，我们支行的存款额就是负增长。虽说只有三天时间了，但负到哪里不可测，五百万，五千万皆有可能。

形势严峻，尽管没有目标，行长还是黑着脸把我们往外轰：去，去，去，都给我寻食去。我们把钱叫食，对于我们这些最基层的员工来讲，钱就是米啊。

行长说，找你们的七大姑八大姨去，七大姑八大姨没有钱，就找七大姑八大姨的七大姑八大姨，就这样一直找下去，我就不信了，大河里那么多鱼，我们就逮不住一条？

任务不是给行长完成的，任务与我们每个员工到手的钱有相当密切的关系，拿不下任务就拿不下钱，我们将与我们垂涎已久的物质擦肩而过。

我们早出晚归，我们踏破铁鞋，我们穿梭于N层的七大姑八大姨中，但收效甚微，行长的脸愈发黑了，跟天上的乌云一样，黑到一定程度就要电闪雷鸣，而电闪雷鸣的对象往往是我，这也是有道理的，我的业绩一直是最差的。"吴煌，为什么不找普希金、泰戈尔去，他们一定有钱。"这些天行长几乎天天都对我这样电闪雷鸣。

我们行长曾经也是诗歌青年，高兴了就借诗歌的高枝炫耀自己，不高兴了就拿诗歌贬低我这个热爱诗歌的员工。

"吴煌，丢掉诗歌吧，它会害了你。"这是行长对我恨铁不成钢时说得频率最高的一句话。我觉得行长是既爱诗歌又恨诗歌，就像对我。

最后一天终于来到了，这两天存款额高高低低让我们的心脏蹦了几次极，但最后还是差五百万。跨新年对我们来说是过关口，这个关口能不能过去，就看这一天有没有奇迹发生了。

寒风飕飕，天空布满乌云，好像要下雪了。我们着西装领带，在支行门前站成两排，接受2017年最后一次晨训，这就是大银行，什么时候范儿都不倒。行长的脸黑到了极致，只是脸黑还不要紧，可惧的是行长的眼睛红了。行长带着血丝的眼睛发出的光跟抹了血的刀锋一样，时不时地转向我，大家的目光也转向我，好像这五百万差额是我造成的。

我把目光放向天空，心里发出悲鸣：老天爷啊！您老人家可怜可怜我吧？不要下雪，下钞票吧！

"吴煌，到我办公室来"成了2017年我们晨会的结束语。我在同事们充满担心和同情的目光中，像一头待宰的羊羔，跟着行长进了他的办公室。

"吴煌，还写诗吗？"

进了行长办公室，行长的口气突然变得像温厚的老师，让我一时摸不着头脑。

"不，早不写了。"我赶紧说。

"那还喜欢诗吗？"

"不，早不喜欢诗了，您说过的，诗会害了我。"

"撒谎。"

行长笑了，行长竟然对我笑了。

"你不但还在写诗，而且快成名诗人了。"

我被同事出卖了。

"是，行长，我还在写诗，你不能把完不成任务的责任推到我写诗上，毛泽东写诗误了打胜仗、解放全中国了吗？……"我突然发飙了，长久以来因爱好诗歌而受的委屈在这一刻忍无可忍，我口若悬河，为了伟大的诗歌，我破罐破摔了。

"停，停！"行长将两只手掌搭成丁字型，"吴煌，我现在恨不得喊你万岁爷，真是天生我材必有用，诗能为咱拉款出大力了。"

什么意思？我又懵了。

行长把双手压在我肩膀上，跟影视上大首长压小战士的肩膀似的，让人在感到无比亲切的同时，有天降大任于斯的感觉。

"是这样，我的七大姑八大姨的七大姑八大姨的……我都说不清楚这里面套了多少层关系了，总之，一条线经过千山万水于昨天半夜到达我手中。一个以前倒霉的，通过倒霉赚了大钱，现在手上有五百万活钱存在一个银行里，刚好够我们……"

"等等，行长，倒霉能赚大钱？"

"诗人，是倒卖煤炭的'倒煤'。这个倒煤的叫穆庄，啊，不是木桩的'木桩'，是穆桂英的穆，村庄的庄，跟诗人说话咋这么费劲呢？据说，好几个银行都知道穆庄手中有钱，上门营销都被拒绝了，知道为什么吗？这穆庄有一个毛病，喜欢诗，不好好说话，用诗说话，"

"行长，喜欢诗怎么就成了毛病了？人家这叫以诗会友。"

"对，就是以诗会友。吴煌，明白了吗？我们要求人家，不投其所好行吗？你不要怕，他就是对诗痴迷，水平绝对在你之下。这穆庄小学都没有读完，大字不认几个。穆庄发迹后，不倒煤了，写诗，不过写来写去就是十六字令，十六字令你不陌生吧，毛泽东的十六字令《山》我们课本里都学过的，怎么样？以诗做武器，给咱这就披挂上阵？"

"行长，对十六字令我真的还是有些陌生，我……"

行长把手一摆，"你是诗人，你不去谁去啊？穆庄要用十六字令跟你说话时，你不要太讲究格律，顺口就行，跟在戏台上唱戏一样，词唱错了不要紧，千万不要卡壳。"

我尽管心里忐忑，但义不容辞，何况这是为诗歌挣口气的好机会。

我夹着皮包，皮包里装着的笔记本电脑，随时随地可登录办公，如果拿下了穆庄，当下就转账，这叫上门服务，其真正目的是防止煮熟的鸭子飞到别家的餐桌上。同事们站在台阶上目送着我走远，没有人说话，没有人对我打"V"字手势，他们知道五百万压在我一个人身上，再鼓励就是存心不良，因为我的压力已到黑云压城城欲摧的地步了。谁都明白，如果凭写几首诗就能把五百万拿下，竞争者爱好诗的多的是，事情不会那么简单。我的披挂上阵有了一种与众多对手决一死战的悲壮。

半卷红旗临易水，谁知易水有多寒？亲爱的穆庄，不认几个字的生意人却痴迷于诗，是怎么个大爷啊？那个五百万所在的行怎么得罪他了，使他产生了要让其挪窝的想法？而又为什么迟迟不动窝呢？

行长的七大姑八大姨的关系与穆庄约定的时间是下午三点半，还有一段空闲时间，行长让我回家临阵磨枪。

回到家，我先找出毛泽东的十六字令《山》研读了几遍，然后在网上搜索有关十六字令的诗。一搜索才发现，有一圈子人在玩十六字令，五花八门，我像学生猜考题那样，择出二十多首，拍入手机，还联系实际，改头换面写了七八首。有了"预案"，我的心由发慌转为跃跃欲试了。

我们这个城市有一片东西南北四个方向被五大公园包围着的别墅区——御苑，御苑里的洋楼、树木与公园里的河流、小桥融合在一起，那优美如画的意境可以用卞之琳的诗来形容："你在桥上看风景，看风景的人在楼上看你。"进入这样的风景中，就是把自己变成了风景。你说这个住宅区的户主该多有钱？

此刻，天上飘起了大片的雪花。由于御苑里随处可见绿色的常青树，所以当我穿行在树木之间的时候，感觉那雪花不是冬天里的雪花，感觉是春天里飘落的梨花。我们这个城市周边的乡村，这几年到处栽梨树，春来约朋友去踏青，踏的不是青草，是白色的梨花落瓣，如果不是重任在肩，我会诗兴大发。可怜我现在只能夹着皮包，皮包夹着电脑，一路默念着预案，来到了穆庄门前。

"山，策马扬鞭未下鞍，惊回首，离天三尺三。"这是多大的气势啊？怕甚？按门铃。我这样鼓励着自己。

"你是工行的吧？"

惊回首，穆庄离我三尺三。

"是，我叫吴煌！"我也算是根老油条了，立即让脸上绽出恰如其分的微笑，恭敬地回答。

"吾皇？我是不是该叩拜，喊万岁，万万岁？"穆庄不是木桩，是个麻袋，矮胖得厉害，笑起来跟个弥勒佛似的，洋溢出早八辈子就跟我是兄弟的江湖气息。行长给我们补课说，这种人只要你和他对了脾气，早晚会是你锅里的米。

"不，我是来叩拜您的。穆先生！"我微微折了点腰，做出一个恰到好处的叩拜模样。

穆庄笑笑，打开门，我欲跟着进去，他却回身挡住我，仰头望着雪花说："老天终于下雪了，真好。雪，阔如鹅毛落御苑。化甘露，树木郁葱荣。"

"我进御苑时刚好开始下。"我寒暄了这一句，然后，一首十六字令脱口而出，"雪，忽如空中梨花飘。凝冰霄，御苑琼装俏。"雪在我的预案中，只稍作了改动。

"哦，梨花比鹅毛有诗意，是不是我遇到高手了？雪，祈兆丰年喜气添……"穆庄停住了，看着我。

我明白了："赋新诗，皑皑做巨橐。"

穆庄点了点头，让我进了门。

我额头渗出了一层细汗。这一回合，跟地下党对暗号似的，一点点迟疑都会被拒之千里。

穆庄的家没有我想象中的现代豪华，甚至有些不伦不类，客厅中央摆着一张厚墩墩的原木大方桌，一边一把放着棉垫子的藤椅，穆庄说，这叫诗意，生活不能没有诗意。家，木桌藤椅，一壶茶。原生态，诗意才会来。

呵呵，谁敢说这样的家没有诗意？

穆庄幽默，喜欢用诗说话，但与其他中国式的"钻石王老五"差不多，爱说自己没文化，又要显摆自己其实有文化，我暗自用行长的话告诫自己，这种人用再多的钱也改变不了他的自卑感，自卑感加大了自尊心，使神经敏感，千万要小心，否则，你会在莫名其妙中功亏一篑。

穆庄也像许多中国式的"钻石王老五"一样，喜欢忆苦，穆庄过去也确实苦，十岁就下井背煤了。我是来挖那五百万的，不是来听忆苦故事的，我的行长和同事们此刻正盯着电脑，盼望日进五百万呢！但我一刻也不能懈怠，更不能生硬地扭转他的话题，我得随时接住他苦水里冒出的十六字令，当穆庄讲到他家有多穷的时候，我脑海里急速组织起十六字令"穷"，但穆庄没有在"穷"上停留，很快讲到了下井背煤，我赶紧丢下十六字令"穷"，转到十六字令"煤"，但穆庄的十六字令是"背"。

"背，挥汗如雨面乌黑。衣褴褛，皮被煤筐毁。"

我预案里没有"背"，但有"煤"，我立即将预案里的"背"改头换面，凑出一首："煤，发电供暖进城门。抓机遇，辛苦写金汇。"

穆庄伸出大拇指，"行，有功夫，你领导不反对你喜欢诗？"

我说："我们领导过去是诗歌青年，现在心有余而力不足了，所以很鼓励我们年轻人写诗，我们领导从来不认为脑袋里装了诗，手上的钱就数不清了。"

穆庄说："当时拉我存款的小青年也喜欢诗，我们是因为喜欢诗成忘年交的，我在他那里开了户，把钱都存在那里。可是，他的领导不喜欢爱诗的员工，把他挤到下面一个储蓄所当了送款员，给我另指派了一个不懂诗的来服务。"

我明白了穆庄为什么要让钱挪窝了，我赶紧说："我们领导认为像我们这样枯燥的工作更需要诗。"

"喜欢了诗才知道诗有多美好，我有些喜欢你们领导了。"穆庄说。

趁穆庄高兴，我抓住机会，半开玩笑地说："那您请我当客户经理吧？领导和员工都喜欢诗的地方可不多。"

穆庄不置可否地笑了笑，跳跃到了另一个话题，"你听这打桩声，在公园那边，声音还这么大，有时候简直无法忍受。"

穆庄停顿了一下，一首十六字令脱口而出。

"桩，霹雳声声震天扬，天欲坠，玉帝着了慌。"

"桩"又是出我意料的。穆庄看我犯难，有些失望。

"桩，高楼万丈冲天起。逢盛世，大地却沧桑。"

感谢老天，我只是慢出了一会。

穆庄向我竖拇指，却说："你的水平跟我差不多，如果是专业的，我能听出来，前两天，有一个银行让一个专业诗人来假冒，让我赶出去了，哈哈哈！世事啊，十几年前我像一条乞求一块骨头的狗一样，围着银行转，现在，反过来了，区区五百万……哈哈哈！"穆庄一阵鄙夷的大笑，是那么的开心。

我的感觉是忽然头上刮起了一阵旋风，把我的脸皮要揭下来了。无论是哪个银行的，我们都是同类，他们的身上都有我们的影子，我感到了强烈的羞辱，在那一刻，我产生了扬长而去的冲动。摔门走人，也许会找回来一点自尊，但我的脸像橡皮做的，还堆着微笑，脚纹丝不动，这是我长期从事客户经理这个职业修炼的正果。我让自己沉入短暂的沉默。

"我没文化，说话直了点。"穆庄有些歉意地说。

我有些悲哀地点了点头，承认他说的是事实，事实如此，我还有什么忍受不了的？

穆庄叹了一声，像开导我似的顺了一首十六字令，"钱，有形支票无形权，握在手，身价比高楼。"

终于提到钱了，虽然我对"钱"做了大量预案，但是我不想这样耗时间了，行长和同事们的脸大概都等白了。我抓住这个契机，直捣主题。

"钱，千人羡慕万人怜，五百万，可与我有缘？"

"钱，你挣我夺好看戏。忆往昔，门前车马稀。"穆庄应道。

气氛又僵硬起来。

穆庄幽幽地说："我知道其实你们看不起我，看得起的是我的钱。过去我也看不起自己，现在，我看得起我自己了，我看不起你们，你们有文化有本事，为什么要像一个自己看不起的人折腰？你们银行看起来高高在上，实际上就是一个讨饭集团，小伙子，不说别人就说你，有本事丢掉这要饭碗，像我一样自己干？"

我没有立即回答穆庄，我做了一下深呼吸，这是我们行长教给我们的秘笈，天大的怒气先吞下，做一个深呼吸，一个不够做两个，消散怒气后，智慧的灯会亮起来，这个时候要靠智慧打回旋战。

做完了深呼吸，我笑了笑，"您说的对，我们是要饭的，可您想想，其实我们任何一个行业都是要饭的，我给你要，你给他要，他又给我要，这是一个封闭的食物链，我们都在其中。您说呢？"智慧的灯照亮了我。

"呵呵，你说的是宏观，我说的是微观，就事论事。"穆庄说。

谁说穆庄没文化？这话回得行云流水。

"您还说您没文化？"我顺水推舟说，"这话回得要多有文化就多有文化。您衡量文化的标准要变了，这个时代，已不能以在校学习的文凭论文化了，只要你肯学习，社会、媒体都会地教给你，相反，学校里可能出来的是傻子。"

"说得好。"穆庄拍了一下手，称赞道，"说到我心里去了。我喜欢诗，一是我小的时候村里有个知青喜欢诗，没事了，她就给我们几个小孩子教诗，教我们玩十六字令。二是诗可以为我说明问题，我没有念几年书，但不等于我没有文化，没文化会做诗吗？"

"我父亲就是知青，也喜欢诗，您说的不会是我父亲吧？"这句话是开玩笑，穆庄也知道我是在开玩笑，也开玩笑说："想拉近乎？可惜她是个女的，很漂亮。"

"我明白了，你喜欢诗的最初原因是喜欢她。"

穆庄脸上现出荣耀与幸福的笑容，"你说对了，她在我心里就是诗。娴静时如娇花照水，行动处似弱柳扶风。现在想起来，这么一个弱女子，在那么个苦焦的地方，可真让人心疼啊！"

"娴静时如娇花照水，行动处似弱柳扶风。"这是我进门以来从穆庄口里听到的唯一一句非十六字令的诗。这个遥远的女知青是一瓶酸酸的液体，就这样被我倾注到了穆庄的心间，把穆庄心中那块坚硬的东西最终泡软了。

"拿出你的工具帮我转。愣什么？"穆庄说。

尽管经过了九曲十八弯，我还是觉得这幸福来得太突然，拿出笔记本电脑的手都有些颤抖，老天爷啊，不要让我颤抖，让那五百万以最快的速度飞吧！

我的手不抖了，但当我背过身让穆庄输入密码的时候，门铃响了，穆庄扔下正在输入的密码，去开门。

进来的是一妙龄女子，瓜子脸，杏仁眼，美人尖。美人尖胳膊肘拐着一只沉甸甸的塑料袋，跟着穆庄来到桌前。

"鑫行的，白莲，也是为那五百万。"穆庄说。

我心里忽悠一下凉了半截，第一我在性别上不占优势，第二这白莲娴静时如娇花照水，行动处似弱柳扶风，俨然一个穆庄心中的女知青。无论如何我还是要做出君子的姿态，主动伸出手问好。我们手握在一起，面带微笑，彼此有多尴尬多虚伪可想而知。

白莲的手透心的冰凉，引导我看她的衣着，实在是太单薄了，这个白莲不寻常，要么装可怜，要么真可怜。

白莲没有将那沉甸甸的塑料袋放下，还用胳膊拐着，一只手从塑料袋摸出两本书，然后双手捧给穆庄，"穆先生，知道您喜欢诗，送给你两本诗集，都是最新版的。"

白莲笑容可掬，但我一眼看出那笑容不是职业笑容，职业笑容是平面，是铺开的，白莲的笑容是挤出来的，是立体的，皱在一起的。鑫行为什么派了一个连职业笑容都没有历练出来的青瓜蛋呢？

穆庄拿起上面的一本，翻了两下，读道："卑鄙是卑鄙者的通行证，高尚是高尚者的墓志铭，看吧，在那镀金的天空中，飘满了死者弯曲的倒影。"

穆庄抬起头，对着我，"这是什么呀，云里雾里的，以为让人看不明白就是诗？还怪吓人的。"

穆庄说完把书扔到桌子上，又拿起白莲还捧着的另一本翻开念道："其实，睡你和被你睡是差不多的，无非是两具肉体碰撞的力……"穆庄把书摔在桌上，"这叫诗？不嫌丑啊？这都是些什么人啊？把诗糟蹋成大粪了。"

我有点喜形于色的倾向，但一看到白莲的脸色，于心不忍，赶忙收住了。

穆庄对白莲说："我这人直，别介意啊。你是好意。坐，坐。"

白莲这才坐下了，胳臂上还拐着那只塑料袋，里面还有东西，白莲好像一时不敢往外拿了。我也不知该说什么好。

穆庄没有把白莲当那女知青怜爱，我窃喜，但又生出同情之心，这样的白莲，是应该养在家里让人护的，不是冒着严寒到这里受羞辱的。对于诗，穆庄虽然只念了几句，我已经知道那是谁写的什么诗了，说实在话，我的意见跟穆庄一样，我可以抓住这个机会，顺着穆庄大骂，我能确定我骂得一定有水平，能得到穆庄的称赞，但我没有那样做。

"两位坐，我方便一下。"大概穆庄也感到不该让白莲这样难堪，离开了。

白莲扭头看着穆庄拐了弯，进了隐蔽的卫生间，赶紧走到我面前，急切地说："大哥，我是在鑫行实习的研究生，给我的任务是五千万，拉够五千万，我就可以进这个行工作了，你不知道找工作有多难啊，我已经拉了四千五百万了，就差这五百万了。"

白莲的脸由白变红了。我动了恻隐之心，但是我怎么给行长和同事交代？又怎么知道她是不是在骗我呢？男人被小姑娘骗的还少吗？我对白莲笑了笑说："千万别这么说，钱是穆先生的，这钱没准穆庄给你呢？你怎么对自己没信心呢？"

白莲含糊不清地摇了摇头。我说："你们为什么不让一个有经验的人来呢？"

"我们知道穆庄喜欢诗，鑫行喜欢诗的人不是被赶出去了，就是被扼杀在摇篮里了，这对我是一个机会，我说我喜欢诗，还在刊物上发表过，我是撒谎，我根本没写过诗，但我没有任何其他的办法在最后这一点时间里拉到五百万。大哥，这份工作对我很重要。"

我避开白莲的眼睛说："这事情是穆先生说了算，我跟你一样。"

听到穆庄要从厕所出来了，白莲离开我，坐回原位，显然，她已经不是第一次来了，她求我的话已经给穆庄说过了，不愿意让穆庄看见她求我。

穆庄走近时，白莲从还挂在胳臂上的塑料袋里拿出一个盒子，"穆先生，我给您带来了伏茶，这茶降脂降压。"

穆庄看了看，"好东西，我听说过，想买还没有买，谢谢！我再不降脂降压，身体就要出问题了。"

瞬间，我感到我脸上贴了一层假皮肤，上面的一层假皮笑，下面的真皮哭。我除了带来了脑袋里一堆诗的预案外，两手空空，什么礼品也没带，但这不能怪我，我们英明得让我们五体投地的行长说，咱啥也不带，只带诗，穆庄不会被一些小打小闹的玩意打动，只会被诗打动。

事情向着有利于白莲的方向发展，穆庄看着白莲白嫩的仙指打开包装，取出一块黑黑的砖茶，脸上的笑容发生了性质的转变，我是男人，我非常明白，我紧张起来。

但天下黄河九曲十八弯，接下来白莲由于自己涉世浅，率先挑起十六字令大战，而走向背字了。

"茶，雾绕云遮翠自发。清风醉，碧露润朝霞。"

白莲的十六字令是描述春天茶发芽的情景，我在做预案时在网上看到过。我猜到了我们要喝茶，我有茶的预案，但白莲抄了网上的，我再抄，白莲会发现的。

穆庄见我一时没接过来，自己接了，"茶，绿带环坡接翠霞。村姑聚，笑语满山崖。"描述的是采茶的情景。

"茶，打包装车在安化。泾阳制，金花独自芳。"桌上拆开的茶叶包装盒给我了灵感。

"你这是什么意思？"穆庄问。

我指着茶说："这是泾阳茯砖茶，茶源在湖南安化，在泾阳制成茯砖茶，泾阳的茯砖茶有一个全国独一无二的特点就是内有金花，只有泾阳的水、泾阳的人、泾阳的空气才能发酵出这样的金花，金花是一种菌，泾阳茯砖茶好就好在金花上。"

看到穆庄疑惑地看着我，我便说，"我就是泾阳人，正好这个茯寿金的牌子就是我同学厂里做的。我是那里的常客。"见穆庄还是半信半疑，我把手机打开，让他看我跟同学一起喝茶的照片，画面上有成摞的"茯寿金"盒子。我还给穆庄翻阅了我同学在安化产茶基地检查时发来的微信照片。

后来我又掰开那砖茶，教穆庄怎么辨认有没有金花。

茶是白莲带来的，她却对自己带的东西一点都不了解，而给我提供了表演的舞台，白莲粗暴地打断我的话，建议穆庄继续做诗，穆庄点头同意。还是太嫩，沉不住气，不懂诗，却想用诗占上风。

"茶，沸水注我似彩霞。舒玉叶，香向人间洒。"白莲迫不及待地甩出一首十六字令。

我沉思了一下，其实我不用沉思，在谈砖茶的时候我已经忙中偷闲打好腹稿了，我是故意的，为了引起穆庄的备加注意。

"茶，宛若仙芝养老身。砂壶煮，金花更显神。"

效果达到了。

穆庄批评白莲说："摆在我们面前的是黑茶，煮出来是灵芝一样的颜色，你还舒玉叶呢，是不是在哪里划拉来的？"穆庄在诗方面不留一点情面。

白莲微微摇了摇头说："那呀，我没大在意，一提茶就想着是绿茶。"

我暗暗看了一眼墙上的挂钟，行长和同事们等的脸色大概由白转绿了，宜将剩勇追穷寇，我不能失去这难得的打败对手的机会。

"是抄网上的，我在网上见过。"我听到自己的声音有铮铮的金属音，冰冷坚硬，不容置疑。

穆庄询问式地把目光转向白莲，白莲脸色在这一瞬间变得苍白，说声我去去就来，躲到卫生间去了。

穆庄激愤地说："这白莲原来就不会诗啊，书都怕翻，在网上搞几句糊弄我？这些年轻人就是不知道这个世界看上去到处是假的，但其实归根结底还是要真的，还是老老实实做事能做成，我倒煤的时候，有多少人，收人家好煤的价给的是烂煤，要人家一车的钱给人家装半车，投机取巧，到最后是我把生意做下去了，挣钱了。"穆庄看了看墙上的挂钟，"我马上要出去吃饭，把钱转给你。"

这样最好，省得在白莲面前操作引起节外生枝，可还没进入网银系统，穆庄手机响了，穆庄拿着手机躲到卧室里去接了。

白莲跑出来，她一定听到我们的谈话了，眼睛挂着泪水，抓住我敲电脑的手，要不是我反手抓住她胳膊，给我跪下都有可能。

"大哥，求求你，我哥哥是个脑瘫，我来到这个世上的理由就是要接着父母养哥哥，我不能没有一个好工作啊。"

"这些你没给穆先生说过？"

"说过，他不信，他说他被好几个女大学生骗过，都说自己可怜，其实都是好吃懒做，我真不是啊，我上了研究生就没用过家里一分钱，我打工、做家教自己供自己上学，我哥哥比我大十岁，父母都老了，早已退休了，那点退休金还要给哥哥看病。"

我的眼睛识别人就像识别假币一样火眼金睛，我相信白莲说得是真的，我也能判断出穆庄还是想给白莲机会的，不然，他不会让白莲进门。白莲工作的生杀大权好像一下捏在了我手里。我的心被酸酸的液体包围了，心底那点坚硬的东西有点发软了。

"大哥，对于你们来说，就是没有完成一次任务，对我就是一次难得的就业机会，对于你们来说就是少拿点奖金，生活少奢侈一次，少给老婆买几次玫瑰花，少给孩子买几次黑天鹅蛋糕……"

不能再听她说下去了，我推开白莲说："很遗憾，我不能帮助你。"

白莲定睛看了看我脸上的表情，我脸上塑造起来的表情一定是坚定冷冰的，而且这种坚定冷冰严丝合缝的，没有一点可撬动的缝隙。白莲点点头，转身走到阳台边望窗外。窗外已经亮起路灯了。

穆庄接完电话走过来，我将电脑转向穆庄，该他操作了。

我终于让守候在电脑前的我的行长和同事们的脸色像突然发飙的大盘，瞬间由绿变红了，我的手机不断地嘣嘣响，传来笑脸、V字、花朵，一场欢庆胜利的大宴在等着我，可我感到的是遭遇到了来自体内的一阵寒冷和麻木的袭击。我关掉了手机。

我收起电脑笔记本，把那两本诗也收进了我的皮包里，牵起还站在阳台上的白莲的手，离开了穆庄家。

天已经黑透了。雪花仍然像梨花一样飘飘洒洒，御苑披上了一层洁白的床单。我牵着白莲的手，借着特为新年准备的彩灯的光亮，走出了曲径通幽的御苑。白莲没有反对我牵她的手，我从她感谢的目光里读到她正需要一只温暖的大手牵引，否则她会摔倒或迷路。

环境好的地方都在郊外。路上没有几个行人，我看了一下公交车站牌，还有一辆末班车。我问白莲去哪里，她说回家，我问，家在哪里，她说了一个地名，我说顺路，其实，我要去的方向正好相反。

等车的时候，我将白莲拉在我前面，我想尽量用我的身体为她挡住寒风。白莲的眼睛望着车将来的方向，我的眼睛望着天空，这样我们可以避免目光相遇。

御园里面有人放烟花，漆黑的天幕上出现了绚烂的画面。这种烟花很贵，我儿子连续要了几年我都没舍得买。我想，这次我立了汗马功劳，行长会给我分多一点奖金，该满足儿子的愿望了。但这个美丽的想法像烟花一样很快消失在黑暗中了，这黑暗就是我的心。

公交车终于来了，白莲先上车，我跟着她，坐在了她后面。车里只有我们两个人。

白莲拿出手机放起了一支歌，是中文版的《草帽歌》，单曲循环着，一直到下车。我跟着白莲下了车。白莲说，我还有三站路，我不想倒车了，我想走回去，你走吧。我说，我陪你。白莲没有反对。路上，白莲对我讲，她不懂诗，更不会十六字令，只是为了五百万。我说，我是喜欢诗，但并没有写过十六字令，我是为那五百万临阵磨枪的。

到了一片非常破旧的家属院门前，白莲说，她的家就在这里，让我回去。我说，我看着你进去。白莲说，你不要这样自责，换谁都一样。

白莲的话给了我一些安慰，但不能消除我心中的悲伤，我没有坐车，我大步向支行方向走去，行长和同事们在紧张地等待着新年夜的钟声，钟声响起，才算尘埃落定。

在迎新年的这样一个风雪的夜晚，城里的路上也没有几个行人。我迎着寒风唱起了《草帽歌》。

"妈妈你可曾记得，你送给我的那草帽……"

"忽然间狂风呼啸，夺去了我的草帽啊……"

我禁不住热泪盈眶。白莲为自己丢失了自尊而悲伤，我不但丢掉了自尊，还掉了善良。

"妈妈只有那草帽，是我的无价之宝……"我为我丢掉的珍宝而悲伤。

279

远远的，看到了支行门前电子屏上"工商银行"一行红色闪亮的大字，我又落泪了，我们每一个员工就像这偌大像素板上的一点，你不闪亮这点就是黑子。不是我不自尊、我不善良，职业使命让我别无选择。

但是，我不想推门而入，不想让行长和同事们像迎接凯旋的功臣那样迎接我，我靠在一个冰冷的大理石柱子上，面对电子屏，盯着那上面跳动的时间。

2017 年 12 月 31 日 22 点 16 分……17 分……18 分……

2017 年 12 月 31 日 23 点 10 分……我突然转身，跑到马路中间，拦住了一辆出租车，向穆庄家奔去。

"卑鄙是卑鄙者的通行证，高尚是高尚者的墓志铭，看吧，在那镀金的天空中，飘满了死者弯曲的倒影……"此刻我感到这首诗一点也不朦胧，它如同"睡你和被你睡是差不多的，无非是两具肉体碰撞的力……"一样直白。

（选自庆祝改革开放四十周年"金融人的故事"短篇小说征文获奖作品）

||作者简介
- -

　　高瞻，中国金融作家协会会员，四川省内江市作家协会
理事。发表《谍报英豪》《小本生意》等多篇长中短篇小说，
共计一百余万字。长篇小说《暗流空手白狼》获第二届中国
金融文学大赛三等奖，短篇小说《英雄救美》获第二届冯梦
龙杯"新三言"全国短篇小说征文大赛优秀奖。现供职于中
国农业银行四川省内江市分行。

- -

财神

高瞻

　　一觉醒来，已经过了七点半。

　　今天轮到李明准备早点，他本来应该在隔壁朱屠户杀猪的时候起床，不料居然没被肥猪们惊天动地的临死哀嚎给闹醒，可见昨晚喝得实在有些过了。李明闭目懒懒地赖在床上，感到头痛得厉害，胃部酸酸麻麻还有刺痒的感觉，总之浑身不得劲。想推推老婆叫她先起，又怕自讨没趣。老婆最烦李明喝酒，别的还可以商量，对李明喝酒后的苦难从来不同情不迁就不解救——今天却一反常态，不声不响地起床，里里外外忙碌一大阵，才过来摇摇李明，柔声说起来吃吧，有你最爱的豆浆油条。

　　李明坐到饭桌前，注意到耳边少了儿子的晨读声。话说儿子小学毕业，成绩死瘟。李明想起这个就来气，便恶恶地吆喝：强娃儿起来，太阳晒屁股了！老婆说让他多睡会儿，也不在这一时半刻。这回模拟，儿子进步挺大，从倒数第一邀鸭子，进步到四十五名，大踏步前进了十五名。李明肚子里的气，一下子顺出不少，这才感到腹中空空，张开大嘴狠狠地一咔嚓，半根脆黄油条没有了；放开喉咙响亮地一咕咚，半碗甜白豆浆消失了。

低头抬头之间，再次确认今早情况异常：老婆也不忙着吃早点，只在自己身前背后转来转去。李明知道她有事，也不言声。

昨晚幺弟来了，老婆说。

有笔大生意，要贷十万。老婆说。

你倒是说话呀，贷不贷？老婆说。

说得轻巧，李明说：银行又不是咱自家开的，想贷就贷！

我就知道你心里只有银行，一天到晚不挨屋，早就不想要这个家了！呜……

又来了又来了。我全分理处都只剩五万指标，打死也挤不出十万。叫他另想办法！

五万五万，我叫他今晚来家找你！老婆破涕为笑，喜道：他本来就只要五万，我知道你要打折扣，才预先加码给你留够打折空间。

扯怪！李明费劲地张张嘴，把手里最后一截油条塞进大嘴，总算没说出什么不好听的话来，难免又窝了一肚子闷气。连老婆都跟老子玩起虚的，李明觉得没跟老婆打点埋伏，真有点亏得慌。便没了吃饭的心思，推碗出门，忍住头痛一步步下楼。

李明来到前楼银行分理处办公楼下的时候，离上班还有十多分钟。他没有上二楼进自己的办公室，而是径直走向营业室。敲了敲卷帘门，侧耳倾听一番，里面没什么反应。于是加力敲了敲卷帘门，同时亮开喉咙喊了一嗓子，里面还是什么反应都没有！只好气鼓鼓嘟囔着不满，自己掏钥匙开门进去。

两个金库值班室的门都大开着，兜头一股卧室特有的邋遢味儿。李明皱皱鼻子走到门口，左右值班室一打望，两个单人床都空空的，铺盖枕头什么的胡乱搅和着。空城计！李明自然就是十二分的焦躁。

踅回卷帘门下张望，正撞上信贷员陈勇急急慌慌进来，嘴巴鼓鼓的，手里还拿着半截油条。看到李明的脸色不光生，陈勇害怕挨说，忙笑嘻嘻举起油条：李主任，吃了没，要不来点！

去你的，又擅离职守，算你倒霉，这个月奖金没了，还要全年挂钩！

陈勇脸色就灰灰的有些难看，把半截油条朝街檐边一条癞皮狗打去。

那狗吃了一惊，畏缩着伸长鼻子闻了闻，喜出望外地叼着油条跑了。

李明心头火起，却不好发作。这陈勇的姐哥在镇上派出所当所长。李明谋划着，这两天到下属机构搞年终安全检查，想拉上派出所警察壮壮声势。这是明面上的话。其实李明还有自己的小九九。他正为年末存款任务犯愁呢，怎么算都还差那么三五万。头些天就听说派出所胀慌了样，到处抓嫖抓赌罚款，镇上已经有好几个人吃了哑巴亏不敢张扬，把分理处没到期的定期都悄悄取走交了罚款。按常规套路，这些钱出门走一圈，很快就该回到派出所开在分理处的账户上。问题是这些钱只见出门不见回头。因此李明拿定主意要找所长说事，把他们的罚没资金搞到手，一家伙就能超额完成年末存款任务。这事没陈勇的面子，肯定不行。于是便忍气调笑说：你是保长，自己看着办。保长，自然是保安组长的简称。

陈勇喜道：下不为例！当然下不为例！李明顺势说了安全检查和存款的事。陈勇说没问题包在我身上！

职工陆陆续续来齐了。李明同大家嘻嘻哈哈开了些荤的素的玩笑，头也不怎么痛了，便抖搂精神回二楼自己办公室。

刚上几级台阶，一眼看到上头楼梯口有个麻脸胖子在贼眉贼眼地张望，便笑道：王麻子，看道口呀！

电安公司经理王麻子煞有介事地看看表：迟到五分钟，这个月奖金没啦，还要全年挂钩！两人笑着开门进屋。

电安公司本属一家半死不活的乡镇企业建筑队，小打小闹干点修修补补的杂活，月初突然撞大运揽到一笔大买卖，一家伙搞回八十万工程预付款，存在分理处的账户上，乐得李明合不拢嘴。这不正好瞌睡遇到枕头吗？有了这笔钱，今年的存款任务才有摸头，不然跳得再高都完不成，只能放弃。当然这一放弃，还不仅仅是拉稀摆带完不成任务不好向上头交差的问题。更严重的是，直接牵连全分理处兄弟姊妹年末"砣砣钱"个儿大小。有这么个情节，李明对王麻子的脸色便十二分可亲可爱。

"大经理有何贵干？"

"转笔款，八十万！"

"啥子啥子？你龟子安心抽老子底火！"李明一家伙从椅子上跳起来，

顿了顿，又重重地把自己丢进椅圈里："快讲快讲，少他妈跟老子耍花枪，又有啥子鸟事？"

"知我者财神也！听说镇上要招聘个国土员，我有个侄女……"

"不谈不谈，镇长你又不是不认识。"

"认识镇长的人多了，又不是谁都能说得上话。就像你财神认识的人落耳胡那么多，也不是谁都能存进来八十万。"

"你龟子敲诈我！"

"可以这么说吧，骇哄骇诈，兄弟使的可是最温柔的一招。"王麻子叹一口气，正经道，"实说吧，你以为那个工程这么好到手！我也是无奈呀，不逼到绝路上，至于吗！这是她的个人情况。"递过来一张破纸片，"镇长不是正给你找麻烦吗？正好趁机跟他来个交换发球换背抠痒。"

镇长要找什么麻烦？李明打了个哆嗦，低头看纸片的心思都没有了，视线锁定对面那张大麻脸等下文。王麻子却早已换了主题，啪地甩过来一个大信封，牛皮哄哄很豪气地说："拜个早年，礼轻情重！"

"行贿是不？你知道我老李从不吃这一套，收起收起！"

"做个好事做个好事，"王麻子跳起来往外走，"好容易悟出点开拓精神，千万别打击我的积极性！政府那边还有个会，告辞！"

李明抓起信封追到楼道口，王麻子的身影早消失无踪，只听到他胖子特有的浑厚的哈哈声，一路远去。

这不没事找事吗？还得专门给他送回去！李明把信封连同破纸片收进衣包，抓起话筒一家一家跟客户打电话，落实年末的存款和贷款还本付息这些事。好容易拨通四五个单位，都被一句"老板不在"给挡回来。

躲得过初一躲不过十五！李明扔了话筒，急匆匆下楼，骑上分理处的三轮摩托，汪汪地一路噗叫着冲出去，连续堵了好几家存贷款户，果真见不到老板，都说到政府开会去了。

骑车经过政府时，李明想何不到会上一锅端，自然联想到王麻子那事，还有王麻子说的，镇长要找事，自己这送上门去等于是自投罗网。不禁大声骂开了娘，一拐车把冲进政府大院，大有壮士一去不复返的气概。

镇长办公室门大开着，没有人。李明在镇长吱呀乱响的破藤椅上略坐一坐，从桌上择支新鲜红塔山点燃，出门打听镇长的下落。远远看到玉老师沿楼道匆匆过来，立刻条件反射地心跳加速，想回避已经来不及了，只好把刚点燃的烟往背后枯花盆里一扔，硬着头皮迎上去。

玉老师打扮得漂漂亮亮，提着大包小包的糖果瓜子。李明想她是不是元旦要结婚？小娘子还真会拍马屁，喜糖送到政府来了。这女人是李明宝贝儿子强娃儿的班主任，年纪轻轻恶得出名，经常想些鬼板眼，惩罚捉弄学习不好的学生和家长。比如开家长座谈会，她把家长依子女的学习名次排座次。强娃儿不争气，李明两口子每次都只有坐最后一排最角落的份儿，还经常给点名站起来照相，很扫面子。所以李明两口子都怕家长会，怕玉老师。想起儿子大踏步前进十五名冲进了前四十五，李明自然生出些扬眉吐气的感觉来，挺胸抬头迎上去正要开腔。玉老师倒先笑嘻嘻地打招呼：就差您啦，顶楼。不由分说塞过来两个大塑料袋。

大概跟政府哪位搞上了！李明身不由己地跟在女人屁股后面上楼，心里有遭打劫的感觉，很没趣很义愤，但还得套近乎搭话：玉老师，这回模拟，李强娃儿进步不小，四十五名。真得感谢您！

进步？玉老师冷冷地说：他排四十五名不假，只怕跟最后一名一回事，前面有十五对并列的！今天你是慈善家，我们不谈这个！

李明一口气堵在喉咙口，差点没晕过去。

很快登上了顶楼。会议室传来闹哄哄的人声。李明灰溜溜地钻进去。镇长坐在椭圆桌上位，热情地招呼李明到他左手方入座。

不敢不敢，那地方坐着烫屁股！李明一眼看到王麻子一帮"企业家"便高兴起来，笑着想往那边挤，却被几个熟人推到镇长身边。不得已坐下来，四周看一圈，全是镇上有头有脸的人物。暗忖谁这么大面子？结个婚搞成了乡绅名流地方贤达大集会。便团转找新郎官，自然找不到，倒是拧身歪头望到了背后墙上的大红标语：

捐资助学现场会。

真他妈忙昏头了！李明拍拍脑袋自嘲地一笑，这才想起头两天收到过一份正式通知。好在今天来了一趟，不然把那帮祖宗得罪了还不知道呢。想到又要"自愿"捐资出血，难免恼火。年关临近，上下左右各路神仙都事儿挺多，所以最近各式份子钱层出不穷，职工们很有意见，私下嘀咕李明拿大家的钱买个人的面子。

会议很快进入实质性内容：现场捐款。

还是老一套。玉老师端着裱了红纸的小盒，笑盈盈地首先走到镇长面前。大家说笑着，其实眼睛余光早已牢牢锁定了镇长，留意他的示范表率。

镇长微笑着站起来，一个信封轻轻落在地上。他忙欠身捡起塞裤兜里。谁也没注意这个小插曲，除了李明。因为李明认识这个信封，他自己衣袋里就有一个，一模一样。

镇长从西服下袋里拿出一小叠百元大票，搓成扇形，等宣传干事照完相，才让六张崭新的"六个老人头"飘进红纸箱。他的姿态他的表情轻松而从容，丝毫看不出平白献出一个月工资的爱心，那种小气巴巴的肉痛样。

原来如此！眼看玉老师笑盈盈地走到自己面前。李明摸摸口袋里的信封，探进两根手指捻捻。没错，六张！王麻子够抬举的，把自己跟镇长平起平坐一视同仁。要不，老子也学镇长，取之于民用之于民。李明突然感到脑袋嗡地一响，乱哄哄地集中不拢注意力，机械地抽出手，三张新大票飘进红盒子里，这才感到腿肚子一闪一闪发软，后背早沁出一层冷汗，脑袋像塞了床烂棉絮，乱成一团糟。

现场会在闹闹哄哄中结束。李明抢到前面把几个有潜力的大户堵在楼梯口，讨价还价半天，总算口头达成了几笔还本付息和年末存款意向。王麻子一直远远地站在旁边，看李明忙得差不多了，便烂着一张胖脸，右手食指用力指点楼下，然后连连打躬作揖。

李明探手在裤袋里摸到那个信封，突然想到信瓢子已经打了五折，便没掏出来。全都为了公事，又没装自己腰包里，怕个鸟！李明在心里骂一声娘，朝王麻子点点头快步下楼，直奔镇长办公室。门虚掩。推条缝伸进脑袋往里看，乌烟瘴气坐了四五个人，全是政府的头头脑脑。"哟，政治局会呀！"李明朝焦眉皱眼的镇长说："镇座，有点急事，耽搁两分钟。""财神到！好好好好！"镇长的苦瓜脸，突然就舒展成一朵花。

李明心知不妙，也只好硬着头皮跟在镇长身后，两个人钻进里屋关起门说话。李明争取主动抢先发难：

我送个侄女给你，漂亮！顶那个空缺的国土员……各个衣兜乱摸，找出早晨王麻子给的破纸片。

来也白干，兄弟伙两个月没开工资啦……

十八岁，初中生，外乡人……

先别说政府机关不能贷款的话，改革时代，变通一下，二十万？

能干，小学当过两期劳动委员……

饱汉不知饿汉饥呀！镇长的眼睛便有些发红，咬咬牙：劳动委员那事，马上搞定！

他抓过纸片，把李明按在座位上，自己转身出去，门也不关。

工资问题放一放，下面研究镇上新进国土员的事。镇长说：在人选上，我谈点个人意见：第一，要个女的。女孩安静细心办事稳妥，也不喝酒误事，少了个腐败由头。第二，有个初中学历就行。国土员嘛，拉拉皮尺，算算平方，别浪费人才。第三，要找个年轻的，十八岁以下。天天走村串队，有拖斗的麻烦。第四，要弄个外乡人来，本乡本土虽说地头上熟点，但低头不见抬头见情面上打不开。第五，要在学校作过班干部、积极肯干有组织领导能力的，最理想是劳动委员……

李明在里间听着，忍不住捂嘴发笑。觉得镇长不是镇长，根本就是个演员；镇长哪是在主持会议发表重要讲话，根本就是在演单口相声。唉，当个镇长也难！几万子民吃喝拉撒，哪样不操心？原先看不惯这家伙，尤其掏钱捐款的时候，不打自招的贪官。随后联想到自己，一天到晚日理万机的样子，东奔西窜瞎忙乎，连家里都没时间管一管。细想起来净干些蝇营狗苟、不光明的违心事……

一个人正在悲天悯人顾影自怜时，镇长兴冲冲进来，拿着张表格说：快叫你那个背时侄女填上，生米熟饭，我想后悔都不行！

还兴后悔啰？别吓我哈，父母官金口玉言，至于吗？

我倒不至于，就怕不好过弟弟那一关。不瞒你说，我正打主意安排亲侄儿呢。唉，谁叫咱人穷志短呢？一分钱难倒英雄汉，让你当财神的捡了大便宜。

李明立即有几分激动。他知道镇长父母死得早，靠弟弟勤挣苦扒供完大学，手足情深可见一斑。镇长知恩图报，对弟弟一家那是千般关心、万般照顾，基本上就是有求必应的意思。李明想为人要厚道，自己做得这么绝，还算人吗！心里升起一股豪气，咬咬牙说算球了，什么鸡巴侄女，长几个耳朵都不知道。便说了王麻子那一节。镇长说算球了，王麻子也不容易！

李明便打电话叫王麻子快来。

等王麻子的时候，李明说政府贷款肯定不行得另想办法。镇长说我懂二十万就叫王麻子顶缸要不太便宜龟子了。李明说五万我只有这么点额度了。镇长说十万不能再少了！李明说先给五万过了年关再给五万，我已经作出跟你一样的牺牲了理解万岁。镇长说理解万岁这事下午就办以防生变。

正说着王麻子进来了。你他妈不办招待天理难容，李明把表格丢给他说：镇长为你牺牲兄弟侄儿老子为你牺牲婆娘舅子。王麻子说当然办当然办请还请不到你们这些活神仙呢。

三个人到街上老地方吃饭，少不了又是酒。镇长长吁短叹赌气般一杯一杯往肚里吞，王麻子豪气干云甩流星般一杯一杯往嘴里倒，李明当然也捎带着没少喝。吃了饭出来，看看离上班还有一会儿，李明怕回家老婆烦，喝得头昏脑涨三轮摩托也不敢骑，便一个人在街上瞎逛。经过一家电子游戏厅的时候，老板正巧从厚门帘里钻出来，见了李明便热情地打招呼。这家个体户是分理处贷款支持的，李明便留步多看几眼。门口挂了块破烂的小牌子：成人电子游戏；再写一行小字：中小学生谢绝入内。撩开门帘探头往里看了看，轰轰隆隆干得起劲的，净是背书包的半大娃儿。这家老板平时还本付息一直很守信用，本来李明对他的印象不错，这时便有些不屑。小老板热脸碰了冷面孔，忙讨好卖乖：李强刚刚才走，他玩机子，我从来没收过钱。

李明闷了片刻，突然大怒：老子不领你的情！敢再让他玩，老子封了你这黑店！丢下愣怔怔的小老板，怒冲冲地奔分理处去了。

还是先去值班室。陈勇正蒙头睡大觉。李明轰他起床问派出所搭伙安全检查和存款的事如何。陈勇说还是装穷叫苦喊累，拐弯抹角就那么点意思。同时拇指食指并拢在李明眼前捻了捻。李明心头无名火起，负气道：算了算了，没有他张屠户也不吃混毛猪！

陈勇的脸便有些翻红，掩饰地换个话题：今天上午差点出大事，找死找不到你！再不想法弄点小钞来，我看我们银行分理处的牌子，非给储户砸了不可！

李明窝着火上楼打电话找县支行计划科长，磨了半天嘴皮，对方才给五千小钞，还叫计划着用到春节。计划个球，李明放下话筒不满地发泄：干什么吃的，连小钞都计划不周，还人模狗样大谈什么宏观调控！

陈勇说这里面有文章，你想物以稀为贵，不把小钞整得短缺点如何显得人家重要。李明说以小人之心度君子之腹，主要是能力和责任心问题。陈勇说问题主要出在印钞厂。说不定那儿也承包了，要老弄一分的硬币，光那金属板就超过面值。李明说你又错了，要真承包，老板何必搞得民怨沸腾自讨挨骂，把那印刷机多唰唰那么几下，什么都有了。陈勇说到底一级是一级的水平，李主任果然高见，然而……

两人有一句没一句地瞎扯着，到饭馆门口骑上三轮摩托，奔县支行取小钞。这一个来回就是两个多小时。

冷风一吹，李明的头痛又发作了。强撑着回到办公室，在抽屉里拿出两片止痛药，看了看又放回去。这东西副作用大，吃多了伤神经。正想趴桌上打个盹儿，镇长和王麻子来了。李明只好吞了两片止痛药，点上一支烟，抖擞精神，陪他们搭话。

办手续的时候，陈勇看出这笔贷款有蹊跷，不情愿地嘀嘀咕咕。李明觉得很没面子，心里更结了老大一个疙瘩，暗暗发誓，如果陈勇再不提派出所那事就算球，男子汉大丈夫，宁为玉碎不为瓦全。为区区三五斗米折腰，失了威望和尊严，那是严重的得不偿失。天无绝人之路，办法总比困难多，不相信就凑不够那三几万块存款！

等镇长抱着一包现钞乐呵呵地告别，差不多就到下班时间了。陈勇察言观色可能也猜出了几分李明的心思，主动拉着李明去派出所找他姐夫。

陈勇的姐夫一直还等在办公室，这时便笑道：我以为你们真的多心不来啰。人民警察，再苦再累，也得为财神跑腿服务、保驾护航！李明说谢过了。觉得所长还算够意思，自己也不能太不够意思。便探手掏出信封里剩下的三张钞票，说兄弟们辛苦，一点点小意思请个宵夜，不成敬意！所长叫人收了钱，长脸便有些腆腆的：兄弟伙天天熬夜，不说加班工资，连正工资都拿不到，无奈呀！李明说理解理解百分百理解！心里话：大家都是因公腐败，当然要互相理解！陈勇黑下脸说现在而今眼目下，饱鬼也叫饿鬼也叫。谁不晓得姐哥你认钱不认人呐？我那两个好朋友，最后还不是承蒙你从轻优惠，每人贡献了三千。所长嘿嘿地干笑，继而义愤道：那个钱我们只能一饱眼福，到时候一分不少交分局。李明不失时机说所长大钱搁屋里捂不出崽来，知道你们忙，兄弟伙明天一早上门服务，给你弄个定期，这一阵保值贴补率挺高，到春节光利息一顿火锅吃不完——利息总不需上交分局嘛！向陈勇连使眼色。陈勇眼眨眉毛动，立马领会领导意图，抓起桌上的座机电话打到分理处。人大面大话赶话，所长即便有别的想法，到这份儿上不好反对也不便阻拦，只好顺水推舟默认了。

各个网点查看了一圈，已经是晚上九点多钟。几个人颠簸在派出所那辆四面漏风的破吉普里，又冷又饿，但还是闭着眼睛犯迷糊。年终存款任务基本上算是落实了，下面网点也没出什么漏子，李明心里挺高兴，联想到早晨陈勇唱空城计，便打破车里的沉闷：我说有些制度啊，下头执行挺到位，倒是越往上头执行越稀松。有一回我到县支行办事，下班晚一点出来，金库保安擅离职守把我关在楼里，整整三个小时才醉醺醺地回来还我自由。就这样，还不敢说一句重话。

几个人笑了一回。陈勇说工商企业就不一样，要说经营管理，还是大企业正规军像回事，乡镇企业土八路真的不敢恭维。比如王麻子那个破摊摊，这边存着八十万不用，那边还来贷款五万块，这纯粹叫我们将就他的骨头熬他的油嘛，还不如直接拿钱砸死我们银行算了！派出所所长说王麻子人精一个，咋可能办那傻事？呵呵呵呵，财神大人，这就是你的不是了！李明心里说：你们球茎摸不到当骗匠！嘴里说：你们执法的就对完了，眼看着电子游戏厅胡作非为……

娃啊，他们干啥？所长坐直身子陡地来劲。李明笑道别高兴这事不归你管！心想你倒是罚款到手了，客户的损失还不是我银行的风险。所长说这两天我听到麻将声就心跳。唉，罚款指标完不成，跟上面没法交差哟！弄狠点吧，镇长又该批评我破坏投资环境了。李明说难呀难家家有本难念的经。

说着话就回到了镇上，吉普车开到一家饭馆前，几个汉子抖抖地从车里钻出来，跺脚缩脖子钻进热屋子。李明觉得今天两个警察同志挺耿直，自己不整个大型伙食就显得不耿直了，于是大方地多点了两个硬菜。所长抢了火盆边的热窝子，搓着手对满脸堆笑的饭馆老板说：财神家也不宽裕，硬菜就免了，快上白酒！空肚子，加之一个个都疲得快散架了，两杯烈性酒下去，四个人全都奄拉着脑袋抬不起来。自然较不起酒兴，于是胡乱填饱肚子。所长说回吧今天收早工。两个穿制服带枪的就先出门。所长边走边念叨：但愿今天家里没人等，妈的老子真有点怕回家了。

听所长讲话，李明便打了个冷颤。他挥手叫陈勇结账，自己坐在桌前，看看没人注意，端起桌上一杯残酒，洒香水般，前胸、腋下，各处倒点，然后趴在桌上。陈勇结账转来，摇一摇上司的后背，自语道：越来越不济事，喝这么点就醉翻，又要当孝子了。双手扶起李明回家。

老婆连声感谢陈勇帮忙，和小舅子合力把李明放到床上，倒空水瓶冲热水，自己亲自给李明洗脸。李明心头好笑，装模作样说我没醉，自己洗。老婆说还嘴硬，满身酒气。陈勇起身告辞，门咣当一声刚刚响过，老婆就粗暴地拍打李明的脸颊：起来起来，自己洗脚，我不伺候醉酒鬼！

李明装出烂醉的样子，坐在床沿东歪西倒强撑着洗脚，耳朵则分明听到，陈勇的脚步声一路向楼上响去，暗骂龟子又擅离职守，不去金库值班偷跑回家搂老婆！一动火真感到头痛欲裂，往后一倒就睡。随后听到老婆送走小舅子，在门口还说你明天上班直接到他办公室，早起我再靠实他一下。回头又喊强娃儿早点睡觉。李明想爱儿一时害儿一辈子，至少还该再学一小时。自然联想到四十五名的卵巧，还有电子游戏的事。心头的无名火冒得更高，脑仁子一蹦一蹦痛得厉害，想起床发作一番，又怕给老婆看出名堂，先不发作。

明天吧，李明想，明天要好好敲打敲打陈勇，龟子也太不讲规矩了！还有不争气的强娃儿！还有老婆和小舅子那头！还有王麻子那个大信封，反正帮他办了事，反正没揣自己兜里，反正是因公腐败，似乎没什么事吧？真的没什么事吗？……陈勇怎么还没下楼去值班室？这么长时间，随便什么事，也该做完了呀？

心里挂着一大堆子烂事，这么有一搭没一搭胡乱地想着，明明疲惫不堪，却总也睡不着。听到身边老婆发出了均匀的鼾声，李明轻手轻脚穿衣起床，摸摸索索开门上楼，到陈勇家门口，举起手都要敲门了，又临时改变了主意，转身下到底楼，径直往前楼金库值班室走去。

　　　　　（选自庆祝改革开放四十周年"金融人的故事"短篇小说征文获奖作品）

作者简介

韩圣泉，作品散见于《安徽文化报》《安徽日报》《滁州日报》《清流》等报刊。本作品获得中国金融文联、中国金融作家协会纪念改革开放四十周年短篇小说征文纪念奖，曾供职于中国农业发展银行安徽省分行，现退休。

老于

韩圣泉

一

周一。上午。

一上班，老张对迎面而过的老于诡异地笑了笑，老于就觉得他笑的模样不正常，肯定有什么事情瞒着他。

果然，不一会，行长梁岳柱笑嘻嘻地走进了老于的办公室，"你好啊！周末可去钓鱼呢？"

"没有。丫头带小外孙回来，忙吃的呢。"

话开了头，梁行长家长里短地和老于聊开了，老于有一句没一句地搭着，心想：小年轻孩儿，又来跟我要什么心眼子，有屁你就直放呗！

梁行长又欠起身子递上一支烟，给老于点上。老于知道言归正传了。

"于老，"梁岳柱虽然是个行长，年纪比老于小近二十岁，他刚大学毕业考入银行工作那年，老于已经是县支行信贷副股长了，怎么称呼都不过分，"你老人家是看着我成长进步的。"

"我知道你有话，你就直说了吧。"老于最看不惯现在年轻人那副婆婆妈妈的样，打断了他的话，硬邦邦地将话题顶了出来。

"那好，我就直说了吧。昨天行领导班子碰了个头，想给你老人家调整个工作。"

"我年纪一大把，还有年把该退休了，还调整什么工作？"老于的口气不是很好听。

"是这样。"梁岳柱耐心地解释，"老张下个月就退休了，我们想让你接替他的岗位。"

"什么！让我去干保卫？不干！"没有等梁岳柱说下去，老于忽地一下站了起来，大声说道。

一看老于的犟脾气上来了。梁岳柱依然保持着微笑，他太了解这位老同志了。"于老，你先别急，有同志推荐你，我们支部研究过，认为您老思想觉悟高，工作能力和责任心都比较强，所以才来……"

"少给我戴高帽。你屁股一撅我就知道往下想拉什么屎！"

门外，有人喊：梁行长。

梁岳柱只好答应着退出去了。

老于自参加工作就在银行，至今快四十年了，几十年来银行分分合合，老于就没有动过窝。

老于在银行，既没有去乡镇营业所工作过，也没有在支行以上机关工作过。四十年来县支行财会、计划、信贷业务岗位他几乎干了个遍，算是个老支行了。

老于姓于名辉，在支行其实称呼他大名于辉的人不多，年纪轻的大多尊称他"于老"，和他长期共事的老同志一般称呼他"于头"或"老于头"。

这主要是因为他在支行是任职时间最长的老股长、老主任，前些年或是因年纪大，或是因你懂的原因，他不再担任管理岗的职务，讲白了就是没有实权了。

支行的老同志们抹不开面子，年轻人更是顾忌往后不喊于股长、于主任了，会不会被旁人看成势利小人。

带职务称呼于辉显然已经不合适，不带职务称呼他，又觉得不够尊敬，且又有些唐突，彼此尴尬。

不觉中，不知谁率先喊出了"于头"的称谓，毕竟他当过领导，曾经是头儿，头儿不是官方职务却又含有一层众人领导的意思，不是尊称却又不失尊敬。

"于头"喊出后，新老同事都彼此心照不宣地接受了这老祖宗传承的智慧语言，化解了纠葛的心思。

其实，称呼"于头"和"老于头"也还是有区别的。

年轻人或资历尚浅的人，他们只能喊"于头"，是万万不能当面喊他"老于头"的，这些人喊，外人听来仿佛不是尊敬而是有戏谑的想法在里面了。

喊"老于头"的人，大多是与他年纪相仿，资历相当，有一段交情的人，这些人来喊"老于头"就觉得格外亲切、情深似的。

老张就是能喊"老于头"的人。

老张是二十世纪八十年代从县供销社调动来到银行的。

在供销社工作时，老张和老于就代表着各自的工作单位打过交道，彼此熟悉。

老张命好刚调到银行不久，就赶上分房子。

此事在当年还引起许多议论，说老张就是看到银行在盖宿舍楼才找人活动调过来的。

不管怎么议论，老张毕竟符合当年分配职工住房的条件，他得到了住房，还和老于头住在一个职工宿舍院内，只是位置和面积有些差异而已。

时光一晃几十年过去了。

老同事们、老姊妹们离去的离去了，该搬走的搬走了，原职工宿舍院内虽然还是热热闹闹，生机勃勃的。对老张、老于这些老人来说，那都是下一代的热闹劲，跟他们越来越沾不上边了。

好在，老张、老于等人还在院内留守着。

其实，他们家家都在城里新盖的住宅小区购置了新房，但大都是给儿女住了。按他们的话说，老人、老院子彼此熟悉，相互有个照应，聊个天，搭个话什么的都方便，不像高层住宅人人互不相识，老死不相往来。

这不，下班回家，老张和老于就在院内碰了面。

"你个老小子，是不是在后面使坏了？"老于是个火爆性子，看见老张，没容他开口，一串子话就冲了过去。

"你个老于头，撒尿撒歪了怪马桶不是，我啥时间使坏了。"老同志平时玩笑惯了，经常你一句我一句斗来斗去，老张也就没客气回了话。

"你不使坏，他们怎么要我接你的岗？"

"你说这事，"老张嘿嘿笑了，"你不想想，咱俩谁跟谁，乌鸦不嫌猪黑，我除了帮你外，能使坏吗？"

老于想想也是。

自从梁岳柱行长离开他办公室后，好像全行人都知道于头要接老张的岗了，平日里不觉得异样的笑脸，老于都觉得似乎有那么一层笑话他的意思在里面，心里郁闷得很。

老张也看出了老于头的郁闷。

俗话说：家门口的水塘，谁都知道深浅。别人干一辈子，职务越干越高，老于头越干越悲戚。接近退休年龄了，还要干在行里最被人看不起眼的保卫工作，确实背了点。

"于老弟，"看出郁闷根源的老张，此刻最理解老于头的心情，"不嫌弃的话，到老兄家整两杯去。"

"算了，没那个心思。老张，我可没有看不起你干的工作，只是咽不下这口气，这不是欺负人嘛！"

"我和你不一样，你是老银行，业务骨干，我是半路出家没有人痛爱，只能干这一行。"

"算了吧。少跟我卖关子，你自己抓不住机会，怨谁。当年你那个在省里工作的表姐夫再帮你使使劲，什么事你干不成。"

"知足吧！咱也不是那路人。能调到银行已经不错了，要是还在供销社，我不早就下岗了，还不知道在哪里混呢。"

老于嘴上说着不去老张家了，两条腿就这么跟着嘴巴有一句没一句地走进了老张家。

二

老张的老伴是个明白人，一看老张牵着老于进门了，就知道她该忙什么，对老于打个招呼，就下厨房去了。

"真要整几口？"老于好像忽然明白似的，"我家还有丫头带回来的什么酒，我把它拎来。"

老张伸手挡着，"什么话呀，我这没有酒嘛？你那儿的酒，改天我去你那里喝。"

说着说着，菜一上，两个人就对上酒了。

随着酒缓缓地流入肠胃，人的情绪也慢慢地由低潮向高处涌着。

此刻，有人敲门。

开门一看，来人是行里的郭副行长，进门就打招呼，"张叔，于叔。"

"哟！小蛮子怎么来了？"

郭副行长是行里已退休老郭副行长的儿子，在职工宿舍院内是老人们看着长大的，因小的时候经常到他在广东工作的姨娘家去，回来口音时不时带些南方腔腔，院子里的长辈逗他说是小蛮子，逗着逗着就这么喊开了，下了班，长辈们都这么叫他，一起玩耍较要好的小伙伴也这么喊他。

"市分行抽我到素州分行参加信贷合规检查，这不才回到家，听说于叔和张叔在这喝酒，就过来了。"郭副行长边说边拿出两个软包装，"这是我带回来的素州烧鸡，给叔下酒。"

"怎么带这来了？留给你爸吃吧。"

"我爸去我大姐家都大半年了，带回来就是给叔下酒的。"说着郭副行长就要走，老张几次留都没留住。

老于始终没有搭话。见郭副行长就要走了，老于突然问道："你怎么知道我在你张叔家喝酒的？"

"碰到我婶了，是我婶告诉我的。"郭副行长说的"我婶"指的就是老于的老伴。

送烧鸡的人出门走了。

老张指了指桌子上的鸡，"还是你有面子。"

老于轻叹一口气，"不管怎么说，这小子比他老子强多了！"

"是啊！当年要不是……"

"过去了，就不要说了，竞争嘛！老郭他也没有错，再说，我早就看透了。"

"那是那是，你个老于头，叫人怎么说呢，哎！"

酒，渐入佳境。彼此心知肚明，多说无益。

随着年龄和阅历的增长，都知道如何控制自己的情绪。

虽说有酒垫底，可老于回到家里还是不舒心，怎么都睡不踏实。

在老张家他嘴上说算了，但心里到底还是泛起了涟漪。

郭会秀也就是小蛮子的父亲，和老于也是多年的同事。认真些说，老于曾经还是他的上级，还真是个头儿。当年老于在信贷股当股长的时候，老郭还是老于的下级。

二十世纪九十年代，省里大张旗鼓开展"远学闽粤，近赶江浙"抢占市场高地的运动。县粮食局要上一个"五谷香项目"，就是将县域生产的五谷粉碎成浆制成软包装饮料，供市场销售。

项目由县政府主要负责人牵头挂帅，要求各相关单位"搭台唱戏"，边设计边施工边面向市场宣传推广。

老于所在的银行也是项目领导小组成员，作为信贷股股长的老于十分有幸，参与了"五谷香项目"的立项考察和信贷资金的落实工作，偏偏这个别人求之不得的机遇，却使老于走上了败走麦城之路。

随着老于对"五谷香项目"不断深入的了解，他慢慢意识到这是一个"拍脑袋"的工程，产供销整个流程都存在理想化、公式化的弊端。项目技术储备不足，企业从投产到出成品，到市场认可、资金回笼，都不是想象的那么简单。

尤其是项目资金缺口很大，县粮食局自有资金投入捉襟见肘，要完成项目，大半的资金投入完全依靠银行输血。违规使用流动资金贷款去堵固定资产投资的缺口，银行会越来越被动，会被陷在里面……

老于越想越觉得自己责任重大。他有责任向上级说明自己的认识。

经过反复思考，在翻阅大量与投资项目工程相关资料的基础上，他向行领导和上级行信贷主管部门，书面提交了对现阶段上马"五谷香项目"的异议。

报告上去了，事情的发展却完全脱离了老于设想的轨道，首先支行内部就乱了。

支持老于报告的人占了大多数，认为支行对该项目的信贷审批应该审慎，要做好风险评估。

一部分同志认为有政府搭台，地方兜底，应该支持地方经济建设。

支持信贷资金投入的人虽然少了些，分量却很重。支行领导都倾向支持项目建设。他们认为支持属地政府工作，政府自然会看重支行，地方能在方方面面照顾支行，便于支行其他工作的拓展。

支行的工作当然还要得到上级行的肯定和认可。

受老于报告的影响，不用说，上级行批评了支行的工作。检查组来到支行，听取支行领导班子的想法和工作意见后，要求支行尽快提供重新评估项目的可行性报告等相关事项。

县里的领导对支行的工作也是很不满意，认为支行领导班子软、散、懒，缺少大局意识，支行的工作很被动。

在"不换思想就换人"的大趋势下，老于调离了信贷股。主张支持"五谷香项目"上马的郭会秀接替老于担任信贷股主要负责人。

三

"五谷香项目"如期开工。

在开工典礼上，县政府发布了推动项目建设模范单位和十大功臣名单，支行被列在模范单位之首，郭会秀是十大功臣之一，获五千元奖励金。

出席开工典礼的上级行领导对支行工作十分满意，肯定了支行为支持地方经济建设所做的努力和信贷股取得的成绩，很快郭会秀由主持工作被正式任命为股长。

随后，"五谷香项目"工程完工，投产。政府再次表扬了支行的工作，郭会秀被破格提拔为支行行长助理。

距离由此产生。

不舒心归不舒心，毕竟是心里的涟漪，谁也瞧不见。何况，老于阅历中比涟漪大得多，可称风浪的波动也挺过来了。

这一夜，又像往夜一样睡过了。

上级来了检查组，领导都陪同到企业调研去了。

行里难得几日清静，无人再提让老于调岗的事情。

监督的人少了，自由的人自然就多了。有些人早早地就收拾包包，打道回府了。

老于可不是这样的人，长年的工作习惯，不到点，他不会离开办公室的。

有情绪，但他对工作还是认真的。

下班，走出办公楼没有多远，就看见郭副行长急匆匆地向他奔来，"于叔，我就知道你还在单位。"

"什么事？"

"梁行长叫我请你呢。"

"请我？没好事吧！我不去。"

"不是，"郭副行长扯住老于的手，"是这样，市银监局李局长来了，梁行长想请你陪着吃个饭。"

"他局长来了，关我什么事，我凭什么陪？"老于边说边往前走。

"叔，我们留不住他。梁行长说我们留不住，你老人家出面留他，肯定会给你面子的。"郭副行长急了，说了实话。

"我请，就不违反规定？"老于质疑。

说着，老于手机响了。

一接听，是李局长用梁行长手机打来的。

"怕不合适吧。"

"那样不好吧。"

"就这样吧。"

"好吧。"

郭副行长就听见于头一连串几个"吧"，知道事情搞定了。

晚上喝得有点高了，但头脑还清楚。

餐毕，受老李热情相邀，老于又到老李住的房间聊了一会。

在银行工作时，老李和老于原是同事，老李是计划股股长，老于是信贷股副股长，工作中有合作，有摩擦，有冲突，有愉快。

世事多变，人心不古呀！

想起往事，老于不由得叹息。

其实，今天的晚宴对老于来说也是个局。

老李也没有瞒着他，毕竟是老同事了，耍心眼对不起老于这个实心人。

这也是餐后老李非要拉着老于到他住处坐一坐的原因。

本来，检查完工作李局长是要回去的。

梁行长执意挽留。

汇报工作时，梁岳柱就恳切地表达了挽留李局长的意思。一是感谢银监局对支行工作的支持。二是李局长在当地工作多年，有这个机会，找几个老同事坐坐，见见面，也是情理之中。

最主要的是梁岳柱想借这个酒局，请李局长帮他个忙，敲敲边鼓，做做工作，让老于配合一下，能顺利接下老张手上的保卫工作。

毕竟老于的犟脾气上来，就是不接，行里还真的没有什么让老于转岗的理由。

对老于敲边鼓这事，凭多年的感情，李局长能办到，再说见见老同事，他也有这个想法，梁行长把话说得那么实在，他也就应了。

往心里说，梁岳柱也明白，这事既为难了李局长，也委屈了老于。

现实情况摆在那，支行人员编制受控制，就那么些人。当今社会，金融业银行业务竞争激烈，支行年度存贷款业务等各项考核指标要完成，压力山大。

从哪个层面上讲，哪个领导都舍不得从业务岗上拿出个精兵强将来干安全保卫。

但是，有这个岗在，工作就要有人来做。

什么人来做，事情似乎不大，安排什么人到这个岗，仔细琢磨学问还满深哩！

李局长在金融系统深耕多年，哪块田的土有多肥，哪里的土要犁多深，耙多细，他心知肚明。

他理解梁岳柱的苦衷，毕竟资历浅，年纪轻。工作重要，尊重老同志，照顾老同志的情绪也不是件轻松的事，能考虑到这一点也不容易了。

"小梁，忙我可以帮。"他不无顾虑地说，"老于头我了解他，个性刚直，有些事情太过认真。让他来做保卫工作，我总觉得不太合适。"

"那怎么办呢！行里就这么个现状。"梁岳柱很是为难，"换个人我心里更不踏实。"

"我不是怕他干不好，是怕他以后给你添麻烦。"李局长诚心地说道。

人生，因缘而聚，因情而暖。

近些年来，在饭局上巩固交情，谈论友情，进而落实具体事宜的饮食文化，已经是社会各行业、各阶层心照不宣、约定俗成的既定程序，众人都不能脱俗。

觥筹交错的气氛中，看似不经意的推杯举盏，饭局的每一个人都表达出自己需要传递出的情感与愿望。祝酒词中潜藏着某些隐晦或平时不宜表露的意境。有恭敬、有谦卑、有感激、有失望、有期盼、有歉疚……在酒精的刺激下，任意宣泄出平时难以面对、不知如何处理的情绪。

随着酒精在人体内弥漫，饮酒的人都喝懂了对方。自然，李局长、老于也喝懂了。

"老李，李局，你们不了解我？！"老于又端起酒杯，"我是安安稳稳混到退休，无所欲，无所求了。"

"话可不能这样说。"李局长按下了老于手中的酒杯，"你的能力，你的人品和工作态度，那是没得说的。无所事事混日子，不是你老于头的性格。"

李局长边给老于戴高帽子边接着说："你具体干什么工作，我管不了，也帮不上忙。我只是看到支行几个行长那么尊敬你、尊重你，也是你的福气哟！"

"那是。"老于有些得意，"都是我看着进步，看着长大的。"

火候到了。梁岳柱立马举杯站了起来，"于老，承蒙您老看得起我们，支持我们工作。我们几个晚辈共同敬您一杯。"

梁岳柱一号召，支行几位陪餐的同志都站起来响应着。老于不好意思了，礼节性地也站起来，又被梁岳柱摁坐下，"于老您坐，这是我们敬您的。"

说着，带头一口将酒喝下去了。

结果是怎么回事，大家都明白。

梁岳柱的目的达到了。

四

酒醉心迷。第二天，坐到办公室，老于就开始反悔昨晚在酒场应下来的事情，只是嘴上不好说罢了。

老张笑眯眯地进门了，"老于头，咱俩什么时间交接呀？"

"我手上的工作还没有交出去呢，你急什么。"老于没好气地回答。

老张自顾自地坐下，"这个爹不亲娘不爱的岗位，权利没有，责任不小。我早一天交了，早一天睡个安稳觉。"

郭副行长此刻走了进来，他装作没有听见老张的话，"于叔，张叔。"

"小蛮子，你可是赶我上架呢？"老于语气不太好。

"不是，不是。"郭副行长尴尬地说："想和你商量个事。"

老张见状找个由头，起身出去了。

"什么事？"

"是这样，县公安部门牵头，要以会带训办安全保卫工作培训班，张叔就要办退休再去不合适。"郭副行长比较为难地看着老于，"于叔，你看……"他有意拉长了语气。

郭副行长想表达什么，老于再明白不过，"想叫我去？"

"您老要有事，换别人也行。"

俗话说：拽直了不如自己伸直了。老于无奈地轻叹口气，"还是我去吧。"

培训班在县公安局交巡警大队会议中心举办。

几经打听，老于才弄明白，原来，这个地址就是多年前生产五谷香系列饮料的工厂所在地。

地址的方位，老于肯定知道。他只是不知道，这些年人来人往、变来变去的地方，现在是公安局交巡警大队了。

也算是故地重游，当年，轰动一时上马的"五谷香项目"正如老于测算的结局一样，末命甚至比老于测算的来得更快。第一批五谷香系列饮料产出后，市场销售十分萧条，消费者反应很不理想，流动资金只出不回。县政府发文制定县直各单位和各驻县企业承包销售指标，依然不能推动销售资金回笼，工厂很快就停产，渐渐地，最终成为不良资产，破产拍卖了。

"五谷香项目"回到了起点。

老于回不到起点了。

郭会秀也回不到起点了。

岁月，把能带走的都带走了，唯独带不走的是对往事的记忆，过去的永远过去了。

参加培训班的人，多是各单位长期从事安全保卫工作的人，培训内容对他们来说是老生常谈，会场秩序并不好，学员们遇见老熟人、老朋友相互聊天的声音很大。

老于却听得很认真，因为他和其他学员不熟悉，主动去和陌生人搭讪，不是他的性格。

反倒是授课内容对他有吸引力，老师讲的对他来说都是新鲜的。因为噪声很大，他还靠近前排找个位置坐下听讲。

培训使他对将要接手的工作有了新的认识，还真是要有责任而且责任不小，老于心里默念着。他真后悔，不该答应安全保卫岗的工作，正如老张所说，责任大呀！

既然应了，再说出反悔的话来，不是老于处事的性格。不说干出多大成绩来，起码不能让人看笑话。

在与老张交接工作时，老张说："没想到你老于头还真接了这个岗位。"

"别瞧不起人。你老张能干我就不能干？"

"恰恰相反，是觉得你大材小用了。"老张语气里透着诚意，"说句良心话，你真不该接这个岗位。"

"我知道。"话一出口，老于自己都不清楚说了什么，他随口应着，只是因为无奈。因为自己的态度改变不了现状，"工作这么多年，不想这把年龄还让人看笑话。"

"其实你就不答应，又能将你怎样！胡搅蛮缠的人多了去了，我看，欺负你太好说话了。"

"算了。不说这些。老哥，你看我是那种人嘛！"

老张知道老于的认真劲，他认上了，就是头犟驴认上了。

老张："晚上，咱哥俩再整两杯？"

"师傅请徒弟呢？"

"反了不是。现在你应该是徒弟，拜我为师傅才对。"

"那好，就到我家里去。"

岗位接得顺利。

交，可没有那么轻松。

这个交字，差点没让两个老兄弟，撕破脸。

本来老张以为，交接很简单，他将文件柜钥匙给老于，就可以了。可是老于说不行，他要老张分门别类，一件件、一份份地整理好，清清楚楚列出个清单才行。

"安全保卫这个工作有多大分量，你又不是不清楚，可犯着这样麻烦！"老张真的不高兴。

"老哥，多大的事，也得有个章法呀？"老于说："本来我就是个外行，你这样交给我，我一头雾水，怎么干呀？"

说得也是，谁让老张遇到老于这么个认真人，"你那么认真干吗！这个工作，只要不出事，就行了，不需要搞复杂了。再说，又怎么可能出事呢。"

"你还以为是干财务、干计划信贷呢！你整得再好，也就是那么回事。"意犹未尽，老张又补上一句。

老于明白老张恼了，随他怎么鼓鼓囊囊地说，就是坚持要他移交个规范的台账资料给他。

交接不畅快，让老张心存芥蒂，"老于头，这次我算是领教你钻"牛角尖"的犟劲了，吃了一辈子亏，还不改啊！"

"改！生就这个命，再大再小的事，我都不能让人说我闲话。"

"好好好。我们不抬杠。"话多无益，老张就此打住。

犟劲上来了，老于自己都拉不住自己。多年从事财会、计划信贷的职业生涯，一丝不苟的"三铁"精神，已经融入他的血液中。

现实不管你认可不认可，银行业安全保卫岗给人们的印象，原本就是个闲职，说句大白话，是个不出活的岗位。干得好与不好，怎么干，绝不会像财会、计划、信贷那样严谨，那样急迫，天天追的人喘不过气来。

老于的执着，开始大伙还没有觉得什么，就见他像往日一样上班下班，在办公室忙忙碌碌地不知道他忙些什么。无怪乎，时常有人有意识或无意识地对老于说："于头，你这下可轻松了！搞了个快活活干。"

老于也不争辩，只有老张清楚他在忙活什么。套老张的话说：老于闲得不耐烦了，自己给自己找不愉快。

五

老张和老于办完工作交接手续，很快就办了退休。

人是从工作岗位上退下来了，但在徒弟逼着的时候，真是比得上在岗的时光了。

这个徒弟就是老于，自从老于接受安全保卫岗的工作后，凡是涉及安全保卫工作的文件资料，他都找来阅了一遍，对照规定制度办法，他就像在业务岗位上一样，统统梳理一番。

这下可是苦了老张，因为老于成了他家的常客。这个怎么回事，那个怎么回事，这里还缺什么，那里还缺什么。不由得老张不耐烦。

"老于头，你还真的当一回事，真的当上徒弟了！和你说过多少遍了，搞那么清楚没有用的，没有人像你这么认真。说你，还偏不信。"

老于也是认真地回着："认真也是被你吓出来的。"

"我吓你什么？"

"不是你跟我说，干上这个工作责任太大，睡觉心里都不踏实吗？"

"那是怕出事。"老张认了这笔账，"不出事，怎么着都行，可是，什么时候会出事，会计的算盘珠子是算不出来的。"

"就是啊。我就是怕像你说的，所以才要把条例理清楚呢。"

"你这也算是新官上任三把火，正热着呢。"老张似乎很有把握地说，"不是我吹牛，时间一长，最多半年，你就消停了。"

"为什么？"

"为什么！因为根本没有人鸟你。"

就这么慢条斯理，老于完成了对保卫岗的了解和熟悉。

老张预测老于头这把火，该慢慢熄了。

不曾想，在别处他又烧起来了。

这把火，直接烧到老虎屁股上。

支行办公、营业都在一个院落。

多年来，营业时间保安负责安全警卫。营业终了，支行聘用了两个老人负责值守。

往年，也有人提出，两个老人在夜间值守，本身就不安全也不合规，但这个事说说也就过去了。原因是安排这两个老人在支行值班，本身就有照顾关系的成分在里面。

老于到岗，提出老人不宜做夜间值守工作，必须撤换。

对此，支行犯了难。"于头，这事不能商量着来吗？"办公室主任说道。

"安全无小事，你可不能糊涂。"老于认真地答。

"这么多年，不是没有出事吗？"

"出事就晚了！"

"于头，这些年支行的事情，你也不是一点都不清楚，不好动呀。"

"不好动也要动。"

"这不是让行领导为难吗？"

"不是为难，是帮他们。"老于回答得很坚定，"只要我干保卫工作，老人必须换掉。"

看似事情不大，处理起来却很棘手。全行上下看笑话的有之，"看老于头这次有多大能耐。"

说风凉话的有之，"老年人睡觉少，值夜班更好，哪有那么多事出来。"

夜间值班用年长的人的确不合适，梁岳柱行长何尝不懂这个道理。只是上几任就延续下来的结果，在他的任上调整了，得罪人的是他，他想像前几任一样拖一拖就过去了。"于头，不会出事吧？"他试探地对老于说。

"谁也不想出事。梁行长，出了事就晚了。只要我在这个岗，这人就

307

一定要换。"

不用说，人，是让老于得罪下了。

那天，李局长关心老于，打电话同老于聊了一会儿，话里话外，老于都听明白了老李的意思，但是他愣是装做没听明白。

在老于的坚持下，值班的老人终于被清退了。

遇见老张，老张摇了摇头说："天塌下来有大个子顶着，你老于头报告过就行了。知道他们是谁不？老倔头，撞了南墙都不知道回头！"

不知不觉中又得罪人了。

老于自己也没有想到，这次得罪的人，是老伴。

老伴是个勤勤恳恳爱做家务的内当家。这天一进门，老伴就发话："你现在当多大的官？"

老于一听就知道，老伴话里有话，"怎么了？"

老伴将手里的东西一杵，"你吃饱了撑的，管那么多闲事干什么！"

老于一问明白，原来职工宿舍院内有人跟她嚼舌头了。这也难怪，职工宿舍院平日里就是个家属院，一个熟人小社会。在这里生活的人，多多少少都和银行业有关系，不是亲人就是儿女。支行有个风吹草动，院里人都知道。

"人家老张干了那么多年，怎么就没有你那么多事？"老伴很是有理。

"老张那是自己糊弄自己，不出事，是他的运气。"

"还真能出事？"

"谁敢说呢！"

"那我问你，你搞什么安全知识测试题，又不是学生考试，就不能把答案给大伙抄抄吗？"老伴气恼地说。

"那不成了走形式嘛。"

"给大伙抄一下，就能出事？看你能的。"老伴愤愤地说，"人家老张不走形式？意思到了不就行了，就你认真。"

老于不好说什么，只能不吭声。老伴啰嗦不停，"人家上班下班关门开门什么的，你都要管，管的也太宽了，难怪都埋怨你。"

"那是岗位职责。"

"就你职责，别人不职责，当行长的不职责。"

见老伴动真火了，老于索性不再言语。

说什么呢！正如老张所说，这个工作你看不看见，说不说到，没有考核标准。不出事没有人问你，问多了，别人就认为你管多了。不问，不管，不怕一万，就怕万一，老于慢慢体会到了老张说的让你睡不好觉的味道了。

平日里人人都会说：不会出事，不可能出事情。一旦出了事，人们又会说，平日里没有人管，没有人问，不出事才怪呢！

老于就摊上管这事的难事了。

心中不悦。饭后，像往常一样，老于出门散步，不自觉地又往支行走去。

原先，老于散步大多是往湖畔公园方向走，路上遇见熟人，边聊天，边散步，逍遥自在。

自从干上保卫岗后，每天散步就变成往支行方向走了，说是散步，其实是不放心。有人在单位加班，不放心。新换了保安，不放心。值班的是不是尽职，不放心。等等不放心，只能假私济公了。

这不是，来到支行，支行郭副行长办公室还亮着灯光，上前一看，门没有落锁，各种电脑等连接电源也没有切断。

老于问了值班保安，保安答复，郭副行长出门后，就没有回来。老于电话联系郭副行长，原来有个企业找他，他急匆匆出门，忘了关门。

老于不高兴了，"你小蛮子安全意识怎么这么差呢！你必须赶回来，关闭电源，关闭门窗。"

"于叔，你帮我关一下吧，我一时还回不来。"郭副行长也不舒服，只是他面对于叔不敢造次。

门窗、电源老于是关了，其他楼层老于又走了一遍，这才转回到家去。

郭副行长深知他于叔的脾性，一上班就到老于办公室检讨自己。

让他没有想到的是，于头心情却是格外的好。

"你小子来得正好，我正要找你呢。"

"是我做得不对。"

"你有成绩。"

"成绩！什么成绩？"郭副行长蒙了。

"是的。"老于得意地说："昨夜，我一直没有睡好。是你启发了我。"

"启发什么？"

"你想呀，因为工作或其他种种原因，匆匆离开办公室的人，不是你一个，难免有疏忽，如果不能落实责任，那我不是天天都睡不安稳。"

"你的想法是？"郭副行长一脸疑惑。

"昨晚我想，为了避免休息日，忘记关闭门窗、电源的情况存在，我们应该制定一个守则，叫末位负责。规定不管是哪一间办公室，不管什么时间，每天谁是最后离开的人，谁就是这间办公室的安全责任人，形成制度，让大家养成随手关闭电源，关闭门窗的好习惯。"

"于叔，开会的时候，我把要求跟大伙说一声，不就行了。守则就不要搞了。"

"那不行。说说就是一阵风，没有制度约束不行。"老于十分认真。

"这么多年，不都这样过来了。"郭副行长又问，"上级有这个方面的规定吗？"

"没有。"

"那不就行啦，我们把上级要求执行好，不自己另搞什么守则了。"郭副行长用肯定的语气说道。

"你说什么？小蛮子！没有守则怎么能行？"

"于叔，你这不是冲着我来的吗！"郭副行长不高兴了。

老于也不愉快，"我是冲着事来的。这个事情不落实，谁都安稳不了。"

"好，好好。"郭副行长以退为进，"我们俩不抬杠，需不需要定守则，起码还要讨论讨论吧。"

说是要讨论，老于就要证明自己的想法正确。他主动联系了县消防中队，请他们派教官来到支行上消防安全常识课，并播放现实生活中因忽视用电安全引发火灾的案例教育片。

通过老于不厌其烦的宣讲，《支行员工用电安全和门窗关闭行为守则》终于得到认可，部分员工的不满也渐渐传到他的耳中。

"老于头，太精，就是个老滑头。他搞的那个守则，就是叫大伙儿帮他担责任。"资历老的同事也毫不忌讳地当着面说。

老于也不生气，他当着面给大家说："不管你们怎么想，怎么议论，你们注意安全，不出事，我就知足了。"

六

守则归守则。

有了守则，老于依然隔三差五在休息日或傍晚到支行转转。

支行的保安值守和员工安全意识，明显有了提升。

一天，梁岳柱行长有些歉疚地对老于说："于老，你这么认真工作，真想找个合适的方法补偿你，一时，我还找不到合适的办法。"

老于说："谢谢领导关心，你当我到支行转转，是找你要补贴补助呢！说实在话，我是自私，转转是自己有私心，怕出事呀！万一，哪位有个疏忽，我这一辈子就完了。"

这么一说，梁岳柱有些感慨，"说实话，对保卫岗我原先认识不够，当初调整你，我还认为有照顾你的成分在里面，哪里想到让你更操心了。"

"别的岗位上班尽到责任，下班基本可以安心睡觉了。安全不一样，下了班，人不在单位心里反倒不安了。说句丑话，听到警笛响，我都不由自主地朝支行这边望，真的怕。嗨！年纪大的人，经不起事了。"

"听说你还买了只灭火器，摆在家里？"梁岳柱疑问道。

"是的。以前不觉得，现在干安全保卫工作，参加安全会议和培训多了，越听心里越觉得安全这事不得了，花钱买个平安。"老于答着。

梁岳柱看着老于，同情心油然而起，他没有想到，这个老同志这么犟的性格，在别人眼里不起眼的工作，他认真成这个样子。"于老，买灭火器花的钱，拿到支行报销吧。"

老于摇摇头，"我不让别人讲闲话。"

"一只灭火器，别人不会说什么的，只当是支行配的。"

"配在我家里？"老于直摆手。

梁岳柱看着老于的背影，莫名地觉得自己是哪里对不住他，像是一个顽石被他放错了地方。

安全保卫其实是最难做的，因为职工感受不到，认知不到这个安全的价值。有人替你防着，不出问题了，你怎么会感受到！

现在大家衡量一个部门一个人价值的时候，不是看安全问题是否解决得好，原因很简单，安全带不来持续的看得见、摸得着的收入增长。

作为支行负责人梁岳柱感受到了老于的价值，但同业务运营和拓展比起来，老于的价值往往还是被忽略了。

其实，老于也有他想不到的地方，不是人人都理解他。一段时间，梁岳柱行长不断听到有人反映，老于上班时间不在办公室，长期脱岗。说老于，上班不正常，下班露脸忙。

梁岳柱通过观察，发现老于确实人时常不在办公室，经了解才知道，他是去了安全监控室，闷着头去学习视频监控、报警系统操作了。

老于这么认真，他就想不到还是有人背后误会他。

何苦呢！梁岳柱暗叹。

是的，何苦呢。老于的一举一动，都成了老张调侃他的话题。

老张自从退休后，无所事事，他便成了老于家的常客。离开支行工作，一时还不能适应，找老于聊聊家常，熟人熟路心情也畅快些。

老于买灭火器摆放在家，就让老张调侃了好一阵子，"老于头，幸亏没让你管炮兵，不然，你还弄个炮放在家里呢。"

"可不是吗，你说家里哪儿还有地方，摆放这玩意，我快让他气死了！"老于的老伴气呼呼地说。

"弟妹，你别急，听说他最近又在捣鼓计算机看监控，过几天说不准他还要买个摄像头放到床头上，那就有好戏看了。"

"他敢！老东西越活越不成器了。"

老于听不下去了，赶紧打岔对着老张说："还没有沾酒，你就话多了。一会喝上酒，你那话还不要拿口袋装。"

老于老伴接上就批驳道："老张哥说错了嘛！人家干这么多年，也没有像你这样不省事。"

"弟妹，上菜上菜。"老张连忙打住话题，"我也是说笑呢，其实老于头比我聪明得多，点子也多，他做得对。"

"张哥，看出来了。其实我是私心作怪，害怕意外，所以不得不认真了。"

"老于头，有些事，我也想到了，为什么不愿意做，是怕得罪人呀！混一天是一天过来了。"

"你怕得罪人，就不怕得罪自己。万一出了问题，怎么办！"老于指责老张说道。

"我确实工作能力不如你，老于头，我服气。"

"张哥，我还在岗，干好，是一天。不干，混日子也是一天。混日子的事我不干，既然做了撞钟和尚，就用力把钟撞响。"

"那是那是，谁不知道你老于头。"

七

花开花落，日子平平淡淡地过着。安全保卫没有事故，就没有关注。

老于已经养成职业习惯，上班下班先在值班岗位和办公、营业场所转转，休息日散步还是朝着支行方向走。看不出工作业绩，也找不到显著成果。

一个时间段不变的监督行为，慢慢合规养成习惯。

在看不见的变化中，支行职工理解了过于执着的于头，老于也熟悉了自己的岗位。

这日，吃罢晚饭，老于依惯例外出散步。

出家门不远，空气中传来电线焦皮味，老于警觉地嗅了嗅，焦糊味越来越重了。

"不好，这是谁家的电路出问题了？"老于心中一惊。这时，家属院内已有烟雾弥漫，老于顺着烟雾寻去，发现烟雾是从小蛮子家冒出来的，正准备上前敲门，小蛮子家防盗门"呼啦"打开。

"失火啦，快来人救火啊！"只见小蛮子母亲拉着一个光身子的小男孩跑了出来。

"老嫂子别慌，哪里着火了？"老于急忙上前询问。

"我在卫生间给孙子洗澡，不知啥原因厨房着火了，冰箱已经烧着了，厨房吊顶都烧化了……"她气喘吁吁地说。

"糟糕，一旦厨房煤气爆炸，大家就会有生命危险。"老于迅速返回到家中，拿起之前买的灭火器，转身冲向小蛮子家。

先断电。然后老于左手拽出灭火器保险栓，右手拎起灭火器，对着火焰窜出一米高的冰箱底部，冷静地按下灭火器的把手开关。反复几次，终于将火势控制住。

不过火焰依然没有彻底熄灭，而此时灭火器里的干粉已经用完，满屋子的浓烟令人窒息眩晕。老于果断退出失火区域。此刻，老于老伴已经将第二只灭火器拎了过来，老于再次冲回小蛮子家中，……等消防人员和大伙赶到现场时，火势已经基本被控制，熄灭了。

老于一身白色的灭火干粉，瘫坐在那里，一颗悬着的心终于落下。

老张急匆匆地跑来搀扶老于，老于已经站不起来了，"老于头，怎么啦？"

"刚才不觉得，现在怎么腰用不上劲了。"老于漏出白牙笑道。

医院里，老于可是成了名人。

陆陆续续，街坊邻居都来探望。

这可忙坏了老于的老伴，一一招呼，迎来送往，嘴里客气着，心里却是充满了骄傲和自豪。"没想到，老于到老了还干出这么件好事。"

郭会秀从女儿家赶回，直奔医院，万分感激，千谢万谢。弄得老于很不好意思。"老郭，你可别再说了，我都不好意思了，街坊邻居的，你遇上不也是一样帮忙。"

"不一样，不一样。"郭会秀忙不迭地回着。

老张接过话说："怎么能一样呢，老郭身子骨再好，他没有灭火器，不能用嘴吹呀。"

郭会秀说："老张说得对。老于头，幸亏你及时赶到扑救，否则后果不堪设想，不堪设想。"

"我原来以为老于头弄了一个宝贝在家，"老张打趣，"哪里想到弟妹还埋伏了一个。"

"张老兄，别难为她了。消防法规定灭火器不应单只摆放，我就买了两只。"老于说道。

"这钱该我出。"郭会秀赶紧说道。

"你老郭就别逗了，两只灭火器不够一桌酒钱，赶明儿你请一餐酒，就行了。"

"一餐酒哪里能行！明个家属院里买灭火器的事，算我的了。"

老于是救火时性急，动作大，将腰闪了。在医院没待几天，就出院慢慢调理修养了。

说是调养，他怎能在家里待得住，天天依旧上班下班。

在支行，郭副行长看见老于更是内疚得不行，千言万语不知如何表达感激之情。

支行有人议论，于头怎么想起来买灭火器放在家里的，还真派上用场了。

老于只是笑答："源于自私，安全知识知道多了，担心自身安危，买个放心。"

没曾想，自私也能造就伟大。因老于扑灭居民区初起火灾，避免了更大的财产损失，街道社居委将旌旗和慰问金送到支行，将老于的救火行为提升到很高的高度，提议宣传表彰老于的行为。

梁岳柱行长自然是喜形于色，满口答应。毕竟这是件给支行脸面争光的事情。

"于老，你这是老骥伏枥，为我们支行争彩添光，支行也要奖励你。"梁岳柱说。

"梁行长，我想好了，如果真要给我奖励，就把社居委给的慰问金合在一块，买灭火器吧。"老于很认真地说。

"郭行长家不是给宿舍院里配好了吗？"

"我说的不是宿舍院，是给每个员工家里配消防用品。"

"那要多少费用啊！"梁岳柱有些为难。

"我估算了一下，把给我的奖励算在里面，人均要不了多少，花钱买放心，花钱买平安，值。"

这一日，郭会秀和家人设宴，请左邻右舍参与灭火的人，老郭带儿子、孙子十分激动地频频举杯，杯杯充满感激之情，千谢万谢。

一圈转下来，不用说，老郭副行长喝得高了。他再次来到老于面前，多次举杯敬老于，口中反复重复着"你个老于头呀！什么都好。就是做事太认真了，太认真了！"

开始，大家没有觉得什么，由于老郭副行长反复重复一句话，慢慢有人从中咀嚼出什么味道。是褒、是奖，这句反复重复的话，就像是上来了一碟炒菜，油盐酱醋已经全在菜里面了。如何品味就是食客自己的选择了。

在老张多次的劝说下，终于老郭副行长让小郭副行长搀扶着回家去了。

于辉——于老——老于头，应该也喝高了，今天老张最担心的是老于，奇怪的是，他的状态却非常好。

老张老两口将老于老两口送到家门口，老于忽然拉住老张的手，死死不愿意松开，口中也反复地念着，"太认真了，做事太认真了。"

老张无法让老于松开他的手，只能不停地劝说："老于头，回家歇着吧。不早了，到家里歇着吧。"

"老张，别担心，我今天没有醉，真的没有醉。"老于依然不松手，"今天晚上老天真好看啊！真好看。老太婆拿把椅子来，我要在门口坐着看天，老天多好啊！"

老于的手松开了。老张想安慰几句什么，却不知该说什么，似乎又明白些什么。

在老张的示意下，两个老太婆真的搬来两把椅子，让老于和老张坐在家门口的空地上。

他们俩坐着，抬头看着天。

今晚，县城的天，真的很纯净，有月亮，有星星，还有什么？两个老太婆看不见。

真傻！老于还在傻傻地看。

老张轻叹一声：老于头真的醉了。

（选自庆祝改革开放四十周年"金融人的故事"短篇小说征文获奖作品）

┃ 作者简介

肖军，发表散文《冬日看海》，诗歌《最美建行人》《深耕沃土筑梦新疆》《扶贫路上的建行人》，短篇小说《拯救安安》等。现供职于中国建设银行北京生产园区管理办公室。

第二个春天

肖军

一

2017 农历丁酉年的早春已经来临，而秦巴山区的深处依然冰寒彻骨。春节里稀疏的烟花爆竹把新冉村映照得忽明忽暗。

深夜来临，寒风吹走了枯褐的落叶，把这个只有 300 来户人家的小山村带入了梦乡。清水河环绕着村子无声地流淌，整个村落在夜色中清冷而安详。

天蒙蒙亮，8 岁的梁雪莹猛然被惊醒，她做了一个怕人的梦。在梦中听到了爸爸和妈妈的争吵声，家里的锅碗瓢盆摔在地上的破裂声，还听到了妈妈痛苦的哭声。

她用小手摸索着，想触碰爸爸妈妈的身体，感受他们身上温暖的气息，可是，身边空空如也，只剩下冰冷冷的床铺，哪里有爸爸妈妈的影子。

在屋子另一个角落里，爷爷梁茂才老汉蜷缩着羸弱的身体，躺在小床上不住地咳嗽，呢喃地说着含糊不清的呓语。

雪莹的爸爸梁志明和妈妈刘月蓉因为欠的债还不清，两口子总是不住地拌嘴。大年初三的晚上，夫妇俩又闹架了，妈妈刘月蓉一气之下独自跑回了娘家。

爸爸梁志明没有去追，而是漫无目的地在村子里游荡，内心在重压下不停地责问老天爷为什么这么不公，为什么自己辛辛苦苦挣钱养家却还是这么穷。他不知不觉走出村子，跌跌撞撞地跨过清水河桥，渐渐地，消失在夜色中。

雪莹光着小脚丫下了床，先在爷爷的床边放了杯热水，然后，站在锅沿边吃力地淘米熬粥，瘦小的身体刚刚够到粗大的灶台。

雪莹不知道爸爸妈妈去哪里了，每天都盼望着大人们早点回来，有了爹妈在身边就有了安全感，就不会再被那些讨厌的男同学欺负。

梁家一天天地苦熬着，虽然雪莹的爸爸妈妈没日没夜地在外打工挣钱，可家里的光景仍过得像是筛子眼儿，旧债还没还清，又无奈借了新债，日子越过越穷。

此时，距离新冉村1300公里以外的北京，潘明宇正在家里忙不迭地打电话发微信。他一手拿手机，另一只手抚弄着头发，这几个月来，两鬓上已经冒出了许多根白发。

这是他从建设银行去地方政府挂职以来第一次回家探亲，新春佳节对于这个副县长来说过得并不轻松。

"图片我已经发在朋友圈了，真的是纯天然。对对，全是绿色有机的。"借着拜年，潘明宇把通讯录里能打的电话都打了个遍。

"您要多少？好好，再帮忙宣传宣传……多谢啊！"

"太棒了，这次寄的都已经收到啦？！怎么样，味道不错吧……哎呀，不用谢我，你要谢就感谢咱们贫困山区的老百姓吧！"

手机一直处于通话中，潘明宇与同学同事亲戚朋友们谈话时的语调时而调侃，时而一本正经，嗓音时而低沉，时而高亢，眉宇间透着认真与果敢，而电话的全部内容始终没有离开一个主题——推销山货。

潘明宇是中国建设银行总行的一名处长，曾参加了建设银行新一代核心系统建设，历经五年多的项目工程，系统如期上线，各项功能的释放助力建设银行的业务发展开启了新的篇章。其间，潘明宇的父母亲前后脚地住院，妻子徐姗遇到工作变故，儿子潘义龙正处于高考的关键时刻。

几个月前，正当儿子潘义龙选择出国留学的时候，潘明宇也在工作上面临新的调整。建设银行总行下发了《关于选派处级干部赴陕西瑞阳定点扶贫县挂职工作的通知》，通知说要将定点扶贫与培养锻炼干部有机结合，从总行机关遴选一批优秀干部前往贫困县挂职。

自己各项条件都符合文件所要求的标准，是否要选择另外一种活法，再次挑战自我。他的胸腔里开始轰隆隆地作响，那是蹿动的火苗。

主意已定，现在只要征得妻子徐姗的同意。

绕着圈子说了一堆诸如爸妈现在身体还行不用过多照顾、孩子出国后咱俩没啥负担了等等用作铺垫的话。徐姗转过脸来，猛然道："你有话直说，别绕弯子。"

"我想去！"潘明宇探寻着妻子的眼睛。

"这几年你在新一代项目上没日没夜地加班，家里的事你管过吗？家成什么了，旅馆吗？"没有任何征兆和前奏，徐姗突然感觉一阵莫名的委屈。

项目刚刚结束，以为日子可以踏实一下了，可是丈夫又要奔赴新的战场。

徐姗在公司里做财务，她平日里往医院、学校跑的次数多了，领导和同事有了意见，有的甚至直言不讳地说"照顾你爹妈都没对你公公婆婆这么尽心"，还有的说"家里的事怎么都是你撑着，你老公干吗去了？"

近20年的婚姻，徐姗理解自己的丈夫，人生最美的风景是一场倾心的相遇，他想去追寻自己的理想，他的心不在这里，是在高原，在远方。

"那里偏远闭塞，物质的贫乏或许你能忍受，可是精神的干瘪你受得了吗？你想清楚了吗？"徐姗停顿了一下，没等丈夫回答，她自己已经有了决定，或许这就是夫妻之间的默契。

她凝望着丈夫，"要是想好了，就去吧，家里不用你操心。"

这年11月，他背起行囊，和其他的挂职干部一起踏上了西去的列车，奔赴了那个向往已久但又不曾熟悉的贫困县。

他选择了跋山涉水与沧桑，把异乡当成自己的家乡，奔走在精准扶贫的路上。

潘明宇原本在春节前就已经帮着当地的老乡们推销了一批山货，令他没想到的是亲朋好友的需求还挺旺，春节探家除了探望两边父母外就是一遍又一遍地打电话，又发了一通微信，忙着联系买主、确定货源，可着劲给贫困山区做广告，倾力向亲戚朋友同学同事介绍他挂职的那个县和包挂的村子。

潘明宇动员了所有能调动的人脉关系，打了所有能打的电话，并且通过建设银行的善融电子商城，靠着强大的信息网络，不遗余力地帮着贫困老乡推销小米、山药、香菇、蜂蜜，还有富硒茶叶。

见潘明宇没完没了地打电话发微信，徐姗感觉又好气又好笑，骂他是义务推销员。

"好好，不打了。"放下手机，潘明宇又从挎包里拿出一本《裕华县电子政务规划》仔细看着，并不时拿笔在上面勾画着。他忙碌的不仅仅是到处托人托关系帮贫困农户们推销瓜果和山货，内心深处还有一个科学精准的扶贫计划，正在周身沸腾，激发着他的斗志。

徐姗把潘明宇换洗的衬衫叠得整整齐齐地放进行李箱，又另整理一个大包裹，装上一套学生式样的新运动装，还有一个新书包以及画笔颜料等文具。

她知道，用不了过完春节假期，不定哪一天，潘明宇就会提早动身返回县里。

她边收拾东西边问："你常跟我说的那个女孩叫什么来着？"

"哪个女孩？"

"就是你捐助的那个贫困女生。"

"梁雪莹"。

二

清水河在缓缓地流淌着，它由一条条潺潺的溪流汇入，穿越幽幽山谷和茂密丛林，汩汩奔流注入汉江，沿途滋养着这里的山川土地和世世代代生息劳作的人们。

沿着盘旋曲折的山路一直向上，车窗外是起伏的大山，是大片浓郁的绿色，山间弥漫的雾气让人如临仙境。新冉村就坐落在群峦环抱的一个小平坡上。

表面上，这个仅有800来人的小村庄与其他村庄看不出什么区别，但这个村竟然有一多半是贫困户。环境闭塞、交通落后，家家户户的生活都非常困难，男男女女靠外出打工为生。因为穷，外村的女子都不愿意嫁到新冉村来。

潘明宇第一次来新冉村是刚上任副县长不久的一个上午。他让县政府办公室的田主任把车停在村外，两人沿着羊肠小道步行进村。

已经是冬季，北方的山村显得更加寒冷。清水河的水位虽然下降，可河中心的水流仍很湍急。一只小羊孤零零地立在离岸边不远的一大块石头上，小羊和石头被河水包围着，它无助咩咩地叫着，哗哗的流水随时会把它冲走。

"兴许是谁家跑丢的吧。"田主任嘴里嘟囔着，可并没有理会这只身处困境的小羊，他的目的是陪着新上任的副县长来村里走访调研。

"等等。"潘明宇边说边停了下来，略微迟疑了一下，观察了地形，随即脱了鞋和袜子，挽起了裤腿就要下河。

"潘副县长，使不得，水凉得很。"潘明宇的举动令田主任感觉很惊诧，堂堂一个副县长，万一弄个满身湿可咋办？还没来得及阻拦，潘明宇已经蹚进了河水。

这一片水域较窄，河水虽不是很深，但很快就没到了潘明宇的膝盖。他小心翼翼地向前摸索着，深一脚浅一脚地接近那只受到惊吓的小羊。

这是一只离群跑单的小羊，失去了羊群，它撒欢游荡，三蹦两跳就蹿到了河里的石头上，而河水很快涨了起来，包围了石头，令它无路可逃。对于潘明宇的接近，它全无反抗，非常温顺地被潘明宇抱在怀里，移到了岸上。刚刚在河水彻骨的冰寒中浸湿了肌肤，再被山里的凉风一吹，潘明宇不禁打了个寒颤。

村口的老槐树下，几个大婶模样的人正围着一个瘦弱的女娃不停地安慰着她。

娃只顾喔喔地哭喊着，"羊，羊，我的小羊。"枯黄的小脸上已经被眼泪和手上的泥土抹成了小花猫，根本听不进大人们的劝说。

有人突然指着潘明宇和田主任走来的方向大声喊："羊，羊！二妮，你家的羊。"

被称作二妮的女娃扭头看见两个陌生的伯伯正牵着自家的羊走过来。小羊失而复得，娃高兴坏了，抹去眼泪，笑着露出了两排洁白的小牙。

众人围上来，村支书梁茂玺和县扶贫局的扶贫专干齐铭也正好闻讯赶来。齐铭是和潘明宇一起来挂职的，他已经在村里安顿下来，听田主任电话里说新来的副县长要来村里时，就和村支书一起有说有笑地往村口赶。

几个人相互握手寒暄，田主任郑重地把潘明宇介绍给村支书梁茂玺和众人。二妮搂着羊蹲在地上，生怕它再跑了，怯怯地看着大人们谈论着什么。

远处一个拄着拐杖的老人正蹒跚地向这边踱来。等老人慢慢走近，大家七嘴八舌地对他说是潘副县长帮你把羊找回来了。老人连忙拽过那个搂着羊的娃娃，说，"二妮，还不快谢谢伯伯！"

"别客气，您老可得把羊关好了，别让它再跑了啊。"潘明宇微笑的眼神是那么有温度，他看着娃两颊被日光灼晒的红红的小脸蛋儿，俯下身去问："小同学，你叫什么名字？"

"梁雪莹。"娃有点忌生，怯怯地回答。因为瘦小所以显得两只眼睛格外的大，那眼神清澈而透明。

"潘处，不，潘副县长，这就是梁茂才老汉。"齐铭凑近潘明宇耳语着。

梁茂才老汉上衣的袖子撕破了，衣服是粗枝大叶地缝补过的，表明家里缺乏女人的精心打理，如果有个贤惠的女人，家里就会不一样。

"到村委会办公室歇晌吧。"村支书梁茂玺想给潘副县长介绍一下村里的大概情况。

"我看要不这样，咱们还是先到老乡家里去看看吧。"潘明宇转过头对梁茂才老汉说："我们到您家里坐坐，您看行吗？"

"家里脏乱得很。"茂才老汉看着眼前这位待人慈善的副县长，迟疑着有点不知所措。

潘明宇再次俯下身对梁雪莹说："给叔叔带路好不好？"

大手拉着小手在前面走，潘明宇感到娃的衣服有些单薄，小手冰凉。后面的人挂拐的挂拐、赶羊的赶羊，大家一路紧跟着潘副县长和梁雪莹向茂才老汉家走去。

在北京土生土长的潘明宇，这回算是知道了什么是真正的农村。初来乍到，满眼好山好水，感觉有种原生态的美，是天然的旅游景区。在最初的印象中，虽然交通不畅、闭塞，可生活也不至于那么贫穷，令他意想不到的是，茂才家的房子低矮破旧，歪斜的门板，屋子里根本没什么像样的家具。

斑驳破败的墙上挂着个木头镜框，杂乱地贴着些早年的照片，镜框的右下角是一张双胞胎姐妹的百日留念照。潘明宇环顾了一下室内，定神注视了一下这张合影。

村支书和齐铭忙着找来几个临时板凳，招呼着潘副县长和田主任，大家围坐在一起拉开了话。

潘明宇关切地问梁茂才老汉那条伤腿的情况。

"唉，一到阴天下雨老毛病就犯。"茂才老汉一双布满老茧的手无力地垂下。点燃烟叶，随着一股呛人的青烟，思绪飘回到很久以前。

恰逢饥饿的年代，年轻力壮时的梁茂才在开山时把腿摔了。那是一场事故，一场没有得到任何补偿的事故。工地上引爆炸药的导火索快速地燃烧，梁茂才躲闪不及就像一捆被割倒的麦子直挺挺地倒下，瞬间全身被碎石掩埋。

"腿残了，现在人也老了，不中用了。"茂才老汉凄然地一笑。

"您别这么说。"潘明宇连忙劝慰，"您看，这往后的日子还长着呢，国家的政策都是帮助咱老百姓的，大家一起多想想法子，您家的生活一定会好起来。"

"是呀，老伯。"齐铭紧接着说，"我们建设银行把咱们这儿一直做为定点扶贫单位，这不潘副县长和我都是来挂职的，我俩都想为乡亲们多做点事儿，有什么问题和困难您就只管提。"

"潘副县长，你不知道啊，村里这祖祖辈辈——穷啊！"老汉的手无处安放，沉浸在极度的悲伤中，充满了绝望和忧郁的眼睛，让人不忍多看。他用拐杖在地上胡乱地画着，画出一些莫名其妙的图形，微微颤抖地接着说："去年种了25亩柴胡，盘算着能挣5万块钱，谁成想老天不作美，全给冰雹砸坏了。"老人又断断续续地说下去，苍老的脸上流露着辛酸与无奈的神情。

"没有路，种的瓜果蔬菜没法往外运，只能眼巴巴地看着烂在地里，有好收成，不见得有好光景。"

"老天爷一怒，一场暴雨一场大水，种的庄稼蔬菜都泡汤了，有时候连房子都被冲垮了。"

"到现在，村里连电都没有，黑灯瞎火的。"

"种了粮食也赔钱，家家户户外出打工，村里就剩下老人和娃儿们了。"

……

不知何时，屋子里已经挤满了人，站不下的就在门外听。村民们听说建行来挂职的副县长在梁茂才家，是来了解贫困户情况的，就都想来凑个热闹，看看人长得啥样，能为百姓办成啥事。不成想，潘副县长和那个年轻的后生齐铭把每家每户的情况都摸得一清二楚，还不住地在笔记本上记着什么，那份认真劲，还真挺让人信服的，大伙连说"好的啦"。

村民们感觉那两人很不一样，就你一言我一语地打开了话匣子，把心里憋屈的话都倒了出来。

"潘副县长，眼下当务之急是得把路修通了，有了路，才好办事啊。"村支书梁茂玺的话道出了村民们压在心里多年的想法和祈盼。

潘明宇一边听大家发言一边认真记录，还不时对照着一张表格仔细地看，那上面密密麻麻地记满了贫困户的姓名、家庭成员、收入状况等等。"我们要真扶贫、扶真贫。"他在来新冉村之前已经让驻村干部齐铭把全村贫困户的情况进行了摸排和梳理，并再三嘱咐务必要把好关。

屋子里昏暗得几乎看不清字，尽管大家的乡音很重，但他竭力听着，分辨着发音，辨析着每一个人讲话的内容。

三

茂才老汉拖着残腿把潘副县长送到家门口。潘明宇把一个信封塞到老汉的手里。里面是一叠现金，老汉大惑不解。

"这是干啥？可不敢，可不敢！"

"收下吧，这是我个人的一点心意。你家遭灾最重，救急用。"

潘明宇说完转身向前走去，茂才老汉攥着信封半晌不知说啥是好。

梁雪莹躲在门外，似懂非懂地听着大人们的对话。

"北京是首都，北京远吗？"有一天，雪莹怯生生地问潘明宇。

"远，也不远。你想去北京吗？"他心里当时咯噔地震颤了一下。

"想，想去看天安门。"

"好，叔叔答应你，带你去看天安门，但你也要答应我一件事。"

"啥事？"雪莹睁大眼睛认真地问。

"我跟你爷爷说好了，别贪玩放羊了，明天起上学去。"

这天潘明宇和田主任、齐铭一起来到村委会办公室，村支部书记梁茂玺提着水壶说："歇息会儿吧，尝尝这山里的茶叶，是富硒茶，对身体好哩"。

潘明宇抿了一口茶水，"茶好水也好，口感真不错。梁书记，这么好的茶叶，我们得想办法推销出去，不能光是茶好巷子深啊。"

"谁说不是呢，路不好，各方面的信息也不灵通。"茂玺老人给潘副县长又斟满了水。

潘明宇把刚端到嘴边的茶杯放在桌上，感慨道："绿水青山就是金山银山，咱们不能让老百姓捧着金饭碗挨饿。要想摆脱贫困的帽子，光靠输血解决不了根本问题，关键还得靠造血，增加造血机能，咱们组织大家学会科学种植和养殖，想方设法把产品质量搞上去。还要遵循市场规律，要不然光把路修通了，货不好还是没有人买，您说对吧，梁书记。"

茂玺老人不住地点头，"潘副县长说的在理。"

潘明宇接着说："田主任，我们抓紧研究一下修路、通电的事，回县里后先找相关的几个委办局，听听他们的意见，我同时找找建行的同事，征询一下能不能找资金修路。"

"我马上安排。"田主任边记录边投去赞许的目光。在他眼里，潘明宇虽是个挂职的副县长，但是人很实在，工作很勤勉务实，但同时也保持着观望的态度，不知实际效果会怎么样。

村支书梁茂玺哪里服老，他一拍大腿说："要说修路，我也算是壮劳力。"

多日来的实地调研，让潘明宇内心的计划和思路越来越明晰，针对新冉村的情况，第一步要争取政策和资金支持，修路、通电是当务之急，同时，要牵线搭桥，把总行各个部门的爱心跟贫困县连接起来，把爱心活动传递下去，帮助老百姓通过网络把产品销售出去。第二步，就是要主导裕华县的智慧城市建设，把智能化引入贫困山区，让这里的老百姓也能体会到电子商务带来的好处。他希望自己的这个梦想能够早一天实现。

田主任催促潘明宇早点回县城，怕天晚了路不好走。潘明宇似乎想起了什么，问村支书说："梁雪莹的小名叫二妮，那大妮怎么一直没见着呢？他家的表格里只填写了一个娃，照片上的双胞胎是怎么回事？"

"还不是穷闹的。"村支书梁茂玺提着水壶的手一颤差点把水洒了一地。

当年茂玺和茂才一起劈山炸石的时候，是茂玺不顾危险把茂才从石头堆下面刨出来保住了性命。一起患难情同手足，茂玺对茂才家的遭遇最清楚不过。

梁茂才老汉和梁志明一直盼男娃的希望落空了。女娃，双胞胎女娃。

孩子出生的那一天飘着鹅毛大雪。从娘肚子里先出来的叫大妮，学名梁雪霞，紧跟着出来的叫二妮，学名梁雪莹。雪霞、雪莹，两个极普通的名字。双胞胎女娃的小脸粉扑扑的，长得极像，外人根本分不清楚哪个是姐姐哪个是妹妹。

四岁那年，孩子妈带着两个娃探望娘家。回来的路上突然下起大雨，娘仨浑身上下被浇了个湿透，只能抱作一团。一个娘胎里出生的两姐妹，二妮咳嗽了几天就好了，大妮吃了好些药却一直高烧不退。

在以后的几个月里，梁志明和婆姨刘月蓉抱着大妮从村卫生所到县医院来回地奔波。大妮的小脸烧得通红，不吃不喝，面黄肌瘦，有时半夜里尖尖地惊叫，震得窗棂乱颤，那声音是一个幼小生命的呐喊，祈求上天把她留在这尘世上陪伴爷爷奶奶、爸爸妈妈还有妹妹。

在村里求爷爷告奶奶借了钱长途跋涉去省城看病。大夫说送晚了，生生就给耽误了。梁志明始终没弄明白，简单的着凉感冒怎么就转成了恶性疾病要了娃的一条小命。

大妮直挺挺地躺在那，被一条白惨惨的布单盖住瘦小枯干的躯体。梁志明欲哭无泪跌坐在地上。

阴阳两隔，原本一个虽然贫穷但是和睦温馨的家越来越破败下去。

姐姐这个词对于妹妹梁雪莹来说是陌生的，雪霞走的时候她还不到五岁，姐姐的模样尽管跟自己长得一模一样，但是姐姐在她的脑海里始终模糊不清，如果不是墙上镜框里那已经褪色的姐妹俩的合影，雪莹甚至根本不知道在这个世界上曾有个双胞胎姐姐。

当潘明宇看到青山绿水下仍然在为生活苦苦奔波的村民，看到瘦瘦弱弱的梁雪莹，那个腼腆羞涩大眼睛的娃，他有一种冲动，想要抱一抱雪莹的冲动。

雪莹羞怯的小脸蛋儿在潘明宇脑海里闪现，如果失学，她的人生命运将会怎样改变，她的未来会是什么样呢？潘明宇不敢多想，他唯一希望的是雪莹这样的女娃能够坐在课堂里，奔跑在操场上，期盼能有更多的好心人帮助，让孩子拥有快乐的童年。

潘明宇感到要付出的不仅仅是一股热情和一种关切，更需要拿出切实可行的办法，帮助雪莹、她的爷爷和爸爸妈妈，以及更多的尚未摆脱贫困的村民们，让他们看到希望，得到他们确实应该得到的东西。

四

数月后的一个上午，县政府办公楼内。

潘明宇正在办公室批阅文件，县建委的何主任敲门进来，走到办公桌前低声说："潘副县长，有个事想给你汇报一下"。

"何主任，我又不分管建委的事，你找我汇报啥事？"潘明宇微笑着问道。

何主任没有直接回答，而是说："你来我们县没多久，一来就访贫问苦，又是给受灾的老百姓捐钱又是资助小学生，还托关系找门路帮大伙卖山货，大家可都夸你，我不说空话和大话。"

"那不都是应该的嘛。"潘明宇不知道何主任到底想跟自己说什么。
"你一来呀，可给解决大问题了。修路的资金也是你托人托关系跑建行才把款给要下来的，眼下，给新冉村架电线的事也有眉目了，你给县里没少办实事哩，是好把式，还是你的关系硬，能拢人。"

"何主任，您这话就扯远了。修路资金是建设银行决定的，是国家和建行的扶贫政策好，不是因为我个人的关系，这一点你得搞清楚呦。"潘明宇最忌讳别人说修路拉电的钱是他凭借拉关系走后门办到的，不过嘴长在别人身上也奈何不了什么，关键是做好自己，随便他们怎么说去吧。

为了争取到修路的资金，他和齐铭这段时间数次跑到建设银行申报项目，虽然自己的身份是建行员工，但行里也并不因为他俩是同事是熟人就大开绿灯，流程严谨近乎苛刻。

"怎么一点都不通融。"齐铭有些气恼。

"哪那么多牢骚，缺的材料尽快补齐，再报！"潘明宇的话掷地有声，与其牢骚满腹，不如尽早行动。

锲而不舍的努力终于有了回报。行里派专人实地考察调研后，最终筹集到130多万元修建"建行路"。这笔款是扶贫专项资金，有严格的审批过程，绝不是他靠拉关系搞来的。

"潘副县长，晚上一个人没啥安排吧。建筑公司的侯总想请您在富凯酒楼会个面，喝喝茶，汇报一下工作。"何主任的话打断了潘明宇的回想。

"汇报工作怎么还跑到酒楼里呀？"潘明宇看出了何主任的真实意图，他是受人之托来请自己赴晚宴的。

何主任嘻嘻笑着没有言语。

"何主任，我有个建议。"潘明宇没有正面回绝，而是说："修路的资金既然已经批下来了，后续就应该抓紧施工，确保工程质量，这才是关键。如果工作中有问题也应该严格按流程按规矩办。"

"潘副县长，你别误会，侯总就是想跟你见个面认识一下，喝个茶，以后好打交道，没有别的意思。"何主任连忙摆手解释，脸上仍然挂着笑。

"如果侯总确实有事要见我，就请来县政府办公楼里坐坐吧，您安排个会议室，任何事任何话都可以摆在桌面上，咱们一起谈。"笑容逐渐在潘明宇脸上消失，他不容置疑地接着说："何主任，中央八项规定我们都得带头执行，任何不守规矩的事都坚决不能干，咱们得把纪律挺在前面。"

"说的是，说的是。"何主任挠着头皮，又想继续说什么，可看到潘副县长虽微笑但语气坚定，只好作罢。他自我解嘲地说："潘副县长提醒得对，我回了他就是了。还是你们北京来的干部政治觉悟高，守规矩，制度把得严严的。"

"可不能松心，底线不能破哦。"潘明宇微笑着用笔在空中划出了一条直线。自从来到裕华县，他对自己的要求是不占额外的资源，不提额外的要求，严守政治规矩，哪怕是一点点小事他也绝不越雷池半步。

听见敲门声，何主任说自己还有个会要开就连忙告退，他慌不择路，差点和县政府办公室田主任撞个满怀。

田主任走进来，请潘副县长下午参加会议，说建设银行的主要领导近日来裕华县调研，县委、县政府要研究相关工作和接待事宜。

行领导要亲自来裕华县调研考察的事潘明宇已有耳闻了。他盼望早点见到行领导，把在县里村里的亲身感受和所思所想汇报给行领导听，以期得到更多的政策和资金支持，但是此刻也感到非常忐忑不安，还有很多事项没有来得及落地实施，自己的很多想法还没有兑现，还没来得及做出什么成绩，拿什么向行领导汇报，岂不是很丢脸。

他越想越紧张，越想越觉得工作没做好。想着想着突然感觉有件事直冲他的胸和肺，令他很窝火。

"田主任，上次我从北京请来的那位专家，大家听不懂人家讲课也就罢了，怎么还把人家给轰走了呢？"

"潘副县长，我们这的人思想比较保守，观念还比较落后，有的说话不太注意分寸和场合。人是你请来的，太让你难堪了，你别往心里去。"说起这事时，办公室田主任的脸上显得很难为情，"那几个人做得确实有点过分了，你放心，郑书记已经狠狠地批评他们了。"

潘明宇和田主任谈论的关于轰走专家这件事，起因是县政府的电子政务项目。县政府要打造智慧城市，电子政务是个重点。各个委办局以往都有自己的办公系统，你建你的，我建我的，各自为政，很难形成集中统一的自动化、集成化、智能化的政府管理体系。

潘明宇在县里分管电子政务，曾在建行新一代项目组里摸爬滚打了五年多，对系统工程是有很多心得的，然而所想不及的是，县里好几个委办局的领导都不赞成搞一体化的系统，或许是思想保守或许站在本部门的立场或许有别的原因，总之，大家对潘明宇提出的构想颇有微词。

潘明宇在县政府机关里多次跟大家宣讲电子政务，却没有什么人能听得明白，他还专门从北京请来了系统专家给大家做讲解，可是现场的气氛着实让专家感到尴尬，苦撑了一个上午就草草收场了。

潘明宇联想到当年阿里巴巴的马云到处宣扬电子商务的时候，人们都不相信，甚至把他当成骗子。气恼和冷静思考后，他坚信再保守的观念迟早也会转化，再僵化的思维也会有所改变。他在困境中寻找着出路，在寂寞与疲惫中坚守自己。

想到这，他莞尔一笑，语气也变得和缓，跟田主任说："要想富不仅先要把路修好，现在更是要把电子政务、电子商务这些看不见的网络架设好，我看传统固守的观念才是最大的阻碍。"

"过去好多事都不了了之了，不能操之过急。"田主任不知从哪冒出了这么一句，不知是鼓气还是在泄气。

当天下午，县委书记、县长郑新民主持召开了县委扩大会议，传达了瑞阳市市委的通知，中国建设银行的主要领导近期来瑞阳市及一区三县调研考察。郑书记特别强调建行的领导要专程来裕华县进行精准扶贫工作调研，会议就相关事宜进行了研究和部署。

临近结束，郑书记却又临时加了个议题，特别邀请挂职的副县长潘明宇给在座的县委县政府领导以及全体参会人员讲解电子政务。

潘明宇走上讲台，打开笔记本电脑，投影仪投射出《裕华县电子政务协同办公系统应用实施方案》，这个方案仅仅 20 页 PPT，却信息量极大。他简明扼要概述了建行新一代核心系统的建设理念，又形象生动地介绍了裕华县电子政务系统的现状问题、需求分析以及实施方法。

他的语气平和、语调平缓，"我们县政府的职能部门多，以往系统都是分散开发的，竖井式的架构，重复建设，资源浪费比较严重。建设银行新一代项目的理念是打造集中的数据，实施统一的标准流程。我和信息办的林主任专门做了调研，我县的电子政务系统是完全可以借鉴的。"

"潘副县长带着我和几个委办的领导专程去建行参观考察过了，感觉很震撼。我们完全可以学习借鉴建行的系统。"县政府信息办的林锐主任连忙插话。

潘明宇接着说："我们要打造智慧城市，首先是把数据流程信息全部整合在一起，建立数据中心和应急指挥中心，把所有的音频视频融合起来，一旦发生地质灾害或者其他突发事件，中心就能发挥统一的指挥处置作用，同时，把县长热线电话整合在系统中，能快速接听和处理群众关心反映的问题。"

有郑书记亲自在会场上坐镇，潘明宇愈发底气充足。讲到最后他有些动情地说："感谢郑书记给我这次机会，和大家分享我县电子政务实施方案，我相信有县委县政府的正确领导，有各委办局的大力支持，我县一体化的电子政务系统一定能够早日建成投产，发挥功效。"说完，郑重地给大家鞠了一个躬。

郑书记带头鼓起了掌，对在场的人说："我们在观念、理念上还存在很大差异。潘副县长请专家来传经送宝，你们倒好，说人家是骗子，还把人家轰走了，太不像话！"

他停顿了一下接着说："为什么这个协同办公系统在我们县搞不好，可是在别的县呢，人家就搞得很红火，问题出在哪？我看是在这儿。"郑书记在自己的太阳穴上狠戳了一下，大声说道："思想观念不转变，就跟不上形势，就永远落后，决不能抱残守缺。"

这次讲解并不是郑书记随意安排的。潘明宇此前带着几个委办局的领导去建行网点参观调研，又结合裕华县的实际情况，形成了电子政务协同系统调研报告。郑书记阅批文件的时候，对这份调研报告产生了浓厚兴趣，"轰走专家事件"也传到了他耳朵里，他觉得这事自己得亲自过问一下。一个电话过去，潘明宇火速赶到郑书记办公室作了详细汇报。

"建行新一代模式很有参考借鉴价值，我支持潘副县长的想法。"郑书记的理解与信任给了潘明宇巨大的信心。他知道不可能一下子就能转变一个人的观念，别人也不会一下就接受他的观点，思想只有在交汇碰撞中才能凝聚升华。

散会以后，有几个委办局的领导将潘明宇团团围住，这回大家不是讨伐质疑，而是来沟通交流的。

"潘副县长，把你那个PPT拷给我一份，我们好好学习一下。"

"潘副县长，啥时去看看我们局的系统，协同的事先拿我们局当试点吧。"

潘明宇有点小小的激动，为了这次讲解，他做了充足准备。这个方案是在之前《裕华县电子政务发展规划》的基础上数易其稿，与齐铭、县信息办林锐主任一干人等集中智慧废寝忘食通宵达旦才凝聚出的成果，他希望早一天系统建成投产，在全县的扶贫工作中发挥功效，大家的心血也就没有白费。

五

潘明宇兴奋的劲头还没延续多久就被一个人的到来搅乱了。

一推开办公室的房门，齐铭正蔫头耷脑地坐在椅子上。

"你不在村里好好待着，跑我这来干什么？"潘明宇问。

"我想……我可能要回去了。"齐铭耷拉着脑袋。

齐铭和潘明宇虽然不在总行同一个部门工作，但是私人关系很密切，两个人又都参与过新一代项目，潘明宇比齐铭长几岁，孤身在外举目无亲的情况下，潘明宇像兄长一样给齐铭很多关照，齐铭在私下里更愿意叫他潘哥。

见齐铭情绪不佳，潘明宇循循善诱刨根问底终于问出了原由。齐铭的妻子舒静一直吵吵闹闹，女人天生有占有欲，希望老公能时刻听从她的召唤时刻守候在自己的身边，而齐铭不想成天被管教束缚，平时加班加点是常有的事，可偏偏总是遭到老婆大人的电话骚扰，对无理管束和干涉不胜其烦。两个人先是电话里争执，一气之下就摔机关电话。最近，齐铭的老婆说了狠话，不回京就离婚。齐铭只能硬着头皮来找潘明宇。

"我说兄弟，你作为有责任感的大老爷们，赶紧给你媳妇打电话承认错误，省得人家为你担心，要是追到这来大闹一场保准你小命难保，到时候我看你小子怎么收场。"

潘明宇本想劝劝眼前这个大男孩，可清官难断家务事，小两口闹点意见本属正常，根本用不着劝。但是，如果真是因为爱人的阻挠，为了家庭琐事放弃挂职，齐铭怎么回行里交差呢？在这个不大的县城一旦传开，齐铭是因为怕老婆才离开的，县里、村里对建行的印象也会大打折扣。

"还有别的原因吗？"

"这儿太闭塞了，没电，手机信号也不好，更别说剧场看演出什么的了。"

"还有吗？工作上就没遇到什么麻烦？"

"工作上？困难是有的，不过还好吧。"齐铭的话变得支支吾吾。

"还好吧，有那么简单吗？"潘明宇直视齐铭，"我知道，你那个村的村委会这次改选不是很顺利，让你很心烦。"

齐铭沉默不说话。潘明宇轻轻叹了一声接着平静地说："还有啊，村东头梁茂福家的二小子不务正业成天玩牌耍钱，村西头梁志安梁志业兄弟俩闹分家，妯娌俩差点动手打起来，我听说你去劝架结果把你也给骂了。"

"潘哥，你怎么全都知道啊？"齐铭猛然抬起头看着潘明宇。

在这个小山村里，农民的意识和观念以及很多为人处世的方式方法让他很不适应，工作上的确遇到了不少阻力，再加上远在北京的媳妇总是勾着他的魂魄，刚来时的那份热情和新鲜感逐渐趋近于平淡，生活方式上的迥异，让他也产生了明显的心理落差，畏难情绪之下，甚至有了想离开这里的闪念。

潘明宇洞悉这一切，说："我哪会不知道呢？全在你脸上写着呢。死咬着烦恼不放，烦恼也会死缠着你不放。"

他总回想起妻子徐姗问过的那句话：那里偏远闭塞，物质的贫乏或许你能忍受，可是精神的干瘪你受得了吗？你想清楚了吗？

裕华县城以及新冉村、南洼村的物质及精神生活的落后环境都远远超乎潘明宇和齐铭的预想，可是之所以来挂职不仅是锻炼自我，也正是要为贫困地区做出点实实在在的事情。

"这里的现状你我来的时候就非常清楚了，别忘了我们来时是怎么下的决心。精准扶贫是政治任务，是民心工程，我们不是来作秀的。"潘明宇加重了语气，"你是扶贫专干，是第一线的，本身就是要被家长里短婆婆妈妈的事包围的，别不爱听，这是事实。"

潘明宇的话直刺齐铭的心窝，"村里的工作那么多，你也没少吃苦受累，大家对你的工作还是挺认可的，你要是现在撂挑子不干了，你自己觉得有脸回行里吗？我们来到这，不仅要懂农业、爱农村，更要爱农民。承认吧，你不可能一下就做得那么完美，那些个优越感都得抹平了才行。"

潘明宇的一席话说得齐铭感觉有些羞愧，"我其实也没有真想回北京，家里有个扯后腿的，一点都不理解我。看场电影都困难，只是想找人聊聊。"此时他唯一能找的只有潘明宇，说说心里话。

"还没吃饭吧？"潘明宇看了下表，早已过了晚饭时间，县机关食堂已经下班了。

"开会那么晚才散，你不请客我上哪吃去？"

"你这是要绑饭啊。"潘明宇笑着把齐铭从椅子上拽起来，一先一后朝外走去。

"去哪大餐？我都瘦了。"

"那不正好减肥。"

县城里平时人也不多，一到晚上很多铺面很早就关门了，在老城关北的一条小街上有一排临时建筑，一家经营本地特色菜品的餐馆还在营业，潘明宇和齐铭信步走了进去。

狭小的店面显得空荡荡的，两个人点了炒菜和面条，还有豆腐丸子汤，边吃边聊。

"我说你都快四张儿的人了，怎么家里这点儿事还整不利索，还那么爱冲动，不知道的还真以为你是心系贫困山区呢。"潘明宇一边安抚着眼前这个大男孩一边也不忘揶揄几句。

"潘哥，你忒会噎人了。"齐铭一口干了杯子里的啤酒。

"你有多久没跟弟妹联系了，还不赶紧打个电话，人家要是真找上门来也好，带她四处转转，看看你的工作生活状态，她是放心不下你才跟你吵的。"

"爱来不来，我还怕她怎么地，来了算她有良心，千里迢迢慰问夫君"。

"看你嘴硬。既然是个男人就得承担一切应付一切。"潘明宇没好气地瞥了一眼齐铭，又一脸严肃地说："既然来了就别闲着，今晚住这，明天一早和信息办的林主任一起再仔细研究一下电子政务的实施方案，我想把咱们建行新一代的模式引入到县里电子政务项目上，郑书记很支持。"

"真的？那太好了！"齐铭立马来了精神头，"那又有项目做了，不用被村里的婆娘们骂了。"

"谁说让你全职做项目了，你先帮着优化方案，村里的工作不能放下。"潘明宇慢悠悠地把两个杯子倒满了啤酒。

"放心吧，潘哥，村里的活儿有我呢，项目的事我随叫随到。"齐铭举起酒杯一饮而尽。

齐铭虽然嘴上对妻子很强硬，情绪渐渐平静后愈发牵挂远在京城的妻子。毕竟小两口打打闹闹不是事，但不知道她此时此刻正在干什么，是否正纠集众闺蜜一彪人马千里奔袭来兴师问罪。

吵归吵，闹归闹，电话里先是那边火药味十足，恨不得齐铭遭受天打雷劈千刀万剐，后来是齐铭死皮赖脸软磨硬泡之后对方的语气变得稍加缓和，再后来和风细雨两人那些个肉麻话潘明宇实在听不下去了。

借着到柜台结账，潘明宇和这家餐馆的大师傅攀谈了起来。

"你这豆腐丸子汤很鲜，还有这碗面真挺地道的。"潘明宇一边夸赞着大师傅的厨艺好一边付了饭钱。

"你们是从北京来的吧。"那大师傅模样的人从两个食客的对话中听出说的是普通话，而且在这样没有什么顾客的情况下，他也闷得慌，总想找人唠嗑。

"我很小就出来打工，以前跟着我老乡出来练的手艺，省城还有北京的大饭店咱也干过哩。"大师傅很健谈。

"你家是哪的？"潘明宇问。

"新冉村。"

潘明宇听大师傅说自己是新冉村的，又得知他的名字叫梁志鹏，感到心里一喜。他想多了解一些村里的情况，齐铭又是扶贫专干，对开展工作一定会大有帮助。

"村里有位叫梁茂才的老汉，你熟吗？"潘明宇问。

"咋个不熟，都是一个村子的，是我长辈。"大师傅迟疑了一下"你咋认识的？"

没等潘明宇说话，刚才还愁云不展郁郁寡欢的齐铭已经美滋滋地收起手机凑过来说："这位是咱们县的潘副县长。"

"潘副县长？你就是北京来的那个潘副县长？"梁志鹏上下打量着面前的这两个食客，有点将信将疑。

"如假包换，绝对不是冒牌的。"齐铭调皮地眨了眨眼睛。

三个人重新落座，梁志鹏给潘副县长和村干部齐铭斟满了水，相谈甚欢。

六

论村里的辈分，志明和志鹏都是"志"字辈，志明比志鹏长三岁，从小一起长大，本来亲如自家兄弟，但是，因为一桩婚姻的变故，志鹏自此怨恨了志明家很久，确切地说是怨恨梁志明的父亲梁茂才老汉，不过这是潘明宇和齐铭后来才知道的。

"潘副县长，我听说老城要改造，这一片都是危房，以后可咋办？"梁志鹏恳切地问。

"你有什么想法吗？想不想自己开个店，自主创业，自己当老板？"

"想啊，做梦都想。"梁志鹏把出汗的手在围裙上边擦拭边说："我老想着能有个自己的店，看着客人吃得香，我这心里舒坦。"说着嘴角露出了憨憨的微笑，眼神里充满了对未来生活的期许和渴望，可又接着说："我们村在整个县来说也算是最穷的，祖祖辈辈苦着哩。"

"咱们新冉村有那么好的旅游资源，只要把路修通了，把游客吸引过来，老乡们就都有事干了。你想啊，游客一来，连吃带住再购物，山货不仅能卖出去，再多开些农家乐，办农家宴，统一规划，搞点特色经营，提高了接待能力，你不就能当上饭店老板了嘛。"潘明宇越说越带劲。

梁志鹏听着欣喜地搓着掌心，但又说："好是好，就是没有本钱，拿什么开农家乐呢？"

"别着急，脱贫致富不是一朝一夕的事，更不是靠敲锣打鼓就能办到的，我们一起想办法，日子会慢慢好起来的。你有没有想过回村里发展呀？"

这些年来，梁志鹏一直在外飘荡，最大的梦想就是开一家真正属于自己的餐馆。他很想回到村里看看，而那里又是他的伤心之地。梁志鹏的眼里闪过一丝不易令人察觉的哀伤，那过往的痛失所爱的经历，至今内心深处仍是个难以解开的芥蒂。

梁志明有个妹妹叫梁新叶，志鹏和新叶是同班同学，志鹏家里的日子不比志明家强多少。在离开村子去外省打工的前一个晚上，他把新叶叫到一个僻静处，从怀里掏出一个圆圆的红色小铁盒，那是一盒擦脸油，是他跑到县城里专门买给新叶的临别礼物。

新叶攥着那个精致的小盒子羞红了脸低头不说话。半晌，她抬起头，脸上滚滚的红晕，那一晚，志鹏拉着新叶的手，靠在一堵倒下的院墙上，仰望着夜空里的点点繁星，对以后的生活既满怀憧憬但又感到遥不可知。

到了谈婚论嫁的年龄，梁茂才老汉更是犯了愁。眼看着志明已经老大不小的了，却很少有人来上门提亲。新叶出落成了大闺女，这些年也帮家里做了不少活计，他在想不如把女儿早点嫁人，用彩礼给儿子志明娶个婆姨。

无论新叶怎样哭爹喊娘誓死不从，无论怎样等，最终没能等来她的志鹏哥。她一点也不知道，茂才老汉撂下话，让志鹏拿出彩礼钱，可这时候志鹏还只是个餐厅里跑堂的小伙计，根本拿不出彩礼迎娶自己的心上人。

唢呐、锣鼓的喧嚣声响彻山谷，新叶一袭红衣出嫁了，嫁给了 50 里外闫家村屠夫的儿子。出嫁那天，她手里还紧紧攥着那个圆圆的红色小铁盒。

听到新叶嫁人的消息，志鹏从后厨拎了把菜刀，在墙上胡乱地剁着，眼泪无助地流落下来。他没有追求到渴望的那份幸福，在黑暗的夜里大声咆哮，无情绝情令他感到心灰意冷，重压在头上和身上的是难以愈合的伤疤。

转眼到了 2017 年 9 月下旬，乌云压境，电闪雷鸣。裕华县城和远处的山脉时而被乌云遮挡，时而又被闪电耀亮。顷刻间，豆大的雨点落下来，水汽蒸腾雨线密密麻麻模糊了视线。

这些天来徐姗多次打来电话，潘明宇感觉远在北京的家里事态变得越来越严重了。潘老爷子十二指肠里长的息肉需要再动一次手术，潘母熬了汤在去医院的路上不慎摔了一跤，不锈钢餐桶在路面上翻滚着，汤洒了一地。可怜的潘母疼得直不起身，苦苦哀求路人帮忙扶一把，但路人都怕惹麻烦没人敢上前过问。在冰冷的地上躺了许久，终于有两个路过的年轻大学生才把老太太搀扶起来。

"现在两老一个骨折，一个动手术，你看怎么办吧。"电话那头传来徐姗带着哭腔的声音。

"小点声，我在开会。"潘明宇压低了声音说，"别着急。"

"急，我能不急吗？那可是龙龙的爷爷奶奶，你的亲爸亲妈！现在天天请假，领导同事对我都有意见，老人现在最希望亲生儿子在身边，可你呢，就知道忙忙忙！"徐姗越说情绪越激动，真想摔了电话。

"马上就十一了，我跟县里早请几天假，马上就赶回去。"会议室外，潘明宇拿着手机焦急地来回走着。

电子政务项目实施、电子商务平台建设、与常州市的经济合作项目、旅游招商引资洽谈，近来一件又一件事务接踵而至，而偏偏这时两位老人一起躺在了医院里。真是鞭长莫及，全部家务本来就已落在妻子徐姗一个人的肩上，眼下家里的困难更是雪上加霜。

风雨飘摇的夜晚，潘明宇无法入眠，思念着远在北京的爸妈和妻子。是火速回北京，还是留下与县城的百姓共同奋战应对险情，他焦灼地等待妻子的电话，内心无比煎熬。

偏偏在这时，县委县政府下达了紧急通知：县级领导取消休假，立即返岗按照全县防汛工作预案，组织受威胁的居民群众撤离到预定安全地带。

只差一天时间，潘明宇本可以在通知下达之前就离开县城，奔回北京看望生病的父母。现在全城紧急戒备，水库超过了警戒线，大水漫过了堤坝，县城新区告急，学校停课了，受灾的群众都已疏散，可是洪水警报还没有解除。

"无论如何都不能离开。一旦离开，纵有千万条理由，对自己来说就是个逃兵。"潘明宇这样告诫着自己。

"怎么样了？"潘明宇电话里焦急地问。

"什么怎么样了？反正你也帮不上忙。"此时，徐姗正在医院里忙前跑后地伺候两位老人。

"……"潘明宇被噎得半天不知说什么好。

"爸妈现在都稳定了，你不用着急。你那里怎么样，照顾好自己……喂，喂，听得见吗？"电话那头徐姗的语气变得缓和了些。

不知为什么，潘明宇一时语塞，两眼变得潮湿模糊起来。

雨时断时续地下着，依然没有停下来的迹象，这场雨是对县城脆弱的基础设施一次严峻的考验。超市里的饮用水和食品即将售罄，幸亏县委县政府提早做了应急准备才没有引起哄抢和骚乱。

狂风大作，大雨倾盆，树木被连根拔起歪倒在路边。手机铃声大作，北城关雨情告急，多个部门已经在紧急处置。潘明宇二话不说拿起雨衣和手电筒，一溜小跑奔向县抢险救灾指挥部。

七

2018 农历戊戌年的春节举国欢腾，新时代中国特色社会主义在神州大地上开启了新征程，新的希望点燃新的激情，新的努力成就新的梦想。

这是潘明宇来裕华县挂职迎来的第二个春节。

新冉村一派过节的喜悦气氛。家家户户贴上了春联，村路上已经安上了太阳能照明灯，照亮了小村庄新春的夜晚。

梁雪莹穿着新羽绒服在院子外面看烟花，这是潘明宇特地让妻子徐姗从北京寄来的。屋子里，妈妈把热气腾腾的饭菜端上桌，茂才老汉喜滋滋地喝了口酒，儿子志明也想喝，却被婆姨一下子把酒瓶藏在身后。

"给我，就一口。"梁志明今天高兴，特别想喝酒。

"偏不，半口也不行，你这会计是不想当了咋地？你说对不，爹。"婆姨把酒瓶放在公爹的一侧，志明憨笑着想抢酒瓶，但还是被茂才老汉制止了。

"听你婆姨的，不能喝，你得掂量你这身子骨，我们家今年能过上个好节，还得感谢潘副县长啊。"茂才老汉抿了一口酒说。

志明在外打工干的全是上山受苦的活，积劳成疾得了尘肺病，万般无奈回到家乡，大山里的清新空气滋润了他的肺部，经过慢慢调养，病情已经在逐渐减轻。志明的病干不了重体力活，他上过高中，算账统计之类的都能做，人又诚实忠厚，经过潘明宇出面协调，他在村委会当了会计。更让他意想不到的是，潘副县长还专门找了当律师的朋友，经过一番周折，要求施工单位赔偿的劳动仲裁手续就快办妥了。

刘月蓉独自在外漂泊了几个月，想狠狠心离开这个家，而最令她放心不下的是双胞胎里唯一留存下来的二妮，思来想去她还是回来了，一进门母女俩便抱头痛哭。

"苦命的娃，娘要是死了，你可咋办。"

二妮呜咽着："娘，娘，你不能死。"

"娘不死，你好好念书，给娘争气。"

梁雪莹的大眼睛瞅着妈妈，哭过之后，阳光依然灿烂，清水河上升起了一道亮丽的彩虹。

县里办起了矿泉水厂，潘明宇介绍刘月蓉去了水厂工作。水是真真正正的山泉水，跨越了千沟万壑运到了北京。建行总行统一采购了裕华县的矿泉水作为公务接待用水，来开会办事的人们也喝上了来自遥远山区的一股清泉。

夜色降临，新冉村40余盏太阳能路灯齐刷刷地亮起，把新修的公路照亮。多少年来，一到夜晚，村子里黑黢黢的。现如今，路通了，灯亮了，小山村里灯火通明，灯光映照在村民们的脸上，也照亮了人们的心田。

"建行路"竣工通车了，这条虽然仅有5公里的路，却把小山村通向了大世界。公路跨过清水河蜿蜒着通向远方。每到农产品收获季节，新冉村的村民们再也不用为因出行难卖不出货发愁了。

很快，县里的扶贫交易平台也投入了使用，带动了新冉村贫困户们科学种植和养殖，运用网络销售农产品，大数据助推脱贫攻坚发挥了巨大作用。

草长莺飞，万物生长。

一早起来，梁茂才老汉收拾好屋子准备去山坡上承包的茶园转一转。潘副县长请来了农业专家给村民们培训了种植技术，而且这次专家带来了优质茶种。茂才老汉早年种过茶叶，加上本地独特的土壤气候，富硒茶是个不错的营生，种好了一定能有得赚。

春雨似雾。老汉慢慢地往山坡上走着，步子比平时缓慢沉重了许多。这些天他感到后背一阵阵如同针扎一样刺痛。他没有在意，以为自己晚上睡觉受凉了，也没跟任何人讲过哪里有什么不舒服。

心梗来得是如此突然。茂才老汉的心脏突突地剧烈震颤，他坚持着走进了茶园，走在春天里，走完了人生的最后一段里程。

看着成片的茶树，那饱经风霜的脸上绽开了笑容，然后慢慢地倒下，拐杖歪倒在一边。周围一片寂静，河里飘来湿润的水汽，微风吹来了茶树的气息，带着难以琢磨的香气。

"爷爷，爷爷！"梁雪莹哭喊着，两只小手拼命地摇晃着已经逐渐僵直的身体，她要唤醒沉睡中的爷爷，重新燃起爷爷的生命之火。

送葬的人们披麻戴孝，唢呐声声回荡在山谷之中。

一个大着肚子的女人跌跌撞撞地扑到棺椁前，"爹，爹，我来晚了！"女人撕心裂肺地哭嚎，全村老少无不动容，"你咋不等等我就这么走了呢，你睁一睁眼看看呐，你说句话呀，我是新叶啊！"

梁茂才的女儿梁新叶在阔别了新冉村 10 多年后终于回来了。她恨自己的父亲，为了给哥哥娶婆姨就用女儿的青春和幸福换了彩礼钱，亲手斩断了她和志鹏的情丝。她也恨这贫穷的山村，因为贫穷，没能和志鹏走到一起，自从出嫁以后再也没见过面，感觉自己没脸再见到他。

岁月在她的脸上刻下了苍老的疤痕，雨水和泪水洒落在茂才老汉的坟上，那所有的怨恨经过时间的洗礼已经灰飞烟灭，剩下的只有对自己的老父亲无尽的哀思。

长途的颠簸劳累和过度的悲恸，梁新叶的肚子开始剧烈地疼痛。众人七手八脚地把新叶抬上车，车在新修的村路上飞奔，在一个拐弯处，车突然熄火了，再也启动不了。

陪在新叶身旁的刘月蓉急得团团转，急中生智突然想起了潘明宇和齐铭。每当村民们遇到了难事，他俩都能有办法帮助解决，眼下更是人命关天。在这个紧急关头她想也没想就给驻村干部齐铭拨通了电话。

志鹏自从那次大雨之后就回到了新冉村，现在路不仅修通了，而且来旅游的人也越来越多。此时，他正在和齐铭商量自己办农家乐的事。齐铭接到刘月蓉的电话，他俩二话不说开起车就往前车抛锚的地方赶。车上，齐铭给县医院打电话，请医院速派救护车来。

志鹏站在雨里，隔着车窗望向新叶。多年未见，近在咫尺却又仿佛相隔万里，四目相望虽无言却已泪流不止。

警笛嘶鸣，从县医院驶来的救护车很快到达。医生和护士把梁新叶抬上车，风驰电掣地奔向医院，志鹏他们紧随其后，在乡间公路上留下一道征尘。

这是建设银行冠名捐赠的母亲健康快车，"母亲健康快车"是爱心车，是建行员工共同的期盼，它承载着建行情怀、建行责任，行驶在乡镇和村庄间，出现在贫困山区老百姓最需要的时刻，履行着与生命赛跑的神圣使命。

新生婴儿响亮的啼哭声惊醒了产房外守候多时的人们。在梁茂才老汉下葬后的第三天，他的外孙呱呱坠地，一个新的生命降临了人世。

此生无缘，唯有祝福。梁志鹏对梁新叶这些年所有的思念此时画上了句号。

齐铭轻轻拍了一下梁志鹏的肩膀，他慢慢转过身来，两人一起向医院大门外走去。

八

鞭炮齐鸣，开业大吉。梁志鹏擦拭着刚刚安好的农家乐招牌，这块印着"志鹏农家乐"的招牌是潘副县长特意在县城里请人帮忙制作的。

志鹏站在梯子上瞅着崭新的招牌乐得合不拢嘴，齐铭在下面用右手扶着梯子。他左臂吊着绷带，那是在抗洪抢险时被倒下的木头砸伤的。茂玺老汉特地给他煎了山里的草药敷上，消肿化瘀，现在伤情好多了。

志鹏从梯子上下来，忙乎着招待游客进店就餐。终于当上了自家餐馆的老板，梦想实现了，他憨憨地乐呵呵地对齐铭说："人生在世，生活得换个样子，还需要什么呢，心满意足了。"

一辆大巴车从新修的公路上驶过来，跨越了清水河桥，缓缓地靠近了新冉村。村口的老槐树历经风雨更加茂盛，房屋墙壁上闪现着"不忘初心，牢记使命"八个鲜红的大字。

大巴车在村口停稳，下来40来个姑娘小伙，他们是建设银行的青年志愿者。一面中国建设银行行旗迎风飘舞，青年志愿者们走向希望小学，每个人的脸上都洋溢着"善建者行"的璀璨光芒。

国歌奏响，鲜艳的五星红旗冉冉升起。山洪过后新冉村希望小学修葺一新，学校里摆满了建行叔叔阿姨们手提肩扛送来的电脑、书籍和文具。

"春眠不觉晓，处处闻啼鸟。夜来风雨声，花落知多少。"穿着新校服戴着新红领巾的梁雪莹在大声朗读，童音森森，清脆甘甜。

副县长潘明宇及建行的青年志愿者们一起观看着雪莹和她的同学们表演节目，在他们的耳畔，听到的是贫困山区群众为摆脱贫穷的呐喊；在他们的眼里，看到的是希望小学孩子们渴望知识的目光；在他们的心中，燃起的是一团火，为爱播撒阳光托起明天的希望。

"今年暑假，建设银行举办希望夏令营，我们要去北京啦！"这个消息不胫而走，孩子们欢呼雀跃，雪莹想去看天安门的梦想马上就要实现了。

汽车在通往裕华县城的道路上快速掠过，潘明宇坐在车里凝视着窗外。

刚从省城参加完建设银行精准扶贫会议，建行积极贯彻落实党的十九大精神，全力支持攻坚扶贫工作，进一步加大扶贫力度，广大扶贫干部和青年志愿者以及全行 36 万员工共同汇聚起了精准扶贫的磅礴力量。

他急着赶回县城，汇报会议情况，安排部署下一步工作，未来的日子依然在考验着他。

跨越了清水河桥，潘明宇快步走进村子，二妮家的小花狗已经忙不迭地蹿过来围着他打转。

村委会进行了改选，老支书梁茂玺年事已高主动让贤，通过村民选举，村南面梁茂忠的儿子梁志军当选了新冉村新一届党支部书记。

梁志军是退伍军人，在部队学会了开车和修理。起先在县城里开了家汽车修理厂，又经过几年，开了家科技信息公司，钱没少赚，算是当地的成功人士，却始终没忘记新冉村的父老乡亲。

"小康不小康，关键看老乡。""说一千道一万，农民收入是关键。"新任村党支部书记梁志军立下了军令状：要带领乡亲们撸起袖子加油干，一定在 2020 年前把村里的贫困户一个不落地带进小康。

一泓清水，一缕乡愁。一片祥云，一丝幸福。站在高高的山岗上，群山昂首大河流淌。跨越飞架的桥梁，探访金色麦浪鸟语花香。走进秦巴山区，漫步清水河旁，耳边依然回荡着建行人扶贫攻坚的壮丽交响乐。

齐铭的老婆舒静终于来看他了，在小河边玩儿着自拍，又让齐铭给她拍照。齐铭的左手因为还缠着绷带不太灵活，舒静边摆动作边指挥："你这样不对，得换个角度，这样才行，这么拍才能显腿长……"舒静不停地变换着动作，齐铭笨拙地取着景，潘明宇在边上看着乐不可支。

"潘哥，我们为什么来扶贫？"齐铭打趣地问道。

"只有看过了外面的世界，你才知道自己想要什么。"潘明宇看着清水河静静地流淌，望着远方说："有些路，你不走下去，就不会知道那边的风景有多美。"

（选自庆祝改革开放四十周年"金融人的故事"短篇小说征文获奖作品）

作者简介

　　朱京钢，本作品获得中国金融文联、中国金融作家协会纪念改革开放四十周年短篇小说征文纪念奖。现供职于中国建设银行山东省青岛市分行。

飞单

朱京钢

飞单突现

　　好久没有这么放松地睡觉了。八点多钟的太阳透过薄雾照进卧室，艾小青惬意地懒在床上拿起了手机，却没料到恰巧有电话打进来。

　　"喂，小青么？在青岛？"艾小青一看是董事长黄国华的电话。

　　"董事长？星期天快乐，董事长！我昨天回来的，明天就回去。我给你带螃蟹了，有蟹黄的，很肥的哦。跟肖敏姐说，明晚等我去你家里吃饭哦！"艾小青感到董事长现在打电话应该有重大事情，但她依然用特有的口吻轻松地交流。女人的优势要用好用足，那就是绝不让自己与领导之间只存在冷冰冰的上下级关系，再严肃的工作也要让它有温度。而且，如果能够与领导家人建立亲密关系是最好的。肖敏就是董事长夫人。

　　"小青啊，别说吃螃蟹了，我现在就有个螃蟹无法下嘴！所以才打电话给你。"董事长也用诙谐的言辞说道。

　　这就是艾小青要的。

　　"发生了什么事儿？请董事长指示，如果需要，小青愿为董事长赴汤蹈火！"艾小青以半开玩笑的方式表达自己的态度。艾小青知道什么时候该说什么，怎么说，该做什么，怎么做。所以 38 岁的艾小青就被破格提拔为总行副行长。

"有你这句话我很高兴。这件事处理起来会很棘手，只有你去我最放心！"显然，董事长对于艾小青的表态是满意的，再说，要用人就应该给人戴个高帽儿。

"别急着忽悠我啊，董事长！你还没告诉我到底什么事情呢！"

"简单说，安宁省分行发生飞单案，涉及近百个客户上亿元资金，这仅仅是初步了解掌握的数据。现在客户在银行闹事，并声称要去当地政府上访，而发生案件的银行分理处负责人失联。我怕事情闹大，所以我希望你能去主持处置工作。"黄国华用最简单的语言对艾小青说明情况。

飞单，在其他行业是飞走的单子，在银行业是指飞来的单子，基层行或个别人未经批准私下代理销售金融产品，以获取高额手续费。一切都是因为利，银行界这几年没少发生这种事。

"董事长，怎么是我啊？比我资历老和能力强的有的是，我缺少处理紧急事务的经验，更缺乏权威性，搞不好会让你失望的！"艾小青立刻叫苦了。这是一个烫手的山芋，处理这种事情往往是不讨好的，所以，艾小青第一反应是不想接手。艾小青原来在青岛分行当行长，刚升任总行副行长不到 6 个月，虽然成绩突出，办事能力强，业务水平高，但是，因为艾小青是女人，还是单身年轻美女，她的上位就有了许多色彩。有绘声绘色的传言，也有令人兴奋的推理。要不说女人漂亮是把双刃剑，用好了是资本，用不好是祸水啊。

"你不接手才让我失望呢！艾小青，我告诉你，因为提拔你，金中行长和我都担了许多质疑和压力。但是，我们相信你的才华和能力，更相信你勇于担当的品性。沧海横流方显英雄本色。一切蝇营狗苟在坦荡和勇敢面前都将灰飞烟灭！"董事长略显激动地说。

提拔艾小青的确有来自上下的质疑和非议，但是，董事长和行长却力排众议。

公正地说，艾小青的才干、能力、魄力、人格魅力，放眼系统内无出其右，破格提拔艾小青的确是出于公心。但是艾小青太美了，是那种与时尚衣着无关的由内而外的气质之美，搭配上凹凸有致韵味天成的身材，一颦一笑都具有杀伤力。你是爱美还是惜才往往都会被质疑。

当年，金中还是个人业务部门负责人的时候，组织各种劳动技能竞赛，并选拔各分行成绩优异者参加全国金融系统的竞赛，刚到 18 岁的艾小青入选汇通银行参赛代表，当时就有人质疑金中不是选能是选美，但艾小青获得了全国金融系统劳动技能大赛点钞组第一名，证明美丽不是错误。

艾小青成为银行系统和当地名人，一时引来无数富家公子和高官子弟追求。最终，艾小青与市长的儿子结了婚，郎才女貌也算让人羡慕。只是，后来因为男方从官场转战商场，两人目标相悖，渐行渐远，结婚四年和平分手，那一年艾小青才 28 岁，那一年，她被破格提拔为青岛分行副行长。

"我听你的，董事长！可惜哟，我的学习机会啊，哼哼！"艾小青很不甘地跺着脚。

"以后还有的！失之东隅，得之桑榆么！先回来吧，一起开个会。"

面对危机

周二上午，艾小青来到安宁，才知道问题比预料的更严重。

"艾行长，我们余行长参加省长召集的会议去了，让我来接您。艾行长，您先到宾馆休息一下吧？"接机的人是安宁分行副行长林俊峰。

"直接去分行吧。现在是个什么情况？"艾小青急于获得更多的真实情况。困难多汇报，事故多隐瞒，艾小青了解下边的玩法。

"艾行长，这两天经过全面排查，发现有两个分理处存在飞单问题，是同一家公司的理财产品。初步调查涉及金额可能达到 3 亿，现在还没有准确数字。今天一大早，有小 200 人想冲进省分行大楼，被安保人员堵在门外，之后这些人到了省府上访，现在省长正在开会，把余行长叫了去。"林俊峰知道兹事体大，把知道的情况统统说了。

"直接去省政府。"听说有两个分理处出现飞单，艾小青心里咯噔一下，略一思索，说道。

"好的。"艾小青的决定让林俊峰有些吃惊。一般情况下都是躲避麻烦，起码要先看看，艾小青真的不简单，就这份敢于面对的勇气，应该称得上是女中丈夫。

施压

　　省政府大楼十九层的一个会议室内，公安机关、政法机关、宣传部门、维稳办、办公厅、人民银行、银监局、金融工委等部门人员参加的会议正在进行中。

　　"情况我大致了解了，会后，办公厅牵头，组成今天参会的所有部门组成应急处置办公室。各部门通力协作，迅速把事件控制住，不能影响到全省的金融稳定和社会安定，不能成为影响全国大好形势的事件。"蒋省长对大家说。明白人都听得出来，省长的讲话精神在于稳定，在于尽力控制事件影响的范围。

　　"这件事发生在银行，余行长尽快拿出一个解决方案。是不是先行兑付一部分，尽快安抚这些受损民众？"省长看着余万民说。

　　"我们已经把问题上报总行了，会后也会把省长的指示做汇报，估计很快就会有答复。总行一位副行长正在赶往安宁的路上。"余万民不做肯定的回答。正在这时，手机震动。余万民低头一看，是林俊峰打来的，估计总行的人该到了。

　　"不好意思，省长，我接个电话。我们总行的人到了。"余万民拿着电话快步走出会议室。

　　很快，会议室门再次打开，余万民跟在一位气质高雅的女人后面进入会议室，女人正是汇通银行副行长艾小青。这么年轻的副行长，也就三十岁出头，而且无论容貌或者身材都属于极品美女！什么背景？谁的孩子还是谁的女人？

　　艾小青直接无视人们眼睛里的疑问与好奇，进入会场略作停顿，目光掠过全场，望向坐在主席位上的省长。快步上前，面带微笑地站到了省长的对面。余万民赶紧给两人做了介绍。

蒋省长是阅历丰富的人，见到艾小青也暗自点赞，这个小美女不简单，人长得好，气度不凡。随即也微笑着站起来，向艾小青伸出了大手。

"蒋省长，您好！久闻大名，如雷贯耳啊！临行时黄国华董事长还嘱咐我，一定代他向您问好！"艾小青握着省长的手，不急不缓地说道。大方、自然、得体，短短几句话，就让自己与初次见面的高官拉近了距离，在场的所有人都感觉到了，敢情这是现实版的阿庆嫂呢，不仅漂亮，气场强大，胸中沟壑比胸前沟壑还要深！

艾小青是做足了功课的，对安宁省主要领导和即将要打交道的部门负责人进行了了解。巧的是蒋恩华省长与黄国华董事长曾经是中央党校研究生班的同学，而且关系相当好。所以，一上来，艾小青很巧妙地把自己介绍给了省长大人。

"你好，艾行长。你们黄董事长派了个美女钦差，好啊，老黄肯定给了你尚方宝剑，请坐吧！"美女？也不能惯，倒要看看你是真才实学还是场面好看。说着，蒋省长即松开手。

"艾行长，为了你们的事情，我们把省里的关键部门关键人物都集中起来了，你先认识一下，后面也好协调行动。"随后艾小青站着，一一与公安、政法、宣传、维稳等省直部门的领导握手、问候，一番场面话，与人民银行、银监局、金融工委的又是另一番应对。

"艾行长，贵行发生的事件，涉及了民众利益受损问题。现在最关键的是安抚问题，维稳是重中之重，决不允许出现群体事件，现在汇通有什么打算？如果艾行长能够马上兑付，或者给出明确答复，就能把问题平复，这也是你们银行早晚要承担的，你说呢？"蒋省长又把皮球抛给了艾小青。蒋恩华心里想到，谁的锅谁背，何况银行又不缺钱，而我这里决不能乱。看着艾小青，等待着艾小青的应对方案。

"蒋省长，我受董事长委托来到安宁，就是要面对和解决问题的。我刚下飞机就到了会场，了解的情况还不全面，所以，我请求省长给我点时间，掌握情况后再提出解决方案。不过，今天我可以代表汇通表个态，该汇通承担的责任和损失，我们不会推诿，决不让信任我们的客户承担不该承担的损失。我们已经安排清查小组进驻网点，对合同、原始凭证进行调阅，并且通过追踪资金走向，掌握更多证据。在这之前，希望省政府能够帮助我们维持正常营业秩序，同时，通过各级基层组织帮助做好安抚工作，正如省长强调的，稳定是大局。"艾小青思路清晰，态度诚恳明朗。

"另外，蒋省长，在安宁汇通银行暴露出来的问题，但我感到不仅仅飞单那么简单。会不会有人在操纵，或者存在一个非法集资，更严重一点，是一个金融犯罪组织。那么，大胆推理一下，有可能涉及我们安宁省更多家银行、更多的群众。建议最好在全省金融系统进行核查，若发现问题就尽快处置。"艾小青很自然地与在座所有人进行了一次瞬间的目光交流。

一番话给大家带来的震撼是巨大的。开始大家都奔着解决汇通银行飞单案的处置而来，若果如艾小青所说，那么问题就十分严重了，就不仅是违规操作的飞单问题，有可能是性质恶劣的刑事案。

"好，艾行长的提醒很重要，很及时！我建议，应急处置办公室今天开始运转，公安部门组织人员先行跟进，根据发现的线索迅速开展调查，发现有犯罪嫌疑的组织和个人，立即采取措施，争取主动；全省的金融检查，就请人民银行和银监局牵头。大家立即开展工作，有什么发现请及时报告。当然，宣传部门注意舆论导向，不能造成社会影响！散会。"蒋恩华内心吃惊，小看这个案子的复杂性和严重性了，小看这个艾小青的智慧和能力了。

案情

艾小青给黄国华打电话，汇报了上午省政府会议的情况，把自己的初步判断和打算做了请示。

"董事长，蒋恩华省长邀请您了，我也希望您亲自来一趟，这里的事情似乎挺复杂，我感到压力山大啊！"

"我知道啦。你大胆干，这里有我，在安宁遇到困难你就找老蒋。他要不帮着咱，我找他算账！"

下午，艾小青来到省分行大楼，在26楼小会议室召集分行领导班子会议，安宁市支行负责人参加。

"今天把大家召集起来，就是要先把情况搞清楚。余行长，你看谁先说？"艾小青没有客套话，单刀直入。

"我先汇报，漏下的其他同志再来补充"。余万民说道。

随着余万民的汇报，艾小青对事件的来龙去脉有了一个大概了解。

5天前，有个客户因为要买房，到东风分理处支取存款。柜员告诉客户，这购买的是理财产品，不到期不能提前支取。客户不肯，银行定期还可以提前支取，大不了给个活期利息。

这天，分理处主任徐杰不在，值班的是刚调过来的，不了解原委，答复客户态度比较强硬，客户投诉到总行和银监局。

客户始终坚持自己是来银行存款的，对于购买产品的说法根本不认可。银行也不是商场，自己到银行就是存款取款，其他都是胡说八道！双方达不成一致。事情很快反映到省分行，这时候徐杰失联了，问题严重了。省分行立即在全省范围内自查理财产品。而对暴露问题的分理处直接派员进驻检查，一查不要紧，发现了飞单问题。

更让人吃惊的是，另一分理处负责人到市行投案，自己也跟着徐杰参与了私卖理财产品。对方是亨通（中国）投资股份有限公司。回报率根据金额、期限从7个点到13个点不等。另外给好处费。给成功卖出产品的员工开单奖、新增客户奖、阶梯奖等。

可怕的是，现在亨通投资股份有限公司联系不上了。

"目前掌握的情况，可以断定是内外勾结的金融犯罪行为。损失是一定的，而我们要做的是尽可能地把损失降到最低点，我说的损失包括直接经济损失、潜在客户流失和社会声誉损失！因此，针对暴露问题的两个机构，查清楚涉及多少客户，多少金额，余额是多少，涉及的账户每笔资金的变动和来龙去脉。特别要做的是，把亨通公司的账目查清，它的资金往来账户有哪些，账上的资金余额还有多少。报告人民银行，通过人民银行把能查到的资金全部冻结。我们关起门来说话，这个事件的损失我们跑不了，能够减少的措施是把亨通公司看死，对于这个公司和参与人的账户情况都是我们追查的目标。对于涉及的客户，虽然他们是因为高回报的诱惑和我们一起受害，但当前我们与客户之间的矛盾是显性的，所以，肯定会有客户到银行讨要说法的，省行市行要建立应对机制，原则是，不能发生硬性冲突，不能造成社会恐慌，不能造成上访。同志们，我们面临的问题很严重，必须全力以赴，而且越快解决问题，对我们越有利。所以，大家这段时间要辛苦了，等事情结束了，我请大家吃饭！"面对安宁省分行和市支行的负责人，艾小青指出了工作重点，提出了要求。

没理可讲

早晨 8 点多，汇通银行东风路分理处门前已经聚集了上百人。

"艾行长，我们走侧门吧。这些人好像是来闹事的。"看到有人堵着门，陪同的林俊峰说道。

"往前开，然后我们走着回来。我想听听看看他们怎么说。老林，打电话报告省政府应急处置办公室，请求安排特警维持秩序，两个网点都需要，以防发生冲突。"艾小青觉得有必要听听客户怎么想的。

离着人群还老远，就听到一个女人的哭诉声和一个男人的斥责声。

"我知道我错了，我不该贪图那点利息，可是我哪里知道会是这样？"女人一边哭一边说。

"你个败家娘们儿，100 万就这么没了！那是把家里的房子卖了换来的，没了这个钱你拿什么给孩子买结婚的房子？没有房子媳妇还跟儿子吗？你个混蛋娘们！"男人一边骂一边打女人。

"今天要不回钱来我就死在银行里！反正也没法活了！"女人一边哭一边说。

旁边有人不愿意了，把两个人拉开。

"哪有你这样的？她愿意这样么？不都是为了好么？有本事别冲老婆，冲银行去！"另一个人嚷嚷着。

"就是，我们老百姓哪知道银行还坑骗人？不管怎么说，银行就该还钱！"有人附和道。

"我今天就在这里了，银行不还我的 60 万我就给他砸了！"一个 50 岁左右的汉子怒气冲冲地喊道。

"对，我 70 万，要不回来我就弄包炸药我给他炸了！"另一个强横的声音说道。

群情激愤，大家都把怒火喷向银行。

"这位大姐，你们这是怎么回事儿？"艾小青对刚才那位挨打的妇女问道。

林俊峰心里紧张，这艾小青万一被这群愤怒的人打了怎么办？

"我们被银行骗了！我们儿子要结婚，可是没有新房媳妇不上门。我和男人商量着，卖了我们住着的老房子，给孩子选定了新房子，交了10万定金，年底交房时付全款。我把钱先存银行，在银行存钱的时候，银行给我推荐了半年期的什么理财，反正利息高，半年就到8%，我一想，交完定金剩下98万，凑齐100万，存半年，装修款就差不多了。当时说的可好了，谁不相信银行啊？谁知道100万全没了！我们怎么活啊！"说着放声大哭起来。

"别哭了，我们就找银行要！我还不信了，堂堂银行还能不认这个账了？！"刚才打老婆的男人说道。

"对，我们一起跟银行要，他要敢不给，我们就进去闹，再不行就去政府，让我们的党和政府给我们做主！朗朗乾坤，我们不能白白给骗了。还骗得我们倾家荡产啊！"另一个中年人说。

"既然有理，你们可以和银行打官司啊！"艾小青说道。

"打什么官司？打官司太难了！找个好律师、打点法官要花很多钱，我们哪有银行有钱？我们本来都是普通老百姓，现在已经要破产了，谁能打得起官司？再说了，有个朋友跟单位打官司，一审、二审、上诉、复议，一拖就是三四年。谁能拖得起？"一个60岁左右的妇女说道。

"就是。不能打官司，我们耗不起。"有人附和道。

"我跟你们说，现在国家希望安定团结，我们这么多人被骗受害，损失这么多钱，几乎家家要家破人亡，政府决不能不管。再说，银行做出了骗人的勾当，他会不顾影响？我们天天来银行闹，我们到银行里静坐，我们拉横幅，我们喊口号，我不信银行不管我们！他们不管，网上就会管！"一个瘦瘦的老头说道。

艾小青听到这里，心里很沉重，一方面老百姓受了骗，损失极大。另一方面，还真担心这种局面继续下去，即使酿不成灾祸，也会让汇通的声誉受到严重损害，公信力下降，品牌价值发生减值。记得自己的导师曾经说过，品牌是银行真正的核心资产。

艾小青还想再了解一下情况，就见两辆军绿色面包车停在银行门口，下来了 20 多个全副武装的特警，分别站在了银行门口两边。

开眼与洗脑

两个出事的分理处情形都一样，不过东风分理处聚集的人更多，闹得更厉害一些。

艾小青给黄国华董事长和金行长分别打电话汇报了情况，还专门去了当地人民银行和银监局报告了目下处境和存在的风险。作为金融机构的主管部门和监督管理部门，能够监督和处置各金融机构的违规行为，却无力处置群体事件。

艾小青给蒋恩华的秘书李明打电话，希望李秘书给省长汇报一下自己的请求。李明知道蒋省长对艾小青很欣赏，与汇通银行董事长又是老同学，所以很痛快地答应帮忙转达。

几件事安排妥当，艾小青要人安排见见出事后主动报告的那个分理处负责人。账目好查，赔钱也不是大事，而艾小青更想知道这个飞单到底是怎么产生的。

和平路分理处负责人姓李，一个三十五岁的年轻人。这个年龄在银行系统，在没有背景的情况下，算是混得不错了，按照系统内的级别定位，科级干部了。当然，比起艾小青来说就差些了，艾小青 33 岁就升任青岛市分行行长了。

艾小青看着眼前的年轻人，年轻人低着头，已经冒汗了。

"你叫什么名字？"艾小青既不严厉也不温和。

"李宁。"年轻人嗫嚅。

"在银行几年了？哪年当上分理处主任的？"

"我来汇通银行 15 年，当分理处主任 2 年了。"

面对艾小青，李宁一直都低着头。

"人生道路千万条，但是通畅的只有一条，就是正道！歪门邪道走不到头。放弃自律，忘却初心，迷失自我，这几天你想过吗？"艾小青虽然没有疾言厉色，却处处打在李宁的心头。

李宁点头。这几天，都后悔死了。如果自己不是那么向往成功人士的风光，不追求奢华的生活，不被色欲诱惑，也不会走到今天。奋斗了十几年，令人羡慕的职业，令人羡慕的职位，一切将随风而逝，搞不好还要吃官司，似乎走着走着一下子坠落悬崖，没有出路，眼前一片黑暗，听着眼前的问话声都感觉来自遥远的世界。

"还记得银行三铁制度？为什么违反纪律？你置银行利益于不顾，难道个人前途也不要了？我想知道，你是怎么走到这一步的？"艾小青很不解的是，银行员工号称金领阶层，为什么还不珍惜？怎样的诱惑和动机会让在职业生涯中已经起步的优秀人才铤而走险？银行在管理方面有哪些漏洞？

李宁想抽烟。安宁分行纪委的同志递给李宁一支烟。点上，狠狠地抽了几口，李宁开始讲述自己下水的过程。

李宁大学毕业之后，托关系考进了汇通银行安宁市支行，用了 10 年时间，干过普通柜员、高级柜员、客户经理、理财顾问，一路打拼马不停蹄，终于升任分理处主任。当时，自己的目标是再用 10 年升到支行副行长，跨入银行中层的边缘。可是，要升迁就要业绩突出，于是到处寻求关系，认识朋友，再托朋友介绍朋友，拉存款。后来在酒场上认识了一个从汇通辞职的人，他叫宋光明，几杯酒下肚，就兄弟相称了。

年终突击时点存款，李宁背着新增 7000 万的指标。眼看到年底了，才完成 3000 万。支行天天召开调度会，下了班到支行汇报情况，把他愁得去了酒吧。很巧，碰到了宋光明。宋光明听了李宁的诉苦，就说，不就是过年底么，谁让我是你哥哥呢？来，喝三杯酒，我给你解决 5000 万到 1 个亿。12 月 31 日，一下子给自己存了 1 亿元，虽然只在账上停留 7 天，但是让自己的分理处一下子成为整个安宁支行的一匹黑马，受到了表扬和奖励。虽然为此付出了较高的利息，但是一切都是值得的。

在李宁眼中，宋光明是大能人，调动上亿的资金都是挥洒自如，有时就一个电话的事儿，不服不行。其实宋光明是安宁金融市场的大鳄，人送外号：及时雨。急需存款的找宋光明，急需垫付资金的找宋光明，需要贷款的也找宋光明，大笔资金找出口的还找宋光明，宋光明路子宽、手面阔，几乎没有解决不了的！几年时间，宋光明在安宁成为一个很有影响力的人物，甚至有人称其为金融教父。

为了感谢和进一步联络关系，李宁请宋光明吃饭。宋光明说东风分理处的徐杰也是朋友，一块吧。

与宋光明相识成为李宁人生的转折点，与徐杰交上朋友是走向毁灭的开始。徐杰比李宁小3岁，却更场面，更豪气。李宁感觉，这个徐杰酒量和胆量都很惊人，似乎社会能量爆棚，刚30岁就当上了分理处主任，肯定有过人之处。所以，李宁认为值得刻意交往，多个朋友多条路。

正月里，徐杰请宋光明吃花酒，叫上李宁陪同。三人在安宁城帝都酒庄要了豪华包间，还叫了年轻漂亮的陪酒女郎。

期间房间内的电视播放龙舟大赛实况，徐杰当即提议，等端午节放假，一起去桂林看龙舟，他掏钱，可以带女朋友。李宁见宋光明只是笑了笑，也就认为酒桌上的约定是酒精写出来的，过后就无色无味了。可是到了端午节的时候，徐杰告诉李宁，住宿酒店都安排好了，问他带不带女朋友，他好订往返机票。李宁哪敢找女朋友，老婆好不容易追到手，工资卡都由老婆管，拿什么找外边的女人。"那不管了，反正一人一个房间。"徐杰无所谓地说道。

虽然宋光明大哥没去，但这趟旅游，给李宁造成了巨大的冲击力。为什么徐杰能那么豪气冲天、潇洒自如？因为有钱。有钱的日子就是不一样。

怎么就有钱了呢？徐杰告诉他一个秘密，马无夜草不肥，人无"外"财不富。银行给的是有数的钱，但却给了你一个金平台，聚宝盆啊，要善于、敢于抓住机会。

什么机会呢？徐杰再告诉李宁，他有个朋友，是宋光明介绍认识的，背景深厚，是一个巨大的集团公司，投融资、期货买卖、黄金证券、海陆空运业务遍布全球，实力雄厚。我和他有合作，给他代理理财产品，10个月收益保证10到12个点，好卖，另外给你个人1个点的管理费，给销售人员提取1个点。其实李宁后来才知道，这个收益可以达到15个点，多余部分都被徐杰提走了。即使如此，李宁也很动心，却担心被行里发现。

徐杰说，都是理财产品，给谁卖都一样么，自然是谁给钱多就给谁卖。而且手续齐全，怕什么？发现也没有问题，违规又不违法，等你挣足了钱，大不了不干了。下边的人有什么问题？谁跟钱过不去啊？我手下的人干得可来劲了！你也不要怀疑人家的实力和信用，人家资产万亿，而且是美元。放心，我们合作1年多了，没问题。

李宁热血沸腾起来，要是卖上一亿，就可以拿到100万？一下子就成了百万富翁，十年就是千万富翁！想一想都过瘾。

"你见过这个公司的营业执照吗？注册资金是多少？"李宁犹豫了一下，还是问出来了心中的疑虑。

"见过，100亿美元。我还到北京总部、香港公司看过呢！别不信，周末我带你去香港。"徐杰说。

香港之行彻底征服了李宁。从深圳出关，一路绿灯，亨通（中国）香港公司吴总经理亲自接待。参观豪华办公大楼，游览观光景点，晚上乘船去澳门赌场，吴总还送了10万元赌码。起床后吃早茶，就在公司办公楼地下一层，公司员工都来了，每人标准300块。这让李宁信服了，员工早餐都是这样，可见公司真的有实力，虽然就6个人，但每个人都穿世界顶级名牌服装，佩戴世界名表，女员工还戴定制的镶钻装饰品，背着名牌包包。吴总经理说，他手下20多人，都到世界各地出差了，晚上6个人也出差，业务繁忙，所以，周末要好好享受美食美女，你看，徐老板就很上道了么。这样，李老板。晚上我安排去年的港姐陪你们吃饭，你们要好好享受哦。

就这样，大开眼界的香港之行，李宁已经毫无防御，回到安宁就开始销售亨通的理财产品。

艾小青能够感觉到，这是一个有目标没理想，有奋斗没方向的人，渴望做成功人士，却不知道什么是成功，因此误入歧途。

银行有什么问题？在银行转型过程中，中间业务被称为无风险表外业务，真的没风险么？其实不然，银行是拥有金字招牌的金融平台，把关不严，假冒伪劣的产品都可能混杂进入，直接对银行信用构成威胁。这可是大风险！

"你卖了多少？现在有多少余额？"艾小青很关心这些情况。

"我的分理处一共卖了一亿三千三百二十万，余额还有八千二百万没有到期。"李宁记得很清楚，他有详细台账，营销人、时间、期限、规模、客户姓名、联系方式甚至客户家庭组成、收入水平、个人爱好等等都很全。前面为了提成和分配奖励，后面是为了继续营销。

"一共获得了多少提成？分了多少？花掉多少？还剩多少？"

"我经手的一共有260多万，奖励和消费花掉了110多万，剩余150余万在专用卡上，那个卡已经上交了。"

"你知道徐杰那里一共卖了多少？还能有多少余额？"艾小青继续沿着问题主线进行。

"只听说徐杰曾经说卖了3个多亿。其他不知道。"李宁回答道。

"你觉得徐杰会跑到哪里去？"艾小青问道。

"我不知道。"李宁觉得不应该出卖朋友，可是徐杰算是朋友？跑路也不打招呼，还割自己的肉，害的自己前途尽毁，还有可能吃官司。他奶奶的，交友不慎啊悔当初！"不过我知道徐杰在青岛买了套房子，好像是银都小区，徐杰说过，专门为情妇买的。"

"亨通公司你见过谁？卖了钱怎么走？谁给你返还手续费？"艾小青希望能找到这个公司的人。

"协议是徐杰签的。我就作为徐杰的下家，钱汇总到徐杰那里，由徐杰给我返还手续费。"李宁其实是在耍心眼儿，认为一切都有徐杰出头担着，自己躲在背后挣钱，却不想自己早就掉到陷阱里了。

"你知道宋光明现在在哪里？"艾小青感到这个宋光明不简单，说不定问题根源就在他身上。

"不知道。说要出国。"

"什么时间说的？"

"四天前，因为飞单的事情我打电话问他怎么办的时候，他说的。"

安宁城不安宁

汇通银行安宁省分行飞单业务情况基本查清了。两个分理处，不到2

年时间共发售了各种期限非法理财产品 45370 万元，共返还本息 17330 万元，目前尚有 30780 万元本金待支付。两个网点，涉及客户共 275 户。当然，说是基本查清，因为有客户是第一次投入，而老客户有的是初始资金，有的是连本带息又投进来的，情况复杂，需要逐户厘清。

艾小青觉得该准备下一步工作了。此时却获知飞单不仅发生在汇通，安宁省有很多银行中招，总金额超过 30 亿，涉及民众超过 4000 多，安宁发生了巨额金融诈骗案件！

省政府大楼会议室里正在开会。

"首先强调一下纪律，今天开会内容需要保密，在没有形成处置方案之前，决不能透露出去，一旦引起社会动乱，要承担后果。"蒋省长严肃地说道，"下面请人民银行周行长介绍全省检查结果。"

传闻早就开始了，只是没爆发，但官方在没有完全之策前还是要保密的，这也是政治。

案件规模很大，涉案的公司就是亨通（中国）投资公司。经过初步调查结果显示，该公司是跨国企业，注册地在维京群岛，在内地和香港都有公司。在这次理财产品诈骗案中，该公司使用上海公司的名义，其注册资本 1 亿元人民币，却被改为 100 亿美元，经查，这 1 亿元也是由安宁国民担保公司垫付的，15 天时间，国民担保公司获得了 800 万收入，而该公司在本月 7 日已经注销。问题的关键是，在亨通（中国）所有公司账户上几乎都是零余额！

艾小青发现，人民银行的能量够强大，几天时间就查清了亨通（中国）公司的来龙去脉。

蒋省长随后沉重地说道："这个案子涉及面很广，资金量巨大，参与的民众情况复杂，有的家庭借钱投入，有的把房子抵押，有的是公款私存。规模如此大，参与民众如此众多，让我想起二十世纪九十年代初，全民集资带来的巨大危机。很危险啊，同志们！当前的艰巨任务是维护社会稳定和金融秩序稳定，政府责无旁贷，各家银行也都有不可推卸的责任，我们要一起努力，不能形成挤兑、上访、游行等恶性事件。公安部门要加强戒备，发现问题，及时处置，同时，配合公安部专案小组，加快破案，还安宁一个平安健康的经济环境；关键是我们银行，不要发生了事情首先想找免责的理由，我想提醒大家，不要仅仅站在自身利益的角度，要替这些无辜的老百姓想想，他们可能倾家荡产，还可能妻离子散。固然老百姓有贪心的问题，但是事情出在银行，你们自己想一想，谁的问题更大？谁的责任更大？我想说的是，所有涉事的银行，要把群众的利益放在第一位，要注意安抚好各自的客户，尽快查清事实，给受害群众一个说法。"

艾小青对于省长的说法是认同的。作为政府，保一方平安，为民众提供一个安宁的生活环境和经营环境，思路没毛病。

金蝉脱壳

国家层面上的工作力度就是大，一周之内，四个行动小组全部完成了对北京、上海、深圳、香港四个地方亨通公司的查封，结果均不乐观。

北京是总公司，租用的一个四合院，办公设备都在，却无人办公，看门的师傅说是都放假了。经过搜查，发现所有电脑硬盘都被拆除了，整个房子里没有有价值的文件、合同等等，但有关该公司的介绍印刷品还摆放在那里，营业执照和装饰画还在墙上，许多摆件也没拿走，显然是有计划地撤退。

叫来看门师傅仔细询问一番，大约知道经常在这里办公的不超过 10 人，老板是个女的，叫冰冰，员工大都喊老板，李总监和出纳小闵喊冰姐。看门师傅没有他们的联系方式，也不知道他们真名叫什么。

"那你怎么称呼？"带队的警察问道。

"我叫庄友田。"老师傅回答道。

"你就是这里的老板？"负责带队的侦查员记得营业执照上的法人代表，就是庄友田。

"这同志真能开玩笑。"老头子摇了摇头。

"把身份证拿出来我看看。"看着老头的确不像，但如果他是装的呢？带队警察很严肃地对老头说。

"不在我这里，老板说要替我办理养老保险，我把身份证给了李总监了。"

"什么时间给的？"

"从我在这里看门。"

"你什么时候在这里看门的？"

"两年多了。"

"谁把你雇来的？你跟老板什么关系？"

"没有关系，我也不认识老板。我是安宁省乡下的，两年前我在一个建筑工地上打工，被砖头砸坏了脚，一个好心的年轻人开车经过把我送到医院。他听出我是安宁人，说他也是，他说给你介绍个看门的活儿，管吃管住，每月 4 ~ 5 千块。我就这么到了这里，每月 5000 块，有时过节还有红包。我又不花钱，每年寄回家 5 万块，都是李总监帮我，老婆都不让我回家了，说是这么好的工作怕离开了被人顶了。我在这里两年多没离开了。"老头说得很实在。

"你今年多大了？"

"56 了。老了。"

公安侦查员有些吃惊地看着老头。不会吧，说 65 也像。

"他们没告诉你放假多长时间？"侦查员直觉老头没撒谎，判断被人利用却不自知，莫名做了法人代表。他们这是典型的预谋犯罪啊。

"不知道。不过，李总监临走给我留下了 2 万块钱，还把办公室钥匙留给了我。"

"李总监叫什么？能找到她么？"

"不知道。我找不到她。"

侦查人员判断，涉嫌犯罪的公司已经把人员遣散了，而且不留痕迹。这可是一个狡猾的对手呢。

上海、深圳也是人去楼空。而香港公司完全是一个皮包公司，办公场所都没有。当初让李宁、徐杰他们参观的地方，一定是临时租用的，人员更是临时雇佣的。

诡异的阴谋，令人毛骨悚然。

金融教父

宋光明，是安宁国民担保公司的法人代表，是个在安宁黑白两道吃得开的大能，人称金融教父。

宋光明大学毕业，最初成为汇通银行的一名职员。觉得跟钱打交道，可以培养对钱的深层次联系，事实上，他最终发现，跟有钱人打交道，可以发现商机。

不过他却因为与一个有钱的女客户发生暧昧关系，遭到女人老公的追杀，不得不辞职逃离。宋光明四处闯荡，等回到安宁的时候，宋光明已经是一位36岁的成熟男人，而且似乎是成功人士。他创立了安宁国民担保公司，业务范围涉及贷款担保、委托收款、融资租赁、抵押贷款、质押贷款、信用评估、资产评估、兼并咨询等等，但是，宋光明公司最擅长对缝业务，譬如提供注册垫资、过桥垫资、银行存款时点冲关等等。所以，人们又称宋光明为"及时雨"。宋光明也以好爽仗义自居，只要你能获得宋光明的认可，就一个承诺，没什么事儿不能解决。

金融教父宋光明不是白给的。曾经，安宁市有一家房地产公司，算是比较大的公司了。从银行贷款30亿，遇上国家限购政策发布，眼看贷款到期了，房产公司通过市委书记找到贷款行，希望展期，但银行要求必须先还再贷，这是硬性规定。市委书记找到宋光明，宋光明爽快地答应了，很快，30亿资金到了房地产公司账上。这件事不仅征服了房地产公司老总，也震撼了整个安宁金融市场，市委书记都对宋光明的能量表示赞赏。江湖上开始流传关于教父的传说，宋光明京城里后台背景深不可测，后台权势熏天，家里控制的财富过万亿。

国民担保公司也算财源滚滚。但是，宋光明只是白手套。宋光明从银行代销理财产品中发现了商机，于是，在避税天堂注册了一家公司，然后进军国内，一切都用假的，包括法人代表、经理和员工姓名等，仅仅两年时间，纯赚18亿元，全部进了他的腰包。如今，金蝉脱壳的宋光明要在国外逍遥几年。当国内网络p2p金融市场风起云涌之时，宋光明再次杀回国内，最终形成120亿的大案，这是后话。

安宁金融诈骗案，就是宋光明策划的，却因计划周详，了无痕迹而没有暴露。

狡兔三窟，宋光明很早就在美国购买了房产，拿了美国绿卡。感觉到了安宁金融市场的风暴即将到来，让沈冰解散亨通（中国），完全撤离。宋光明也注销国民担保公司，立即飞往夏威夷度假。

此处有掌声

亨通公司的案子查明白了，从注册到所谓投资项目都是虚假的，就是精心设计的骗局！骗子利用了银行的信用和资金通道，高大上的包装迎合民众的崇拜情结，高额回报以诱惑贪图小利的所有参与者。

不过，亨通的幕后老板到底是谁？公司的人员在哪里？资金最终都去哪里了？能不能追回来？这些都是悬案，或者说是死案，短期内无法获得答案。

但是，艾小青认为，飞单案不能拖了，而应该尽快了结。好在通过五个月的不懈努力，飞单案牵扯的人和事都挖掘干净了，徐杰被抓，名下钱财被扣押。李宁清退了大部分私分的款项，小金库也被收缴，李宁被开除。所有涉及飞单的账目查清楚了，只剩下处置一步了。艾小青向董事长做了汇报，并形成了书面材料提交行务会议和董事会。

在行务会议上，有人认为不宜主动兑付，形成先例对银行不利。何况现在是法制时代，一切应该走法律程序，输了官司有法律文书作为支付依据，而协议赔付容易被质疑。况且还不一定输，虽然是飞单，理财产品销售都有风险提示书，客户签了字的。再说，打官司就是打权势、威势和钱势，这些，银行都不缺，凭什么不战而降？如此草率，容易让人产生联想。

董事长有些踌躇。如此尖锐的意见出自一位副行长之口，而此人的姐夫是汇通银行监事长。黄国华知道为什么如此，根子在于盯着行长的位子，问题却提的冠冕堂皇。

虽有犹豫，但最终批复了艾小青的方案，全权委托艾小青代表汇通银行与当地政府、客户进行谈判，谈判结果报总行批准执行。

艾小青的预设方案是本金全额兑付。但是，她知道人性的弱点，得寸进尺得陇望蜀。所以，做好事也要讲究方式方法，才会有预期的结果。银行和客户都是受害者，两方分享苦果，如果银行一下子全盘接手损失，那客户会觉得是银行应该的，而且不仅要把本金要回来，还要按照协议支付收益，甚至还会追加误工费、精神损失费等等，这样反而会造成更大的麻烦。所以，艾小青在这个问题上是讲究策略的。

第一步，通过省应急处置办公室透露，汇通银行为了减少客户损失，准备为受损失客户垫付80%本金，其余部分待结案按照追回的资金情况追补。虽然因为长时间的焦虑纠结，内心觉得80%也可以接受，但一旦希望来临，大家一定会强势争取更好结果。

第二步，就是政府出面组织谈判。客户明白，骗子能不能找到？找到会不会有钱？所以，客户的全部希望就在银行。政府一方面强烈要求银行为民众承担损失，另一方面，他们也会对客户代表做工作：被骗也不全是银行的错，何况理财产品本就不是存款，是不能保证收益的，而且我们国家有先刑事后民事的法律原则，即使打官司法院也不知道什么时候能判下来，判下来又会是什么结果，何况还有上诉、申诉等等程序，拖上三年五年，大家能消耗得起吗？所以，趁着银行同意，见好就收吧。

第三步，汇通银行答应全额垫付本金，并且进一步答应，如果客户资金继续存在汇通银行，只要再存满1年，将把定期利息计算时间提前至购买理财之日。

第四步，按照商定的条款签订谅解协议，并按照协议签订先后顺序支付客户资金。

等到全部工作结束，艾小青召开了一个新闻发布会，邀请省政府领导、飞单案件最大的客户参加。政府领导对汇通在处置这次事件的过程中表现出来的社会责任感和对人民负责的态度给予赞美，大客户则谈了自己贪图高回报被骗之后，从震惊、后悔、痛苦、绝望到惊喜万分的经历，十分感谢汇通银行的仁义，认可汇通银行的品质，表示，今后就信任汇通银行，把钱存在汇通。

"各位客户、各位领导、所有媒体的朋友们，说实话，今天在这里召开这个新闻发布会，就是告诉广大民众和社会各界，对于本次在我行发生的客户受骗资金，我行已经全额垫付给了每一位客户，双方达成了谅解。按说，这件事情顺利结束，应该值得高兴。可我的内心却是高兴不起来。

因为，这件事情首先暴露了我们银行管理的漏洞，银行缺乏必要的防火墙，致使被不法分子利用；因为我们对员工管理不到位，有些人违规操作，成为犯罪分子的帮凶。虽然我们也付出了巨大的代价，但在这里，我还是代表汇通银行向广大的客户和全社会道歉！"艾小青站起来对着台下深深地鞠了一躬继续说道："这是我们汇通银行会永远铭记的教训，知耻而后勇。今天我在这里向全社会和全国人民表态，我们一定会加快安全体系的建设，加强安全措施，严格监督管理制度，打造最安全最可信赖的银行。我们保证，只要你走进汇通银行，你的人身是有保障的，你跟汇通银行合作，你的资金永远是安全的！"

艾小青的发言赢得了热烈的掌声。

银行根本

艾小青返回北京，却迎来了一场风暴。

监事会对安宁飞单案的处置措施提出了书面意见，提请召开董监联席会议，要求艾小青说明情况。

该来的还是来了，黄国华稍有犹豫，同意了这个提议。就当是磨练，各种遭遇战都是成长所需要的，如果艾小青经历了磋磨而更加强大，这么大摊子交给她也放心。

"今天，应监事会提议，召开董事会监事会联席会议，主题是检讨对安宁飞单案处置工作的得与失。大会应到董事九人，实到六人，应到监事四人，实到三人，符合法定要求。因为对于安宁飞单案的处置过程有书面材料，所以，请大家就案件的处理发表意见。"

"作为监事长，我先发言。"会场略一沉寂何家辉说道。

何家辉，62岁的官员，代表国有大股东出任汇通银行的监事长。不足170厘米身高，身材发福，因为胖脸上油光泛亮，并不显年龄，尤其一双贼亮的眼睛，让人一望便知这是一个强势而精明的人。

"飞单案已经处置完毕，首先要对参与处置工作的同志们道一声辛苦！特别是艾小青副行长，亲临处置一线半年有余，付出良多。这里就不多说了。

今天我们坐在一起，要对整个飞单案的处置过程做一个检讨。第一个问题，为什么采取协商处理，而不走法律程序？据说在行务会上，曾经有人提出以法院判决作为处置的依据，但未被采纳。但是，从处置结果来看，最不理想的判决结果也不会比现在更差！请艾副行长给予说明！"何家辉的问题的确尖锐。当初副行长张鹏就主张走法律。

"这个决定是我拍板的。当时的考虑是，因为此次飞单业务，是通过我行进行资金划转，而且理财协议上也盖有我们下属支行的公章，走法律程序，我们几乎没有赢的可能。与其打一场不可能取胜的官司，协商更符合我们银行的利益。虽然结果一样，但影响不同。我依然认为，选择协商解决是正确的。"黄国华直接把责任揽过来。一方面艾小青虽然极力主张协商解决，但最后是自己授权批准这个解决方案的；另一方面，如此尖锐的问题，自己出面应对，何家辉毕竟也要看看面子，不至于穷追。

然而，黄国华想错了，何家辉这次有备而来，就是要让黄国华放弃对艾小青的支持，黄国华包揽责任更激起了何家辉的斗志。

"这是董事长已经预设了我们打不赢官司，其实飞单案件以前别家银行发生过，有输有赢。但从发生在我行的飞单业务来看，起码我们掌握了客户签字的理财产品风险告知书，单从这个方面看，我们就有50%赢面。我可听说，董事长与安宁省蒋恩华省长，哦！现在已经升任书记了，是老同学，舍弃法律而选择协商是否与此有关？"何家辉更加尖锐，似乎不是判断和决策的问题，而是有政治交易在里面。这就不是失误，而是错误！

黄国华虽然心地无私，但也不好进行辩白，而大家也感到气氛开始紧张。

"何监事长，选择协商放弃打官司是我坚持的，行务会议有记录。让我再次陈述我的理由。"艾小青觉得有必要回击对董事长的攻击，莫须有的黑锅很难自证清白。

"艾副行长的确需要说明一下，听说蒋恩华书记曾经希望你做省长助理？"何家辉立刻把矛头对准了艾小青。

何家辉这句话挺狠，出卖银行利益获取个人资本？

"还有这事儿？"黄国华转头看向艾小青。

艾小青也是大吃一惊，蒋省长的确向她伸出了橄榄枝。在安宁省的半年时间里，开始都是因为工作上的事与蒋省长打交道，后来代表黄国华专门看望了他一次。作为很有骄傲资本的美女，她能感觉到蒋省长看她的眼神有不寻常的味道，当然，英雄难过美人关，就如美女爱英雄，喜欢一个人不是问题，就如自己对导师魏桥的感情，艾小青没有觉得是一种罪过。

有一天，蒋省长在即将升任省委书记的时候，专门把艾小青找去一个大酒店，要了茅台。在喝了挺多酒之后，蒋恩华双目闪烁地盯着艾小青。艾小青感到了蒋恩华作为男人情感爆发的前兆，而自己却不想接受。所以，艾小青美目直视着蒋恩华说："蒋省长一定有好消息要与我分享！"蒋恩华立刻恢复了清醒。

"让你看出来了？！我可能要当省委书记了，所以有些兴奋。我拿你当知己，你不要笑话老头子啊？"蒋恩华的确兴奋，能够真正主政一方，在有生之年去实现自己的抱负，为国为民多多造福，能不兴奋？当然，作为身居高位的政治家，喜形于色是不应该的，哪怕在最亲密的人面前，也会有很不自在的感觉。

"恭喜蒋省长，不，应该叫书记了！预祝蒋书记大展宏图，更多造福黎民百姓。"艾小青立刻举起酒杯，与蒋恩华碰了一饮而尽。

"一切要等中央文件。今天请你喝酒，是想听听你对安宁省经济发展的看法。不要谦辞，我知道你的智慧，在我心里你可是我的高参！"

"不是吧，我能成为书记的高参？"艾小青还真的有些想法，但面对多年主政一方一省之长，谈这么大的事情，也会有压力。

但艾小青觉得谈工作更好，反正对错没有关系，还可以摆脱尴尬。于是，艾小青把自己几年来的思考和盘托出，从金融产业革命说起，谈到互联网科技、移动互联网给社会、人类生产生活带来的巨大革命性挑战。

"传统产业与现代科技的结合，会带来全新的产业群产业链和全新的生活方式。选择拥抱新兴科技新兴产业，就有可能占据优势地位。"也许是酒，也许是话题带来的兴奋，艾小青粉面娇红。

"小青，你很美，你知道，男人都无法抗拒，你也很有才华，无论你的美貌还是才华，我都喜欢，不知道我可以拥有哪一部分？"蒋恩华很直接，成为封疆大吏，无论情感还是事业上，勇往直前是取胜的法宝，有想法不能憋在心里。

"感谢书记的赞美。"艾小青略一沉默，再次抬起头直视着蒋恩华，"我不能爱上你，因为我的心里有一个男人，所以请原谅，但我愿做你一生的知己朋友，不知道我是否有此荣幸？"艾小青也是爽快人，该是你的就是你的，得不到也不纠结。

"我喜欢你的大气。小青，我邀请你做省长助理怎么样？"蒋恩华的态度意料之中，但提议却大出意料之外，艾小青瞪大眼睛看着蒋恩华。

"意外？不用急于决定。我给你时间考虑。不过最好在你回到黄国华身边之前。"

在返回北京之前，艾小青专门找蒋恩华做了深谈。因为艾小青对于更为复杂的官场感到不适应，更喜欢专注于金融领域，所以，回绝了蒋恩华的邀请。如今却被人拿来攻击自己，说明两点，何家辉的能量很大，而且政治攻击手段辛辣，为了给自己致命打击无所不用其极。

"何监事长，您是前辈，我敬重您！但您的问题却不够敞亮。人身攻击谁不会？某副行长是您的内弟，如果有人质疑，您今天是为某副行长出头，您如何回答？"艾小青毫不畏惧地看着何家辉。再看参会人员的眼神和表情，惊讶、惊喜、不屑丰富多彩。

"艾小青同志，你在转移视线！"何家辉感到十分不快，但没有乱了方寸。

"监事长，我很愿意把大家的视线拉回到正题。所以，下面让我给各位领导、前辈汇报安宁飞单案的处置情况。"艾小青以子之矛攻子之盾达到目的后，更愿意迅速转入正题。

今天不仅要为自己的处置方案辩白，也是提出自己对银行业发展见解的好时机。艾小青虽然是女性，却从来不甘平庸。从进入汇通开始，当她还是一个小小的柜员时，她就通过微笑服务、长相绝佳而被评为明星柜员。更重要的是，她通过苦练基本功，抓住全国银行系统服务技能大赛，获得点钞能手荣誉，成为汇通银行明星。那年她才18岁。20年，她一步一步从最底层走到了整个系统的最顶层，艾小青总结自己的成长道路，只有努力才有机会，机会总是留给有准备的人。今天就是，董事会监事会联席会议，不正是发出声音的机会吗？

　　"安宁飞单案很复杂，涉及金融诈骗，进入公司账户的资金，很快被转移到了多个个人账户，然后提现金、刷POS机，随后就像河水流入了沙漠，3个多亿资金被卷走吞噬，无声无息，无影无踪。而公司的老板是假冒的，所有的员工一夜间全部消失，只留下了上当受骗的近300个个人客户，当然，还有我们汇通银行。大家可以想想，数百人聚集在我们的银行网点，网点几乎无法正常营业，如果不做出决断，有可能出现挤兑风潮，那社会影响将是巨大的；开始因为没有明确答复，受害群众不仅聚集在网点，还到安宁省分行以及省政府集体上访，影响安定团结的社会局面，我们能扛？扛不起吧？"艾小青把当时的危局简略铺叙，交代了处置措施出炉的背景。

　　"当时处于紧急情况下，经过行务办公会研究，并通过与地方政府协商，做出了查清账目之后由银行垫付客户资金的承诺，我们才有时间对飞单案件的来龙去脉、合同状况、发生的资金总额和涉及的客户数量等等问题从容梳理。经过我们内查和公安部门的外查，整个飞单案件已经很清楚，是不法之徒与我行员工勾结，以推销高额回报的理财产品之名，一方以骗取钱财，另一方以获取高额提成为目的的诈骗活动。针对此种情况，我们与法务部门进行了研讨，选择走法律程序的结果，赢面不足三成，还可能引起客户再度围堵网点、集体上访，因为老百姓更愿意通过给政府施压解决遇到的问题。我也就此事请教了陆九章教授，对，就是清华法学院院长，人大法律起草委员会副主任委员，因为读书期间有幸做过教授一年的学生。他告诉我：飞单，与表见代理制度有相似要素，客户是银行的客户，是基于对银行的信任才购买的理财产品，业务发生在银行营业网点，盖有银行的公章，有银行工作人员直接经手，客户属于善意第三人。所以，银行应该承担责任；你说客户在风险告知书上签了字，签字的法律效力是存在的，但是，告知书的风险没有被诈骗的风险告知，所以，超出了签署的条款，你们赢不了。再说，客户是弱势群体，我们的法律有保护弱小的社会功能。陆教授认为走法律不是上策。我就是根据专家的意见和自己的判断，形成了安宁飞单案的处置方案，而且坚持要求施行协商赔付的方案，此事虽然经过行务会通过，但主要责任在我个人。如果今天两会联席会议认定处置

369

措施不当，我愿接受对我的任何处罚。"

"责任，等弄清楚再谈追究的问题。我想问，安宁省发生的飞单案件涉及 7 家银行，金额 30 多亿，听说还有两家银行没有赔付，其中一家在走法律程序。为什么，我们却最先作出赔偿，你是基于什么考虑？"何家辉依然穷追不舍。

"的确，安宁发生飞单案之后，多数银行对于赔偿问题一直不表态，即使后来赔偿的几家也是因为我们的先例，受到客户和政府双重压力而为之。我想问一下各位前辈，必须过的坎，为什么不该争取主动？其实，从这次我们主动而且率先赔付的结果来看，我认为是正确的抉择。此事之后，从当地新闻界的正面评价和老百姓的口碑来看，我们这么做利大于弊！"艾小青回答道。

"为什么在赔付说明会上，你要做出给客户支付定期利息的承诺？这样做损害汇通利益。汇通股东把财产交给我们，你不觉得有负所托吗？而且也根本不符合银行的业务规程。"何家辉依然没有放弃。

"说到这里，我想谈一个原则性问题，就是对于银行立行之本的认识问题。银行经营的是钱，所以有人提出存款是立行之本；有人借鉴欧美发达国家的银行经验，认为现代银行已经成为金融百货公司，赚取最大化利润是立行之本，因为资本的本质就是利润最大化，经营资本的银行目的就是赚取更多利润，不管是理财产品、保险产品、黄金产品、工艺纪念产品等等，只要有较高的手续费，就趋之若鹜。我想说的是，飞单的产生与此种经营理念有很大关系。当然不是必然关系。其实，我认为，银行的兴起基于信用，银行的发展基于信用，银行的未来也基于信用。人无信不立，作为银行业的前辈，大家应该知道，货币的本质就是信用，是国家信用，经营货币就是经营信用！如今，很多银行成了上市公司，利润、年报、分红、股价成了衡量银行经营成果的尺度，也是高管们每年领取年薪、奖励的考核标准，有的银行行长年收入多达千万以上，却把银行的根本扔到了一边。我们的银行在推行所谓职业经理人制度，职业经理人没有必要追求百年基业，只要在位的几十年或者几年能够拿到高薪就足够了，况且还可以跳槽。而这往往会动摇银行的根本。所以，此次处理飞单案时，我做出给留下的客户支付定期利息的办法，是基于信用立行的原则。从前商鞅变法时，曾经做过一个经典的事情，我的做法是受到了这个经典启发。实际上效果也是不错的，当场有约 70% 的客户把 60% 的资金继续存在我们行。大家想一想，受到如此波折的客户继续选择相信汇通，我认为，这就是信用的力量！"艾小青向每个人投去了真诚而自信的目光。

掌声响起来。黄国华带头，大家都跟着鼓掌，就连何家辉都拍了两下。

掌声中，艾小青站起身来，给大家深深地鞠了一躬，缓步地离开了会议室，身后留下一缕清风。

（选自庆祝改革开放四十周年"金融人的故事"短篇小说征文获奖作品）

‖ 作者简介

沈叶青，女，中国金融作家协会会员，作品散见于《百花园》《金融文坛》《金融时报》等报刊。现供职于中国建设银行总行。

春的承诺

沈叶青

"牛哥，这杯我敬你！"宋强说着，一扬脖，把酒干了。

今天，"自强烟草零售店"老板宋强儿子满月，他在饭店摆了一桌酒宴请亲朋好友。牛春晖是他建行的好哥们。

"别喝了，多了！"牛春晖拍拍宋强的肩膀。

"不行，今天高兴！来，再来一杯！敬我亲爱的牛哥！"

"好的，好的，强子，"牛春晖朝旁边宋强的妻子晓月使了个眼色，"你看，我又不能陪你喝，光让你喝，多不够意思！"

"是啊，"晓月忙说，"牛哥待会儿还要开车去烟草公司，给我们扣报烟款！"

"可不是嘛，"牛春晖拉着宋强坐下，"行了，你也差不多了，待会儿我去烟草公司扣款，有问题还得找你呢！"

"没问题！咱们牛哥，没什么他解决不了的！"宋强又转身向另一边的好友阿奇，说："阿奇啊，咱们这个烟草群里，哪个不是托牛哥的福啊！"

"是啊！"阿奇点点头，"牛哥就是牛！"

"真是像做梦一样！"宋强又和阿奇碰了一下杯，"五年前，我都准备关店了，是牛哥他支撑着我把这个店做下去的，他帮我用信用卡刷烟款，我真不敢相信！哪里有这样的好事！嘿！真是天上掉馅饼啊！"

"谁都知道啦！别再说了！耳朵磨出茧子了！"晓月嘟囔着。

"不行！要说！"宋强在晓月的脸上摸了一把，"不是这个店，我能把你娶回来吗？"

"没正经！"晓月娇羞地推开他。

"烟店慢慢又做起来了，做大了。可是，没想到，前年，又不让信用卡刷烟款了！"

"可不是嘛！当时真是急死人了！拿不了烟啊！"阿奇说。

"没办法啊，总有人要钻空子，最后出了问题，只能停用信用卡刷烟款了！"牛春晖说。

"可是！"宋强一拍桌子，"咱们牛哥那是遇山开路，遇水架桥，没他解决不了的问题！他教我用储蓄卡申请快贷，这个业务好！直接就可以在手机上申请贷款了。他还专门向总行打报告，提高了咱们的贷款额度，这下，我的资金又有着落了。"

"嗯，这是给咱们零售商户开通的烟草快贷，这也是支持普惠金融。"

"牛哥呐，为我们真是想方设法，把公家的事儿当成私人的事儿做啊！"

"那是啊！对我们这些烟草零售户支持太大了！开始的时候，我一个月报一次烟，现在烟走得快了，一周就得报一次烟，我成了烟草公司的第二十九档零售客户，最高档次啊！"宋强得意地朝晓月一仰头，"你老公牛不？"

"瞧你那得意劲儿！"

"福星啊，福星！牛哥可是咱的福星啊！"说着，宋强又端起了酒杯。

"来，强子，咱们再敬牛哥一杯"，阿奇也举起了杯。

"得了，得了！一喝多嘴上就刹不住车，说起话来直秃噜！"晓月打断了他，"咱们店做好了，就是对牛哥最好的报答，喝这么多酒有啥用？！"

"牛哥，没有你，就没有现在的我，没有我媳妇，没有我孩子！"

"瞧你说的！这是你自己有本事！差不多了，我一会儿去烟草公司，看看报烟的订单扣款有没有问题。"牛春晖看看手机。

这一看，吓了一跳，怎么有好几个燕子的未接电话啊？平时工作忙，燕子独自承担了全部家务，啥事都自己扛过去了，很少像今天这样给他连续拨打电话，一定是出什么事儿了。他急忙拨过去。

"老公啊，你干吗呢？！快回来，咱爸突发脑溢血，给你打了多少电话怎么就不接呢？！"

"啊？！老爸现在怎么样了？"

"120刚送到医院了，现在正在抢救呢！你快过来吧。"

"好，好，我马上来！"

牛春晖从饭店跑出来的时候，天已经完全黑了。

入春以来连续干旱无雨，树木似乎也都失去了希望，枯立路边，干枯的枝丫在空中陷入了无边的静寂。

牛春晖开车直奔医院。"未来就是崎岖也会陪你过，一个你一个我，扛起不需要脆弱……"车厢里，刘德华的歌声在黑暗中轻轻吟唱，父亲牛常生年轻时的模样在眼前浮现出来……

其实，父亲牛常生也是个建行人。20世纪80年代退伍到春林支行的时候，网点只有三个人。那时，建行主要行使拨款、工程预结算等财政职能。1987年年底成立全系统第一家储蓄所时，牛春晖还不到两岁。母亲体弱多病，常年离不开药。整个家庭就是父亲一个人撑着。

到了20世纪80年代末，建行开始转型为商业银行，父亲的工作压力也更大了，他工作之余的时间，全部都用在照顾母亲、带她四处看病上了。尽管这样，每天他都是单位里到得最早、离开得最晚的，中午还要赶回去给小春晖娘俩做饭。好多次，父亲带母亲看病回来，给他们做好饭后，自己来不及吃就赶去上班。小春晖心疼父亲，渐渐的，他学会了做饭，学会了照顾母亲，也能替父亲分担一些家庭的担子了。

一次，父亲听说省化纤厂为了扩大生产准备进口一批德国生产设备，需要一大笔资金支持。作为信贷科科长的父亲敏锐地抓住机会，连续几天加班加点，带领春林支行三名信贷员，对这家单位进行了全面的调查评估分析。那几天里，全都是小春晖一个人在家做饭、给母亲煎药。

省化纤厂属于国企，信誉有保证，并且在当时的背景下经营良好，每年都有丰厚的利润，属于难得的优质客户，正是拓展贷款业务最好的对象。

当时，几家银行都在出奇招，积极争取这笔业务，因此向省化纤厂营销建行的贷款难度非常大。

无意间，父亲听说化纤厂厂长姚金鹏的女儿腿部有残疾，于是，他就主动联系了在义肢厂工作的同学，为姚厂长的女儿装了最新引进的义肢。在他锲而不舍的努力和用心的服务下，终于成功拿下这笔3000万的贷款业务，后来又十分顺利地完成了本息的回收，完美完成了整个贷款生命周期，同时与化纤厂建立了良好的银企合作关系，和厂长姚金鹏成为莫逆之交。

随着"咔"的一声，牛春晖的思绪瞬间被拉了回来，禁不住叫了一句："坏了！"

快到一个红绿灯的时候，正在缓缓减速的牛春晖，毫无征兆地被突然从右后侧开过来的一辆车撞上了。

下车后，牛春晖发现右后车门被撞凹进去了。那边车上下来一个年轻人，戴着眼镜，格子衫，牛仔裤，斯文中一脸烦躁。

"兄弟，怎么回事啊？"牛春晖看了看凹进去的右后车门。

"大哥，大哥，真不好意思！"

"啊？还没上牌啊？开新车还这么猛？！不爱惜着点？"牛春晖看看对方的车，问道："上保险了吗？"

"刚上，刚上，是临时牌。我马上给保险公司打电话。"

刚联系了保险公司，格子衫的电话又响了，他对着电话喊道："催什么催！房子、车子，都买了，你妈该称心了吧！……我没急，我敢急吗？！……我在哪儿？我在大马路上！我撞人家车了！……我？没事！我不急！不说了，不说了！"

"兄弟，"牛春晖安慰道，"兄弟，别着急。快结婚了吧？"

"唉，丈母娘的关难过啊！"

"挺好的车啊！"牛春晖拍拍格子衫的车。

"丈母娘要求太高了！"

"准备得差不多了吧？"

"唉！还有好多花钱的事啊！装修、家具，咋办呢！唉，最近真是焦头烂额！"

"房子、车子都有了，挺好啊！装修、家具都不是事儿了！也许我还能帮上你，别担心！"

"你？"

"这是我的名片，我姓牛，牛春晖，在建行上班，我觉得你的条件可以申请装修分期贷款。"

"装修贷款？我这还……还着房贷呢，再还装修贷款压力就太大了。"

"这是分期贷款。"

他俩把车子移到了路边停好，牛春晖给格子衫详细介绍了一下装修分期贷款业务。"另外，"他最后说，"最近ETC也在搞活动，给车子装个ETC，以后走高速方便快捷。"

"听着不错，建行的羊毛要薅啊！"格子衫笑了，"咱们加个微信吧，明天，我就去平湖支行找您。"

远处传来似有似无的闷雷声。"这回是真要下雨了，干旱了一冬天！"牛春晖说，格子衫也抬头看看天，说："谁知道呢！这气候，可真说不准！"正说着，保险公司的人来了，他们连忙填了表，做完登记就各自离开了。

此时，远处雷声若隐若现，乍暖还寒的空气中似乎有一种蠢蠢欲动的气息。

牛春晖重新回到车上，一次意外，却收获了一笔业务，但此时，他没有欣喜，却突然有种不知所措的感觉，仿佛自己是个迷路的孩子，越想尽快赶到医院，却越不知该何去何从。

这种感觉，第一次是在大学毕业后工作的第二年。那时，作为一名客户经理，他总是抓不住工作要领，业绩始终上不去。刚参加工作时的兴奋和壮志已消失殆尽，只剩下在业绩面前的头破血流。

一次回家，父亲看出了他的苦闷，就和他聊了起来。

他说："小晖，我在部队的时候，刚开始学开车的那阵子，总是出岔子，刹车皮、离合器经常换，我去问我师傅是怎么回事？他却问我，你开几辆车？

一个人嘛，当然只能开一辆车。我说，真是奇怪的问题。他说，不对，你开了五辆车！你不仅要开自己驾驶的这辆车，还要开前、后、左、右四辆车，你要同时想着在这条路上，这五辆车该怎么开，互相怎么避让，怎么保持距离。遇到危险左右转弯、并线时，你不能自顾自地踩死刹车就行了，你要给别人余地，其实，也是给自己余地。任何时候，都要学会站在别人的立场上去思考问题，而不是只想着自己，做事必先做人。开车是这样，你想想，做营销是不是也应该这样？用现在的流行语，就是'换位思考'"。

"开五辆车？换位思考？"牛春晖琢磨着父亲的话，似乎在迷雾中看到了一盏灯。

"慢慢体会吧，不要着急，不要放弃努力。"父亲说话向来不急不慢，一字一句，像溪流，慢慢渗入心田。

之后，再出去"扫街"的时候，牛春晖开始不再纠结于自己的指标、业绩，而是从别人的需求出发，想自己能为别人带来什么。心态慢慢转变了，随之而来的是业绩的节节攀升。

一次"扫街"，牛春晖路过"自强烟草零售"的小门面时，瞥见了里面没精打采的宋强。牛春晖就走了进去，买了一包烟，边吸边聊天。才知道宋强这个小店快撑不下去了，马上要关店不做了，主要原因还是资金问题。

牛春晖回到行里后，他根据宋强的情况，为他申请了信用卡烟贷政策，不仅保住了"自强烟草零售"店，而且，小店逐渐成了平湖区的优质烟草商户。牛春晖也成了平湖区的烟草零售商户们心中的"牛哥"。

一阵电话铃声，再次把牛春晖的思绪拉回当下。

"你在哪里啊？怎么还没到啊？"燕子焦急地在电话那头喊着。

"马上就到了，"牛春晖说，"刚才有点小意外。老爸怎么样了？"

"从急诊室里出来了，倒是脱离危险了，但刚进了 ICU。你又咋了？"

"没事，没事，解决了，就过来了。哦，对了，贝贝呢？不是晚上还有课外班吗？"

"哼！你才想起来啊？！找不到你，只好又让老谢去接了。"

又是老谢！怎么又是老谢！牛春晖心里有点酸酸的。

那个老谢，是燕子的同事，最近好像经常出现在他们的生活中。牛春晖是见过他的，人称"老谢"，其实并不老，比他还年轻些，人高马大的，挺壮实的，而且还是个热心人，尤其是对燕子的事，真是随叫随到、有求必应。不记得有多少次了，等牛春晖想起来该接贝贝的时候，老谢都已经把孩子送到家了。贝贝也经常提起"那个帅哥叔叔"如何如何。也不知这称呼是怎么来的，每每想起这些，牛春晖的心里总会泛起一股股莫名的酸水。

"一个你一个我，扛起不需要脆弱。前面越走一定会越宽阔……我要你重获原来的生活。认定了这一辈子的承诺……"

车子在黑夜中疾驰，刘德华的歌声伴着牛春晖的思绪上下翻飞。这么多年来，一直是燕子默默地独自承担着家里的一切，贝贝上学接送、督促学习，母亲去世后，父亲的身体也很快垮了下来，各种疾病开始不断骚扰这个刚强如铁一般的老人。牛春晖忙不过来，燕子就经常陪他去医院。作为儿子、作为丈夫、作为父亲，牛春晖觉得很惭愧，没有尽到对家庭的职责，确实是愧对家人的。

想到这些，牛春晖禁不住和着刘德华的歌声吼了起来："我要你重获原来的生活，认定了这一辈子的承诺。谁都会有恐惧，面对黑暗的角落，为了你我再苦也不躲！"

道路在黑暗中向前延伸着，浓重的暗云让空气变得格外凝重。牛春晖的心情越来越急切，也就越来越沉重。歌声中那黑暗的角落似乎在无限地扩大，让他陷入了一个巨大的黑洞。

"监管制度已经下发一段时间了，咱们支行营销的烟草零售商户绝对不能再继续用信用卡作为与烟草公司支付结算的工具了。"那是工作第五年，一次省行检查组突然来支行做合规抽查的时候说的。

"没有了，没有了！"支行王行长赶紧回答，还在桌子底下轻轻踢了他一下。

牛春晖愣了一下，但是，还是如实回答："我的烟草客户确实还没完全停用信用卡结算，我会尽快协助他们转用其他结算方式的。"

"哦，组长，我这边的客户都已停用了。没有违规情况。"坐在王行长另一侧的小丁马上补充了一句。

王行长点点头，对检查组组长说："省行转发银监局的文件后，我们马上梳理了"烟草代扣"业务中烟草零售商户的订烟流程和批量代扣流程，既让烟草资金在建行形成闭环流转，提高资金留存率，同时，又对所有的客户都进行了说明，特别是针对那些流水很大的客户，我们甚至冒着失去客户的风险，进行了耐心的解释。"说着，他扫了一眼牛春晖，"整个支行基本上能按章办事，小牛的违规我们会处理的。"

之后，牛春晖被违规记了两分。而小丁作为年度先进被提升为支行个人部副经理。

那天，也是这样阴沉的天气、这样沉郁的心情。刚进家门，小丁就打电话过来，联系周末出去聚餐的事。牛春晖满肚子的郁闷，只说自己周末有事，没时间参加活动。

父亲看他情绪不高，就问原委。

他说："有什么好聚的！同时入行的几个人都提了，就我一个还苦哈哈地在原地死干，每天早出晚归地在外面'扫街'！虽然我业务开展得挺好，指标都在前面，可那又有什么用，我就是运气不好，碰上这样的领导。职场上，一步迟步步迟，差距会越来越大，唉，我也就这样了！还有啥希望？！周末哪儿有心情聚会？"

父亲沉默了一会儿，缓缓说道："银行业务的开展，就像开车，一脚踩油门，一脚踩刹车，发展和合规，要同时兼顾，双轮驱动。绝不能以牺牲风险为代价，对网点日常业务经营中的差错、事故、隐患的忽视往往是引发案件的重要因素，'十案九违规'就是这个道理。"

牛春晖点点头，两人又再次陷入沉默。他们俩心不在焉地盯着电视，这时电视里开始播放天气预报。

"我在部队的时候，"父亲忽然又说，"有一年冬天，一直没雨雪，特别干旱、还特别冷。我们都说，连队后面的梅林，都过不去今年了，更别提开花了。可是，农历二月一过，有一天刮起了北风，第二天雪就下起来了。雪真大啊！下了整整一天，厚厚地压在梅枝上，好像要把枝条全都要压断似的。后来几天，虽然雪停了，可是，天更加冷了，真是冷啊，我们全都要不停地活动，否则，站在户外一会儿就冻僵了。

当时，我们都说，今年的梅花，碰上这样的气候，运气实在是太糟了，没有被旱死，也要被压断，要么就被冻死了。

可是，没想到，第五天早晨起来出操，当我们踩着正在融化的雪水，跑步路过梅林的时候，都惊呆了。梅花，漫山遍野的梅花，一下，全都开了！

谁能想得到啊，等了那么长时间啊，都没希望了，居然一夜间全都开了……"

牛春晖入神地听着，眼前浮现出那些被严寒欺凌、在大雪重压下的、寂寞的、曾经毫无希望的梅树，泪忽然涌了上来，但他很快控制住了自己的情绪，和父亲聊起了家常……

"谁都会有恐惧，面对黑暗的角落，为了你我再苦也不躲……"歌声似万箭直穿牛春晖的心脏，他痛心不已。

老爸啊，您可千万不要有啥问题！儿子还没好好孝顺您呐！

千禧年过后，全国性的企业改制开始了，省化纤厂在转制的过程中，姚金鹏下岗了。牛常生就经常接济姚金鹏一家，有好的理财产品，也及时告诉他们。2007年股市一路走高，股民和基民进入了疯狂状态，牛常生总是及时给予风险提示，建议减仓或空仓，使风险降低到最小。在几次大跌前，他都让员工全力通知客户赎回持有的基金。但是，姚金鹏没有听劝阻，悄悄地一路追跌下去，终于在上证指数狂跌近2000点时，不堪巨大压力，撇下老婆和残疾的女儿自杀了。

从此，父亲牛常生的肩头又多了一份责任。不管风霜雨雪，他都主动承担着照顾姚金鹏家人的职责。他常说，只要姚金鹏老婆经济能独立、残疾的女儿姚晓月能自立，姚金鹏的家就不会塌。在一次和一个文化传播公司谈业务的过程中，他得知这家公司是家从事民间工艺品收藏、展览、设计、生产、销售一体化的企业，他们的刺绣制品远销海外。于是，就向他们推荐了擅长刺绣的姚晓月娘俩。没想到，她们设计并制作的绣鞋、肚兜、虎头枕，以及各种绣片让这家公司如获至宝，和她俩签订了长期供销合同，收购她们所有的作品。从此，娘俩的日子逐渐走上正轨，抛开了往日所有的阴影。

也是机缘巧合，一次，姚晓月来探望病中的牛常生伯伯时，遇到了来找牛春晖的宋强。两个人一见钟情，很快坠入爱河，喜结连理。这回，牛家父子也算是做了一次月老……

"爸爸！"刚赶到ICU病区，贝贝就喊着扑了过来，"爷爷在里面！"她指指ICU病区的大门。

老谢也陪着燕子走了过来。

"您好！"牛春晖握住了老谢的手，"辛苦啦！"

"没事，没事，你来了就好了，那我就走了啊！"

"多谢了！"此刻，他忽然觉得有一种无形的力量在肩头和自己对抗，他觉得自己必须面对，而且，必须撑起来，绝不能被这股力量压倒，牛春晖抖抖肩，挺了挺胸，再次握住了老谢的手，并且用力攥了一下。

当牛春晖走进 ICU 病房时，看见父亲嘴上罩着呼吸机的粗管子，身上连接着各种仪器。医生说，虽然他已脱离危险，但是，总体状况非常差，整体并不稳定。

牛春晖不敢相信，父亲会如此突然地发病，自己平时太忽略他的健康了。他轻轻走到父亲病床前，蹲下身子，抚摸着他皱巴巴的手，将头探到他耳边，轻声说："老爸，老爸！我是小晖啊，小晖来了！"

父亲眼睛向上看着，没有任何表情。"老爸，要挺住！答应我！"泪水忍不住在脸上肆意流淌。

牛春晖无法确定父亲是否还能听到这个世界的喧闹，还能否感受得到自己的悲伤和追悔？这个时候，牛春晖忽然觉得父亲好像平躺在冰冷的海面上，随波逐流，在黑暗而苍茫的空间里，不知会漂流到何方。

"老爸，我刚才去强子那里了，晓月的老公啊，您还记得吧？姚金鹏叔叔的女儿，晓月，今天她的孩子满月了！"父亲还是没有任何表情，"老爸，姚叔有外孙了！"

似乎有一道光在父亲的眼睛里微微闪了闪，但依然没有任何表情。

"老爸，您听见了吗？"牛春晖握着父亲依然温暖的手，在他耳边轻声说，"老爸，我一直记着您说的话，您也要答应我啊，要挺住！老爸，如果您听见我的话，就握一下我的手，好吗？"

监控仪的屏幕一闪一闪，各种仪器发出"滴滴"的响声。这时，牛春晖手上传来父亲有力的一握。牛春晖心里一热，"太好了！老爸，您答应我了！我们一定尽全力，您也一定要挺住！挺住！"

"轰隆隆——"一声春雷滚过，春雨终于来了。从冬天到春天，期待已久的春雨啊，打在窗户上，猛烈、急促而有力。

（选自庆祝改革开放四十周年"金融人的故事"短篇小说征文获奖作品）

‖ 作者简介
————————————————————————

　　杨志生，布依族，贵州省独山县作家协会理事。曾供职
于中国农业银行贵州省独山县支行，现已退休。
————————————————————————

抉择

杨志生

　　叶子已经接到省人才市场的通知书，如愿以偿地被派遣到双城县农行去工作。

　　叶子，本名叫叶向春，她的父母为她取这个名字时，或许寓意叶子就是向往春天的。只要春天一到，所有的叶子就会焕发出勃勃的生机，彰显出强大的生命力。也因为向春从小就在大山里长大，人们每时每刻都目睹那一片片漫山遍野充满生机的绿叶，所以她从小就被人们叫做叶子，叶子叫多了反而把她大名给忘了。

　　叶子是省城里一所知名大学经济系的高材生。毕业后，择业的意向多半是财政、金融等与经济有关的单位，在金融系统中，也有多家金融单位可供选择。可是，叶子就是一根筋走到底，只选择农业银行，并且必须是双城县农行。

　　其实，叶子的这一抉择是经过一番痛苦的挣扎后才作出来的。叶子选择双城县农行，除了有让人们羡慕的金融部门的优越感，旱涝保收的稳定收入外，更重要的是双城县农行的副行长严晔。

当叶子每每想到严晔的时候，那颗充满青春朝气的内心，总是"怦怦"乱跳，不能自已。叶子有时候也自嘲自作多情。叶子和严晔的年龄相差整整一轮，叶子本来就是叫严晔叔叔的。自从一年前，严晔的妻子在那场意想不到的事故中丧生以后，严晔的形象在叶子的内心就悄悄地发生了变化。严晔不仅是叔叔，是长辈，更是大哥，是亲人。

叶子在大学时期，也像其他的天之骄子一样：1.68 米的骄人身材，黑色瀑布一样的披肩长发，一张好看的鹅蛋脸上嵌着一双清澈明亮并透出睿智的眸子；优秀的学习成绩更衬映出那高雅的气质。在学校里，叶子成了很多男同学的追逐对象。

严晔在叶子的心目中，除了"叶"与"晔"这两个八杆子打不着的同音字外，他的形象在叶子的心目中总是挥之不去。严晔虽已年近不惑，但年龄不会成为他们之间的障碍。坊间不是说：二十岁的男人是半成品；三十岁的男人是成品；四十岁的男人是精品么。严晔那幽默的谈吐，博学的知识，干练的工作作风，处处漫溢出一股精品男人的魅力。特别是那双充满爱心的像父爱一样的双眸，就像一颗生命力极强的种子，牢牢地植根在叶子刚刚萌动的心田里，幻想着有一天会发芽开花，结出甜美的果实。

在学校里，只要有男生对叶子动情，叶子总是用严晔的标准来比较。那些追逐过她的男生，一个个都入不了她的法眼。

离双城县城约 20 公里的地方，有一个紫竹坪村。据说，早些年这里曾生长过很多的紫竹，所以得名紫竹坪。现在，只有在山那边还能找到些许的紫竹，已没有了大片的紫竹林了，但紫竹坪的名字却早就生成了。

双城县通向邻县的公路约 15 公里处，公路左侧斜插有一道纵深约 2 公里，两山相峙的夹谷，人称一线天；走在夹谷里，抬头看天就像一根银色的线。夹谷最窄处，只能容两匹马相向通过，夹谷的尽头还有一道斜坡近乎 70 度，长约 500 米的石梯坎，两山夹谷的谷口，就好像是通往天界的一道门，就这地方被人们称为石门坎，是紫竹坪通往外界的唯一通道。只要翻过这道石梯坎，就好像进入了另一个世界，这个别有洞天的地方就是紫竹坪。

紫竹坪坐落在这一高原的台地上，这里地势平缓，视野开阔，气候温和，日照充足，植被也好。是发展农、林、牧的好地方，只是因有了石门坎这道瓶颈的制约，这里的经济发展一直缓慢。当地百姓就有流传民谣云："石门坎，坎石门，翻过坳坳紫竹坪。只要过了石门坎，紫竹坪上拣金银。"

十年前，在政府一事一议政策的引领下，紫竹坪村的党支部书记耿老四，带领村民利用两个年头的农闲时间，硬是打通了和县际公路相衔接的通村公路，并且把公路也铺上了水泥。

通村公路建成后，给紫竹坪的村民带来了发展机遇。双城县农业银行也把紫竹坪作为扶贫的重点村。村民们根据自家优势，选择了不同的发展项目。有的选择种植药材，有的选择养殖奶山羊。当地有经济头脑的老黄，在双城县农业银行扶贫项目贷款的支持下，在紫竹坪率先办起了一个花木培育基地。近年来，由于县城的城市品位不断地升级改造，城市的美化、靓化对花木的需求大增，老黄的生意也一直不错，成了紫竹坪村的致富带头人。

老黄的信誉不错，贷款总能按期归还。老黄的花木基地规模也在不断扩大，对资金的需求也不断增多。贷款常常是借了还，还了借。因此，老黄也成了双城农行的熟客。

其时，严晔正是双城县农行的信贷员，专管扶贫开发这一块。正因为业务的关系，与老黄也成了熟人。

老黄的花木基地越办越有起色，各种珍稀植物，花卉盆景，在基地里争奇斗艳，不仅给老黄带来了丰厚的经济利益，还成了紫竹坪的一道风景。有的城里人在双休日，带上家小，自驾到紫竹坪观花赏景，享受大自然赐予的乐趣。老黄头脑活络，瞄准商机，在他的花木基地旁边，辟出一块地方，盖上几顶草棚，并免费为客人提供烧烤、野炊的灶具。客人来到这里一边烧烤，一边喝着啤酒、饮料，一边欣赏老黄花木基地里的奇花异草；放眼蓝蓝的天空，悠悠的白云，一边吸呐充满负氧离子的清新空气，是何等的惬意。

老黄说：他所做的这些，都是无需花钱的广告。只要人们一传十，十传百，让更多城里的人晓得这里有一个花木基地就够了。因此，老黄的花木，不仅销给县里城建部门，不少的城里人，来这里观花赏景，回家时也要顺便带走几钵盆景或苗木。

有时候遇到来野炊的客人，有些夫人有驾照的，老黄也要提上一壶土酒，与男主人共饮。老黄为人随和，小有酒量，客人们也乐意和老黄喝上几盅。

严晔，也是双休日隔三差五在老黄花木基地里野炊的常客，一来可以让老婆孩子在双休日放松放松，二来也随时掌握自己管理的贷款项目的相关情况。

有一次，严晔像以往的双休日一样，带着妻子玉茹、女儿容容自驾到老黄的基地野炊。老黄自然要来陪饮两盅。席间，严晔见老黄的花圃里有一中年妇女正给苗木施肥的：干瘪的左袖别在左边衣兜里，右手用力地抡起锄头，砸向树腿边上坚实的泥土，把泥土刨开，抓起一把化肥，施放到新挖开的新土里，再把挖开的泥土覆盖上，对每一棵树木如此循环往复，动作是那样的利索、有力、有序。

她那匀称的身材，姣好的面容，简直就是一尊现代版的维纳斯。当然只是容颜可人，断臂相似，却没有维纳斯的半裸罢了。严晔由衷地赞叹："这个女人可不简单。"

老黄见严晔如此地注视着这个女人。便说道："哎！自古红颜多薄命，我只以为书上说说罢了，哪晓得在这女人的身上真的应验了。这么一个漂亮的女人，命就是那么的苦，你说这老天爷怎么就是霜雪单打枯根草呢。"接着，老黄向严晔说起了这独臂女的身世。

这个独臂女人叫柳新梅，十多年前从隔壁村柳家湾嫁我们紫竹坪来的。她的丈夫叶梓林，也是我们紫竹坪的诚实后生。柳新梅刚嫁过来时，几多人都眼热，梓林讨了一个天仙般的女人。新梅简直就是我们寨子里的寨花，寨子里的大姑娘、小媳妇见了新梅总是生出一股莫名的妒意。她和梓林本是初中时的同学，不过他们也不是在学校恋上的。后来经过双方亲戚的撮合，才走到一起来的。

新梅读初中时，听说也是班上的尖子生，要是读个高中，考个大学应该不成问题的。只是新梅的父母说：姑娘家读那么多书干什么，就算辛辛苦苦把你盘成个大学生，又能怎么样，大学一毕业，嫁了人，就成了别家的人了，我不就是花了大价钱为别人家培养人才吗，何苦呢。所以，新梅刚读完初中，就回家帮父母干活了。

在我们农村，有不少的父母都认为，孩子只要上完初中，认得些字，出门不被人欺负就行了。砸锅卖铁盘出个大学生，出来也不一定有工作，即便找到工作，工资也不见得比上完初中就出去打了几年工的工资高到哪里去。

老黄一边说着，一边也透着几许的伤感和无奈。继续说道：新梅嫁过来，第二年便生了女儿叶子，叶子还不到两岁，她就把叶子丢给公公、婆婆，和丈夫一道，双双去南方打工了。听说梓林去了一家矿山，新梅去了一家制衣厂。两三年后，他们又双双回到紫竹坪。只是这次回来，新梅就少了一只胳膊，听说是在制衣厂操作下料机时，因事故被下料机啃去的。后来，老板以操作不当为由，只赔了5万块钱。梓林因妻子没了左臂找不到工作，只好也辞去了矿山的工作，跟妻子一道又回到了紫竹坪。几年后她的公婆又相继去世。前些年，梓林经常咳嗽，一咳就吐出一大滩血，后来去医院一检查，说是得了尘肺病。前年也去世了。那时，叶子刚上初中。新梅赖以依靠的精神支柱轰然倒塌，用那只左臂换来的5万块钱早就烟消云散了。你说这不是苍天瞎眼么，古书里说"屋漏偏遭连夜雨，船迟又遇打头风"真就应验了，这么漂亮的女人，命咋就那么苦呢？

老黄说到这里，眼里流出几许的伤感。

然后又说道：我看她母子可怜，便把新梅叫到我的基地来帮忙干点杂活，挣点钱补贴叶子读书。新梅也常跟我说："黄叔，我虽然只有一只手，但能干两只手的活，只要你的基地需要人手，我就来帮你。我要让叶子读书，只要叶子能读得进，不管读到哪里，我拼命也要让她去读，我不能再让她走我的老路了。"老黄说着新梅的事，很是无奈，但又爱莫能助。

严晔回到家中。当晚一宿就没有入睡。眼前总是浮现出新梅那只空荡荡的左袖，那只抡起锄头有力的右手。特别是那句"不能再让叶子走我的老路了"让他很是心痛。命运就是那样弄人，要是当初她的父母不是那么对女孩子有偏见（或许还有经济方面的原因），新梅现在的日子或许也会像他一样，坐在宽敞明亮的办公室里，操控鼠标、轻点键盘，弹指间流出一张张业绩让人振奋的报表，一篇篇赏心悦目的美文；亦或许像他的妻子玉茹一样，手持三尺教鞭，在神圣的讲台上播种知识，培育桃李。新梅说得对，不能让她的女儿再走她的老路，重蹈她的覆辙了。

严晔轻轻地推了推身边已经熟睡的妻子："玉茹，今天听了老黄说了新梅的故事，我觉得她真的太可怜了，我不想让她的女儿叶子再像她的妈妈一样，早早地就去品尝人生的艰辛，我想帮她们母子一把。"

妻子玉茹和严晔是在大学里相爱的。玉茹与严晔在高中时就是县里同一所中学的校友。玉茹比严晔晚一届，严晔考入一所知名大学的第二年，玉茹也被同一所大学录取。这纯粹是巧合，玉茹只是慕名那所大学的名气才报考的。高中的校友，亲切的乡音，他乡遇故知，更显亲热。一来二去，他们相爱了。因为所学专业不同，严晔毕业后进了金融部门。第二年玉茹也毕业了，成了一名教师。再一年，他们结婚了。婚后第二年，有了他们的宝贝女儿，女儿取名严玉容。容容今年也三岁了。

玉茹、严晔夫妇，都是从农村出来的。他们通过自己的努力奋斗，从一个农村的子弟，到考上了大学，找到了工作，他们深刻地体会到"知识改变命运"的道理。

玉茹是一个通情达理的女人："古人说'穷则独善其身，达则兼济天下'，我们虽然还没有达到兼济天下的程度，但是要帮助一下新梅母女应该是没有问题的，也算是做一桩行善积德的好事，说不定我们的微薄之举就会改变一个人一生的命运。问题是：这只是我们的一厢情愿啊，新梅会接受吗？"

严晔说："待我去和老黄合计合计。"夫妻俩沉浸在一桩功德无量的好事里，甜甜地进入了梦乡。

在一个风和日丽的双休日，新梅正在老黄的苗圃里锄草。老黄走过去："新梅啊，城里的严行长夫妇，今天又来这里野炊，想买只土鸡换点口味，你家里不是养有几只吗，你捉一只来卖给他们吧。"

其实，那时候严晔还不是行长，只是双城农行信贷部的领导。农村人总是喜欢对人高尊一级称呼，比如有的应该只称哥哥姐姐的，却要称伯伯伯母，有的该称伯伯伯母的，总要称爷爷奶奶才算尊敬。严晔也没必要去作过多的解释。

新梅的家就紧挨苗圃，一会儿工夫，新梅就把一只活蹦乱跳的土鸡送到了老黄的面前。

老黄对新梅说："你看我那烧烤场，小锅小灶的也不方便，不如拿到你家里去，帮忙打理打理，过后一并算钱。我知道，你的手不太方便，叫叶子也来帮帮忙。"

新梅自从嫁到紫竹坪，就没见过什么体面的人物，今天居然城里的行长要屈就到她家做客，农村人的质朴与好客，自然是满心欢喜。

严晔夫妇来到新梅的家，看她家里，摆设虽然简陋，但很整洁。常言说得好"进门休问荣枯事，一看容颜便得知"，不难看出家里的主人曾是读过书的。是在逆境中不甘自暴自弃，拼命奋发向上的那一类。

在小叶子的帮助下，用自家地里新鲜的姜、葱、蒜作佐料，很快一锅香喷喷的清炖鸡就出炉了。老黄提议邀新梅母女一同入席："来吧，严行长也不是外人，大家在一起吃才热闹。"新梅也有点迟疑，鸡毕竟是人家花钱买的，觉得不太合适，但又转念一想，今天可是贵客临门，蓬荜生辉。待会儿大不了不收他的钱就是了，算我请客总行了吧。

老黄又从家里提来一壶米酒，说："一会由玉老师驾车回城，严行长陪我喝两盅。"

席间，严晔夫妇总是找话题夸小叶子的厨艺如何的好，人又如何的乖巧。又询问读书学习的情况。

新梅告诉他们：小叶子今年夏季就要中考。如果考得好的话，秋季就要进入高中了。根据有关政策规定，高中就不是义务教育的范围了。并且，高中就要到县城里去读。有学杂费、书本费、住宿费、生活费一系列的开支。新梅不想再说下去了。

老黄酒过三巡，有点飘飘然，说话也多了。"我看新梅和玉老师很投缘的，不如你俩就认个姊妹吧。"

新梅说："这哪行啊，我一个残疾的农村妇女如何能跟你们城里人攀亲呢。"

玉茹说："千万不要这样说，你虽然少了一只手，但你的心智健全，你那自强不息的精神，是我们不能及的。我也是从农村走出来的，对农村有很深的感情。并且，我们那个时代都是独生子女，也没有姐姐妹妹的，梅姐你要是不嫌弃，就做我的姐姐吧。"

新梅见玉茹说得真诚，也不知如何回答，只是说："今天算我请客。"

老黄趁热打铁，叫过小叶子："快，叫小姨、姨夫。"

叶子怯怯地叫了声："小姨。"她没叫严晔姨夫，只是学着城里人的叫法，叫了声"严叔"。

老黄在自家的酒杯里满上一杯酒，接着又在严晔和新梅的酒杯里继续满上："大家再喝上一杯，算是团圆。"严晔和新梅也没推杯，都喝了。

严晔夫妇临走时，丢下500元钱，说是给叶子买点复习资料，对她的中考或许能有点帮助。并说了："今后我们会常来看你们的。"

后来，严晔夫妇隔三差五到叶子家走动，有时给新梅带点油，有时带点面，有时又给叶子带点衣物或学习用具。新梅也回赠一些山芋、土豆、鲜玉米之类的土特产。真是有点像模像样的姐妹情。

转瞬间，中考结束了。叶子不负众望，被录取在县城里最好的第一高中。报名那天，是玉茹开车把叶子送到学校报名的。并且跟新梅说："你一个人不容易，叶子就像我们的女儿一样。在高中乃至大学期间的学习生活费用就由我们来负责吧。"新梅也觉得过意不去。但目睹家庭的现实状况，想想叶子的前程，含着泪花："你们就是叶子的再生父母，最大的恩人，如果今后叶子真的有所出息，一定叫她好好报答你们。"

叶子在严晔夫妇的资助下，顺利地读完高中。踌躇满志地考上了心仪的大学。在这期间，叶子自从父亲去世之后，重新找回了温暖，找回了父爱，心里默默立下誓愿，一定要奋发努力，找个好工作，好好回报严叔、玉姨对她的关爱。

常言："天有不测风云，人有旦夕祸福"。往往是苍天无眼，造化弄人，就在叶子读大四上学期的一天，也是严晔提任双城县农行副行长的半年后的一天。当严晔夫妇，还有女儿容容一家人，自驾家里的那辆比亚迪轿车，在从紫竹坪回城的途中，经过石门坎两山相峙的夹谷时，突然一颗拳头大小的山巅落石，砸向那辆比亚迪的副驾位置。落石的重力，轿车的速度，叠加成正比，落石砸穿挡风玻璃，不偏不倚砸在玉茹的脑门上，顿时血流如注。（幸好容容坐在后排安全座椅上才幸免于难）严晔拨打120急救电话。虽然120急救车迅速赶到，把玉茹送往医院，但因其伤势致命，医院无力回天。第二天，玉茹留下深深的遗憾，去了天国。

一连几天的阴雨，把人们的心情压抑得好沉闷，今天突然放晴了，人们的心情就像有阳光从窗子外射进来，敞亮了许多。信贷部刚上班，人事资源部的顾姐就把叶子带到信贷部，冲着明桦说："这是新来的叶向春同志，根据行领导的意见，安排到你们信贷部来工作，在工作上，你要尽快带她上手，进入角色。"明桦本想礼节性地伸手和对方相握，但一看对方的形态竟然是那样的高雅迷人，心里思忖，男士主动向女士求握未免搪突，只是微笑着，并带有几许温柔地说道："欢迎，欢迎！"

明桦也向叶子介绍了信贷部的马姐和赵叔，大家也说了些表示欢迎的话，叶子也冲着各位点头致意，并说了"今后请各位多多关照"的客气话。

信贷部的办公室临窗的一面，就是个封闭的阳台，宽大的办公桌顺着阳台一面，两张一组，相对摆放。马姐和赵叔的办公桌相对。明桦和严晔的办公桌相对。严晔提任副行长后，这个位子就一直空着，叶子就被安排坐在严晔原来的位子上，正好就是和明桦座位相对。

明桦是三年前也由人才市场招聘进入双城农行的，并安排在信贷部严晔的麾下。并由严晔带他入门。明桦把严晔尊称为老师。后来严晔提任县支行副行长了，明桦乃叫严晔老师。

只因明桦这小伙子勤奋好学，脑筋又活络，没多久，就成为部里年轻的业务骨干。严晔提任副行长后，明桦被指定为信贷部的临时负责人。

叶子看着这位信贷部的负责人，身材高挑，英俊帅气，按在学校里的习惯称呼，道了句："师兄好。"

信贷部就那么几个人，马姐主要是负责部里信贷档案资料的整理、保管、查阅，也要做一些其他信贷管理方面的工作；赵叔主要负责城区内相关企业和个体户的信贷管理；严晔和明桦则主要负责县辖范围内的扶贫开发项目的贷款管理。

最近，铁杉村的红丽葡萄酒厂作为县里扶贫项目之一，申请在双城农行贷款 500 万元。

铁杉村的村委会主任乔红丽，早些年带领部分村民引种黑珍珠葡萄，小赚了一笔。村民们见有利可图，近年来大面积栽种。由于葡萄成熟后的摘采期较短，成熟的葡萄又不易保鲜，市场饱和，价格下跌，几多农户叫苦不迭，甚至有的农户想要把葡萄园毁了。

有着经济头脑的女强人乔红丽想到：办一个葡萄酒厂，把每年村里的，还有邻村收购的葡萄加工成葡萄酒，再申请注册"红丽葡萄酒"商标。这样既解决了葡萄的不易保鲜问题，又提升了葡萄的附加值，特别是近年来，坊间多有喝红葡萄酒能软化血管的功效一说，市场前景一定广阔。

明桦和叶子一道驾着部里的那辆桑塔纳来到铁杉村作贷前调查。

乔红丽本就是个女中豪杰，在全县都有一定的知名度，也是双城农行的熟客，见了明桦，说起话来也很随便。见明桦今天带着个年轻姑娘，随口说了句："小明，有女朋友啦？好漂亮的。"

明桦说："乔姐，你就别开玩笑了，这是我们信贷部新来的大学生，我们是同事。"

"啊哟，同事跟女朋友的距离也就是一步之遥吧。"乔红丽说着并做了一个诡谲的微笑。

从铁杉村回来后，明桦叫叶子把红丽葡萄酒厂的调查报告写了。叶子第一次由学校做作业到实际工作的运用，真的有点茫然。明桦告诉她："你就从这次调查得来的杂乱的信息，理顺成种植面积、年产量、生产成本、投资所需资金、市场前景、利润等，进行综合分析，写出意见，供行领导决策参考。"

叶子感觉到在学校学的那些东西拿到实际运用中来，略显苍白。对明桦那种对工作驾轻就熟的能力，特别是在当今电脑横行的时代，他那一手漂亮的钢笔字不由得让人由衷地佩服与崇敬。

在铁杉村，乔姐那一句不经意的玩笑，就像一颗五彩斑斓的石子投在明桦平静的心海里，荡起一圈小小的涟漪。

明桦从叶子的身上找到了前女友的影子，一样的端庄漂亮，勤奋好学，热情大方。

明桦回想在读大学当学生会的主席时，曾俘获过学生会宣传委员玲玲的芳心。

玲玲来自东部一个经济发达的省份，尽管明桦非常优秀，但玲玲父母因固执的地域偏见，始终没有允诺过他们的婚事。他们依然爱得天昏地暗，死去活来。毕业后，各自回到原籍求职。他们都在幻想，指望着能有一天奇迹会发生。然而，现实就是那么的残酷，他们的这种幻想继续了一年多后，还是以拜拜告终了。

叶子和明桦在办公桌的两边相对而坐。工作之余，不经意间，难免常常会四目相视。叶子总觉得明桦的目光里有一股暖暖的气流在她的身体里流动，很是惬意。但是她又惧怕这种气流，一直不敢直视。

在一个阳光灿烂的周末，明桦在信贷部里宣布："今天行里终于兑现了先进个人的奖金，当时，大家把我推举为先进个人，其实信贷部的工作是大家一块做的，今天晚上我请客，地点就在红彤酒楼，希望各位赏光。"

老赵停了握着鼠标的右手，掉过头来说道："兄弟，真对不起，我那远在农村的老爸，今天说是要进城来看孙子，我得回家陪老爷子喝一盅，老爷子陪一次就少一次，我们弟兄机会还多，今晚我就不去了。"

马姐想制造明桦和叶子独处的机会，也说："我那住校的女儿好不容易周末才回家一趟，我得回家打点女儿下周的事情。"

理由都很冠冕堂皇。

只剩下叶子了，明桦看了叶子一眼，叶子也说今晚有事不能参加，但叶子没有说出有事的理由。

明桦很是扫兴："那就改天吧，我一定不能食言。"

其实，叶子即便不是因为今晚明桦请客的原因，也害怕和明桦单独在一块，她真的担心，他俩单独在一起的时候，万一明桦真的向她表白，她真的不知道该如何拒绝。

有一天，信贷部的办公室只有叶子和马姐两人。爱管闲事的马姐对叶子说："看得出来，明桦喜欢你，你可要好好把握机会哟。"

"我们就是一般工作关系，我只是把明桦当兄长，当然我很尊重他。"叶子漫不经心地说。

马姐说："你以为我傻啊，其实你的眼神早就把你出卖了。你看明桦这么优秀，现在还兼任行里的团支部书记，说不定两三年后，就会进入后备班子的人选。"

"谢谢你，马姐我们不说这个了。"叶子虽然表示不愿和马姐谈论这个话题，但内心还是默认马姐说的话是对的，明桦确实很优秀，甚至优秀得无可挑剔。

明桦也知道，叶子对他不冷不热，不即不离，凡涉及感情方面的话题，叶子总是守住底线，没任何突破。在明桦看来，乔姐说的一步之遥的距离，不知是一张纸的距离，还是万水千山的距离，让人难以捉摸。但是，又觉得这种女人的矜持正是成熟的表现，他有足够的耐心。

严晔自打当上副行长之后，工作更忙了，各种考察学习，工作调研，出差开会，迎来送往应接不暇。特别是妻子不幸遇难以后，才十岁的女儿容容需要人照顾，工作和孩子哪一头都不能放下。严晔很是疲惫。有些好心的朋友也曾试图给他介绍对象；有二婚的，也有头婚的。严晔总是想：二婚的多半都是经历过一段不愉快的婚姻，谁知道这段不愉快婚姻的责任是哪一方啊；头婚的嘛，又没有经历过生儿育女的那些事，她们会有母爱吗，能对容容好吗？会不会是冲着他头上副行长的这道光环来的呢。因此，高不成低不就，至今还一直单身。

严晔遇上外出开会或公差，叶子总是要去严晔的家里照顾容容，给她做饭、洗衣、辅导作业。甚至晚上还陪容容睡觉。

叶子当年在县城读高中时，她就是严晔家里的常客，容容从小就知道有个姐姐，尽管姐姐的来历在她稚嫩的心里不是很明白。只是知道，爸妈对姐姐很好，姐姐对她也很好。姐姐上大学那几年，虽然印象有些模糊，但是现在姐姐又来到了她的身边就一点也不陌生。

一天夜里容容搂着叶子的脖子，甜甜地进入了梦乡，叶子借助橘黄色的壁灯的灯光，看着容容那娇柔的小脸蛋，那均匀的一张一合的鼻息，是那么可爱，就像一件精美的艺术品，生怕不小心失手后会成为一地的碎片。

叶子正胡思乱想着，不经意间，容容喊了一声"妈妈"。叶子看见容容的眼窝里，闪着两颗晶莹的泪花。

叶子知道，容容是在梦里，搂着她的脖子，找到了妈妈的感觉。就是容容梦境里这一句不经意的"妈妈"，就像一把雪亮的匕首，把叶子的心扎得好疼好疼。

叶子对明桦确实感觉很好，除了在业务上得到明桦的悉心指导外，平时他也像兄长一样时时事事关心着她的成长。处处表现出一种与人为善的亲和力。

都说爱情是美丽的，是甜蜜的。对于叶子来说，爱情却是那样的煎熬、那样的残酷。

严晔对她有恩，她本来就怀揣一颗报恩的心来到双城的。明桦确实很优秀，并且也对她动情。

爱情开关的按钮，就握在叶子的手里。如果真和明桦在一起，定会饱览爱情的幸福与甜蜜，郎才女貌，夫唱妇随，这不就是人生最大的企求吗？

可是，在叶子这少女的心扉刚刚开启的那一刻，第一个被占领的却是严晔。她也清楚，和严晔在一起，注定不会有花前月下卿卿我我的浪漫，不会有在微信朋友圈里晒出手挽着帅哥的那种自信与风光，充其量就是一称职的后妈。

可是，容容梦境中不经意的那一句"妈妈"，又是那样的让她撕心裂肺，只有她才是容容信赖得过的人，她才是这一精美"艺术品"的守护者。

这爱情的天平，无论倾向哪一边，都是对对方的伤害。

在这爱情的十字路口，叶子该如何抉择，真是太难了。

（选自庆祝改革开放四十周年"金融人的故事"短篇小说征文获奖作品）

后记

　　受中国金融作家协会委托，我们三人选编《当代金融文学精选》短篇小说，可谓时间紧、任务重、责任大。我们没有退缩，更不敢懈怠，立即明确分工，认真审读，研究排序，完善要素，规范格式，协力同心，克服一切困难，终于按时完工。现在即将正式付梓，心中亦甚感欣慰焉。

　　短篇小说共分两卷，第一卷收录 26 篇，第二卷收录 19 篇，这些作品源自于公开发表和历次组织评选的获奖小说，都是我们金融基层一线作者的用心之作。让人十分欣喜的是，这里不仅有一批纵横文坛多年仍笔耕不辍的资深作家，而且还有一大批正茁壮成长中的生面孔的年轻作家，有些还是首秀。因此，短篇小说作品集倒是多了些清新、真实与朴拙。

　　为人民创作精品，为人民讲好金融故事，既是每个金融作家的追求，也是责任。短篇小说虽然短小，但读者喜欢阅读，受众很广泛。优秀的金融作家应该有两手准备，既要根植于金融这块沃土，又要写出让读者喜爱的金融文学作品，在社会上开花结果。

　　中国金融作家协会成立时间不长，但发展迅速，活动有序，气氛热烈；在培养作者出新人方面，不遗余力。出更优之人才、更优之精品，并非遥不可期。我们拭目以待。

符浩勇　邓洪卫　李永军

2019 年 8 月 20 日

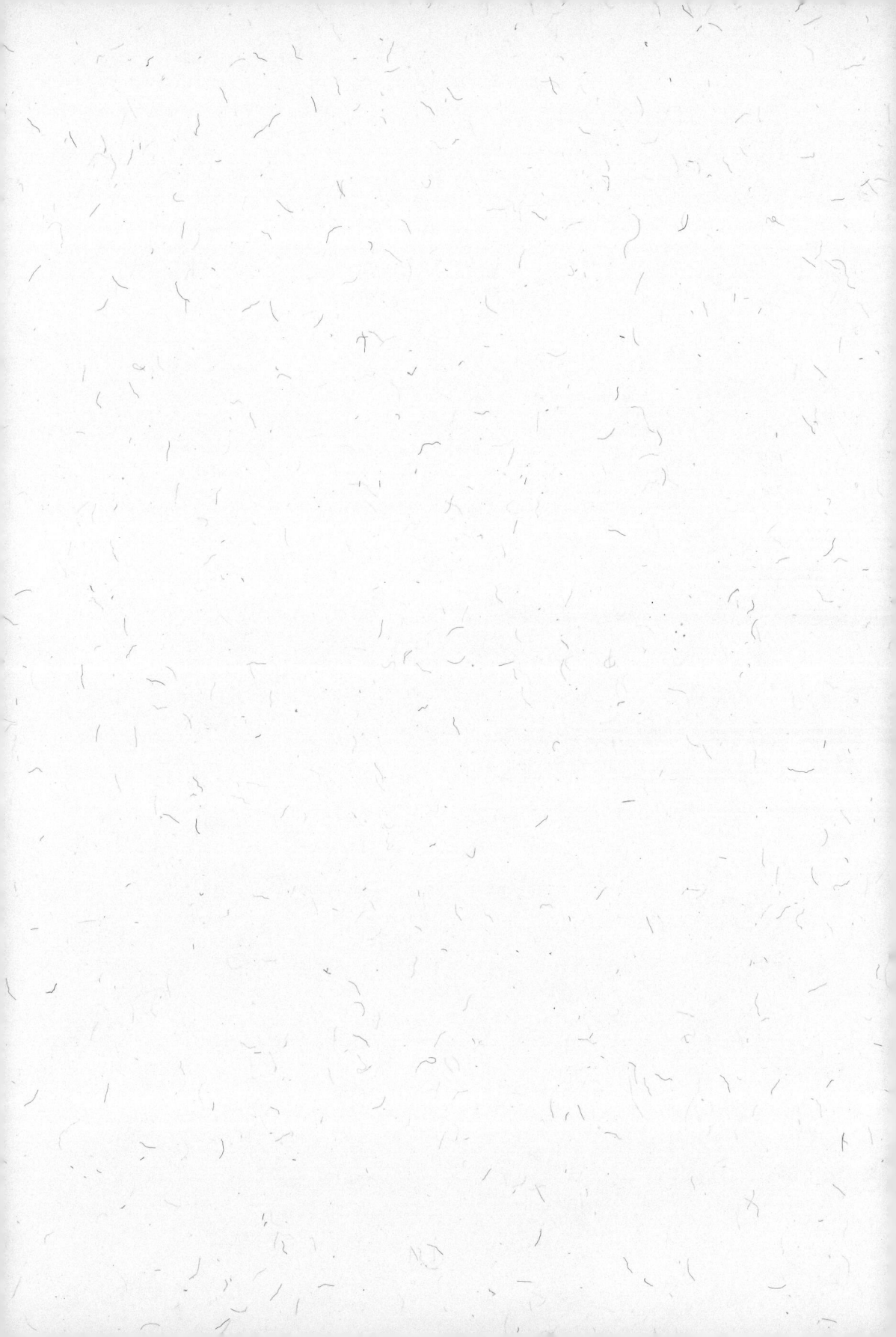